郭小东 著

暗夜舞蹈

如舞者在暗夜中舞蹈，无人做伴也无人喝彩，他始终在黑暗与虚无中移动，在最绚烂之时，如耀眼天际的流星，以自身的陨落穿越空旷，照亮星空。

WUHAN UNIVERSITY PRESS
武汉大学出版社

图书在版编目(CIP)数据

暗夜舞蹈/郭小东著.—武汉:武汉大学出版社,2012.3
红土地之歌
ISBN 978-7-307-09414-7

Ⅰ.暗…　Ⅱ.郭…　Ⅲ.长篇小说—中国—当代　Ⅳ.I247.5

中国版本图书馆CIP数据核字(2011)第282897号

责任编辑:夏敏玲　　责任校对:黄添生　　版式设计:马　佳

出版发行:武汉大学出版社　(430072　武昌　珞珈山)
(电子邮件:cbs22@whu.edu.cn 网址:www.wdp.com.cn)
印刷:武汉武铁印刷厂
开本:880×1230　1/32　印张:14.5　字数:401千字
版次:2012年3月第1版　　2012年3月第1次印刷
ISBN 978-7-307-09414-7/I·484　　定价:28.00元

编 委 会

总　　序

叶　辛

40 多年前，中国的大地上发生了一场波澜壮阔的知识青年上山下乡运动。"波澜壮阔"四个字，不是我特意选用的形容词，而是当年的习惯说法，广播里这么说，报纸的通栏大标题里这么写。知识青年上山下乡，当年还是毛泽东主席的伟大战略部署，是培养和造就千百万无产阶级革命事业接班人的百年大计，千年大计，万年大计。

这一说法，也不是我今天的特意强调，而是天天在我们耳边一再重复宣传的话，以至于老知青们今天聚在一起，讲起当年的话语，忆起当年的情形，唱起当年的歌，仍然会气氛热烈，情绪激烈，有说不完的话。

说"波澜壮阔"，还因为就是在"知识青年到农村去，接受贫下中农的再教育，很有必要"的指示和召唤之下，1600 多万大中城市毕业的知识青年，上山下乡，奔赴农村，奔赴边疆，奔赴草原、渔村、山乡、海岛，在大山深处，在戈壁荒原，在兵团、北大荒和西双版纳，开始了这一代人艰辛、平凡而又非凡的人生。

讲完这一段话，我还要作一番解释。首先，我们习惯上讲，中国上山下乡的知识青年，有 1700 万，我为什么用了 1600 万这个数字。其实，1700 万这个数字，是国务院知青办的权威统计，应该没有错。但是这个统计，是从 1955 年有知青下乡这件事开始算起的。研究中国知青史的中外专家都知道，从 1955 年到 1966 年"文革"初始，十多年的时间里，全国有100多万知青下乡，全国人民所熟知的一些知青先行者，都在这个阶段涌现出来，宣传开去。而发展到“文革”期间，特别是1968年12月21日夜间，毛主席的最新最高指示发表，知识青年上山下乡，掀起了一个前所未有的高潮。那个年头，毛主席的话，一句顶一万句；毛主席的指示，理解的要执行，不理解的也要执行，且落实毛主席的最新指示，要“不过夜”。于是乎全国城乡迅疾地行动起来，在随后的10年时间里，有1600万知青上山下乡。而在此之前，知识青年下乡去，习惯的说法是下乡上山。我最初到贵州山乡插队落户时，发给我们每个知青点集体户的那本小小的刊物，刊名也是《下乡上山》。在大规模的知青下乡形成波澜壮阔之势时，才逐渐规范成“上山下乡”的统一说法。

我还要说明的是，1700万知青上山下乡的数字，是国务院知青办根据大中城市上山下乡的实际数字统计的，比较准确。但是这个数字仍然是有争议的。

为什么呢？

因为国务院知青办统计的是大中城市上山下乡知青的数字，没有统计千百万回乡知青的数字。回乡知青，也被叫作本乡本土的知青，他们在县城中学读书，或者在县城下面的区、城镇、公社的中学读书，如果没有文化大革命，他们读到初中毕业，照样可以考高中；他们读到高中毕业，照样可以报考全国各地所有的大学，就像今天的情形一样，不会因为他们毕业于区级中学、县级中学不允许他们报考北大、清华、复旦、交大、武大、南大。只要成绩好，名牌大学照样录取他们。但是在上山下乡“一片红”的大形势之下，大中城市的毕业生都要汇入上山下乡的洪流，本乡本土的毕业生理所当然地也要回到自己的乡村里去。他们的回归对政府和国家来说，比较简单，就是回到自己出生的村寨上去，回到父母身边去，那里本来就是他们的家。学校和政府不需要为他们支付安置费，也不需要为他们安排交通，只要对他们说，大学停办了，你们毕业以后回到乡村，也像你们的父母一样参加农业劳动，自食其力。千千万万本乡本土的知青就这样回到了他们生于斯、长于斯的乡村里。他们的名字叫“回乡知青”，也是名副其实的知青。

而大中城市的上山下乡知青，和他们就不一样了。他们要离开从小生活的城市，迁出城市户口，注销粮油关系，而学校、政府、国家还要负责把他们送到农村这一“广阔天地”中去。离开城市去往乡村，要坐火车，要坐长途公共汽车，要坐轮船，像北京、上海、天津、广州、武汉、长沙的知青，有的往北去到“反修前哨”的黑龙江、内蒙古、新疆，有的往南到海南、西双版纳，路途相当遥远，所有知青的交通费用，都由国家和政府负担。而每一个插队到村庄、寨子里去的知青，还要为他们拨付安置费，下乡第一年的粮食和生活补贴。所有这一切必须要核对准确，做出计划和安排，国务院知青办统计离开大中城市上山下乡知青的人数，还是有其依据的。

其实我郑重其事写下的这一切，每一个回乡知青当年都是十分明白的。在我插队落户的公社里，我就经常遇到县中、区中毕业的回乡知青，他们和远方来的贵阳知青、上海知青的关系也都很好。

但是现在他们有想法了，他们说：我们也是知青呀！回乡知青怎么就不能算知青呢？不少人觉得他们的想法有道理。于是乎，关于中国知青总人数的说法，又有了新的版本，有的说是2000万，有的说是2400万，也有说3000万的。

看看，对于我们这些过来人来说，一个十分简单的统计数字，就要结合当年的时代背景、具体政策，费好多笔墨才能讲明白。而知识青年上山下乡运动中，还有多多少少类似的情形啊，诸如兵团知青、国营农场知青、插队知青、病退、顶替、老三届、工农兵大学生，等等等等，对于这些显而易见的字眼，今天的年轻一代，已经看不甚明白了。我就经常会碰到今天的中学生向我提出的种种问题：凭啥你们上山下乡一代人要称“老三届”？比你们早读书的人还多着呢，他们不是比你们更老吗？嗳，你们怎么那样笨，让你们下乡，你们完全可以不去啊，还非要争着去，那是你们活该……

有的问题我还能解答，有的问题我除了苦笑，一时间都无从答起。

从这个意义上来说，武汉大学出版社推出反映知青生活的“黄土地之歌”、“红土地之歌”和“黑土地之歌”系列作品这一大型项目，实在是一件大好事。既利于经历过那一时代的知青们回顾以往，理清脉络；又利于今天的年轻一代，懂得和理解他们的上一代人经历了一段什么样的岁月；还给历史留下了一份真切的记忆。

对于知青来说，无论你当年下放在哪个地方，无论你在乡间待过多长时间，无论你如今是取得了很大业绩还是默默无闻，从那一时期起，我们就有了一个共同的称呼：知青。这是时代给我们留下的抹不去的印记。

历史的巨轮带着我们来到了2012年，转眼间，距离那段已逝的岁月已40多年了。40多年啊，遗憾也好，感慨也罢，青春无悔也好，不堪回首也罢，我们已经无能为力了。

我们所拥有的只是我们人生的过程，40多年里的某年、某月、某一天，或将永久地铭记在我们的心中。

风雨如磐见真情，

岁月蹉跎志犹存。

正如出版者所言：1700万知青平凡而又非凡的人生，虽谈不上“感天动地”，但也是共和国同时代人的成长史。事是史之体，人是史之魂。1700万知青的成长史也是新中国历史的一部分，不可遗忘，不可断裂，亟求正确定位，给生者或者死者以安慰，给昨天、今天和明天一个交待。

是为序。

目　　录

楔　子

李斯特突然间有一种死的欲望。

9月9日这一天早晨，阳光灿烂，广州市少有的蓝天白云，中文系教授李斯特站在教学楼25层的阳台上，他的眼镜突然跌落在栏杆上，跳跃着，像一只蝴蝶，悠然飘向空间，他惊诧地感觉着并且等待着眼镜坠地时的巨响，他以为会有一声巨响。

眼镜死了。

他突然也想到了死的惬意，原来一切都是那么简单，眼镜在毫无预告的情况下突然就坠楼而去，那么人呢？

他的眼前一片迷蒙，大脑也一样的迷蒙。他扶着栏杆，好像自己的身体也正在下坠。这感觉对他来说是亲切的并不陌生的。在黎母山时，攀着老藤从这棵树悠向另一棵树，就是这种感觉。但现在是在25层的高楼上。

昨夜下了一场透雨，所以天空有些蓝，这蓝的透明有着一种诱惑。

他终于听到一声巨响，那是巨物扑地的响声，许多人像蚂蚁一样被那响声吸引成一个圆圈。眼镜扑地不会有如此的巨响，他甚至以为是自己掉了下去。他下意识地摸了自己的脸颊，粗糙但是瘦削，自己还在，那么，那巨响呢？

他终于记起了，26年前，48岁的父亲就是这样扑地而去，那巨响依然潜行于今。

他慢慢地转身走出阳台，围着他的学生们自动地分开一条路。他茫然的眼光摸索着闪着釉光的地板，他没有了眼镜的眼睛突兀着，显得呆滞而且木然，他专注着前方，经过漫长的跋涉，他终于走上了讲台。

没有了眼镜的李斯特不是李斯特，鸦雀无声而且紧张的气氛有些异样。学生们似乎面对一个不是李斯特的李斯特。平常他总是咄咄逼人，从一开始讲课到结束，总是问题一个紧迫一个，令学生们始终处于高度紧张和被追问的境地。学生们喜欢这种课堂气氛又害怕被提问，总是幸灾乐祸地等待着别的同学被李斯特追击得无路可走，李斯特的课堂，是充满刺激和意想不到的紧张空气的。学生喜欢他又害怕他。

他眼镜后面的眼睛是令人捉摸不定的，那是一双忧郁得化不开的眼睛。你甚至无法想象这双眼睛在一个孩子身上与在一个中年人身上会有什么样的差别。如今那眼镜突然间就没有了。李斯特的眼睛于是暴露在学生们的视野中。原来这眼睛一点也不忧郁，那种迷人的感觉竟然是眼镜造成的幻觉。李教授的眼镜死了，他迷人的忧郁也死了。

站在讲台上的李斯特，他的眼睛始终没有恢复原来的忧郁。阳光太强烈了，教室里大白天也亮着的白炽灯，在加剧这种强烈，白色的天花板也与阳光合谋，他的眼睛在这片强烈的白光中被灼痛了，他什么也看不见。他的耳朵里却轰鸣着，那持续不断的巨响。

他伫立在讲台上，像一座年代久远的墓碑，在杂草丛生中站立着。墓碑如带血的眼睛越过学生们黑压压的头顶，穿墙破壁，沉入一片浓浓如血的无边红色之中……

9月9日这一天，李斯特再也没有回家。李斯特很平静地消失了。这天的《羊城晚报》上发表了李斯特的文学评论《我们时代的作家》。文章最后的话语是："应该消失和行将消失的东西，是谁也无法阻挡的。犹如那残阳如血，它以无比雄壮的沉落告知我们旭阳是如何诞生的。我们没有理由吁叹这种辉煌的沉落。生命将以它最后的呐喊，把自己归于平静，归于无声的奔腾。我走了，但是我走了吗？”写作时间是 1999 年 8 月 8 日，离他失踪那天刚好一个月。

1999 年，李斯特 48 岁。

命运把两个 48 岁巧合地重叠在一起。

第一章

1999年。广州。中山医科大学。

作为艺术节的一个主要内容，李斯特的文学讲座被安排在医科大学最豪华的08号演讲厅。讲坛上的横额上写着：欢迎著名作家、教授李斯特。投影仪在幕布上映出一行印刷体："李斯特教授主讲：一个时代的文学证词。"李斯特讲的是他的拿手好戏：知青文学。

演讲厅座无虚席，走廊上也站满了旁听的学生。医科大学的学生对于作家的崇拜程度远胜于中文系的学生。现场热烈的气氛令他感动。因此，李斯特讲得很卖力。

他已经讲了一个上午，下午是答辩。回答学生的提问，这对于李斯特来说，更为拿手。他从来都认为，学生对老师的投注程度，是激发老师才智的重要因素，所以，这种热烈的气氛很适合李斯特，很能调动李斯特的才情。他非常认真地回答每一位同学的提问，哪怕是与文学无关、有些古怪刁钻的问题，他也不遗余力地细细回答。

许多同学的父母都当过知青，当李斯特谈到知青文学主题之一，爱情，这个知青文学的早期话题时，会场上气温骤升。同学们对那个时代的历史环境和真实状况并无兴趣，他们希望知道的是，在那个无爱年代里，青年们是怎样解决情爱和性欲这些问题的。

一个齐耳短发的女同学从角落里站起来，大声提问："能否谈一谈性欲与理想的矛盾以及解决矛盾的办法。"李斯特对这个问题并不吃惊，他吃惊的倒是，这个看起来文静的女孩子，在说出"性欲"这个字眼时的坦然姿态。

这也许正是时代的进步。李斯特并不正面回答这个问题，他极为常识地演绎着他对这个女同学的肯定：

"同学们，当我们可以而且能够在公开场合，毫不掩饰地谈论存在于我们每个人心中的真实状况时，这就意味着我们已经战胜了一个愚昧和群氓的时代。我们已能面对我们的生命状态。所以，我说这个问题连同这个字眼的被明确提出，正说明理想应是建立在人性许可基准上的。可是，文化大革命和某些极左时段，解决性欲的唯一办法只能是自慰、手淫或者对自我人性的深度压抑。在这种生命状态中，理想的真实性和崇高程度是极为可疑与虚伪的。"

"我衷心地祝愿这位女同学，她将对人的生理欲望的思考引入人的社会理想层面，这是未来医生所应该具备但不是每个医生都可能具备的优良素质。"

李斯特煽情的话语激起一阵热烈的掌声，他陶醉于这种并不陌生的掌声中。

"李老师，你同意不同意'一个被认为优秀的作家，同时可能是一个最虚伪的人'这样的说法。我以为中国作家作为人，他们大部分都是不真实且虚伪的。"发言的是一个长发女孩，她有一双很漂亮动人的丹凤眼，那眼睛里有一些很明显的忧伤和怨恨。她坐在离李斯特很近的前排座位，李斯特在倾听她发言时，留意到了她的神态。她在发言时，眼睛一直很大胆地直视着李斯特。

李斯特觉得这个女孩很特别，她年轻，很前卫，头发染成金黄色，不，是那种暗褐色或叫酒红色，还做成很卷的大波浪，使她看上去很成熟而且很性感，有一种风尘的感觉。

她一定很亲近地接触过作家或自称为作家的人，同时受到了某种伤害，她的话语里有一种肯定，她的提问只不过是要得到也是作家的李斯特的证实。她希望得到这种证实。

“不能一概而论，但是，在当今中国文坛上，我同意这位女同学的评估。一个优秀的作家，是指他提供的作品在某种尺度下是优秀的。某种尺度就是一个复杂的问题，它也许能代表真相，也许只能是一种意识形态标准。作家无法不虚伪，因为他提供的文学内容连同表述的方式，都受到他所处那个时代风尚的影响，如果他同时又讨好意识形态的话，则他的虚伪就必不可免。”李斯特自认自己一向的解释，都是极为机锋且技巧的。

“我认为，不客气地说，李老师此刻的回答就很虚伪。相信这不是李老师真实的态度。”那个很风尘的女同学坐在椅子上，大声地责难。

“我的真实可能就是一种虚伪，因为在一些问题上，中国作家无法真实，请同学们理解这一点。”李斯特无异于缴械投降。

这时，主持人递上来一沓字条，最上面的那一张上写道：“李教授，我就是刚才提问的女孩，我想如果你不虚伪的话，就请如实念出如下文字并作出明确的真实的回答。”

李斯特已经念出了上面的话，他迅速地浏览着下面的文字。他略为犹豫，念出如下的文字并不困难，问题在于作出“真实的回答”，而且必须回答得让这位同学，不，让所有同学都觉得他李斯特是不虚伪的。他从来都认为且自我标榜，自己在任何问题上都是不容虚伪的，他最憎恶的就是这个字眼所代表的所有行为。

但是，此刻他确实有些为难，不管他如何应答，他都会被认为是虚伪的。扪心自问，自己并未免俗到对一切坚决拒绝的程度。

当他两次阅读下面这段文字的时候，记忆的闸门开启了，一个已经遗忘许久的名字重重地跳入他虚幻的视野。那是一片无限阔大的原始森林般的视界。

“我的一个朋友的母亲叫妙英，你爱过她，可是你又离开她。你还爱她吗？你知道她的状况吗？知道了，你将怎么办？你还敢面对她吗？”

会场有些骚动，同学们被一种悬念刺激得异常兴奋。他们期待着一个高潮的到来。

李斯特异常平静而且深富感情地读出上述文字。他读完了，好像经历一个漫长的世纪，他从这一头艰难地坎坷地迈向另一头，他终于走过来了。全场哑静，同学们没有想到竟会是这样沉甸甸的话题。同学们的哑静持续了大约有两分钟，开始窃窃私语，等待着李斯特“真实的回答”。

简直是世纪末的审判。李斯特想到了这个词，他很想再虚伪一回。但是，无数双真诚的年轻的没有经历过那个逝去年代的眼睛，在注视着他，那是一种极度的信任。他无权亵渎这种信任。

他想不到会在这个场合，这种极不适宜的时刻，非常意外地接受这种审判。仅仅用劫数是无法解释的。

这个女孩是谁？是妙英的女儿吗？他实在不愿意妙英的女儿，是如此的风尘，不，她一点也不风尘，是自己落伍了，或者别的什么。

他在同学们的窃窃私语中，寻找那个酒红色头发的女孩，不知什么时候，她已经不在刚才的座位上了。她走了？但是，她会知道李斯特的内心吗？

“这位女同学所写的一切都是真实的，我知道，同学们此刻最想知道的是，李斯特也就是我是如何面对这种真实的。我可以负责任地说，尽管我没有对这些问题表明极具体的态度，但是，我在许多作品中，都写到一个不叫妙英但是妙英的人，相信读过这些作品的读者，是能理解一个过去时代的人，是如何面对爱情和道德的。我确实爱过妙英，而且终生难忘，但是现实，毕竟是另一回事。我们任何一个人，都无法停留在一个时段上一成不变。”

他的话并没有带来期许的掌声，同学们显然并不理解李斯特的弯弯绕。

我无法证明自己不虚伪，李斯特第一次狼狈地觉到自卑。

这是世纪末对李斯特的审判。

主持人是团委的一位干部，他刚开始时还认为这是一种民主的体现，后来见李斯特明显的有些应付不支，语焉不详起来，便主动地到讲台前，悄悄地征询李斯特的意见：“是否到此结束?”

李斯特觉得应该撑下去，不能草草收场，他便有些自我解嘲地发挥：“我们每个人都有理由和责任忏悔，像卢梭那样，尤其是我。责无旁贷。”他于是巧妙地把话题引向当下文坛上正争得热闹的关于全民族集体忏悔的话题，余杰和余秋雨的论争成了一个最佳的转借。

又一个高潮到来。

在回家的出租车上，演讲了一整天的李斯特手里握着学生们提问的纸条，闭目养神。他的心情很麻木，已经平息许久的东西，又再度被发掘出来。妙英，你在哪儿?

车过天河的时候，他又仔细地读那张纸条，突然发现纸条的背面写着：“李老师，晚八点在白云居见面详谈好吗？对不起了。”

李斯特看看表，现在已经九点半了，晚宴花去太多的时间。白云居在哪儿呢？在广州20多年，居然不知道白云居。今晚是不成了。

天河华灯璀璨，吉之岛人山人海，青年广场上歌舞升平。宏城广场上高音喇叭播送着千禧电脑的广告词，几位促销女孩很前卫的装扮，在霓虹灯的映照下，像卡通片中的角色。

1979年。广州。

从东山到东郊公园大约有八九公里。70年代末的中山大道，从杨箕村出发经天河机场穿过石牌的街市再延伸进田野与竹林遮蔽之中，弯弯曲曲地奔向黄埔。路树是清一色的木麻黄，焦黄的针叶落满凸凹不平被阳光晒得翻起的沥青路面。李斯特所在的大学就坐落在东郊公园的对面。东郊公园其实是一个荒园，简陋的围墙圈起一泓湖水和若干个山包，山包上有邓世昌的坟，所以还有些名气自然也有着鬼气。荒园里杂草丛生，几乎没有怎么修缮，在月黑风高的夜晚，园子里常常不太平，时有案子发生。

傍晚，红夕阳落在湖水里，守园子的人已下班回家，售票亭里便没人售票。肖邦骑着肖强的红棉牌自行车，在落日的余晖中穿过东郊公园。他一路撳着车铃为自己壮胆。从公园的前门到后面，弯弯曲曲的土路大约有二三公里，他用不到一分钟的时间，飞快地横穿过去。华南大学刚从海南搬迁过来，到处是基建工地，李斯特就住在工地边缘一所旧楼里。

旧楼是50年代初的建筑，红砖墙上爬满牵牛花。红色水泥瓦顶上落满工地扬起的红尘，使这座红砖小楼益发显得古老，像一座破败的年久失修的古庙。李斯特住在顶楼的一个单间里。

肖邦把单车用铁链子锁在路边一棵小树上，广州到处都有偷单车的。

李斯特在顶楼的楼梯口那里探出头，招呼肖邦上楼。

自从1973年李斯特被推荐到北方大学做了工农兵学员，肖邦就再没见过李斯特。1976年李斯特分配到华南大学，那时，大学在通什，肖邦所在的六师师部在毛阳，与通什只隔着一个阿陀岭，但阴差阳错，几次相约见面，都因对方临时因公外出错过了。

“想不到能在广州见面！”李斯特伸出手臂，把双手压在肖邦肩上，他那双天生忧郁的眼睛直勾勾的眼光像钉子般钉在肖邦脸上。

肖邦矜持地笑着，他笑起来的时候，一边嘴角微微上提，那神情便平添了一种曲折的单纯，令人心动。李斯特太熟悉肖邦笑起来时的这种神情了。他想，肖邦本应是生为女孩的，怎么就生成了一个七尺男儿呢？

肖邦不太善于张扬自己的情感。尽管心里翻腾着一种久别重逢的酸楚，他仍为李斯特高兴。昔日的农友，终于成为大学教师了。这是黎母山的骄傲。

“回来了就好了！”李斯特半是感叹半是欣慰地说，他搭在肖邦肩上的双手始终没有放下来，把肖邦的肩膀都压痛了。

李斯特的妻子舒月在屋里喊：“快请客人坐吧！斯特！”

舒月早已张罗好晚餐，他们便在小方桌边就座，“不好意思，一来就让嫂子忙了。”肖邦没见过舒月，便显得有些客气。

“舒月是我同班同学，肖邦你就别客气了。来坐，啤酒”，李斯特递给肖邦一瓶“双喜”啤酒，“来，干!”玻璃瓶颈撞出清脆的响声，他们嘴对着瓶口就“吹”起来。

“知青的做派。”舒月笑说着，收起方桌上的啤酒杯。

“怎么样，一切都好吧!”李斯特关切地问。他知道刚刚回城的肖邦，一切都还是未知数。

“不像你，功成名就，事业有成，我是日本浪人一个。”肖邦调侃着。一见到李斯特，他便充满轻松，内心有一种感动，已是大学教师的李斯特，当年知青的感觉一点没变。

“我读过你发表在《文艺报》上的评论，写得真好，真的，我在心里哭着读着文章，没有经过苦难的人是写不出来的。”肖邦真诚地说，“只有李斯特才有如此抒情而又沉重的文字。”

“别!”李斯特感动地谦虚着，他轻轻地摇着头，“肖邦，请别这样说，我是工农兵学员啊!你知道，现在大学里工农兵学员的滋味，有多不好受。在系里我是低头做人，大学里讲究的是论资排辈，何谈真才实学!我只有装孙子。”李斯特喟叹地说：“不过，俗话说，三年不飞，三年不鸣。我是打算十年不飞，十年不鸣，结局如何，让老天裁决吧!一切都是天数!”

“唉，不谈这些，没意思，说说你吧!马老师好吗?”

“刚回来，一家人在车库房里，我都不好意思往家里挤，最苦的是妈妈，我们倒没什么。”肖邦笑着说，他轻松的话语里有一丝惆怅。

“有空到我这儿来看书”，他指着堆满屋角的书说，“到图书馆看也行，夜里就在这搭个铺，让舒月回她家里去睡，也就是八分钱公共汽车的事。”

舒月的家在天河体院。舒月忙说，“我跟我姐睡，她还没成家呢!你尽管来吧!”虽然是第一次见面，她对肖邦可不陌生，在李斯特的日记里，有关于肖邦的许多记录。

“你是李斯特最好的朋友，要不分彼此才好。”舒月想着日记里的肖邦，她在心里都能读出丈夫的那些充满友谊和感动的文字，她相信那些文字里所记录着的，绝非一般的交情所能证明。她是在与李斯特热恋时读到那些日记的。日记里关于肖邦的那些记述，令作为恋人的她，都有些嫉妒，李斯特也会用同样的文字描述我吗？她曾经问李斯特，李斯特答非所问地说："男人之间的友谊和男女之情是无法比拟的。"她不同意李斯特的这种说法，但她不得不承认爱情和友谊的确是两个相去很远的概念。

"很感谢，我常到东园路那里去看书，任晓远与卡洛在那儿有书摊，不过，大部分是流行小说，没什么看头，我会来的，我打算今年参加高考。"肖邦觉得对李斯特无需隐瞒，他本来对高考就没什么兴趣，只是觉得那还算是一条无路的路。

"好，这就好，考北大中文系吧！若能让我考，我都愿意重新来过。"李斯特兴奋地举起酒瓶，与肖邦对击了一下。他热情奔放的情绪感染着肖邦。他顿觉前途真的很美好，他沉寂很久的心情被李斯特煽动得热血沸腾。

"真的，以 1977 年高考的试题，你我考上北大中文系绰绰有余。生不逢时啊！肖邦！最后搏一下吧！需要什么学习资料，尽管吩咐。"李斯特真诚地说，他是深为肖邦惋惜的。肖邦的才情被一个时代埋没了，但是没关系，他觉得肖邦是不会沉沦的。没有一个知青，能 12 年不归。肖邦的心里总有一种难以言喻的坚守，这种坚守是任何人都无法破译且仿效的。

浓浓的夜色吹送进来料峭的寒风，初暖乍寒的广州，已经沉沉睡去，从深圳来的火车轰隆隆地穿过，震得古旧的红砖楼像要坍塌似的。

夜已经很深，肖邦告辞。李斯特不让他走，说一间小屋睡不下三个人，那么，就喝啤酒谈天到天亮。别后将近十年，有多少话要说未说呀！肖邦想想，觉得还是应走，舒月明天还要上班，她在出版社工作。从这儿到东山恤孤路，也就半个小时，夜里踩单车更快。肖邦决意要走。李斯特送到楼下，他们站在楼梯口又谈了一刻钟。肖邦的单车铃被人扭走了。

学校工地上灯火通明，肖邦推着单车穿行在杂乱地堆放着建筑材料的校道上。他偶一回头，李斯特还在那儿站着，目送着肖邦。这一次会面，他隐约觉得李斯特身体似乎不太好，脸色过于苍白，也很瘦弱。

肖邦回到家里，发现上衣口袋里有一沓钱，整整十张 10 元人民币。

是李斯特。肖邦的心抽了一下。对于李斯特而言，这是他两个多月的工资。工农兵学员工资级别是 23 级，每月工资是 46.80 元。

肖邦从来没有拥有这么多钱，在海南农场每月工资是 28.60 元，每月扣除了伙食费等，拿在手里从来没有超过 15 元。

100 元，对李斯特对肖邦都是一份不菲的财富。他决定把钱寄回给李斯特。李斯特比自己更需要钱。舒月好像是怀孕了。

1972 年。海南岛。黎母山。

万泉河在黎母山中转了一个小小的圈子，圈子里有一小块平缓的河滩，河滩上几排瓦屋排列成一个丁字街口，连接海榆中线和海榆西线的公路横穿这个街口。这个街口也就成了黎母山中唯一的集镇，方圆几百里大山里的物产人马都得在这里集结，然后从中线或西线公路分流到海口或三亚。

这个地方叫腰子，现在是黎母山镇所在地。

腰子周边像珍珠一样，撒落着 17 个农场也即生产建设兵团。它们像铁末一样紧紧地吸附在腰子周围。

每逢星期天，这里便人山人海。当然，是在知青运动的鼎盛时期，1968—1974 年间。

腰子的星期天盛事，是各路知青诸侯云集，十几个兵团的知青涌进这片在重重大山包围之中的弹丸之地。挂着“兵”字的解放牌大卡车，东方红拖拉机和红棉牌载重单车，零乱地密密麻麻地挤拥在河滩、山坡上。丁字街口各有一间国营餐厅和商店。星期天，不到两个小时，商店货架上的东西就会一扫而光。

60年代末的腰子，是这个名不见经传的山中小镇，几千年来最辉煌的时期。它像帝王一样俯视前来朝觐的万千生灵，它的贫困和简陋在这些生灵面前，突然间变得高贵且颐指气使。它呼吸着千万人扬起的红尘土，也似乎是甜丝丝的。特别是每个星期天午后，人们开始退潮，而照例要举行的仪式——知青斗殴，血洗腰子，是它一天中最为欣慰的时刻，它有很久没有品尝领略人类互相残杀的血腥和奇景了啊！

此刻，当那些稚气未脱，却像笼中兽被放出原野般肆无忌惮地斗殴的知青们，在它的胸膛中撕开血口，把同伴们往死里打时，它畅快得就要高呼。

如果你有幸身临其境，如果你没忘记30年前那个非常年代困兽犹斗的政治狂烈，那么，你就能理解并感念这个贯穿海南岛中西部的重镇，它对于一个时代、知青们的意义了。它阅尽了西部的悍野和顽劣，它自然也因了万泉河的温情和柔婉给东部捎去一丝怜悯。也许正因为如此，腰子几乎每个星期天都会以知青械斗作为这一天神圣的终场式。但是，却从来没有出过一宗人命。即便往死里打，打得血流成河，也依然没有人死于非命。

黎母山如血的夕阳里有知青年轻的血痕。

腰子，海南岛中部这个小小的重镇，是海南岛最大的肾，正因为它，海南岛从来都是一个最强悍最阳刚的男子汉。

李斯特是这样认识腰子的。

尽管黎母山有无数的知青来过腰子，和腰子结下不解之缘。但是，李斯特是知青中，与腰子最有缘分的一个。

这已经是1972年秋天。腰子比60年代多了几排瓦房，邮局也扩大了一倍，也就增加了一个简陋的总机机房，那种接一个电话要摇半天转轴的老式总机。

丁字街口的土路依然雨天泥泞，暑天尘土飞扬。土路边没有一棵树，人们没有种树的习惯，离街口不到百米的地方，就已经是遮天蔽日的原始森林。

1972年9月9日，腰子的锣鼓打击出来的乐章，与此地黎族同胞送葬的鼓点没有什么不同。皆因为黎胞对死者是崇敬的，死不意味着消失，而是一种辉煌的重生，这也许正是红白喜事的共同之点。但在肖邦听来，似乎并不悦耳。

李斯特要上大学了。

牛车上放着李斯特简单的行李，还有一个肥皂包装箱，里面是毛选四卷、《反杜林论》、《论共产主义》、《论语》和《古文评注》，还有一大捆1966年以前出版的《中华活页文选》。

肖邦昨夜从屯昌那边的师部宣传队赶过来，欢送李斯特上大学。

1972年的工农兵上大学有些例外。这一年是蒋南翔掌管教育部，他对毛泽东的工农兵学员"上管改"大学提出了一些崭新的迂回的见解，并制定出一整套确保工农兵学员基本水平的措施。最重要的就是，不但要经过群众推荐，而且要进行文化考试，这些措施后来被称为"反革命修正主义教育黑线回潮"。

李斯特是在全师确定了推荐人选的最后一天，突然被指定到师里参加文化复习，一个月后参加高考。师里共推荐了56人。他是第56名。

这天早晨，团部通讯员小马坐着政委的吉普车到李斯特所在的六连。小马先到连部，找到了指导员老霍，说明师里指定在六连找一名文化水平好，能够应付文化考试，各方面表现也突出的广州知青，推荐上师部参加复习考试。

"哦，最重要的，是要找一个可以教育好的子女。"小马传达着师部的指示。

老霍面有难色，这么急，连大会都开不成，怎么挑选推荐，还要"可以教育好的子女"。将来出政治问题怎么办？

小马见老霍不语，忙补充道："还有啊，师部交代，虽然是家庭出身不好，但社会关系各方面要清白，没有什么现行问题才行。"

这就更难，现在哪有时间去查清家庭有没有现行问题。眼下正在清理阶级队伍，天知道谁又是隐藏在革命队伍内部的阶级敌人。

老霍感觉到问题的严重。近一个多月来，连里一直在争取推荐知青上大学的指标，500多个知青，谁不奢望能上大学，闹哄哄了个把月，他跑了好几趟师部团部。团政委指着他鼻子骂："癞蛤蟆想吃天鹅肉，一个团平均就一个半指标，你六连算老几？警通班、团机关十几个处、卫生队、机耕队，哪个单位不比你六连需要人才，靠边去吧！"政委是个大老粗，刚从野战部队支左派到兵团来，一个连长连升两级当了团政委，他的习惯和脾气做派还像是在连队。

老霍也不跟他争，死了心。他只是惋惜自己连里几百名知青，人才济济，可有什么办法呢？

小马催得紧，说午后一定得把名单报上去，他返回师部，师部还要政审办手续，后天就要集中了。

5月正是海南岛最热的暑天。

在连部土坯瓦顶的屋子里，连长老雷，指导员老霍和各排排长，围在一张木板平桌边。老雷往水烟筒里挤压着地瓜叶子，大口大口地吞云吐雾，把一屋子搅得乌烟瘴气。老霍声嘶力竭地传达师部通知，他东一点西一点地努力想把师部的精神让每一个人明白。

还是老雷干练，他听明白了也就三言两语说明白了。他实在受不了老霍的啰里啰嗦。他粗暴地打断老霍的话头，清了清喉咙，扯着他那被地瓜叶抽坏了的嗓子：

"我说就他妈的两点，第一，广州知青，别地的还不行，能有水平考试考上的；第二，出身黑五类的，但是，不能有现行反革命问题的。"他又特别无师自通地补充道，"这个问题是什么问题呢？也就是说，必须是人民内部矛盾，不能是敌我矛盾，阶级立场大家都站稳了，也就没问题了。"

老霍连连称是，他与老雷是铁杆的雷州老兵，两人没什么文化，凡是团里要建新连队，非他俩搭档莫属。来六连之前，在不到四年里，他俩已搭档开发了三个新连队，六连是第四个。他俩代换着当连长和指导员。他并不在乎老雷对他的态度。他想，没老雷的帮忙，做鸟指导员！

人们听明白了，500多个知青一下子被删掉了400多，只剩下几十个可考虑的。大家七嘴八舌，有人提了一个，立即又被否决，水平不怎么样，连初中都没念完，能考大学么？

李斯特是连部的通讯员，他作为记录也列席了这个会议。大家在那里争论了半天，他一点感觉都没有。他也在帮领导们穷思苦想，把知青们一个个过一遍，若是肖邦还在六连，没去师部宣传队，他倒是一个好人选。他想着，便有些昏昏然，中午的天气太热，热得喘不过气。他希望连里有知青能上大学，那是多大的梦想啊！

老霍大口大口地灌着凉水，老雷又去抽他的地瓜秧子，屋子里又弥漫着浓烈的草腥气。老雷抽着水烟筒，他猛吸一口，很惬意地仰脖呼气，他惺忪的眼光里，是坐在屋角的低头记录的李斯特。他一拍大腿："妈的！"他大叫一声，口气里有一种"踏破铁鞋无觅处，得来全不费工夫"的感慨："不就是……"他突然收口，吞了一口气，对老霍说："还是让大伙回去酝酿酝酿吧！听听群众意见，四点钟再集中讨论决定吧！"人们有些莫名其妙，这个大老粗，又发什么癫。人们鱼贯而去。

老霍知道老雷有话说。老雷把他拉到树荫下，"妈的，不就是李斯特么！"

"我早就觉得他是个读书的料"，老霍脱口而出，"可是，他连党员都不是，是不是应该找个党员？"老霍不无忧虑地说。他怕犯错误。

"是啊！又要可以教育好的子女，又是党员当然更好，保险，可是，去哪儿找啊？早知道，先发展他入党不就得了，你看着办吧，你说了算，我是没辙了。"老雷叹息道。

"就怕通不过，500多个知青，比李斯特有条件的，多得是呢！"老霍忧心忡忡，"怕是宣布了李斯特，说不定就天下大乱。"

"去他妈的，把指标退掉算了，干我们鸟事！"老雷嘟囔着，他有意激将老霍，他知道老霍的黏脾气。不激将他一下，他是热不起来的。

“话不能这么说吧，老兄。”老霍又是叹气，做基层工作的，就是里外不是人。他同情这些知青，离乡背井，年纪轻轻，在生产第一线拼死拼活，个个争取进步，可心里苦得很，哪一个不想回城，不想上大学。苦在心里，口里还不能说，还得唱高调。

“李斯特是不错，他是连部的人，会不会？”老霍欲言又止。“况且，他父亲的问题怎么样？”

“去年整党建党时，我们不是发了外调吗？属人民内部矛盾，一个大学教授嘛！坏到哪里去。不过，也难说，老霍你是指导员，你拿主意吧！”老雷已在心里认定李斯特，这孩子，到兵团四年多了，有三年在伐木队，年初才调到连部当通讯员。他觉得他有教养，有时令他们这些大老粗都不好意思。人啊，有时候真的不能比，看李斯特说话的口气，就比别的知青舒服，完全是那么点儿感觉感动他。在这种事上，指导员说了算，他也不打算大包大揽，免得后患无穷。

“那等会我先提，你再引导一下，这样好些，免得人家说闲话。说我们只提拔身边的人。”老霍主意已定。他知道老雷的主意，有他支撑，他就有理了。

“那是你的事，不过，我看李斯特是合适的，难哪，哪有那么巧，要样样俱全，去哪儿找啊！”老雷怕老霍等会儿动摇了，故意激将他，同时给他个定心丸。

老霍通知李斯特不必参加下午四时的会了，他说也没什么要记录的，不就一个人名吗。

李斯特不多想，乐得清闲，便到小溪边浸水了。小溪很浅，人下去只能躺着，游不起来。只能躺在沙地里，让溪水从身上漫过去。

下午无事，他一直在小溪里泡。收工钟已敲过了，夕阳的光线像火蛇扭动着，从大森林那边穿过，密匝匝的洋蒲桃落在溪水里，变幻着奇妙的光色。荒野里，橡胶园中流出来收工的人群，踏着溪水回连队里去。

李斯特浸在溪水里，整个下午，他都处于一种很茫然的状态。他揣摩着连里每一个知青，在头脑里筛选着，谁有资格被推荐参加师部的高考呢?

顾永红，她根正苗红。

梅菁，他父母已平反，当上广州荔湾区革委会主任了。

那么，可以教育好的子女中呢?他一个个过了一遍。可惜了郑力维，要不是疯了，他倒是很有资格的。

他干脆不去想它。春节刚过去几个月，知青们该探亲的都走得差不离了。李斯特心想，过了这个夏天，在秋天里回广州探亲，不知团里会不会批准。秋天是连队最忙的季节。父亲虽已离开牛栏，回到大学，但仍然没有平反落实工作，每天在清扫校道和厕所。想起这些，他已很坦然，不再酸楚，清理阶级队伍的形势令人心悸，斗批改的声浪此起彼伏，他不敢去想这些。政治运动已令他整个心灵变得麻木。

李斯特把脑袋浸在水里，几尾腹部带有吸盘的鱼儿竟把他光洁黝黑的脊背当成岩石，紧紧地吸附在脊背上，痒痒的，有一种肌肉抽紧的感觉，他觉得很惬意。这些鱼儿是幸福快乐的。他羡慕它们，像鱼一样自由多好。已经有好几年没回广州了。他自觉差不多已经变成一个野人了。

河岸上有人叫他，是冯妙英，人叫阿妙的。

“李斯特!”冯妙英熟门熟路地寻来，她在河岸上远远地呼唤他，她知道李斯特一定在溪水里。

李斯特上了河岸，妙英已站在他面前，夕阳即将落尽，它最后的光晕似乎完全涂抹在妙英脸上、脖颈上。妙英的丹凤眼流溢着极度的欣喜，她含蓄的狭长的嘴角由于兴奋而不停地抽搐着。她不断地呼气，把脸憋得通红。李斯特很奇怪妙英这种神色，她从来都是一个矜持而温婉的女孩。

李斯特光着上身，只穿了一件卡其布做的球裤。妙英一手揽过李斯特手中的衣服和毛巾，一手拉住李斯特的手，她从来没有如此大胆过，令李斯特觉得尴尬。他们对视着，李斯特是一脸的茫然，他显然体会了妙英的大胆，他愣在那儿，心跳骤紧。妙英兴奋而涨红的脸上流溢着无穷无尽的喜悦:“有一个好消息，你听不听?”

“嘿，什么好消息！”李斯特依然迟钝。他对一切意外了无热情，他对生活也几乎不抱任何意外的奢想。

他喜欢妙英，这个开朗温顺又漂亮的女孩，她热力四射，她青春的躯体里散发着难以言喻的东西，那种不管在如何贫瘠的土壤里都能生根发芽的热情，最令他不可思议，也令他很嫉妒。

在李斯特这儿，她是安静的。她的所有激情都被压缩在她那异常生动的丹凤眼里。盈盈的，像一眼奔涌不息却又永远不喧腾外溢的清泉。李斯特着迷于这双眼睛。若不是妙英时时主动地接近他，他永远也没有勇气去走近她。

妙英握着他的手有些发紧，她不让他走，他们在一棵高大的母生树下站住了。妙英用手指头在李斯特坚硬结实的胸前轻轻地动情地划着，从上而下，一下一下地让李斯特觉到一种骚动。妙英勇敢地把脸贴在他胸膛上。

“你要走了，我呢？”她说着啜泣起来。

李斯特听清楚了，他诧异地问：“我走到哪儿？你说是探亲，回广州？”

“不，你真不知道？”

“知道什么？”

“骗我！”

“我骗你干吗？”李斯特觉得妙英像是换了一个人。他刚刚被挑起的隐隐的情欲荡然无存。他大胆地捧着妙英那张娇艳欲滴的瓜子脸，对着她的丹凤眼审视着。

妙英显然很无望，她断定李斯特存心骗她，后天一早，他就会上师部，从此远走高飞。她无论如何不能接受这种现实，她认定李斯特是爱她的。而她更是。

她决定与他敞开地谈，哪怕失去他，她也非得明明白白地了断不可。

“连里已决定推荐你上大学，你真的不知道？”

李斯特以为她在开玩笑。这怎么可能呢？这是自己连想都不敢想的事。去年，自己在大会战中递交了入党志愿书，但一直没有下文，也没有人找他谈过话，他只不过是响应连队“火线”入党的号召，依样画葫芦写了入党申请书而已，自己并不当回事。指导员老霍要统计数字，向团党委汇报，他凑数般连续写了几次申请书。在连队里，他属于那一类并不积极主动争取进步的知青。他自认能够让连长赏识，从伐木队调到连部当通讯员，完全出于自己比别的知青有点文墨而已。

突如其来的喜讯令人气短，他相信妙英的话是真实的。

李斯特狂热地拥紧了妙英，他已显粗硬的胡子茬在妙英的脸上揉擦着，妙英热泪盈眶，眼泪濡湿了李斯特的脸。她在李斯特脸上舔着，她感觉到李斯特流泪了，他的身体热得烫人，她觉得李斯特渐次膨胀的身体正在包裹着她。

黎母山沉没在黑夜里，下弦月升上来，弯的，像一只船。

船，总是要走的。

一切都来得太突然，以至于他们谁都来不及仔细地思考现在和将来，对于李斯特而言，似乎是一片光明。这种深藏在心底里的渴望的突然实现，恍如隔世，若在梦中。几年的知青生活，已经彻底地磨砺了他的锐气和对现实的梦幻，他早已不再梦想什么，他只是觉得，若老天能给他一个读书的机会，他会是世界上最好最勤奋的学生。他曾经幻想过，若能让自己到中山大学当清洁工，他会用十年二十年的时间，自修成中山大学的教授。他不断地否定着自己的人生现状又不能肯定着自己的意志。而走向这一切的机会当真到来了。

妙英妙不可言的青春躯体和无限的真实，令他突然间清醒过来，他不敢再与妙英缠绵下去，也许这是第一次也是最后一次，于是，他很理性地吻了妙英的前额，轻轻地对着她的耳朵说：“我们回去吧！好吗？也许连长在找呢！”

妙英柔情万种，有些依依不舍。李斯特的胸膛坚硬而又结实，是那种青春勃发的男性胸膛，她很想尝试李斯特，若一辈子靠在这个胸膛上，将是多么幸福的依靠，但她不敢再想下去。

她紧紧拉着他的手，唯恐失去什么似的，也许此刻，也许从今晚开始，她将永远失去李斯特，失去这个此刻怀拥着但平时却只能远远地客气地相处的男子。她已经20岁了，已到谈婚论嫁的年龄。

李斯特却不这样想，他从没有想过在农场安家立业，他永远相信，未来尽管是一片迷茫不可把握，但自己终会走出去，走出这座大山，命运应有一种安排，在遥不可及地等待着他的君临。没有想到的是，来得如此快和突然，他一点心理准备都没有。

在黑暗中，李斯特再次拥抱了妙英，这一次，他触到了妙英那起伏丰满的胸部，他感觉到她的热力和如潮的激情。他有些难以自持。他明知自己将会失去她，他只要走出这座大山，他就永不会再走回来。他是如此坚定地相信自己的选择。可是，妙英，她走得出去吗？她会跟随自己去历经所有人世的坎坷艰难吗？他说不准。

妙英已成为他身体的一部分，他们很快可以融化各自，重铸一个崭新的人，但是，必须退却。李斯特似乎很明白这一点。

妙英觉到李斯特好像在犹豫着什么，这正是她忧虑的，她害怕的是李斯特不敢要她，她并不怕在这样的时刻，把自己整个地交付给李斯特。

李斯特的犹豫使她冷静下来。她是个内心很坚强的女孩，母亲说她眉毛太硬，鼻根也太直，这种女孩什么事都做得出来，也什么事都不服气。她不相信，反觉得自己过于柔弱，太自卑，总是患得患失。但是，此刻，她从李斯特的犹豫中觉到了一种寒意，她不敢往下想。在最热烈的时刻，她曾横下一条心，不管李斯特将来怎样，今晚，她是打算把自己整个都给李斯特的。

李斯特却犹豫了，他在痛苦的犹豫中扭曲着自己。她听到李斯特说回去的话，热情顿失，寒冷袭遍全身。她顺从地松开他的手。一路无言。

连部茅屋里灯火闪烁。煤油灯昏黄的光线从茅草叶子里筛出来，像鬼火般。

在路口他们就分手了，李斯特有些歉意地对妙英说，“晚些我们再见，我去找你。”说完，匆匆走了。

妙英站在路口，她心里乱得很，不知该跟着李斯特去连部呢，还是回宿舍等李斯特？她六神无主地僵在路口的芭蕉树下，目送着李斯特大步流星地离去。他连头也没回，她在心里说，这是个心肠很硬的男人呢！她摸不透李斯特真正的想法。他就要远走高飞了。他还会回来要我吗？她不敢往下想，她想找个人问问，自己该怎么办？

她回到宿舍，许多人都在谈论李斯特的事。

同屋的林苹苹在哭，几个女知青在劝她安慰她。

“谁叫你根正苗红呢？还是华师附中的，真倒霉。”小个子张真半是认真半是讨嫌地说，她见妙英进来，马上就不说了。

“妙英，跑哪儿去了？李斯特这回威风了，沾了出身不好的光，你怎么办啊！”到处长得平平的文英华是妙英的好友，她向来说话颠三倒四，妙英也听不出她究竟要表达什么！

反正，妙英听出大家都在嫉妒李斯特。

妙英见林苹苹的样子，从心里反感这个骄傲无比的女知青。她父亲是广州军区后勤部的一个处长，现在支左十七团当副政委，平日说话处事傲得不得了。指导员老霍多次上师部申请上大学指标，依林苹苹说，都是为她争取的，她自认为在连队500多知青中，她是最有资格上大学去“上管改”的。

现在，突然冒出个李斯特。林苹苹是晚饭后在小河边洗衣时听人说的。她马上跑到连部，找老霍问清楚。老霍不在连部，她发疯似的到处找，最后在老霍伙房后面的菜地里给找到了。

老霍先发制人。他知道林苹苹不是好惹的，这个铁姑娘队的队长，风风火火的脾气，全然一个男人婆。他不想得罪她，好心肠的老霍一个劲地安慰她：“这一次是谁也做不了主的，条件就那样，否则也轮不到李斯特。”

“再说，说老实话，今年是推荐参加考试，你林苹苹有没有这个准备。”直心肠的老霍还是把“能耐”给吞下去，说成了“准备”。他想这个姑娘想读大学都想疯了。

“下次吧！机会有的是，下次一定让师部给分配个根正苗红的指标。我说苹苹啊！”老霍突然聪明地想道：“你是愿意根正苗红呢，还是乐意去当黑五类？这可是明显的道理啊，‘可以教育好的子女’上大学13年一次，你呢，年年有机会嘛！相信我，下次有指标，你自然是首选。听话！哎，你爸爸最近怎么样，有写信替我问个好，别忘了。”老霍自觉挺会做政治思想工作的。林苹苹半天不吭气，他以为他把林苹苹给说服了。

谁知林苹苹却沉沉地扔给他一句话：“好你个老霍，害人精。”说着，林苹苹扭头便走。

李斯特也到处找老霍，他刚才碰到老雷了，老雷和他谈了半天，都是些鼓励的话。临了还嘱咐他，再找老霍谈谈，表示表示心意，能上大学不容易，这次也是碰得早不如碰得巧。连队领导公正没有私心，可以教育好的子女中，可以与李斯特比较的人选还是有的。李斯特碰到这种事，什么话也不会说。他想应该表示一下。口袋里只有半包“南海”牌香烟，他掏出来放在老雷掌心里，老雷从来都是抽地瓜秧子，连一毛六分的“大钟”也抽不起。他生了四个孩子，一个乡下老婆跟到连队里还没有户口工作。老雷有些感动，他不客气地抽出一支，嗅了嗅，又在人中那儿擦了擦，才十分珍惜地点燃，美美地猛吸一口，把剩下的香烟小心翼翼地放在口袋里。

在老霍家门口，李斯特碰到气急败坏的林苹苹，他全然不知道林苹苹的事。他热情地和她打招呼，林苹苹盯了他一眼，恨恨地走了。

她怎么啦！李斯特天地不知地诧异着。

李斯特在老霍家呆了许久。老霍请他喝酒，他不是第一回在老霍家喝酒，很平常，老霍并不多说上大学的事，只是勉励他好好读书就行了，别人的闲话，管他呢！他也便不再谈这个话题。

午夜过后，妙英觉到窗外似有人走过。熄灯以后，她和衣躺在床上，心里七上八下，一直在等着李斯特来敲门。好几次有脚步声，她都希望是李斯特。夜太静了，山泉潺潺的水声显得异常悦耳。李斯特，你在哪儿？莫不是又喝醉了。一直到天亮，妙英都没合眼，李斯特也没有来。

今天是星期天，腰子是怎样的风景？

又是一个知青打群架的日子。但对于李斯特而言，那是一个全新的时刻。

【另类档案】

追寻昨天的传说

外祖父临终的时候，交给我三本笔记本，这是我母亲唯一的遗物，是她1968年10月至1974年2月的日记。这三本日记本断断续续地记录了她的故事。

在这之前，外祖父一直没有告诉我妈妈的事情，我只知道她是从广州去海南兵团的知青，她牺牲的时候年仅22岁。她是在我半岁的时候牺牲的。她的牺牲和一场罕见的森林大火有关，是被烧死的。和她一起被烧死的一共有68名知青。这个事件没有任何人报道过，它被密封得严严实实。谁也不知道真相。

我的爸爸是谁？外祖父没有告诉我。我问他，他也不说。

我从小就在外祖父身边长大，那时外祖母还健在，后来外祖母先外祖父去世了。我就跟外祖父一起生活。直到18岁去北方上大学。1996年，我大学毕业，外祖父已经去世，在广州我没有亲人，我决定去海南岛寻找我妈妈的故事，还有我那生死未卜的父亲。我不会放弃的，不会。

今天是出发的日子，我卖掉家里的所有东西。把外祖父的房子交给邻居看管。有人租住的话就让他们代为租出。不寻找到妈妈的故事，不寻找到爸爸的踪迹，我是决不回广州的。

我不理解爸爸妈妈他们这一代人，他们是不可思议的一代。人，为什么会那样？谁让他们那样生活？

妈妈的日记，令我感到生活怎么会是这样？他们为什么会这样？

一个领袖的一个号召，就可以让他们义无反顾地贡献自己的全部。他们没有独立思想吗？他们不是独立的解释自己的问题的人吗？他们究竟有没有思想？如果有，他们的思想是什么？难道他们是为某一个人活着的么？这与中国封建社会的君君、臣臣、父父、子子有什么差别？我问外祖父，他回答不出来。是他在回避？他们为什么都在回避？

难道在中国，真的找不出敢于坦诚，敢于负责地面对这些问题的人了吗？

也许我的所有寻找都是白费力气的，也许一切都不会有答案，到处都是虚伪的敷衍和不负责的承诺。

但是，我还是要用我的眼睛和心灵去验证我对父母那一代人的认识。我要让他们的灵魂告诉我：他们是怎样的人。

妈妈的日记里只提到两个人，一个是金，一个是铁。我相信金和铁都不是真实的人名。那时候人们记日记，是记给自己看的，但也是为着万一被人发现会让所有的人看的。所以妈妈的日记有时记得很谨慎，很隐蔽，有时情之所至，也记得很大胆，很真实。现在读起来很费解。

读妈妈的日记，是一件很残酷的事。30年了，妈妈的形象越来越清晰，可我对她的思想却越来越模糊。恐怕到我的儿子那一辈人，他们会完全陌生而且不可思议。这种感觉正日甚一日。

我得加紧寻找，我不能耽误时日，那样会更模糊。

我一定要去调查那场大火的原因。

妈妈，我不会让你失望的。

第二章

1999年。广州。

其实，9月9日这一天是很平静的，大约许多令人难忘或足以让人惊悸的时间，总是在以后的追忆中才变得神圣或惊心动魄。李斯特在9月9日这一天并没有引起人们更多的留意，对于一个48岁的教授，年富力强而且声名卓著，谁也没有想到他会有什么意外或不测。事实上，他在9月9日的失踪，究竟是否就是失踪，谁也说不明白，李斯特是最没有理由失踪的。他没有必要失踪。

那天，他终究还是很平静地上完课，与平时没有太大的不同，所谓不同，只是学生们的感觉罢了。学生们看见他从25层的走火通道上慢悠悠地走下来，他从来就不与学生们争电梯，就是上楼，他也是慢慢地踱到10楼，然后才在电梯口等电梯，这时电梯的人流就疏松了许多。李斯特永远保持着一种既不是师道尊严、夫子自道的迂阔，又独来独往、天马行空、天地乃大的神情。他讲课的言谈现代激进，情绪燎人，全然没有一个历经20年教坛，年已48岁的中年教授的稳重与老谋深算。所以，文艺界每有风吹草动，政治嗅觉灵敏的同僚或党员朋友，便会把目光首先投注在李斯特身上。李斯特的著作此刻也就倍加受到重视，图书馆里必然会有人饶有兴趣地解读他的著作。李斯特已经十分习惯同僚们的这种政治敏感。总是有那么一些人，希望从吃政治饭中捞到些许好处。

9月9日这一天对于华南大学而言，实在是太过于平常了。只是晚间人们从《羊城晚报》上读到李斯特的文章，才各有所表现。中文系已经离休多年的饶教授在阳台上读报，他对李斯特的文章从来都是反复咏读的。倒不是他特别欣赏或钟爱这类文章，实在是爱屋及乌。自从李斯特大学毕业分配来中文系，他就对这个年轻人有一种特别的关照。他有一个与李斯特年龄相仿的孩子，也在海南岛当过知青，他对知青有一种偏爱，自然对李斯特也就格外关怀。他是看着李斯特一点点地成长起来的。

9月9日傍晚，他读到李斯特的文章。津津有味地读了两遍，有几处地方的语法似有问题，他用红笔圈圈点点。他读得极为认真。

李斯特的文章越写越好，又热烈又沉着，又煽情又稳健，文字抒情秀美，哲学根底不错，就是有些语言表述过于欧化，总觉得离文章文法的浸润太远。饶老先生当然不会不知道如今的前卫文字，包括那种叫做“通感”或“意识流”的东西，但是，他总是觉得既然是中国语文，自然还是老祖宗的东西不错，那是经过千锤百炼的。

每次，饶老先生读到李斯特的东西，都会马上打电话到李斯特家中。常常是舒月接。他便客气地祝贺几句。

此刻，他摘下老花眼镜，拿着报纸拨起李斯特的电话。又是舒月接。舒月低声细语的声音，令饶老先生很舒服。

“饶老师，斯特一整天都没回家，也没往家里打电话。也许上省作协开会去了！”

“好好好，没什么事情，只是看了小李的文章，想跟他聊聊。等他回来再说。”

“谢谢您，饶老师，斯特回来，我告诉他，让他上您家去。”

“不，免了，小李他忙，我会再给他电话，或方便的时候，我再去看他。”饶老先生对谁都是相敬如宾。

9月9日这一天蓝天如洗，直到傍晚，阳光都依然灿烂，这在污染极为严重的广州是极为少见的。于是天边便极罕见地有了云彩。饶老先生坐在阳台上继续读他的报纸。他是研究古文字的，每天的报纸都令他吁叹人心不古。当年，李斯特刚分到中文系时，他就要求李斯特每天背诵一篇古文。每次碰到李斯特，他都会询问李斯特："古文背诵得怎么样？有什么心得？"李斯特自然十分狼狈。

饶老先生读报读累了，在阳台的竹躺椅上望天，他依然沉浸在李斯特的文章里。他有一种奇怪的感觉，李斯特怎么会在一篇理论文章里，以那些近乎谶语的话语作结呢？"生命将以它最后的呐喊，把自己归于平静，归于无声的奔腾。我走了，但是我走了吗？"

饶老先生反复地读着这个结语，以自己丰富的阅历，去印证和演绎李斯特这些话。他究竟在表达一种怎样的顿悟呢？

他读到一种不祥。

应该问问舒月，李斯特最近的情绪怎样，发生了什么事吗？

他对李斯特的关切，甚于他在美国的儿子。他是常常在李斯特身上，看到自己儿子的影子。晚霞完全消失的时候，校园坠于昏黑之中，路灯还没有亮起来，到处是嘈杂的市声。饶老先生又迫不及待地拨起电话。这回，连舒月的声音也听不见。李家没人！

饶老先生今晚显得有些焦灼，这种莫名其妙的心情，久违了。自从1984年离休之后，他就下决心不再去想中文系的事。那些事是自己能够去想的么？新人新事新办法，不在其位，不谋其政，既是自我怜悯，也是自我宽解。

但是，李斯特的事，他还是放不下。

1982年。广州。中文系办公室。

星期四下午照例是政治学习，中文系会议室在新落成的办公楼六楼。办公室散发着浓烈的石灰味儿。呛得人直想打喷嚏。办公室里的家具五花八门，50年代的公文柜，粗重而且结实；60年代的各种靠背椅，油漆已经剥落，露出做工粗糙的本质，有的用铁钉钉着，有的用铁丝绞着，坐起来摇摇欲坠。靠墙是一对80年代初新购买的木沙发，坐垫是皮革包着薄薄的海绵，坐上去硬邦邦的，全然没有沙发的感觉。桌子新旧参差，新桌子看上去便知是乡下师傅所为，是那种便宜但木质还算不错的货色。几张旧桌子倒是给人一种年代久远颇有古董遗风的印象，一看就知道有来历，做工十分精细，也不是一般的木料，起码是楠木之类的木质，虽然油漆已经脱尽，但油光可鉴。它们和那些乡下木匠的现代杰作摆在一起，自然透着一种凛然之气，王者之风，这是中文系唯一值钱的东西，不知道它们从何而来，反正几十年间，它们与中文系一起，从广州搬迁到海南大山里，历经文化大革命，又从海南搬回广州，舟车劳顿，令它们气喘吁吁，但依然耐得住摔打。

学校从海南搬迁回广州。华南大学像一条大船，许多与学校本没有关系，却十分有能耐的人们，便抢搭这船，随船过海。逃离那几十年间只进难出，像闷葫芦般的海南岛。华南大学的员工一下子膨胀了好几倍，一方面是发展需要人手，但真正的原因不说自明。李斯特是分配来的，虽然是工农兵学员，但自 1976 年来学院，已经几年，也算老教师了，且陆续发表了些许论文，也还算得上有培养前途，故随迁广州并没有什么争论。他对搬迁广州也听之任之，没有特别的兴奋和焦急。他的平淡也使他的随迁理所当然。

中文系也就二十几人，有三分之一是新面孔，这些新面孔都是随船过海，搭免费船从海南回广州的。

四十出头的陈晨是 60 年代初从广州被分配到海南琼中县中学的大学生，20 年间，那里的乡土已经把这个师范生彻底地改造成一个乡下汉子：五大三粗，说话嗓门很大，有一种洪钟大吕的气势。他在琼中县中学教了 20 年书，也就砍了 20 年的柴火，赤脚走了 20 年的山路。20 年间，他至少有 15 年时间，在谋求着回广州的各种门路。那时自然没有送礼送钱行贿之说，于是写报告，编派各种理由，包括 80 岁乡下老母偏瘫的疾病证明也由乡下医生开出，但无一奏效。熬到 35 岁，看看调回广州再结婚的伟大理想是无法实现了，便只好和附近国营农场的广州知青草草恋爱，匆匆结婚。现在儿子还不到 3

岁。他是靠百折不挠的韧劲进了华南大学的。他是偶然参加了华南大学举办的暑假学习班：“学习鲁迅著作，乘胜追击——论《庆祝沪宁克复的那一边》”。他积极发言，努力打扫卫生，博得了当时中文系主任饶老先生的好感。他便成了饶老先生家的常客，且引为同道。他足足花了两年多的时间，几乎月月从琼中到通什，朝拜饶老先生，谈玄说道。两年间不但收获学校上上下下的好印象，上校长家、人事处长家也熟门熟路，在学校大院里成了半个员工。而且在与饶老先生的交往中，着实也得了饶老先生古文字研究的些许真传。他当然地继承饶老先生的衣钵。学校搬迁时，在饶老先生极力举荐下，他以学校紧缺人才随船过海，只是他的家属不能随迁，这回他是失算了，才结婚不到几年。早知道再熬几年童子功不就功德圆满了？他现在是夫妻天各一方，苦恼至极。但话说回来，他能只身胜利大逃亡，足以令人眼红。他在中文系里人缘好，弥勒佛一般的脸相和中气十足的声音，在中文系里偏安一隅。

此刻，陈晨正规规矩矩地坐在一只绞着铁丝的靠背椅上，那椅子摇摇晃晃的，他便不时地调动着位置，最后，终于把椅背倚在墙壁上，这才坐得安稳。他是那种只求无过、平平安安过日子的人。海南岛 20 年间的乡下生活并没有把他打磨成一条真正的硬汉，反而在心灵上把他磨砺得胆小怕事，他十分珍惜这千辛万苦得来的结果。广州，对于他来说太重要了，他不是地道的广州城里人。

坐在那廉价沙发里的杨家驹，50 岁左右，是教大学语文的，他在中文系里学问不怎么样，但他是学校元老，1958 年学校草创，他是中文系第一人。那天，来中文系报到，校长交给他一把钥匙，告诉他，这是中文系办公室的钥匙。几十年间，这个细节成了他的骄傲和傲视他人的资本，他自称是阅尽人间春色的真人。1963 年社教，1966 年文化大革命，1970 年一打三反、清理阶级队伍，1971 年整党建党，以及“文革”后期的所谓“斗批改”、“反击右倾翻案风”，他见得多了，也就把谁都不放在眼里，他自认只有自己才最通晓学校的命脉经络，每个正人君子的底细他都一清二楚。没有哪件事能令他满意，也没有哪个人能令他佩服。他几乎没有任何朋友，也绝不跟人拉拉扯扯，一副天外来客的架势。凡新来的教师，不知底细的，也就很容易冒犯他，他便从此不理你的茬，爱理不理。中文系每次开会，最好的椅子一般人都不会去坐，在海南时，办公室里有一对木沙发，一只是原系主任饶老先生的专座，那是人们专为他留的，另一只必然是杨家驹的，哪怕他是最后迟到的人，那沙发也绝对没人敢坐。到广州之后，杨家驹的屁股下有了人造革包裹着的海绵，以他并不诙谐的说法是“鸟枪换炮了”。

杨家驹是中文系的元老，比饶老先生还令人敬畏。他是中文系的佛爷，不害人，但令人永远不自在、不舒服，年轻教师都在算着他退休的日子。

杨家驹也有苦恼的事情。他学问不精，又自大自高，“文革”前评过一次职称，他连助教都通不过。他现在得从助教做起，50岁了，看来连升讲师都难。说起来他义愤难填。他坐在沙发里，眉头深锁，一副不以为然的神色。

副系主任兼总支书记李乔，干瘦矮小但气宇轩昂，一脸的菜色但双眼炯炯，眉毛如出鞘的刀剑，浓密而且直飞鬓角。他是1958年的调干生，红小鬼出身，在琼崖纵队的最后岁月里打过几场阻击战，身上有几块弹片。这几块弹片使他脾气暴躁，目中无人，也最终要去他的命，这是后话。在酒的问题上，他与李斯特最引为同道。在中文系，他非常欣赏李斯特。

他写得一手好字，在美学上也颇有造诣。他是那种绝顶聪明沉稳的山里孩子。自然对来自大山当过知青的李斯特钟爱有加。他对知识分子的认识有一种天然的批判。“我是大老粗！”在许多场合，他都大言不惭，然后抱拳作揖，“请大家海涵”。原系主任饶老先生对他是又爱又恨，他们俩却十分投契，合作得天衣无缝，几乎没什么矛盾。不像别的系，系主任和总支书记总是各有人马。

坐在屋角的教现代文学的张泓，一个随船过海来的人物，因为没有什么专长，便挑选了一门据说是人就会教的科目。他与李斯特在同一教研室，李斯特教当代，他教现代。人们不知道他的来历，据说很有来头，否则怎么能在学校搬迁前夕，各路人马刀刃相见，强人纷纷落马的当口上，张泓神不知鬼不觉就在过海花名册上找到自己的名字。他是最后一个来学校搬迁处报到的，也是最早单身过海到华南大学新址报到的人。

许多年来，关于张泓随船过海的本事，他自己讳莫如深，旁人也一无所知，传说倒是不少，但都不足为据。到了大家都已十分熟络的时候，张泓也仍然是个谜，人们很难看清他的来历和真面目。

他是1965年上中山大学中文系的。读了一年大学，1968年到军垦农场牛田洋学军，1970年牛田洋大海啸，他是少数幸存者之一。那场海啸夺去清华北大1000多学生的生命。对此，张泓也仍然缄默不语，在李斯特的感觉里，这个干瘦的来自粤北山区的农民的儿子，有太多太深阅世的谋略。他戴着副深度眼镜，眼镜后面是一双有着严重眼病的眼睛，据说是在那次大海啸中落下的眼疾。他的眼神是游移不定的，闪烁着一种无法捉摸的狡黠，农民的狡黠。对于李斯特而言，他最难接受的正是这样的眼睛。

张泓不像很有来头的样子。他天生有一种讨好别人的本领，在饶老先生那儿每每都能有所收获；在李乔这儿，就只有不客气的回敬。但是，不管怎样，张泓总有他应付的办法。

张泓1970年分配到海南黎族苗族自治州。同批的68名同学全部被分到自治州八县的乡下中学，唯有他一人被安排在州政府机关，这很令同学们大跌眼镜，这个干瘦的其貌不扬的家伙有什么背景？这是那个年代人们的习惯思维。

他成了州政府的人。被发配到乡下的同学，刚开始还有人来州里办事时找找他，求他帮这帮那的，但都碰了一鼻子灰。也就再也没有人来找他了。这正是他的初衷。

矮小的张泓在干了十年州政府的小干部之后，摇身一变，成为大学里的教现代文学的教师了。天知道他是怎样给学生们上课的。他从来不许李斯特去听他的课。他既不好为人师，也并不谦虚谨慎，李斯特在他眼里，只是一个幸运的小知青而已。

他们同在一个教研室。张泓从不与同事们谈学问，周二下午是业务学习，他是到得准时的，但总是一言不发，人们讨论着各种关于拓展业务的话题，包括对学院领导的种种抱怨，他都沉默不语，有人请教他的看法，他便丢给你一句很不雅的话，“关我屁事！瞎操心。”看得出，他仅仅是借船过海而已，并不打算在中文系久留。果然，不久他就调到教务处去了。这是后话。

还有几位留校生，他们是1977年上大学的，今年刚好毕业留校，当辅导员，当办公室秘书。有一位苗族的学生，留在李斯特的教研室当助教。他们初来乍到，有些惶惶然。

用张泓的话说，中文系是鸟系，水浅王八多。他懒得说话，偶尔发言，是冷嘲热讽。

这些人挤在一间30平方米左右的屋子里，听办公室秘书，新分配来的刘杏读《人民日报》社论。

李斯特坐在靠门的角落里，两只耳朵听刘杏读报，双眼认真地看《文艺报》的整版文章：刘锡诚的《1981年全国中篇小说述评》。

每星期有三个下午被用来开会。星期二是所谓业务学习，教研室活动，星期四是政治学习，雷打不动，主要听秘书读社论或文件，星期五是支部生活。一周时间除了上课、开会，所剩无多，这最令李斯特苦恼。他是系里两个工农兵学员之一，他慎言励行，轻易不想造次。他很少来系里，平时总是课室、家里两点成一直线。

1982年的李斯特，是一条蛰伏的冬眠的虫。他的命运是在1983年开始根本性的变化的。那一切来得迅猛，连他也是在事后回忆起来才了然其间的奥妙。这也是后话了。

1972年。腰子。星期天。

妙英早早就起床了，其实，昨晚和李斯特分手后，她就再没合眼。下身有些痛。她躺在床上，一直在重温刚才与李斯特相处的每一分钟。她努力想清晰地再看一遍已经发生过的一切细节，可她就是记不起来。在那段时间里，她始终处在极度昏黑也极度空灵之中，李斯特已不再是李斯特，她在李斯特怀里，像冰一样被融化掉，流走了。她只感觉到有一种巨大的力量，穿透她的身体，那是一种从未经历的剧痛，那剧痛带给心灵的不是充实，而是一种不可言喻的失落，她像掉进深渊般，任凭意识把自己飘走。她努力想唤起那剧痛到来之后的一切感觉，但是不可能。所有的堤坝都被冲决，这是自己主动迎送的结果。她清楚地记得，面对犹豫的李斯特，她是并不犹豫的。也许没有明天，也许一切都稍纵即逝，但没有关系。人生不过如此，哪怕万一怀上了李斯特的孩子，难道这不正是自己所希望的么？

她矛盾但是坚定。

昨天午夜，她如约到连队后边的贮木场，李斯特在那儿等她。一个多小时前，全连知青刚刚开完欢送李斯特的晚会。

晚会上，妙英独唱了一首《革命熔炉火最红》。她深情款款，但很少有人知道她和李斯特的关系。

李斯特第一次登台，他和肖邦一起朗诵了贺敬之的长诗《西去列车的窗口》。

老霍和老雷拗不过众人的推拥，只好上台演了一段对口词：《大刀向鬼子们的头上砍去》。他俩稀奇古怪的普通话逗得全场捧腹大笑。

李斯特在晚会上出尽了风头。毕竟是几万知青中第一批被推荐上大学的人。知青们在李斯特这儿看到了隐隐约约的曙光。

虽然李斯特面前的路还很长，到师部复习功课，然后参加高考，能否最后被录取还是未知数，但连长、指导员和知青们都几乎深信李斯特已经上了大学。理由是，既然师里定下如此具体的条件，李斯特是在这些条件下被筛选出来，只要文化考试难不倒他，就是铁板钉钉的事了。大家倒十分乐观，连林苹苹都认命了。但她还是咽不下这口气。她是铁姑娘队的队长，自然应是晚会的主角，好几次女伴们邀她上台唱歌，平日里她开朗得很，此刻是冷冷的拒绝，面对山响的吆喝，她都无动于衷，坚辞不受。

老霍见状，便悄悄地把林苹苹叫出来，耳语。林苹苹没什么表示。他又叫来李斯特："你主动邀请林苹苹合唱一支歌如何？"

"为什么？"李斯特有些诧异，他已知道林苹苹的事了，对老霍的提议，他还是觉得有些为难。

"去去去，高姿态些好吗？你明天就要上师部了，人家还要在这里修理地球呢！"老霍有些不高兴。

李斯特只好从命，他找到林苹苹，林苹苹正和一伙女知青在那里推推搡搡，李斯特真诚地说："林苹苹，我们一起唱一首歌好吗？"晒谷场上的篝火烧得正旺，哔哔剥剥的火星射向夏夜的天空，璀璨无比。黎母山黑黝黝的山影像一头巨兽卧伏在天边。黎母山的夜是狰狞同时温情的。

林苹苹有些不好意思。张真趁机跳到主持的位置上，大喊道："欢迎林苹苹、李斯特合唱，大家欢迎。"

"一二三四五，我们等得好辛苦；一二三四五六七，我们等得好着急。"噼噼啪啪，大家一阵掌声。

林苹苹毕竟是知青干部，她见李斯特是真诚的，不好推辞，便抖擞精神，和李斯特一起站到篝火旁边，"唱什么歌？"她细声问李斯特。

原来林苹苹的声音还这么温软，李斯特想着，"随你便，什么样都行。"

"《送别》吧！"林苹苹极大方。

"好，就《送别》。"李斯特也很爽快。

"……送君送到大路旁，君的恩情永不忘。"

林苹苹有些动情，她不敢看李斯特，她害怕李斯特的眼睛。此刻，她心里有一种突然而至的东西，她像第一次认识李斯特似的，这个连部的通讯员，一年前谁也不知道他。他来连部还不到一年，她也没太多地留意他。想不到他的歌唱得这么好，更重要的是，他将成为这个连队第一只飞出去的金凤凰。这个女孩子心里突然有一种异样的感受。她很想面对李斯特，但是不敢。她始终把眼神投向木棉树下自己队里的女知青。这个聪明绝顶的女孩，从那些女知青眼中，看到一种令自己宽慰的神情。

几天来的不快和郁闷通通消尽，她似乎不再怨恨李斯特。相反，她站在这个比自己高一头的男知青身边，反倒有种幸福的感觉。她似乎嗅到李斯特身上散发出来的淡淡的陌生的汗味。这是自己梦寐以求的吗？

她心猿意马，在李斯特全情投入歌唱中，他们合唱完毕。李斯特很明朗的脸上，泛着幸福的釉光，他穿着海魂衫的身躯，在篝火的映照下，显得十分伟岸。

妙英唱完那首《革命熔炉火最红》，就回宿舍里去了，她和李斯特约好在12点到贮木场上去，她似乎预感到什么，今晚的约会一定是不同凡响的，她早已做好了这种准备。

晚会过后，六连又归于寂静。

妙英在屋子里，见李斯特和肖邦从窗前走过，她看了表，离12点还有一个小时。

妙英换了衣服，在领口上洒了几滴香茅油。

贮木场很静，放木的滑道从山岭上陡峭地泻下来，滑道上鬼火闪烁，那是放木时木头的碎片沾附在岩石上发出来的磷光。平时，她是绝对不敢在夜里到贮木场来的。

李斯特已候在那里，他从黑暗中走出来，没等妙英站定，他就已经拥住她，揽着她的肩头，往贮木场小河边的橄榄树走去。那是几棵高大无比的黑橄榄树，秋天时硕大的黑橄榄落满一条小河，流向不知什么地方去。现在离秋天还远，秋天的时候，李斯特会沿着这条小河去上大学吗？

她寻找着李斯特的嘴唇。李斯特的海魂衫上有一种火的味道，这种火的味道和着他淡淡的汗味，令妙英晕眩。她的短发拂着李斯特的眼睛，李斯特狂吻着她。她咬他的嘴唇，轻轻地，可是，她忍不住心中的痛楚。每当和李斯特独处，她就会有这种情绪，那是一种无法弥合的伤痛，哪怕是她已经怀拥着李斯特，真真实实地拥有他，她还是不能消除心中那莫名的痛楚。那是一种无药可治的创伤，连她自己也说不出个所以然来。

“我咬你可以吗？咬出血的！”

“为什么？”李斯特有些傻！他还不能理解女孩子怎么会有这种嗜好，咬人很快乐吗？

他还是答应妙英：“你觉得好就咬吧！”

妙英颤抖着，她颤抖得很激烈，好像打摆子。李斯特受到了感染，他紧紧地怀抱着她，深深地吻妙英那奇妙无比的嘴唇。他忽然嗅到熟悉的香味，香茅油有些刺鼻的香气让他想打喷嚏。

妙英颤抖着，她张开嘴，双唇含住李斯特的下唇，她用舌头在那里轻轻地舔着，含着，弄得李斯特有一种怪怪的感觉。他一直在等着妙英咬他。不是渴望，而是妙英想咬。

妙英终于咬住了李斯特的下唇，她狠命咬下去，李斯特痛得心尖发颤。妙英咬住它不放，她的锐齿深深地陷进李斯特的嘴唇里去。李斯特一动不动，任由妙英咬着。他觉到一股咸咸的腥气直逼喉咙，那是血往喉咙里流。

妙英吸吮着，她丝毫没有松开的意思。她颤抖得更厉害。整个人倚靠在李斯特身上，身体发热而且发紧。她有一种侵略和复仇的意绪。好像只有这种方式，才能表达她对李斯特那种极为复杂的情感。

来兵团四年多了，从来没有真正属于自己心灵的时间和地方。他们渴望放纵，可是不敢，但是，心灵像奔马，没有什么东西可以真正抑制奔马的叫嘶和奔腾。在一个严酷的时代里，男女私情是有罪的。但此刻，已经顾不得许多了。明天是星期天，李斯特就要走了。

暗淡的月光，隐隐地投射在妙英满是鲜血的嘴唇上。她微张着口，静静地痴痴地望着李斯特，李斯特借着月光也以同样的目光看着她。今晚的妙英，是非同寻常的。虽然素面朝天，但她是热力四射，香气四溢的。李斯特经不住她的凝视。他发疯地抱紧她，他们一起滚落在橄榄树下的草丛中。

他们随即胶合成一个人。

贮木场更宁静了，远远地便可以听见他们的喘息声。很快，李斯特便泻尽了身上的所有激情，一种从来没有经历过的奇妙感觉，那种像一泻千里，一览无余的轻松感受，弥漫全身，驮压在身上的经年的重负和压迫，似乎在向外喷射的瞬间，同时得到一种无比充实的补足。

这种奇妙的感受牢牢地固定在自己的心灵里。以至于他在以后的文学研究中，这种感觉也常常是启示他灵感启悟他人性认识的动力。

李斯特把脑袋伏在妙英坚硬但是非常有弹性的胸脯上，耳鼓里是她心脏传来的巨响，那紧张同时有力的巨响在李斯特听来，无异于生命的脚步，正一步步向自己走来。

妙英把手指头全埋进李斯特头发里，浓密的头发令妙英有一种安全的支撑。

妙英把嘴唇对着李斯特的耳朵："爱我吗？"像蚊子嗡嗡的叫声，她呢喃着。

李斯特无语，是的，爱她吗？这是毋庸置疑的，但是，这一切都是真的吗？自己是不是有些不真实？

妙英没有得到李斯特的许诺。她很是失望。

她们相拥着穿过橡胶园，往连队走去。明天是星期天，李斯特就要走了。妙英恋恋不舍："李斯特，我把什么都给了你了！"

"我知道，我感谢你。""我会永远要你！"李斯特终于说出了这句令妙英放心的话。

妙英深深地叹了口气。这个工人的女儿，她的头脑里是一张白纸，如今这张白纸已经溅上了处女的血，她也吮过李斯特的血，她自认自己已经是李斯特的人了。她只是叹息自己，自己真的能够一辈子绑住李斯特吗？

"斯特，明天我不能去送你！"妙英不无惋惜地说。她明天值日，不好意思请假。

"没关系，我不是还要回来吗？"

在胶林里，他们再次相拥深吻，这一回，李斯特的内心震颤了，他感到一种神圣庄严的责任。

“我会怀孕的。那样才好呢!”妙英不以为然地说。

李斯特并不当回事，他暂时还没想得那么远。他们在胶林的出口处分手。站岗的人看见他们，大声发问：“谁!”

“我，李斯特!”

第二天清晨五点，肖邦驾着牛车，车上放着李斯特的行李。他送李斯特去坐六点半的早班车，这班车是从腰子发往营根的，在营根，十几个兵团的赴考知青会在那儿集中，师部有车接他们去毛阳。

天还没有大亮，牛车在山路上慢吞吞地行走，时辰还早，他俩坐在车辕上，任由老牛边走边啃路边的青草。肖邦是昨天下午从师部宣传队赶来的。自从瑜牺牲之后，肖邦就像变了一个人。变得沉默寡言。

“昨晚，我和妙英有了!”

“什么有了?”肖邦不在意地问。

“我要了她!”

“真的?”

“真的!”

“那你准备怎么办? 回来娶她!”肖邦认真她问。

“娶?”李斯特叹口气，也不知道当时怎么就那么冲动! 前途茫茫，人海茫茫，文化考试也不知能不能通过，李斯特此刻才真正忧虑起来。

“应该没问题吧! 不过，李斯特，你还是小心为好，上大学比什么都重要。”

“你和瑜有过吗?”

肖邦沉吟了半天。他很茫然地望着晨光初露的远山，那儿，在山那边的屯昌大峡谷里，埋着 23 个如花似玉的女知青和他们的队长、指导员。埋着亲爱的瑜。肖邦已经很多日子不去想她，不提起她的名字了。李斯特的问题令他百感交集，该怎样回答他呢?

重要的是瑜，如果……

李斯特见肖邦不言语，自觉有些唐突，便不再言语。

“没有!”肖邦好不容易才说出口，他并不因此而感到有什么圣洁。相反，他自觉亵渎了瑜的爱情。在应该开花的时候，就让花朵盛开吧，在应该结果时，就让花儿结果吧！可是，他没有，永远地失去了应该与渴望的。是什么使这些极为正常的东西被视为罪恶呢?

“你是对的，李斯特，无须后悔，只要是你和妙英都喜欢，就大胆去做，哪怕是下地狱，也没什么大不了的，真的，我真的对不起瑜。”

“你真的这样想吗?”李斯特从没与肖邦谈论过这样的话题。他第一次明白肖邦对这些事是抱着如此大胆的态度。

“我是死里逃生的人，不幸是我的命运，幸存只是我的非命，所以我这样想。如果能让一切重新来过，我也许会要了瑜的。”

李斯特没见过瑜，他们虽然和肖邦一起从广州来，一起坐“红卫二号”到海口，但是到农场以后才认识。瑜他们是一开始就被选调宣传队。瑜几次来演出，他都错过了。

“瑜很漂亮?”

“是的，很漂亮，也许不漂亮反而好!”肖邦十分伤感。

天已经大亮，四顾是娇艳欲滴的青葱。他俩只顾说话，老牛识途，又拐回老路上去。他们大笑，快乐地把牛车赶上公路，腰子已经在望。肖邦突然想起刚从广州来兵团的那些日子，也是星期天。腰子小餐厅里人山人海，人们挤在一个狭小的窗口买饭菜，几个潮汕知青蛮得很，把持着窗口，只让他们潮汕知青买饭，一群人挤在那里往外传菜传饭。肖邦略懂几句潮汕话，过去与他们讲理，被他们追打出来，一下子餐厅大乱，几十个潮汕知青围着六连的广州知青打，直把他们追杀到大路上。肖邦他们只有逃命的份，哪里敢应战。

一个小个子的潮汕知青，腰里扎着水布，口里粗言秽语，一个人追着肖邦。肖邦穿过一片甘蔗林，经过一个看蔗人的寮棚。那儿，正有一个农民在砍劈柴火，那潮汕知青眼见就要扑住肖邦了。突然，一个光头知青，操起地上砍柴人的砍刀，向那潮汕知青挥舞着，砍刀的白光在潮汕知青脸上晃着："再走前一步，我就砍死你！我说真的。"潮汕知青一下子愣住了。他嘴里骂着，撒腿就跑了。

光头知青就是李斯特。那时，肖邦已经在师部宣传队，1970年屯昌大洪水之后，肖邦曾一度到六连呆过几个月，师部宣传队重新组建，肖邦才离开六连。

那一次，广州知青伤残严重，潮汕知青也伤了不少。

"还记得那次打群架吗？"肖邦轻松地说。

"当然，那潮汕人若真的扑过去，我当真会砍了他！"

"那一切又都得重写了！"

他们笑得很畅快。

老牛吃草也吃得很欢快，还哞哞地叫了几声。

【另类档案】

追寻昨天的传说

贮木场，是妈妈日记里经常提到的一个地方。妈妈很深情地描述了贮木场的风景。森林中的小河两岸，长满高大的油楠树和黑橄榄树。深秋时节，黑橄榄落满河面，随水流漂去。还有野葡萄，矢车菊和蒲公英。她还写到河水里的老水牛脖子上挂着木凿的铃铛，山野里便时时有牛铃的声音，悠扬而又闲适。她经常在贮木场的河边见到金。

她在1970年冬天，对，是1970年12月2日的日记里，提到金时这样写："我过去怎么没有注意到这个男同学？今天去贮木场，给伐木队送米，我驾着牛车。牛车陷在离贮木场不远的泥地里，老牛怎么也拉不出来，只好到贮木场去叫人。贮木场只有金和几个知青在撬木，我请他们来帮忙。他什么话也没有说就来了。我在前面拉牛缰绳，他用肩膀顶着车轮子，巨大的木轮卡在他的肩膀上，都卡出了血。我嚼飞机草给他止血，他说自己来。我不管他，把飞机草汁吐在他肩膀上。他看了我一眼，没有话。

那一眼很奇怪，他的眼睛笑起来是弯的，看人的时候很忧郁。我们始终没有话说。”

“我把米和菜从牛车上卸下来就走了。他叫住我：‘吃了饭再走吧！’我当然不客气。又累又饿的。

“回连队之后，有很奇怪的感觉，我开始想他了，这个男同学很特别。他看人的时候……我不知怎么说，我喜欢上他了吗？”

在1970年12月8日的日记里，妈妈又提到这个叫金的男知青。

“今天又是送米的日子，没有见到他，他上山伐木去了。”

“本想能够见到他，我准备了一点糖果，我想把糖果给他吃。他们伐木队的人，汗流得太多，很伤身体的。我想他一定爱吃糖，这种糖很好吃。甜甜的，有点酸，叫话梅糖。我们女孩子都很爱吃。

“晚上开批判会，是批判本连队改造的林老师。林老师年轻漂亮，她的胸脯太高了，那些臭男人才会引诱她。批判斗争她的原因，是说她在砍芭时，和另一个也是来改造的下放干部在树林里做那事。批判她的人一定要问他们是怎样搞的？搞了多少次？谁先主动的？还有什么动作……如果是我，死了倒好，林老师一声不吭，任人们怎样推她、打她，她就是不说。她只是哭，我想她不会去死吧！真害怕。

“下星期去贮木场送米，不知他在不在？小文昌和林小宣经常回连队，怎么总不见他下山呢！

“他家里有什么人呢？他住在广州什么地方，离我家远吗！”

妈妈的日记显示她对这个男知青很在意，那个年代的人也会一见钟情吗？她喜欢他，却又不敢对他说。

林老师和干部做那种事，干吗还要开批判会斗争呢！天方夜谭。那不是他们两个人之间的私事吗？对了，那个时候没有自由，文化大革命就是这样。

这个金不会是我的父亲吧？不会，1973年以后，妈妈在她生命的最后一年里，已经不再提到金这个人。所以他不会是我的父亲。但妈妈是和金发生了性关系的。她在后来的一篇日记里模模糊糊地记录了当时的情节。

1970年12月10日的日记里，写了她见到金。金和他的伐木队员正在往大卡车上搬运木头。五六个人光着脊背，顶着粗糙的原木，从支架上一点点地往车上推。他们一个个脸憋得青紫。妈妈这样写："我想去帮他们，又使不上劲。我终于挤到他身边，和他并着肩推木。我的手臂触着他的肩膀，热辣辣的。我从没有接触过男人的皮肤，像触电似的。他并不在意，口里吼着号子，我把手臂紧紧地贴在他弓起的肩膀上。我不知道为什么会这样。"

妈妈记述得很细腻，一种很隐蔽的性感。

那时的人真的很可怜，不可以大声地喊：我爱你。

为什么？

但我确实有些喜欢这种有点古典的感觉。

第三章

1999年。广州。天河公园。

当天河还是一座废弃的荒凉的军用机场时，李斯特就对它有着一种神秘的感悟。他常常把天河与郭沫若《天上的街市》联系起来。可是，当天河经过90年代整整十年的巨变，真正变得如“天上的街市”时，李斯特反而觉得真实的天河早就不存在了。那些清亮交错的河涌，涌基上郁郁葱葱的芭蕉林和桑葚树，长长的菜畦和豆角架子，还有那种叫作木麻黄的路树，总能让人想到海和海边的林带。70、80年代的天河是令人神往的，连穿梭于桑基上的村姑，也在告知一种安适和悠闲。那是李斯特童年和少年的天河，那时的天河真的纯朴自然清丽，那是真正的“天上的街市”。现在的天河呢？俗艳和浮华，缺少人性的魅力，同时显得木然和机械。陈残云笔下的沙田水秀和欧阳山描状的“三家巷”，曾经是最富人情味也最令人钟情的情节，可是，这一切都已不复存在了。摩天大楼，大而无当的各式楼宇，都在磨灭着现代人的诗情画意，最缺失浪漫和生命气息的一代人就诞生在今天的天河。

每每经过天河，李斯特就有着怆然惶然的意绪，他像穿行于一条由木匠和泥瓦匠匆匆拼就拥塞而成的街巷，到处是一种敷衍和人工雕饰的城市风景。一种极为真实的疏离和伪饰充斥着每一扇门窗里的空间，那些用各种人工材料装修起来的豪华。

经过天河公园的时候，李斯特下了车。他已经有十几年没有进入这园子了。学校就在公园对面，但自从它改名为“天河公园”之后，他就有一种奇怪的想法，究竟是“天河”这个字眼亵渎了这荒凉的园子呢，还是这个园子的野性令天河失色？总之，这园子原来有一个极好的名字，依它所处的位置叫“东郊公园”。那时的东郊公园是很自然清新的。虽然很荒凉，但那是一个有着些许来历的园子所必要的风格。50年代的楼台，很简洁但是并不粗陋，尤其令人惊羡的是，那杂草环抱着的湖水里，簇生着挺拔秀丽的水杉林，那真是珠江三角洲独一无二的欧洲景致。它的背后虽然是一片灌木林的丘陵地，但水杉林的脱俗超然，却常常使李斯特认为，它们的背后一定是群峦叠映的雪山无疑。否则，在广州这座都市里，怎么还会有如此高洁的水杉呢？

李斯特花三元钱买了张门票。面无表情的售票人冷冷地提醒他，离关园只有半个小时，还买不买票进园？当然是进园，哪怕是一分钟，今晚的李斯特，特别想在这园子里静静地想些事。不知园子里有酒吧没有？过去有一家叫做“园林餐厅”的，现在还在不在？

已近散园，行人不多，但比起十多年前，公园还是显得拥挤狭小，那些荒凉的但是原生的山丘被修造成各式各样小气而且造作的亭台，长满青草、延伸着灌木、轻拂着枝条的小路，也消失得无影无踪，到处是被重新安排的生命，被扭曲强迫的生存景致，公园完全按照当下俗世或某种权势指令，用金钱堆砌成另外的模样。

李斯特本想到这久违了的园子重温曾经的心绪，可园子的巨变却令他思忆起更多的问题，他不禁对自己的生存意欲产生了深重的怀疑，包括每天所从事的工作，是在加剧人类的瓦解呢，还是一种尚未真正觉察或理解的进步？

他知道今晚这近乎反常的心态和独闯园子的贸然，都源于今天的遭遇，一个叫作妙英的消逝已久的人，被重新提起，她从来就没有在他的生活中消失过，而他自以为一切都已经过去了。事实上，人生历程中所发生的每一笔收支，都清楚而沉重地记录着，到头来都会以各种不同的方式秋后算账。他无法很平静很心安地去思索这些问题。那个酒红色头发的女孩不断地在他脑海里闪动着。像她这样的年纪，本不应该耿耿于怀于过去年代的事情，她提问题的犀利程度和简洁的方式，说明这些东西始终困扰着她的生活，从童年到青年，漫长岁月里的每一天，像蚂蚁般咬噬着她不该承载这些东西的心灵。他渴望再见那位女孩，她直视他时的神态和眼睛令他惊悸，也极为难忘。是什么使她在这样的年龄，却拥有了这样的眼神？那是经历过许多磨难的结果。他无法想象，如果妙英还活着，在将近30年的时间里，各自的生活状况会是怎样？

对时间的麻木有时会使时间本身累积为残酷，这是遗忘所酿造成的一种罪行。它无法定罪量刑却遗恨终生。李斯特在园子里走，湖水在夜色里让人看不清它的面目，它无声的波动在宣示着一种永劫不复的骚乱，只要生命一刻没有停息，这种骚乱就决不会自行消失。而沉睡已久昏迷已深的骚乱已经开始了。

他不知道白云居在哪里，也许是在白云山。广州到处有以白云作商号的地方，到哪里去寻找这个白云居呢？也许根本就是那个女孩的恶作剧，或许是她的聪明，她压根就不相信不指望李斯特会当真，会据此去理会一个女孩子的胡言乱语。

他确信有一个白云居，而且这个地方对于那女孩而言是重要的。或者对李斯特而言是有某种意义的。她知道李斯特比李斯特知道她更多。这正是李斯特感到真正震撼的。自己从来就没有认真地思考过真实与虚伪的自我判断，从来就没有认真地要求或质询，诘问自己的真诚——对自己灵魂深处的真诚。他所做的一切都是面向别人的，他的书是写给别人看的，他讲课也是为着传授和解惑的，而这一切本应是首先面对自我的东西，却从未认真地解剖过自我，这是一个多么大的玩笑。

一种灰暗从四面八方袭来，园子里几乎没什么人，闭园的铃声已响过好几次了。保安开始出现在园子里的每一个角落。而这一切李斯特全然不知。他沉浸在一种自我检视的淹渍里。

他想起山里的贮木场，它还在吗？想起河边的黑橄榄树，想起秋天时满河漂着的黑橄榄，想起那条闪着鬼火的放木滑道，想起和妙英初夜的一瞬……

李斯特想真切地回忆妙英的样子，她的一举一动和动人的笑靥，可一切是那样模糊。他们没有照过相，妙英也没有给他留下相片，30年，就这样匆匆走过了。而更富戏剧性的是，30年后，在广州而不是在别的地方，在他讲演的大厅里，他和这个知道妙英的女孩以这样的方式相见，这难道不是一种命运的预谋？

那么，命运又将会设下怎样的安排，让自己再度面对妙英的灵魂，和她在怎样的情景下相见？30年来，他时常觉得妙英仍在人世。失火现场没有找到她的尸骨，30年间也没有她的踪迹。他突然有了预感，30年，什么事情都会发生。他努力回忆提问题的女孩当时的情状，从中感知妙英的信息。

李斯特在公园漫无目的走着，相信夜已很深。他的目光穿过公园的上空，遥望对面学校的灯火，在那万千灯火之中，他能迅速地辨别属于自己空间的那些窗口，他住在学校教授楼的顶楼，十年前他是中文系最年轻也是唯一的教授，所以他只能住顶楼，顶楼的灯光是最容易辨认的。每次从外面回家，他都能远远地感受到窗口里的一切。而这一切，和妙英没有任何关系。他曾经和舒月谈过妙英，自然是轻描淡写，舒月并不深究，她是那种不会自苦的人。知青的罗曼史她读过很多，她自觉比李斯特更深尝人生况味，她笑李斯特永远生活在自己为自己编就的箩筐里，自己探出手来，拾捡东西往自己的箩筐里扔，同时沾沾自喜。

“我当真如此？”这令李斯特很扫兴。

在深夜的公园里，李斯特想起舒月的这些见解，也许她是对的。

她关心的不是李斯特的过去，而是现在。人不是为过去生活的。

她没有当过知青，她不知道那段岁月的滋味，她不明白知青岁月对于每一个知青的生命意味着什么。

“又不是只有你们知青在受苦，所有的人都在受苦受难，比起我们老家的农民，你们知青幸福多了，你们造反有理，偷鸡摸狗有理！你们请愿回城，有理！你们写一大堆知青苦难史，有理！无非是在赞美你们自己，怜悯你们自己，你想过没有？真正该怜悯的，没有人去怜悯，就说海南岛的农民吧！他们若是偷鸡摸狗，马上就当小偷二流子被治保主任给抓起来；他们未经允许到城里打工，被当成盲流收容；他们吃糠咽菜，生活无着，他们找谁说理？谁写过他们真实的苦难？他们比你们知青苦难千万倍……”

舒月一针见血的话语，常常把李斯特说得哑口无言。“我瞧不起你们这些作家，整天在为自己为现实涂脂抹粉。那些写散文的，写小说的，谁关心过中国农民的痛苦啊！就说那部《创业史》吧！够伟大了吧？史诗性作品吧！里面有中国现代农民的现实苦难么？三年经济生活困难，全国饿死那么多人，光河南就上千上万的农民饿死，杨朔还写《雪浪花》、《海市蜃楼》，你说这些作家的良知在哪里？”舒月平日不怎么谈论时政，但一见李斯特迷糊，便会毫不留情。

“你们都该下地狱。”舒月缓缓地说。

李斯特常常是无言以对，她说的都是事实，可是，这其中有一个郁结，这个郁结是谁也解不开或说谁也不愿意去解的。那就是政治。

尽管李斯特认为自己是很激进的，但在舒月看来，他的激进，那仅仅是一种激情而已，而单靠激情是无法真正透彻任何问题的，中国的事情，是激情所无法解决的。

“知青们就是激情过剩，特别是你们这些自以为是知青代言人的作家们！”

温顺的舒月真正谈起问题来，比李斯特深刻得多，这是李斯特自叹不如的。

“那你为什么不写？”有时李斯特会不乏真诚同时也带着发泄地回敬舒月。

“你以为我写不来啊？”舒月傲气得很，“现在有几本小说是看得下去的?”

李斯特于是很无奈。他不得不承认舒月说得不错。

“不过,你的书我还是看得下去的。”舒月怕太伤了李斯特,影响他的工作情绪,她知道李斯特是经不住批评的。尤其是来自舒月的漠视。

“谁让我是你的第一读者呢!”舒月在关键时候是极注意分寸的。李斯特心高气傲,在外面处事,尚有几分宽容,在家里,他是绝不能受到漠视的。舒月虽然犀利,但她非常注意这种分寸,家里可是要过日子的,弄得大家不愉快,日子还怎么过。

天河公园在晚间10时关闭。几个保安在湖边找到李斯特,要求李斯特出示证件,李斯特没带证件,他尽力解释无效,想想自己随身带的资料讲稿总可以证明是对面大学的教师吧!哪知这才发现所有的资料都遗留在出租车上了。

他被几个保安推搡着押到保安室。没办法,只好让学校保卫处的人来接。李斯特让保安打学校总机电话,打了半天没人接听,李斯特只好打电话到家里。

“喂,舒月,快,快带上我的证件到天河公园接我,我被扣在保安室了,唉,到了就知道了!快点啊!”李斯特听到舒月的声音,就像找到救星。舒月吓坏了,以为李斯特在公园怎么啦!

离开天河公园,舒月和李斯特步行回家,新修的人行道和繁茂的路树,令这段本来不算短的距离变得很惬意。舒月明显觉到李斯特异常,她不便多问,她知道李斯特此刻什么都不会说的,他是属于那种需要慢慢浸润的男人。他的自苦自艾其实是包裹在一层非常薄和透明的硬壳里的,这硬壳一捅即破。她不忍心去捅破它。

“你要爱惜自己,不是年轻人了,这么晚到公园里,多危险!”舒月嗔怪着。心里却很诧异,李斯特怎么会想到去天河公园呢?

李斯特不言语,他心里有一种难言的隐忧,人生是如此无常。他很想把妙英及他认为的妙英的女儿的事对舒月和盘托出,但是,他说不出口,他没有勇气面对即将到来的窘境。他把握不住舒月会是一种什么态度。

非常奇怪，许多年来，他已经把妙英全然遗忘，只偶尔会想起她，她在他的生活中，不，她是他人生初晨的一滴朝露。他曾经是那么沉迷而且漠视这滴朝露，但人生酷烈的阳光早就将它给蒸发掉了。他甚至觉到妙英只不过是他李斯特在一个特殊时期里必不可少的一个驿站，而驿站是不可能成为人生终点的。

舒月是一个终点，他确信无疑。但是，这仅是当下的一种感觉而已。

舒月担忧的是，李斯特今晚的反常，一定隐藏着什么难以启齿的事，这事有多大，她无法洞悉。她希望在一个适当时刻，李斯特会告诉她。她能帮他走出困境。儿子长大了，她只有李斯特，她不愿意在度过最艰难时刻之后，生活中再有什么缺失。

李斯特一路沉默，舒月一路期待。她想应该调剂一下情绪。

“今天的演讲怎么样？”

“还好。”

“人多吗？”

“很多，文学社的人差不多都来了。”

舒月见李斯特的衬衣领子没整好，她拉了拉他的领子，“明天我们上吉之岛，买一套西服吧，我看好了的，下月到加拿大讲学才有得穿。”

“算了，我穿西服太难受了。出国必穿西服，我看也是中国人的毛病。外国没这样要求吧？”

“入乡随俗吧！斯特，你也不要太超俗了，世上还是俗人多。”舒月话语里明显有一种倾向，她总觉得李斯特离现实生活太远，他总是以一种个体的浪漫去度量世俗人生，这是很不恰当的。

“是啊！可是我做不到。”

“你可以做到的。”

“我能做到什么呢？”李斯特有些沮丧，这种情状是许多年未见的。已经有许久没有这种心态了。他永远是心高气傲的，生活于他而言是天高气爽的秋天，有愁绪但是明朗而没有阴霾。没有梅雨天气，没有泥泞和污秽。至少他的个人生活是如此。他为了保持这种洁净而舍弃了许多功名利禄。这是舒月鼓励与支持的结果。

舒月靠过来，依偎着他，许久没有这样了，难得今夜有如此的际遇，一种共历患难的心绪冲击着舒月。她想着身边的这个男人，这个男人在许多年前，曾经对她说过一句话，这句话坚定了她的信心，令她下决心嫁给她。那是北方冬天一个下着大雪的夜晚，从图书馆到宿舍有一段很长的林荫路，路树是一排挺拔的白杨，白杨完全让大雪给包裹着，枝丫上挂着冰凌，树干上有着许多美丽而沧桑的眼睛。在这些眼睛的凝视下，她与李斯特并肩走着，他们互不言语，谁也找不到恰切的话题。眼看"广寒宫"就要到了，李斯特觉得不应失去机会，他站住了，他停顿的脚步使舒月也停下来，"我有话对你说，舒月！"

"你说吧！"舒月的黑眼睛望着夜幕中的白杨树。这种树在北方的大森林中是最为普通的，但也是最有灵性的。

"我爱你！"

"爱到什么程度？"

"和你在一起的时候也在想你。"

"真的？"

"当然！"

"那么现在呢？"

"正是！"

"想什么？"

"想你啊！"

"那么，好吧，再见！"

"再见！"

他们连手都没握，各自朝相反的方向走了。

这就是他们初恋的一幕。那个年代的人怎么那样理性？李斯特的儿子许多年后，在看他父母的日记时发出了这样的疑问。

舒月对李斯特坚信不疑。"和你在一起的时候也在想你。"那么，不在一起的时候呢？不是更想吗？舒月因此有极大的满足感。她以为有如此想法，说出如此话语的男人是可以依赖的。所以，她从不问李斯特的过去，也不问他现在的交往。她为自己营造了一个恬静的氛围。李斯特因此而生活在轻松的环境中，他不必顾虑什么。

李斯特不愿意破坏舒月的恬静，所以他从不与她说起过去的女友，他知道这个绝顶聪明的女人，是无须对之喋喋不休的。

舒月对李斯特他们的知青生涯没有兴趣，正如她也从不主动谈自己曾经的生活一样，她总是觉得，有什么比一位将军而最终沦为阶下囚，且终生都不得昭雪的经历更残酷的呢？如果没有，人世间的一切惨事都不值一提。刘少奇还有平反昭雪，荫妻福子的一天呢！所以舒月是比任何人都活得通达和超脱的。连李斯特都惊叹于舒月何以有如此阔大的胸襟，去容纳人世间的不平与坎坷。尽管她自己并没有经历多少崎岖。

今夜，他有一种诉说真相的欲望，他想对舒月和盘托出妙英的一切，连同今天那个女孩的事。直到家门口，李斯特都没有勇气说出，他不知道舒月会有什么反应，更重要的是，他实在不愿意打破舒月恬静无波的生活。但那酒红色头发的女孩的神态，那双眼睛却令他不得安宁。

1983 年。广州。校长办公室。

中文系秘书刘杏一早就打电话到李斯特家。

“我是舒月！”

“李老师在家吗？请他八点半到校长办公室去，校长有事找他。”刘杏是李斯特的学生，她毕恭毕敬地说。

“知道什么事吗？斯特今天要上省作协开会呢！”舒月有些为难。李斯特正准备出门，忙示意舒月说自己不愿去见校长。

刘杏急忙说：“校长办交代了，一定要准时去，我也不知道什么事，我去问问再给你电话。”说完，她挂电话了。

李斯特对舒月说：“算了吧，我顺带去一下，最多几分钟时间吧，没什么好谈的。”

他没见过校长，原来的校长退休了，新校长刚从湖北调来，据说是从海南出来的老同志。

校长办公室简陋，门开着，李斯特进去，自己找了把椅子坐下。校长还没来，他便顺手拿过报纸看。

校长进来，是一位五十开外的精瘦的高个子。很干练的样子。

“您是李斯特李老师，请坐吧！”他一进门，见站起来的李斯特，忙招呼着，顺手拎过办公桌上的热水瓶，倒开水递给李斯特。

“您是吴校长！”

“在下正是！”

他开门见山，并不寒暄：“李老师，前些天我听过您的课，青年教师，能讲得这样，很不错啊！”他话锋一转，“今天请您来，有件事与您商量。”说着，他递过来一纸文件，文件上赫然写着，“任命李斯特同志为中文系代主任”。

这一年，李斯特32岁，职称：助教。学历：工农兵学员。

李斯特感到很意外。

几天前，几乎是没有接到任何通知，他正在上课，中途有一位五十开外的同志从课室后门进来，毫无声息地坐在后排靠门的座位上。李斯特是在下课前才发觉课室里多了一位老者的。所以，那节课他依然讲得大胆舒畅。

李斯特沉默，他需要一点时间调整自己的思路和情绪。

“我知道你能胜任，自然也要花费你不少时间。年轻人要勇挑重担，当然，这次任命也不是没有争议的，党委会上争议了两天才勉强通过。这说明目前形势下，要让一批青年人走上领导岗位还是有阻力的。让一个没有高级职称的同志担任系主任，究竟合不合适，不是没有先例，但肯定先例不多。李老师，我觉得应该坦白对你说，党委委员对这种任命本身有疑虑，对你个人的评说也有不同看法，你是一个颇具争议的人物，但是，我认为你可以胜任且应该胜任。好好工作吧，什么话都不要说。向老同志学习，向老教师取经，好好团结同志，把中文系的工作搞上去。我相信你能做好工作。好了，就这样吧！”说着，吴校长站起来送客。

从开始到结束，不到15分钟，李斯特没说过一句话，连走出校长办公室，他也忘了与校长告别。

他不知道自己是怎样走下楼，怎样乘车赶到省作家协会的。

1983年的这一天，李斯特还没有正式到系里履职，但是，整个学校今日话题是李斯特当上中文系代主任的事。

一连几天，李斯特都在作协开会，他顾不上也不想这么快去上任。

关于李斯特的任命书发往学校各处室和各系。

白发苍苍的系主任行列里，突然闯进来一个年仅32岁的工农兵学员出身的助教。这在学院历史上是绝无仅有的。

吴校长的案头接二连三接到各种“咨询”的信件，大多是别的系的匿名信，奇怪的是，没有一封是出自中文系的。

“李大主任，什么时候请喝喜酒啊！”一天傍晚，李斯特从省作协开会回来，在校道上碰到张泓，他阴阳怪气地说。

李斯特和张泓很少接触，虽说同在一个教研室，但从不来往。

“有什么理由啊！”

“李大主任就是理由嘛。”

“用您的话说，系主任算个鸟。”李斯特并不示弱，他自觉与张泓比，张泓给自己当徒弟都不够格，在学问上，李斯特一点都不自卑。

张泓自然也不敢小视李斯特，他在心里不得不佩服这位老弟。一个工农兵学员，也不知是什么神通，这三两年间，在北京的刊物上接二连三发表论文，而且都是权威刊物，《文学评论》、《新文学论丛》、《当代文学研究丛刊》、《中国文学》，还有甘肃的《当代文艺思潮》。简直是论文大轰炸，论题也都是十分新锐，什么《论社会主义文学流派》、《论思潮》、《论知青文学》等等，读得人心里发紧发烫。但是，张泓还是不服气。

张泓见李斯特不卑不亢，自知没趣，他知道今后少不了要和这位主任打交道，得饶人处且饶人吧！于是，他不无真诚地说："有空喝喝酒，聊聊天，中文系还是有希望的。"他不知所云地说着告辞了。

李斯特心里很不舒服。系主任不是自己理想中的内容，他对官场毫无兴趣。吴校长的赏识，令他感动，他一定是顶了天大的压力。奇怪的是，他只听过自己一节课，怎么就如此坚决，况且，他来学校还不到一个月呢！

李斯特正式上任这一天，中文系办公室人头攒动。学校组织部部长亲自到系里来读任命书，他对李斯特的介绍很明晰：

李斯特，出生于 1951 年，1968 年赴海南建设兵团当知青，1973 年被推荐到北方大学中文系读书，1976 年分配到学校中文系任教，1980 年入党。历任兵团伐木队队长、连队通讯员，省作家协会理事，文联委员，省青联委员等等。在《文学评论》等国家级刊物发表论文多篇，曾获得多项省级文学奖。因国家职称评定上的种种原因，其职称为助教。已有五年助教经历。

这是一份很不错的介绍。

会场很雅静。人们神情都很严肃。

已经退休的饶老先生发表了热情洋溢的讲话，他对李斯特的评价令李斯特脸红，他巴不得饶老先生赶快打住，希望会议赶快结束，自己好好工作就是。

饶老先生喜形于色，今日的结果，是他和李乔在党委会上力争的结果。他明知自己正做一件没有先例的事情，他明知大多数人会持反对意见。这是 1983 年啊！人们的观念还没有完全摆脱文化大革命的阴影。

在一周前的党委会上争论的焦点最后落在职称问题上。

"实践是检验真理的标准。如果职称评定能够制度化的话，李斯特评个副教授、教授都没有问题。我们学校中文系历史上，有哪一位教授的论文上了《文学评论》？有哪一位教授的声名像李斯特这样？我说后生可畏，不拘一格降人才嘛，我饶某是自愧不如。"饶先生表现了少有的激动。

李乔更为干脆："哪位先生反对，可以举出反对的具体事实，李斯特是中文系最有社会影响力的教师，不重用他，天理不容。"

"启用一个工农兵学员，影响不太好吧！难道学校，你们中文系真的没有人才么?"说话的是数学系的总支书记，60多岁了，一直不肯退休。"文革"前的讲师，他坚持要评上副教授才肯退休。

马上有人附和："从维护学校大局和外部形象出发，无论如何，任命一个工农兵学员当系主任是不合适的，现在又不是文化大革命。"图书馆的支部书记老史立场坚定，他对工农兵学员有着莫名的仇视。1976年，他馆里分配来一位武大图书馆系的工农兵学员，把图书馆整得鸡犬不宁。他的言外之意是明显的。

吴校长一直微笑着倾听大家的发言，他立场坚定，自认为饶老先生和李乔举荐的李斯特是合适人选。他因此特意去听李斯特的课，感觉非常好。他认定李斯特是一个深富学者风度，前途无量的教师。他甚至认为，一有机会，就应该破格提升他为教授。百废待兴的高教事业确实需要一大批李斯特这样的学者。

"弄不好会犯路线错误，我看是不是放一放，先听取群众意见。"党委副书记许江是新提拔不久的年轻干部，也就37、38岁，是从粤北山区一个边远县份的县委书记提拔上来的。他的思想更为陈旧，上纲上线到路线斗争上去。吴校长十分反感。

"我看不必扯那么远，李斯特同志究竟能不能当系主任，我看首先要看德才，德才兼备就是最高标准，至于职称啊等等，我想那都是人为的东西。和人本身没有太直接的本质关系。是不是请同志们集中在讨论李斯特同志除了优点优势之外，有什么尚待克服的缺点或问题，这是对组织负责，也是对他个人负责，不是他能不能当的问题，是怎么保证他当好，支持他当好的问题。在用人问题上，我们也要破除陈旧观念，现在，请吴校长发言。"党委书记老林一番话把问题挑明了。党委的主要领导早已有了明确的态度。他不想再拖拉下去。

饶老先生感到欣慰，他一直担心李斯特的任命会在党委会上夭折。他回忆起半个月前吴校长和他讨论接班问题时，他提出让李斯特出任系主任，当时吴校长没有表态。他无法揣摩吴校长的态度。

吴校长始终是一种表情，所以人们并不知道他的真意。他清了清喉咙，从很远的地方说起："中国有几位很著名的教授，想必大家并不陌生。陈寅恪是25岁的教授，钱钟书、钱学森、华罗庚也都差不多这个年龄当的教授。蔡元培当北大校长的时候，梁漱溟考不上北大，蔡元培在次年礼聘他当北大教授。毛泽东连大学都没读过，他的诗词上了大学课堂，有专门研究他诗词和理论而当上教授的。这些都是常识，我说这些常识的目的，大家很清楚。自然，李斯特不是陈寅恪、钱钟书，但我们是否有责任创造一个产生大师的环境呢？李斯特也未必愿意当系主任，当然这是另外的问题。他能不能当这自然也是大家讨论表决。我个人的意见是，我们要吸取历史教训，要着重事实，要给人才创造一个宽松环境。我在湖北的时候，就知道广东有个李斯特，人们知道李斯特，但并不知道我吴克俭，这就是理由。李斯特是饶老先生和李乔老师举荐的，我个人作了一些考察，我看重饶、李两位的眼光，正如我看重他们两位的学识一样，相信他们的举荐是有实践依据的。我同意任命李斯特同志为中文系主任。在适当时机……那就不说了。"他本想再加一把火，说出在适当时机，破格提升李斯特为教授的话，但怕影响不好，止住了。

李斯特的任命也就决定了。

组织部长宣读任命书并做了介绍之后便离去。饶老先生作了简短的离职演说。李乔是个直肠子，他觉得从举荐李斯特，到李斯特上任，是一个伟大胜利，他像打了一个大胜仗似的，即席发表了热情洋溢的演说。他现在连副系主任都不兼，专职当总支书记。

其他老师表情复杂，二十几张面孔，你无法辨析哪张是赞同，哪张是反对。总之，人们外表极泰然内心极紧张地面对这个事实。

照例轮到李斯特发言。李斯特有些紧张，他毕竟从未经历过这种处境，在座的大多是资深的教师。现在自己一下子到了这个位置，他有些惶惶然。人们在等着这位不同凡响的系主任的就职演说。反正有好戏看的，但不是在今天。

“我基本上没有领导经验，但我愿意和同志们一起，把中文系的工作做好，谢谢大家。”他过于简短的就职演说令人意外。没有照例的掌声，人们依然沉默着，但脸上的表情似有松动，特别是同是工农兵学员的史老师，她始终面有喜色。

主持会议的李乔正想见好就收，宣布散会，他话音未落，杨家驹突然截住李乔的话头：“我说几句！”他环视着四周，那对金鱼眼罕有地散发着活气，“我说李斯特李老师当系主任，首先祝贺他。我是中文系第一人……”他又开始他的自我吹嘘，他永远忘不了提醒大家注意他是第一个拿中文系办公室钥匙的人。“李斯特是第七人。”他记得很清楚。

“我是看着他成长的。七八年了吧！中文系我就佩服他。”

他下意识地瞟了饶老先生一眼，他素来与饶老有芥蒂。

“我就没有论文发表在《文学评论》，不是没有论文，是我那些东西不合时宜罢了。提携后学，是我们这些老朽的责任。反正我也快退休了，年轻人嘛，多承担责任是应该的。”他语无伦次，既赞赏李斯特，又不忘把自己带上，不断地自我解嘲。他说着，站起来，走过去和李斯特握手，万分真诚。李斯特先是一愣，随后十分感动。杨家驹的举动出人意表，让人吃惊。办公室里气氛骤变，人们不禁哄笑起来。这老先生迂得可爱。人们从来没有发现杨家驹还有如此优点，如此真诚。

杨家驹迈着他的鸭步，他有些罗圈腿，回到他的人造革沙发座位上去，闭目养神起来。

气氛开始有些热烈。饶老先生看得出杨家驹用心良苦。

杨家驹不失为中文系的正义之师。饶老先生有些感叹。姜还是老的辣。

饶老先生待老师们走后，跟李斯特做了交接，他什么话也没有说。他把自己用了许多年的抽屉钥匙交给李斯特，只是微笑着拍了拍李斯特的肩膀，就走了。

办公室里只剩下秘书刘杏，她很别扭地说：“李主任，还有事情交代吗?"李斯特很不习惯,"叫我李老师吧!一切都没有变才好。"他真诚地对刘杏说。刘杏是当代文学的科代表,是他向饶主任举荐留下来的。

"你先走吧,我待会锁门就走。"李斯特想在这里独自安静一下,理清头绪,今后该怎样办。他第一次感到一种责任。

珠江在不远处滞动着,员村和黄埔一带是大片大片的农田和竹林,珠江上的樯帆隐约可见。临窗是中山大道,正在扩修,到处是翻起的沥青路面。他收回目光,办公室里五花八门年代驳杂的桌椅,在无声诉说着中文系的历史。作为这个办公室的新主人,他深感危机四伏。刚才开会时虽然他并没有特别地去研究人们的心理,但看得出来,人们对他的走马上任是抱有疑虑和戒心的。

他在饶老先生的办公桌前站了许久,他没有去坐那张饶老先生坐了许多年的椅子的欲望。他感激饶老先生,心想这辈子恐怕是无力回报他的恩情的,倒不是因为他举荐了自己,而是饶老先生是从心底里表达着对李斯特的父亲之爱的。这一点,李斯特真切地感受到了。

他终于坐到饶老先生的椅子上,从抽屉里抽出一沓白纸,他想记下明天开始的一周工作计划。他已经在心里拟就一张中文系工作规划的蓝图。这个蓝图的中轴就是:以科研入手启动教学质量的深层开拓。从教师到学生都必须把科研当作学习工作的任务。

他在办公室里呆了许久,直到晚霞消尽、暮色苍茫时分,他才锁好门走下楼梯。这才发现刘杏还守候在办公楼大门口。他觉得诧异。刘杏忙对他说:"李老师,办公楼六时关门,我让门卫别锁门。"李斯特很不好意思,他连办公楼六时关门这些规矩都不知道,让刘杏等候了两个小时,他非常内疚地向刘杏表示歉意。反倒把刘杏弄得很不好意思。

1972 年。海南岛。黎母山。

李斯特在师部经过 54 天的文化复习和考试,终于在全师百余人参加的考试中排名第一,尽管考试只是个形式,真正录取还是侧重于政治因素，李斯特还是被中山大学化学系高分子化学专业录取了。

那天，师部通讯员小马送来了录取通知书，通知书是通过老霍转送的。小马碰到李斯特时，很羡慕又惊奇地问："这高分子是什么东西，是不是造原子弹啊！"

李斯特更不知道高分子是什么，反正是和化学有关的东西。他欣喜得难以自持。只有此刻，他才真正相信自己是上大学了。在这之前，他一直心存疑虑，他觉得，自己怎么可能被推荐，怎么可能连闯许多令他神秘的关卡呢？自己并没有很突出的表现，连学习毛主席著作积极分子都不是，怎么就说上就上呢？他心里一直很不踏实。

当老霍把通知书交给他时，他在心里流泪，巨大的欣喜还是没有被深深地压抑下去，他全身震颤，顿觉手脚失灵，脚下的土地好像漂浮起来。这是自己梦寐以求却又不敢去想的结局。

应该感谢谁呢？

老霍、老雷、小马，还有冥冥之中在决定着这个指标的师部有关领导，包括自认倒霉的林苹苹，假如她发动知青们从中作梗，假如她利用各种关系捣乱，假如……李斯特一时胡思乱想，自己当真是一个最幸运的人，在万千出身不好的子女中，自己甚至比那些根正苗红的知青们更幸运。从此可以挣脱套在身上的枷锁，开始新的生活。

他第一件事是给爸爸妈妈写信，告知他们这个喜讯。他上师部复习考试时已写信告知父母。爸爸在给他的信中流露着巨大的欣喜以及同样巨大的忧虑，在他看来，一切都还没有如此简单。还有最后一轮淘汰，虽说是文化考试，但在目前情势下，最后的关口恐怕还是政审。对政审，父亲毫无把握，他的问题久拖未决，至今虽说已从劳改场出来，但未彻底平反，尾巴捏在专案组手里。随时随地都可再次收紧，只看形势如何发展了。作为走资派，父亲个人并没有什么问题，只是出身地主阶级，后来参加革命，又是旧时代的知识分子，虽说是革命知识分子，但政治运动一来就变成资产阶级知识分子了。

父亲害怕儿子经不起可能的反复，所以他在信中一方面是表示鼓励肯定，一方面是要儿子一定必须"一颗红心，两种准备"，无条件接受党的挑选。他反复告诫李斯特，在这段时间，一定要注意不能张狂，少说话多干活，千万不能有骄傲情绪，引起别人不快挑起不必要的矛盾或事端：“你处于500名知青的注视之中，木秀于林，风必摧之，儿子，慎言励行，公而忘私，这是我们一贯的做人格言，我与你母亲为你骄傲。”

这位用心良苦的父亲对李斯特这个儿子有着莫大的内疚。在四个儿子中，他早就看出李斯特是最有出息的。如果一切都顺利的话。

李斯特想应该尽早把喜讯告知在焦灼等待中的父母，于是他还是决定傍晚下班之后，到腰子邮电所去发一份电报。那样快一些。

9月4日前，必须到中山大学报到。今天是9月1日。

李斯特当真上大学了，六连反而很平静。所有的波澜都在这两个月中慢慢平息了，人们觉得李斯特上大学是毫无疑问的，早就已经把他当工农兵大学生了。

林苹苹接替了李斯特的位置。没有提升的意思，只不过换个免受风吹雨淋的工作罢了。林苹苹也欣然接受，铁姑娘队队长的角色并不怎么样，落得清闲，到连部当通讯员。

在交接的时候，林苹苹憋红了脸，对李斯特说：“晚上我们谈谈好吗?”

没等李斯特回答，她急促地说：“在贮木场，九时，我等你。”说完就慌忙走掉了。

李斯特很为难，尽管他明白林苹苹的意思，但看得出来，林苹苹绝对不是平白无故约会他。自从那次晚会之后，林苹苹对李斯特就有一种很不自然的表情，这在以前是绝对没有的。

又是贮木场。连队的附近也就只有这个去处。那里有小河，有橄榄树，有清风虫鸣，有可以当凳子的巨大原木。知青们大都会到那儿纳凉约会的。可那是自己和妙英相恋的地方，那儿有妙英初夜的血渍。

李斯特一直在连部忙，来不及去找妙英。妙英一早上山里砍芭，工地在六七公里以外，要傍晚才能回来。

连部剩下他一个人，连队里静悄悄的，人们都出工去了。李斯特有些空落，想不出该做什么事。上午他已经摇了几次电话给肖邦，老是摇不通，从六连打电话到师部宣传队，要经好几个总机转，根本就摇不通。

中午，他在连队食堂又遇到林苹苹。他正在犹豫去不去林苹苹那儿坐，林苹苹已经见到他了，也不说什么，主动地挪了一下位子，示意李斯特过去坐。李斯特只好把饭菜端到林苹苹的桌子上，坐在她对面。林苹苹抬头望了他一眼，很克制地笑了一下，算是打过招呼。她顺手推过来一瓶辣椒："炒肉末的，尝尝吧！"

他心里有些发紧。林苹苹确实很动人，她是另外一种美丽，大方开朗但是蛮横，有些妇女主任的味道。她的脸健康而且红润，身材矫健而挺拔，一米六八的个子还显得很窈窕。一点没有人高马大的感觉。她是个心气很高的姑娘。

李斯特觉得林苹苹的约会很无端，也猜不出她的真正意思，他不往深里去想。他不想在自己上大学的前夕，平添什么麻烦。虚与委蛇吧！他在心里说。告诫自己别干蠢事。

过了好久，李斯特才反应过来："谢谢！"他拨了一小块辣椒，果然很香，那瓶子上似乎留有林苹苹的气味，他奇怪于优秀的女孩子触摸过的东西，怎么会有一种很诱人引人遐思的气味。他在妙英那里体会更深。

"高分子究竟是什么？"

林苹苹又问起小马的问题。李斯特也回答不出来，明知林苹苹是无话找话，李斯特反而找到了话题："好像是合成橡胶！"刚才在来食堂路上，连队技术员，华工毕业的大学生老潘告诉李斯特，这个专业在目前是很尖端的，主要是从油页岩中提炼出来物质，合成后解决天然橡胶不足的问题。

"原来是这样，我还以为是研究政治的，什么分子呢！"林苹苹笑得很灿烂。

林苹苹笑着，气氛已很轻松，她把自己碗里的猪肉拨到李斯特的碗里:“我不吃肥肉的。”其实，那几块猪肉都瘦得很，这个23岁的姑娘，天生有着一种母性。她宽阔高耸的胸部和脸上开朗庄重的神色，令人想到圣母玛利亚。她的促狭和蛮横是生存环境所致。李斯特自然还认识不到这一些。

李斯特埋头吃饭，不时有人到跟前来，跟李斯特说话，祝贺他上大学，问长问短的，李斯特很感动又谦虚地应付着，把林苹苹逗得乐不可支。她不再吃饭，却面带笑容，凝固着一种专注和有些不明确情态的眼神，直勾勾地望着李斯特。看得李斯特十分狼狈。

林苹苹十分懂得用这种方法，击败李斯特的傲气，她听一位大学毕业的女友说:“你爱他，你就打击他。”她想打击他，但是，怎么打击呢？她不明白为什么爱他，反而要打击他？是不是灭了他的威风然后就可以摆布他呢？她真不明白其中的道理。

女伴招呼林苹苹，林苹苹先走，“记住!”她没头没脑地说。李斯特是听明白了。

午后，山上传来消息，妙英被蛇咬了，是那毒性极强的竹叶青蛇。蛇的颜色和竹叶一样，常常盘踞在矮树上，受到惊吓，便主动攻击人。妙英被直接送到团部卫生院去了。

李斯特在傍晚时分赶到团部卫生院。

妙英已被隔离，一时找不到可以控制的药物。妙英被咬的部位在后脑勺，她砍倒一棵小樟树，树梢扫在她脑袋上，她只觉得后脑勺仿佛被什么刺了一下，她也并不在意，中午时便觉得脑袋肿胀，双目模糊看不清东西，呼吸也急促起来，这才发觉大事不好。送到团部医院，离蛇咬已经过去三四个小时。

妙英坐在病床上，脑袋肿胀得像个气球，五官全不见了，被包裹在一张透明的薄如丝的皮肤里，她连话也说不出来。只见眼泪从那线一般紧闭着的眼缝里流出来，她感觉到李斯特来，李斯特抓着她的手，那手像裹了玻璃，冰冷而且不断抽搐着。她想说什么，可一点也发不出声来，她什么也看不见。

团部医院正到处告急找药，海口兵团医院有经验丰富的蛇医，但没有用，远水救不了近火。

一般的蛇药没有什么效果。

医院拒绝一切人探视，包括李斯特。李斯特被轰出病房，他在走廊里焦急地等待着。六连来了许多知青，大家都束手无策，情绪很是激动。眼看要出人命。

因为耽误时间太久，一般蛇药已没有作用，毒液已渗透到血液里，医院似乎隐约表示回天乏术。

知青们把平日积聚的不满趁机发泄出来，大有要与医院决一死战的劲头，这种无端的行为令医院大为光火，但没有用。知青在这种时候，是没有道理可讲的。

谁让我们上山下乡的，不上山下乡会被蛇咬吗？不到这大山来，纵使被蛇咬，也有大医院医治，不至于无药可治，这是知青们的逻辑。

林苹苹也来了，她很仗义，她已知道李斯特与妙英的关系，但此刻，她是作为知青领袖到医院来的。

“院长在哪里？”她义正词严地问把人堵在走廊里的一个医院干部。

那人十分傲慢：“院长不在。”

“这么大的事，人命关天，院长不在现场，他吃什么屎！”林苹苹一点不示弱。

“你别骂人，你是什么人？哪个连队的？”那人干脆威胁起来。这些知青，在他眼里，都是些红卫兵分子。他咬牙切齿地叫着。

“我叫林苹苹，六连的知青，听明白了，马上请院长出来，把病号送海口医院。否则，死了人，怎么办？”林苹苹转向激愤的知青们。

“砸了医院！”大家异口同声。

李斯特很为难，他知道这样下去不是办法，重要的是要院方积极主动找药。他突然想到，当地老百姓应该会有办法，为什么不求救腰子医院呢？也许他们会有线索或药品。

其实医院一直在积极想办法，几个方案都被否决了，转院海口不是办法，一是时间耽误，二是海口已明确告知，没有特效药。腰子医院也咨询过了，常规用药比团部医院还少，只有找民间蛇医，也许还有办法，死马当活马医，但这必须有家人签名。

傍晚至深夜，有几个此地的民间蛇医被陆续请到医院，他们带来的草药丸子无一奏效。

林苹苹是去不了贮木场了，知青们陆续回连队去，林苹苹和李斯特留下来照看妙英。

远在师部宣传队的肖邦，知道这个消息已是当天傍晚了，他咨询了师部医院也说没有办法。他突然想到口水点灯的老人，那老人神神鬼鬼的，也许他会有办法。可到哪儿去找他呢？他的村子离屯昌大峡谷很近，但自从那次出事之后，肖邦就再没见过他。他还在人世吗？

李斯特终于拨通了肖邦所在宣传队的电话，希望他能在师部想办法救妙英。

妙英已濒临危亡，神志完全迷失，脉搏也很微弱，医院向团党委汇报，团党委已向妙英家发出病危电报。希望家属火速赶来。

肖邦连夜坐便车赶到屯昌，幸好从毛阳到屯昌的车昼夜不停，川流不息。他搭上一辆刚好到二团去的油料车，午夜时分到了大峡谷。

他沿着峡谷的小路，踏着久违的深草，急急风赶往峡谷边缘的那个苗村。中学蹚过一条小河，村口的狗咬起来，凶狠而且悲切，有一种饿狼的声势。肖邦手握着一把树枝，口里打着唿哨，全村无数条狗在四面八方狂吠起来。苗村里开始有人走动，有吆喝的声音。

擎着火把和火铳的老人，裸着上身，头缠着乌结，出现在村口的芭蕉树下。

他认得肖邦，那个在百年不遇的大洪水中死里逃生的知青。

“阿爸！有人给竹叶青蛇咬了，有救人的吗？”

“请到屋里来坐。”苗族老人很友善，看上去他有八十多岁了，但英气飒爽，硬朗得很。

他把肖邦让到火塘边，仔细询问蛇咬的情形。他递给肖邦酒缸，

“喝了再说!”肖邦从命，他举起缸子，猛喝一大口，酒顺着嘴角淌了一地。

老人自己也喝，他抿抿嘴，甩干净嘴角的酒水：“我去找老雅南，今日见他在村里。”他说的老雅南正是那口水点灯的老人。

肖邦和老人深一脚浅一脚地走着，群狗安静地簇拥着他们，偶尔低沉地闷叫着，那是巨大力量的压抑。

老雅南没在家，但火塘里有火，老人刚喝过酒，不会走远。

老人领着肖邦，从村口的另一条小路走进大峡谷里。

大峡谷依然草木葳蕤，几年不见，洪水肆虐的痕迹已消失得无影无踪，好像从来就没有发生过什么惊天动地的事似的，夜的大峡谷狰狞但是安静。他们走过一片林中空地，空地上有一堆刚燃过的灰烬，灰烬上似乎还残留着烤肉的香气。林子里弥漫着淡淡的酒香，那是酒树叶子落到地上，和野果子沤成了酒流向低洼的地方一路散发的香气。

偶尔有一两声枪响，那种鸟铳的闷响。

他们转过了几个地方，都不见口水点灯的老人。苗族老人有些急。他年纪这么大，但在黑灯瞎火的林中，一盏小马灯便是他的眼睛。他提在手里的鸟铳不时在路边的石头上击出声响来。

老人嘴里发出高亢而又尖锐的声音，那声音穿透树林和夜空，传得很遥远。他在呼唤。

夜露很重，肖邦衣服全都湿了，老人裸露的上身，在夜色里闪着幽光。那是一面森林的夜的旗帜。肖邦紧跟着健步如飞的老人，他不知道怎样才能找到口水点灯的老人。

远远地有了同样高亢而尖锐的唿哨，口水点灯的老人回音了，老人又呼唤了几声，与口水点灯的老人遥相呼应着，声音越来越近。

远远的有一点鬼火般的闪光，那闪光隐隐约约漂移而来。

口水点灯的老人越发苍老了，他脸上那奇怪的表情依然，只是有一只眼睛似乎是瞎了，他看人的时候是斜视的。

他挎着鸟铳，鸟铳上挂着一只火红的狐狸和几只长尾巴的锦鸡。

口水点灯的老人像一个神仙，大山里的神仙，来去无踪，森林是他人生的归宿，也是他全部思想的结晶，大森林大峡谷是因为他而存在的，肖邦愈发觉得老人的神奇和怪异。

他也还认得肖邦，肖邦见他眼睛在夜的黑暗中闪亮着，他喃喃有词地与苗族老人说话，肖邦一句也听不懂。

口水点灯的老人好不容易才明白肖邦的来意。他决定连夜与肖邦赶去黎母山。

其实，黎母山的这边是屯昌，那边是腰子，直线距离很短，只是没通公路，坐车要转上半天，走小路只要两个小时。

肖邦告别了苗族老人，和口水点灯的老人上路了。这是一条肖邦从未走过的路，他们顺着大森林的边缘进入黎母山的山沟，沿着山沟里的小河边往前走。夜的森林恐怖而且凄厉，老人健步如飞，赤脚在林中穿梭。他的全身布满磷火，像一根蜡烛在林中漂浮着。

天亮时分他们到达六连，连长老雷用电单车把他们火速送到团部医院。妙英从出事到现在还未过 24 小时。苗族老人抚摸着已经全然没有知觉的妙英的脸，那是一个硕大无比的气球。

老人那双老岩石似的手，坚硬如同铁石，它触摸妙英，妙英似有知觉。他吐了口水在手指上，用口水去润开妙英的眼睛，如线如丝的眼睛在老人口水的滋润下竟神奇地裂开了，露出了星点的瞳仁。老人对着瞳仁审视良久，呢喃私语，他的手不停地揉抚着妙英的双眼，他专注而虔诚。

肖邦的到来，令李斯特看到了光明。他和林苹苹、肖邦都被拦在走廊里。肖邦安慰李斯特："苗族老人是个神呢！他既然前来，妙英就一定有救，幸好还未过 24 小时呢！"关于口水点灯的老人的故事，李斯特一无所知，所以他依然忧心如焚。

林苹苹通宵没有合眼，陪着李斯特在走廊长凳坐了一夜，她关注着妙英的生命，又幻想着与李斯特约会。她处于极度的矛盾之中。好几次她都忍不住要对李斯特透露心思，每次都话到嘴边，又咽了回去。

她不知道自己该怎么办，每当看到李斯特因为妙英那种伤恸，她嫉妒得几乎想拔腿便逃。

口水点灯的老人又用口水润开妙英紧闭的嘴角。他从布囊里掏出几样草药，含在嘴里，使劲地咀嚼，腮帮子鼓胀着，药汁从嘴角淌出来，他咀嚼了许久，把那团稀烂的草药吐在手掌里，足足有饭碗那么大的一团。他捧着药团子，把药汁一滴滴流进妙英的嘴里去。然后把药渣敷在妙英后脑勺被蛇咬的伤口上，那伤口已经发黑，变得青紫。他示意医生用绷带把药渣包紧。他狰狞的脸上，露出那种只有肖邦才能觉察和体会的笑靥。

他一言不发地走出病房，用双手搂住肖邦的肩头，在肖邦耳边喃喃低语。片刻，他捡拾着行囊和鸟铳，和肖邦告别。待他走远，肖邦才回过神来。老人去的方向，已经空无一人。

谁也不对老人的草药有所寄望，只有肖邦，他在心里静待奇迹的诞生。

几个小时过去，妙英一切依然。老人匆匆来去，医院并不以为然，人们准备着妙英的后事，只等最后时刻的到来。

李斯特已彻底绝望，他终于哭出声来，林苹苹也在一边淌泪，肖邦也已渐失信心。他在心里不断鼓励自己，不会的，不会的，口水点灯的老人不会失手的。他不是人，是神仙呢！

妙英的亲属还在路上，他们是昨晚坐夜班车从广州经海安再坐船到海口，赶到黎母山，最早也是明天的事了。

明天，李斯特将要到中山大学报到，而妙英却就这样走了，这是怎样的劫数啊！李斯特无法接受这样的现实。

妙英的病情似乎没有任何起色。她仍然处于死一般的昏迷中。直到这天的午夜，医院彻底宣告妙英不治，在送往太平间之前，李斯特被准许去与妙英告别。

与其说是人，倒不如说是一团透明的没有形状的东西，医生不让他们靠近，他们只能在三尺以外与她告别。

只有肖邦不相信妙英就这样离去，他从口水点灯的老人那儿获得的灵感，是不会错的。妙英一定会再生的。他说不出任何理由，他坚持不能将妙英送太平间，还需要时间证明，口水点灯的老人的药是一定会有奇迹诞生的。

李斯特明天一早就得坐腰子—海口的早班车，后天坐船到广州，他的行期很紧，不能耽误。肖邦让李斯特离开医院，他自己将在这里再守候一两天，他对李斯特说："妙英不会死，她一定会活过来，请相信我。"他的坚决令李斯特感动，那是任何人也动摇不了的坚决。

【另类档案】

追寻昨天的传说

今天到达黎母山，黎母山的国庆节并没有多少节日的气氛。这个山间小镇比 30 年前妈妈日记里的小镇，只多了几座楼房，少了些树林，看不出有太大的变化。

妈妈在 1968 年 10 月 30 日的日记中，是这样描状黎母山的："从连队到小镇，大约五六公里的样子。说是小镇，也就是一个丁字路口，几排低矮的瓦房。瓦房是明瓦，没有瓦楞，屋顶用石头压着瓦片。从屋子里往屋顶看，可见星星点点的空隙。河水是蓝色的，清澈得像蓝天一样，河里有许多鱼，还有漂亮的水草。那种高高的很清秀的树叫槟榔，河滩上全是槟榔树和凤尾竹，风景像电影里的一样。"

现在的黎母山镇，尘土飞扬，很肮脏，南来北往的人不少，摆卖各种山货的，设档赌博的，卖老鼠药和开发廊的。熙熙攘攘，全没有山中的清新。

我想 30 年前妈妈他们风华正茂，他们的精神像黎母山的山水一样洁净，生气勃勃。今天黎母山的样子，一定不是他们所希望的。

那一年，妈妈 18 岁。

在妈妈日记里写过的这个丁字路口，应该就是这个丁字路口。我在路口一排瓦屋的旧墙上，看到一个巨大的“忠”字，红漆依旧，在80年代新盖的供销社大楼后面，也有好几幅这样的旧墙，有的墙上还喷画着毛主席戴八角帽的头像。土产收购站堆放杂物的空地上，居然还有一尊毛泽东在沙发椅上的石膏像，像真人一样的大小，我在海口东线高速公路口的一所露天杂物仓库里，也看到同样的石膏像，终日在那儿雨淋日晒的。

妈妈的日记里有许多关于这个丁字路口的记述。所以我对这个丁字路口便格外留意。那是妈妈经常歇脚的大榕树，它的树荫遮了半个街口。树荫下蹲着卖槟榔的黎族妇女。

丁字路口连着一个山坡，横穿海榆中线和西线的公路就从山坡上穿过。山坡的边缘是医院。妈妈的日记里好像也写到这所当年的公社医院。她被蛇咬伤以后，在这所医院有草医曾给她送过蛇药。

丁字路口附近有好几个小饭店，我问卖槟榔的大姐：哪个是最古旧的国营饭店。大姐也说不清楚，我便自己去找，最古旧的饭店其实就是街口最小的那座，看得出是60年代最好的建筑。平顶，很大的开间，没有门，只有一个大圆拱的进口，这是五六十年代治安良好时的设计，现在依然保留了那个大拱门，只是在外面加了卷闸。这座只有几十平方的餐厅，当年上万上千知青到这儿买饭吃，不打架斗殴才怪。

丁字街口的一侧停着许多载客的三轮车，司机见我一个人，背着行囊晃来晃去，便过来搭讪，五块钱就可以带我去想去的地方，到妈妈的六连只有四五公里远的土路。我决定走着去。我想体会一下当年的感觉。那时是山青水绿，现在是尘土飞扬。

“空气里有杜鹃花蕊蜜汁的甜腥味!”妈妈这样写。现在也正是深秋，正是野杜鹃开放的季节。山野间没有金灿灿的杜鹃，也听不到杜鹃鸟“行不得呀哥哥，行不得呀哥哥”的悲啼。

公路上有一些赶街的人，驾着牛车，就是那种有巨大木轮的牛车，这种牛车陷在泥泞里，也很容易推出来。

还有一只灰色水牛拉着爬犁，爬犁上安着竹子编的大筐子，里面坐着一男一女两个孩子，他们把小手扒在筐沿，望着公路边缓慢移动的树木。

当年黎母山的几万名知青，并没给她带来30年后的繁荣，妈妈一定憧憬过30年后的黎母山，已经变成共产主义天堂的黎母山美景。这是他们那一代人的乌托邦梦想。

我不知道今天的六连是什么样子？人们还会记得六连的知青吗？500知青的六连已经完全消失了吗？

还有贮木场，贮木场山坡上68座知青墓。

那场大火究竟怎样？我没有任何资料，妈妈的日记里也没有任何征兆。我无法设想大火的残酷，它超出了我想象的视野。

妈妈日记里倒是有过几次关于山火的记述。那是很小规模的山火，包括有一年伙房失火。一个平日最落后、最顽皮的知青，在那次救火中被烧成重伤。

黎母山的所有景物，都会令我坠入一种历史谬误的想象之中，使我内心经历冲突，这种冲突是非常理性的。我实在不想往母亲他们脸上抹黑，但是，一种生命扭曲的悲凉，已经无可辩驳地写在这疮痍的土地上。

远处是起伏的群山，群山虽然青葱，但还是可以看到山火焚烧过的痕迹，像鬼剃头一样露出斑斑块块的浅绿，那是森林植被遭破坏之后，长成的茅草地。这些茅草地严重影响了森林的再生能力，而六连是以伐木为生的连队。

在我看来，很艰苦很严重的事，在母亲的日记里，都记录得很简单。她轻描淡写地谈到被蛇咬伤，被洪水冲走，让石头砸了，牛车陷进沼泽，一天爬十几公里的山路去砍芭烧荒，包括一天干十几个小时的所谓“大会战”。伙伴被火烧伤，他们抬着担架，轮流小跑着跋山涉水……所有今天看来都是重大付出的东西，在她的口气和笔致里，就像日常生活一样的平淡。

我们的生命里，缺少母亲他们的热力。他们的盲目和冲动里，有没有令今天的人们感到过犹不及的单纯呢？

在岔路口，我拿不定主意是向左还是向右。一般来说，往山里走没错，但左右都是山。

我记得母亲日记里写到那条流经贮木场的河，河总是要流出山外的。我开始寻找河。岔路口右边不远处果然有一座桥，用圆木组拼起来的桥。桥面很宽，足有十米左右，桥上圆木有轮子轧过留下的黑色痕迹。是拉木头的十轮大卡留下的刹车痕，这种轮胎的合成物深深地嵌进木头里，许多年的雨水都冲洗不掉。

过了桥是一片橡胶林，一直绵延到山脚下。那儿有一些白色的屋顶。六连一定就在那里。

六连是我这次行动的第一个目的地。我将在六连住上一个星期。然后再考虑到别的地方去。

第四章

1999年。广州。阿里巴巴餐厅。

张真在这一天早上，突然想到给李斯特电话。

自从1979年回到广州，她就在各种报刊上不断读到李斯特的文章。关于李斯特的报道和文章的剪报，她已经积累了一大堆。但是，她从未萌想过给李斯特电话，与他联系。她说不清楚为什么，反正日子就这样一天天过去，每个人都有自己的生活。自从李斯特上大学之后，她再也没有了李斯特的消息。

她一直想找李斯特，和他谈一个她认为很重要的问题。了却一件心事。她想也许只有李斯特能给林苹苹的生活带来奇迹。当然，她不知道李斯特见了林苹苹之后会怎样。昨天，张真到火车站送走了儿子，儿子到北京读大学。她自己一人从火车站回来，一路上，她孤单而又失落，整个人轻飘飘的，好像被抽了筋骨一般。人高马大的儿子离自己而去，肩上好像卸下重任。在公共汽车上，往常熟悉的街市变得很陌生，她脑子空空的，不知忧虑也没有欢乐，这是一种极其奇怪的感觉。许多年了，什么都不敢去想，一心一意在儿子身上，盼望他长大成人。在放飞他的日子里，自己反而坠入一种难以言说的境地。于是，她拼命回忆，企图让往事来冲淡这种因为儿子离去的失落。

回到家里。儿子的房间依然零乱，他从不收拾房间，怎么开导都没有用。房间的杂乱惨不忍睹。爱整洁的张真只能在心里叫苦，谁叫是自己的儿子呢？儿子这一代人，与我们不同，他们是只有现在，没有过去也没有未来。他们不属于过去，对未来也是一种懵懂的自信。

她的心里空落而且有些凄凉。

她在家里到处走动，希望从中能够找到开解的办法。她拨了丈夫的手机，通了却又马上关掉，丈夫见了来电显示，又打了回来，她只说刚才拨错了，没什么事，就挂了。

她打开电视机，是凤凰卫视的“时事直通车”，又是中东和谈，没完没了的以色列和巴勒斯坦，为了一堵“哭墙”在那儿千秋万代流血。她关上电视机，打开音响，是刘德华的《笨小孩》。她关上音响，但那环绕的音色久久不绝。她随手拿起电话，拨了女友伊宁的电话，永远占线。全世界都在忙，只有自己百无聊赖。她不知道自己心绪为何如此坏，是因为从此轻松了，还是因为生命之累刚刚开始。

她一直关注着李斯特的踪迹。虽然自1973年农场一别，再无联系。李斯特仿佛失踪了似的。特别是林苹苹出事之后，她给他写过几封信，都无回音，她也就死了心，大凡男人都是这样，没心肝的。

李斯特1976年分配到大学时，张真成为了最后一届工农兵学员，到粤北山区一所师专读书。她在数学系读了三年书，那是最为屈辱的三年，他们这些末代工农兵学员，和恢复高考以后的七七级，七八级同学一起，他们像是一群弃妇，一群低能儿。她索然寡味熬过了那漫长的三年。好不容易才回到广州，在郊区一所戴帽小学教书。从一开始教初三一直退却到去教小学五年级。最后，连五年级也教不好的她只好被安排到出纳的岗位上。三年前，她下岗了。

她按图索骥把电话打到中文系办公室，没有找到李斯特。接电话的姑娘热情得很，帮她询问了半天，说是见到李斯特让他回电给她。

她留下了自己的电话号码，但没说自己是谁。

李斯特在这天晚上回电了，他没有想到是张真。在六连时，他们很少来往。

“是张真吗?”他十分吃惊，自然也十分陌生地问:“这么多年了，你都在哪儿工作呢?”

“哎呀!一言难尽，早就下岗了!找你谋口饭吃呗!”她依然快言快语，全然没有生分。这么多年不见，她不知李斯特变成什么模样，包括做派。但是，再变也是李斯特吧!大人物的李斯特也是从黎母山里的小人物走出来的。所以她用不着客套。

“你别害怕，不会找你要饭吃，你是大人物了，问个平安而已。”张真在李斯特面前，恢复了久违的好心情。

这个男人，他的声音一点没变，有一回她在电视上看到介绍他的专题，40 多岁的中年人，一点也没有发福，还穿着牛仔裤、T 恤衫，像个 20 好几的人那样干练。只是头发已经花白得差不多了。

“别大人物、小人物的好不好!我算什么人物啊!和你一样，工农兵学员。”李斯特有意渲染气氛，他觉得张真似乎生活得不错，否则怎么会有如此好心情。

“怎么敢跟大教授比啊!别笑话我了。说正事吧，星期天我们六连的几个女知青聚会，大家希望你能光临，大家要你赠书，签名的哦!”张真灵机一动，星期天本无此安排，她随口编排出来，为自己创造一个机会见见李斯特，这种心情很微妙，她也不知道自己怎么会有如此的机智。

李斯特在电话里支吾着，星期天他已约了人，但对几十年都没联系的农友他不好推辞，知青朋友难得有聚会，他也希望多联络些昔日农友。人一到一定年纪，就多少会怀旧起来。他答应张真星期天一定赴会。

张真放下电话，忙给女友伊宁打电话，让她赶快联络几位知青伙伴，她想不好要不要约上林苹苹。星期天一早到沙面的“阿里巴巴”餐馆。到时她将领着李斯特，让女知青们大吃一惊。

自从沙面临江的地方建了白天鹅宾馆之后，沙面面江临水的景致就打了极大的折扣，不去看珠江的沙面，而只看没有了珠江的沙面，沙面就不成其为曾经令世人瞩目的沙面了。沙面的古榕，弯曲的河涌和小桥，娇艳的旅人蕉和亚热带的棕榈，在那一座座华贵的法式洋楼别墅之间穿行。沙面和西关，构成广州城反差强烈的两极，殖民地化和中国古旧市井街市是旧广州保留于今最有价值的城市文明。这文明使旧日的广州在今天变得亲近和充满童年的怀想。李斯特每次经过沙面，都有一种爱怜的感觉。人们太愿意遗忘，总是把旧日的东西任意抛掷。有一天，我们只能去欧阳山的《三家巷》里寻找沙面、西关和旧时代的广州胜景了。他在沙面转来转去地寻找“阿里巴巴”餐厅。

在一间门面用裸砖砌起的门楼前，他终于找到了“阿里巴巴”餐厅。

中午的餐厅顾客很少，李斯特奇怪张真她们怎么会迟到，他抬腕看表，才发觉自己记错了时间，提早一个半小时到达。还得等一个半小时，想想也是，怎么会有人在九时半开餐呢！他只好择了一个靠窗的角落坐下。从落地长窗的玻璃望出去，远处是被高架桥和楼宇半遮半掩着的天字码头，当年几十万广州知青就是从这儿乘“红卫轮”往海南岛去的。如今，天字码头只驳靠往返珠江两岸的渡轮。自从修了珠江桥后，大轮船就进不了天字码头。

不到十时，张真就到了。她一眼就认出了李斯特。她看李斯特时，眼睛里有一丝难以觉察的忧伤。“一点都没变，还是那么年轻！”张真一见面就啧啧称奇。她大大咧咧里有着一种市井的粗俗和居委会大妈的关怀。

大家变化都太大了。李斯特简直无法从眼前的张真去追溯昔日的张真。韶华随风而逝，红润已无从寻找，她蜡黄的脸有些虚胖，腰身也显得臃肿，开始发硬的头发束成一个马尾，脸上略施脂粉，眉毛是文过的。她努力把自己往年轻装扮，整个人不甚流畅，不甚清爽，镶嵌着一些不是这个年龄应有的东西。这怎么可能是张真呢？当年那个泼辣开朗的张真在哪里呢？李斯特心里直发苦。他很想告诉张真，一个迫近50岁的女人依然美丽的东西是什么，最应该珍视的又是什么。但她需要这种忠告吗？不过，这也难怪，她们最青春的年华，是与烈日骄阳为伍，荒山野火烧尽了她们作为少女的最后娇艳。待到年近半百，她们才有机会停下来喘息，是下岗使她们有许多的空余来研究早已粗糙发黄的脸庞，此刻，是连“小护士”化妆品也买不起了。

张真热情地问长问短，间或招呼服务小姐添茶添水。她一见如故地把李斯特当成小老弟，她很恰如其分地调整着自己的角色。能够见到李斯特，是她生活中的一种满足，她太需要这种满足来填充自己对另一个女友往事的遗憾。她设计安排这次聚会的用心既是现实的，又非常浪漫。她希望李斯特能够为林苹苹当然也为自己参谋出日后生活的方向，或是选择一种谋生的方式。她自觉还不至于老到等死的地步，也许她难以掩饰心中一直没有熄灭的青春之火，毕竟在少女时代曾经有过梦想，那梦想因为林苹苹也因为妙英的突然受伤而夭折了，那个最后的机会擦肩而过。要不然，也许会使各自的生活发生重大的改变，这并非不可能。许多年来，她有过许多深夜的思索，对过去生活的思索，她固执地认为有些瞬间的事，是可以改变人一生走向的。那天，她没有去医院，她不知道妙英的事，她在贮木场等李斯特。那天傍晚，她在李斯特的门缝里塞了一张纸条，约他九点去贮木场，她用了妙英的名字。她一直等到深夜。回连队才知道妙英出事了。今天，她只想借这次聚会，重新回味证实一下遥远的已然消失的感觉，是否依然新鲜。

时间还早，文英华她们还没到。张真与李斯特在落地长窗前对饮。珠江已不是30年前的那条珠江了。它变得狭小而且拥挤，沙面失去了辽阔粗豪的珠江，自然也就黯然了许多。白天鹅高大的建筑并没有让沙面增添亮色，它遮蔽沙面并且把沙面挤迫到角落里去。李斯特是一个怀旧主义者。此刻的张真却兴趣盎然于现在。

“我喜欢现在的广州，你呢?”张真今天的情绪特别好，沙面的阳光也特别好。

“怎么说呢，太拥挤了，我还是喜爱黎母山。真的，阳光，洁净的水和空气，还有无边的大森林，辽远的山路，那是广州永远不会有的，你说呢?”李斯特的话令张真不以为然，她认为李斯特在故意调侃。

“怎么会呢，我是说真的。城市会越来越大，人会越来越多，空气会越来越混浊，可是森林却越来越少，再过几十年，你去哪里找那辽远的山路呢，还有空气、阳光和水。”

“别那么悲天悯人吧！”张真觉得跟李斯特在一起，话题总是新颖且令人有一种淡淡的哀愁。在农场时，那天晚会上，林苹苹跟他合唱《送别》她就有这种感觉，虽然是唱歌，他的歌声里有这种东西。这种在别的男人那里你难以捕捉到的东西。正是这种东西吸引了她。许多年过去，什么东西都悄然离去，但这种感觉却顽强地保留下来。

“那我就到黎母山贩运阳光和水来广州批发，你看这主意怎么样？”

“当然，也许很快就会有人去做了。”李斯特认真地说，“说远了，还是谈谈你现在的情况吧！”

“我只想找一件适合自己的工作做做，孩子上大学了，家里挺冷清的。”她没有说到丈夫。

“先生呢？”

“先生不重要！”

“为什么？”

“不为什么，就是不重要。”李斯特有些明白，他不再追问，许多人到了这个年龄都这样。“读过玛格丽特·杜拉斯的《塔吉尼亚的小马》吗？”

“玛格丽特，是谁？”张真是读数学的，她不知道杜拉斯。

李斯特简要地介绍了这部小说的情节，“什么东西都会疲倦，包括爱情，钢铁也会老化的，这是物理现象。”

“人不是铁呀！”

“你现在就是！”

“为什么？”

“不为什么。”

张真明白了，她一直不知道自己和丈夫之间有什么问题。从结婚的第一天，她就有一种疏离的倾向，她热烈不起来，她想热烈，但没有办法。她努力寻找丈夫的缺点，那种一般男人共有的缺点，在他身上是那么稀少。他没有脾气，他很勤劳，什么家务都做，他不喝酒，不抽烟，不打孩子，不打麻将，他是一个优秀的职员，甚至很白净很干净，可是她就是没有热情。跟他在一起，连做爱都有一种同性恋的感觉。她宁可去和一个男人厮打，哪怕是轰轰烈烈厮打也好。她一米六的身躯里有流不完的血。她自己这样想，那些血天天在等待着一种沸腾。这种等待看来是此生无望了，她不禁有些黯然神伤。她有一种出走的冲动。也许那样，丈夫会勃然而起。她没有这种把握。

李斯特一直在注视着张真。一个48岁的男人，他应该能够一眼看穿面前这个女性的心思。他在心里忖度张真在此之前的全部生活，尽管他在情感上从来就没有与张真有过触电的交流。但是他看出这个女人，在历尽了人生苦辛之后，那熊熊燃烧的青春之火，正在作最后的挣扎。那种挣扎的跳动是令人感动的，也是哀伤的。

唉，我们这一代人，一辈子都在追逐理想和感情，而这种追逐又过多地残留着青年时代的遗迹，以至老之将至，变得不合时宜，却依然如青春年少般容易冲动和憧憬，总是追逐那难以追逐的，总是梦想那难以梦想的，浪漫的李斯特，又记起一本书中的这两句话。

即便是非常现实的张真，有时也是离现实很远的。

他们谈了许多，但很奇怪，谁也没有主动提到妙英和林苹苹。而李斯特在面对张真时，他却在心里拿妙英和林苹苹比照。如果妙英和林苹苹今天也在的话，那是一种怎样的情景？他在心里叹气，一种油然而生的失望。这种失望不是具体的，不是针对某一个人的，而是非常迷茫非常空虚的。他很想从目前下岗的张真身上发现知青张真和林苹苹，哪怕是一丁点的相似之处也好，但是没有，从外表到内心，他找不到能说服自己的依据。有一种东西，在改变着人，让人服从它的调遣，是什么东西呢？李斯特想寻找的正是这东西。

张真从不去细究生活，就连那天突然约会李斯特，她也没有顾及妙英、林苹苹以及会有什么后果，她认为爱一个人是没有道理也不受约束的。生活如此，她只按自己喜欢的去做，她所学的数学不是她喜欢的专业，她因此便也从没有认真地学到数学。那三年是在屈辱中混过来的，有了那三年的经历，她再也没有了读书的兴趣。

他虽想把话题扯到张真他们这些知青的切身问题上去，这是出于对他不想提起的林苹苹的关爱，他觉得张真太像个不经事的小女孩，这种被突然激发起来的情状，令李斯特很为她担心。这种担心自然是多余的，李斯特不会不明白，但是，他还是对张真说："我们都老了，世界是青年们的，没有这种明智不行，我常常在告诫自己老了，就要50岁了，只有这样，我们才会更年轻，而这种年轻才是坚实的。"他终于说出了自以为能让张真觉悟的话。

张真就是不觉悟，鸡同鸭讲，李斯特的好笑之处正在这里。

文英华她们来了。

令李斯特真正吃惊的，是小巫见大巫。48岁的文英华完全变了一个人。长发披肩，本来平板得如同板鸭的身体裹着一条连衣裙，胸部异常丰满，隆胸了么？连衣裙的花色是那种曾经流行过一段很短时间的来自西北的大红花。红花绿叶，都是出奇的夸张，那红艳，非常的汹涌，穿金戴银。看来她的日子不错，但神色似乎也很劳累。

田佩萱也是六连的，是个割胶能手，她的事迹在70年代初上过《人民日报》，《人民画报》上也刊登过她的照片，那幅著名的《割胶姑娘》就是她。她瘦弱而且似乎害过或正在害哮喘病，气短急促的样子。总是不断地呼气。她穿着很朴素，近乎老土，嘴唇也是描过的，原来青紫的嘴唇显得红润。她穿着直筒裤和T恤，那T恤是"青岛啤酒"的广告衫。

文英华见面就大惊小怪，热情得大呼小叫，嘴里一个劲地叫着："大教授，大作家，电视人物！"一口气叫出许多耸人听闻的称号，令李斯特喷饭。李斯特对文英华印象不太深刻，只觉她平时不大吭气，身体扁平得像个没有发育好的男孩子，见人总很腼腆，到连部办事都得让张真陪着。

文英华一到，就风风火火地安排午宴，原来"阿里巴巴"餐厅的老板是文英华的朋友，也是海南知青。不一会文英华领着老板来了。也许是在沙面生活久了的缘故，老板颇为洋气，温文尔雅，五十出头了，虽然也略显发福，但一袭黑衣黑裙，那丝织的高级衣料，极为服帖，看得出她是经常健美的，步态举止轻盈。她在文英华的引领下，语言得体地与李斯特寒暄。

“经常听张真她们说起，你真了不起，我是五师的，在那大那边，离黎母山不远。”说着，递过来名片：“请多多关照！”真是什么样的水土养什么人。她的名字很特别，叫史五一。

“人家也是大学生，现在是老板，你看，生意做得多大！”张真几分炫耀，几分羡慕，几分讨好地说，仿佛在说，我的朋友也很有档次呢！

“不好意思，都还给老师了，我是西北大学的。”

“好啊！知识分子下海，餐厅都开得有文化。”李斯特发自内心地说，“几时我也辞去工作开个餐厅，对着珠江喝酒做梦，多好。”

“可别，做哪行看不起哪行，我都后悔当时没在西北大学坚持下去，我留校工作了五年，还是回广州了，你想，在海南那么多年，又去了西北，这辈子不是森林就是黄土，于心不甘。现在想起来，还是大学里好，做个大学教师，又受尊重，又清闲哩。不过，那碗饭也不好吃，不像李教授，我是无名小卒……”她挺能说的，难怪餐厅开得那么好。说着，进来几个洋人，老远就和老板“哈罗”，看得出他们很熟，史五一便说声“告辞”，去接待洋人了。她的黑色身影在优雅的淡色调的餐厅里显得非常突出，是那么明艳的突出。张真见老板与李斯特很有话说，她一直没有言语：人与人就是不同，大家年龄相仿，史五一可一点也没见老，她轻描淡写，令人舒服，张真心里有些感触。

酒菜陆续上来，小份小碟，做得颇为精致，李斯特建议来一瓶红酒，张真十分赞成，吩咐招待小姐去取，法国南部的，她说了一个英语品牌，十分内行。史五一也来了，她举着酒杯：“我请客，欢迎教授光临。”她一饮而尽。

大家一饮而尽，只有田佩萱意思了一下："对不起，我不能喝酒的。"张真把她的酒拿过来："我替你喝了！"她关切地让给田佩萱来一份鲜榨果汁。

秋天中午的阳光，和暖地投射在玻璃窗上，柔和而又浪漫，阳光因为在雅静的沙面，也显得格外不同，它是经过这个曾经是洋风浸染的殖民地租界过滤的。童年的李斯特，是怎样也想不到有一天会在沙面这种地方，和几位生活在人生边缘的老知青喝正午的红酒，在一个叫"阿里巴巴"而不是叫"财记"或"逢源"的餐厅。

李斯特很留意田佩萱，这几人中，也许是她生活得最不好，事业和身体都处于一种窘迫的状态。她沉默寡言，似有无限心事。当年，她可是红遍大江南北的知青标兵。李斯特见她郁郁寡欢，便主动与她碰杯，并关照地说："你不必真喝。"也许很少有人关心过她，她有些脸红，欠了一下身子，也说不出更多的话。李斯特有些醉卧花丛的感觉，他有些难以招架。他很想把肖邦召来。张真马上说："是宣传队的那位帅哥啊！我在六连见过他，几年前他的《知青人信札》在天河签名卖书，我还去捧场，来，电话？我去打。"张真热情有加。

肖邦没有来，李斯特几次想走，但张真她们热情正酣，又电话召来几位李斯特不认识的知青朋友。一直到珠江暮色苍茫，华灯四起。

除了田佩萱，其他几位都颇能喝酒，尤其是"阿里巴巴"的老板史五一。喝混酒，白的红的一起来。他们的热情全在过去，仿佛过去的苦难，如今已成为精神生活的支撑。

历史和生活是多么相似啊，李斯特想起波德莱尔《巴黎的忧郁》中，小酒馆里那几个"二战"的老兵。

送走了文英华她们，李斯特与张真告别，张真却说："我有话对你说，走吧！"他们沿着珠江边的长堤路往海珠广场走去……

1983 年。广州。华南大学。

李斯特上任十多天都没有什么动静。他每天早上到系办公室去半个小时，然后到系里各年级的教室里去转一圈。他会很准时地在课间时分抵达一个课室，和准备上课的老师寒暄几句，然后恭敬地提出听课，这突如其来的举动令老师难以婉拒。十几天下来，他基本上把系里本学期十几位任课老师的课都认真听了一遍。老师们明显不好说什么，系主任听课，是用不着招呼的，私下里却很有些看法，各种评述都有，有的反映到吴校长那里，说李斯特搞突然袭击，这是对知识分子不尊重。吴校长不置可否，笑说，“那怕什么呢？共同切磋嘛！有真本事，怕什么突然袭击，我也袭击过李老师呢。”校长都这么说了，看来是坐一条板凳的。

最恼火的是张泓。

那天李斯特又准时到达502，张泓正准备上课，李斯特客气地和他搭讪。张泓早知李斯特的把戏，他一直在努力回避。本也不怕什么，只是有些虚，有些不自在而已。教师一踏上讲台，什么鬼也装不下去的。此刻，他只能硬着头皮笑说：“欢迎李主任不吝赐教，在下诚惶诚恐。”心想：“相煎何太急呢？好歹是同行。”他脸上有些不大好看。李斯特管不了那么多，自己当系主任，自然要抓教学，大学的课堂，好混也不好混，就看你怎样抓了。张泓自知混也难混，可走又难舍。一周三节现代文学，应付过去，不是很清闲么？现在李大主任看来要来点真的。

这一课简直糟透了。他想照着讲稿慢慢念，又想离开讲稿有所发挥，努力显得潇洒自如一点，结果是念也念不好，发挥也发挥不到哪儿去，平时他总是靠讲些文坛小道、作家轶事来填充课时，当下不行了，行家就坐在后排角落。

学生发的课本是中国社科院编的《中国现代文学史》，他念的讲稿是王瑶编的《中国现代文学史初稿》。李斯特把课听完。他听得一头雾水，不知所云，平时只知张泓老师的课不怎么样，没想到这么糟。这一节讲的是沈从文，沈从文说自己是一个“乡下人”。张泓当真把沈从文当作一个乡下人。他无法解释沈从文的本意。

沈从文当真是个乡下人吗？从精神气质抑或学识修养乃至阶级立场，究竟是从哪种意义上去界定呢？李斯特听得火起，他在心里哀叹，这样的仁兄何以还能混得下去。饶老先生是个老好人，他怕是早已知道张泓的底细，但他容忍他抑或漠视他，让他混不下去自己走人。会吗？下课后，张泓心绪有些紧张，他想栽在李斯特手里了。自从李斯特上任那一天起，他就知道克星来了。他就在等这一天，他只是不知道这个工农兵学员出手会重到什么程度，李斯特尽管还是个助教，但他的评价是重要的，在现当代学术界，他还能说上几句话，张泓自然不敢否认。

他们一起走下楼梯，一路无话，李斯特在心里组织着语言，他想用什么样的话语才能表达心中的意思，又让张泓不太难堪。是干脆就劝他转行呢，还是提请他去进修？他拿不定该怎么说。

"小李"，张泓欲言又止，张泓尽量轻松而且亲近。这之前，他都是从心里把李斯特当猴耍的。可现在，他露馅了，他不想造次，只求得与李斯特真诚地谈一次，摸一下他的底细，他自知逃不过去，但还是期望小老弟能手下留情。他曾闪念，心一横，管他呢，大不了走人，到机关里去，可细想，到机关里去也不能背着被放逐的罪名啊！他从来没有如此认真地思索过，还是应该真诚地与小老弟交流一下感情，大丈夫能屈能伸，人家是系主任，又是学院学术委员会委员，你看不起他也得承认他。

李斯特见张泓沉默，心想大约他会有话说的，他僵持着等他发话。

张泓终于憋不住，他坦率地说："小李啊，你听了课，多少给个评价吧！"

"是真话呢还是假话？"李斯特单刀直入。

张泓略显犹豫，又故作爽朗地说："当然是真话，谁跟谁呀，老弟。"

"那么，我就直说了，不一定对，大家都是同行，同行看门道，对不对？"

"那是当然。"

"我觉得张老师没有读透作家作品，只是在一本文学史书里面打转，得到的都是文学史书里的最终评价，结论式的评述，对于老师而言，是一种绳索，而不是自由。归根到底，不熟悉作家作品，只知书名而不研读作品，恐怕是最大问题吧！你说呢?”李斯特一针见血。张泓确实很取巧，不读十年作品，真的不解其中味。没有研究心得，体察文学精神，如何传授解惑?

张泓辩解：“作品那么多，哪能本本都精读呢？李老弟，想必你也办不到吧?”

“你怎么知道？我屋子的灯哪晚是在凌晨三点以前熄的？我不能跟你比，我是工农兵学员，你是名牌大学毕业生，虽说只读了一年文化课，但基础比我强多了吧！我是笨鸟先飞，不敢怠慢啊!”李斯特有些感慨。人与人不同，自己资历低微，而且现在工农兵学员是众矢之的，不补考过不了关，大量留校当教师的工农兵学员都纷纷转行到机关，有本事有抱负的纷纷考研，改换门庭。

张泓承认李斯特说的是实话。这小老弟在学校里之所以让人佩服，他的刻苦勤奋人所共知。一分汗水一分收获。张泓到底被说动了，过去他不是完全看不起李斯特，只是面对工农兵学员，自己有一份优越，作为文革中的老五届大学生，在他们前辈面前无话可说，毕竟大学都没上过几天，但还挂了个正经的牌子；可在工农兵学员面前，就具有双重优越，一是“文革”前正式高考入学的大学生，二是毕业文凭是过得硬的，也没有人清算他们上少了几年课，要他们补考。现在栽在小老弟手上了。他本打算强人硬上弓的。

“在中文系，我还是佩服你的，我就是太懒，比不得你老弟年轻力壮，精力充沛。”张泓自我解嘲。

李斯特也不想多说，他自以为已说到点子上了，张泓有自知之明的话，他知道应该怎么办。他认定张泓是不适合在教师岗位上的。

教师并非人人都能当。可是，目前社会正忽略这一点。

李斯特在系里七八年，哪位老师怎么样，早就明白三分。经过这十几天听课，他知道下次在系的教学会议上，应该怎样说，说些什么了。

张泓常说“系主任算个鸟”，也是的，只要不把它当个官，随时准备解甲归田，还当真怕甚鸟呢？

李斯特下定决心，不干则罢，既然干了，就破釜沉舟，把它干到最好，大不了随时下台，做自己的学问，哪怕去当个自由撰稿人，像肖邦那样。他突然想起黎母山田野上那位放鸭的老人，一个一辈子在山野间云游的放鸭老人。那是一种多么自由的日子啊！

他和张泓在岔道口分手。一路上好些人和他打招呼，都知道他当了系主任。他觉得人的位置一发生变化，好像什么也都在变。官这个东西太怪了。当真人的价值是以官的大小来确定的么？

李斯特以为他一当系主任，就会有许多人来找他谈工作谈问题，没有，一个也没有，好像中文系一下子平静无波了。饶老先生当系主任时，可是每晚高朋满座。李乔当总支书记也是被烦得无可奈何。谈职称工资谈福利谈子女升学谈计划生育谈评先进谈教材选择谈出差谈加入某某学会谈国外访问学者谈国内进修谈课时补贴谈个没完没了，就是不谈学问不谈学术。

他想这可能不是好事，但平静无波也许只是假象，很快就会惊涛骇浪。所以他并不着急，乐得有时间坐下来思考。

李乔那儿是门庭益发热闹。人们不太习惯来找李斯特，对他总有一种怪怪的隔膜。是称他李主任好呢，还是依然叫他小李？光这个问题就令人为难。干脆找李乔，熟门熟路，这个琼崖纵队的红小鬼，古道热肠，他虽然烦得很，但也来者不拒，照单全收，几句话就能把他煽动得热火朝天。

李斯特知道那些资深教师面子上还转不过来，同龄人中也有这个问题。并非对他有什么成见。自己必须以实际的政绩和治系方略来打通这种僵局，所以他并不想跟往常的新官上任那样，先家访笼络感情。没有这个必要。

李斯特是系主任，自然也就荣升了总支副书记。李乔打电话来，有事要找他谈。他奉命到李乔家。

李乔家很乱，妻子住在市里教育局的宿舍，一双儿女两边跑，他一个人长住学校，屋子每星期夫人来收拾一次，所以自星期一开始，由整洁到脏乱依次递增，星期天的脏乱达到顶峰。这天是星期六。满是碗碟的饭桌旁已积了十多个白酒和啤酒瓶子。战争给他落下了残疾，埋在肉里的弹片像他一样嗜酒，没有酒喂养它们，它们就在他身上造反，弄得全身酸疼。他离不开酒。夫人离开他到市里去住，感情自然也有问题，他们的离婚动议从 1968 年一直拖到现在，大家都老了，也就不再提了。

李斯特是李乔家的熟客，每个角落他都熟悉无比，他自己找了个地方坐下，顺手把一些杂物摆放到原位，清理出一方天地。

“妈的！”李乔还是琼纵做派，他愤愤地，“告状信写到高教局去了。”

这是意料中的事。李斯特比李乔沉着多了。他不以为然，当官不是他的理想，他也明知自己最不合适的就是当官。还是张泓明白：“系主任算个鸟。”在这点上，张泓是可爱的。

“我李老头算个鸟啊！”李乔圆睁怒目，李斯特笑说：“李老师，你犯不着动肝火，这是必然的事，不这样才怪，我人微言轻，系主任也是当几天而已。待到什么时候，中国可以民主竞选了，我再来认认真真地干一场吧！”

“现在可不行，从现在开始，就当一场硬仗来打，把中文系工作搞上去，搞出名堂来，让大家评说去吧！”李乔冷静下来，他担心李斯特挺不住，见李斯特这种态度，他放心了。

“这可是保密的，不要外传啊，你是总支副书记，所以我有责任把这些事告诉你。”李乔党性很强。

李斯特心中更有底了。各种矛盾都摸清了，无私无畏吧！干它几仗再说。

他与李乔已商量了几项下周决定实施的工作措施，其中包括教师挂牌上课，让学生选教师，以及科研任务量化管理。估计这两项措施会在系里引起轩然大波。真正实行起来有很大阻力，会被说是中文系别出心裁。枪打出头鸟。但在这一点上李斯特很坚决，他做了流产的准备。这是很可能的。

李乔十分赞同李斯特的想法。他对李斯特的出手很满意。饶老先生当系主任时，是老者风范，许多事情顾虑甚多，也就慢慢搁置起来。李斯特经过十几天的听课调研，他自认是可以出手的时候了。那时，至少有三分之一的教师会无课可上。

但是，这个方案还需经全体教师开会评议，再报校长办公室会议通过，最后由党委会审批。在哪一关卡壳，都会令这个方案流产。

周一，李斯特把方案交刘杏打印，并嘱咐她打印后分发给各位老师，周四下午全体教师开会讨论。

周二一早，吴校长特意到中文系办公室来，“李老师!”吴克俭见办公室里只有刘杏和李斯特，便拉过一张椅子坐下来。李斯特知道吴校长一大早亲临中文系办公室，一定有大事要谈。他想不到吴校长开口便指那个尚未实行的方案。李斯特忙让刘杏到教务处去查找几本教学参考书。办公室里只有他们两人。李斯特关上门。吴校长手里已有一份方案。

他静等吴校长的意见。

“你慎重考虑过了？估计能通过教师讨论?”

“吴校长，我认为只有这样，才能教学相长。现在有一种很不好的风气，就是吃大锅饭，不求进取。老教师需要知识更新，新教师要敬业勤业，我想，这种方式也许可以促进师资建设。”他想尽力以最简洁的方式给校长一个明确的印象，“谁反对这个方案，只能说明他不敢面对挑战，我自己就一定能做到这一点。”

“我是说，怎样使老师们能通过这个方案。”吴校长依然不对这个方案表态，他关心的是以民主讨论的方式是否能顺利通过。他想知道李斯特在这方面的考虑。

“我想三分之二的人应该能赞成这种做法!”

“依据呢?”

“我已经全员听课，合格率勉强在三分之二弱一些。”

“只有少数最有把握和极具民主思想的人才会坚决赞成，三分之一强的人会坚决反对，中间状态的人会偏向三分之一强的人群。那么，这个方案的结果可能是只有少数人会坚决支持。还没有考虑知识分子的人情因素的作用。”吴校长善于用统计的方式来认识民主的作用。“校长办公室和党委会也会是这样的结果。但是，值得一试，这个想法很大胆。”吴校长终于表态肯定。

李斯特有些奇怪吴校长消息这么灵通，一大早就找上门来。吴克俭似看出他的疑惑，便说：“要想人不知，除非己莫为啊！”他大笑起来：“有想法，但是要准备失败，尤其是没有先例的事情！好了，我走了，不打扰你了。”他很客气地说。

李斯特送他到走廊上。回到办公室，他觉得中文系的事情真不简单，肯定有人到校长那里告状。管他呢！

周四下午，中文系办公室。李乔没有来，他有意让李斯特唱独角戏，另外两位副主任，老赵到学校参加行政会议，老马主持会议，他极其简练地宣布开会：“老师们，今天下午的议题是李主任提议，党总支通过的一项中文系改革措施，方案已经人手一册，发下去三天了，现在请李主任讲话，等会大家讨论讨论。请李主任讲话，大家欢迎。”

掌声零落，不甚热烈。

这是李斯特意料中的。他被逼上梁山了。这是他上任十几天来，第一次真正的讲话，人们拭目以待，昔日的小字辈扛了大梁之后的杀手锏令人刮目相看，但十有八九的人是准备来看好戏的。

“老师们，我的话大部分都在方案上写着了，这种改革的意义、做法等等无须我再饶舌，上段时间我全面听了老师们的课，收益许多，有些科目我是外行，自然也就说不上有什么见解，但听课心得和体会还是有的。综合学生意见，总体来说，还是存在不少问题。现在这个改革，目的是针对这些问题解决这些问题，通过竞争达到一个更高水准。也是对师资水平的总体检验。当然，做法上还可作多方面考虑。有些同志说这是整老师，有的说这是人为制造矛盾，有的说损坏安定团结，有的说这是树立个人，等等，什么意见都有它的理由。今天请老师们讨论，目的就是要检验论证这个方案的可行性。我的话完了。”

沉默，死一般沉默，没有一点声息，连喘息的声音也没有。马副主任闭目养神，他是教古典文学的。李斯特不知道他的真实态度。他是不会表态支持的。这点李斯特清楚。

有人咳嗽，在清喉咙，这意味着有人要发言。又归于寂静，可怕的沉默。

谁也不愿当出头鸟。谁也不愿明确表示对这个方案的反对意见，明摆着，谁坚决反对，谁就意味着他害怕被选择掉。这是一个很难的问答。

教文艺理论的老刘课上得不错，他不担心自己会失业，他有这个信心。“这个方案精神是不错的，确实应该这样做。如果没人上我的课，我是否工资照发？”他提出一个实际问题，这可不是系里能主宰的，“如果学生都选我的课，我一周至少增加两倍工作量，那么，又将如何计酬？”会场开始有了嗡嗡声。人们交头接耳，气氛开始活跃。

李斯特想过这个问题，他想再听些意见再发言。

张泓看了一眼李斯特：“我认为这个方案可行，没人听课就只好回家种红薯呗。”他说得轻松俏皮，人们弄不清他的真意。他是很有情绪，还是另有所指？连李斯特都听不出来，他本想最反对的会是张泓。

几位青年教师在那里交头接耳，他们自知资历太浅，现在也正在见习阶段，没有发言的资格，他们觉得李主任这一手很厉害，以后谁还敢打麻将，认真备课吧！

杨家驹又是出人意料：“办法是好，能者多劳嘛，工资照发，我看没有问题。”他离退休不远，也懒得去讨论什么。自从李斯特当系主任，他才认识到自己确实真的老了。半辈子都耽误了，最后还较什么劲，所以他一改平日的自尊自贵，显得通情达理。

“我看行不通，多余的老师怎么办？课时全集中到少数教师身上，谁能担得住？再说中文系有必要搞这种改革么？就二十几个人，并不富余啊，我坚决反对。”说话的是教写作的云老师，他课上得一般，嫌教写作没出息，多次向饶老先生要求改教古典文学。饶老先生很干脆：“只要我当系主任，你就老老实实教写作，古典文学不是谁都可以教的。”在中文系，有两门课最受人轻视：写作和大学语文。云老师快人快语，他来自海南农村中学，随迁来到广州，他梦想着改变专业提高地位。这是一个机会。

教古汉语的黄老师，慢条斯理地说：“我谈个看法吧，挂牌上课，肯定没人选我的。”她说得轻松而且笑意盎然。她自知课上得不理想，她是为解决随军家属安排进来的。所以她并无在中文系久留的长远打算，过几天丈夫开拔，她就又不知到哪儿去。她也并不认为自己是一个合格的教师。只是个工作罢了。最没有顾虑的就是她。

张泓唯恐天下不乱，他趁着气氛活跃，便将了马副主任一军：“我倒想听听马副主任意见。”他知道老马的课也不怎么受学生欢迎。

老马没想到张泓会当众捣鬼，他十分有风度地打哈哈：“还是听老师们的意见吧！刚才讨论的就很活跃，很好嘛。”他在副主任任上已经当了两三届了。今年刚刚评上讲师，他做梦都想转正当主任，怎么闯出匹黑马李斯特来，他至今百思不得其解，总认为李斯特肯定有什么背景。否则一个工农兵学员，无论如何不会让党委下这么大的决心。

他察言观色，心中已有谱，这个方案必流产无疑，学校也还没开明到如此程度，别的学校先行，学校跟得上就不错了，他深知这种改革的难度。他心里也很矛盾，一时拿不定是该坚决支持呢还是有保留地保持中立。他决定今晚到主管中文系的副校长那儿去探探口风，再作表态不迟，反正这也不是一天两天的事。他见大家议论得差不多了，便作了一个总结性的发言：“大家讨论很热烈，也提出了许多值得研究的问题，我看时间不早，各教研室再分头讨论一个小时，汇总后系里再作决定向学校汇报。”他转向李斯特：“李主任，你说呢？”

还说什么呢？马老师倚老卖老，这点李斯特并不在意，但讨论这样草草收场，似乎不是办法。对老马的征询，他不表示反对，老马便宣布各找地点分组讨论。

张泓在会后给李斯特递了调动报告，希望到机关工作。

另一位工农兵学员史红卫递交了去北大进修的申请报告，北大新近开办了助教进修班。李斯特毫不犹豫地把报告批给师资科、财务处请假请款。

李斯特感觉到陈晨今天没有来。

1972 年。海南岛。黎母山团部医院。

妙英在黎明时醒过来，她醒来时不知自己在何处，呻吟着无人应答。守候了一夜的肖邦刚好到车站去送李斯特上海口的早班车，早班车是六时准点发出。肖邦五时半便到车站去。他回来时已经是六时一刻了。

只有他坚信妙英一定会活转来的，他对口水点灯的老人的神迷程度，是用自己九死一生的经历和 23 位战友的生命代价换取的。

肖邦回到太平间，妙英已经消肿了。昨夜，他守候了一夜，半醒半睡，妙英没有动静，他便也不十分在意。曙色照在妙英脸上，肿已经消去大半，脸的轮廓和五官初现。妙英的呼吸也逐渐均匀起来。她睁开无神的眼睛，直勾勾地望着肖邦。

肖邦一下子控制不住自己，泪流满面。许多年来，他已经不会流泪了，但是此刻，他心中充满酸楚。李斯特，你当真是妙英的克星么，你才一走，妙英就复苏了，阴差阳错的命数啊！

肖邦过去握住妙英的手，那手几近复原，有些热气，也能动弹。妙英口里发出轻微的声音，那声音很奇怪，像是一个人从极遥远的地方传来，是那种无字的呢喃。

应该是李斯特来抚摸妙英的手，而不是自己。应该是李斯特此刻守候在妙英的身边，而不是自己。这个年轻貌美的女知青，命有多苦。

太平间里有了光亮，肖邦忘了去喊医生，他欣喜而又酸楚地注视着妙英，妙英也像一个陌生人一样看着肖邦。她不知道自己经历了怎样的劫难。她不知道有一群知青为了她的生命在医院瞎闹，她更不知道有一个叫老雅南的口水点灯的苗族老人，是他把她的生命从阴间拉了回来。她什么都不知道，也许她只想知道，李斯特在哪里？

李斯特在去海口的班车上，班车上挤满了回广州潮汕的知青，知青压抑不住探家的喜悦，在车上一路引吭高歌。五花八门的歌声随风飘荡。他沉浸在自己的世界里。妙英的逝去，沉沉地压在心头，他努力排遣这种疼痛的咬噬。他放眼车窗外蜿蜒的群山，也许是永别了。海南岛，还会再回来吗？也许那会是另外的风景。一丝宽慰压倒了妙英带来的伤恸。他有些自责，本不该这么就走了的，延误就延误！在妙英生命的终点，自己是否显得太无情无义。

但是，兵团的纪律，说什么时候走就什么时候走，没有人会在这个时候违背组织纪律的。他宽慰自己。拜托了肖邦。

整整24个小时过去，濒死的妙英奇迹般地慢慢恢复。肖邦从迷茫的狂喜中回过神来，他忙去喊医生。医生护士们赶来时，妙英已经能够说话了。

“简直不可思议！”主治医生十分感叹。昨天他对那苗族老人并不抱任何幻想，在黎母山生活久了，他见识过各种各样的民间草医，解决大问题的几乎没有。这个苗族老人用的究竟是什么神药！他连忙解开妙英头上包扎的绷带，那些老人咀嚼过的草药还贴在伤口上。他小心翼翼地取下那些草药，草药上浸透了妙英伤口的脓血。这是一种具有强大吸附力的草药。他顾不上草药的脓血，把草药铺在手掌上，细细地辨认着成色，那些草药让老人咀嚼得非常烂，完全无法辨认。他问肖邦：“那老人呢？”

肖邦回答：“早就回去了。”心里想，这些医生太低能！肖邦没有兴趣理他。

有什么办法告诉李斯特呢？只有等李斯特从中山大学写信来，才能联络了。

中午时分，妙英已能下地行走，她几天水米不沾，但气色还好，她决意要回六连。连里便派了一辆东方红拖拉机来。

人们像欢迎凯旋英雄一样欢迎妙英。

她没有问起李斯特，她只是在人群中寻找李斯特。林苹苹怀拥着妙英，坐在拖拉机卡里。她心情复杂，李斯特大约已经到海口了，她在心里深深地叹气，未来究竟怎样？谁也说不清楚。

【另类档案】

追寻昨天的传说

我到六连的时候，连部没有人，已经下班了，办公室的门锁着。我找到河边一户人家，有一对40多岁的夫妻和两个小孩。

这家人的瓦房就盖在河边的高地上，瓦房的两边各盖着几间草房，养了许多鸡，鸡在草屋里“咯咯咯”闹腾。用栅栏围起的菜地里，种着各种青葱的蔬菜。菜园里还有一口小小的水塘。

我敲着栅栏，屋子里窜出一只狗，毛色乌黑，像火炭一样，那眼睛也是乌黑的，它咬着栅栏的铁链，又跳又窜的，似乎很兴奋，它是迎客呢，还是要咬陌生人？主人听见狗吠，吆喝着，走出来。

是一个40多岁的男人，他并不打招呼，他在等着我说话。我看到窗户玻璃上映出两张孩子的脸。一男一女，大约八九岁的模样。屋子里又走出个女人，大约是这男人的妻子，脸色蜡黄蜡黄的。她怀里抱着个簸箕，到草屋去喂鸡。夕阳照在河面上，河里一群水牛和一些男孩女孩，光着屁股站在牛背上往河水里跳，互相打闹嬉戏。

我像看电影一样，在头脑里演出了母亲当年的生活。一切都没有太大的改变，山水草木依旧。也许情趣和观念改变了，但人性的交融没变。

我问那等着我说话的男人：“对不起，请问连长住在哪里？”

“你从哪里来，找连长？”他有些警惕地问。

“从广州，是找领导，这里是六连吗?”

“现在叫六分场，场长开会去了，要很晚才回!”男人很友善。那女人从草屋里出来：“进来坐吧!”

我望着那黑炭似的狗。

她笑了：“不咬人的。”她唤过那狗，把狗搂在怀里，窗户里的男孩女孩跑了出来。

我这才发现，院子里已经摆好了餐桌，用木板架起的餐桌上摆着鱼、肉和青菜，还有一个酒盅。

我把迈进院子去的脚又抽了出来，不便打扰他们晚餐。

也许知道我是来找场长的，那男人便没了戒备，他爽快地招呼我：“一起吃饭吧!随便呢!”

我很想通过吃饭和他们聊聊。场长看来没有那么快可以见到。这家人的友善使我很快乐。

我把香口胶分给两个孩子，他们腼腆地不敢接，妈妈便笑说：“谢谢叔叔，快说!”

孩子很乖巧地说了。

小女孩吃着香口胶，身子便不自觉地靠过来，我一手搭着她的肩膀，一边跟她说话。

小男孩有些怕生，始终偎在母亲怀里，大眼睛一动不动地看着我。我掏出一只口琴送给他，他眼巴巴地看着母亲，很想要，但不敢。母亲说：“不行，叔叔自己用的。”

我说：“小玩意，给孩子玩。”

母亲不说什么，我把口琴塞在孩子手里，他有些推，还是经不住诱惑，拿了。他玩弄着，忽然挣脱母亲的怀抱，一溜烟跑到外面。

在远远的河边，传来口琴“呜呜呜”的单音。那个小男孩在河边独奏。

我心中很感动，那是世上最纯洁的音乐。

男人请我喝酒，小女孩把酒碗推到我面前，她瞄着酒碗，用小手一点点地推，像推汽车一样。从河那边过来一些从镇上赶街回来的工人。他们和这家主人打着招呼。我这才知道这男人是分场的书记，姓赵，那口音好像是山东人。

我有些不好意思："赵书记，我是来采风的。"我把来意说了。

"多久的事了，不过，那些知青我全认得。我一直就在六连，没走动过。我上小学的老师全是广州知青。苦啦！"他感叹非常。

我问他岁数，他答："38 岁"

我还以为他最少 45 岁了呢，有些老相。

"认识妙英吗？"

"冯妙英？"

"对！"

"很漂亮，死得惨啊！"

我无言，这是我早已料到的。这是一个不能揭开的伤疤，人们努力在忘掉这一切，可我为什么还要来寻找这些已经沉没的陈年旧事呢？

"不能想啊，想起来都睡不着啊！"他神色仓皇。"也不知怎么的，就烧起来，几天几夜，没法救的。唉，你问这些干啥，不是写文章的记者吧！别提了。"

那时，他也就十五六岁。

"我们的班主任、语文老师，都死了，连队学校死了四五位老师。"赵书记说得眼泪都流出来了。

"你知道冯妙英？"

"我随便问问！"

"喝酒！"我喝了半碗，把另外半碗酒洒在地上祭奠妈妈。妈妈，你知道我来到了你身边吗？我在心里呼唤着。

那孩子吹口琴的"呜呜"声又在耳畔响起。

夜色渐浓。我请赵书记在场里给我安排住处，我打算在这里住上一段时间。

“就在我这儿吧！场长回来，到我这里聊天也方便。”

他见我有些犹豫，便说：“山里的条件就这样，你别介意才好，我也拿不出什么东西招待。去年运动30年（知青运动），广州知青来了二百多人，都住到各家里去，闹了一个星期呢！你看，那边学校的小楼房就是知青集资盖的。”就这样，我在赵书记家住下了。

这一夜，赵书记和我谈了许多知青们当年旧事。他很骄傲地历数了六连出去的知青的成就，大多是当了官，做了作家教授的。

我心里头真正想知道的，是那些死去的和还在生活底层苦苦挣扎的知青们，他们是如何评价他们的过去和那场知青运动的。

我睡在赵书记孩子住的房间里，小男孩和我住。还不到半夜，他又跑到父母那边去。

我望着窗外黑黝黝的群山。山坡上有一星灯光。我怕看花了，是有灯光。那里不会是一个连队，也许是看林人的小屋。

赵书记在客厅里和人谈话，我走过去问他，那灯光是什么地方。他突然有了别样的神色，缄口不语，过了好久，只是说：“过几天再告诉你！”

我很疑惑，这里有什么秘密吗？

第五章

1999年。广州。长堤路。

李斯特觉得刚才午餐会上张真总有欲言又止的情状。“你知道今天我为什么请你出来吗？20多年了，我们没有联系，你不跟我们联系，我们也就不好跟你联系。”张真很婉转地想表达什么。

李斯特已经意识到什么，今天林苹苹没有来，大家也都回避着关于林苹苹的话题。这么多年了，一直没有她的消息。他想，也许张真约会自己的真正目的，是因为林苹苹的事。在离开六连之前，他一直处在林苹苹和妙英之间那种说不清道不明的状态中，他不能公开与妙英的关系，只能否认这种关系，妙英为此付出巨大的牺牲。她一直没有暴露她与李斯特的关系，而林苹苹正是在这种情状下，与李斯特保持着一种很不明朗的情态的。唯有张真对此了如指掌。

“你是不是想告诉我关于林苹苹的事，没关系，你直说吧，她现在在哪里呢？”李斯特很平静地说。20多年了，每个人都找到自己的归宿，都有自己的生活，该淡忘的也早已淡忘了。青年时代的浪漫情怀，也都让岁月漂洗过滤成另外的东西。

“我应该怎么对你说呢？她现在很悲惨。”张真禁不住流下眼泪。“她早就知道你，可她不敢见你，见了你，你也认不出她来了。”张真无限惋惜地说。在六连，她和林苹苹一张床上睡了四五年，直到林苹苹 1972 年去当兵。

“很悲惨，什么意思?”李斯特大惑不解，但他无法想得更多，1972 年她当兵去了，就再也没有任何消息。

张真没有直接回答李斯特。她想今天自己这种安排是否有些多余。但是，多少年来，她无法割切心灵中的宿愿。能够为林苹苹做一点事，哪怕是徒劳无功，她也觉得不枉那几年的友谊。

“你大概知道 70 年代末，深圳的一场大火。”张真说。

“有好几场大火，你指的……”李斯特知道那几年，深圳和珠三角曾经发生过几次震动全国的大火灾，许多女工被围困在铁栅栏封死的厂房里活活烧死。

“就是那次烧死烧伤人数最多的。有一个救火的女兵被烧成重伤。她的名字叫林兵。”

“对，这我知道，许多报纸都报道了她的消息。她是在和丈夫上街时遇到火灾，她喊着丈夫的名字，冲进了火海。她的丈夫没拉住她。她的丈夫没去救火，他被吓住了，报纸是这样写的。”

“对，是这样。林兵就是林苹苹!”张真不无感叹地说，“她就是那样!唉，她永远争强好胜，两肋插刀，男人都没有她的肝肠胆魄。”

“林兵就是林苹苹，真的?”李斯特如梦初醒，“当初在报纸电视看到她的资料照片，我觉得是有些面熟，照片是戴着军帽的女兵，怎么都没想到会是林苹苹!”

“20 年了，你知道这 20 年她是怎么度过的吗?”张真说着，眼泪又流了出来。

秋风在珠江上轻飏，下午的阳光柔和而又温情，风吹在脸上，痒痒的，十分舒服，广州难得有如此凉秋。

如铅般的沉重和恐怖弥漫着李斯特的胸腔，虽然自己和林苹苹没有更深入的情感，但是，一个对自己曾经有过好感也令自己赏心悦目的女孩子，她的命运总是令人挂怀的。他急于想见她。

“她现在在哪儿？我们现在就去见她。”李斯特焦急地说。

“她在广州。她谁也不见。我不知道怎么对你说！她已经完全毁容而且残废了。她不会见你。但是我想，她在心底里还是愿意听到你的声音，愿意看到你，而不让你看到她。”

张真好不容易才把意思表达清楚了。

“不，我一定要见她。你告诉我，我会找到她的。”李斯特坚决地说。他相信林苹苹——不，叫林兵的这位女性，是会坚强地面对一切的。

“我也是这样想的，今天约你来的目的，就想你能为她出点力，我不知道该怎样向你介绍她的生活。”

“很糟是吗？”李斯特问。

“特别糟。”张真叹着气说。

“那我更应该去见她，请肖邦一起去。”

“好了，我也尽到责任了。这样吧，这几天有空，你给我电话，我们一起先到她爸爸家，再见她，这样好些。她爸爸希望你能劝劝她。”

李斯特无论如何都想象不出林苹苹现在的样子。她曾经是家喻户晓的英雄。可英雄不可能天天都是英雄，她也要过平常人的生活，她一旦进入世俗的人生，她就不再是英雄而成为一个俗人了。她不可能天天是英雄。英雄其实是在一种真实状态中被虚拟出来的。李斯特设想着一个深度烧伤残废的女人，生活是多么艰难！这么多年，他没有想到她，他只觉得去当了兵的林苹苹，一定前途无量，一定幸福美满，这是不难设想的。

张真没有给李斯特描绘林苹苹的状况，但一定是令人难以接受的。

他们不知不觉就已经徒步穿过海珠广场，走到了泰康路上，这里曾经是当年解放广州的一个路口。广州解放的英雄纪念碑就设在这个路口上。那位怀抱着鲜花，一手持枪的解放军战士雕像，就高高地站立在这儿，面对滔滔而去的珠江。他在这儿站了50年了，他历尽了广州的所有变迁。那时，李斯特他们这一代人还没有出生。可现在，都要50岁了。

英雄需要定格在一个特殊的瞬间，让人永远地敬仰，如若让英雄走进我们中间，我们就将失去瞻仰的激动和憧憬。当人们在回忆往事时，会在发黄的报纸中阅读一个英雄的林兵，而生活中的林苹苹却一定会让人对英雄的另一面发生质疑。

李斯特想得很多，他从广州解放英雄纪念碑想到林兵林苹苹。他已经预料到他所将要见到的林苹苹会是一种怎样的状况。

他在北京南路和张真告别，张真就住在附近的海味街。拐过一个街口，就是地铁中央公园站。李斯特坐地铁回天河。

下一站是烈士陵园，听到报站，李斯特冥冥中突然有了去医科大学的念头，许多天了，他一直在想着那个酒红色头发的女孩。她没有给自己留下电话号码，他也不知道她的名字，在上万人的医科大学，如何去寻找一个有着酒红色头发的女孩呢？何况这种事还不能大张旗鼓，或请组织帮忙。他还是抢在列车关门前跨出了车门。

已是下班时分，站台上很拥挤，他在人流的推拥下出了地铁口。医学院大门口永远是热闹非凡。他不知道自己应该到哪儿去，应该怎么才能找到那个女孩。他茫然地东瞧西望，到处有酒红色头发的女孩，何止是酒红色，栗色、金色、褐色，长发、短发、板寸，什么颜色什么样式的女孩满目皆是。他为自己的盲目迂腐发笑。

为什么要找这个女孩呢？当真会因此而寻找到已经失去的一切吗？这一定不是自己的目的。他奇怪自己反常的行为。

他实在没有理由在医学院门口徘徊，这很容易引起保安的注意。他已领略了保安的厉害。于是，他装作浏览广告栏的内容，眼睛却留意着每一个进出医学院大门的女孩。

首先是路灯，然后是医学院大门口的灯亮了起来，他被包裹在一片斑驳的灯光和隆隆的市声中。他干脆走进医学院大门，在校道上无目的转了一圈，从位于执信路的后门走出来。到处是散步的学生和匆匆游走着的人们。除了学生，人们都在赶路回家。出来一整天了，他很茫然地又转回了地铁口。

他在购买地铁票时，突然问售票小姐：“白云居在哪儿？你知道去白云居在哪站下车吗？”

“白云居？”售票小姐刚开始还很认真，瞬间就变了脸色，她把这没头没脑的问话当作一个神经患者的呓语。因为李斯特没等售票小姐回答，就已经掉头而去。他心不在焉的样子惹人疑惑。

1983 年。广州。白云山。

李斯特上任已经三个月了，关于挂牌上课的议案在中文系一时还实施不了。各教研室讨论结果是，多数教师认为还是慎重为好，看看中大、华师大的动静如何，他们做了，我们自然没话说；他们不做，我们走在前面，在理论上似乎也未必稳妥。李斯特妥协的结果是送学校裁决，是否可以把中文系的这种改革当试点先搞起来？

李斯特没有想到的是，他的第一个改革方案事实上碰上个软钉子，他还没有意识到，在 1983 年的高教系统，要翻一下身有多么难！

他去请教饶老先生。

饶老先生退休之后，便上了白云山。山上有他的几位老友，逢星期一上山，星期六下山与家人度周末。他们在山上一户农民家里借住，在他的菜园里搭了一个棚屋，几位退休教授便在那儿种菜，养鸡，钓鱼，饮山泉泡的清茶，喝山泉酿的美酒。李斯特找了几次，饶老先生不在，饶夫人告诉他上山的走向。这天，他便独自上山寻饶老先生。

饶老先生在广东语言学界颇有声望，虚衔也不少，既是人大代表，也是政协委员。解放前留洋回来，买了个文凭。为此事，他一直饱受非议，所以，在学术界虽有声望却没高位，在学校里充其量也就当个系主任，而且在副教授的职称上退休了。他想得开，也常以买文凭自嘲。

1983 年的白云山，一条便道直通山顶。半山一处山洼，山泉从峭岩上飞溅而下，跌在岩石上，山洼里便有了叮叮咚咚的泉鸣，泉水在洼地里积成一口潭，潭水浅浅的、亮亮的，在密匝匝的草丛中消失了，从草根下渗到山下去了。泉边的山坡上，几间瓦房和一片菜地。瓦房前是几株桃树和杏树，一群驳烂的鸡，两只黑棕鹅，小黄牛在泉边啃草，两只黑山羊被圈在栏子里。

正午阳光在这洼地里显得很无力，山风从泉水上吹过，变得凉飕飕的。山下正是大暑天，山上却秋意正浓。红红白白的草色在中午的阳光下，变幻着、翻飞着各种颜色。

李斯特爬山爬得气喘吁吁。瓦屋前地坪上的树荫下，饶老先生正在与人对弈。他见是李斯特，欣喜而又吃惊。

“李老师，怎么你，你找得到这地方?”他哈哈笑着，“这位是中山大学的黄先生，黄教授。”饶老先生介绍与他对弈的老者，银发童颜，少说也有70岁了。

他是退休多年的著名文字学家。

黄老先生起身作揖，脸上笑成一朵花。经饶老先生介绍李斯特，黄老先生忙又连连作揖：“久仰久仰，后生可畏呀!”又是让座又是递茶，一双慈目，看定了李斯特。

“真是好地方啊!”李斯特喜出望外，想不到广州城里还有如此世外桃源。

“这是黄老先生的发现。”饶老先生喜不自胜。

“来，我来给你介绍一位先生。”饶老先生拉着李斯特的手，到瓦屋里去。

瓦屋的主人也是一位老者，也有60多岁了，正在房里看书。这位老人穿着一件汗衫，一条老头裤，一副闲云野鹤的样子。他正在读《黄帝内经》。

“老王，我给你介绍一位才俊，这是李斯特李先生，年轻有为的系主任。”饶老先生热情有加。

读《黄帝内经》的老者摇着葵扇，有些不好意思，指着自己的装束，笑说：“失礼失礼，山里野汉，请海涵海涵。”他点头寒暄。他不太像个山里农民。饶老先生介绍他是屋主时，李斯特有些惊疑。

难道白云山的仙气也养出如此气派的农民么?

饶老先生看出李斯特的疑惑，又乐哈哈地笑说:“你道这农民是谁啊，50年代大名鼎鼎的青年诗人王宇……”李斯特对王宇的诗作十分熟悉，他读过《岭东文学史》，里面有专章论王宇的诗。王宇1958年被打成右派，后不知所踪，再无记载。

“深山守林人，深山守林人!”王宇一脸的豪气。

从劳改场到农村文化站，“文革”中又到白云山林场当工人，林场撤了，他便留下来，在昔日的苗圃地里搭个窝棚住下，至今孤身一人，年届六十有五，种花种草，养牛养羊，做做山间郎中。他这样向李斯特自我介绍。他是黄老先生早年的学生。有好山好水好风景，自当请恩师光临。

李斯特感慨!他们这一代人历尽坎坷，蒙受冤屈，依然温文尔雅，直率坦然。这白云山深处，也真是游云野鹤的好去处。

王宇读他的《黄帝内经》。

黄老先生去菜园子锄草。

饶老先生邀李斯特在下棋的石桌边坐下，他知道李斯特无事不登三宝殿。想必新官上任，难题多多。

李斯特一吐苦水，系里工作千头万绪，他一心从教学质量抓起，但谈何容易，积重难返。饶老先生听李斯特说，他一点也不奇怪，中文系乃至大学里的事，像他肚里的虫，他一清二楚。每个人都守着自己一尊佛，都有自己一方水土，谁愿意轻易弃守。离了那水土，就等于要了他的命。他安详地听李斯特激愤地倾吐，只是笑笑，并不表态。他觉得这个年轻人激情有余，韬略不足。但这也难怪。他本不希望年轻一代人过于韬略，但搞政治就不同了。没有一点权术恐怕也是不行的。就叫谋略吧!他希望李斯特可以适当地冲一冲，但不必冲得太彻底，叫作留有余地，方能游刃有余。

“站稳了才能出击，不要急于改革，先有小动作然后才能大动作。我都听说了，挂牌上课，让学生选老师，这自然是对的，但在现在，恐怕行不通。但是，作为一个目标提出来，是有见地的，真正实行它，给些时间，让老师们慢慢适应。别操之过急。在中国，做任何事情都得有个过程。”饶老先生说得很肯定，但他还是以征询的眼光望着李斯特。他知道李斯特未必能听得进去。

李斯特不好辩驳饶老先生，他在心里叹气，中国缺少的是热血，几代人的热血已经流尽了，还要等多久呢？他最不能忍受的就是这种煎熬式的蜗牛般的爬行。选优汰劣，天经地义，还要什么过程？

他虔诚地听着饶老先生的教诲，他说的都对，这是他几十年的人生经验。

年轻教师因为缺乏资历和经验不赞成，中年教师怕得罪人或者缺乏自信也摇摆不定，老教师求其稳妥也保全面子不会铤而走险，看来，目前尚无这种群众基础。他不禁也怀疑自己这种创举的实践性，他有些灰心丧气。他本想从饶老先生这儿获取解决危机的办法，没想到饶老先生是这种态度。

“先做一些系里自己可以决定的小事，比如你经常提起的学年论文，这有先例，中文系的学生多写多练有好处。我想这种做法不会有人反对。”饶老先生十分务实，他不想太过伤了李斯特的积极性和闯劲。李斯特早在几年前就建议学生从二年级开始写学年论文，他一直没有实行，现在可以让李斯特自己来实行了。

这是李斯特思考已久的问题，既然饶老先生肯定了，做起来也不难。试试也无妨，总得有些新气象。

“饶先生，再搞学年论文评奖如何？对指导教师、对学生都是鼓励促进。”李斯特锦上添花。

“这当然好，这也同样能起到教学相长的作用。这种作用比挂牌上课更具积极意义。我想不至于有人太反对。”

黄老先生像个孩子似的，一身泥回来了，手里抓着一大把野草，叫着王宇的名字，请他来辨认这些草药是不是蛇舌草。两位老人便跪在泥地里，细细地摆弄那些草，像两个玩泥沙的孩子。

李斯特反而觉得自己很沧桑，老气横秋，他有些羡慕他们这几位老人的生活。

“中文系的工作是不太好做。”饶老先生看着李斯特心事重重的样子，心想，究竟自己举荐李斯特当系主任，是对呢还是错了？让一个仅仅是助教职称的工农兵学员去承担这样的责任，这本身就是一种不合时宜的举措，至少在目前，对李斯特而言是勉为其难。当初也考虑到这一点，但真正做起来，难度实在太大了。很快就要评职称了，这可是你死我活的。李斯特能把握得住吗？

李斯特看出饶老先生的担忧，他很想知道这几个月来人们对他的看法，他还是很在乎的。可他又不愿意让饶老先生觉察到自己的在乎。他犹豫再三，终于没有问。饶老先生看出李斯特心思，他说：“别太在乎别人的看法，系里的事能让李乔出面，就让他出面，那样容易处理一些，他毕竟是中文系的元老，他能镇得住。当然，你也应该主动一些，当主任的，总该与老师们多点接触，更要一碗水端平。”

说到一碗水端平，饶老先生一定有所指，他等待着饶老先生进一步言明。

“是不是最近批了史红卫去北大助教进修班进修？有人告状到我这里来了。”饶老先生有些无可奈何地说：“系里经费太少，在摊派用款上要征求一下各教研室的意见。史老师该去进修的，看怎么处理吧！总之，不要太草率就是，各个环节都考虑到再作决定，那样比较服人。”饶老先生不愧是多年的系主任，这个位置把他打磨得左右逢源。

“是张泓吧，他也提出去进修，我认为他再进修也没用，他压根就不具备老师的条件。”李斯特肯定是张泓告的状。

“我们自己在私下说可以，公开说可就不行。张泓也有他的优点，我批评他可以倚老卖老，你批评他就要讲究策略，你说呢？”

“我是批评过他，他表示虚心接受，怎么又跑到饶先生你这儿告状了呢？”李斯特觉到张泓是个危险人物，他在机关里工作了十年，什么机关都让他给算尽了。

“他告他的，我会批评他，教师嘛，课上不好，什么理由也没有。这位老师，就是促狭一些，谋口饭吃而已，也不必对他过于认真，迟早在中文系呆不住。”饶老先生说了真话，他不希望李斯特太激进，平和一些有好处，大家好不容易挨过文化大革命，需要有一个良好的学问环境。他关切地问李斯特，“外语学得怎样？可以应付职称考试吧？”

“应该没有问题，也翻译了一些东西，是日本岸阳子教授著的专论：《迷惘一代的作家们》。有空请饶先生批评批评，人家写得真好……”李斯特因为转了话题，显得很兴奋和轻松。

“早稻田大学的岸阳子，一个出色的女性？”饶老先生欣赏地问。

李斯特突然觉到，只有闲谈学问时候，饶老先生似乎才更真实，更超脱。在其他问题上，他依然未能免俗。自己将来是否也一定如他一般呢？所以他能在系主任的位子上坐了十几年。自己恐怕连一任都坐不稳。他是做好这种准备的。

王宇已经做好了晚饭，在石桌上摆起了饭局，酒杯里是蜂巢泡的米酒，黄澄澄的，浮动着些许蜂巢的蜡屑。黄老先生早已就席，他是个酒仙。他眯着眼睛，钟爱地凝视着那没着夕阳沉着晚霞的米酒，那种神态让人神往，他沉醉于一种乡村境界，山野的闲适。完全忘却了近在咫尺的白云山下的人际斗争。在“文革”中，他是被剃了阴阳头、戴高帽游行、从中大扫地出门、回乡下劳改了十年的右派。1979年平反改正也就退休了。时年七十有五。

这些大师级的人物，在青壮年时代就结束了自己的学术生命。李斯特想起父亲，父亲若健在，年龄比他们还轻。相比，黄老先生他们会更幸福吗？不，也许他们更切肤地体会了被强行割弃的痛苦。

新一代的学人，又将会遭受怎样的命运？教育界和知识分子又会是首当其冲的斗争对象吗？

冷冷的山风和着暖暖的夕阳，在山峡里穿行。飞溅的泉水和山风一起轻扑在人们的脸上。三位生于世纪初年的学人，和刚过而立之年的李斯特，在山间茅舍的无人之处举起了酒杯。

“真是好酒啊！王先生！”黄老先生心满意足，一副怡然。“拿纸笔来，我给这位小老弟横书几字。”黄老先生呼喝着，几杯酒下肚，他便有些醉意。饶老先生见状，连忙示意李斯特为他斟酒，自己熟门熟路地到瓦屋里去取文房四宝。黄老先生的墨宝轻易不赐予人，有人求字也是左推右拖，难得今日有此雅兴，令饶老先生十分奇怪，王宇也颇觉突然。他急忙从屋里搬出来一张平桌，铺上毡子，饶老先生把文房四宝摆好，李斯特受宠若惊，他知道黄老先生的墨宝可是价值连城。自己怎能消受如此殊幸。他从没收藏名家字画的爱好，他的书房里是四壁空空，但今日不同，黄老先生就更不同。他想不出有什么理由。

他把宣纸平整整地展开在平桌上。

黄老先生大喝了一口酒，把那酒在口里憋足了气，喷向天空。酒在夕阳中变幻着奇异的光色。老人红润的脸色，眯缝的双眼，雪白的长长飞驰而出的眉毛，和那身唐装白衣一起，超然于山水之外。真正一位仙人。李斯特在心里感叹。

黄老先生在李斯特研好的墨砚上，用力压着那管粗大的狼毫，饱蘸墨汁，不假思索地在宣纸上挥毫写下两个大字："慎思"。真正的虎啸龙吟，李斯特仿佛听见那两字在纸上深沉的叹息。那是压抑多年，困兽犹斗的呐喊，那是一种无奈的平息，一种壮志凌云之后的苦苦思索，一种慎言励行的自我克制，一种欲言犹止的修炼。他对自己的手笔审视良久，终于弃笔而长叹一声："江山代有才人出啊！来，喝酒！唯有饮者留其名，如何不饮呢？"黄老先生豪气十足，一位70多岁的老人，出于乱世，报国无门，眼见曙光初露，又横遭掠劫，从此遁入乡间，他心中定然有许多悲愤。但愿白云山的夕阳和泉水能医治他心中的创伤。

他明白老人为何以"慎思"赐己，其中融有其一生的教训，这是一种人生退却的进攻。

李斯特不太善于表达自己的感激之情。他接连举起三杯米酒，连连"饮胜"，祝三位老人长寿。

白云山中的这个黄昏，对李斯特而言，将是他此生再难遭际的机缘。

他仿佛悟了真经，他有理由反省检讨以往的一切了。他竟有些恋恋不舍，在此山中了此一生的意想突然袭来，只有在这里，老人们才回到他们自己。饶老先生在系里，面对老师们，他是另一个人，必须讲究谋略，运筹机锋，真话假说，遮蔽掩藏自己的真面孔。自己也将不得不如此么？

这些老人的命运没有什么值得羡慕，他们是一个时代的牺牲品。他想到肖邦。他是一个自由主义者，他的自由是因为没有人主动收留他，他又不主动地靠拢谁。他把自己置于边缘的位置。社会反而让他突出了自己。肖邦自从在《作品》上发表了中篇小说，文坛泰斗杨老在《羊城晚报》上撰文评价之后，佳作连连，已成广东文坛新秀，他的自由撰稿人的身份，反而把他烘托得如日中天。

世事为什么如此奇妙呢？肖邦的身上有这个时代的一线曙光。

月亮升上来，这是一弯残月，白云山的残月由于山的夜气，显得迷蒙羞涩，湿漉漉的犹如出浴的美女。山谷中流荡着酒的淡香。老人在饮着新沏的清茶，他们在努力忘却一个逝去的时代。

李斯特告别了老人，已是午夜时分，白云山上静谧而且神秘，山下广州城的灯火明灭，外语学院遮掩在树丛中。李斯特晃晃悠悠地往山下走去，夜行的出租车在山道上轻轻刹车的声音远远就可以听到。

上山时混沌的思路现在似更为混沌，融进了许多难以言说的东西，这些东西需要岁月的沉淀。他觉得这混沌的底层有一种很坚实的东西，这东西是在上山时所没有的。他说不清它们是什么东西。

1972 年。广州。中山大学。

1972 年 9 月 4 日的中大，迎来了“文革”中第一批大学生，狭小的校门上挂着巨大的红布横额：“热烈欢迎工农兵学员上管改大学”；左右两边各垂挂着两条直幅：“将无产阶级文化大革命进行到底！”“坚决捍卫伟大领袖毛主席的革命路线！”

直通大门的校道上，白桦树上挂满各色各样的标语：“无产阶级文化大革命万岁！”“忠诚党的教育事业！”“认真搞好斗批改！”“防修反修，斗私批修”，“上山下乡是毛主席伟大战略部署的重要组成部分”，“狠批刘邓陶”，“打倒资产阶级修正主义分子”，“文化大革命就是好，就是好。”“打倒资产阶级知识分子”，“敌人不投降，就叫他灭亡！”“伟大领袖毛主席万岁！”“欢迎工宣队进驻中山大学”。

9月4日的中山大学锣鼓喧天，革命气氛一点不比当年“广州起义”逊色。康乐园里无处不是红色海洋。来自工厂、农村、部队的工农兵大学生意气风发地进入大学校园。这是自1966年以来疯狂而又一度冷寂的校园的再度复苏。教育部长蒋南翔的复出，给1972年的中国高等教育带来了短暂的春天，这次被后来称作“修正主义教育路线回潮”的大学招生，在次年张铁生的“白卷事件”之后，受到从中央到地方的严厉批判。蒋南翔也因此销声匿迹。

9月4日这一天，李斯特父母感受到的是另外意义的春天。他们一早就来到天字码头。

天字码头的每一天早上，照例都拥挤着知青的父母兄弟，每天各种编号的“红卫轮”都会在八时半抵达，吐出几百上千名从海南岛来探亲的各地知青。

9月4日这天，天字码头人山人海。李斯特的父亲李大风和母亲郑雪冰在码头已等了两个多小时。四年前，郑雪冰在这儿送走了儿子，那时，他17岁。四年过去了，他一定长成一个大人了。她心中非常酸楚，又无比欣喜。她娇小的身子靠在李大风高大魁梧的身体上，像一只随风飘荡的小篮子挂在一棵大树上一样。轮船正缓缓地驶过来，在江心抛锚了。轮船靠不了岸，小摆渡正一只只地靠上去。码头骚动起来。有许多军人来接人，想必是部队子女回来读大学的。

他们站在临江的栏杆旁边，扶栏远眺。轮船开始放人了，憧憧人影分不清楚。郑雪冰的心跳到喉咙口，她紧紧地依偎着丈夫，她不知道离开丈夫自己怎么生活。这种感觉在这二十几年里日渐强烈。“文革”中那惊恐的日子加剧了这种依赖。

第一只摆渡靠岸了，吐出了一些人。他们挤到出口处，那里被人群堵得密不透风，他们只能随着人流，到马路边沿人群疏松的地方。

“斯特！”李大风在第二只摆渡靠岸时一眼看到背着挎包，提着旅行袋的李斯特，他大喊着，昂起头挥手，瘦小的郑雪冰被丈夫悬吊起来，她搂紧丈夫的手臂，免被汹涌的人流冲走。

李斯特长大了，清瘦但很健康，脸孔黝黑。郑雪冰抱住儿子，她只到儿子的肩膀，她忘情地抱住他，李斯特很不好意思。他不习惯妈妈这样。自觉是个大人了，他挺立胸脯，面对站在一旁的父亲，他什么也说不出来。爸爸伸出手，和他握手。他记得，爸爸从来都是以这种方式欢迎或者告别的。

父亲很苍老，不到50岁，头发已经完全花白了，骨棱棱的脸上有许多太阳曝晒的痕迹。他一直在珠江口的盐场劳改。最近才回到医学院，每天负责敲钟和冲洗厕所。作为“文革”前广州少数几名著名的主刀大夫之一，他的手指在“文革”中被红卫兵小将砸伤了，他无法再操手术刀了。只能敲钟和冲洗厕所。

李大风看着儿子的眼睛，是充满喜气的，否极泰来，他终于盼到这一天。当年从美国普林斯顿大学归国时，他就是儿子这个模样。时间过得多快啊！儿子的归来，冲淡了他对目下状况的忧虑。他努力在儿子面前表现乐观。

他俩簇拥着儿子到了9路公共汽车站。

在北京南和长堤路交界的地方，有一间很小的北方面店，面店临江而建，有一半悬吊在珠江上，面店旁边就是长堤路码头，每十分钟有一班轮渡开到对岸的中大后门去。他们家住在医学院里，医学院在西郊，将来从中大回家也不太远。郑雪冰幸福之情溢于言表。她压抑不住对儿子的珍爱和骄傲。以我们这样的家庭，儿子能被推荐上大学，这在1972年的中国，是怎样的荣耀和幸运啊！这是做梦也不敢去想的。现在儿子活生生地坐在面前，对岸就是他要去的大学，上的是尖端的学科高分子化学。郑雪冰像个喜出望外的小女孩似的，满目是盈盈的笑意。

李斯特坚持不要父母送他去学校，他已经习惯一个人去闯荡。父亲很欣赏儿子这种个性。

“我们就在码头送送他吧！”李大风柔情地对妻子说，经历过许多患难，他觉得自己没有能力保护好妻儿，这是一个男人的耻辱。

“就像当年，你送我去延安那样！”李大风愉快之情溢于言表，他搂过儿子同时挽住妻子的腰，一起往小码头走去。一家人许久没有这样温情了。

“爸爸，我自己买票！”李斯特抢前一步，他像个男子汉一样，一切由自己负责。

父母目送着他跨上小轮渡，船头分开了江水，风中的父母，神色苍茫。正午的阳光在他们的脸上映出了一片斑驳。

这是1972年9月4日中午。

“记得那一年，我要去延安，你从上海送我到苏北。”李大风自言自语，他对郑雪冰说，却好像在说给自己听，他沉浸在旧日回忆中。他们都出生于潮汕巨商家庭，从小在上海读书，住在同一条里弄里，又都是潮汕人，青梅竹马。抗日救亡，完全凭着一腔热血。李大风一去就是几年，直到1948年，他才回到上海，郑雪冰几乎无法相认这个弃医从戎的丈夫。他身上浓浓的汗味，那种行伍特有的习气，胡子拉碴，一身粗布军衣，和她这位资产阶级小姐，是何等的不相称。可是李大风带来的一切，是那个时代的时尚。郑雪冰愉快地接受了丈夫的现实。

然后是南下，是组建医学院，然后是没完没了的政治运动。郑雪冰是越来越胆小了。丈夫不在的时候，她几乎是夜夜无法合眼。

丈夫喜欢回忆青年时代，她不喜欢，但她会顺从地耐心地做一个听众。她知道他必须生活在过去，过去是他生活中最辉煌的全部，他说他现在死了，手指没有了，只能敲钟和冲洗厕所。

她不让他说“死”这个字眼，她认真地对他说，哪一天你想到死，真的去死，请带上我，我是不会让你一个人去的，我不敢没有你而孤零零活着。答应我，带我一起走，记住了。在无数个恐怖的忧心的深夜，郑雪冰会让噩梦扰醒而噙着泪对丈夫说这些话。

他唯有紧紧地怀拥着她，像怀拥一个少不更事，经不起惊吓的小女孩。这么多年了，儿子都长大成人，她都成了老太婆了，她依然如此。这令李大风感到一种恐怖和不安，他能保证她一生平安吗?

这种阴霾会因为儿子的上大学而驱散吗？儿子上大学将会改变这个家庭的命运吗？李大风乐观地希望这一点。至少它可以说明，自己没什么问题了，也许很快就会被解放出来。医学院今年也开始招工农兵学员了。

他渴望重返讲台，那是多么美好的事啊！

儿子去中大报到十几天了，星期天也没有回家，也没有任何消息。李大风夫妇有些心急，儿子怎么这么不懂事，也许在海南久了，习惯这种无牵挂的日子。他想到中大化学系去看他，又觉不妥，他知道儿子的脾气。终于没有去。

【另类档案】

追寻昨天的传说

连续下了几天大雨，我哪儿也去不成，赵书记说要带我去一个地方，但始终没有兑现，雨把山路冲垮了。分场的人都在抗洪。山里的大雨说来就来，四面八方的山水汇聚在一起形成洪峰，来去都很迅猛。河水涨到赵书记河边小屋的屋基上了。

我很想去贮木场，但没有人肯带我去，也劝我别去：去那种地方干什么？我又不能解释。

多少年了，那里一定已经很荒凉。待雨后天晴，我自己会找去的。

人们对那场大火已经很陌生。年轻人不太知道，上年纪的谈虎色变，六分场的人是全总场防火意识最强的。所有的伙房里都有防火器材，这种恐惧与20多年前那场大火有关。人们约定俗成尽量避免说到火字。火像是神灵一样被供到一个虚拟的位置上去。

我尽量谨慎地对待这个已逝的话题。那天，我独自一人，沿着河边一条废弃已久的便道往前走，我猜这条沿河而去的便道，一定会带我去到一个地方。贮木场在河的上游。可是，没有走出多远，便道就断了，前路被山洪冲成一片洼地，和沙滩连在一起，到处是砾石和芦苇。远远地望去，有几株高大茂密的树，在河的上游那里伫立着。我想，那也许是母亲日记里所写的黑橄榄树。

我发现六分场的地段和植被与30年前没有太大的变化，母亲日记里记录的那些地方，几乎都可以在现实中原原本本找到。

河、贮木场、黑橄榄树、滑道，我想都不难找到，我在河滩上到处游荡，我相信在六连这个地方，我随便走到哪儿，都会发现与我想像相去不远的东西。

妈妈的日记我整整读了三年，那三年里我在北方读大学，没有条件到六连来。于是只能在日记中认识这个六连，想象那场罕见的大火。现在我亲临其境，就在离火场不远的地方。我相信我已经脚踏在父母做爱的土地上，流泪的土地上，他们辛劳的土地上，也许哪一棵树的叶子，就曾经掉落在他们的脸上、肩上或者身体的哪一个部位上。我找的正是这棵树，这样的树。

我对日记里的每一行字都十分熟悉，尽管我还没有完全读懂那些文字里所努力要透视出来的思想。因为那个年代里的青年人是被扭曲的，扭曲得很自然，很生动。每个人很简单可又在掩饰自己，日记里的一些东西也许并不真实，也许是一种恐惧状态下的装饰。

六连还遗留有一些知青住过的房子，那种瓦顶土坯墙的房子，墙壁上刷上石灰，石灰墙上残留着依然清晰的标语。这些屋子现在大都废弃了，但没有清理掉，有几间成了牛圈。我在牛圈的垃圾堆里，捡到一只军用挎包，挎包上有一个印刷体“忠”字，底下一行小红字：“广阔天地炼红心”。这个挎包在这里一定已经躺了许多年，许多年它一直没有腐烂，也没有人来惊动它，牛圈的垃圾存在多久，它就在这儿躺了多久。挎包上还别了一枚毛主席像章，别针已经锈死了，但像章依然。可见那时铸造像章的材料有多么高级。这是一枚毛主席38岁那年在延安的相片。八角帽，蓝军装上有两面红领章。脸孔瘦削，非常英俊，眉头微微皱起，非常美丽的忧郁。大学里女生去参观毛主席纪念堂，看到这张照片都认为酷毙了。是毛泽东最好年华的最有魅力的照片。

我不知道这个挎包的主人是谁，它一定也包含着一个故事。我把挎包上的牛屎和泥土掸掉，我想很好地保存它。才不过30年，也许更短，人们不再去触摸这段历史。如果不是因为这个叫冯妙英的人是我的母亲，如果这个母亲不是因为那场大火葬身此地，如果她不是遗留了三本日记本，而这些日记最终落入我的手中，如果不是因为恰好我是学历史的同时对这段历史有着血缘的兴趣，那么，它还是一段历史吗？

有许多人拼命在忘记它，有些人拼命在掩盖它，有些人用它作为旗、鼓和驱魔的旌幡，我只是把它作为一段应该复原的不被遗忘的时间和空间。

我一定要去贮木场。还有那68名知青的墓地。那里面一定有我母亲，或者还有叫金或铁的人。除了我，没有人知道他们和我母亲的关系。

我母亲没有结过婚，她也许是兵团里极其少数的未婚妈妈。她至死都没有暴露那个使她怀孕的人，叫金或铁的人。或者我同时拥有两个父亲。是金呢还是铁？

在那个时代，一个未婚生子的女人、女知青，在六连，过的是怎样的日子?！我已很难想象。即使在今天，这样的女性，在穷僻的乡村，日子也一定不好过。当时母亲所承担的屈辱和艰辛可想而知。

我今天很轻松地想到这些沉重。我叼着她的乳房吃奶的时候，就同时把沉重的希望加附在她的心头。我在半岁的时候，被人送回广州，不，由外祖父从六连带回广州。而22年以后，我回来了，没有人认识我，没有人会主动地谈起叫冯妙英的女人、女知青。

我回到场部。我希望赵书记能给我找到一些当年知青的资料，诸如花名册、各种知青的表格、入团入党申请书、积极分子材料等等，都没有。说已经搬过好几回办公室了，旧的文件每三年清理一次，都烧掉了。场长书记也换过无数任，谁还记得那些事呢？当年的老人现在都死了，青壮年都老得不行了，孩子都长成壮年了。那些事没人愿意说，也就不会代代相传。恐怕再过些日子，就谁也不知道了。

赵书记说："恐怕要清理出一份68人的名单都不是一件容易的事。事发的时候，群情激动，就把死难者都当烈士办理了。过后，申报烈士的手续太麻烦太久了，也就搁下来。当年办不成，后来要办也就难了。事情也就慢慢冷下来。知青家长分布在全国各地，没人领着呼吁也办不成，这事农场有责任，每任领导都说要办要办，可到底也没有哪任办成了它。我们也不是当事人，当时都很小，也说不上话。唉！事情就是这样。"

我在心里想，我压根对烈士与否不感兴趣，我也不想沾母亲什么光，我只是觉得人们太健忘了，近乎残忍。怎么就连个名单都没有保留下来呢？

熊熊大火包围了这些知青的时候，他们想到了什么？这些都是我现在无法想象的。

他们为什么要去救火？即使整个贮木场都烧光了，把一座山都烧光了，值得那么多人去送死吗？68条年轻的生命，是什么力量使他们明知山有虎，偏向虎山行呢？

妈妈的日记里也提到这句话，是不是那个时代的性格，都是如此执拗：明知山有虎，偏向虎山行。这是一种什么精神啊？

我在中午时分见到了场长。这几天他都在各连队领导抗洪，我一直没能见到他。他是个精壮的汉子，有50岁左右吧！我们一交谈，知他是海口知青，郊区的。原来在二连，和六连隔得很远。他是几年前调到六分场当场长的。

他见了我，知道来意，有些警惕："还提那些事干什么？都什么年月了，向前看吧！"

据说他刚来的时候，很热心地要把知青墓地弄出来，办成个供人参观的旅游点，遭到激烈反对，说他想发死人财。他赶紧打消了念头。他是个思想活络但不是个坚持信念的人，他想着为众人谋利益，办成参观点，也带动了其他经济收入，既然大家反对，事情办起来也不容易，去哪里找旅游团？也就算了。

我不寄望他们，这些事实在也与现在的人们关系不大。何必兴师动众呢？

我见了河边一家人家，门口坐着位老人，那人很老了，少说也有七八十岁吧，在那里搓草绳。我便去他那儿，帮着他理稻草，他很友善："哪里来的同志？"也不是本地口音。

我不想一开口就问他失火的事，和他聊些别的事。他却咧开嘴笑笑："后生哥是来看墓的么？"

我点点头，六分场的人都知道有人来采访，好几天了。谁能不知道呢？

"火把河水都烧烫了。落了一河水的黑灰。"老人摇着头叹息，"也不知咋的火就烧起来，把北京木全烧光了。刚开始还当是阶级敌人破坏，查来查去，死那么多人，还抓个啥子人哟！"

"什么是北京木？"我第一次听到关于北京木的事！

"就是往北京送的政治木么！"

"政治木？"弄了半天才明白，当政治任务来完成的木头，往北京运输的木头，叫北京木，也叫政治木。

"大爷当时就在六连么？"

"不在六连在哪！"老人有些自豪："我是六连的开山祖呢！"

"那你认识冯妙英？"

"冯妙英？"他有些沉吟。

“就是那个没结婚生孩子的女知青！”

“你这一说我就明了么！谁不知道阿英啊！苦女子啊！也死了呢！连尸骨都认不出。啊呀！不能说啊！真是惨啊！”

我的眼泪夺眶而出，我从没有如此迫近地听人说起我的母亲，连外祖父的讲述都是很皮毛的，像隔了许多岁月。

我就在母亲殉难的地方，听目击的老人回忆母亲。

“大火烧了几天，把天都烧红了，烧黑了，把六连都烧光了，政治木啊，可不是玩的，追查了好久呢！”老人啧啧痛惜。

“大爷，我想上墓地看看！”

“下雨呢，天晴了，路干了，还得请人砍路才能上得去，还去那地方干吗。”

“知青都走光了吗？”我忽然想，找当年的知青也许更好些。我觉得这里的人都不大愿意往深里去谈这件事。

“都走光了，1974年就都回去了。一个也不剩。”老人不无惋惜。“那时，知青们一走，小学校都停课了，医务室没医生了，还有机耕队、警通班，都是知青，他们一走，六连都没了。”老人谈到这些，连连叹息。

“大爷，当时你也参加救火吗？”

“那当然！”大爷一脸的严肃，好像在回忆一个英雄的年代，“我是负责砍隔离带的，所以没有被烧着，也被火熏得半死，多少年喉咙都不清爽呢！”

“当年的连长指导员呢？他们现在都在吗？”

“指导员死了，连长老雷，唉，怎么说呢？”老人不肯再往下说。我问过老赵和场长，他们都不肯正面回答我。好像有什么事和连长有关系。

“连长老雷是吗？现在有多大岁数？”

“也就六七十了吧！比我小一点吧。”

找到老雷就能解开谜团。我找过当年的《兵团战士报》和《海南日报》，都没有报道过这件事，倒是报道了六师二团二十几位女知青集体殉难的事情。她们是让洪水冲走的。六师二团也在黎母山区，翻过一座大山就是。

“能找到老雷吗?”

“找他干什么?”老人很直率。他情绪很复杂，那天晚上我在赵书记家看到山上的灯光，我问赵书记，他也是流露了这种情绪。也许那灯光与一件什么事有关，一件大家都缄默不言的事。灯光离贮木场很近，也许那儿就是贮木场，那么，这么多年来，贮木场一直有人在那儿。

大爷不肯再说。我不便多问。我想等天晴路干了，一定自己去寻找贮木场。

六连的人，都共守着一个秘密，这个秘密是代代相传的。也许他们在保留着、收藏着一份宁静，他们怕惊动什么神灵。

我坚定了留在这儿的决心，母亲的灵魂在冥冥中指引着我，保佑着我。

妈妈，我是为着你灵魂安息而来的。还有你的金，你的铁。

第六章

1999 年。广州。

任晓远一早就打电话给肖邦，请他中午务必光临，有要事商量，地点就在“水边吧”。肖邦不知道“水边吧”在哪里，任晓远解释了半天，肖邦还是不明白。那是一处新区，还没有明确的路名。肖邦便借故不去。他知道任晓远是无事不登三宝殿，莫不是又有了什么花花玩意，玩不转，找老朋友帮忙。任晓远见肖邦不耐烦，便说：“我 11 时半到东山你家巷口接你，是恤孤路这一头啊!”他叮咛又叮咛。任晓远消失好久了，肖邦好久没听到他的消息。这会儿又突然冒出来。

肖邦已搁笔许久了。翎的病一直不好，反反复复的，妈妈从乡下雇了个小保姆来侍候她，翎总觉得不如意。弄得小保姆也很难做，几次说要回乡下去。原来从湖南来的小保姆嫁人走了，肖妈妈一直很怀念她。所以肖邦有一半时间要陪着翎。这种日子过得很索然寡味。他有一种被囚禁被当作人质的感觉。每有这种感觉，他就连忙在心里作最严厉的自我批判。

翎又在阳台上喊他：“邦，我的颜料完了，那管绛红的，还有鹅黄的，快，给我找来!”

翎已经学画好几年了，她每天都在阳台上画画，肖邦把阳台布置成一个画室。加一个遮阳棚，使阳台上的阳光不致太直射，光线柔和一些，雨水也泼不进来，这令翎欣喜了好些天。翎在阳台上，原来可以望得很远，一直望到二沙岛那边的高楼，现在不行了，许多拔地而起的楼群，遮蔽了视线，连新河浦那边原来很空旷的地方也看不到了。高贵美丽的东山越来越小了。但是恤孤路和培正路以及附近学校校园里的路树还是可以看得很清晰，特别是恤孤路上的那几株菩提树，翎闭上眼睛也能感觉到它们，那些在秋风里翻飞的圆叶，那种互相摩擦产生的颤抖般的声音，她在阳台上都能很清楚地意会到。有时，秋天也会有从北方吹来的风，那风会把院子里玉兰树的芬芳灌满阳台，从恤孤路那儿把菩提树的圆叶吹送到阳台上，贴在她脸上，落在她轮椅的踏板上。"上帝给我带来了信息。"她会喜悦一个上午。肖妈妈却有一种说不清楚的酸楚，这酸楚多半不是因为翎，而是因为肖邦。她有一种被上帝作弄的感觉，而这种感觉多半来自于对肖邦的费解，对他命运的费解。究竟是什么使肖邦坠入这种劫数呢？

肖妈妈有时也会到阳台来，她会在阳台上翎对面的椅子上坐一会儿。翎的对面永远有一张椅子。那种已绝迹的老式转椅，这种椅子是30年代很流行的东西，它在"文革"中安然无恙地在小楼里保存下来了。翎还是那样清丽，一点也没有变，只是眼睛里有一种难以觉察的怨尤，而肖妈妈却从中读出了一种欲望。她刚刚瘫痪出院的时候，几乎是天天以泪洗面，持续了半年多，才慢慢平静下来。已经七年了，她也许已经能够坦然面对这种不幸。肖妈妈可怜的不仅是翎，最揪心的是肖邦。一个血性男儿，就这样耗在翎身上。也不知肖邦后悔了没有，她从不与肖邦谈起这个话题，她惧怕两种结局中的任何一个，都是她无法承受的。她也曾经为肖邦设想过种种合情合理的方法，但是，哪一种方法方式都近乎残忍。于是她干脆不去触及它。只在心里为他们流泪。她不知肖邦在外面有没有别的女友，她希望他有，又害怕这种事实。她并不十分喜欢翎，也谈不上厌弃，母亲的心总是倾向儿子的，尤其是这样一个儿子，一个永远不懂得珍爱自己的儿子。

肖妈妈知道儿子心里一定不快乐，翎没能给他一个女人应给予男人的东西。而肖邦就在这种煎熬中过了一年又一年。

肖邦给翎找来了颜料。

早晨八九点钟的东山，恤孤路上行人很少，翎反复地画这条路，这条并不热闹有些落寞的小巷般的马路。高墙大院和别墅的栅栏在早晨的阳光下显得生气勃勃，从院墙里探出头来的无花果阔大的叶片，红红的，绿绿的挂在院墙上。翎正在画它们。地上好些撕碎的画稿。看得出她心绪并不好。

"你烦了我吗？邦！"翎问。

她每天总会问这个同样的问题好几次。

"你说什么啊！别胡思乱想了。"肖邦千篇一律地回答，话语里确实有些烦。不是因为烦她，而是这些问话的确让他听得很烦，很心烦。他又怕回答得不好，令翎一整天都没有好心绪，那就更糟。他不是没有想过一些事。比如翎万一想不通，寻短见什么的。所以他不单把阳台用铁枝罩起来，而且藏起了所有的利器。可是翎坚决反对把阳台罩起来。于是只好又把铁枝锯掉，重新装修成一个飘向空间的花架。这样，翎的视野就会空旷得多，但万一翎……三楼的阳台离地面不太高，但不置人于死地可能结果更糟。反正生活中已没有什么叫作完美和保障，肖邦也就不再去想它了。

"我是说你烦了我吗，这不是乱想，是真想。"翎的声音依然很好，她从心底里感激肖邦，因为感激，她更爱他，就更怕失去他，对他就更是疑虑重重。她最害怕家里的电话响，电话十有八九是找肖邦的，那就意味着肖邦的离去、外出、开会等等。她的视野里不能没有肖邦，这是她生命中最后的一点希冀，这点希冀也是岌岌可危的。肖邦的名气越来越大，如翎一般因崇拜而爱慕的女孩不少，这是翎最不安的。杂志上不是老在说，40多岁的男人最危险吗！"家里红旗不倒，外面彩旗飘飘。"她最害怕的就是这一点。

她也想让自己开朗开明一些，但是做不到。她好几次想与肖邦谈论这个话题，试探肖邦的心思，肖邦总是回避了，这更增添了她的疑虑。

“你是要我说烦呢，还是不烦？哪种更使你满意一些呢？”肖邦有点不耐烦，翎老是用这类问题来冲淡气氛。

“你看，你不是烦了吗？”翎嗔怪着流起眼泪来。这是最令肖邦苦恼的。“唉，别这样，天下本无事，庸人自扰之。好，要调什么颜料？”

“不画了！”翎把画笔丢在膝上的画板上，把画了一半的画给污了。肖邦小心地捡起画纸，用泡了水的干净的毛笔把污迹弄干净。“何苦呢？你整天自苦干什么？来，起来运动一下吧！”说着，他扶起翎，让她的手臂圈住自己的脖子。她身上有一股来苏味儿，肖邦已经习惯她身上的这种味道。她在肖邦脸上吻了一下，无限柔情地说：“肖邦，别离开我，离开我我会死的。”她用手比划了一个下坠的动作。

肖邦苦笑着：“你又乱想什么了。”

翎的身材很好，还是那么苗条，多年来的病痛没有使她变得难看。秋天有些凉，她却还坚持穿着连衣裙。肖邦扶着她，从阳台慢慢挪向客厅，从三楼往楼下一点点地挪。翎每天都要这样运动一次，只有肖邦能帮她完整地做完这一切：从阳台到楼下，在院子里转一圈，再从楼下往三楼卧室挪。翎开始午睡，肖邦便可以有三四个小时外出。

任晓远开着广州本田，准时出现在恤孤路口。他已官升至副厅级，他早已不在《明星》杂志，而到一家报社当副总编。主管经营。

肖邦对他的官位不感兴趣。任晓远明白这一点，所以在肖邦这儿，他尽量克制自己当官的优越感。他和简妮·森一直有联系，肖邦对此也不过问，从不关心。简妮·森对肖邦也已平静，大家就是老朋友，没什么别的，这样反而自然一些。

肖邦上了任晓远的车。任晓远说既然上车了，就不去“水边吧”，干脆到番禺那边去，有个叫“白宫”的地方，吃喝玩乐一条龙服务，又高档又僻静。肖邦并不反对：“随你去哪儿！反正过一会我自己会回来。”肖邦永远是这种态度，任晓远也不计较，只管走就对了。

任晓远用手机又联系了什么人，让他们赶到“白宫”去。

“对了，你跟李斯特是老友，请他一起来吧，我们去接他。”任晓远说。肖邦有些意外，这个任晓远想干什么？又不明说，鬼鬼祟祟的。

“你请客，爱请谁请谁，与我何干！”

“别这么说嘛，大家都是老农友，李斯特要你请，我请不来！电话？”任晓远永远是这副德性。

肖邦说了一个电话号码，任晓远按了手机，“忙音”。他径直把车往天河开，他确信肖邦能把李斯特请出来。

肖邦觉得任晓远一定有什么大事要办。他好久没联系了，今天如此兴师动众，非同寻常。

任晓远打通了李斯特的电话，连忙把电话递给肖邦，肖邦只好把意思简单说了。李斯特在那边说：“下午还有一个会，不知能不能赶回来。三点钟开会，还是免了吧！”李斯特有些勉强。

“已经差不多到校门口了，赶快说！”任晓远小声对肖邦说。肖邦只好说：“三点钟前一定回来，我送你回来。”

他们车才刚到天河，又堵车了，足足30多分钟后才到华南大学门口，李斯特已在那里等候许久了。

李斯特一上车，就笑着对任晓远说：“不是已到校门口了吗？我等了20多分钟呢？”

任晓远惯于打哈哈，敷衍过去了。

“什么事这么急啊！”李斯特问肖邦，肖邦转向任晓远：“问他，我们都成了他的人质了。”

“哎呀！不谈正事嘛，请你们去‘白宫’见识见识。知识分子也要讲改革开放。知识分子要工农化嘛。”任晓远歪理很多，他越发油嘴滑舌起来。

任晓远召来的人马早已候在那里。他们车一到，便有两三个衣冠楚楚的人迎上来，又是开车门，又是把手横在客人头上，免让车顶碰着。任晓远介绍，这位是潘总，那位是麦总、区总，总之都是老板。肖邦一看就知道是任晓远召来买单的。这在任晓远已经是习以为常了。见怪不怪。

肖邦努力显得开心一些，给任晓远面子，在一间豪华的大包厢里，他们落座在一张足可容纳 20 人的大桌子旁边。任晓远张罗着小姐们的服务，麦总摆弄音响，区总点菜，潘总请来经理，安排酒后桑拿。

任晓远气派多了，已不是《明星》杂志时代的任晓远。他手下有几家印刷厂，几家发行中心，还有几家书店，经营遍及国内外，找他办事找饭吃的人也自然不少。肖邦总怕他出事，提醒他，他总是大大咧咧。

酒是上好的泸州大曲，五斤装的，披红挂彩，据说是特制的，不外销。潘总的车上应有尽有。龙虾已变了食法，过去是生吃，现在是桑拿龙虾。把活龙虾放在大盅里用酒泡着，生生地投进去几块烧得发红的麦饭石，盖上盅盖让龙虾在里面桑拿至熟，把肖邦和李斯特看得目瞪口呆。

任晓远先是向各位介绍肖邦和李斯特，在他嘴里，他们俩简直比国学大师陈寅恪和钱钟书都不差，又是哪个大人物如何敬仰这两位学子如此云云，关系如何铁云云。直把肖邦、李斯特说得面红耳赤，无地自容，又不好反驳，只好一个劲地谦虚自嘲。肖邦有意制止任晓远的胡吹，便举杯请大家喝酒，于是，一片“饮胜”之声。

麦总也是个文学爱好者，对肖邦、李斯特两位的著作一点不陌生。他说他也是知青，在南海插队当了三年农民。对知青文学自然也十分有兴趣。

酒喝了不少，任晓远十分尽兴。老潘、老区、老麦既殷勤又豪爽，他们与任晓远已不是一般关系，随便得很。开始说些较为私密的话题，在他们口中，任晓远的生活是很丰富多彩的。

李斯特似有心事，酒喝得不多，下午还要开会。众人见他有些放不开，便劝他多喝酒，“开什么鸟会!”区总有些粗鲁，说让任厅长给领导打个电话，什么都搞掂了。李斯特很反感，我开的会与他任厅长又有什么干系，口里却说：“大家好意，我领情了，下午的会不能请假的。”说着就起身。任晓远这才急了，示意肖邦挽留，肖邦不置可否，竟说：“我送他先走，各位失陪。”任晓远这才认真了，说：“正事还没谈呢！这样吧，大家慢用，我与他们两位先到那边谈些事。”

他引肖邦、李斯特到旁边的沙发上，坐定。认真地说：“一定请两位帮忙，有领导要考博士，要论文，有读博士的，也要论文，都是至关重要的人物，都是用得上的人物，不帮忙不行！就看两位，看怎么弄，当然不敢劳两位亲笔，请别人写，出钱润笔嘛！小意思，就是文学专业的，对口找学生写写得了，怎么样？帮老弟一把。”

肖邦想不到任晓远会为此事张罗，他望着李斯特，李斯特有些为难，找写手代笔已不稀奇，冒名顶替代考的都有呢，但这些事落到自己头上，不免突然、愕然。

他与肖邦面面相觑，一时不知怎样应对。任晓远必有他的难言之处，在官场混，就是这样。他替任晓远惋惜，何苦呢！但问题既已提出来了，怎么办？

任晓远把话说完，一言不发，他摸准了这两位老弟的秉性，他们是不会推托的。

他知道该给些时间他们安排，于是，便笑说：“不难为你们了，小事一件嘛！还是喝酒去吧!”说着，招呼几位老总：“敬我们这两位名人一杯，如何?”

大家举杯。肖邦心里布满阴云，他看不起任晓远的正是这些，但现在这些事是公开的秘密。人心是不以为耻，反以为荣，有能耐做这些事的，还不是一般小人物。

混个博士，志不在学问，在于官阶。

酒开始喝得不顺畅起来，李斯特不停看表，说要走。又是挽留，又是喝酒，眼看那五斤装一坛的酒就见底了。在座的个个都是好酒量。

麦总敬肖邦一杯，请肖邦收他为徒弟。他说：“有空也写他妈的小说，到时让肖老师给作序，他妈的天天过的都是小说日子，写出来比欧阳山的还好看！”

他大言不惭，舌头有些硬，囫囵着把话说完，又是一大杯酒落肚。

任晓远存心不让李斯特回去，他又示意几位老总敬李斯特，肖邦已自顾不暇，肚子里的酒精四处出击，有些飘忽。任晓远趁机挑逗：“靓女搓背，什么酒都没了。”

“潘总，安排好了么？”任晓远示意潘总招呼大家去桑拿。

李斯特坚持要走，但已身不由己了。他和肖邦在众人簇拥下，往地下室的桑拿中心鱼贯而去，经过地厅的歌舞廊，那儿灯光明灭，轻歌曼舞，停车场上已经密匝匝摆满各种汽车，车前车后的牌子都罩上了一块遮牌的帆布。

在昏昏然中更衣，入浴，进热气腾腾的桑拿房，用盐抹在身上，使劲搓，把皮肤搓得光滑柔顺，然后是大汗淋漓。然后是药浴，一个人泡在装满黑糊糊药水的大木桶里，有些酒味，有些药味，泡上半个小时，顿觉神清气爽。肖邦不是第一次这样享受了，林大头常邀他去，他偶尔光临，也觉得效果不错。李斯特是第一次领教，有些不习惯，依然昏昏沉沉，但心里却记着任晓远的要求，他觉得有些难办，可是已经吃人家喝人家洗人家的了，怎么办呢？最要命的是，连下午的会也给耽误了。已经三点一刻了，只好什么也不去想它。

搓好、洗好，一行人在潘总引领下进了休息间，这里极尽豪华，两张躺椅中间的茶几上，有各种水果，凉茶，上等香烟外加一盅补品。说是免费，其实都打在总数里。浙江师傅殷勤地上来修脚修指甲。肖邦说免了，任晓远坚持要让师傅上。李斯特已经醉得可以了，便听凭摆布。

再后来，进了贵宾房，是带浴室和桑拿室的那种。李斯特一进去，就马上睡熟了。

据任晓远说，他特意为肖邦和李斯特安排了两位大学生，为他们按摩服务，都是戴了眼镜的。一个是外语系毕业的，另一个是中文系毕业的，读的都是师范学院。也不知是真是假。

戴眼镜的“外语系学生”对李斯特说：“先生有什么要求尽管提，什么服务都可以提供。”李斯特死人一般。浪费了任晓远一笔不菲的费用。

也是戴眼镜的“中文系学生”对肖邦说了同样的话。肖邦说：“那就把我的老寒腿给治一下吧，那儿的血瘀了30年了呢！”小姐笑说：“先生真会开玩笑！”但是，仍顺从地“治理”起肖邦的“老寒腿”，在大腿上像模像样地折腾起来。“是这边吗？”小姐问，“哪边都是老寒腿！”把“中文系学生”逗乐了。

1983年。广州。华南大学。

中文系一切如故，李斯特送审有关挂牌听课的报告没有下文，他知道这事不简单，若顺利，吴校长会主动招呼的。石沉大海，意味着他也无能为力。任命李斯特当系主任也许情有可原，但动体制的手术，就不一定了。

还是饶老先生老谋深算。从教师那儿开刀难，从学生那儿改革易。学生们对写学年论文没什么争议，反而认为早就应该这样做，到学校来，不就为着多学些本事吗？中文系的学生，连论文都写不好，出去怎么交代？连即将毕业的学生都唏嘘，对李斯特说：“李老师你早些当我们系主任就好了，真倒霉，白读了四年书。”

学生们有积极性，事情就好办，老师们一般也不会太抵触。教师指导学生写论文，既有工作量又有课时补贴，每篇论文起码可以有几十元的酬金，老师们何乐而不为呢？

李斯特此举倒是没什么人反对，反而博得了一片叫好之声。

首先是寂寞已久的杨家驹，他摇头晃脑历数做学年论文的好处：“‘文革’前就已经实行过，是又红又专的题中之意。”他不无兴奋地对李斯特说，并表示可以多拨些学生让他指导。

张泓也十分振奋，指导学生论文与上课终究不一样。大权在握，文章好坏，还不是指导老师一句话！他认为李斯特这一步是走对了。

中文系每个年级都写学年论文，上千名学生，三十几位教师摊开来，每人可以认二三十名，李斯特还要评学年论文优秀奖，比例是15%，筛选优秀学年论文，又是一个大工程。昔日按部就班，暮气沉沉的中文系似活跃了许多。

随着撰写学年论文工作的展开，各种辅助性的工作也必须跟上，图书馆资料室的书被分开来，几个学生共同看一本，颠三倒四地看，颇刺激。李斯特让文学社组织召开各种文学讲座，把广东相当活跃的中青年作家聘请来，组成一个讲师团，每周一课，让作家和学生直接见面、交流，中文系的学生还挺会造势，学校的广告展示牌上，不单贴有声明永久性张贴"覆盖有罪"的"讲座安排表"，每次讲座还大张旗鼓地宣传，食堂和主要通道都有讲座的海报。一时间，中文系的声望风起云涌，"讲座安排表"上的各位人物，足以让中文系和别系的学子们兴奋异常：

一周：主讲人陈国凯，主要作品《我应该怎么办?》、《代价》。

二周：主讲人孔捷生，主要作品《在小河那边》、《南方的岸》。

三周：主讲人杨干华，主要作品《天堂众生录》、《旱天雷》。

四周：主讲人欧阳山，主要作品《三家巷》、《苦斗》。

五周：主讲人陈残云，主要作品《沙田水秀》、《香飘四季》。

六周：主讲人戴厚英，主要作品《人啊，人》、《空中的足音》。

七周：主讲人秦牧，主要作品《花城》、《艺海拾贝》。

八周：主讲人肖玉，主要作品《当乌云密布的时候》、《战鼓催春》。

九周：主讲人雷铎，主要作品《男儿女儿踏着硝烟》、《半面阿波罗》。

十周：主讲人王杏元，主要作品《绿竹村风云》、《天赐》。

十一周：主讲人洪三泰，主要作品《孔雀泉》、《寄自黎母山》。

十二周：主讲人郭光豹，主要作品《深沉的恋歌》。

十三周：主讲人苏晨，主要作品《野芳集》、《常砺集》。

十四周：主讲人于逢，主要作品《金沙洲》、《无产者》。

十五周：主讲人黄雨，主要作品《论现代诗》、《听车楼随笔》。

有广东最著名的老中青作家，有编辑家也有理论家，同学们早已闻其声名，现在将面对面一睹风采，这在劫后不久的1983年，是多么令人振奋啊！学生们学习与研究的积极性空前高涨，那种潜在的求知欲被激发出来。中文系的学生似乎有些趾高气扬。几乎每周都有名人来讲学。

“连戴厚英都被请来，真不可思议！”

“孔捷生就是那位海南兵团的知青，他写的《在小河那边》里的事情就发生在我们那儿。”

“秦牧的散文在中学就读了，不知人是什么样子？”

“肖玉是军队的吧，听说13岁当八路，连字都不识，后来成大作家了。”

到处都有学生在议论中文系的活动，每到讲座时间，阶梯教室早早就挤得水泄不通，走廊上，通道上到处是外系的学生旁听。戴厚英来讲学那一次，中文系只好印发入场券，凭票听课。

这种状况持续了一个学期。新学期开始，中文系热火朝天的讲座不得不中断，各种宣传悄然消失。没有人公开说明原因，李斯特也如在雾中，李乔也变得稳重且没有脾气。李斯特询问他，他表现出一副不知不说的神气，只是劝李斯特：“算了，还是少说为佳吧！还不是做事的时候啊！”他似有无限隐忧。李乔虽然直肠子，脾气暴躁，但若是问题提到党性高度，他是会无条件接受且坚决执行的。李斯特决定亲自去找吴校长。究竟在学术交流这件事上，哪一点做错了？他希望李乔与他一起去面陈，李乔阻止他，说过些日子再说，不必那么急的。“有一天，讲座还会恢复的，你放心，此一时，彼一时。”

李斯特明白李乔心里很清楚。他是总支书记，一定是党委或有关部门打了招呼。他是党委管的干部，他自然会有他的渠道。自己虽然是副书记，但是讲座的始作俑者，人家自然会回避他。

李斯特还是不死心。他决心独自去找吴校长问个清楚。受学生欢迎的事，为什么到党委那儿就有问题？有问题不明说，这样草草收场算什么？他感到系主任很难做！除非像饶老先生那样，顺流顺水的，即便逆水行舟，也靠边择流，自有他做人做事的技巧，那样就游刃有余，他想起饶老先生的话，他那爽朗的笑声是一种狡黠的成分，隐藏着很深的阅历经验在里面。在领导没有明确指示之前，他是从不会把自己明确的态度交付出去的。什么时候才能学得如此老谋深算呢？

学生会宣传部长宁静是李斯特的得意门生，她在三年级就开始发表文章。人漂亮开朗，就是字写得潦草，白字很多。

那是她三年级的时候，李斯特上他们班的课，在讲到一个作家的叙述方式时，李斯特把自己给绕进去了，他说："这种'我中有你，你中有我'的叙述方式是很新颖的。看起来这两者之间互相渗透，但实际上它们是互相牵制、互为独立的叙述体系……"所有的学生都听得津津有味，突然，宁静举手站起来，说："老师，我看不出'你中有我，我中有你'，它们之间有什么不同？我觉得它们其实是一样的，不同说法而已。"她面带笑容，又谦恭又自信，直言不讳，李斯特有些吃惊。他示意她坐下，心绪有些乱。他解释得不很顺畅，也并不令人满意。但李斯特总算是把它抹平了。从此他对这个勇敢有个性的学生分外关注。她的眼神里似有些什么东西。

宁静的错别字太多。李斯特纠正过许多次都没效果。在一次考试之前，他宣布了考试规则，其中一条是自己添上去的，即每一个错别字扣一分。

宁静非常留意，但还是栽了。她原本可以考 88 分，扣去错别字 78 分。她的考试分数是 10 分，创了历年来中文系最低分数。她心服，哭了，她乖乖地要求补考，没有怨言。她再次见到李斯特，眼睛里添了一种感激的神色。她从此杜绝了不规范的写字方式。

中文系的学生，至少在李斯特这儿，写字都很规范。同学们都知道李斯特在这一点上是极为无情的。

"老师，你很残酷！"一次课间休息，宁静和几个男生围着李斯特谈话。一个海南来的学生有几分敬畏地对李斯特说。

“我不残酷！等你们因为写错别字被单位看低了，看死了，升不了官，发不了财，被炒鱿鱼，衣食无着，怎么办？那时你们会怪我太仁慈太不负责任吧！”李斯特真诚奉告，宁静笑盈盈地问：“老师，我是第一个被你残杀的吧？”

“残杀！”李斯特大笑，“是啊！希望是最后一个！”

“我很愿意被残杀啊！”宁静笑说，她又一本正经地问李斯特：“李老师，同学们都说，你总是与众不同的，你的那些道理我们都懂，可是没想过，说不出来，你一说，我们就恍然大悟，究竟为什么？”

“本来都是些简单道理，只是我们的思维常常让一种僵死的现成的理念或叫作宣传教育给锈死了，遇事便启动不起来。”李斯特很乐意与高年级的同学谈论这些问题。

“说到底吧，做学问和做人一样，撕开灵魂，面对人生真相，没有这种精神，做学问就缺少底蕴。”李斯特很喜欢和同学们交谈。他总是利用这样的机会去诱导他们。他希望他们这一代人不要再走弯路。生命是如此短暂。

有一天，李斯特在校道上碰到宁静，他上图书馆，宁静说她正想上图书馆。于是他们并肩往图书馆走去，一路上遇到许多中文系的男生女生，他们和李斯特亲热地打招呼，却又用有些异样的眼神看着宁静。宁静全然不当回事，她对着这位老师，心中有一种他乡遇故知的感觉。仅此而已。她不在乎同学的猜忌。正如她既是学生干部，却更是一个女孩，所以，她有时一天会换几次衣服，而且一套比一套艳丽。她在无形中领导着女生们的潮流却又时时挑动着男生们的遐想。

李斯特很自然。作为老师，他是相当出色且直率坦白的。他和宁静走在校道上，和各式各样的人打招呼。他并没有意识到什么。

他们一路上谈了些文学问题。感性的宁静问李斯特：“你谈到杜拉斯的《塔吉尼亚的小马》时，我总是不明白，她强调了‘疲倦’这个俗常的道理，却又让她的主人公最终还是屈服于这种疲倦？为什么?”

“文学是生活的梦想和寄托，杜拉斯毕竟是个女人，她从女性对婚姻的依赖和希望上去理解这种疲倦并且力求寻找解决疲倦的办法。疲倦是一种生物生理的排斥，但对它的最终承认屈服乃至更新是一种精神。人类在道德约束之下，必须服从一种精神规范，否则人类就太无秩序了。”李斯特觉得对宁静这样的女孩，点到即止她就会明白的。但是他有些警惕自己，不要在这种时刻和这样的女生谈论这样的问题，它很容易激发某种危险的情绪。

他决意不去图书馆，他在一条岔道口突然对宁静说：“你先上图书馆吧，我回系里有事!”谈锋正劲的宁静愣了。她是个乖巧的女孩。她会意地笑着，顺手把雨伞递给李斯特，很默契的样子。天下起雨了，他们在小雨中走了很长一段路，李斯特一点都没有觉察。

李斯特接过伞，又把伞给宁静，笑着调侃：“记住，我永远在雨中。”

他只是无意间脱口而出，事后却十分后悔。

在许多年以后，宁静给他的信中，提到了这个细节。

1972 年 9 月 9 日。海南岛。黎母山。

李斯特回忆起这个日子时是模糊的，他常常在许多年后的一些夜间，搜索枯肠，企图明晰那一天的全部经过，可是，那之前之后的一切好像有意隐遁似的，离他远去，人处在情绪巅峰时刻，是无法保持冷静和正常状态的。

总之，9 月 9 日，他独自回到黎母山。他曾犹疑而且矛盾：永远不回黎母山了！不能再回到黎母山。这种矛盾一直缠绕着他漫长的回归之路，充满着假象和欺骗的世界，只有黎母山是真实的。她残酷无情但是又充满着真实的情感。这里有他生活中的全部，记事中最深刻最真实的部分全在这儿。刚刚萌生含苞待放的希望，一走出黎母山就被无情掐断了。黎母山，无疑是李斯特精神和希望的庇护地。他只能走回黎母山，也只有黎母山能真诚拥抱他，不计前嫌宽慰他。

他还是走回了黎母山。那山那人那狗，嘹亮的鸡啼和深山火铳的“乓乓”声，贮木场的血和满河漂着的黑橄榄，都在召唤着他，像一股强大的磁力，吸着他下坠的身体。他才没有从“红卫轮”上跳下去。

他倒是很清晰地记住了9月9日早晨，他正准备去教室。这一周是入学教育和劳动，已经劳动三天了。昨天是新同学见面，今天是分组。系里来了两位老师，一位像是系工宣队的，一位是系里管党务的。他们把李斯特叫到一边，郑重而且严肃地说了事情的原委：“由于该专业压缩学员指标，你先回原单位，再等通知。”那位老师的话简短而且不容置疑：“这是组织上的决定，谁都无能为力。”工宣队员无语，只是很严肃地站在一边，李斯特从他的神色里，感觉到自己好像是一个阶级敌人，他严峻而略带鄙夷的目光里有种敌视。

“真的?”惊愕的李斯特只吐出这两个字。他几乎要昏倒，他无力承受这种打击。

“请收拾东西，今天离校也可以，明天也行，可以先住到学校招待所，我会安排。先到系里办手续吧!”李斯特跟着他们，死人似的到系里。几分钟就办好了。一切档案都由系里送达海南。他只需在一张遣送单上签字就可以了。

李斯特独自回到宿舍。他把一箱书放在那位河北来的同学的床头。这箱书跟着他在黎母山中呆了四年，其中的《古文评注》上有爸爸当年的眉批。现在一切都用不上了。他决定把书给小河北。他写了张字条：“河北，这箱书送给你，我走了。没有原因，祝你好，再见!”他连名字也没留。他也还记不住小河北的名字。他提起旅行袋，走出中大正门。他没有回头，满眼是泪水。

他不想回家，不想把这个不幸的结局过早地告知父母。他到了天字码头，这儿是他生活的起点和终点。许多事都和这码头有关，因为它痛苦，也因为它幸福，现在应该是平淡的时候了。

珠江肆无忌惮地流着，它独自流淌着，两岸人们的欢乐与痛苦都与它无关。它只是默默地承受着人类的践踏。李斯特想大哭一场。他无法冷静下来。

他从口袋里掏出了昨天才从农场转来的父亲的信。信是一个多月前寄的，辗转了一个多月，才到他手里：

亲爱的斯特：

喜出望外地接到你7月13日的来信，能够上中大的特大喜讯，举家欢腾，你的一切便成为家中谈论的主要话题。一家沉浸在无限欢乐之中。

在短短的十天复习中，经过你的辛勤劳动，取得如此优异的成绩，真是不可多得的胜利。几年来，你在上山下乡的正确指引下，用毛泽东思想武装自己，向党汇报了自己的收获，接受了党的推选。如今即将走上升大的道路，我们真是无比地高兴，你为下乡的知识青年树立了良好榜样，为我们一家争了光。

新的生活将会带给你非常繁重的任务，要迈过高中的知识，登上大学的阶梯，就需要有毅力，有决心，有信念，付出辛勤的劳动。特别是中山大学，这样的综合性大学，它所要求的是高质量、高水平去适应社会主义需要。我们认为这些你都能够胜任而迈开步伐前进。我们预祝你从胜利走向胜利。

敬祝毛主席万寿无疆！

爸爸：李大风

妈妈附此不另

1972年8月10日

他感受着爸爸写这信时的喜悦。现在，他如何能够用残酷的现实去毁掉那喜悦呢！

中午开行的“红卫二号”发出了尖厉的汽笛声。人们开始登轮了。他已买好了船票，五等舱散席，12元人民币。他提起旅行包，很轻。他最后一个上船。再见了，广州！广州于他永远是伤心地。难道我注定与广州无缘吗？他在心里捶打着自己的灵魂。

六连早已接到了消息。这几天傍晚老雷天天到腰子车站来，看一看李斯特有没有回来。他开着辆手扶拖拉机，班车一到，他就“叶叶叶”地把车发动了，往班车那儿张望。

这天傍晚，老雷没有来，李斯特下车后便往六连赶路。山路很静，夕阳收尽了它的光焰，黎母山便在红光中沉落成一片黑色轮廓。她浑圆肥润的主峰，像美丽的巨乳，翘向天上诱惑天神。

李斯特在刚下过雨的泥地上疾走着，他听见自己的脚步声，那是一声声的叹息。野杜鹃开满了山谷，他嗅到花蕊蜜汁的甜腥味。一只晚归的小鸟，跟着他，上下翻飞，像黑色的精灵，在他身前身后吱吱喳喳！李斯特听得出，这是杜鹃鸟，“行不得呀哥哥，行不得啊哥哥！”它总是这样叫着。心里便有些凄楚。

天已经完全黑下来，黎母山的秋天尽了，到处呈现了初冬的景色。他淌过一条小河时，已感觉到那刺骨的寒意。小鱼撞在他的赤脚上，痒痒的，远远近近的牛铃声悠闲而又散淡。又回到熟悉的山野，熟悉的空气和甜润的风。李斯特暂时忘却了烦恼，仍在流血的心此刻有些舒缓。他跪在小河里，捧起水敷在脸上，顿时清新了许多。

李斯特挺起身子的时候，见到了站立在河岸上的妙英。他像见到女鬼般，望着妙英。

妙英向他扑了过来，他抓住了她的双手。

“全好了？”

“全好了！”

她啜泣着，许多日子的思念和怨尤都涌上心头。李斯特什么都没有说。

“回来了？”

“回来了！”

“不走了？”

“不走了！”

他疯狂地吻她，他不知怎样表达心中那种喷涌而来的激情，这激情是一度被暴风雨吹扫过的，让雷电凝聚成的。两颗被剜割得遍体鳞伤的心让血流交融在一起。

六连的灯火闪闪烁烁，在山林中透着无穷的温暖。妙英已经把他的房间收拾好。李斯特被退回来的消息早已不胫而走。六连非常平静，人们都不触动这个问题。他们经过几间老工人的伙房，人们在伙房外的场坝上吃晚饭，李斯特和他们打招呼，他们平静而且友善：

“回来了？”

“回来了！”

“那就好！还没吃吧，一起吃好么！”

“不了，早做好了。”妙英好听的话语令人感动。

人们用复杂的眼光目送着他们。

老雷听说李斯特回到六连，一手提着酒罐子，一手托着一罐野猪肉。还不到门口，大嗓门就叫开了：“好个斯特，我等了四五天都不来，妙英一去你就来了！”他大呼小叫，“来，喝一盅，去去霉气，20年后又是一条好汉。”他胡言胡语，把李斯特拖出门来，在草地一坐就开始倒酒。

妙英把准备好的饭菜端出来，搁在草地上。李斯特心情很好，他用不着解释，也没有人问他什么，大家心照不宣。这不是李斯特的错。

“他妈的，还是在六连好，大碗喝酒，大口吃肉，来，斯特，咱哥俩喝一杯。”他们一饮而尽。老雷凑近斯特，小声说：“妙英天天在河边等啊！这小女子不错，有仁义呀！”老雷十分感叹。

许多人见斯特回来，都拢了过来，倒好像是英雄凯旋。人们全无嫌弃。李斯特反而不好意思起来。

妙英像主妇，殷勤地应酬着众人。

“看不出来啊！”老雷欣赏着妙英，往下的话他不好说。于是又是喝酒。

多少日子的郁闷化作轻烟，在树林子里缭绕，慢慢地散尽了。黎母山在下雨，小河涨水了。轰隆隆的水声在远远的山林中流动着。

“让我回伐木队去吧！”李斯特跟连长老雷说。

“去伐木队干啥！就在连部，明年争取再去考试，斯特啊！你有条件，我想考试不会难，没关系的。我和指导员都通气了。老霍有些顾虑，这次退回来，他要承担一些责任，唉，不说它了。喝，干他妈的喝！”老雷有些激愤。

为了斯特的事，团里把他和老霍叫到团部政治处，处长简单地对他们说了原委：李斯特父亲的问题有变，说是变敌我矛盾了，有新问题，政审的同志马上作出了处理。这是上级的意见，一定要做好李斯特的工作，注意他的言行，适当安排他的工作。处长下达了几条指示，老雷很不理解：“不是要出身不好的子女吗？出身不好哪有那么干净的？六连好不容易上了一个中山大学，现在又退回来，我们怎么向群众解释？”他不依不饶，非得让团部派人去六连说清楚。

处长当然不跟他啰嗦。

“明年千万别给我们六连名额，别让我们推荐了！”临走老雷给了处长硬邦邦的话。

处长记住了这个老雷。

【另类档案】

追寻昨天的传说

毛毛细雨一直下到早上才彻底停了，天开始放晴，但没有太阳，阴阴的天气令人发怵，好几天出不了门，我就一遍又一遍地翻阅母亲的日记。

自从她见到了金，喜欢上金之后，有好长一段时间没有写到金，那是1971年3月到1971年6月，整整三个月的时间里，她没有提到金。这段时间的日记记得简略，有时就几个字。比如：“今晚又开斗争会！”“连里杀猪了，真好！”“张真这人真要命，什么玩笑都开，人家当真了，怎么办？”

母亲在心情好时是不会认真记日记的。这三个月，也许她与金已经进入一种状态，他们恋爱了。在 1971 年 8 月 2 日的日记中，母亲忽然写到金。这页日记是撕下来又贴上去的。这张写好的字条没有送出去。或者是送出去，金看后她又拿回来。为了纪念，她贴回日记本上。

“……昨天下雨，你连草帽都不戴，使我看了十分难过，往后，你应该多些注意。我让小文昌给你捎去草帽。我对他说是你让我代买的。”

前后都没有署名，但应该是写给金的。也许她不方便让小文昌带字条，她写好后又贴回去了。

那天她是在什么地方看到金？又不好上前去与金说话。是在贮木场？还是因为金什么事回连部了？

她和金的关系从 8 月份开始升温了，但依然很秘密。

他们真正有较亲密的接触是在那一年的春节，也就是公历 1972 年的 3 月份。

在 1972 年 3 月 10 日的日记中，母亲这样写：

“六连有许多人回去探亲了。伐木队也走了不少，连队一下子冷清起来，春节有五天假期，我想去山上找他，不知他同意不。他这人很冷，是不是很怕人说闲话？小文昌也回海口去，何不让金一起去海口呢？向连里请假不知难不难？

“当真和金单独去海口，也很怕的，从来就没有和他去过什么地方。要不去肖邦的宣传队？太远了，毛阳那边的车很难坐。还是不去宣传队，那里漂亮女孩子太多了。不知金会不会看花了眼。

“还是去山上吧，明天问问他，他在山上，怎么问呢？去就是了。对了，叫张真一起去，那样好一些。”

3 月 10 日那天雷电交加，大雨滂沱。上山的路让洪水封了。第二天母亲不知用什么办法与金联系，总之，春节那几天她是在山上过的。

那几天的日记是空白的。

大约到了初五上班时，母亲才从山上回来，她在这一天的日记中写道：

“山上的日子真好，就是太快了。老刘这人真坏，什么话都说得出来。不过他人很好，他和金是好朋友。金说老刘有好几个相好的。黎族的那个很好看，老刘也不怕被人砍。金会不会跟老刘学坏了，也去跟黎族姑娘好呢？

“他是喜欢我的，他就是不说。他说他父亲母亲都是黑帮，三反分子，反动学术权威，问我怕不怕。我们家是地道的工人阶级呢！给爸爸知道，肯定行不通。他为什么要告诉我他家里的情况呢？我没有问他啊？

“他握住了我的手了，我一动也不敢动，他就又松开了，下一次我一定不让他松开。他从不叫我的名字，老是叫冯妙英，难听死了。

“如果他的家庭出身也是工人阶级就好了。一张床不能睡两个阶级的，老雷也这样说。唉，真急死人。

“他的力气很大吗？他握住我的手时很无力。妈妈说，男人的手要硬才好，爸爸的手就很硬，爸爸很好吗？他老是跟妈妈吵架，还打她。那天问金，‘你爸爸打妈妈吗？’‘为什么打呢？’他反过来问我。他爸爸是医学教授，这种人都是资产阶级。他家里怎么样？妈妈长得漂亮吗？下次问他。”

他们的初恋很秘密，因为阶级关系，母亲也很忧虑，怕外祖父会反对。金的父母都是专政对象，金大约也考虑到这一点，所以一开始他就把家里的情况和盘托出。

这对青年男女最终还是消除了阶级偏见。

其实，母亲在山上的那几天，他们就已经有了默契，至少金是这样做了。只是母亲有些犹豫，可是她又不能抗拒自己的真实情感。他们都不敢越雷池一步。

母亲在日记中又写道：

“他笑起来的时候，就令人受不了，他这样对别的女孩子笑，是不是别的女孩也会和我一样呢？我要告诉他，不要对别人这样笑，只对我。行吗？他会生气？

“我不好意思对他说这些话，他又不是我的什么人。我看张真也很喜欢他，她老是用那样的神情看他。金不会喜欢她的。

“他是不是胆子很小？他总是很冷，也很木，话外音都听不出来，是不是我应该主动一些呢？他握过我的手了。下次我先握他的手吧！

“千万不要像林老师那样，被人发觉了，就惨了。张真看出什么来了吗？老刘一定知道，他不会出卖我们吧？

“像林老师那样被斗争，我就去死。”

他们恋爱得很艰难。可惜我无法读到金的日记，如果能找到金，我一定能够更多地理解母亲，认识那个时代的青年男女们的内心世界。

我一定会找到金的。母亲在后来的日记里写到她对金的思念，金去读大学了。妈妈如果没有殉难，将会怎样？

中午时分，阳光强烈起来，正午阳光把土路上的泥泞晒起泡。有一种很难嗅的乡村气息，那是因为泥泞里有牛粪的缘故。如果明天有阳光，明天下午就可以进山去找贮木场了。

午后到小学校去。早就应该到这儿来。几百个从各连队来的孩子。20多个老师。孩子们还没来上课，学校很静。一位女老师在井边洗衣，我走过去，和她打招呼。

“嗨，你好！”

“你好，你是……”

“我是来采访的！”

“记者？”

“不是。”

“骗我，一看就是。”

“那就是吧！”

这是一位很漂亮的女孩。

“教什么的?”

“音乐!”

“会吹口琴吗?”

“当然!”她很自信。

这样我们就成了朋友了。她洗好了衣服，提起塑料桶，说:“到我们那儿坐坐吧，大记者。”

“好啊!我帮你提。”

“很有绅士风度!”我接过桶的时候，她说。

“教几年级?”

“从一年级教到六年级!”

“哦!”我这才记起，小学校都是这样的。

她住在课室后面的平房里。她开始晾衣服，令人眼热的衣服，我不去看她，自己找个位置坐下来。墙上挂着一张放大的照片，很好看。

“你是黎族?”

“怎么知道?”

“猜的!”

“你从广州来?”

“怎么知道?”

“想的。”

我们都笑了。“黎族姑娘都长得很好看!”

“谁说的?”

“我说的!”

“你说的不算。”

“谁说了算?”

“我说了算!”

“那你说，靓还是不靓?”

“靓又怎样，不靓又怎样?”

“都不怎样!”

“那你不对!”

“为什么?”

“喝水吧!”在斗嘴时，她已沏了茶，递给我。

她脸很小，眉毛很长，眼睛像一片树叶，内眼角往下包了一点点，形成叶柄的形状，美学老师说，这种眼型很少见，属于特别美目的那一种。我很想把这一点告诉她。

房间布置得很雅致，种了几株野草，屋里还有一架手风琴，一架脚踏风琴。

她大约也就20岁左右。

“到这里干什么?”她单刀直入。

“采访，知道那场大火的事吗?20多年前。”

“听说，但不清楚。写小说?”

“不，随便问问。看有什么好写的。”

“你读音乐的?”我调开话题。

“对，海南师范学院，知道吗?”

“艺术系?”

“对，专科的，不是本科，不过，今年想去考专升本。你呢?”

“历史系，北方大学。”

“没去过北方，太冷了，海南岛最好。我喜欢。”她喜不自胜，许多海南女孩都会这么说。

“明天是周末，跟我上山，到贮木场。”我有意邀她。她很爽快。“好啊，不过，要过了中午才行，上午要给学生补课。”

“好，我等你，到山上去野餐，怎么样?”

“不，不，山上不能点火的。”她严肃又有几分惊恐地说，“这里的人都说，点火会触犯山神的。”

“你也信?”

“说不准。还是信其有吧!”

“你去过墓地吗?”我想从她这里再掏些情况。

“没有”，她有些犹豫，“我从不踏出学校范围。这里的山太深了，野兽很多。你知道吗，有20多年了，没有人敢去动山里的一点点。”

她的眼睛实在太美了，我目不转睛地注视着那双美目。师院的老师真浑，怎么舍得把这么美目的女孩分到山里来，她应该去舞台上。

她有些觉察。笑说：“看什么？”

“眼睛！”

“很好看？”

“对，很好看！”

“那就卖给你！”

“好啊！”我大喜过望。

“买不起！”她笑得很灿烂。我想，我是爱上她了。在这一点上，我和母亲是相通的，她让金的眼睛和笑给迷失了。

“我唱歌给你听吧！”

“唱得很好？”

“当然！骗你的。”

她背起手风琴：“喜欢什么？”

“《在雨中》，会吗？”

“小看人！”她拉动风琴，唱起来。

“……在雨中，我送过你，
在夜里，我吻过你
在春天，我拥有你
在冬季，我离开你……”

是那种很圆润的女中音。她唱得很投入，不时用眼睛望着窗外。突然，她戛然而止，吐了吐舌头：“惨了，大家都在午休呢！校长要骂了。”她下意识地把门关起来，拉上窗帘。

我开心得大笑。

“笑什么？”

“笑你等会让校长骂啊!”

“你这么坏!”她举起小拳头打我。我趁势抓住她的手。她愣住了，抽出手，不再说话。脸红红的，那双眼半闭半阖，更加动人。

我的眼前突然布满一具具烧焦的尸体，在旷野上整整齐齐。寒风吹过火场，煽起了星星之火。

“我走了。”在沉默了一会之后，我觉得应该起身告别了。

“明天还去吗?”她见我走，忙问。

“你说呢?”我故意把球踢给她。

“不知道!”

“那就是知道了。”

她睁大眼看着我，小声说:“那我等你。”

“这就对了!”我大声说，笑起来。

“很好笑?”她有些不好意思。

“很快活!”我真的很快活。

“住哪里?”她关切地问。

“赵书记家!”

“学校这儿有客房呢，想住就搬过来!”

我兴奋得大叫:“太好了，太好了!”

“那我去跟校长说!”她说着就要去找校长。

“我自己去说吧!”我想趁机认识校长。

“也好!晚上一起吃饭，我们杀鸡。”

“是你，还是你们?”我好像和她认识很久了。

“去你的!都一样。”

黎母山的又一个春天到了。

第七章

1999年。广州。西关。

广州西关，帝后横街是一条最原始的老街。老街原先的住户大多搬到天河那边去了。老街便有许多旧房子出租。新疆人、河北人、安徽人，各式各样的人租住着这些古香古色的房子。帝后横街是一条死胡同，一堵矮墙隔开了街那头的世界。人们为了方便出入，在矮墙边架了一架木梯，也就五六级的样子。矮墙便成虚设。

靠近矮墙的房子是一座典型的西关老屋，进了栅栏，便是宽大狭长的前厅。前厅摆着两张麻将桌，人们川流不息，夜以继日在这两张桌子上搓麻将。赢了钱的从横街大摇大摆地走出去，外面是很精彩的夜总会、海鲜阁、桑拿浴；输钱的便灰头土脸地翻越矮墙而去。这种规则倒也十分公平。这个前厅里的麻将牌友们，从没有斗殴耍赖的记录，也就从没有发生过治安事故。真正的牌友都喜欢到这儿来。治安员也从不来这儿找麻烦。谁都知道这儿的主人是个不同凡响的人物。谁也不想去招惹她。

林兵一早起来，牌友刚刚散去不久。前厅地上满是烟灰烟蒂和擦鼻涕的纸巾，几只盛着残菜的木浆饭盒堆在椅子旁边，一片狼藉。她吆喝帮工的四川妹子：“阿玉，快来收拾收拾。”再过一两个小时，又一帮牌友要来。

矮矮胖胖的阿玉利利索索地扫地擦桌，嘴里不干不净地咒骂着那些缺德牌友。他们常常把香口胶抹在牌桌腿上，又黏又臭，恶心死了。她要花很大的工夫，才能把它们抠下来，粘在手上甩都甩不掉。她早就想回四川去，无奈林兵父亲一个劲地挽留。没有她，林兵的日子怎么打发？

林兵脾气好时，搂着她又是端详，又是欣赏；心情不好时，开口就骂"死三八！狐狸精！死到四川去"，要赶她走。她的薪水每月四百，是林兵爸爸付的，林兵只管她吃住。在这个下三流的麻将馆里，林兵自己是有一顿没一顿，阿玉也就只好将就着，靠为牌友们买盒饭或哪个赢家慷慨出手，几百元上千元的叫外卖请客。阿玉自然不笨，也就从中"抽水"，摸个百儿八十的私己。林兵也就更不管她了。只是想起来就叫她干活。打牌打得天昏地暗，几夜几日。阿玉的存在与否，也让她忘到爪哇国去了。

林兵就靠这些牌友养着。输赢都会给她一点钱。她自己偶尔会做做庄家。她做下家时人们会怜悯她，不太计较。她若做庄家，人们便寸土不让，与她斤斤计较。她就会睁大那双狰狞的黯然无光的丑目，直迫得你就范不可。她生气时被烧坏的皮肤便充血，变得像蜥蜴的表皮一样，凸凹的瘤状的颗粒便膨大起来，似乎每颗肉瘤都在发颤。坏死拉紧的皮肉便有一种恐怖的撕裂的感觉。她的嘴唇已经完全钙化了，看不出唇线和红润，只是一条微微翘起的肉块堆积在那里。牙齿有些外翻，这是被烧坏的后果。她有时会戴一顶金色的假发，有时干脆不戴，这时她稀疏焦黄的头发便东一块西一块散落着，她把它们梳理在一起，互相补充着一些没有发根的头皮。她的鼻子几乎是陷塌的，锁骨也被严重烧伤，脖颈和锁骨以下的皮肉黏在一起，虽然动手术拉开了，但中间缺了一大块。她的双乳几乎全部被割去，前胸便显得很空落而且腰身显得很平板，于是她总是直板板地走路。幸好四肢还算完整，没有留下更严重的残疾。因此生活尚可自理。

自从30岁时救火负伤，当了几天英雄之后，人们就遗忘她了。

这是很正常的事。她每月有几百元的津贴，也有公费医疗，从部队转到地方。原先与父母住在一起，丈夫带着儿子离她而去之后，她搬到这间祖屋居住。当时这里很僻静，人也不多，这很适合她的处境。她不想见人，即使是最初记者们蜂拥而来，又是采访又是拍照，她也会大喊大叫很不合作。她心里很明白，自己不是什么真正的英雄，只是那时年轻，冲动，热血沸腾，听见救火，便奋不顾身猛扑进去。一阵气浪把她掀倒在地，又一团火球袭来，裹起全身，她就什么也不知道了。她没有救出什么人，连一根稻草也没抢救出来。可是，她成了大英雄。她知道总得有人被当成英雄，以冲淡事件的残酷和残忍。总得有人被当作英雄，有人因此立功受奖，把一场惨剧演义成为一个圣坛。她只想遁入市井，和陌生人在一起生活，牌友是她最好的安慰。

十几二十年来，由于当时伤口没处理好，又反复植皮，其间还整容几次，皮肤常常发痒，有时痒得难忍。牌友看不过，便给她吸白粉，消解疼痛。现在她每天都得吸食一小包白粉，花100多元。这是一笔不小的开支。她对牌友们更殷勤，她必须拉拢住每一个来这儿打牌的牌友，牌友就是她的衣食父母。

她做过几次庄，手气总是不好，把老本都输光了。她不服气，再做庄家，还是输，差点连祖屋都输进去，每次都由她父亲出面摆平。

兵团解散时，她父亲从海南兵团回到广州军区，不久就离休住到干休所去了。她父亲活着，是她的靠山，靠老关系为她摆平一些事。“我死了呢？”她爸爸又气又恼地对她说。他心疼她，又拿她没奈何，面对这样半生不死的女儿，你能怎样呢？

她从医院出来之后，丈夫就再没露脸，儿子早就让丈夫送往北方他父母家。那时，儿子才两岁半。这么多年，她无从寻觅。再说，倘若见面，儿子怕也吓得不敢相认。

敢于正视她的唯有阿玉，这个四川的农村姑娘，纯朴善良。与她朝夕相处十年了，从十三四岁到如今该嫁人了。迟早会走。她一想起这些，就只有去赌，去吸白粉。

她几乎不和任何人来往。只有张真、文英华，偶尔会来看看她，说说话，扯些陈谷子烂芝麻的陈年旧事，久而久之，老生常谈的话题也没了意思。

最难忍受的是寂寞。

更难忍受的是，偶尔在电视上看到肖邦，看到李斯特。这些会触动她心灵中最敏感最痛楚的部分。过去的东西比最近的还清晰，清晰得令她目不忍睹。

她叫过一回“鸭”，那是一个英俊的外省青年，那青年见她的样子，死活不肯，任她出多少钱都不行，跑了。有一回，她求一个输钱的牌友，给了他2000元，才勉强地做了一回。

这一天，天阴沉得很，大雨将至。

这几天严打，牌友来得不多，开不成台。三两个人便在一起喝茶。她也没了心思，莫名其妙地就烦躁起来，做什么都不顺心，阿玉回爸爸那边几天了，爸爸他们正在搬屋做些小装修。

这种莫名的烦躁是经常的，牌友们习以为常，也觉得没趣，既然牌打不成，便陆续走了。只有叫“飞哥”的还赖着不走。他刚从顺德那边贩几车鱼回来，挣了一笔钱，手痒得很。他是那种口袋里放不得隔夜钱的人。有几个钱，便阔得不行。他总想着会有人来，便捧着个茶盅，翘着腿坐在麻将桌边，百无聊赖地玩着雀牌，眯着眼一只一只地端详，又飞一般弹出去。雀牌在绿色的呢绒桌布上弹出很舒服的感觉。

飞哥也去过几天海南，到山里帮人家找沉香、蒸香茅油，对海南并不陌生。他和林兵倒有话说。说起海南，便眉飞色舞，特别是那些山中艳遇，说得林兵火烧火燎。

飞哥是个单身汉，他是为数不多对林兵见怪不怪的人。依他的人生哲学，烧就烧了呗，都是命中注定。有一天他偶闯林兵卧室，见墙上赫然挂着一幅照片。照片上是位英气非常的女兵。他问这是谁家闺女，林兵却伤感地说：“你大姐年轻时就这模样！”飞哥这才像见了真神，便对林兵另眼相看。在她面前，也不再粗言秽语。他早知这位大姐有些来历，但她的样子过于恐怖。他从来没把她当作女人看，一个苦人儿罢了。

飞哥见林兵走进走出，心不在焉的样子，便叫道："事头婆，喝盅茶罢！"顺手递过去一根"中华"烟。想想，把整包刚拆封的"中华烟"扔在桌上："事头婆，留着抽吧！"他手头紧时，也曾跟林兵借过十元百元去赌的。

林兵接过他的烟，他便给她点火。她猛抽几口："这几日憋得慌，看来天气又不好了，来点白的，有吗？"

"真要？又贵了呢！"

"贵就贵，你别耍我啊！"林兵对飞哥还是有些警惕。这些人反复无常，有点钱时出手很阔，窘迫起来可是六亲不认，顺手牵羊绝不手软的。

"耍别人也不敢耍你啊，缺德事呢！"飞哥说得真诚而且豪气，男子汉味道十足。

"也是的，就是飞哥人好，我也看得出来的。人又靓仔，脾气又好，牌风也不错，还很讲义气。"林兵把好话都往他头上堆，乐得他笑。

"当真兄弟们都这样认为？"飞哥是极爱面子的。林兵把三分说成十分，他自然十分受用。

飞哥这几天很阔，见与林兵谈得投机，从贴身口袋摸出小包白粉，鬼鬼祟祟地拉起林兵就往里屋，林兵自然心领神会。

两个人躲在里屋，用锡纸烧起白粉，熟门熟路地狂吸起来，空气里弥漫着淡淡的焦煳味。

两人都很舒服，飞哥张开双腿，把腿架在床沿上，把自己摆成一个大字，飘飘欲仙，放肆起来："真是神仙啊，只差去勾条女就舒坦了。"

林兵见他那淫样，心里早已热燥燥的，便去摸他。他跳起来，口里叫着，有些不好意思。把林兵吓一跳。

想不到飞哥也会脸红，她在心里想。

飞哥是没把她当女人看，同性相斥。

飞哥也自觉有些唐突。事头婆是个好人，还是个女人。他不敢去端详她，便坐回原样，林兵轻手轻脚，一点点地去抚弄他。他双眼紧闭，一副怡然自得的样子。

林兵终于拉开他裤子拉链，把脑袋伏在他双腿之间。飞哥有些吃惊，但很受用，便任她去。

她把他惹得不可收拾。这正是她的目的。

她顺理成章地达到目的。两人都吸了白粉，在里屋折腾了许久。直到别的牌友在前厅里拼命喊："事头婆，死到哪里去呢？"他们才匆匆完事。

林兵这一天精神很好。她感激飞哥，让她又做回了一天的女人。

她已经没有了尊严，她只愿意生活在最底层的人群里。这些人不歧视她，友善而且怜悯她。这是她不愿意住到爸爸干休所去的原因。尽管那里医疗条件好，不像在西关，她有时皮肤痒得不行，用双氧水清洗也没用，还得蒙头蒙脸去医院找医生。在西关住久了，人也熟，每天前厅里人来人往，时间也就打发过去了。

这种日子已经过去了许多年。张真她们来时，还把她当女人看，问她些有关女人的事，也想为她找个人，哪怕同居也好。都没成功。

前几天，张真打电话来，说见到李斯特，说了许多那天见面的情状，又说李斯特如何如何，要来看她。她在电话里沉默了许久。这些事勾起她对另一种遥远恍若隔世的事情的回忆，那是一种何等残忍的回忆啊！那是属于另一个叫林苹苹的人的，不属于林兵。在如花的年龄，她忽然就变了另一个，另一个惨不忍睹的、终日以泪洗面的丑女人。

她想见李斯特。可是，怎么见呢？她问张真："你说了我的情形了？"

"说了。"

"说了现在的样子？"

张真那边有些沉吟："马马虎虎地说了一下！"

"什么叫马马虎虎？"林兵气急败坏，哭了起来。

“我不想见他，不要告诉他我的地址，我不会见的！”说着撂了电话。

张真并不恼她，心里有些难受。她真不知道李斯特见林苹苹会怎样。

80年代。广州。华南大学。

“学年论文”使中文系很热火，有时为了适应作家们的时间，把课时做了调整，这就牵涉到教务处。外系的同学也想来听讲座，请病假、逃课跑到中文系来听课。别的系开始有意见了。

作家们的讲座都是即兴而谈，回答同学们的问题也相当开放、自由和大胆，这与学院拘谨严肃的作风很不一样。于是，各种各样的议论蜂起。李斯特把全部心思都放在邀请作家，安排讲座，协调各种关系上，他看不到已经危机四伏。同学们兴致也很高，常拿潇洒自如、口若悬河的作家们和系里的任课老师比较，自然也就少不了有偏激的议论。

李斯特的船正在被拖向漩涡中心，而他自己一点儿也没有觉察。直到吴校长把他请到办公室，他才明白个中奥妙。

半年多前，李斯特走进这间办公室时，办公室里的气氛对于李斯特而言是无足轻重的，那时他没有任何思想负担。而现在，他意识到山雨欲来，有一场论战即将发生。刚才李乔通知，吴校长要召见他，还告诫他，千万不要顶牛，也不必辩解，敷衍过去就是。有些事不必坚持，同时说：“有什么事，就往我这儿推，我是总支书记嘛！”李斯特有些迷茫。会有什么事呢？将近一年来，中文系的教学活动形势很好，同学们都发动起来，学习积极性很高涨，这都有错么？

吴校长和林书记早已候在办公室。见他进来，又是倒茶又是递烟，热情得有些奇怪。

“李老师，今天请你来，也没什么大事，是想请你谈谈在工作上有什么困难？当系主任差不多一年了，有什么体会啊？”吴校长尽量宽松地说。

林书记一脸的严肃。他和李斯特打了招呼，就一言不发，在一旁抽烟。

“还好吧！想做点改革，其实也不是什么改革，实事求是地说，现在也不是大刀阔斧改革的时候。”李斯特见吴校长有点“项庄舞剑，意在沛公”的味道，便也不往真里去。原来他本想开口就谈中文系讲座被停止的事，心想还是先让校长开口吧。

吴校长还是把话题扯回来：“好吧！就谈改革的事。第一，挂牌上课的事，我个人认为不错，很好，但不是现在，有些好事，要看国情，看时机，否则，好事也会变成坏事。校党委暂不考虑这项改革，也是从中文系安定团结这个大局出发。小李啊，你想想，现在大家都处在提高阶段。一挂牌，有些老师就得下岗，没饭碗，谈何安定团结，你说是不是？”

“另外，请那么多名家来讲课，当然是求之不得的事，但是，据反映，也带进来许多不太健康的说法，变成自由论坛。这就不太好。作家们说完拍屁股走人，我们还得做工作，现在报纸上在谈‘清除精神污染’。有些外国的东西包括文艺理论，好坏我不妄加评论，但是否现在不合时宜呢？同志们反映很多，我也劝他们要客观一些，大家的主观意愿都是好的……”

吴校长侃侃而谈。他说的都不错，“清污”的声势很猛。肖邦的一篇文章，在《广州文艺》已被“商榷”。

他知道吴校长说得很克制，这与他一年前的言论有些不同，也难怪，在他那个位置上，哪能容他随便呢？

“我们请的作家都是广东地方、军队中过得硬的作家，难道他们也有精神污染的问题？恐怕是某些人带着偏见和有色眼镜罢！”李斯特一点也不示弱。心想，不让开讲座就停掉好了，政治上是千万不能让其上纲上线的。

“我们也没说作家们存在什么说法不妥，他们的著作文责自负，但在学生中演讲往往是即兴表演，难免有说过头的话啊，不够政策性啊等等，这是难免的。造成影响就不好，校领导很难交代。”吴校长始终不敢明说，也许他心里也有隐忧。他总是说得不顺畅。他努力把气氛弄得轻松一些，但这个话题本身不容轻松。

一言不发的林书记没有任何表情。他并不反对李斯特搞讲座，他也去过几回。特别是戴厚英来的那次，他还请她共进午宴。可是此刻，形势不同了。中央三令五申要抓学生思想政治工作。北京有些地方有闹学潮的迹象，知识界文化界也有些人在搞什么"签名"。这些都是事先没有料到的。他有些沉不住气。弄不好在学校里出现学潮就麻烦了。他不敢掉以轻心。所以今天是他主动约吴校长一起找李斯特谈话的，希望他正视这些问题。学校嘛，还是平安无事为好。他不想借题发挥，他知道解铃还须系铃人。学生们听李斯特的。李斯特能把这些名人请来，他自然也有能耐把神送走。他知道要说服李斯特很难。但求他罢手即可，以后的事以后再说。他心想，如果吴校长能说动李斯特，自己就不再表态，现在看来不行，李斯特是不到长城非好汉，可这好汉不能当。

"李老师！"林书记终于说话了。"大家都说我很左，想必你也听说了。其实不然，搞党务的怎样做，都会被人说左的。"

"我不这样认为，搞党务的也可以不左的，李乔左吗？不！"他还想再说下去。

林书记紧跟着说："待我把话说完，我们再来讨论谁左谁右好吗？"他今天的情绪不太明朗。

"吴校长说得对，好事大家都承认，但有些好事，今天来做，就并不合适，明天做也许就是真好事了。也就是说，有一个合乎客观实际的问题。"

"是不是什么事都不要做就是最好呢？"李斯特显然感到愤懑，同时也很委屈。

"在一些情势下，确实如此。比如中文系搞的系列讲座，现在就有些不合时宜。李斯特同志，你还年轻，党龄也不长，我不是倚老卖老。忠言逆耳。事情没你想的那么简单，很复杂呢！"说着，他从旁边的文件袋里掏出一份文件，晃了晃，"都写在这里面，明文规定，学校搞讲座，外请的演讲人必须把各种资料和演讲内容报宣传部、校党委审批。一般也不外请，你自己也是著名作家么，中文系中国作家协会会员也有三两个嘛。发挥一下他们的潜力，照样可以开讲座嘛。”林书记说得在理，也用心良苦。

“既然有文件规定，按文件办就是了。”李斯特有些气馁。中国的事，鬼才说得清。他突然发现吴、林两位的面目是何等模糊不清。

林书记知道李斯特是一匹难驯的马，要他就范，谈何容易。当初党委讨论李斯特当系主任，人事处长就对他说：“这位老兄可是不好调教的。”他问怎样不好调教法。人事处长笑而不答。林书记便也开玩笑地说：“我们要的又不是驯服工具，不好调教自有他的道理么。”

这时他想起人事处长的话了。这李斯特的确是块硬骨头。

“小李啊！希望你理解领导的意图。不是不可，是还不可。凡事讲究顺应吧！道理你比我明白得多。林书记还有话说吗？”吴校长想李斯特起码已经明白了。上级文件，照着办就是，这是任何人都无法违忤的。

林书记语重心长地打哈哈：“我和老吴都是爱才的，都希望给你压担子，我们都老了，天下是你们的。好了。有事多和李乔通气，把中文系的工作搞得热火朝天的。”说这话时，他自己都笑了。

“中文系现在不就是热火朝天吗？”李斯特也笑了。这种笑里有一种会意的苦涩，他想起那则伊索寓言：渔夫在河边钓鱼的故事。

中文系又偃旗息鼓了。每周一讲的名人讲座悄然而逝。同学们又回复了往日的日复一日的操作。学校的广告展示牌上空空荡荡，偶尔有舞会和心理咨询的告示。

转眼83级的学生就要毕业。同学们忙于毕业前的各种事，很快就要各奔东西了。

李斯特今年破例地参加毕业酒会。往年的毕业酒会中文系有两个名额，尽管饶老先生退休了，他还是坚持饶老先生和李乔去。今年不同了，这一届的学生，是他当系主任时亲自招进来的。他和他们每一位同学都有着一种难以言说的情感。中文系四年来的工作，大部分是这个年级的学生挑头来干的。里面有几个学生当过知青，都是学生干部。

毕业酒会在三楼的饭厅里。中文系占了20张桌子。他早早就赶到餐厅。学生们有的是今晚半夜的火车，有的是明天的早班车。学校怕学生闹事，都把毕业证拿在手里，上车前发证。对此同学们意见很大。李斯特只好苦笑着对同学们解释："非常时期吧！不要太过计较，学校也有难处呢。君不见，明早操场上会是一片砸烂的啤酒瓶和热水瓶。今晚大家可别砸。"

同学们都抢着说不会的，但他们心里在说着另外的话。

酒会刚刚开始，校长、书记还在台上讲话，同学们已经一个个到李斯特这儿敬酒。有的流着眼泪，女同学泣不成声。

在李斯特面前，他们都是小弟弟小妹妹，他们彼此之间有更多相通的东西。

李斯特真不知道要说什么好，说什么都是多余的。他为他们高兴，总算可以自立。他来者不拒，一杯一杯地干，唯此可以表达自己心中的情意。他在他们这一届中倾注的心血最多，为他们上了好几门专业课和选修课。同学们心中都有一杆秤，他们知道谁是好老师。

二十几张桌子，100多人轮番轰炸下来，李斯特已经溃不成军了。他还能撑得住。他还是一桌桌地回敬一回。此刻，同学们都劝他少喝一点。

"怎么行呢？我干！"李斯特是性情中人，他正在兴头上。有一种极为酸楚的东西潜行在他的心中。人生难得有几回如此豪兴。

女同学也不客气，一个个争着要和李斯特干杯，不干杯还不行。宁静为他作假，递给他茶水充啤酒，让同学们发现，一致进攻宁静，逼得宁静连连自罚。

黎族女生王梅对李斯特说："我哥就是王新，你的老农友，来，我代我哥跟你干杯。"说着，豪爽地一饮而尽。"王新！"李斯特记起六连的机耕队员王新："你怎么不早说！"

"我哥不让我说，不过，你的文章和小说我都给哥哥寄了。就差你的签名。”

“哎呀，告诉你哥，真的对不起。”

“李老师，你在六连的事我都知道呢!”王梅很俏皮地说，十分诡秘的样子。

“在六连没什么事，砍木头种树而已!”

“才不呢！我都知道。”

其他同学便起哄：“李老师，说说在六连的事吧!”

是有许多事可说，可是，有听众吗？也许时过境迁，一切都另当别论了。他说：“你们有一个好的时代，我祝你们，把握好自己生命的风帆。”

同学们请李斯特签名题字纪念。

酒喝了许多，李斯特依然清醒，只是头有些痛。他给每一个同学都写了一段话。

几个女同学在一旁吱吱喳喳，她们忽然推出了宁静，班长邓一宁站到桌子上，对同学们高喊着：“同学们，现在请宣传部长宁静朗诵李斯特老师的作品，那是一部记录一个时代黑暗与光明搏斗的作品，请听。”

宁静今天一袭黑色衣裙，庄严而又亮丽，看来她们是早就蓄谋好的。宁静还为此化了淡妆。她大大方方地站到一张椅子上，高声朗诵起来：

……他双目呆滞，脸色如冰如石，他已感觉到胸中有一股来自遥远年代的滔滔洪流，无声无息却横空出世般席卷而来。这没有呼啸之声的无情呼啸，这没有色彩的无情之色，这未曾流动的汹涌澎湃，在他空空旷旷如同秋天收割过的场净地空的原野般的胸腔穿过……生命是如此奇妙地塑造着人类和人类的思维，如此残酷地调遣着人的意志。究竟为什么要来到这人世间，受这永生永世的劫难之苦和思念之苦呢？应该遗忘又无法遗忘的东西，究竟要浇灌生命到哪一个尽头呢？

她充满情感的朗诵，那些由平凡的字句排列而成的句子，震撼着每个人的心灵。宁静朗诵完毕，全场一片静默，继而是热烈的掌声。李斯特趁着宁静朗诵的时候，独自步出餐厅，他在三楼的阳台，远眺南方，那是海，然后是岛，再就是山和河流。他被宁静感动了，她是那么真实地进入你的内心。

"李老师，你没事吧！"

李斯特回头一看，宁静正站在他身后，还有一个女同学陪着她。

"老师，我们明天就回海南报到，以后不知什么时候才能见面，老师，有书出版，别忘了给我们写信，我们会到书店去买的。"那女生有些怯生生地说。

李斯特感到宁静在黑暗中往他手里塞了什么东西，是一封信。他迅速把信放进上衣口袋里。

"那是一定的。"李斯特和她们握别。他发觉宁静的手冰凉而且颤抖。她的手指用力在李斯特的手心抠了一下。

李斯特觉得和同学们在一起很愉快，在同事中就另当别论。是不是人到了一定的年龄，就变得人心叵测和狡猾了呢？

1972 年。海南岛。黎母山。

李斯特回到阔别了一年多的伐木队，重操旧业，对于他来说是轻车熟路。

伐木队的作业线路是沿着河谷往山上推进，把河谷两边峭壁和山坡上的原木砍倒，截成四米或二米一段，推下河谷，然后让水牛把木头拉出去，经过滑道直滑进贮木场。

每个工人的定额是每天放倒两棵一米直径的大树，其他的事让后续的人去完成。

他已经认命了，不再去想读大学的事。其他人也不再提。尤其是妙英，她愿意和他一起留在六连，结婚生子。她的想法很实际。她只想李斯特快些忘掉这些事，所以他要求回伐木队，她并不反对。那样更好，他和他那帮子老友在一起，会快乐一些的。

李斯特像变了一个人。原来快乐奔放的李斯特不见了，他终日阴沉着脸，与人打招呼时才偶尔一笑。他那一边挑起的嘴角和淡淡的笑意才令人觉到原来的李斯特。他拼命地干活，像猴子似的在原始森林里奔跑着，在每一棵可以砍伐的大树上砍上一个大大的×。

伐木队长老刘是个慈祥的客家人。30多岁了，还没有结婚。他在山下的几个黎村里，有几个相好，偶尔她们会到山上伐木队的窝棚来找老刘。老刘便领着她们到树林子里去，好久好久都没有出来。出来时他总是红光满面，总是哼着客家小调，总是会派人到山下去弄些酒菜上来和大家分享。

傍晚时分，大家都到泉边去洗澡，九月的山水已经十分寒凉。大家吼叫着，光着身子，用毛巾把身子擦得通红，然后围在篝火边吃晚饭。

中山大学的校园生活总是令他难以忘怀。四天的日子将化为四十年、四百年深深根植在他脑子里，变成一枚铁钉，在那儿生锈，腐蚀他的灵魂。过去，每天他都强迫自己在小马灯下读书，读《反杜林论》，读《论共产主义》，现在，这些书连同那个大学校园梦，一起送给小河北了。他有些后悔把那一箱书全送人了。

老刘和李斯特并排坐在窝棚的边沿。老刘知道他的事，好些天他都顾不上与李斯特细谈，今晚他想和他好好谈谈。指导员老霍把李斯特交给他时，交代他要照看好李斯特。

人们弄不明白李斯特的真正想法，总怕他冷不防去寻了短见，或是想不开弄成神经病。

老刘自觉责任重大。

“我说斯特啊！干什么都是一辈子，毛主席说，人生易老天难老，对么？那个鸟大学，它不要我们，我们还不要它呢！听说大学里严得很，又不能抽烟，不能喝酒，还不能谈恋爱，这也不行，那也不行，还活个鸟么？”他凑近李斯特，对着他的耳朵小声说，“有空我给你找个黎族妹子，哎哟那个好哟，你想都想不出来。别傻了，看那些当官的，人模狗样，一肚子坏水呢！你就不同了。想开点就是。读大学不就为了当干部吗。当干部有什么好？”他喝了一大口酒，“人还是活得自在的好。”他给李斯特灌注他的人生哲学。

“听说你爸爸还是个大学教授，现在在敲钟冲厕所。”

“谁说的？”李斯特不愿意人家提到他爸爸，何况还说到敲钟冲洗厕所的事。他一定要老刘告诉他谁说的。

老刘死活不肯说，给逼急了，他要李斯特发毒誓，他说出来，李斯特绝不出卖他。“你千万别说出去，要不，我以后什么话都不跟你说。”

“我不会的，我只想知道谁在胡言乱语。”李斯特心中不忿。心中有一股无名火，正想找人发泄。

老刘看出这一点，益发不敢告诉他，可是又忍不住不说。他就是这样，肚子里藏不住东西，总是要一吐为快：“还说是美国特务呢！”老刘又说漏了嘴，他知道自己闯祸了。这个李斯特犟得很，他是不依不饶的。

李斯特见老刘不说，便不再追问他。人家说的都是实话。但是美国特务一说，是他今天才听到的。这又从何说起？

这些天来，他总觉得自己被退学不是一件简单的事，似乎有什么阴谋。什么压缩指标啊，都是借口，一定是与爸爸的事有关。可是，自己填政审表是如实填写了的啊！他想不出这其间有什么直接的联系。谁有那么通天本领，把自己从中山大学给退回来？

远远地传来声声嘞哨，那嘞哨很清亮很悠扬。老刘像听到进军的号角，为之一振。他小声耳语：“斯特啊，兄弟不分彼此，我才对你说，黎族妹子在叫我呢！一起去吧！我说得不错！”

李斯特知道那嘞哨是老刘的相好吹的。老刘从口袋里掏出小梳子，在他月朗星稀的脑袋上精心地梳理着，一丝不苟。

“你自己去吧！”他想给爸爸妈妈写信，这么多天了，把他们蒙在鼓里是罪过。

老刘走了，消失在林莽的夜色里。他也吹着嘞哨，呼应着那女人的唿哨，他们渐渐地远了。同伴们在窝棚里打扑克，他们的喧闹声，在深夜的山林中显得很孤独。

李斯特从草垫子下面摸出一本硬皮抄，就着马灯昏黄的亮光，给爸爸妈妈写信。

撕了几页，信都没有写成。他不知道该怎么向父母诉说清楚这件事。难道能说是因为家庭有问题吗？他们会怎么想？

他越想越郁闷，越写不下去。想起明天轮到自己当伙头军，下午拾掇好的鱼钩还没有下饵，李斯特便到伙房那儿寻来一块臭肉。在一个个锐利无比的鱼钩子上勾上臭肉。他把鱼钩一个个扔到河湾的深潭里，明早再来收钩，八成都会有犁鱼上钩。

天一亮，李斯特去河湾那儿收钩。收了几十个鱼钩，钩钩有鱼，大大小小几十条。那些大脑袋的犁鱼泛着青紫色的光，一条条垂头丧气，想必昨夜上钩后在水里挣扎了半夜，力气就耗完了。

“哇！这么多的鱼！”一个清脆甜润的女声突然响起，把李斯特吓了一跳。

今天轮到李斯特当伙头军。同伴们一大早就上山伐木去了，要到午后才回来。

只见林苹苹领着一男一女两位干部模样的人，出现在他身后。李斯特有些惊奇，他们到山上来干什么呢？

“他就是李斯特！”

林苹苹向那位女干部介绍。“你好！”她伸出手来，李斯特双手沾满鱼腥，有些尴尬地说：“看我这手脏的，对不起！”“没关系！”女的拉住他的手就握了。李斯特忙弄水给她洗手。她笑了，笑得很好看的样子。

那男的一直不言语，只是端详着李斯特。

“我是海南文联的，就叫我老冯，冯老师吧，老于是群众艺术馆的。到你们这儿体验生活，欢迎吗？”

“当然欢迎！”李斯特有些腼腆地说。

冯老师也就30多岁，齐耳短发，瘦弱但是很精神，眼睛蓝得令人想起蓝天。怎么会有这么清澈的眼睛呢？像冰雪那样的蓝色，这眼睛令李斯特终生难忘。他忽然就对她有了好感和一种说不出的敬意。

“冯老师，他们这儿都是男的啊，你还是回连队里去住吧！白天上来就可以。要不，我陪你在这儿住几天。”林苹苹很体贴地关照冯老师。

“我住这儿怕什么？都是男的好，他们可以保护我。不过，你和我做伴也不错啊！”冯老师很开朗，看来她是经常下乡的。

“李斯特也想当作家呢！写了不少东西。是吗，李斯特？”林苹苹快言快语。她总是替李斯特说话。

“哪里！谁想当作家啦！你别乱说，让冯老师笑话我吗！”李斯特有些急，他不喜欢人家说这些令人脸红的话。他是很自尊的。

“当作家很好。我读过这次你参加考试的作文，就写得很好。”冯老师笑眯眯地说。

1972 年高考的作文题目叫《深刻的一课》。

海南文联和群众艺术馆恢复活动，组建《海南文艺》，冯老师和老于奉命编稿，第一期主要组稿对象都是知识青年作者。他们把文化考试的作文卷都调来了。在兵团的调卷中，他们读到李斯特的作文。这次他们是专程到六连来，帮助李斯特写稿的。

他们把来意向李斯特说了。如果是在旧社会，李斯特定然跪在地上叩三个响头。感动得只想流泪。

李斯特一边剖鱼，一边生火，照顾铁锅里的米饭。今天意外地收获了这么多鱼，李斯特心情格外好，又突然降临了仙女一般的冯老师，他心中的阴霾一扫而光，他决心把午饭做得很出色，便问林苹苹：“你认得山姜吗？去挖一些来，河沟那边沙地上就有。”

“当然认得，就是我们砍来当草绳用的那种吧！”

“对，折下来味儿辣辣的，拔起来取土里那一截就可以了。”李斯特交代得很仔细。

冯老师要跟林苹苹去，老于便帮李斯特剖鱼。李斯特怕鱼刺伤了他的手，让他去烧火，老于说：“什么活都干得呢！我们刚刚从干校回来，干校和兵团没啥两样。”

李斯特关心《海南文艺》的事，他对此有兴趣。几年来，他一直坚持记日记，已经记了十几本硬皮抄了。

“平时经常写点东西吧？”老于关心地问。

“记记日记而已，初中毕业就到海南来了，什么都不懂。”李斯特谦虚地说。其实，他一到六连就学着写诗、散文和小说。六连的人都知道李斯特会写点东西，他当连部通讯员，就把连队的黑板报办得有声有色。

“可以把一些东西给我们看看，对知青作者的作品我们会加倍重视的。”老于热情地说。

“冯老师也是作家吧？”李斯特问。他对冯老师有特别的印象。

“是啊！‘文革’前就发表了许多散文小说，不知你们读过那篇叫作《五指山下英雄树》的散文没有，那时可是家喻户晓。”

“老于你又乱吹什么，那些陈谷子烂芝麻的东西都值得说。老于是个画家，你可以拜他为师，学画画也不错。看这儿风景多美啊！”冯老师抱着一大把山姜，连枝带叶地弄回来。她听见老于的话，便对李斯特说，“我们是来向知识青年学习的”。她的话语里有一些戏谑的成分，又很认真。

李斯特觉得她真是可亲又可爱，是属于透明透彻的那种。对这种人，你可以和盘托出，把什么都交付给她而无须保留。李斯特不知道自己怎么会在这么短的时间里便有这种印象。

冯老师的到来，改变了李斯特人生的走向，这种认识，是许多年以后，李斯特在怀念冯老师时所顿悟的。

晚上，冯老师和林苹苹、老于都没有回去。老刘给冯老师和林苹苹又另外搭了一间窝棚，搭得严严实实的，还在靠近小河的那一侧，给她们搭了一间洗澡间，并特意挂了盏小马灯在门口的树枝上。老刘特别的殷勤，他对女性有一种天然的关怀和敬意。

大家围坐在篝火边喝酒，冯老师说不会喝，但喝起来不比林苹苹差。倒是老于沾酒就醉，没喝几口，就满脸通红，跑回窝棚里休息去了。

没想到瘦弱的冯老师却很挺得住。酒没把她醉倒，相反她情绪很好，对每个伐木队员的情况都问得很仔细。

她说她和老于刚从干校回来，说着，她伸出手掌让大家看："插秧拔草砍柴捡牛粪，什么都干呢！"那手掌上满是硬茧。

老刘对冯老师说："冯老师你别怕，我们伐木队都是粗人，但都是好人，没有事的，睡安心觉！"

李斯特觉得老刘挺滑稽，人家冯老师没说怕，你在那里乱编派什么呀！

"有什么好怕的呢？大家都是阶级兄弟姐妹对不对？"冯老师笑意盎然。

"李斯特，你作文里写的那个伐木队长就是老刘吧！我看挺像的。"冯老师说。

"他才没那么好呢！我写的是另一个老刘。"李斯特故意刺激老刘。

"那怎么可能，六连就只有一个伐木队，伐木队只有一个队长，就是我老刘，这小子写我什么啦？冯老师，有没有糟蹋我呀？"老刘嬉笑怒骂，他倒是认真起来。他很想知道李斯特是怎样写他的。

冯老师慢条斯理地说："他把你写得很好，很有男子汉风度。阶级立场又稳，阶级斗争又坚决，起早摸黑为集体，酒也喝得多，骂人也不少，等等。"冯老师拉长了声调说着，把老刘臊得脸红。

老刘接口说：

"李斯特，我有这么好么？说起喝酒，我可没你喝得多！再说这骂人的事，那得分清为私为公，我骂你李斯特，多半是为公吧！"他得意起来，觉得李斯特这小子不错，养狗都会摇尾巴，表扬我老刘都写到试卷里去，多威风呀！"来，李斯特！干一杯！"他不等李斯特反应过来，连干三杯，这才深呼了一口气。霎时，山野间弥漫着浓浓的酒气。

"你老刘当然没有这么好，我都说写的是另一个老刘。"李斯特想刺激他。

林苹苹一直在看着李斯特。她情绪十分复杂。李斯特能上大学，她希望跟他好，目的很简单，几乎没有往深里想。想不到他又回来了。那种念头种下了，就难以拔掉。她不想在农场一辈子，她确信爸爸会为她想办法，不会让她在六连一辈子的。女孩子想的都很现实。要飞出农场，不是上大学，就是嫁出去，别无他法。李斯特回来后，她还没单独约会他，她很矛盾。中间还隔着个妙英。妙英很傻，她什么也不在意，什么也看不出来。怕是李斯特让人劫走了，她还不知东南西北呢！

晚上她陪冯老师留下来，就有约会李斯特单独谈谈的想法。可是这么多人，怎么办呢？

冯老师早就看出林苹苹对李斯特有意思。

他们到连部，找到连长、指导员，连长让林苹苹介绍情况，并陪他们上山。林苹苹对李斯特的介绍，那种口吻就让冯老师明白几分。

这个女孩子，其实也是单纯。在见到李斯特之前，冯老师凭女性的直觉，觉得这个女孩子挺不错的。但见到李斯特，她就约略感到李斯特和林苹苹之间的距离太大了。他是那种容易感伤但又超然的男人。生命于他是一种灵魂的负担，而她呢？她把生命当成火把，消耗它去照亮自己的路。她没有说出来。她只觉得面前这个男孩子的内心是很不简单的，桀骜不驯的性格里有一种令人担忧的东西。林苹苹是无法进入他的内心同时罩住他并与他同行的。

森林很静，只有篝火燃烧时的火星迸发。四周是一片弥天的黑暗。月亮还没有升起来，最后的萤火虫在树丛中穿行，像流星也像鬼火。

“冯老师，你是哪所大学毕业的？”

冯老师想不到李斯特会问这个问题：“我没读过大学，只是小时候跟父母在西南联大呆过一段时间。对大学还是很熟悉的。”

“西南联大！”李斯特知道朱自清、陈寅恪他们都在那里教过书，“太伟大了！”李斯特就着自己的思路脱口而出。

冯老师已知李斯特的境遇，她鼓励他：

“不一定要读大学，学习是终生的，比如你喜欢写，就写。写出来给朋友们看，再寄给我们。我们看好了，给你发表出来，多了，你就是作家了。”冯老师有意说得轻松一些。她想，这个孩子情绪容易波动，要多给他一些鼓励才好。

“我们带来了一些资料，关于文学创作的，你可以拿去读，希望以后多跟我们联系。”冯老师喜欢这个有些腼腆有些忧郁的男孩子。她觉得他这种气质里有一种很灵动，很适合创作的东西。

李斯特又问了一些有关文学创作的问题，冯老师耐心地解答。夜已很深，林苹苹在打哈欠了。老刘仍在独酌。

远远地有一声雷，天空裂开，山谷里有呜咽的水声，黎母山顶在落雨了。老刘关照地请冯老师去休息，并给了她一把砍刀。冯老师莫名其妙，还是接受了。

山野天地间的合唱开始了。

滑道上有一条圆木莫名其妙地滚落下来，那单调孤独的轰隆隆的巨响把整座大山震裂了。

【另类档案】

追寻昨天的传说

昨天傍晚，我如约到女教师那儿去。她正和伙伴们在杀鸡。“嗨！需要帮忙吗？”

“你坐吧！”她说着，洗洗手，陪我到她屋里。

“我们还没有互相介绍呢？你叫什么名字？”我问她。“你先说！”她心情很好。

“我叫冯翀，二马冯，羽毛的羽字再加个中国的中字，念chong，冲锋的冲。”

“这么麻烦的字都有的！我叫杨如风，杨柳的杨，如果的如，风雨的风。”

“杨如风，怎么不叫如雨呢?”我开玩笑地说。

“生个女儿叫如雨，生个儿子叫如山，以后再说。”她大胆而且开朗。

老师们很快就杀好了鸡，切块装在土锅里，煨上山姜，架在火炉上煮，就行了。

她不知到哪儿弄来坛子装的山兰酒。几个人围在书桌四周，就开始吃喝。

杨如风好酒量，看她文文弱弱的样子，酒是一碗一碗地喝。说好了，她喝一碗，我喝一碗。把她的女友看得目瞪口呆。

我们连喝了几碗，她才开口说话：“不错！现在正式开始。欢迎冯翀先生光临!”她此刻简直不是女教师，而是个绿林好汉，巾帼英雄。

我在心里想，是不是黎母山这块土地养出来的人都这样，男人女人概莫能外？母亲当年是不是也这样呢？她在日记里也写到喝酒，和金一起喝。不过，没有写他喝醉。

我有意把自己搞得很粗豪，在如风面前，你无需假扮斯文。黎族女孩从小就没有任何约束，千万别用汉族那一套来看她们，那就大错特错了。这是赵书记告诉我的。下午他听说我要到小学校来住，他警告我：“和黎族女孩交往你可要当心，她们爱起来是爱死你的，你没心，就别招惹她们。”我自然知道，这是种淳朴的古风，“可是，得讲道理吧!”我对赵书记说。

“道理？道理就是来真的!”赵书记正言正色。他不想六分场再来一个妙英。生了孩子不知去哪里找父亲。

黎族的山兰酒太容易喝太好喝了，可是喝过了才知酒力很大。不一会就晕乎乎了。杨如风却越喝越生猛，她两颊绯红，双眼放光，酒释放了她全身的活力。我请她唱歌，她说唱黎族情歌怎么样?

她先用男声唱：

鹿恋故园鸟恋窝
不知阿妹可想哥
阿哥想你日消瘦
眼泪如泉流成河

她又用女声唱：

哥想妹妹妹想哥
有情不怕杀命刀
阿哥如是一只鸟
妹愿为你来作窝

她唱得大胆热辣，其他几位男女教师也跟着唱，他们用黎语唱，又用海南话唱。今天是周末，学生们都回家去了，学校很安静。杨如风忽然提出："到野地里吧，男的跳钱铃尖刀舞，女的跳春米舞。"这些舞蹈我一概不知，但是，母亲在看着我，她一定在山坡上看着。

如风是杰出的，这个民族的知性，只要有一点点开启，任何人都可以是非凡的。

在月色中，我幻影着我母亲的形象，她和如风站在一起，她们分离又重叠。

群山拉成一幕辽远的布景，布景前有许多男吊和女吊，他们衣着艳丽，而神色愁苦，他们的嘴呼号着，震颤着，仰天长啸，却万山沉静，天地间没有一点声响。他们在杀灭的刀剑中，被迫沉入地底。群山又复一片青黛，山那边的灯火如豆，又闪闪烁烁，如鬼火在空气中流荡。

指着山坡，我对跳完舞坐到我身边的如风说："那灯，你看！"

如风在风中依然清醒。她拉住我的手，握在她的掌心里，

“别想它，想我吧!”

她不愿意告诉我。

我不知什么时候回到如风为我准备的客房。半夜我醒了过来，特别的清醒，我努力回忆晚上的事情。我望着窗外的山野，那灯火依然在闪烁。只有在夜间，我才能循着火光，去寻找冥冥中的指引。

但没有如风，我无论如何是找不到那里的。我确信那里就是贮木场，而那灯火包裹着全部秘密。那里，是一个与世隔绝的地方，又是一个在夜晚警示着人间的地方。那灯火，在传递着一种亘古的信息。

我又翻开母亲的日记。1972年春节后的一天，她突然写下这样的文字：

“……从贮木场回来，我坐在牛车辕上，让老牛拉着车走。每回都是这样，老牛识途轻车熟路，慢悠悠地往连部走。我只顾打毛线。过了许久，我以为到六连了，这才发现，老牛又把我拉回贮木场了。贮木场静悄悄的。午后的阳光很毒，晒得原木上厚厚的树皮都翻卷起来，发出哔哔剥剥的声音，像火在燃烧。突然，我看到贮木场上冒起黑烟，那黑烟一定已经升腾了许久了。我还看到了火，烧得很厉害！我跳下牛车，让缰绳给绊倒了。我赶到冒烟的地方。那儿有一片很大的灰烬，可是，那灰烬是凉的。烟呢？也不见了。我怕是看花了眼，可识途的老牛为什么又把我拉回来呢？后来我对金说，贮木场一定有鬼。他面无表情地说我是做白日梦吧。怎么会呢？我真的看到那些火那些烟的。”

河边的老人也对我说过：草木树林都是有血性的。狗急了都会咬人，何况山林哩。那场大火以后，谁都信伐木队作孽太多，把方圆几百里的山都剃光了。山神不发火才怪呢！从此，谁敢去动大山一根毫毛？几十年了，没人再敢进山砍伐。

在六分场的夜晚，经常可以听到黄猄的干啼，有时这些温顺的动物，还会来抓你的房门，大摇大摆地在场坝上逛。

山林以它残忍的方式，血洗了贮木场，血洗了六连，而母亲他们都成了牺牲品。他们和山林对抗的结果，是山坡上永不瞑目的68具尸体。

山林的方式，会长治久安地震慑人类吗？人类流的是血，而树木流的是泪。我看过滴泪的老树，那是在最古老的树林里才会有的。树老得都成精了，像人一样。

天地万物都是共通的。老牛把母亲又拉回贮木场，让她看看那烟那火那灰烬，可是母亲并没有意识到危险。对于她们那一代人而言，没有危机意识。

夜很静，我睡得很沉。早晨，窗口流进来带着湿润空气的风。如风早已在球场上练功了。她见我拉开窗帘，便跑过来。

“下午不能进山了！”她有点遗憾。

“为什么？”我着急地问。

“不为什么！”

这里的人对进山似有禁忌，怎么连如风也这样呢？

“以后再告诉你吧，我去给学生补习，中午见，哦，对了，早餐在我屋里，你自己去吃吧！门没锁。我那儿有新到的杂志，你就在那儿等我吧！”她说着，如风般飘走了。

我一定要进山，特别是那灯火，我约略地估计着山坡灯火的方位。白天去探探路，那里一定住着与那场大火有关的人。贮木场就在那里。

我没有到如风的屋里去。我又开始读母亲的日记。她的日记差不多被我翻烂了。每一次重新读起，总可以发现一些新的线索和感受，加深我对海南岛，对那个时代的认识。他们有与我们完全不同的思维和语言方式。他们崇尚个人崇拜，阶级斗争，我们今天看来许多反人性的东西，都是当年他们生活的准则，包括爱情和友谊，都浸透着一种令人透不过气来的压抑。那是一个多么可怕的时代啊！母亲和她的伙伴们，却朝气蓬勃地生活着。这究竟是什么样的逻辑！我很想评判他们那一代，可是我做不到。因为有一些东西我感到望尘莫及，比如她对金，那种彻骨的专情，那种义无反顾的献身，那种丝丝入扣的关怀，那种痛楚的独立的承担，都是我们这一代人所欠缺的，她的这些品格，是否也与那个时代有关呢？我陷入重重的矛盾包围之中。我无法简单确切地去评判他们。包括始终模糊不清，却在母亲的精神世界里占有极大比重的金。他是一个怎样的人？他在哪里？他今天怎样？他是进入我母亲初恋的人。显然，他后来抛弃或叫忘却了母亲，远走高飞了。

母亲恨他吗？不得而知。也许她在大火中的最后一刻还心存梦想。那时金已离她而去有许多时日了。

我从母亲想到了如风，又从如风牵起母亲。母亲应该也有如风这样的美丽的眼睛。母亲没有留下她在海南的照片。她童年的照片，是一个很美丽的女孩。她长成之后怎样？粗鲁的外祖父连他女儿的身高都不清楚。而母亲还为这样的工人阶级感到无比自豪。

我开始拿母亲和如风作比较了。有一种衡量，在她们之间滑动。我难以判断她们在各方面孰优孰劣，也许这比照本身就是有缺憾的。她们生活于不同的民族，不同的时代。如风是无忧无虑的，起码她不需要为家为国去忧虑什么。母亲就不同了，她生活于重重的忧虑之中。她是不自由的。她没有离开六连的权利，没有读书的权利。她什么都没有。连恋爱都是偷偷摸摸的。她有什么呢？

生命给了她美丽的肉身，却没能使她尽情地释放灵魂的美丽。

所以，女鬼有理由在旷野哀嚎。

那么，那山坡上夜的灯火呢？人们对之讳莫如深。所有六连的人都知道那灯火，但所有的人都回避这灯火的存在，连如风也如此。这是令人不可思议的。

我要让如风知道，我们都有责任去解开历史，这是付托于我们的责任，从那灯火开始，一起走向贮木场。

贮木场的大火不是无缘无故的。那场大火焚毁了许多人的爱情和青春。

如风向我走来，我突然想，这样美丽的女孩，她在大火中将会怎样？

火中的如风，还会是如风吗？

第八章

1999年。广州。

李斯特从北京开会回到广州，他在机场往家里打电话。舒月在电话里说："快回来吧！我电话都接烦了。"他听出了舒月声音中的不快。他心有疑虑地打的回家。

趁舒月张罗吃饭，他到书房里把这几天的信件浏览了一番。大部分是名人辞典的入典通知，烦不胜烦，都有几百封了，他一封都没有回。越是没有回，就寄得越多。有几封是学会的开会通知，几个月以后的事，也不急。有几份外校评职称论文，要求很快评审完毕，又要评职称了。肉搏战又开始了。他想问舒月究竟有什么电话，终于没问。他知道舒月迟早会主动告诉他的。

吃饭的时候，舒月说："这几天老有个电话找你，一天三四次，问是谁，找你有什么事，可否由我转告，对方就是不说。"李斯特听不出舒月所说是男是女，便轻描淡写地说："大概没什么急事，要不会告诉你的，管他呢！"李斯特说得很中性。他不便问是男是女，但看舒月的样子，无疑是女的。否则舒月不会如此卖关子，故意不细说。

舒月憋不住说："都是你那些红粉知己。"

李斯特这才觉得严重。他在的时候，偏偏没有这些电话，他不在时，这些电话却常常让舒月接到。难怪舒月疑心。

少说为佳。他一不说话，舒月不干了。她本想李斯特回来，会跟她说明、辩解，但他没有一句辩解的话，却满腹心事似的一言不发。

“没什么事的，可能是哪位学生有关论文的事吧！”李斯特知道舒月的脾性，主动开解。

舒月也怕耽误李斯特的事：“嘿！电话留在那呢！在记事本上，第一页左下角那儿。给人家打个电话，也许真有事呢！”她是个容易消解的女人。

李斯特并不着急，他看那电话号码，很陌生，也许是妙英的女儿的电话。刚才舒月在电话里抱怨，他就预感到可能是那个女孩在找他。

“还不去打！”舒月反而比他着急。

李斯特想去打，但不是在此刻，他想舒月不在时他再打可能更合适。

这天晚上，李斯特在书房里呆到很晚，差不多天要亮了，他才回卧室睡觉。他头脑乱得很，想妙英，想妙英的女儿，又想起林苹苹林兵，没有哪一件事是顺当的。真正一个多事之秋。

果然是那个酒红色头发的女孩。她在电话里的声音有点喑哑，好像是感冒了。

“李老师，什么时候有空，我想约你！”

“最好在傍晚吧！喂！你叫什么名字？”

“我叫什么名字不重要，重要的是，我要见你，和你面谈。”

“什么事，可以在电话里说吗？”

“不是我的事，在电话里不方便说。哦！李老师，那天在白云居，我等了几个小时耶。”

李斯特忙问：“白云居在哪里？”

“就在天河啊！这你都不知道！”对方显得很快活，李老师对地处天河的这个胜地居然很陌生。

她详细地告诉李斯特该怎么走，直到李斯特恍然大悟。白云居原来是一个精品屋附设的酒吧。在一些前卫的青年男女中很有地位。精品屋主要卖一些类似美国西部牛仔般粗犷的物品，东西贵得离谱，但很适合一些“扮酷”的青年男女的虚荣心。又是名牌，又有传统，又相当粗犷而且和一个世界上最富有的国家美国联系在一起，所以生意很好。其实这些挂着国际名牌的物品，多半是来自深圳、东莞，其次便是汕头匠人的手笔。

李斯特和她约好傍晚六时半在白云居见面。五点半下班的时候，他给舒月打了个电话。

“舒月，我到天河，六点半有个朋友约会，要不要一起去？”他原想舒月不会去，她一向懒得出门，尤其是他的朋友聚会，她一般都不会参加的。邀她同往，就不会惹她疑心。岂知舒月却说：“好吧！我马上回家就走！”

李斯特愣住了，他没有想到舒月会这么干脆，弄巧成拙了，怎么办？他不知道这个女孩究竟想谈什么。

他沉默了片刻，把电话挂了。

多此一举，他痛骂自己。只好硬着头皮等事态发展了。

李斯特在家里等舒月。他想给女孩挂个电话，另择时间算了。他把电话打过去，没人接。他弄不清楚这个电话号码是不是女孩家里的。恐怕那女孩现在已在白云居了。他实在想不出更好的办法。

舒月回来了。看看时间已近六点，她催促他快些走，要赶不上了，顺口问：“跟谁聚会啊！”

“朋友！”

“哪些朋友？”

“唉，到时候就知道了。”李斯特叹气。

“是不是不想我去？那好，我不去了。”舒月见他魂不守舍，故意作弄他。

“走吧走吧走吧……”李斯特有些心烦。

“你今天怎么啦！很反常啊！”舒月一点也不生气，她觉得好笑，这个李斯特。

他们相跟着出门。“打的还是坐中巴?”

“随便!”李斯特心烦意乱。他想不好到时怎么处理那尴尬的局面，他更不知道那女孩的真正用意。

他们打的到了天河，从地下隧道走上天河城广场。

看来，只好硬着头皮了。“在哪?”舒月见李斯特一直躲在她背后，慢吞吞的，“都六点三十五分了。迟到了!”

“没关系的。”李斯特尽量拖延时间，考虑该怎么办。

“好像是白云居吧!”

“好像?”

他无语，心想天塌下来也得顶着，引着舒月，大步流星地向白云居走去。

他找到了白云居，里面人很少。他想再拖延一会。舒月拉住他，说:“你自己去吧! 我去吉之岛逛逛，你完了再呼我!”李斯特如获大赦，不再说什么，把舒月送到吉之岛门口。

其实，舒月心里明白。

白云居三面是落地玻璃，靠墙那面装饰成一个吧台。坐在里面的任何一个角落，整个天河一览无余，往西可看见吉之岛巨大的招牌和半壁半拉子工程，也算羊城一景;往北是天河体育中心，它匍匐着显得有些孤单;往东是南岗兄弟海鲜美食中心，俗艳但是车水马龙。白云居确实是个好地方。里面一共只有四张台，家具都是那种黑色铁枝旋铰而成，精巧而又别致，平添了一种欧式的优雅。酒红色头发女孩就坐在正对着门的座位上，刚才舒月与李斯特门口一幕，想必早已尽收她的眼底。她见李斯特进来，起身为他搬好椅子。

“谢谢!”李斯特很客气地说。他坐下来，背上已经汗淋淋的了。一场虚惊。

“为什么不请师母一起来?”女孩的话语里有一种挑衅，但说得很温软。

“哦! 她还有事。”

“师母很漂亮!”李斯特不明白女孩是肯定还是在征询。他笑笑，不置可否。

“喝点什么?”李斯特问。

女孩坐得很优雅:“我已经有了,你呢?”她面前摆着一小杯红酒。小酒杯很精巧。红色的酒液像一颗硕大的红葡萄,在她不断旋转着的杯子里滚动着。她用两个手指尖旋动着玻璃杯的细长脖颈。

她很成熟,确乎有一点李斯特认为的风尘。在李斯特面前,她没有半点怯色,反像一个天天见面十分熟稔的女友一般。

今天她没有化妆。没有化妆反而很好看。李斯特力求像一个父亲般端详着她。她的脸上没有半点妙英的痕迹。

“你认识妙英?”李斯特单刀直入。他不想和这样的女孩兜圈子。他对这个女孩谈不上好印象或坏印象。

“认识也不认识。”她轻淡地回答,用一双无邪的眼睛望着李斯特。她不停地旋动着葡萄酒杯。

“你请我来有什么要紧的话说?”李斯特有些不快。他觉得这个女孩太犀利,是那种很沉稳的犀利,她沉稳得令人受不了。

“难道一定要有很要紧的话说,才能请动大教授吗?”她有些放浪不羁。

她为李斯特叫来一听啤酒。“你怎么知道我喝啤酒。”李斯特很被动。

“你的书里写着,女人有时也是男人的酒,对吗?”李斯特不想与她谈论这样的话题。他准备打开啤酒。她示意让服务员来。李斯特完全在她控制之下。

她始终不说出约会的主题。她用一种审视和咬噬态度和李斯特玩着文字游戏。

那好吧。出于礼貌,李斯特改变策略,他不再说话,若有所思地喝着啤酒。

“我不是医学院的学生,我已经工作了,是医学院的同学告诉我,你要去演讲的消息。”女孩这才认真起来。

她一认真,便有些伤感。她的手指不再旋动酒杯,双眼定定地注视着杯中如血的酒液。

“那么，你是妙英的女儿？”

“这很重要吗？是对于你，还是对于我？”她自问自答。

“今年多大？哦，对不起，冒昧了。”李斯特自知问得不合适，忙向她道歉。

“没什么，二十多吧，老姑娘了！”

李斯特心中一震，她不会是自己离开黎母山第二年出生的吧？他有一种可怕的预感。

“结婚了？”李斯特肯定地问。

“这也重要吗？”

“不重要，当然不重要，随便问问。”

“是，还是不是，我自己也说不清，反正有个同居男友。不过，他是有妻子孩子的。他每周过来两个晚上。”她说得坦白而且平淡，似乎在讲别人的故事。

“哦，是这样……”李斯特有些惋惜。

她看出李斯特的态度，很不以为然：“只要双方在一起，都觉得好就行了。要那些名分干什么。感觉不行了，就各走各的。”

“我的男友就在你们学校工作。”李斯特像听天方夜谭般。“怎么可能？真的？”相比之下，李斯特反而像个少不更事的孩子。

“怎么不可能？你们那儿我去好几次了，我想去看看他的妻子怎么样，当然是和我比怎么样！”她很自得地说。

“就在中文系？”李斯特干脆把话说到底。不会这么巧吧！

哪知她不紧不慢地说：“那也不是没有可能的啊！不过，我点到即止罢了。由你去想象吧！”

“将来怎么办？”李斯特有点迂，杞人忧天。

“没有将来，有将来吗？”她笑了，笑声很响。她的笑声里有一种痉挛的苦涩。

“李教授，你在不说教的时候比较可爱。”

李斯特觉得这个女孩不简单，也许她们这一代人都这样。时代并没有教会她们该怎样去生活。“难道你约我来就仅仅为着告诉我这些吗?”

“你以为一个女孩子告诉你这些是不重要的吗?是轻易的,是可以随便说说的吗?”她有些吃惊地对李斯特说。他承认她说得对,倒是自己太功利了,老是想从她口中掏到有关妙英的事。

他还是不死心,他对女孩说:“你可以告诉一些有关妙英的事情吗?”

“当然可以,但不是现在,我想知道的倒是你对她有些什么想法。”

“想法!”这正是这些时日来苦苦追索着自己灵魂的东西。有什么想法呢?

“她的需要就是我的想法。”李斯特很负责地说。

“可是,她已经不需要什么了。”女孩有些凄婉,她那双一直不羁的眼睛,此刻变得温顺,充满盈盈的泪光,她把眼睛转向窗外夜的天河。所有的欲望汇流成河,人的河、车的河。这条欲望之河无孔不入流泻向每一处人性的洼地,形成欲望之城。

“可以请教你的名字吗?”李斯特惶惑,他在内心里认输了。不论在哪一方面,这个女孩子的阅世,都足以令自己刮目相看。

“我叫伊杨。”她深深地叹了一口气,“李老师,感谢你。我们还会再见吗?”她期待的目光里有许多令人怜惜的东西。她酒红色的波浪发卷在明灭的霓虹灯光下流光溢彩。天河的夜永远不会结束,而我们每一个人,属于我们自己的生命之夜,却一天天在递减。我们能够为我们曾经爱过的人做些什么呢!

他们握手道别,伊杨的手柔滑冰冷,李斯特从没有接触过如此冰冷的手。

舒月站在门外。不知道什么时候来的,已经站了多久。三个人什么都没有说。伊杨走了。李斯特和舒月在人行道上,并肩走着回去的路。他从她手里拿过购物袋,舒月腾出手来,挽住他的右臂。他们回家。

80年代。广州。华南大学。

80年代高校职称评审基本上还是运动性质。断断续续，像搞政治运动一样。碰得上的就上，上不了的，也许得等几年。加上长期不搞职称评审，高校拥塞了一大堆等待评审上车的教师，特别是一些工作多年的老教师，论资格，论年头，论学识，都没有不上的理由，可指标就那么多，眼看一大批人就要退休了，不评上个职称就退休是死不瞑目的。

高校职称评定真是一场战争。这场白热化的肉搏战的胜利品就是一劳永逸的头衔、工资、房子和接踵而至的待遇。

作为系主任，李斯特当然十分卖力地为系里教师们的职称评审鼓与呼。先是在学校里争取指标。指标确定之后，协调各教研室的关系，进行指标再确定。文艺理论教研室若干讲师、若干副教授、若干教授，现当代文学、古典文学、写作等教研室又是讲师若干、副教授若干、教授若干。然后是教研室人员自报——民主推荐评议，进入系评议组初评，再送省高教评审组评审，最后送省职改办审批。过五关，斩六将，一个活生生的人，至少脱几层皮，前前后后历经五六个月，最后多半是竹篮打水一场空。那几年，高校因职称评审问题跳楼的、自杀的、上访告状的都有。既然评职称是运动的形式，自然也就伴随着运动的方式。惯于搞政治运动的中国人，在80年代的职称评定中是驾轻就熟的。李斯特的工作至关重要，从教研室到系这一级，起码筛选掉一大半，而能从系里脱颖而出，跳到学校这一级，就成功了大半。

在评职称期间，平日里那些对李斯特敬而远之的先生们女士们，现在也就顾不上平日的矜持，纷纷找李斯特谈心，希望他能主持公道，而主持公道必先掌握资料，于是乎，各种为自己评功摆好的资料便都送到李斯特手上。在这些资料里，你几乎看不到真实的人。

系主任这一票是重要的。他的位置和承上启下的作用，对于当时还不十分透明，多少有些暗箱操作的职称评定来说，是至关重要的。

李斯特作为助教，本无资格参加从系到学校的各种评审组，但作为系主任，他必须参加。于是党委决定他以党总支副书记的身份，而李乔则作为学科骨干参加评审组。

每次指标都极为有限。在评职称的几个月里，学校弥漫着一种浓烈的战争味儿。只要涉及评审的人物，谁的脸上都是种种随机应变、五花八门的神色，严肃而又凝重，满门公事的味道。

系评审组一共五人。饶老先生因有副教授职称被返聘回来担任评审组副主任，李斯特作为党政负责人掺沙子进了评审组为主任，李乔作为学术骨干进了评审组，他当上讲师不足五年，所以此次评副教授无望。系副主任老马和杨家驹也是评审组成员。老马才当了三年讲师，杨家驹连讲师都不是，但他是资深教师代表。此次他已扬言，上不了讲师就含愤自杀。所以，他的讲师在他看来无论如何都是不成问题的。

有硬件可上副教授的只有文艺理论教研室的刘英明。但他在系里人缘不好，恐怕在教研室里就通不过。几个上讲师的大约都没什么问题。焦点集中在老刘的副教授上。

中文系开始时还是比较风平浪静的。

校长吴克俭一直在思虑着李斯特的职称问题，他认为不论从哪一角度言，破格评定李斯特上副教授都是合适的且有积极意义的。从正常渠道把李斯特评上去的可能性极小，论学历、资历和年龄，都没有先例，难度极大。但从鼓励后学、弘扬正义这一点说，李斯特早该上副教授，否则也太失公道人心。他一直不敢贸然把李斯特的问题提出来，他必须做好一切准备，决战决胜，否则反而害了李斯特。

林书记的态度就不那么明朗。他对工农兵学员虽然没什么成见，但实事求是地说，工农兵学员在行政使用上，当处长、厅长的尚不会引起太大反感，但在职称评定上，没有过得硬的条件是说不过去。他最担心的是李斯特的那些论文、著作，在政治上的保险系数有多大。他把握不住，他总担心他那些新锐的观点，在政治上会闯祸。虽说倡导学术自由，文责自负，但哪一次政治斗争不是先从学术问题入手而引发的呢？他也觉得应该选拔推举李斯特这样的人才。但是，要服众恐怕还有难度。他有些犹豫。

其他的领导态度不甚明朗，都把球踢回来，主要看他们两位领导如何决策。

中文系的意见也很重要，饶老先生和李乔早已有此建议，现在是必须从组织程序上理顺关系，解决问题。

吴校长认为对李斯特的问题必须从上而下，先做省里的工作，从省里要指标，不占学校指标，矛盾就少多了。再就是征求省里往届学科评审组的专家意见，那些专家大都是各高校的资深教授，又是李斯特同行，他们的意见是至关重要的，也是最足以说服群众的有力武器。

吴克俭校长在职称评定动员会上，先谈学校师资建设和职称评定的重大意义，末了重点呼吁各系要不拘一格降人才。要发现青年学术苗子，要大胆推举学有所成的学术骨干，形成学术梯队，才能构成学校强有力的，由老中青学术权威紧密组合的学术方阵。他是三年前58岁上的正教授，再过两年他就要退休了。“像我这样，上了正教授也就只能干三两年。三两年能做什么事？我们要努力创造一个人才环境，让大批青年同志脱颖而出。让他们在副教授、正教授的任上为国家为人民干上几十年。”

他的发言博得热烈掌声。谁都不会认为他的话有什么错，但真正实行起来，可就不一样了。

系这一级的职称评审风平浪静。教研室就不一样了，刘英明果然在教研室就通不过。他很恼火，他也是个天不怕地不怕的人物，但火无处发，无记名投票，你找谁去？

他只好放下架子，一个个去做工作谈心，也请饶老先生出面，找个别能谈的老师谈话。他找到李斯特：“李老师，这不公平，我在哪方面都是够格的，只是平日管得严，人家就报复，不投我的票。”他说得有理，李斯特同情他。但按照学校和系的协调，即使他在系里通过了，学校也难通过，他没对刘英明说这一点。只是答应他，会找史红卫做工作，破例让文艺理论教研室再投一次票。

刘英明平时的威风受挫，他有些气急败坏，到处诉说中文系对他的不公。

杨家驹自命不凡，他以为他的讲师是稳拿的，从1958年大学毕业，在学校里服务了将近30年，连个讲师都不给，那不是笑话么？所以事前他并不十分紧张。待到职称评定的文件一宣读，他坐不住了。第一是他的工作量不够，第二是他的论文发表刊物的级别不够，专家评审意见似乎也不大好，结论是否定的。他这才急了。

他觉得光靠资历显然不行，那些硬指标是谁也帮不了的。现在面子不拉下也得拉下了。他先是找自己的宿敌饶老先生。他是系里也是学校的学术权威，他站出来说话，他杨家驹就有救。

饶老先生对杨家驹有看法，长期以来杨家驹也是恪守与饶捣蛋的立场。饶对他从来都是爱莫能助，任其逍遥。现在杨家驹急了，终于看到饶老先生的价值。他愁肠百结地苦着脸，厚眼镜片后面是依然闪烁不定的眼睛。他希望饶老先生无论如何，一定要帮忙。

“没有你老人家说话，我看这辈子就此葬送了。”他能伸能屈。几十年了，他与饶老先生从未妥协过，他看不起饶老先生的假文凭，自以为自己是货真价实的，这的确也颇伤饶老先生的心。

对于杨家驹而言，这是最后机会了，明年就60岁了，要退休了，再不上，这辈子让人笑掉大牙，连个讲师都不是，这脸他怎么丢得起。

饶老先生一点没有为难他的意思，也有君子之风，大有不计前嫌的胸怀。他好言相劝，请他不必过于介意，职称嘛！酒嘛！水嘛！不必过于计较，有可能他定会尽力为他争取，但这硬件，怎样补足呢？他把球踢回给杨家驹。

“去年倒是有一篇论文，在学会召开的会议上宣读过，是否可以充数？”他说得很客观也很谦卑，这是杨家驹从未有过的。

“那倒可以试试！老杨啊！不是我说你，几十年来你都做了啥呀！唉，临时抱佛脚，你说怎么好呢？”饶老先生也动了感情，看着他未老先衰的样子，那油光可鉴的秃顶上满是头屑。他确实想帮他，要不，这些老人挡道，后面的年轻人也难上去。

杨家驹一脸的可怜相。他说还要去找李斯特。饶老先生说最好再找找吴校长，看看能否有机动指标，那样群众工作好做些。

杨家驹认准了饶老先生："上不上，全凭您老一句话了。"他认起死理来了，他对饶老先生连连抱拳作揖。

饶老先生见他死缠硬磨，只好安慰他，只要有可能，一定会首先把他推上去。他这才忧心忡忡地去了。

"随军家属"黄老师也来找饶老先生，他们都知道找饶老比找李斯特有用。饶老是权威，一言九鼎呢！李斯特充其量一票。

"饶主任，我在中文系呆不久的，也不占中文系什么便宜，能上了到外面也好开展工作呀！条件也够了吧！人家李斯特工农兵学员都当了系主任呢！我要求不高，上个讲师也就到顶了。"她絮絮叨叨，饶老先生笑成个弥勒佛，他不气不恼，尤其对这些女人们。

她给饶老先生送来了一大堆军用罐头和压缩饼干，这些东西在80年代中期还是很稀罕的。饶老先生笑得眼睛都眯起来："我说，黄老师啊！你看我这口牙，还啃得动这些东西吗？"他把脸笑成一朵菊花。也把黄老师给逗乐了。

"只要能上，有指标，我绝不会挡住哪位老师，你放心好了，系里是尽量往上送，校学术委员里我只有一票。僧多粥少，大家都不错，都可以上，但先来后到讲究个排队，你说是不是？"饶老先生是苦口婆心，他善于针对不同对象，对症下药。

他费了好大劲才说服黄老师把东西拾掇回去。为了不使她难堪，他还是拆了一包压缩饼干，大嚼特嚼，咬得牙根发麻。黄老师忙说："这东西胀人呢，千万不能多吃！"他们不约而同大笑起来。

张泓也想上讲师，他知道他的命脉在李斯特手里。李斯特是同行中的佼佼者，他的话对张泓是有影响的。所以他不敢造次。这次他硬是请李斯特喝酒。李斯特不能不去。张泓好歹是同教研室的，他上次批评他，自觉有些言重。之后他努力调整关系。张泓也不计较，因为是李斯特。别人，他会恨一辈子。

张泓约上史红卫和陈晨、杨家驹，这些人都会为他说话。史红卫是小字辈，杨家驹跟他在一起发牢骚时有共同语言，陈晨和他一样，都是从基层搭船过海的，大家不分彼此。他想这些人都是阶级兄弟，互相拉扯着，有力量。

大学附近有许多小饭馆，湛江的、潮州的、四川的、湖南的，各式风味都有。张泓想，李斯特这家伙酒量大，给他来最辣的菜，最凶的酒，把他灌得义气冲天。从基层来的人都知道这一点。煮酒论英雄嘛！

他们一伙人先到四川菜馆，李斯特慢到。

评讲师没有史红卫的份。她不敢奢想，规规矩矩地给张泓当枪使。杨家驹自身难保，他此来是想和李斯特叙旧。大家并肩作战有些年头了，他杨老先生对李斯特从不鄙薄。他先举杯和李斯特干："老弟，这么多年我对你最公道，没敢轻看你是吧！"

"当然，杨先生是知书达理的人，好歹都看得明明白白的。"李斯特刚给学生评完优秀论文奖，又是主持会议，又是发奖，又是组织论文演讲，累了几天。此时稍微放松，和老同事在一起喝酒，也是少有的机缘。他是个容易动情的人，见杨老先生这位轻易不与人交往，更不赴宴的人，今晚古道热肠，不禁想起刚来学校时他对自己的种种好处。他与他干了一杯："饮胜！"

史红卫永远是怯生生的，她来中文系几年了，基础实在太差。在当代文学教研室，现在还上不了讲台，到北大进修一年回来，讲课也并不理想，又舍不得大学教师这碗饭，所以整天愁眉不展，压力颇大。李斯特从心里可怜她，又无能为力，想帮她，但怎么帮呢？他关切地说："史老师，下学期的课要多上一点吧！要不工作量太少，将来很麻烦的。"

史红卫红着脸："李老师，我都不知能不能干得下去呢。真苦恼。"她30多岁了，还单身一人。婚姻上高不成，低不就。脸色蜡黄，气色很不好。

“混也得混上个讲师再走吧！李斯特”，张泓几杯酒下肚，便直呼其名，“我无论如何得弄个讲师，将来平调到机关，套个科长也不枉了在中文系一场，你说是吗？咱真人不说假话，能上的都上。出了学校，各人再显神通，你说对么？”

陈晨八面玲珑，这次他也想上讲师。但他不动声色。他已从饶老先生处得了真经。他在中学干了多年，按政策，他的情况评个讲师没问题。教研室这一关已过了。文字学教师只有他一人，从专业考虑，他上讲师是十拿九稳。所以对此次评职称他是有点超然物外。优哉游哉。今晚赴张泓的宴，是想和李斯特搞好关系。他总觉得李斯特对他不甚投契。他在广州单身一人，妻儿调不进来，若上了讲师，调妻儿就没问题了。他是内紧外松，把功夫用在了学校那一级。李斯特和饶老先生是学校评委，饶老先生那一票没问题，李斯特这一票就难说。他曾试探饶老先生：“李斯特不会投反对票吧！”

“他为什么要投反对票？”饶老先生反问他。

他哑口无言。

他摸不清李斯特对自己的印象。今晚他来就是为了试探李斯特。李斯特这一票也很重要。其他评委的工作，他都做得差不多了。只差吴校长和林书记，他还不敢贸然去找他们。

“李老师年轻有为，这几年当系主任，中文系改革像模像样，特别是上次搞系列讲座，外系有人大放厥词，我就批驳他们，没有李斯特，中文系有谁能请来那么多名家？”他滔滔不绝，奉承李斯特恰到好处，而且恰恰在李斯特受用之处。

李斯特单刀赴会，他很累，话也说得少，只是喝酒。他对诸位说：“大家请原谅，这几天乏得很，怠慢诸位，多喝酒吧，张泓先生，有不敬之处请包涵。”他说的是真话，张泓这几年确有进步，人也开朗一些，去教务处呆了两三个月，又跑回中文系。“还是系里人好相处哦！”他大有感叹。

李斯特见大家的话题都在评职称上，十分无聊，他也不乐意去谈这些问题。于是，他总结性地表态：“请大家相信，系里是愿意把大家往上推的，推上去再说，今年不成，明年也有基础，我会尽力，绝对出于公心，请大家放心。”他举杯祝众人顺遂。把话题扯到别的地方去。

张泓已和老板打招呼，别问来多少酒多少菜，没菜上菜，没酒上酒，不一会，大家都喝得舌头发硬，连史红卫都喝得满脸通红。

“李主任，这次你怎么没报呀？最少得报副教授吧？破格嘛，又不占指标！”陈晨几分讨好几分真诚地说。

李斯特连想都没想，工农兵学员，虽说到中山大学补课补考，填平补齐，但对评职称，他暂时还没心思去想。他不想把自己放到砧板上让人去剁。再挨几年，出几本有质量的书，还怕上不了吗？

“我来日方长，老前辈先走一步，我慢慢紧跟就是。”李斯特谦虚地说。

陈晨将信将疑，早在李斯特当系主任时，他就预感李斯特迟早会被破格晋升的。马太效应么！

“去他妈的论资排辈，老子最不服气的就是这个。中国没希望是吧，我看就是论资排辈耽误的。”张泓突然光火。李斯特不愿他们把自己当话题，便岔开去：“喝酒喝酒，谢谢张老师的酒，大家祝他早日上讲师，干！”自己一饮而尽。

张泓感动得泪汪汪的，他喝多了。他猛地伸出手来，搂住李斯特的脖子，呜呜地哭起来：“还是小李够朋友啊！”

“别这样，张老师！”李斯特掰开他的手，示意史红卫劝劝他，给他热毛巾。

李斯特很伤感，大家在一个系共事好些年了，虽然老死不相往来，人心隔肚皮，但大家都活得很累，各人都有一本难念的经。陈晨上讲师，为了解决老婆孩子两地分居的问题；杨家驹工作几十年，为了一张脸皮；张泓也工作 20 年了，在机关连个科长都谋不到，在学校里也没有发言权，混也混不出个名堂；史红卫基础差，可又钟情于教师这个职业，勉为其难连婚姻大事都耽误了。你看值不值呢？真不知从何说起。谋个科长不难，升个讲师，左评右评，过五关斩六将。

上了讲师，分房提薪，连科级都不如，君不见教授的分房待遇也就相当于处级。有什么劲？

当个处长容易，有人举荐，有机会就行。当个正教授，不熬他一辈子行吗？有的恐怕熬一辈子都上不了。李斯特想得心灰意冷，干脆不去想它。反正自己是不会去奢望这些不可得的东西的。其实，他骨子里有一种很消极的东西。这种消极反使他处处有机缘，也许人本质里有一种对超然物外的尊崇和对淡薄的趋附。

张泓喝醉了，是让杨家驹和陈晨给扶回去的，史红卫也迷迷瞪瞪。她住在父母家，李斯特把她扶上的士，给了司机10元钱，让给送回家去。史红卫哼哼着："我不想回家，我不想回家，你别走嘛！"李斯特第一次见这位老姑娘有女儿态，心中一软，差点想上车送她回家，想想不妥，还是让司机把她送走了。他"砰"地关上车门的瞬间，他听到史红卫放声大哭。

他独自走回学校。晚风带着氮肥厂特有的臭味，直扑胸臆。他觉得生活实在没有什么意思。

李斯特回到家里，舒月来开门。扑面是一阵酒气，她已习以为常，但还是嗔怪地说："又喝那么多酒。今天吴校长见我买啤酒，都说舒月你别给斯特买酒啊！他老喝醉是么？我说没有，他都不信。"

李斯特说："老师请的，能不去么？"

"那就少喝点嘛！"舒月有些怨尤，她知道在这个问题上，她的话权当对牛弹琴。

"吴校长找你呢！晚上就打了几次电话。让你明早去找他，在办公室。"

他匆匆地洗了个冷水澡，清醒许多，一头钻到书房里。明天得把给《当代作家评论》的论文寄出去，晚上要赶出来。

舒月走进书房，给了他一大杯酸梅水，"加不加糖？"有时加糖，有时加盐，李斯特真难伺候。"随便！"

"随便是糖还是盐！"

"糖和盐都可以。"

舒月哭笑不得，“喝了酒就这样，真烦。”

她给加了糖，放在他面前：“出版社的小虹来电话，说你的自选集稿样出来了，让你去校对，还有后记，得赶紧给她。”

“后记？你不是代我写了么？”

“什么时候又让我写了？”舒月没好气。

“哎呀，就让你写嘛！吴紫风不是也代秦牧先生写后记么！”

“我又不是吴紫风，你也不是秦牧。”

“向大师学习嘛！行了吧！”

“那就试试吧！”

“赶紧去写，把门关上，别进来了。”

“谁想进来！”舒月说着把门轻轻拉上。

1972年。海南岛。贮木场。

伐木队的大片锯和锉刀都不好使了，旧了，废了。老刘派李斯特和另一名海口青年人称小文昌的，到海口买大片锯和锉刀。老刘的意思很明白，给李斯特一个机会到海口找冯老师和老于，给小文昌一个探家的机会，顺便弄些鱼干和中药材来。他正在泡大缸的壮阳酒，缺几味黎母山弄不到的壮阳药。他自觉老了，有些力不从心了，得赶紧补一补。

小文昌家在海口，知道哪儿有大片锯卖，自告奋勇领了任务：“你就安心去拜师吧，晚上到我家吃饭，后天一早在车站等齐就行了。”小文昌把他当乡下老土，海口是小文昌的城市，他有责任保护李斯特。李斯特先和小文昌到他在博爱路横巷里的家，认了路，又到附近一家叫“红光旅社”的招待所里订了一个散铺。每晚一元钱，没有热水，上厕所要到附近的公厕去。午后，他便去找群艺馆。

群艺馆在东湖边，海口戏院一侧。他在院子里转了一圈，见到歌舞团的人在那里练功，都是些美轮美奂的少男少女。他不敢多看，怕被当成流氓。

他按照冯老师留给他的地址，在一座三层楼底层的一间房里找到冯老师。

冯老师穿得很单薄，也许她原本就很单薄，有些让风一吹就倒的感觉。人瘦了许多，头发乱乱的，像是刚刚还在写作。冯老师见是李斯特，喜出望外，忙拉着他进屋。走廊里是煤炉、鸡笼和各种家杂。房间里也只有一张大床，书桌上满是稿纸和杂志，靠墙有一张竹子编成的躺椅，就什么也没有了。

“冯老师就住这儿吗?”

“对啊！怎么，比黎母山好些吧！”

“怎么能比呢?你是大作家啊！”

“什么大作家。”她笑了，笑得很快乐。

“怎么有机会来海口，探家吗?”冯老师关切地问。他把来海口的事说了。他摸摸挎包，拿不定主意该不该把挎包里的稿子拿出来。

还是冯老师看出他的心事。她先请他坐，没有椅子。她到隔壁去借来一张靠背椅，和他面对面坐着，见他满头大汗，便把电风扇对着他吹，又给他倒了一杯茶：“吃饭了吗?”

李斯特还没吃，可他说：“吃了。”

“吃了！真的?可别客气，我在黎母山吃你钓的鱼可是一点不客气。”冯老师见了他很高兴，眉飞色舞的。

“你寄来的稿子我读了。”她不往下说，却用她蓝蓝的眼睛看着他。她不急于说出她的评价。

李斯特心里直打鼓，他不知道冯老师喜欢不喜欢，稿子写得好不好，忙说：“我是乱写的，肯定很不好。”

“你这样认为?”冯老师还是不表态。

“是真的，我不知道别人读了会怎么想，我写的都是真实的事情！我怕我的写作能力太低，真实的事情也写不好。”李斯特发自内心地说。他很想知道冯老师的评价。

“写得很好！”冯老师轻描淡写地说。

李斯特红着脸，不好意思地望着她的蓝眼睛。“真的?”

“真的。”

“我已经把它送到老于那里去画插图了。”冯老师还是不动声色，她的评价很抽象很简明。她不想让李斯特太得意，那样会害了他的。她觉得这个孩子的教养很好，可惜被掷荒在大山里，没人调教，真的很可惜。但她没有流露这种情感。

“老刘他们怎么样？林苹苹呢?”她很周到地问遍了所有的朋友。那一次，她和老于在山上一共呆了一个星期，为李斯特他们做了一星期的饭。

李斯特仿佛受到鼓舞，他从挎包里掏出了一沓稿子：两篇短篇小说和几篇散文。冯老师拿在手里，随意翻阅着。她的眼睛里流动着一种令李斯特感动的色泽。在母亲的眼神里他也曾有过同样的感受。她不时捋着垂挂下来的短发。那种姿态美极了。在海南岛，怎么会有如此优雅的女性呢？李斯特在心里赞叹。对女性，他有着天然的敏感和欣赏的触角。

冯老师并不细读，她把稿子放在桌上，笑意盈盈地望着李斯特：“你的作品是要细细地读才能读出味道的。放在我这里吗?”

李斯特有些诚惶诚恐：“请冯老师指教，其实，我是最不自信的。”

冯老师笑笑，并不言语，她能笑意盎然地看得你发怵，令你弄不明白自己究竟发生了什么事。

“这是《海南文艺》的创刊号”，冯老师递给他一本蓝底白字的杂志，“你的《多梦时节》发在第二期，到时我会给你寄上。哦，对了，下个月底有一个海南行政区文艺创作学习班，我希望你能来参加。能来吗?”

“我不知道能不能请假。下个月天气冷了，伐木队要赶在雨季之前完成任务，恐怕不会准假的。”李斯特很想能参加学习班。可是想到队里的生产任务，肯定不行。

“我们会和团里联系，争取吧！”冯老师也很想李斯特能来，她意识到李斯特会成为大作家的，他的第一篇作品就出手不凡。主编老洪读了都赞不绝口，他还说：“我以为是俄罗斯作家的作品呢！对自然的感悟太优秀了。”

冯老师没有把这些评价告诉李斯特，她不希望李斯特过早地进入名利场而迟钝了自己那种鲜活的触角。

她知道李斯特住在旅社，就说下次来就住在文联招待所，五毛钱一晚，主要是安全，有食堂开饭。她留他吃晚饭。他说：“不了，小文昌在家等着呢！”其实，他很想在冯老师这儿多呆一会，但不好意思说。

冯老师也不挽留，给了他一些学习资料和几本《海南文艺》，还有一本《新华字典》。

“拿不准的字，查查字典，不能马虎。”冯老师把他送出大门口的马路。再三叮咛他注意安全，办完事回黎母山时，一定再来告别，她和老于、老洪要请他和小文昌一起来吃饭，又给了他两张电影票。“和小文昌一起去看吧，在和平电影院，就在小文昌住的博爱路附近。他认得的。是朝鲜的《卖花姑娘》。”冯老师婆婆妈妈，直把他送到新华路的公共汽车站，那儿离博爱路已经很近了。

李斯特心里十分酸楚，不是因为难过，而是因为冯老师让他想起自己的母亲。

那一年，冯老师33岁，李斯特21岁。

【另类档案】

追寻昨天的传说

洪水把通往贮木场的路冲断了好些年了，几十年间，缺口越冲越大，变成一片辽阔的洼地，洼地上长满灌木和芦苇。几十年来，人们努力在遗忘这个地方，像神灵一样供奉着它，供奉的方式就是永远不踏入一步，不走近它去惊扰它的宁静。即使是牛羊进入了这片洼地，人们也权当供品任它去，除非它自己再走出来，人们是绝不会进入洼地去寻找的。多少年了，走进去多少牛羊鸡鸭，又走出来多少牛群羊群鸡群鸭群，人们对洼地既尊敬又惊悸，听之任之。

洼地成了真正的天堂。风、雨、洪水和动物的天堂，仿佛与世隔绝一般。

从坝上望去，洼地郁郁葱葱，生机盎然。河水穿过洼地，神秘地流经六分场，洼地还在不断地扩大，赵书记有些忧虑地说："再这样下去，六分场要被蚕食掉了。听天由命吧！"

赵书记是对的，我们在替先人赎罪，这是我来六分场这段时间不断总结出来的想法。各人都以不同的方式，向不同的对象赎罪。天地是最为公平的。

每一次如期而至的洪水，都在扩大洼地的地盘，走进洼地的牛羊鸡鸭越来越多，人们好像并不惋惜，因为每到一定的季节，洼地里又会走出更多的牛羊鸡鸭。它们在天堂里巡游一周之后，生儿育女，又把自己奉献给人类。这是令六分场的人们喜不自胜的地方。

洼地上盘旋着许多飞鸟，时时传出各种野兽的叫嚣。在这无人的世界里，究竟隐藏着什么东西呢？我问河边老人。老人知道我要进入洼地，他警告说："孩子，千万别做蠢事。没有人能走得进去，走进去就走不出来。几年前有一队来打毛鸡的广西人，进去了两个，就再也没有出来，那是天堂。"在老人眼里，天堂就是地狱。

我自然不信这些，但没有同道，没有人愿意与我一起进入洼地，没有人愿意提起贮木场，也没有人愿意去惊动那68名殉难者的灵魂。

这些日子我都在盼望黑夜降临，我会在坝上坐到半夜，望着洼地山坡上的灯火。那如豆的灯火是一个窗口？那个窗户里住着什么人？他是谁？为什么住在那里？

杨如风终于知道了我的秘密，她每晚都会陪我坐到半夜，让夜露淋得湿湿的。

我已经可以拥着她坐，可以偷偷地吻她的脖颈，可以在她耳边说一些热情的话。这时，她会很温顺，很安静地听我说话。在不唱歌不跳舞不喝酒时，她是一只羔羊，一只迷途的羔羊。她会在12点时准时回去。我便独自一人凝视着那令我着迷的灯火。

我曾在白天，中午道路最干燥的时候，几次想进入洼地，但都没有成功。主要是我不能“砍路”。这是规矩，在六分场，是不允许用刀斧去砍洼地上的任何东西的。不“砍路”就意味着你根本无法进入洼地。

我企图用钻机的方式，双手抱着头往树林里钻，但坚实而富有弹性的藤蔓和带着钩刺的灌木，在把你弹回来的同时钩得你头破血流。几十年间洼地已形成了铜墙铁壁，保护着自己的领地不受侵犯，我奇怪洼地里的灯光究竟是怎么回事，难道灯光的主人与世隔绝？

照理如风应该知道洼地的秘密。她来六分场已经一年多了，可她也说不出什么东西：“没有人会告诉你什么的，什么都不说。规矩已经形成，你照着规矩去做就是。”如风说得有理。所以她也就不去深究。为什么要去深究呢？

每个人，只要知道失火的天堂烧死过68个知青就可以了。这足以令所有的人对洼地敬而远之。除了清明节，人们会去祖先的墓地，其他时间，墓地总是可惧的处所。

六分场的清明节，人们站在河水中，向洼地的方向燃放68挂鞭炮，每挂20米长，鞭炮声会持续几个小时，落红把河水都拥塞了。

人们会在洼地临河的一边，插上68根凤尾竹，凤尾竹上挂着招魂的红布。每年，场里的人们在清明时分，都会自发地做这件事。当晚，三三两两的人会在河边聚餐，各人从家里搬来吃食，在河边挂上马灯。河岸河沿上到处是人。这是洼地每年的盛典。

明年的清明，我一定要到这里来，也为我母亲插上一根凤尾竹，把母亲的魂招回来。我愿意永远带着母亲的灵魂，去漂洋过海，流浪人生。

当如风给我讲述每年六分场的清明时，我心中充满温暖。人们把死者当作生者来供奉，他们和死者共着一条河水，从有涯走向无涯，从现实走向历史。他们自然没想得这么深奥，但他们这样做了。

可是我也悲哀地思忖，人们不会忘记的是事实，却很容易忘却藏匿在事实背后的因由，而且并不想追究因由的生成，这是十分可悲的。

我进不了洼地，没有人能够真正帮我，现实规约的力量太强大了，我已经对人们失去了信心。仿佛进入洼地就会给自己带来不幸，这是很不明确同时也是很麻木的想法。总之，没有切身的考虑会使他们非做不可，连如风也如此。我还是想做如风的工作，让她成为我的拍档，倒不是没有她不行，而是在情感上，我已离不开她了。

我不相信洼地神圣不可侵犯，我也不相信以我的诚意，洼地会拒绝我。我在心里祈祷：母亲，帮帮我！冥冥中的祈求会让我寻找到一条进入洼地的路的。

我没有告诉如风，独自往洼地走。蹚过狭窄的河面，我很快地没入河滩洼地边沿的芦苇，我在心里不停地祷告，念着母亲的名字。

芦苇很深，多年苇叶腐烂沉积在水底，一脚下去冒起一串气泡，没走几步，烂泥已经没膝，我挪动不了脚步，水里仿佛有一股无形的吸力，直把我双脚沉沉地吸入泥里去。泥底下仿佛有流沙，那流沙在烂泥底下不停地移动，我感受到沙层在流走，在崩溃般地流走。烂泥已漫至大腿，我这才惊觉起来。再这样下去，说不定就没顶了。河滩成了沼泽，这是赵书记没有告诉我的。他绝对没有想到我会单枪匹马闯入洼地。

忽然，芦苇丛里有骚动，那种大摇大摆的骚动。透过密密的苇叶，我看到两只硕大的眼睛，我非常害怕。我与那眼睛对视，我慢慢看出那是一对牛眼，一只白水牛的暗红的眼睛。我从没见过白水牛。它向我走来，我怕它会向我冲来，这些进入洼地的动物，已经变得狂野，具有攻击性。

出乎意料的是，它慢悠悠地向我走来，在离我不到一米的地方，它转过身去，把一个庞大的屁股对着我，这是一头白色的漂亮的成年母牛。它庞大的养育过无数子女的生殖器正对着我的脸。它撅起屁股，翘起那足有一米多长的牛尾，直直地指向我。我突然明白，一阵惊喜。我尝试着抓住牛尾拉着它脱离险境，这一路几乎全是沼泽，我紧紧地抓住牛尾巴，让母牛拖着我跌跌撞撞地走近了洼地。

我爬上河岸，不，是一片密林，到处是我从未见识过的树木和野草，初冬的河岸开满各色野花，密集的蜂群，在草丛中穿行的小动物，拖着长尾巴的松鼠和探头探脑的獴，那种比老鼠大，会直立行走的海南獴。一只水鹿孤零零地站在一块岩石上，它清秀而且飘逸，昂着头好像在望着什么！这些动物和平相处，完全没有我想象中的野性。

我想继续往前走。白水牛已经消失在森林里，一群小黄牛从我身旁慢慢地走过，仿佛我这个大活人根本就不存在似的。前面是茂密的树林和金茅草，我不知沼泽还会延伸到什么地方。我找不到落脚的地方。洼地一望无际，在河岸上，我无法判断洼地和山坡究竟在哪儿连接。好多年了，这里没有人烟，也没有不速之客，四野幽静得吓人。我不敢移动半步，在河岸上站了许久，眼睛在搜索着来路和去路。可是一切都没有用，没有风声，也没有牛铃，什么声音都没有。阳光突然间就消失了，消失得很突然，阳光没有了，风就吹起来。

风刮过树梢，刮过金茅草形成逶迤的波浪，洼地开始骚动了。这是一个没有夕阳的黄昏，我拿不定主意是该回去呢，还是继续往前走，我想山坡上的灯光很快就会出现，我不能失去这个机会。可是在这儿看不到山坡，我正站在洼地的边沿，河岸非常低矮，一脚就可以迈上去。河岸蜿蜒而去的是不尽的洼地。天开始变得昏暗，我回头看不到六分场的灯火，我甚至听不到河水流动的声音。

月亮升起来了。我在母亲的日记读到她在月亮升起来时，与金在贮木场的相会，那是他们的天堂。我的天堂在哪儿呢？我正在他们当年相会的地方不远，我确信对方位的判断。可是，一切时过境迁了。没有了贮木场，没有了曾经的漂着黑橄榄的小河，只有沼泽地，洼地和有灯光的山坡。我不害怕，但很沮丧，母亲并没有为我指明要去的路。

白水牛，我突然想到白水牛，它那庞大的生殖器和绷直的牛尾巴。是它引领我，把我拖出沼泽，要不，我必死无疑。

我应该寻找回去的路。

忽然，我听到如风的声音。她的声音是那么渺远，她的呼喊穿透暮色苍茫的原野，越过小河，飞到洼地的边缘。

是她在呼喊，我隐隐约约地看到我来路的河边高地上有明灭的火光，是火把，那火把在河岸上移动，向最高的地方移动。

母亲引领我来到这里，在即将进入洼地时，如风在召唤我回去。我想寻找那头白水牛，但四周是一片昏黑。不行，我必须在天完全黑下来之前，原路回去，否则，今夜要不安宁了。

我循着原路，这回，我平躺在河滩上，用足力气向芦苇丛压过去，翻滚着，在沼泽地上不停地翻滚，一点一点地靠近河水。在落入河水的那一瞬间，我深深地喝了一大口水。我终于从天堂回来了。

我从河水里站起来。山坡展现在我的面前，那闪烁的灯光，如星如烛。是它在不停地引诱着我去寻找它。

我终于靠近洼地，终于靠近母亲的贮木场。

我爬上河岸的时候，河边老人领着如风，就站在我的面前。

我紧紧地拥住如风，感到从未有过的温暖和冲动。我终于拥有了和母亲当年一样的感觉。

但是，是否也会像母亲和金那样短暂呢？

“怎么知道我去洼地？”我问如风。

如风指着老人。老人见我平安归来，独自回去了，什么话也没有说。

“把我吓死了，我到处找你，找到河边，老伯告诉我，也许你过洼地去了。我喊你，嗓子都喊哑了。”如风说话时还在颤抖。

“没有人敢去洼地的，没有贮木场，没有灯光，知道吗？”如风双手挂在我脖子上，她半真半假地说。她的眼睛在夜幕里、在月光下很迷蒙。

“我们回去吧！”

赵书记的河边小屋透过来温暖的灯光，我想起他家那个吹口琴的男孩。

我回头往山坡望去，那灯光依旧，它在夜幕降临时准时地出现，在天亮时消失。有一夜，我从它亮起来，一直注视到天亮，直到它在晨曦中消失。

我更加强烈地想征服洼地，不，进入洼地。母亲一定在那里等我！

我告诉如风白水牛的事。她没有说话，只是看着我，过了好久，她问我：“你相信？”

“我相信！我没法不相信，没有它，我早已深陷沼泽。”

如风紧紧地拥抱着我。我接触到她如火的热吻。

第九章

1999 年。广州。中国知青大饭店。

女作家乔亚的长篇小说《美丽巅峰》首发式暨作品研讨会将在中国知青大饭店举行。会议大厅里电视台和各报记者正在签到。凡有正式请柬并夹有礼品券的，都可以领到一份价值不菲的礼品。这次的礼品非常丰富，除了几件精美的小工艺品外，附带送一个刚刚问世的国产品牌手机，少说也值一两千元吧，这出手不凡的赠品，令吃惯了会议饭的记者和来宾们咋舌。这是乔亚的本事。号称美女作家的乔亚，被媒体炒得沸沸扬扬。她各种姿态的靓照，这些天在各种小报上频频亮相。含烟含羞的玉照令人如痴如醉。据说这次首发式和研讨会的来宾规格都相当高。本省的大腕评论家和媒体要人都让乔亚请到了。赞助商也颇为大手笔，包下了中国知青大饭店最豪华的会议厅。乔亚居然还说动了林大头，让林大头出血，包了十席的午餐、晚餐和晚间娱乐的歌舞厅的全部费用。少说也几万元吧！其回报是印着乔亚小姐靓照并签名的新书。林大头随手把书扔进酒柜里。

首发式开完后，大部分记者便拎着大包小包礼品赶着去发稿，少部分文娱版的文字记者留下来和评论家们开研讨会。

肖邦和李斯特也在被邀之列。

肖邦本不想来，他已经很长时间拒绝参加各种研讨会了。他的印象，几乎没有一次会议是认真进行研讨的，不，应该说会议气氛是认真严肃的。但他发现几乎大部分的与会者，并没有认真研读作品，许多人的发言都给人虚与委蛇的感觉，都是些放之四海而皆准的大话套话，多是抱着应酬与捧场的心态来参加会议的。要不是林大头三番五次的强调，昨天又派姚炳到东山他的家里登门拜访，请他一定要来，他是坚决不来的。林大头在电话里情绪激动："肖邦老弟，就凭着中国知青大饭店这个地方，你都得来捧捧场。不单你一定到，李斯特也拜托你把他请到，不单两个人一定到，还要写文章、上报、上电视……"

肖邦讥讽林大头："你这次发的什么神经，乔亚是你什么人？"

"不管是我什么人！是我请你，不是乔亚请你，你们不来，我林大头的脸面往哪里搁？不好交代呀！老弟。"

"我不想去，李斯特去不去是他的事，我会转告你的意思。"

"不行，你们不来，朋友都没得做。又不是让你们上法场。"林大头毫不讲理。他已对乔亚许下海口，有他林大头的话，十个肖邦都请得动。在这之前，乔亚曾给肖邦电话，请他参加会议，肖邦不置可否，敷衍了事。所以她求了林大头。

乔亚非常喜欢肖邦的评论。她已对别人夸下海口：她一定会让肖邦给她写评论，而且非上《羊城晚报》不可。任晓远告诉肖邦，肖邦只是笑笑，心里却想：你以为你是谁，我可不吃什么美女作家这一套。肖邦见过乔亚，几年前，她大学毕业刚出道，并没什么惊人的特色。这两年人气大旺，也不知施了什么法术，连林大头也被迷得晕晕乎乎的。

他劝林大头清醒一些，别马失前蹄。弄得不好，过几天把与林大头的秘事也写进书里去。

林大头在电话里笑得很开心："老弟呀！谁怕谁呀！变成小说人物有什么不好，不就那腿子事么？人家可是青春玉女，我林大头有福消受么！"

林大头那边手机响了。肖邦趁机把电话挂掉。

姚炳要肖邦给个回话，明早他会来车接肖邦和李斯特。

李斯特更不想去，肖邦还是说服李斯特一起去了。

乔亚修饰得很好，大约请了形象顾问。她着一身牙白色的套裙，腰身卡得很紧，以至于腰和背之间的一圈似有若无的赘肉微微凸显。她已经30岁了。依旧历是60年代，依新历是70年代，也就刚刚好被称作70年代出生的新生代作家。她剪了个半长不短的碎发，那种发梢极不齐整，低下头可遮住半边脸，仰起来露出半个额头的发式，令她的脸型有一种变化的印象。忽大忽小，忽左忽右，变幻不定，确实增加了些妩媚和神秘。她的用心的确令人叹为观止。她尽量克制而且淡定地进行着热情的应酬，尽量在各种来宾面前表达着一种淑女的优雅。

她见肖邦没有取礼品袋，便轻盈地走过来，"肖老师，我帮你去取礼品吧！"她一点也没有给人唐突的感觉，倒使肖邦萌生感激。肖邦忙笑着对她说："不用了，我会自己去拿的，你看，提着个礼品袋多不方便。"肖邦反而觉得有些过意不去。

"那好，肖老师，等会请无情批判，我最喜欢肖老师的评论了。能给我写一篇，我终生难忘。"她说得真实而又调皮，用那种小女孩既嗔又嗲的口气。肖邦便只好客气地说："当然，当然，可是我的评论不会让人满意的，尤其是你。"

"不会的，肖老师，你怎么批评我都喜欢！"她不失真诚地把话说得很真诚。说着，她跟肖邦告别，飞到别的地方去了。

李斯特早已找了一个靠后的座位坐下，他善于把自己藏在角落里。他还没有拜读过乔亚的作品。现正临阵擦枪，缩在那里翻着《美丽巅峰》。小说写得大胆，热辣，确实充满激情和肆无忌惮的反叛。做了市长情人的女主人公，和洋人朋友同居，又钟情于童年的朋友。失意时坠入同性恋的漩涡，得意时又周旋于异性的角逐。不为金钱，也不为虚名，她只忠于自己的感觉和当下的享乐。是她在玩男人，而绝对没有被玩的感觉。她留洋，又回国，又留洋，又回国，她尽兴地虚掷自我的生命。男人与酒还有古典音乐，非常对立地成为她生活的全部，强旺的生命力和虚拟的现实世界的深度结合。这就是乔亚小说的全部。

研讨会开始了。李斯特已经有了发言的准备，这是一本不难解读的小说，一切都一览无余地流泻在那里，如果略去那些大胆放肆的性爱描写，你在十分钟内就可以完全把握全书的脉络。与所有的美女小说一样，除去作者的美艳姿色各个不同之外，情节、人物和动作以及环境——酒吧、舞厅、豪华装修的卧室、颓废派画家或音乐家的做派等等，都是一样的。说好说坏，全凭与作者的关系而定，因为颂扬和批评都不会错，都没有固定的标尺。

省批评家协会副主席卢杨主持会议。他是本省赫赫有名的评论家之一，曾经主持过权威的理论刊物《世纪风》。清污时刊物挨批停刊，他便成了社会活动家。乔亚请他主持会议，也别有一番意味。他与媒体记者关系极好。所以乔亚并不注重主持人的官位，能发表文章炒作就行。乔亚很现实。

卢杨称："乔亚是 70 年代出生的女作家中，最具前卫意义和怀疑论的作家。她的女性主义意识对于当下文学走向的贡献，对于重振广东文坛的女性文学创作雄风，是有重要意义的。从某种意义上说，乔亚的《美丽巅峰》所崛起的，是一座弘扬女性主义的巅峰……"

也许他对乔亚小说的具体情节不甚了了，所以他没有片言只语论及小说的人物和情节语言等等是如何前卫，如何证明他的观点的。他请大家关注乔亚的创作，并指出乔亚是广东新世纪非常重要的青年作家之一。

他也许觉得自己对乔亚颂扬得太过绝对了，"当然啦，对一个年轻的女性作家而言，路正远正长。希望诸位热烈发言。"

还没等大家发言，他又忙着作了补充：

"同志们，我还要给大家介绍一位社会贤达，这就是本酒店的董事长林尤福先生，有请林尤福董事长。"他遍寻不到林大头，只好尴尬地自我圆场："林董事长太忙，等会给大家介绍。林董事长非常欣赏乔亚的作品，为表示对文学界的支持，特意安排了午宴、晚宴和歌舞晚会，招待诸位。大家为此鼓掌致谢。”零零落落的掌声此起彼伏，还算热烈。

肖邦在为林大头抱屈，这个林大头，永远在冒充大头鬼。

在稍稍冷场之后，青年评论家林乙发言。他从五四的女性文学谈到新时期文学的女性写作，从丁玲谈到当下红遍大江南北的卫慧们，又转移到波伏娃的《第二性》，末了才回到乔亚的《美丽巅峰》。

“乔亚是极有潜力也极有现代知识修养的女作家，这一代作家充分展现了作为现代女性的性别自觉。这是前几代女性作家所不可能有的现代素质。”他滔滔不绝，引经据典，满口似是而非的前卫词汇和极其抽象的肯定，李斯特听得双耳发麻，他很用心地听这位文坛新秀的发言。他刚刚博士毕业，李斯特就是听不出他对乔亚小说的中肯评论，哪怕是具体一点的评说。

乔亚在那儿真诚倾听，笔记，一副虔诚无比的姿态。此刻，她倒很不前卫，倒有30年代淑女的做派。

研讨会由于评论家林乙的发言而热烈起来，搞戏剧评论的作家何来，睁大他那可爱的金鱼眼，他患了甲亢而眼球渐突。他先引用了莱辛的剧作理论，再说到恩格斯谈典型的文论，再把邓小平同志关于文艺问题的一些谈话进行发挥，同时批评了时下一些作品的媚俗倾向，才进入正题，首先是肯定乔亚创作的人民性也即大众性，谈她的小说受青年知识分子的欢迎。看样子他从没打算去谈乔亚的小说，他连乔亚小说的描写内容都搞不清楚，只是望文生义，把它当作青年题材的作品来大加赞赏。

“……据说乔亚同志创作精神非常可嘉，她在很艰苦的工作环境中写作，在去西藏的路上写作，非常可嘉，非常……”他的金鱼眼非常亲切同时非常权威地望着乔亚。乔亚脸上有着一种被凝固了的笑容。何来好不容易才结束了自己漫长的发言。

接下来是一个研究生，她叫胡杏，欧阳山《苦斗》中一个人物的名字，她自报家门时，席间有了一些笑声。这是一个长得娇小玲珑的女孩，还没有出道。她倒是伶牙俐齿的，对乔亚的小说极为欣赏，她描述着小说中男女主人公在做爱之后的一些对话，她说："她的小说虽然过分地强调性在男女交往中的亲切关系，但她又认为只要有性的进入，男女之间的性别对抗就开始转向了，从亲和的对抗进入反叛的对抗，我想这是非常切合当下的男女关系的，因为神秘感一旦被打破，秩序也就开始进入重建的关系调整中……"她文绉绉的发言有几分学术的色彩。她充分利用《第二性》中的观点对乔亚小说作了性别差异上的评说，听起来颇有研讨的味道。看来，她对性的认识绝对不仅仅是理性的，而已经有着一种历经实践的体察。

肖邦对这本小说没什么兴趣。他虽然不属于正统的文学观念之流，但他所受的文学熏陶几乎都来自俄罗斯文学。《静静的顿河》和《日瓦戈医生》以及七八十年代苏联的解冻文学《你到底要什么》和《角落》都给了他深刻的影响，尤其是契诃夫和果戈理对于俄罗斯大地母亲般的礼赞，对他有一种生命的感召。他很难进入乔亚那种令人耳热令人心跳加速的小说氛围。那种肆无忌惮的感官冲击，与他的审美有极大的距离。乔亚送书给他时，他花了半天把它读完。他不喜欢这种描写，但他还是感到了一个年轻女性生气勃勃的生命激情的。他没打算发言，他想听听李斯特这个学院派的意见。他希望李斯特的发言能让那些文化官僚芒刺在背。

李斯特一副超然物外的样子，他埋头在读乔亚的小说，似乎并不理会别人的发言。

社科联的老牌评论家戴伟生，他是50年代人大研究生中的调干生。他的观点一向以正统著称。他的发言有些倚老卖老。

"乔亚同志也在场，我就不客气了。"他眼睛梭巡着乔亚的位置，很友好地对乔亚说，"我并不反对在文艺作品中表现性，直接描写性，但是，是不是只有性才能真正吸引读者呢？这是近年文学创作的误区，乔亚同志很有才气，小说也写得不错，后生可畏，但是注意不要流于地摊文学趣味……"他既老套又努力表现公允，以至于评论空洞无物。

肖邦不禁为乔亚感到悲哀，何苦来呢？炒作也不至于非得如此。既然要边缘写作，就不必企望主流文学界的青睐，开什么研讨会呢？能公开顺利出版就不错了。迟早要遭到封杀，这是肖邦的预感。他终于忍不住了。他向主持人挥了一下手：“我说几句。”会场有些骚动，肖大侠发言必然不会太平直，人们早有领教：“我以为乔亚的创作是一种边缘的边界的创作。这样的作品迟早要被封杀，如能幸免，当然是好事，所以，我想今天召开乔亚研讨会，如果是乔亚的本意……”肖邦突然转向乔亚的责编赵洪：“或者仅仅只是出版社的意愿。如果是乔亚的本意，那么我以为这是乔亚对主流文学的一种献媚，很不适宜的献媚。又要追求边界效果，又要企望为主流所承认。对不起，在座的好些都是文化官员，我想诸位同志与会，就表明了一种支持，这倒是一种新气象。可是，乔亚小说所倡导所描述的又恰恰是为当下固守的文学状态所不容的。不知诸位有没有认真阅读乔亚的这本《美丽巅峰》。它的主题只有鲜明的反叛，反叛现在包括道德规约。她的所有关于性的描写，我想也都是奔向一个目标，那就是通过性的对抗，达到对僵死无望的现状的反叛。我的话完了，谢谢大家。”

静默，然后是掌声，谈不上热烈也谈不上冷落，对肖邦的发言，有同感的人一定不少，但有文化官员在场，有些人的举止表现就自然克制一些。

李斯特欣赏肖邦的话语，这位小老弟，这些年突飞猛进。因他的自由撰稿人的自由独立的身份，他的发言常常是率直的，而且带有浓厚的批判意味。他不在乎人们怎样看他，说他，评论他。他只会对着你笑，令人觉得不知是什么态度。除了正式的发言，他似乎从不与人对抗或辩论。

李斯特正想也说几句，笔名小丁的作家杜华抢先发言。他不管在什么场合，从来都是嘻嘻哈哈地胡言乱语，借题发挥：“我说美女乔亚，是美女作家潮流中美丽的莲花，我的意思是莲花与佛有关，莲花又与性有关。她的小说，自然也就融化了这种性与佛性的矛盾性。只有美女才能参禅，也只有美女才能悟佛，我没有读过《美丽巅峰》，但听刚才诸位的发言，也就略知小说的精华。反正百花齐放嘛，什么佛什么花都可以争奇斗妍么。”他这次倒是说得像模像样，哈哈也打得很到位，立意更是新颖荒唐，反正谁也不太在意研讨会的各种说法。

李斯特觉得索然寡味。眼看时间差不多了，也就作罢，留待下午再说吧！

主持人卢杨见时间差不多了，便宣布暂时休会，请大家到“海口厅”去午宴。他特意强调：“中午上的酒鬼，是酒鬼厂赞助的，请大家一定尽兴。”说着，他不忘肖邦，冲着肖邦大叫：“肖邦，等会咱们一桌，会喝的坐一起来。”

肖邦笑说：“我又不是酒鬼。”

午宴十桌，100人左右，把“海口厅”拥塞得满满的。大家坐定。卢杨拍了拍巴掌，这回，他先找好了林大头，他要把林大头再次隆重推出。他把林大头请到小舞台上，对着麦克风“喂喂喂”了半天，总算找准了音调：“同志们，请安静。中国知青大饭店董事长林大……不不不，林尤福先生向大家说几句，向大家祝酒。”

林大头见卢杨有些尴尬，忙说：“我就是林大头。”一片笑声。有人在席间大喊：“好！”是《羊城晚报》的记者叶龙。他是出手很凶的大牌娱记。

“我没有别的，就是头大。今天有幸结识大家，诸位名家、大师，我很荣幸，大家为乔亚小姐捧场，我也很高兴，鄙人略备水酒，祝大家喝好，喝多但喝不醉，OK。”他来了句洋文，又是一片笑声，很善意。

林大头已不是六七年前的林大头了。他场面见多了，场面上的话也顺溜了。他现在是大腹便便的地道的董事长了。新近还升任省政协委员，气派大得很呢，经常跟各界名流到国内国外访问观光。今天，他穿了一件淡米色的薄西服，系了条绛红色的领带，尤为雅致。他高举酒杯，先对着坐首桌的乔亚示意，然后对大家叫着“饮胜”。他一饮而尽，大叫一声“好酒！”又是一阵笑声。林大头的粗豪可爱，令宴会一开始就其乐融融。

许多人抢着去跟林大头敬酒，一方面是他实在可爱，一方面是有求于他的人不少。他志得意满，双眼放光。

乔亚逐桌敬酒，殷勤而又谦恭。到了肖邦面前时，她小声对肖邦说："肖老师，很感谢你，真的喜欢你的发言，说得很中肯，给我写篇文章吧！我敬你一杯！"

肖邦见她很真诚，便有几分感动。其实，他的发言中批评成分也不少。乔亚应当听得出来，他更多的是对满堂敷衍的反抗。

肖邦与她碰了一下杯，干了。

他把李斯特介绍给乔亚。乔亚笑说："李老师是我的老师呢！"

李斯特笑而不言。

"你是华南大学毕业的?"肖邦诧异地问。

"不，在文讲所时，李斯特教授给我们上过课！李老师最喜欢讲史铁生的《我与地坛》了，一部两万字的中篇，李老师讲了17节课，把我们都听傻了。"

李斯特还是笑笑。"祝贺你，进步很快，几年不见，成大作家了。"他举起酒杯，"干了它！"

"干！"乔亚一饮而尽。"她的酒量和她小说中的女主人公一样棒！"李斯特对肖邦说。

乔亚连忙辩解："哪里啊！李老师，小说里的人可不是我，我哪有那么厉害啊！"

卢杨也凑过来，打着哈哈："有两位老大撑腰，乔亚要出大名了哦！"

"卢大主席，你一个顶我们俩啊！"肖邦不示弱地说。

林大头也来了，他不无得意地对乔亚说："你看看，我保证把他俩请来，说到做到，还不敬我一杯！"林大头就是这样，哪有人叫别人敬自己酒的，也就是林大头。

"肖邦啊，你们可得多多地栽培美女啊！我是不会写，要不，他妈的我给乔亚写一篇，宣传宣传，让她的书多卖几万本！"林大头从来都是大言不惭的。

乔亚感激地望着林大头。林大头用他的大手圈住乔亚的脖子，往身边拉。说道：“乔亚是我的干女儿呢，叫契爷吧，乔亚，快，快叫！”

乔亚不好意思地叫：“契爷，谁怕谁啊！”

众人大笑，笑意各有不同。

1986年。华南大学。校长办公室。

吴校长约李斯特8时半谈话，李斯特8时35分才到。

吴校长已先让下属占领了。他正和师资科长在谈职称评定的事，见李斯特进来，忙请他坐。李斯特见他们在谈话，便要退出回避。吴校长却说：“没关系，谈的也是职称的事，一起听听吧！”

师资科长谈的都是各系争机动指标的事。他说：“讲师指标很紧，副教授根本就没有机动的可能，反而正教授有余地，但报正教授的人几乎没有。“文革”前的副教授都退休了。1983年评的副教授，除非破格录取，没有人达到规定年限的。”

他们又谈了些具体问题。师资科长还专门谈到杨家驹：“校长，你得重视这个问题，杨家驹说这次若没给他评讲师，他就从七楼跳下去，也活够了。你说这人，够赖了！”

吴校长说：“你们先调剂一下指标，杨家驹先生我再找他谈。”

师资科长告辞。吴校长把门关好，回过头来，直截了当地对李斯特说：“李老师，这次学校打算破格报送你上副教授，根据评审原则，必须当事人自报公议，然后按程序走。你看怎样？当然，还要过评委这几关！”

李斯特颇感突然。他没有任何思想准备，心跳加速：“我说不好。”

“那就先自报公议再说，把几年来的教学科研成果汇集一下，做好准备吧！长话短说，就这样！”又有人找校长请示问题。

李斯特便告辞。他有些兴奋，有些担忧，也有些觉得来得太快了，反而有些不真实。

他在走廊上碰到李乔，本想把这消息告诉他，征求他的意见，到底有没有可能，否则自报了，公议不过关，弄得满城风雨。

李乔见他从校长办公室出来，便把他拉到一边：“谈了吗？”

“谈了！”

“谈了就好！”

“那怎么办？”

“什么怎么办？”李乔一脸雾水。李斯特怎么啦！

李斯特以为李乔不知道，他便从头道来。李乔却说：“试试吧，没关系，第一次不行，第二次再来嘛！”

李乔比自己还清楚。

破格晋升李斯特为副教授的事终于人人皆知。

饶老先生周末从白云山回家，闻讯打电话给李斯特：“斯特啊！有空过来坐坐，认真对付，这不是你个人的事，是中文系的大事，做好了，在省内外都是大影响，开风气之先啊！”

李斯特还是很不自信，单就业务状况而言，他自觉够格，但心很虚，他总觉得有一张强大的网，在步步收紧，而这收紧的力量是他的努力所无法抗拒的。他对饶老先生表达了自己的顾虑。

“我还没有想好，究竟报还是不报！”

“怎么不报？”饶老先生颇觉奇怪，“上不了下回再来也有基础嘛！”他的话怎么和李乔如出一辙。

“别紧张，也别太在意，顺乎自然最好，有机会当然不必放弃！”饶老先生兴奋之情，溢于言表，他是容易欢欣的老人。

中文系对李斯特破格的事依然很平静。这消息在职称评审进行了一段时间之后才发布，完全是吴校长的策略。此刻职称评审情况已经比较明朗，矛盾也化解得差不多，现在提出李斯特的问题，阻力不会太大。何况国家有规定，40岁以下破格提升副教授的不占指标。所以，也没有对谁形成威胁，剩下的只是评委们的观念和评审过程的技术问题。

李斯特自然还不十分明白这个道理。他只是奇怪怎么到了这时，评审工作近尾声，却把自己给提了出来。

自报、公议、系学科组评审，几乎是一路绿灯。李斯特的科研成果是明摆着的，这不能不令评委们汗颜：在这个小后生面前，这些年自己活得并不勤勉。这是系里评委们共同的唏嘘。关于李斯特的所有争议都被上交到学校评审委员会上，那里才是一个真正的战场。

李乔做了充分的准备。他总是藐视一切的，他太相信事实的力量，而常常忽略了舆论和传统的压力。他对李斯特太偏爱了。他估计工农兵学员这个身份，会是评审的焦点，各种社会舆论对此都是颇有微词的。他特别仔细地收集了李斯特填平补齐的各种资料和他在中大进修时导师的评价。他像自己要被破格一样，把工作做得有条不紊。他在心里想，最后一招，就是私闯公堂，打到高教局评委会去。

学校评委会为了保证公正独立，不受外界干扰，所以把评审会移到外地去开。这次的地点是离广州 100 多公里的从化温泉，连地点都是保密的。在职称评定没有制度化的 80 年代中期，这种做法很普遍。

评审会一共开了三天，几十名晋升讲师、副教授和教授的候选人逐个筛选。第三天的下午，议题只有一个，就是李斯特破格晋升副教授的问题。这一年，广东高教系统文科系列破格晋升的人选只有李斯特一个。

党委书记林马主持会议，争议当然十分激烈。有些人碍于饶老先生和李乔的面子，虽然没有强烈反对，但含糊其辞，态度极不明朗。

外语系的孙教授首先发难："我看还是慎重为好，一个工农兵学员，在短短几年间，已经破格当了系主任，现在又再破格越级晋升，这是不是有欠妥之处？这种做法对青年同志有没有好处？值得商榷。但话说回来，李斯特同志确实不错，有培养前途。当然啦，隔行如隔山，饶先生他们更了解一些。我的意思仅供参考。"他说得一点没错，听起来也在情在理，几乎是滴水不漏。

饶老先生只是笑笑，他对每一个发言的人都是同一种表情。他想最后才说。

经济系的钟教授，是1983年刚评上的副教授。刚从大西北调到华南大学不久。他对广州的天气和空气很恼火，只觉得没有大西北清爽。他对广州和广州人有一种偏见，他提的问题很出乎人意料之外：“这么年轻的同志，也没有什么学问底子，几年间一下发表这么多作品、论文，是否该调查一下底细。是通过什么关系发表？是怎样写出来的？有没有这方面的问题？现在的年轻人，什么事都做得出来。当然啦，请各位留意，我不是特指李斯特有这方面的问题，我是觉得有些费解。建议组织调查一下，明年再作评议更为妥当。我原则上是同意孙教授的意见的。”

李乔听得光火。他最反对这种阴阳怪气，横加猜测的做法。饶老先生用眼神制止了他，希望他听完大家的意见再说。

物理系的总支副书记蓝英年倒说了几句公道话：“李斯特的专业水准，专家应该有定论，刚才师资科长宣读的论文评语大家都听到了，很肯定，评价很高，李老师发表作品的刊物档次也很高，都是本行业中最高规格的刊物。我想他的水平是做不了假的。破格晋升他一人，鼓励一大片年轻教师，我想其积极意义更不容忽视。”

他的发言扭转了局面，接下来几位评委都基本上表示首肯。李乔大受鼓舞。

但出乎意料的是，作为评委会秘书的学报编辑宋瑛提供了一条消息：“好像在清污时，某报发表了对李老师‘知青文学’研究的批评，批评很严厉，在文学研究方面，李老师是否有政治倾向方面的问题？”他接触报纸杂志较多，大家对他的信息有些警觉。这是可大可小的问题，如果是这样，在坚持四项基本原则的问题上，是不能含糊的。林书记的心紧了一下。李斯特这一方面确实需要认真剖析。他不忙于表态，想听听大家的议论再说不迟。

吴克俭心想，这类问题是学术之争，千万别把大家的注意力集中到这方面，弄不好上纲上线，事情就不是一下子说得清楚了。他觉得自己再不出来引导一下，问题会变得复杂且导致悬而不决。让林书记来说不大合适，自己是业务领导，有义务维护学术的自由。

吴克俭发言了："刚才宋瑛的问题提得好，我们不应忽略一位同志的政治倾向，特别是中央三令五申要求清除精神污染。但是，李老师研究的课题是'知青文学'，这应当是学术问题，学术之争是应当鼓励的。有探索精神才会有学术争论。据我所知，李老师研究的教学的专业是当代文学，这是个前沿而且颇为敏感的学科，学术争论自然也更直接和激烈。我想，报纸上展开对他文章的争论，正说明他在学术领域里的活跃状态。分清政治倾向与学术的观点当然是必要的，但是否应防止无限上纲。所以，我想请对文艺理论素有研究的红色讲师李乔同志来给大家辨析一下。"

他望着李乔。李乔早就憋不住了。他从地上拖出一个大背包，把里面的书籍杂志倒在大会议桌上："这是李斯特老师近10年间发表、出版的各种著作和报刊评论，200万字吧！刚才吴校长让我辨析，我想李斯特所接触的学科是一个敏感的学科，学术前沿上的理论问题只有通过学术讨论才能完善。知青文学自然牵涉'文革'话题。是不是凡是对'文革'有触及的话题都不允许呢？报纸上发表的都是观点相左的争论文章，并不代表哪一方是正确，哪一方是错误的。以我的文艺理论知识，我实在看不出李斯特的研究立场有什么问题。另外，我表明态度，如果像李斯特同志这样的青年，我们都视而不见，多方挑剔，我们的事业只能是后继无人。大家应当看到，现在30岁左右的青年教师，学校里是太少而不是太多，为什么？大学毕业生有哪一个愿意主动留校当教师？"

大家沉默。李乔说得有理，但并非人人心服。

会议一直持续到6时45分才结束。无记名投票表决结果，李斯特以勉强过半数获得通过。还有两个最关键的关口在等着他。

1972年。海南岛。海口市。

与冯老师在新华南公共汽车站分手之后，李斯特没有坐车，而是从解放西往东走，经博爱路，走路找到小文昌家。

小文昌家在一座五层楼的底层，全家只有一间房间。父母的卧室占去半间，另外半间用香烟纸箱糊起来，隔成了客厅。在客厅一角，摆着煤炉和厨房用品，窗户下有一个柜，两把椅子。这就是小文昌的家。

小文昌的父母都是环卫工。解放前他们都是了不得的富贵人家。这五层小楼原来是他们家的房产，是祖父从南洋回来后建的，土改时被没收了，最近才还回来这一间。

屋子里一切都十分简陋，有一种说不出的环卫工的职业性气味。他爸爸戴着老花镜，眼睛几乎贴到纸上，在看一份报纸。他妈妈在家门口钩通花，听说钩一贴小小的通花有两分钱的回报。

他们已经准备好饭菜，是她妈妈烧的，几乎没有什么肉，几样青菜咸蛋和虾酱而已。他俩吃得津津有味，不一会，就风卷残云。

小文昌已经把老刘交代的东西买好了。李斯特把冯大姐的意思告诉他。小文昌很兴奋："他们会请我们吃什么菜？到哪儿吃？"把李斯特逗乐了。

第二天，他们到东湖边的群众艺术馆来。

冯老师、老洪、老于都已等在那里。

他们带着他俩，到北方餐馆去吃饺子。

那时中国的每一座城市，几乎都有叫"北方餐馆"的餐厅。餐馆上下两层楼。只卖饺子一样东西。饺子分两种，菜馅和肉馅。冯老师要了三斤多两种饺子，还买了一些啤酒，每人一大杯。这种吃法对于他俩而言还是第一次。他们就着啤酒吃饺子，吃得津津有味，满头大汗。冯老师不怎么吃，看着他们吃。

老洪是中山大学中文系毕业分配来的大学生，老于是广东美术学院毕业的。他们都是1968年来海南岛的。

老洪已经知道李斯特去了中山大学又被退回来的事，十分惋惜。他只是说中大实在是一所很好的大学，没有说别的。那年月大家说话都很谨慎，不敢乱说。他又说了一些鼓励的话。

老洪谈起李斯特的小说，说："很引人入胜呢，小时候是不是看了很多俄罗斯的小说？"

“读过契诃夫的《草原》和高尔基的作品，还有《漂来的磨坊》、《最后一个摩尔人》、《叶尔绍夫兄弟》、《区委书记》和《当河水汇流的时候》。”李斯特如数家珍。

老洪很惊奇。又问了他读过什么中国作品，李斯特都如实说了。老洪对冯老师说：“这个知青不简单呢，好好培养他也许能写出好东西。”他又说了兵团知青中一些名字，都是李斯特十分陌生的。他说：“六师十七团的孔捷生，也是我们经常联系的作者，也是广州知青，还有兵团创作组的苏炜、陆基民和伊始，都写得不错。你们这些知青小小年纪就已经历了许多苦难，很沧桑啊！这正是文学创作的基本条件。”

李斯特没有话说。在这些老师面前，他自觉又幼稚又笨拙。人家都是大学文学系毕业的，于他而言那是来自另一个世界的人物。尽管自己从小也在医学院里长大，但他对医学并无兴趣，别的大学他几乎没有去过，他对文学系有一种神秘的感觉。那些人都是很浪漫又多情的。

小文昌吃得痛快。这北方餐馆离他家不远但他从不知道这个地方，没有来这儿吃过饺子。他问这饺子怎么做，回去跟老刘一起做来吃。说得大家都乐了。

老于趁他们吃饭谈话时，在速写本上给他们每人各画了一幅速写。临走时，撕下来送给他们。

他们各自保存着。

许多年后，当老于已不在人世时，李斯特会凝注着速写本上老于的签名，想起北方餐馆的这一幕。

他们回到黎母山时，已是夕阳如血的黄昏。昨天黎母山上大雨滂沱，山下发大水，腰子的木桥被水淹没了。车过不去。他俩在河岸上等着水退，直到半夜，他们才涉着齐腰深的河水从木桥上慢慢地走过去。老雷驾着他的手扶拖拉机在那边等着。他已经等了大半夜了。

老雷告诉李斯特，林苹苹就要去参军了。这次六连共有三名知青去当兵，两名男的一名女的，林苹苹当的是文艺兵，半个月后就要走了:“那时，李斯特你还是回连部来吧!”

李斯特无语。他很感激老雷。小文昌乘机说:“连长，我什么时候也调到连部来呢?”

老雷说:“你会什么？会烧饭还是会吃饭?”

小文昌说:“照顾照顾老弱病残么!”

大家都笑了。

小文昌小学毕业就跟哥哥来兵团，那年哥哥16岁，他14岁。爸爸说去兵团总比在海口当流氓好，那里每月45斤大米管吃饱，海口有什么？大马路能扫不能吃。他就跟哥哥来兵团了。哥哥在二连，他到六连。他个子小，力气也小。连里便派他给伐木队锉锯子，烧饭打杂。他没心没肺，又勤快又随和，有吃有睡就可以了，连里的人都喜欢他。在伐木队，他整天像跟屁虫似的，跟着李斯特。

老刘笑话他，过几天李斯特又去读大学，你是不是也跟着他去大学扫马路啊?

他挺认真地问李斯特:“可不可以呀?”

有一阵子，伐木队的人见他就说:“可不可以呀?”

别的人就说:“可以可以!”

黎母山的日子就这样过去了。

【另类档案】

追寻昨天的传说

我病得很厉害，发烧，说胡话。我不让任何人进房间，如风也不行。我确信这是一种洼地的警告，天堂的警告，很快就会好起来的。

我在房间里呆了两天，什么事也没有做，脑子空空的。六分场的人都在传说我进入了洼地，犯神灵。赵书记来看我，他站在窗口问要不要去医院，我笑说一切都很好，只是有些累而已。他不说什么就走了。

我突然想起妈妈日记里，那位年轻漂亮、胸脯很高的林老师。母亲在日记里好几次提到她，她对母亲有如此的魅力，一定是个不同凡响的女性。

河边老人也许会知道林老师，如果她还健在，那她现在至少50多岁了。

恢复了两天，我自觉很强壮，只不过受了点惊吓而已。清晨的风和阳光很好，六分场的人都去地里干活。场里实行联产承包责任制，土地和树林都分到各家各户，每家都有小农场，都有果树、橡胶树和菜园，生活都还过得去，就是缺少现金和技术。黎母山还是僻远之地。尽管如此，人们还是不愿意离开这个地方。

河边老人还是在搓草绳。我问他搓这么多草绳干什么，他不置可否。我也就不再问。

我又提起陈年旧事："有一位林老师，女的，你认识吗？经常挨斗争的，说是因为男女关系。"

老人好像现在就面对林老师，他的神情像在欣赏一件久远的艺术品。一个美人啊！这是一个令人心酸而又有兴味的话题。

"林老师不久就走了，在大火之后不久。"老人在回忆里努力搜索，"那是个好女人，就干了那么一次，让人逮着了。男的跑回单位去，女的就天天挨斗争。说实话，也就几个年轻人，单身汉，寻乐呢！"老人像在说一件极平常的事，20多年，谁还会把那些事当真呢！

"唉，那么傻的女人，就天天让那些无赖逗乐，硬是要人家详详细细地说是怎么干的。人家是知识分子，怎么说呢！"

老人也不知道她现在哪里，"林老师是从公社中学下放到这儿劳动的，不久就回中学去了。该退休了吧！"

我决定到当时的公社中学，现在的腰子中学去问问，也许只有她，可以告诉我一些事。

我在中午时到达腰子中学。

腰子中学就在万泉河边。茂密的椰树和槟榔簇拥着校园。我找到校长，一位30多岁的汉子。他什么也不知道，而且明显地不耐烦，对我的咨询颇有介意。我反复说明来意，都没有用。最后，他向我提供了一位当年的总务主任，现在退休的刘老师：“你去问问他吧！他可能会知道，对不起了，我刚来不久的。”说着，他如释重负地走了，又回过头来，指指河边说：“他就住在河边的那排平房，第二间。”我千恩万谢。心想，山里中学的校长也是牛气冲天的。如果是党员，一般都会是镇党委委员，大小也是个官，虽然官至股级，但在老百姓眼里，已是个大官了。黎母山镇就只有一所中学。最高学府的最高长官，当然不可一世。

刘老师老气横秋，他正坐在屋前的竹躺椅上读《海南日报》，手里捧着杆大竹筒做的水烟筒。

我说明来意。他倒是很和善的。

我说起林老师，他眼睛一亮：“你认识她？”

我摇摇头：“我母亲认识她！”

“你母亲，是……”

“我母亲是六分场，当时叫六连的知青，广州知青！”

“哦，林老师，林晓凤，你想找她？”刘老师的话里似有一种不祥。

“是，我想看看她！”我坚决地说。

“不知道她这几天怎样？有好几天没见着她了。”他说话总有些闪烁，令人摸不清他的真正意思。

“她就住在这儿？”

“是的，我带你去吧！”说着，他收起水烟筒，引着我走上往河边去的小路。

路很不好走，雨后泥土很烂，路两边是金茅草，直扫得脚踝痒痒的，划出浅浅的血口子。

河边的土坎上，一座瓦顶的泥坯小屋。屋前有几只鸡，一小片菜园子。屋檐下挂着两节凿空的圆木，那是这一带的养蜂箱。

蜜蜂在屋前屋后飞舞。

我的心怦怦地跳动。在母亲日记里的那位大胸脯的丽人，现在会是什么模样呢？与刘老师交谈，我已感到一种很不吉祥的预感。

“林老师，林老师。”刘老师轻声叫着，门是开着的，屋里有了响动。过了许久，一位长发垂肩、发色灰白的女人，拄着一根山槟榔做成的拐杖，颤颤巍巍地走出来。她目光呆滞，脸色灰黄，她见来了生人，讷讷地，点头哈腰，一副诚惶诚恐的样子，口里念念有词。我听不出她在说什么。刘老师请她坐下，她不敢，她弄不明白来了什么人，“我错了！我错了！”我听清楚了，她老是重复这句话。

这就是母亲日记里那位绝色美人林老师？那位在斗争会上一言不发，任人凌辱的林老师？我是读现代史的，我对“文革”自然有所认识，但我没有经历过，我很难体会当时人们的处境，那种心灵伤害的切肤之痛。那时的林老师是坚强的，倔犟的，可是后来呢？也许她承受不了精神的压迫，她神经错乱了，她还活在那个时代，这是最可怕的。

我不能指望从她这里获得什么信息。她已经完全没有表达的可能了。占据她全部思想的，是斗争的屈辱。不知她后来又受了多少折磨，母亲的日记没有写。

我不忍心再去挑动她的记忆，那是残酷的。她呆滞的眼睛表明她不能忍受任何惊吓，她曾经的美丽已荡然无存。刘老师说她也就50岁多一点。她1970年大学毕业，分配到腰子中学不久就下放劳动了。

她终生未嫁。1974年从农场落实政策回中学，刚开始还好，不久就神经错乱了。大约跟当时的社会舆论有关。小地方的人都在传说她的“脏事”。她想调走，谈何容易？一个人就这样被残杀了。

她逢人就说：“我错了，我错了……”她整天在学校里找人说话，倾诉。人们烦了，都避开她。最后，学校在河边给她盖了小屋，让她病退，每月拿50%的薪水，也就一两百元。她生活还能自理，特别爱干净。学校等于把她幽闭在河边角落。偶尔总务处会派人替她买米买柴火什么的。如此而已。

她才50多岁，但已老得不成样子，我寻找不到一丝一毫她当年的美丽痕迹。

我告辞了林老师。中国在“文革”中，有多少被逼致疯的知识分子？我没有统计过，但这个林老师活生生地站在我面前。倘若你读过我母亲日记里记述的那个林老师，你会有什么想法呢？

与其这样活着，不如葬身火海。我真庆幸我没生活在那个年代，但是我们绝不应该忘却那个年代。林老师就没有忘记，可是她是以多么悲惨的代价去保存那一份恐怖的记忆啊！

刘老师没能告诉我更多的林老师的事情。他是80年代初才从乡下小学调上来的。

有什么办法能让林老师从那噩梦中醒过来呢？幽闭她绝不是唯一的办法。当真有与她发生过关系的男人吗？那个男人在哪里？也许只有他，能够帮助她回到常人的世界来。也许只有那些斗争过她的人，来向她忏悔，才会重新唤起她的自尊。但是不会有，她连一纸平反通知也盼不到，她属于那种根本就没有专案的人，她只是一个时代的陪葬者。

我感到彻骨的寒冷。

当年对林老师的批判，男女之间的那么一点事，硬是要撕开来展览。不是因为她有政治问题，而是农场某些人的人性冷漠与无聊滋生的残忍。而当时的政治是这种残忍培植的温床。

母亲已安息，林老师还在苦苦挣扎，生不如死地等待末日的判决。

回到六分场，经过小河的时候，我听见洼地里传来一声尖厉的长啸，像是牛哞，又像是狮吼。那声音划过夜的黑暗，留下了一片恐怖的寂静。当无边的寂静漫卷而来时，六分场就离沉没不远了。所以，赵书记的担心不是多余的。

也许失去六分场本身就是一件很好的事，我是几十年间第一个进入洼地边缘，又活着回来的人，虽然我还没有完全进入洼地深处。洼地边缘宁静而又丰饶，各种动物安居生息，简直是世外桃源，人间天堂。人类应该在大自然面前主动退却，六分场的即将失去，就是人类与自然妥协的结果。这种妥协是人类的进步。

洼地已经形成了传说，形成了迫使六分场的人们敬畏的神圣传统。它以进攻去扩张家园的企图，六分场的人们是不敢反对的。

我把林老师的事讲给如风听，她像在听一个神话。

第十章

1999 年。广州。

东山恤孤路。肖邦家。

肖邦家的别墅在正午的阳光下显得生气勃勃。曾经从三楼悬挂下来的铁梯已经拆去，但在那些做工精细的红砖墙上，却留下了斑斑痕迹和一些残余的铆钉。爬墙虎顺着那些铆钉，把自己绿盈盈的枝叶攀援到屋顶，那碧绿而又疏密有致的枝叶，在肖邦卧室的阳台上探头探脑。翎在阳台上，坐在轮椅里若有所思，她飘逸的长发乌黑亮丽，斜斜地挂在洁白的胸侧。

肖邦正在午睡。无论多晚睡觉，早晨六时他一定得起床，这是在兵团养成的习惯。

从阳台的窗口往里望，翎看得见肖邦酣睡的样子。许多年了，他一直像个孩子那样的睡态，令她有一种很怜悯的感觉。她有时也在心里想，既然自己不能为他尽一个女人的义务，那么就放飞他吧，起码在肉体方面，她应该给他自由。可是，想归想，她知道自己是绝对通不过的。她很矛盾。所以她总是想别的办法去开解他，帮助他，但无济于事。什么事情都是无法代替的。她真想从阳台上跃出去，了却这种很负疚很煎熬的生活。她不是没有这种勇气，她试过，但还是没能去做。灵魂里有许多难以割舍的东西。她常常想起七年前二沙岛的那个夜晚。两个健康的人，那是多么遥远啊！一切若能重新来过，没有那个黑色的杨箕村的早晨，没有那辆飞驰转弯的卡车，没有那被撞飞的一瞬，也许现在……她不敢去想生活中的这些事。

肖邦还在酣睡。她直勾勾地、充满柔情地看着他。这张脸已经明显地苍老了。47 岁，这是男人最好的年龄。成熟、刚毅，事业有成而且饱含智慧，同时也不再胡思乱想。这是最令她安心的。她这样希望着。

墙壁上有瑜的照片。她曾经要求肖邦把她取下来。那是在没有受伤，没有成为他的妻子之前，肖邦没有任何回应，只是用一种异样的眼光盯着她，让她惭愧而且负疚。那眼光里有一种她永远无法透彻又永远为之耿耿于怀的东西。她知道瑜就是她心中的魔鬼。即便这个魔鬼早已毁灭，早已没有什么威胁，但她是存在的，比翎存在得更长久。墙上瑜的照片于是永远挂在那儿，天天审视着翎和肖邦。

一片菩提树的圆叶落在翎的膝上。“感谢上帝。”她喃喃低语。她把树叶捂在手心，像捂着一颗流动的心。

花园的栅栏门传来响动，她探头望去，是披着风衣的任晓远。他又来干什么？他一来，肖邦就跟着去。翎有些不高兴。她听见妈妈在客厅里对任晓远说：“肖邦在午睡呢！要叫他吗？”肖妈妈总是非常有礼数。

“有急事找他，我上楼去了！”任晓远不等肖妈妈回话，就大步流星地往楼上来。

翎听见砰砰的楼梯响，又听见任晓远在走廊上敲门。不等翎说话，肖邦已经醒了。他听出了任晓远的声音，便起床开门。

任晓远把风衣扔在老沙发上，靠着钢琴站着：“肖老弟，你睡得安稳，我可惨了。”

“别大惊小怪，惨什么惨的？”肖邦边叠被子边无所谓地问。

“都多少日子了嘛，论文还没有着落。我怎么交代？好歹都帮老兄一把嘛！”

“这种事都帮得了吗？不介意的话，从我的论文集子里撕几篇去交差。”说着，肖邦顺手从书架上抽出一本书，扔到任晓远旁边的桌子上，“随便撕吧，我不会去告你抄袭的。”

任晓远很无奈：“得了，肖老弟，这种话你都说得出来。不是要你动手，是让你找枪手写。”

“枪手，枪手多的是，大学里有公开招贴，自荐当枪手的，硕士、博士论文，都有价格表的。你又有车，大学里一溜达，不就行了吗?”肖邦一点不客气。天底下还有这样的事，当了官还要当博士，这本也是好事，写不出论文找枪手，这算什么玩意。

“别花花嘴了。你看怎么办吧！过几天就得拿出来。拿不出来，你知道我答应人家的呀!”任晓远夸下海口，拍胸膛说没有办不到的！现在栽了。肖邦、李斯特不肯帮忙，他又不能到处张扬去满天下找人，查出来不是好玩的。

他让肖邦马上给李斯特电话，问李斯特怎样了。肖邦说，用不着打，肯定没戏。

肖邦让任晓远逼急了，只好老实对晓远说：“这等事我是不会干的。李斯特也一样。若是你自己确是需要，我还是可以帮你的，不过也就是帮你选题目，拟提纲，找资料，你写好，我帮你润色，帮到这种程度而已。”

说到这地步，任晓远也就认命了。他知道肖邦的犟，是九头牛也拉不回来的，也只是任晓远敢这样求他，别的人一边去。

不过，刚才肖邦说到大学招贴枪手的事，倒让他寻到一线生机。与其在这里苦求肖邦，倒不如神不知鬼不觉，到大学里找枪手，一手交钱一手交货不就得了。

他忽然心里有了主意，便不再提论文的事，自我解嘲地说：“我说说而已，既然不成，就让他们找别人帮去。不管了!”

肖邦见任晓远弯子转得这么快，还以为他在撒气，便宽解地说：“老兄啊！这些事真的难做。我看不惯那些当官的这等做派。包涵了，老兄!”

任晓远已有了计策，心情好了许多，毕竟是老朋友，即便当了副厅级，在肖邦这儿也威风不起。他见翎在阳台上探头探脑，便走过去与她搭话。翎对任晓远没有好感，她总觉得这人太花花肠子，会把肖邦给带坏的。她客气地说："又是什么风把厅长给吹来了！"

"别笑了，还厅长厅长的，这年头，厅长值几个钱呢！"任晓远是善于见什么人说什么话的，"好了，我走了，别扰了恩爱夫妻！"他胡言乱语。捡起老沙发上的风衣，便与肖邦告别，"对了，肖邦，周末带上翎，到芙蓉嶂去度假，我请客，嫂夫人，一定去啊！"说着，迈动长腿走了。

翎从阳台望出去，任晓远的白色本田在巷口的拐角处消失了。

肖邦中午的清梦让任晓远给搅了，也没什么好心情。翎却在想任晓远临走扔下的许诺，便问肖邦："周末当真去度假吗？芙蓉嶂在哪里呢？"

"我不想去，你想去，我带你到别的地方，上川岛，伶仃岛，都是好地方。哪里用得着他任晓远请客呢！我看这家伙迟早要出事！"肖邦不无忧虑地说，"任晓远太活络了，不是好事！"

任晓远开着白色本田，风驰电掣地向天河赶去，那边有好几所大学。

在一所大学的广告栏上，他找了好半天，果然在一个小角落，找到一张刚贴上去不久的纸条："代办学士论文等，BP：95953—167296"。纸条上的字是打印的，所谓"等"一定包括别的层次的论文。任晓远当即 CALL 了这个号码。他回到车上，开着车在校园里慢慢地兜圈。不一会，电话响了。他接听，是一个女声，甜甜的："喂，谁 CALL 机？"

"请问代办论文是什么意思？"

"没什么意思，就是代办呗！"

对方很警惕。

任晓远只好明说："我需要两篇博士论文，怎样？"

"博士论文，难度太大吧！"

"什么意思？"

“代价很高的!”

“多少?”

“八万字一篇，你说多少?”

“在哪见面呢?”

“明天再CALL我吧!”电话断了。

任晓远出了一身冷汗。像克格勃，又像中情局。他有些心虚。这事究竟办不办呢?他心中忽然突生一种惊惧。

他的心绪突然杂乱起来。他有些后悔充大头为头儿许诺这事好办。其实，这事最不好办，简直是难办，不能办。

但是，不能办也要办，下不为例吧!他又忍不住CALL刚才的号码。这回，没有回机。

明天再说，行有行规的。

应该找个下属去办，轻描淡写则可，万一追究起来，也有个进退。笨蛋，怎么早没有想到这一手呢?他把车转出校门，往五羊新城飞驰而去。

手机响了，任晓远一看电话号码，很陌生，他犹豫了一下，还是接听:“喂!”

“是任老总吗?我是张真!”

“张真?”

“对，六师七团六连的张真啊!”

“噢!”

对方见任晓远不甚热情，在电话里的口气便有些犹豫。

“有什么事吗?”任晓远似乎自觉太冷淡，便提高声调。

“嘿，是这样，我从肖邦那儿找到你的电话，我想请任老总帮帮忙，嗯，想办个报亭，不大好批，地段啊也不太好找……”

“那我再给你电话吧!我在车上呢，嗯，对不起了，改日再说，好吗?”他尽量语气缓和一些。对方把电话挂了。

张真马上打电话给肖邦。她把刚才与任晓远的对话说给肖邦听。她复述得啰里啰嗦，肖邦答应给任晓远打电话，让他帮帮忙。

肖邦在心里直叫苦，他原来不想去求任晓远的。刚才关于枪手的事，弄得他心绪很不好，现在又是张真这点破事，他明白张真的处境，无非为了找点排遣自我的事情做做。但是太难了。各有各的难处啊！他思忖着怎么给任晓远说这件事，帮张真的忙。

又是枪手，忽然又是张真的电话，任晓远努力回忆这个六连的张真。我见过她吗？

这一天过得乱七八糟的。他心烦意乱，想不出排解的办法。

他看看表，已到了上班的时候。他不想到办公室去。这样的心情，不宜去办公的。还是找个地方消解消解吧！马上打麦总的手机。麦总的手机不在服务区，这小子，跑到哪里混去了。他又 CALL 区总，区总很快就回机。

“去‘白宫’，怎样？”任晓远在电话征询区总的意见，对方说正在工地上，走不开。

“要不，我给‘白宫’的老板电话，让他给你先安排好了，我晚些再去。”区总在电话里十分殷勤地说。

“算了！”任晓远觉得挺没意思的。他挂了电话。还是回珠江新城去吧！他在那儿有一处秘密的住所。他往那儿打电话，没有应答。他随即 CALL 了一个号码，很快便有了回音。

“你在哪？”任晓远没好气地问。

“那么凶干吗？我在天河城呢！”对方娇嗔但是小心地回答。任晓远正经过天河城，他马上把车从天桥底下转回来，停在天河城西门口。

“我现在在天河城西门口等你，快出来吧！”

不到十分钟，一个高挑的北方女子提着大包小包，钻进了任晓远的轿车：“发什么神经，这个时候 CALL 我！”那女的一边对着车前座的镜子补妆，一边与任晓远说话。“我刚刚才出来嘛，看你急的。”

任晓远不理会她的话，他把手伸过去，压在她裸露的大腿根上。他有这个嗜好。

差不多到珠江新城时，任晓远戴上墨镜。车在住宅小区门口的横栏前缓缓停下。保安向他敬礼，任晓远递给他车卡。“张先生，您好！”任晓远点点头。在这里，任晓远姓张。保安见到的这位张先生，永远戴着墨镜。

80年代中期。广州。华南大学阶梯课室。

“……郭路生，这对同学们而言，是一个非常陌生的名字。我不知道在座的哪位同学熟悉他，并且读过他的作品。”李斯特在这儿停顿下来，他用征询而且期望的眼光扫视着课室里几百名学生。这种经常的提问式的扫视，是最富刺激性也是最具挑战性的，对同学对李斯特自己都一样。它像一把双刃剑，首先是刺向自己，然后再刺向同学。常常是李斯特提出了一个最令自己感动的话题，然后将它掷给同学。

他眼睛的扫描如同一道闪电，在每张年轻的面孔上迅速地闪过。

满座雅静，没有窃窃私语的交流，每一个同学都在绞尽脑汁搜索记忆中熟悉的诗人有没有这个人物，都在紧张的期待中逃避李斯特的眼睛。

李斯特很失望。这是完全崭新的一代人，他们没有义务去熟知他们出生前10年一个青年学生的诗歌。然而，这个诗人的诗歌对于自己这一代人却是至关重要的。

当蛛网无情地查封了我的炉台
当灰烬的余烟叹息着贫穷的悲哀
我们依然固执地铺平失望的灰烬
用美丽的雪花写下：相信未来

李斯特用他那纯正的男中音朗诵着郭路生的诗，他被自己的声音感动了。他的声音有些颤抖，他有些控制不住自己。这首诗，在黎母山中，是如何唤醒了他沉睡的昏眩。

当我的紫葡萄化为深秋的泪水
当我的鲜花依偎在别人的情怀
我依然固执地用凝露的枯藤
在凄凉的大地上写下：相信未来
……

是的，相信未来
这是最温暖的干柴
是的，相信未来
这是最迷人的色彩
我要用手指，那流向天边的波浪
我要用手掌，那托着太阳的大海
摇曳着曙光这支温暖漂亮的笔杆
用孩子的笔体写下：相信未来
……

“这就是那首被后来的人们称作‘风中的绝唱’的诗作。我们没有理由遗忘这首曾经鼓舞整整一代人，在非常岁月里祈求光明的诗作。

“这是一个19岁的青年学生，在文化大革命中的1969年2月写下的诗。连同他后来的许多诗歌，成为了迄今当代文学史上，没有被载入，但一定会被载入的史诗一般的作品……

“这位诗人就是郭路生，笔名食指，1972年参军，1973年患精神病至今。现住在北京昌平精神病院。”

李斯特非常煽情的话语，令课室更加雅静。同学们屏住呼吸，倾听他的朗诵和演讲，仿佛在听一个从那个时代步步走来，步步迫近的诗人的自语。

这是李斯特给他们上的第一节课。他们早就知道李斯特，早就盼望着听他的课。而此刻，在那些普通平凡的词句里流动着的，是一种生命的激情。

李斯特让一位同学朗诵郭路生的另一首诗，他说："哪一位同学自告奋勇来朗诵郭路生的诗？哪一位？"有几位同学举手，他指着中间一位戴眼镜的男生。他走下讲台，把写有郭路生诗作的卡片递给他："慢慢念，别紧张！"他小声地叮嘱他。

> 《这是四点零八分的北京》，作者：郭路生。
> 这是四点零八分的北京
> 这时，我的心变成了一只风筝
> 风筝的线绳就在母亲的手中
> ……
> 管他是谁的手，不能松
> 因为，这是我最后的北京
> ……

"很好，同学们，今天，当你们，这些和郭路生那一代青年完全不同的大学生，读这样的诗作的时候，我很想知道你们的感受。

"凡是经历过 1968 年发端的知青运动的人们，凡是经历过 1968 年冬天，中国每一座城市的火车站送别知青场面的人们，没有人在重温这首诗的时候，不落泪的。这是为什么？

"这是对年轻的激情，被政治扭曲的激情的义无反顾的告别，而这告别里，又分明有一种凄美的牵挂，这对于一代离开北京，立志永远不回来，扎根边疆农村的知青来说，确实是'最后的北京'。有哪位同学来谈谈这'最后的北京'这个意象所表达所包含的意蕴？"

一位女生举手站了起来，她稚气的脸上有一对异常明亮清澈的眼睛。李斯特忽然想到，这对眼睛，当她到了年老的时候，也会是如此湛蓝的吗？

"这是一种坚决的别离，勇往直前的精神，同时，同时，好像，就像老师刚才说的，那种凄凉美丽的牵挂，因为，因为，他们是因为理想而离开北京的……”

女同学有些紧张，她努力想表达一种比较隐曲的诗意。

“很好，我们只有对一个时代的精神风貌作具体的同时客观的剖析，努力沉入那个特定时代所固有的气氛，正确理解那个革命时代的环境，我们才有可能进入这个诗人的内心，当时青年的内心……”

特定的时代——革命的时代——革命和革命者的关系，同学们能够辨析这些概念而且对这些概念有质的认识吗？李斯特从一首诗，一个诗人以及他们在一个时代的际遇入手，一点点地掘开80年代学子的心灵，让他们主动自觉地去追溯历史，与另一个时代的青年牵手，拥吻，在他们心中，点燃激情。

课室里时有掌声。李斯特完全把自己融入讲课的内容。他就是这样，他的课充满了挑战和质疑。正是这种气质，令同学们把学习当作一种追寻与追问。

他的每一堂课，几乎都是关于时代与文学的报告。

每堂课，他都会留出15分钟，让同学们提问，这是最令同学们兴奋的时刻。

同学们很想知道李斯特讲课内容之外的一些东西。对于他们来说，李斯特的魅力，在于他从不谈论自己和自己的作品。他总是轻描淡写地把涉及自己的提问一笔带过。这就更激起同学们的好奇。

“老师，能谈谈你和你小说中人物的关系吗？或者说，你和你小说主人公的关系。”这位同学提到他小说男主人公的名字。

这是一位留长发的女生，她很成熟的脸上有一种阅世的苍凉。李斯特认出她是从海南岛来的进修生。

“当然可以，不过，我想，一部优秀的作品，特别是长篇小说，主人公如果同时也是一个叙述人，一个有着自我叙述倾向功能的人物的话，大约多少都会有作者的影子。既是影子，就不可能是等同于本人。一个作家必定在主人公身上投注相当的激情，这种激情应是以自我体验为基础的……”

“老师，我们希望能听到比较具体的你与人物，在经历上，在情感方式上的一些关系，而不仅仅是文学理论上的问题。”这位女生得寸进尺。在这类问题上，女生比男生更直观，更直接地进入问题的实质。这事实上是一种隐秘的窥视欲望。女同学对男教师有特别的好奇。

李斯特不愿意和学生涉及个人的问题。他还是从文学创作与作家经历上去演绎。但是，他不能让学生扫兴：“作品中较为成功的人物形象，和作家当然都有天然的联系。但归根到底，人物总是以虚构为前提的。即便是非常逼真的生活原型，进入小说自然也就具有虚构的成分。所谓如实写去，这个实已经是追忆中的带有消解性质的事实，而不是原原本本的生活真实了。”

他觉得自己并没有让同学们满意。

他实在不愿意去启开自己记忆的闸门，那些创伤和已逝的往事，虽然历历在目，但尘封起来的东西，是不能随便开启的。

他向同学们展示了几幅郭路生童年和现状的照片。这些旧照片在投影屏上令人触目，尤其是那种强烈的反差所形成的打击，更是把同学们的求知欲望煽动得烈火升腾。

下课后，那位从海南岛来的进修生和几位男生跟上了李斯特。

“老师，图书馆里有郭路生的作品吗？我们很想深入地了解他的作品。”进修生说。

不等李斯特回答，一个剃光头、个头很大的男生抢着问：“老师，我的毕业论文就写郭路生，你说好吗？”

“你叫什么名字？”李斯特第一天上他们的课。

“我叫孙武，孙武牧羊的孙武！”男生介绍，“她叫温琳。海南岛琼中县的。”

孙武与温琳很熟稔的样子。

“我叫林顿。”长得帅气而又腼腆的男生说。

“喜欢郭路生的诗？”李斯特有些惊奇。一个逝去时代的人生诉求，在另一个时代引起共鸣，这就是文学对人生的启示。

“老师，我们知道得太少，书也读得少，平时都是看流行的东西，听老生说，李老师的课是最好的，我们等了三年了。真的，你给我们讲的，我们平时怎么就没注意到呢？”进修生温琳很诚恳，“我们都想讨论一下郭路生的诗，他的诗好像有点什么东西在里面，我说不清楚，总是与众不同。就像老师的课一样。”

李斯特把手头有关郭路生的资料递给孙武：“图书馆有，但找全是很难的，这些你们拿去复印完了再给我吧！”他想，每一代青年其实都是共通的，都是由热血浇灌出来的繁花。他有责任保全他们的热情与兴趣。

“先读了，有体会了再来确定是否写论文，现在不忙决定。有什么问题，可随时找我谈。”

“老师，可以请你当指导老师吗？”林顿腼腆地问。“当然可以，系里会安排的，现在是读书要紧。”

“老师，我们想请你喝酒，你书里的主人公都是很能喝的，你也是吧！”那进修生又提出新问题。

“好啊！我请你们吧！”

“李主任”，系里的秘书刘杏气喘吁吁地赶过来，“系里几位领导都在等你开会呢！”

李斯特这才记起，是自己安排第五节课召开一个系务会的，都忙忘了。

他与学生们告别，和刘杏往系办公室走去。

1972 年。海南岛。黎母山。

林苹苹要去当兵了。与另外两个男知青不一样，她是单独提前走的。

临走前，她告诉了李斯特一个秘密。

那天，她独自一人，在傍晚时分到山上伐木队的驻地来。李斯特在山谷里拢木，她在窝棚外的岩石上坐等李斯特。这些日子，她常到山上来，也没什么事，坐坐就走了。

野杜鹃开放得热烈，到处流荡着金黄色花蕊蜜汁的草腥味。野蜂和蜻蜓满山飞舞，山谷里潺潺流水也漂浮着杜鹃花的花瓣。落日在森林里展示着她最后的风骚，把森林中的空地燎烤得红彤彤的。

林苹苹有些失魂落魄，她明亮的眼睛呆滞地望着远远的云海和将要消尽的晚霞。她拿不准把一切告诉李斯特之后，他会怎样。她也弄不清楚自己在这个时刻，为什么还要找李斯特，想打击他呢，还是倾诉衷情。李斯特从未向她表示过什么。她在妙英那里，也看不到他们之间亲密的关系。她弄不清楚李斯特心里是怎么想，他是爱妙英呢，还是对自己无动于衷。她只想在临走前，对李斯特说一些话。她心里很矛盾。自己走出这座大山，就再也不会回来了。谁都一样。李斯特将来怎样，也是未知的事。她想了许多，也想得很深。而越是多与深，就越是糊涂。每次到山上来，她都没有勇气敞开心扉，满怀信心而来，又忧心忡忡而去。李斯特一点都不解人意，只把她当作连部来人，毫无另外的意思。

她想，李斯特这个人真是深不可测，或者干脆就是在装糊涂。她只想知道李斯特心中有没有她。

谁都知道林苹苹上山的用意，可谁都不挑破这层薄纸。

老刘一身泥一身水地出了山谷。他赶着几头拉木的公牛。每头公牛都驮着爬犁，爬犁上捆着原木。公牛气喘吁吁地，一步一摇地拉木出山。每个出山的伐木队员，都赶着驮木的公牛。李斯特是最后一个赶牛走出山谷的。这时，天已完全昏黑了。

林苹苹正在帮小文昌烧火。小文昌下午打到一只果子狸，足有十多斤重，黑油油的毛皮，肥硕的躯体。小文昌将果子狸吊在树杈上，正准备烧火剥皮。小文昌磨好了尖刀，先刮了刮自己的腿毛，试试刀锋。他开始剥皮，尖刀熟练地在果子狸身上运行。伐木队的人几乎天天都有野兽可以宰杀，个个都是猎杀的能手。

大铁锅里翻腾着颜色深红的肉块。知青们个个光着晒得黝黑的脊背，围着炭火熊熊上的大锅晚餐。林苹苹蹲在炭火旁，魂不守舍。她木然地往铁锅里扔野菜叶子，一片一片地掐头去尾，那叶子便像船一样，在滚动的深红色的肉汤里旋转着、沉浮着，顷刻就被粗大的筷子给捞走了。

老刘独自拨了几块火炭，在烤几块干肉，空气里便有刺鼻的香味，那焦煳味的肉香在山野间散发得很远。

“苹苹啊！”老刘关切地问她的行期，“快走了吧?”“快了！”苹苹机械地回答。

“什么时候回来看我们呀？可别忘了大叔！”

“不知道！”她漫不经心地说，只往锅里扔野菜叶子。

老刘见她不高兴，忙对李斯特使眼色。李斯特只顾一个劲地吃饭吃肉，手撕着，牙咬着，把一块肉啃得吱吱叫。老刘拍了他一巴掌：“只顾着吃，人家苹苹要走了！”他拉长声调。李斯特这才停止了吃喝，心不在焉地端起酒碗：“苹苹，祝贺你。真的，干了它吧！”说着，一饮而尽。苹苹没什么反应。李斯特只好继续啃他的肉骨头，依然把那肉骨头啃得吱吱叫。

大家都吃得差不多了。老刘一个个地捅那些知青们的屁股，示意他们离开。篝火边只剩下李斯特、林苹苹和老刘。

老刘给林苹苹斟了碗酒，十分关爱地说：“姑娘，大叔没什么送你的，几年了，受了不少苦，是你命好，远走高飞是好事。轻轻松松地走吧！他们都会走的，迟早的事！到时你们都会在外面再见了。别忘了老头，回来给老头我烧炷香就行了。”说着，老刘竟有些伤感。大家相处四五年了，上次李斯特走了，他也是这情绪。后来李斯特又回来，又让他伤感了一回。他对外面的世事不甚了解，但他同情这些知青们。谁把他们扔在这大山里，没日没夜地砍树啊！种树啊！这是男孩女孩做的事么？这也叫革命？他觉得好笑。尽管自己也是十几二十几岁进山，那毕竟不一样嘛。他实在不懂什么叫上山下乡干革命。革个屁呀！大山里砍树呢！

林苹苹始终不言语。她突然睁着一双泪眼，无告地望着老刘。李斯特也看到了。他这才惊诧地也望着老刘。林苹苹怎么啦？他一直很不在意她，没有去想更多关于她的问题。他也甚少去体味她这些天频频上山的因由，只知道她就要走了，到山上来玩玩而已。

老刘见状，忙安慰她："好姑娘，有什么委屈就说吧！说完了就痛痛快快当兵去，别再想黎母山的事。黎母山让人揪心呢！"说着，他起身走了。他知道林苹苹这姑娘有话对李斯特说，男女之间的那点情呀爱的，在老刘这里，逃不过他的眼睛。

火堆边就剩下他们俩。

一时无语。林苹苹拨动着火炭，火苗蹿起来，火星子溅着。林苹苹叹了口气，打破了各自的沉默。

"斯特，我后天就走，这辈子也许大家就再也见不着了！"

"不会的，只要你回黎母山，我什么时候都在呢！"

"你也会走的，人一走，茶就凉！"

李斯特沉默。自己也会走吗？会有机会走吗？

"我们去走走吧！"林苹苹起身，把手交叉在胸前。他们离开了火堆。

"冷吗？"

"有点！"

"那我去给你拿件衣服！"

"不用了，走吧。"

他们沿着山谷旁边的小路，往那边的小树林走去，那儿有一片青梅林环抱着的林中空地。

"想听我的故事吗？"

"什么故事？"

"想听吗？"

"你想讲，我就想听！"

"你听完了，你就不理我了，对吗？"

"怎么会呢？"李斯特笑起来。林苹苹听见他笑，在黑暗中，她想象李斯特笑起来的情状，那一边嘴角挑起的神态，令人难以忘怀。

"怎么不会，你又不是神仙，不食人间烟火。"

"那是什么故事啊？"李斯特依然心无杂念。

"很难听的故事！"她的声音很不自然，有些颤抖。李斯特并不在意。

树林子很黑。林苹苹紧跟着他:“走慢点。”她喘着气说。“别怕,来,我拉着你。”李斯特把手伸给她,在黑暗中,她准确地牵住李斯特的手。“前边就是空地了。”李斯特关切地说。

月亮很快就会升上来。

林中空地很幽静,一点声音都没有,静得令人发怵。

“我有些怕!”林苹苹的声音有些打战。

“没什么好怕的。这地方很安全,没有什么野兽,等会月亮就升上来了。”李斯特轻松地说。他经常在夜里,一个人到这儿来,静静地躺在草地上,望着月亮或者墨黑有点泛光的天空,想着心事。

“以后不会有这样的夜晚了!”林苹苹伤感地说。

“当兵比这样的夜晚好!”李斯特说。

林苹苹依然沉默。她很矛盾。她很想对李斯特说,又把不住该怎么说,说了以后会怎样。她很矛盾。

为了当上文艺兵,他爸爸做了不少工作。这是人所皆知的,要不师部宣传队里那么多如花似玉的姑娘,怎么就偏偏到六连选上林苹苹呢!

可是,还有更深的难言之隐。她一直弄不清楚自己为什么想把这难以言说的隐忧告诉李斯特。她有一种自残也想伤残李斯特的想法,反正事情已经到了这个地步。

她拉住李斯特的手一直没有松开,这是她和李斯特的第一次牵手。她紧紧地抓住它,害怕李斯特会松开它。

她穿得很薄,白色上衣紧紧地裹着她的身体。

月亮升上来了。林中空地一片柔和的月光。秋蝉在月光下鸣叫,像孩子在吹口琴,单调而又短促,轻微而又犀利地划过夜空,有一种金属的音调。

她终于鼓起勇气。她想不会有比这更好的机会了。她把李斯特的手拉到自己的胸前,她想他把手掌插进她上衣里面。他的手整个地拥着她高突的乳房。这出其不意的举动把李斯特吓住了。他不敢动,也不敢抽回来。林苹苹把他的手去压挤自己的乳房。

她呢喃地问李斯特："喜欢我吗？我很冷！"

李斯特不语，他有些害怕，一点心理准备都没有。有一种燥热的难以自禁的涌动，在他体内奔突，像狼在荒原上哀号，无告地嚎叫着。

她火热的身体依偎着他。她迅速地转到李斯特胸前。李斯特变成从背后抱着她。

他抱着她了，但他不敢用力地抱她。

她有些失望。她咬住他的手，又轻轻地舔着被咬的地方。

她终于冷静下来。

"李斯特，我告诉你吧！"

李斯特不语，似乎在等待着她。

"我被人奸污了……"她平静地说。

李斯特依然无言。

"为什么不说话？"她松开李斯特的手，面对着李斯特。李斯特感觉到她的呼吸，她的发梢在他颈上拂得有些痒。她高耸的胸部碰着他的前胸。他把手搭在林苹苹的肩上，眼睛却望着她身后的空地和森林，森林上空的月亮。他把她揽在自己的胸前，用下巴抵住她的头发。她感觉到他深重的呼吸在翻动自己的头发，那是粗重而且充满男性气息的。她顺从地圈住他的身体，感到一种欣慰。

"你为什么不说话？"

"知道了。"

"什么知道了？"

"你告诉我的事情！"

"什么时候？"

"在你告诉我之前！"

林苹苹突然松开李斯特："什么？"

李斯特自知失言。其实，林苹苹还蒙在鼓里，她被师部征兵的人奸污的事，到处都在传呢！只有她不知道。

她哭起来。

他们坐到一棵被伐倒的柚楠树干上。

李斯特把自己身上的一件军上衣脱下来，披在林苹苹身上。林苹苹抖动着身体哭得很伤心。

“好了，一切都过去了。不要再提起这件事，后天一走，就永远地忘记它。好吗?”李斯特像个大哥哥般地哄着她。

“斯特，你还喜欢我吗?”她呜咽着，睁着一双泪眼。

“我们永远是朋友！去当兵了，就好了，走得远远的，以后在广州见吧！我们都会回去的！”李斯特说得很坚决。

“你不嫌弃我?”

“不!”

“斯特，是我愿意的!”

“我知道!”

“我没有办法，我太想离开这里，想回广州!”

“我明白!”

林苹苹见李斯特如此理性和平静，平静得令人可怕。他什么都知道，他什么都明白，他真的明白一个女人的全部吗?

“斯特!”她欲言又止。她靠在李斯特的肩头，她轻轻地咬着他裸露的、夜露沐浴得冰凉的肩头。

李斯特深叹一口气。大家都很无助，仿佛有一只魔手，在任意拿捏每个人的命运。

贞操又有什么用?守身如玉又有什么用?男盗女娼。她咬着牙，想着心事。

“斯特，你要吗?”李斯特明白她的意思，他不想伤害她。他突然想起妙英，她与妙英是完全不同的女孩。他从没想过这个异同的问题。

沉默，各自都沉默着。李斯特很矛盾，他不知道该怎样克制自己，又不伤害她的感情。他警惕着自己的躁动。

她吻住了他的嘴唇，李斯特的手触着了她的身体。又是一阵持久的热烈。

“砰！”一声夜猎的火铳声，在森林中闷哑地回响着。似乎有猎狗狂奔狂吠的声音。

月亮越爬越高，夜风寒冷，夜露很重。林苹苹蜷缩在李斯特身边：“我不会再哭了！”林苹苹辛酸地说。

他想安慰她，但无从说起，“回去吧！”

“再坐一会，冯老师怎样？经过海口时我想去看她。”

“她很好，很忙，代我问候她。真希望她到黎母山来。”李斯特发自内心地感叹。他想起在海口时与冯老师的会见。

“今年再准备考试吧！”

“怎么说呢？我不知道！”

又是沉默。前途完全是一片模糊的月色。你无法知道光在哪儿，又会有什么事情瞬间发生。

“妙英呢？”她突然提起妙英。她没头没脑的问话令李斯特不知怎样回答。

“回去吧！”李斯特站起来，他的话里有一丝叹息，“后天我不能去送你，队里任务太重，雨季很快就要来了。写信吧！”李斯特大哥哥般地叮咛。林苹苹喜欢的正是这一点。

他们穿过小路，回到窝棚，伙伴们大都睡了，小马灯在风中摇晃。老刘独自在火堆边，吸着地瓜秧子，那呛人的烟味令人窒息。

“喝酒吧！”老刘见他们到来，远远地就叫住他们。他苍老的脸庞在火光的明灭中显得很刚毅，像被火锻造过一样，有一种铁质的感觉。

他摸出三个碗，往碗里倒山兰酒，这酒是他从黎村那里沽来的。

他端起碗：“姑娘，后天大叔就不去送你，就当为你送行吧！别想那么多，山不转水转，走到哪儿都有路。出得山就大路朝天，应该高兴才对。”大家一饮而尽。林苹苹也很好酒量。

他拨了几块通红的火炭，又烤起他的干肉。油在干肉上嗞嗞地叫着，他不停地拨动着肉块，让它们在火上焙着。他骨节粗大的手像铁钳似的，拨着炭火。他拾起一块，嗅了嗅，用嘴咬住一撕，把手里的一块递给林苹苹："姑娘，吃大叔一块烤肉，尝尝，刚才没见你吃饭呢！"

林苹苹那双被烟熏着的美目，在火光里似含着油亮油亮的东西。她的美丽令老刘感叹，他在心里骂着，那些狼心狗肺的东西，把这女孩给糟蹋了。他只有为她烤肉，给她酒喝，让她高兴。

李斯特想着林中空地的那一幕，心中有难言的悲怆。尤其是林苹苹说，"是我愿意的！"不愿意又能怎样呢？

林苹苹披着李斯特的军上衣，脑袋缩在衣领里，这是她在山中的最后一夜，明天到团部集中，后天就离开兵团，到部队去。去哪个部队，要到海口以后才知道。

在这个年龄上的离别是最令人难以释怀的。黎母山之夜也许成为了她永生永世的最纯真最亮丽的一页。是在她 30 岁之后的一个此生永远消失了的最美丽的梦，一个令她怀想得心酸的梦魇。李斯特年轻而又忧郁的脸，是这个梦魇里挥却不去的一声惊叫。是这惊叫让她坠入追忆，也让她从噩梦中醒来，回到残酷的现实。

她在心里痛苦地呼号：我的所有青春浪漫和贞洁，都毫无代价地交给你了，黎母山。我不能这样就走，她于心不甘，她仿佛预感到此生也许再难如愿，也许再难与李斯特在一起。外面的世界怎样？那是以后的事。她下定决心，她一定要完成这些日子来的愿望，也许是一种向善良的复仇。

她坚定地站起来，牵住李斯特的手，说："陪我一会，好吗？我闷极了。"

老刘鼓励地看着李斯特："孩子，去吧！"说着，他披着旧军衣，独自走回窝棚。

"姑娘！你的窝棚收拾好了，等会自己去吧！"他叮咛着。夜风把他暗哑的话语吹送得很远，很远。谢谢你，老刘！林苹苹一阵酸楚。

黎母山今夜很冷，分外的寒冷，还不到立冬呢。小河已经水瘦如丝，流成一把轻软的刀剑，切割着黎母山的胸膛。

李斯特和林苹苹离开了火堆。火堆让风又吹煽起火苗，火慢慢地燃烧起来，在夜光里烧出一片温暖。有人在说梦话，断断续续的。

【另类档案】

追寻昨天的传说

这是个多雨之秋。

在雨中，我想象着洼地里的景象，我已经走近了洼地，我比六分场的任何人都幸运地经历了洼地的奇观。我确信，进入洼地是迟早的事。母亲，我很快就可以见到你，见到你的贮木场了。

山坡上的灯光在晨曦时熄灭，每天都是那么准时，它从不与阳光争夺黎明。我很奇怪，人们怎么会忘却这灯光和点灯的人呢？这里面一定有着深刻的秘密。其实，每个人都知道，可是没有一个人愿意解开这个谜团。我曾恳求河边老人，他是六分场的辞典，也是一位对我毫无保留的人。可是，一谈到灯光，他就语焉不详起来。

我问如风，在我们缠绵得亲热的瞬间，她终于告诉我："是有一个人，听说是那场大火仅存的一个人，自从那场大火之后，他就再也没有离开过山地，他住在里面，没有人再看见他。"

她知道的就只有这些。我不相信，我不会相信，可是我只有相信。

我想追问下去，可是如风说："冯，你觉得这一切很重要吗？比我们此刻更重要？"

"此刻当然很重要，但生活不可能永远是此刻。"我不希望因为如风而舍弃我的理想，在生活中，追寻母亲，就是理想，如风是不会理解这一点的，我希望她能和我一起进入洼地，去寻找贮木场，寻找点灯的人，寻找68位知青烈士的墓地，请她与我同行。

起初，我把她视为同道，想她一定不会拒绝，后来，河边老人告诉我，黎族信鬼不信神，你不可以强人所难。我这才明白了。民族感情和信仰是比现实人生关系更神圣的东西，我于是不再要求如风与我一起去洼地。我没有再与她说洼地的事了。

可是，有一天，如风有些忧郁地对我说："你为什么总是闷闷不乐的，是不是一定要进洼地，找到贮木场才会快乐呢？我真的不理解，人怎么能去找鬼呢？"如果是别人提这样的问题，我会很生气，可是如风，我能怎样向你说明我心中的隐忧呢？我是一个知青的后代，我从没有见过母亲和父亲。这是我自懂事起就郁结在心的症候。我在粗鲁的、只知酗酒和在电灯杆下打牌的外祖父的庇护下长大，我的心灵有一个角落缺失了。你怎么能够理解这种郁结对于一个人的折磨呢？可以什么都没有，可以很贫穷，可是不能没有亲情。正如现在，我不能没有你一样。已然有过，就让它永远地有下去，生存和成长下去，这就是情感。如风像在听天外来音一样："没有人告诉我这些，我也从未听过这些，对不起，冯，我真还不知道父母对我们有如此重要。"

"因为你从没有失去过，所以……"

她吻我，她以这种方式表达她的愧疚，她像母亲一样爱抚着我。是不是阅历再浅的女孩，也会有一种深厚的母性呢？

她并没有过错。我反而觉得自己有点强人所难了。

"还因为知青，你知道那是一群怎样的人群吗？那是一个极有魅力也令人痛恨的群体。"我不知道自己怎么会说出这样的话来。

和如风谈知青是很困难的，她没有我的背景。"但我愿意跟你走在一起。"

这就够了。

我又找到了河边老人。

"是有一个点灯的人，对吗？"

"点灯的人？"他反问我。

“孩子，都已经过去许多年了，为什么还要去追问这些呢？让他们安安稳稳地歇息吧！鬼是不能去挑动的。”他搓着草绳。他为什么白天黑夜都搓着草绳呢？他屋子里堆着山一样的草绳。

“心到就可以了，别惊醒他们，有我们为他们守灵就行了。”

他们睡着了么？我从来就觉得他们是死不瞑目的，他们至死都睁着眼睛，等待人们去援救。他们永远不会安睡的，我想告诉河边老人这一点。老人闭着眼睛，继续搓他的草绳。我于是转换话题：“大爷，你搓这么多草绳干什么呢？”我这是第几次问他了？

“我从年轻时就搓到现在，你说搓多少了？”他答非所问。年轻时，那是什么时候？

“从失火以后？”

他并不回答，只是长叹一声。

我想告诉他，我就是妙英的儿子。不容我开口，他就说：“你是在找什么人吧？”

我不言语。他又说：“我知道，难为你有这片孝心。”

他什么都知道。

既然这样，我便问他：“你认识叫金或者叫铁的人吗？”

“金和铁？”他哈哈大笑，笑得很开心，“哪儿来的金和铁？”

“和妙英关系最好的人！”

“妙英是好女子，她和谁的关系都最好！”老人似有玄机，说的话似空谷足音。“她怀孕了，场里做她的工作，要她说出那个男的。要处理，也会处理男的，与她无关。要结婚，场里为她作主。她死活不说，直到把孩子生下，她一个人撑着，连父母都不告诉。唉，那个要强啊，少见哩！”老人十分感动：“谁娶上这样的好女子，修几辈子的德哟！”说到妙英，老人的话尤其多。

“后来呢？”我着急地问。

“孩子，男人是比不上女人有见识啊！她遭那么大的罪，没一个男人站出来。你说这事！算什么事啊！”

我很想对老人说，不是这样的。在母亲的日记里，她说道：“我不能让他站出来，那他就什么都完了。林老师就是榜样，我宁可去死，我什么都不会说的。我不能让人斗争，他更不能……”

“他说他一定要去找连长，说清了，要斗争就斗争吧！我说，别上当，你说出来，我就去死，我怀着孩子去死。有什么事我顶着，我脏，我坏，是一个人的事，你站出来，就成两人了，何苦呢？你说出来，斗争两人，你不说，就斗争一人。天啊！生儿育女有什么错，我们又没有乱搞……”

母亲在日记里撕心裂肺，她从来没有这样冲动过。在金走之后，她一定承受过沉重的打击。后来，在她最绝望的时候，铁走近了她。

铁是谁？

老人说：“直到妙英死了，有一个人，我记不住他的名字了，那时有多乱啊！小伙子长得挺帅，鹰眼鹰鼻的，是他为妙英料理后事的，天天在贮木场那儿，有一年多吧！活像个野人，在那愣愣地坐着。后来就不见了。也许回大陆了吧！前几年，六连有人去山那边淘金，说在感恩河金矿上见到他呢，发大财了。也不知真假。林子大了，什么鸟都有！”

“感恩河金矿？”

“对啊，海南岛谁不知道金矿啊！去淘金的人多了，连机关干部都去买矿穴，雇人开矿哩！可六连真没人叫金叫铁的呀！”老人拼命在回忆：“500多知青，个个都认得的，就是说不出名字来，老了。”他一直没有停止过搓草绳。

我一定要找到金和铁。

金去读了大学，应该不难找。可是铁，我会找到你的。我决定去金矿。我第一次听到感恩河这个名字，我的心里就有一阵突然而来的暖意。感恩河，也许我正是为着你的名字而来的呢。

谢谢你，河边的老人。我觉得老人有意在告诉我一些什么！他心里非常明白，可他就是不把谜底告诉我。

他什么都知道，贮木场，洼地，点灯的人，连同那场大火和68名知青烈士，他了如指掌，可他为着什么，在保全着一个秘密。

我决定到西部感恩河去，我一定要找到铁，那个鹰眼鹰鼻的知青。

如风在课堂里教孩子弹琴。我在窗口闪了一下，无数孩子会意的笑靥。她让孩子自己唱，走了出来。我跟她说了去西部的事。她忙说："很快就下课了，你去宿舍等我再说，好吗？"

我到她的宿舍。她开始记日记了，一本翻开的硬皮抄上，是她昨天记了一半的日记。我没有看。心里想，将来她的儿女看了她的日记，也会像我一样，要凭着母亲日记的线索，去寻找他或她的父母吗？如果那样，中国人真是太可怜了。我相信时代的悲剧不会重演，但是，当真不会吗？

感恩河，感恩河。海南岛怎么会有这样的名字？今天，我是为着感恩而来的吗？

如风回来时，我已打点好行囊。她看见我的样子，有些伤感："你还会回来吗？"

"怎么会有这样的问题？"

"不知道，感觉吧！"她美丽的眼睛里有许多说不尽的话。

我觉得寒冷，我怎么会给她这样的印象，当真现在，除了一起厮守，就再难以信任了么？

我想起秦牧写的《黄金海岸》，那位主人公在新婚之后，丈夫被卖猪仔到南美洲，她等了他50年，从一个妙龄女子等成一个70岁的老太婆，终于等到丈夫归来。50年，我把这个故事告诉如风。她笑了。笑得很好看但仍然很忧郁："那是小说，是过去时代的人才那样！"

"现在的人反而退化了么？"我说。

“女人才会那样，男人不会！”她很认真。

我笑了，好人是不分男女的：“虽然我不能保证等你50年，但5天，50天总是可以的吧！”我对她信誓旦旦。

如风拿过来一顶竹编的草帽，送给我：“西部的阳光很毒。”这种草帽编织起来很费事。先找老竹子，片成薄片，编成长长的带子，然后再一圈圈缝起来，涂上桐油，既可挡太阳又遮风雨。我想起母亲日记里的那张写给金的字条。因为金没戴草帽淋雨，她看了很难过，于是给金送了一顶草帽。我把母亲日记中的字条给如风看。

如风受了触动，她很温情地搂住我的脖子，在我的脸上近距离地端详着，她轻轻吻我。她在我的脸上寻找一种足以信赖的东西。

“等你回来，我跟你一起进洼地，我知道一条路，可以找到贮木场。”如风小声地说。

我惊喜但是忧虑，她的民族是信鬼不信神的，那样会犯了民族禁忌的。我迟疑地说：“等回来再说吧！”

第十一章

1999年。广州。西关。

飞哥好几天没来西关了。林兵的麻将馆最近很冷清，每天有一桌就不错了。阿玉也就清闲了许多。她便常常坐在门楼底下的石阶上，百无聊赖地啃瓜子，是那种新疆人从西北背回来的葵花盘。整个花盘，捧在怀里，把一颗颗新鲜的葵花籽生吃了。那味道好极了。阿玉在瑶台那边的新疆村里，有一个很要好的男朋友，那维族男子每隔三五天就跑到西关来找阿玉，把阿玉带出街去。那是阿玉最风光也最开心的日子。他每次来总是给阿玉带来个新鲜的葵花盘。

林兵见那男孩子来，她就会逃进里屋去大哭一场。哭的原因很简单，一是这男孩子太漂亮了，高大，有一头黄褐色的鬈发，胸肌发达，脖子粗硬，一副史泰龙的味道。又矮又胖的阿玉怎有如此福分？林兵百思不得其解。她见这男子便会莫名其妙地自怨自艾。当年的林苹苹是何等令男人们垂涎啊。二是这维族男孩太像自己的儿子。虽然她对儿子的记忆，依然保留在他三岁的时候，但她断定儿子的现在就与这维族男孩一模一样，一样的年龄、相貌和块头。

这个孩子的到来，常常引发她的怀想和欲望。她恨阿玉，这个又蠢又懒又丑的女孩。

阿玉并不丑，但实在有些蠢，整天吃零食，捧着葵花盘，在台阶上傻乎乎地啃着，望着远远的街口的行人。看她啃葵花子的傻样，林兵就感觉她在啃那维族男孩似的。在她的幻觉里，阿玉啃的就是自己那已经长大成人的儿子。当前厅里无人的时候，她有时会突然恶向胆边生，端出一脸盆水，冷不防泼出去，把阿玉泼成一只落汤鸡。阿玉八成会跳将起来，含沙射影地用四川乡下土话骂人。阿玉自然知道这是谁干的。

哼！阿玉知道林兵心理变态。林兵的爸爸林参谋长对阿玉是千叮咛万嘱托，请她一定包涵林兵的行为。他一点一点地告知林兵将会发生的古怪事情，包括吸毒，赌博等等，事无巨细交代得清清楚楚。所以，阿玉也就处处让着她。她和男孩约好时间，她就到街口那儿去。这样两三次之后，林兵发现了其中奥秘，更是把阿玉看得严。她并不反对阿玉与男孩来往，她欢迎那男孩来的目的很简单，她想每次都能看到那男孩——自己的儿子。

其实，林兵最想的还是飞哥。

飞哥使她很满足也很刺激。飞哥从不跟她要钱，相反，有时手头阔了，还会给她一些钱买白粉。她是戒不掉，想戒，但一发病，她就又抽上了。这人不人鬼不鬼的样子，除吸毒、赌博和偶尔寻找点刺激，还能做什么？

张真打过许多次电话，都说李斯特要来看她，还要带整容医生来给她诊断，看看有什么办法，通过整容解决一些问题。林兵一听便急，她已经决定这辈子一定不见李斯特。她不愿意面对那种尴尬。她宁愿活在李斯特眼中的，是20多年前的那个林苹苹。

那个维族男孩子又来了。他一来，她就恨阿玉。她对阿玉的全部仇恨，都因为这个男孩的到来。因为这男孩高大魁伟的杨树一般的身躯，他那颀长得像长臂猿般的手臂，这柔韧性感的手臂圈住阿玉滚圆的身体，然后两个人便像一个人一样，走出帝后横街。她不能忍受的还有，那男孩第一次见到她时那惊恐的眼神，她从那眼神里看到了自己的丑陋和恶俗。她想李斯特也一定会有这样的眼神。那是自己最受不了的。

张真亲自到林苹苹这儿，说服林苹苹一定要见李斯特。

张真那风姿绰约的俗艳打扮，令林苹苹羡慕得要死。她那肥胖的腰身和暴突的前胸，都令林苹苹勾起许多回忆。她身上的那些衣服，也令林苹苹爱不释手。这些在街上毫不值钱，在高第街的大排档上砍一半价就能到手的杂牌货，在林苹苹看来，就已经是一种奢侈了。倒不是因为价钱贵贱，而是林苹苹根本无法消受。这20年来，除了偶尔去医院外，她几乎是足不出户，在这口活棺材似的祖屋里，过着活鬼一般的生活。

飞哥好几天没有来，她CALL他也不回机，打手机又说不在服务区。她心烦意乱。虽然飞哥来和她做那事，也每每不十分情愿。她便引诱他一起吸白粉，一起酗酒，然后就着酒性完事。

过去她盼望张真她们来，姐妹一起聊聊天，自从与飞哥好上之后，她便一心在飞哥身上。

“阿玉呢?”张真见林苹苹屋里很乱，酒瓶子香烟蒂到处都是。屋子还有浓浓的怪味，令人作呕。她忙掏出祛风油，在鼻子底下抹了抹，又问林苹苹：“要吗?”林苹苹不置可否，似没有听见。她有些神情恍惚，对张真的问话她一概没有应答。

张真只好不再说话，帮她收拾屋子。林苹苹不让张真做，“有阿玉呢，她死到大街上了！等会回来打死她。”林苹苹恶狠狠地说。她的声音有一种喘气的节拍，像拉风箱似的。她的肺被切去了一半，胸部烧伤切割后也变得狭窄异常，这些生理上的修改多少也影响了她正常的呼吸并直接地伤害了她的心理。

张真明知任何说教和劝说对林苹苹都没有用，除非你能还她一个昔日漂亮的林苹苹，还她一张美丽的脸和女人的一切。在她这儿，只有“残酷”两个字能够真正概括她生活和心灵的全部。

林苹苹的悲剧，是她仍然生活在过去，生活在过去美丽的骄傲的人生状态里。那里面有一个漂亮女人拥有的全部，是人在青春期的所有美丽，那些东西无法从她的灵魂中驱逐出去，她每天都在接受它们的挑衅。她已经不能够容忍现实生活中的一切美丽了，一切美丽和美好都是她的仇敌。

并不美丽但很年轻的阿玉看样子是要和新疆男孩走了。她越来越不听话，无视她雇主的权威。

飞哥又久CALL不回，电话打不通，看样子在躲着自己。

李斯特的到来只会把他吓跑，把自己在他心目中曾经的美好扫荡殆尽。

张真等女友每一次的到来，都是对自己的一种挑衅和打击。

牌友们似乎也不常来了，大家都在逃着她。

她不明白自己怎么会活到今天？在等待着什么？丈夫？儿子？他们早就逃得无影无踪。连日渐衰老的父母，这几年也老得走不动，很少到西关来。他们不是有小车吗？也不来看她了。

她曾经很想见的李斯特，就要来了。她不知道自己挨到今天，是不是心存渴望，想见这个人。她说不好。她当文艺兵时，她经常想到他，想到他却又不想跟他联系。婚后几次在广州，她都想跟他叙旧，终于没有。在伤残时，她倒是渴望他能闻讯而来，她以为报纸电视的消息，会使所有认识的人，都到医院来看她。倒是来了许多人，但没有六连的李斯特。几乎每个六连出来的人都会提到他，可是他没有来。

现在，他来了。他来了，我倒是应该走了。林苹苹心想，我是不会让你安心的。

她想起黎母山中最后一夜的情景。那情景时常激荡着她的心。年轻、饱满，令人刻骨铭心的林中空地，她呼吸着他的呼吸，她吮吸着他的血。她把所有年轻的疯狂，通过黎母山的野性，发挥得淋漓尽致。

林中空地上的青草，千百年来第一次饱吮了一对青年男女的精气和粗重的呼吸。在痛苦万分的20年间，她常常在极度的恐怖中回忆那一夜的一切细节，一点一点的，几乎可以累积成一部大书。夜是什么颜色？空气是红的？绿的？青草的气味，李斯特的气息，秋蝉、风和山谷里的流水，她都一点一滴地回忆。她只有靠这点回忆来消尽漫漫长夜的寂寞和痛苦。

她知道自己不会活多久的，李斯特的到来只会加速这日子的到来。

张真又提到整容的事。林苹苹沉默了一会，恶狠狠地说："不要说了！"她近乎歇斯底里。张真已见惯不怪。

林苹苹已经整容许多次，是刚烧伤出院不久的那段日子。她心存幻想，巴望着还可以走到街上，不让人太恐怖。事实证明一切都不会有所改观。身上已没有什么地方可提供植皮，简直千刀万剐。她也不想再去做那些无谓的手术了。每一次手术，都等于死去一回。她也没有了诉苦和诉说的欲望。李斯特对于她，随着岁月的消失，他渐渐消失成为一个名字而已。

"不要再说李斯特了！难道他见我，会欣赏我、抱我、吻我，和我做爱么？"林苹苹冷笑着。脸上那些瘤状的皮肤涨得通红。眼睛半睁着，斜视着张真。她近乎无耻地对张真，也对自己说。

张真目瞪口呆。她有点懊丧自己过于热心地安排这事。她还是很温和地劝林苹苹："别想得太极端。只能是面对现实。友情是生活中不可少的东西嘛！"

"我什么都不需要！"她很决绝。

不知自己落到林苹苹的处境上，是不是也一定是这样？也许只能去死，只有去死是对的。张真设身处地想，便也平静了许多。

阿玉回来，那男孩在门楼那里与她告别。"拜拜！"大舌头的普通话令阿玉很受用。

她新穿了一条很艳丽的裙子，这是新疆男孩刚才送她的。她蹦蹦跳跳地经过前厅，在林苹苹门口停下来，和张真打招呼。林苹苹见到，从屋里飞出一只拖鞋，砸在阿玉丰满的胸部。打得不重，但把阿玉吓哭了。她大闹起来！

林苹苹便笑得像鹰叫。

张真忙去劝阿玉，劝她别闹了。

前厅归于平静，只留下阿玉的啜泣。

林苹苹的屋里便流出一股死气。

张真落荒而逃，林苹苹这儿，她是不能再来了。20 年里，她不知来过多少次。而这一次，似乎碰到了活鬼。

张真走后，阿玉也出门去找新疆男孩了。前厅空无一人，牌友们看样子一时半会也不会再来了。

林苹苹坐在里屋的藤椅上。她穿着一件 T 恤，在热天，她只能穿 T 恤，宽大而通风。还套着一件同样宽松的睡裤，她终日都是这样穿着。没有人愿意看她，她也不让人看。女为悦己者容，她没有这个前提，所以她不需要。

其实，她心里很清楚，她最想见的只有两个男人，儿子和李斯特，而最不敢面对的也是这两个男人。她十分固执地确信，她见到他们的同时，也就将永远地失去这两个男人。那么，还见吗？

20 年了，儿子也许从来就没有记忆。李斯特也从没有想起过她。她心里冷笑着，一丝阴冷遍布全身。

现状已足够使她疯狂。她真的疯了。

1986 年。广州。华南大学。

李乔突然病倒。他在家里躺了两天没有出门，那两天刚好周末，没有人上他家。刚好这个周末他的一对儿女到市内妈妈家去了，他就一个人在屋子里躺了两天。

星期一上午八时，是例会。几位系领导等到八时一刻，李乔还没有来。刘杏往他家打电话，电话响了许久李乔才接，电话里传来他虚弱的声音，断断续续的，把刘杏吓得紧张兮兮的。李斯特忙叫上几位领导，一起往李乔家赶去。

李乔家一片狼藉。本周李夫人因为儿女在她那儿，没有来为李乔清扫，一周的生活垃圾散满各个角落，挥发未尽的酒气和污浊的空气弥漫全屋。李斯特忙打开窗户。李乔面色土灰地倚在床上。他即便病了，也不麻烦人，一个人在家里撑着。李斯特见状十分自责，对这位恩师自己是太不关心了。他一个人生活，虽有儿有女有夫人，但与鳏夫无异，终日以酒当饭。

李斯特和老马、老赵把李乔扶起来，刘杏打电话到医务室。不一会，医生赶来了。询问李乔，李乔有气无力，说身上没有一块地方是不痛的，以前是几处枪伤的地方痛，现在是到处都痛。已经是凉秋九月了，广州的气温忽高忽低。李乔还没有用棉被和褥子，床上依然是夏天的凉席和一张毛巾被。家中除了14寸黑白电视机和一台洗衣机外，就是书，没有其他东西。

医生简单检查了李乔的肝脾、眼睛等部位后，说："还是赶快送省医院吧！不能耽误！"

李斯特忙吩咐刘杏叫救护车来。医生在去洗手间时对李斯特小声说："恐怕问题很大，不仅是旧伤的问题，你们要做好准备，派人到医院看护！"李斯特会意。无论如何，他都会陪李乔到底的。

病这么重，李乔还自己撑着，谁也不说。他以为像往常一样，撑上三五天也就撑过去了。都撑了半辈子了。

李斯特交代刘杏给校长、李老师的家属分别去电话，告知李乔入院的消息。

救护车把李乔送到离学校最近的三院。三院人满为患，暂时没有病房。在急诊室里办好一切手续之后，从九时直等到中午才看上医生，又是一系列马拉松的检查。到下午三时李乔已经深度昏迷，在急诊室里不省人事。这时，才被送入深切治疗部。

李斯特让其他人都回去，只留下刘杏跟他一起料理。李夫人也到了。她一到就对李斯特诉苦："老李有一天会死在酒里，酒酒酒……"她急着要去看老李。李斯特告诉她，老李进了病房，暂时别去打扰他，等一切就绪再说。她便说现在有事，还在上班呢！晚上再来。李斯特觉得这样也好，就说："医院里的事有我们就行。看看检查结果再说，会及时通知你。"

李夫人又急急地走了。

李斯特给老马打电话，请他们按例先开会，把本周该处理的事先行安排了，有什么事随时联络。“哦，还有，已经学科组通过的职称人员名单、表格，按规定签署意见盖章送学校学术委员会。本来应是上个周末送的，请今天务必办好送达。”他差点把最重要的事给忘了。他自己关于破格申报副教授的表格还没有填。他又给舒月电话，让她看情况依葫芦画瓢地填好算了。他对此次评审不抱任何希望，报不报学校他也很犹豫。

系办公室周一特别多事，学生要去实习，教务处要教学进度表，学生助学金发放和新学期学年论文，毕业论文题目的指导老师确定……系里不断来电话找刘杏。李斯特回电话都烦了。医院里的手续又十分繁琐。平时偶尔到外面来办什么事，李斯特都让舒月陪着，他跟在舒月后面就可以了。现在全靠刘杏，变成他陪刘杏办事。没有刘杏，自己一件事也办不了。去哪里交钱、划价、取药，十几层楼，上上下下，到哪层办什么事，他都办不到。没办法，他只好让刘杏回系里去，让她叫舒月来。他自己暂时顶着。他从刘杏手里接过来各种单子的时候，脑袋都大了，刘杏不厌其烦地解说，他只是“嗯嗯”地应付着，一点都弄不明白。

刘杏不大放心地走了。他等着舒月快来，快到下班时分，舒月才赶到医院。他感到自己似乎也已经病了。舒月摸了摸他的额头：“你好像也不太对头，找医生看看去。”

他只想休息一下，便对舒月说：“都是给急的，没什么事。”说着，找墙边的椅子坐下。

李乔基本稳定了，他被送到单间病房。

夜里12时，李斯特和舒月在病房里见到李乔。一天下来，他已经完全变了一个人。脸色灰黑，颧骨高突，灰白的头发稀稀拉拉，有气无力，说话都有些困难。

“李老师，还疼吗?”李斯特拉住他的手，他的手很热，软绵绵的。这只握过枪和大刀的手，现在恐怕连握手的力气都没有了。

他点点头，又摇摇头，眼睛里有一种很悲戚很绝望的眼光。这是李斯特认识的李乔所从没有过的。

李乔，1935年生，12岁参加琼崖纵队，在海南西部山区打游击。1950年5月海南岛解放时，他刚满15岁，但已经是一位有12处枪伤，6次挂彩的琼纵老战士了。1954年19岁时入某大学中文系当调干生，并任学生会主席和学生党支部书记，1958年毕业后一直在高校任教，边教学边做党务工作。

他现在奄奄一息地躺在病床上。舒月从没经历过这种场面，她以为李乔已到了临终时刻，吓得在走廊上哭起来。

被各种检查折腾了一天的李乔十分虚弱，他陷入了半昏迷状态，眼睛时睁时闭，他在努力使自己清醒，但没有成功。李斯特想，李乔这两天在家里是怎么度过的？也许那时他就已经在历经生与死的搏斗了。

医生让李斯特他们回去，说医院深切治疗部有护士护理，请放心。这时，李夫人也赶到了。她找了好几个地方，才找到这儿。她的一双儿女也跟她一起来。

李斯特见状便告辞，说明天再过来，并把家里的电话号码写在纸上，递给李夫人："不管什么时候，随时给电话我！"

最后一班公共汽车已经错过了，现在是午夜时分，不，清晨两点多了。那时的天河还不是市区，越秀南往黄埔的末班公共汽车是23点30分。也没有的士愿意深夜走黄埔方向。李斯特和舒月只好步行回去，有好几公里的路。

饶老先生和李乔是李斯特在学校的庇护人和领路人。李斯特的古文基础有大半是在饶老先生那儿打扎实的，他的文艺理论是在李乔指导下完善起来的。饶老先生退休了，李乔变成了李斯特的搭档。他当系主任，而李乔是他做一切工作的基石和最坚决的支持者。所有难以对付的事情，包括教工学生的思想工作，都让李乔承担去了。李乔让他有更多的时间去完成自己的教学和科研任务。有时候，李斯特外出参加学术会议，十几天才回来，李乔既是主任又是书记。也许再难遇到如此古道热肠，如此关心别人扶持别人的领导和老师了。李斯特心中不禁有一丝悲凉。

他很后悔，在与李乔喝酒的时候，他是多么年轻气盛，和李乔开怀痛饮。也许正是酒，把他给害了。可是没有酒，李乔的枪伤是否会让李乔活到今天呢？世间的事，就是如此矛盾。

从李乔的病，他们说起了舒月的父亲。他也是琼纵的老革命，东路军赫赫有名的敢死队长。“文革”中被打成叛徒，将军就含冤而逝了。是硬骨头，宁折不弯的品性使他失去了忍辱苟安、期待平反的机会。这是另一种人生的悲剧。

“退出江湖，也许是最好的人生方式。”李斯特才35岁，可他已经有一种人到暮年的感觉。

“你不会的！”舒月还没有从李乔的惊吓中回过神来。这位被儿子叫作“大公”的人，是她敬仰的。她常常从他的做派中，看到自己父亲的影子。父亲去世的时候，她还在读初中，他是在狱中去世的。所以，她对父亲的死没有更多的印象。时间也过去很久了。而李乔，她几乎天天会在校道上碰到他。他常常在幼儿园门口，和那些孩子玩。有时，他会把儿子抱到办公室去。舒月下班时接不到儿子，便到处去找。她想明天让儿子来看看他的“大公”。儿子已经五岁了。

深秋的深夜，寒风凌厉。路上没有行人。木麻黄路树黑压压的。风吹起，那针状的叶子便落进衣领里去。路灯很昏暗。李斯特牵着舒月，深一脚浅一脚地赶路。

舒月发觉近来丈夫正滋生一种厌世的情绪。她也知道他说说而已，他是不会放弃进取的。他的消极全在他口头上，在他的小说里。他会奋斗到最后，但这消极厌世也会伴随着他的奋斗，时时在制约着他的张狂。他们结婚七八年了。他的每一天她都能清楚地记起来。从一开始，他们之间就没有什么仪式。办了结婚证，然后搬在一起。那个月李斯特工资因为出差超支了，只领到5角钱。她的工资是46.50元。他们用这46块钱一起去了一次老家，回来后在食堂开饭。这样的日子过了两三年。到广州以后，才有了家的模样。这时，儿子出生了。李斯特那几年忙于各种补课和补考，上夜校读外语，去中大进修，做论文，参加各种学术会议和课题组，全国各地跑。她一个人带着儿子。几年就这样过去了。

回到学校，天差不多都亮了。环卫工正在清扫马路。等会儿舒月还要上班。今天第三节李斯特有课。舒月忙让李斯特休息一会。李斯特干脆到书房里抽烟。他很困，但很难睡着。他伏在书桌上，想小憩一会儿，可是不行，头脑乱得很。

李乔明年就可以评副教授了。在高校工作了将近30年，其中10年是“文革”。“文革”后恢复职称评定，第一批没机会，第二批评上讲师。他们的年龄没有破格这一说，破格是35岁以下青年教师的特权。他对李斯特说，他只想评个副教授，自己的水平也就是个副教授。明年时间一到，评上了再教几年书，也就退休了。李斯特理解李乔，希望他别为了职称的事，把身体搞坏了。可他不在乎，他觉得既然那些枪伤都对他无可奈何，还能有什么事？

李斯特抽着烟，刚开封的“肯特”已被他抽掉了半包。他打开窗户，清晨的寒风吹进来，天已经大亮了。高音喇叭响彻校园。学校办公室电话也过来了，他们询问李乔的情况。李斯特请他们派人到医院去，看看李乔有什么要求，有些事，系里根本无法解决。他预感到，李乔的病来势汹汹，也许这一次他挨不过去了。

打针吃药之后，李乔自觉全身的疼痛稍有减轻。他想这些该死的弹片这些年来一直在为非作歹。有几次曾到医院里要求把它们彻底取出来。医院一检查，这些弹片几乎全在肝区附近，手术难度很大，弄不好生命有危险。他也就作罢。今次不会死在它们手里吧？

他在医院里住了两天，就住不下去了。没有酒，闷得慌，虽然身体仍然不舒服。他知道这么快的康复完全是药物的作用。他平时很少用药，所以用起药来特别有效。他要求出院，认为是虚惊一场，都是因为自己在家里拖了两三天，要是早点来医院，也不至于住进深切治疗部。

李斯特找了医生，询问李乔的病情。医生是位年老的教授。他说：“这位先生身体状况极差，肝和心脏都有严重问题，也有酒精中毒的迹象。现在怀疑是肝有癌变的可能，如果活检结果是癌，那可能就是晚期了。此次的深度昏迷就是一个不祥的征兆。”

“一个大学教师，怎么喝这么多酒？”老教授十分不解。李斯特简单地介绍了李乔的状况。

“他的家属呢？明天请他们来办一下手续，人，是不能走的，一出院就完了。劝劝他吧！”

李斯特听出了老教授的话意，李乔十分危险。他回到李乔的病房，校长和书记都在那里。他们已来了一会儿，正准备离去。李斯特送他们到医院大门口，又折回来。

李乔精神好一些，能吃点流质的东西。他见了李斯特，便说：“明天来时，到我书房里把文稿帮我带来，我再改改。得争取赶快发出去，印成铅字，过了年才有资格申报。”

李斯特忙说：“先不忙那些事吧！把身体养好再说。”

“那不行！得赶快做，临时抱佛脚啊！明年无论如何得申报，要不，这辈子也太窝囊了。”

李斯特无语，为他掖被子。他想抽烟，李斯特为他点了一支“肯特”。

“不，有‘三五’吧？”李乔说。他吸惯了浓烈的烟草。李斯特跑到大门口，为他买了一条“三五”。他不知李乔能不能抽烟，又拐到医生那里咨询。“没关系，少抽点吧！”老教授有些无奈地说，“他想吃点什么，设法为他弄吧！”

李斯特为李乔点燃了一支烟。李乔惬意地抽着，烟很轻，他抽得很斯文。他已经没有足够的力量凶猛地吸烟了。

从老教授那儿回来，他就决定帮李乔把论文改出来，找一家刊物发表，争取早日让李乔看到印成铅字的论文。评上讲师以后的四年中，李乔为了中文系的建设，没有多少时间去写论文，而没有足够数量的论文，明年评副高职称是没有希望的。

“李老师，如果你同意的话，你的论文让我帮你完善一下，我争取这两天赶出来，打印好，交给学报尽快发表，可以吗？”李斯特认真地问。

“我自己改吧！还没到那种时候吧！”李乔勉强地苦笑。

“不，李老师，不是那个意思，你现在不能累着，我只是稍微完善一下，打印好了再请你过目就行。就这样！”

“斯特啊！我明白你……”他说不下去。他感激李斯特。他知道他是可以托付的。也许这篇论文是自己最后的机会。他必须自己来完成它。他不容置疑地对李斯特说：“斯特，假如你还看重我，那么，明天，一定把文稿给我拿来。我改好了，你再去打印吧！”

李斯特不能再坚持。他说：“好吧！我明天就取来，你放心。”他给他倒了一杯水，要扶着他坐起来。李乔忙说：“不，不用，看这里……”那里有一个摇把，只要轻轻一压，床铺就会自动提升起来。他们俩不禁笑了。“真是老土！”李斯特自嘲地说。

“我也是进了医院才知道的。”李乔说。

护士在门口喊：“李乔家属到这儿来一下！”

李斯特应着，走出门去。

值班护士把他请进值班室，把一份检验单给李斯特看。

1972年，冬天。黎母山。

今年的冬天，特别寒冷。山谷里水瘦如丝，草叶上挂着薄薄的霜。苗圃工人开始烧火为树苗驱寒。

天气太冷了，伐木队开始休整。拉木的水牛经不住寒冷，从山上撤下来。每条牛都被裹上厚厚的毡子，圈养起来。山里窝棚更加幽静了，林中空地听不到那清亮孤独的牛铃声了。

李斯特一直没有给爸妈写信，他写了许多次，都撕掉了。他不知道应该对父母说什么，难道说是因为父亲有新问题，是美国特务吗？他不能这样！他记得在广州的小码头上，母亲那欣喜的神色，那是一种翻身解放的感觉，这种感觉能维护多久呢？想必他们现在已经知道了全部真相，这毕竟是无法隐瞒的。李斯特想有一个机会，可以弥补他对父母内疚的感情。

李大风终于按捺不住担忧，亲自到中山大学化学系去。他找到系办公室。

接待他的人倒是很热情，很快就查到了今年入学的新生名单，已经编好班的高分子化学专业中没有李斯特。那人又查了新生报到花名册，终于找到李斯特的名字。他这才恍然大悟对李大风说："李斯特开学就被退回去了，至于原因嘛，可能是政审方面的问题吧！他当天就走了，离校了。"

李大风终于证实了连日来的预感。他什么也没说，晃晃悠悠地走出中大化学系办公室。自己怎么就没有想到？文化大革命中，这种事是比比皆是呀！李斯特，你在哪儿？

他马上给李斯特的团部政治处打电话，询问李斯特的情况，团部政治处的人告诉他，李斯特已经回到六连了。

他一直在等着李斯特的信，他想让儿子亲自告诉他这个消息。他知道儿子是一个倔犟的人，他不愿伤害他的自尊。

郑雪冰每到深夜，就搂住李大风痛哭，夜夜如是，她完全绝望了。她对李大风说："我们去死吧！"她说得很冷静，"真的，让孩子们不要因为我们再受苦了！我受不了啊，大风！"她说得凄厉而且坚决。

李大风拍着妻子瘦弱的肩膀。他当年从延安回来，在上海相会的那天夜里，他搂着她坐在床上。他很不习惯。松软的床铺，柔和的灯光和郑雪冰这位资产阶级小姐一样，令他陌生。但他很快地适应了这种生活。到了后来，他使她慢慢地远离了这种生活。他从部队转到地方，组建医学院，参加农村医疗队；她跑遍了珠江三角洲每一个乡村，劳动改造，去干校农场。她脱胎换骨了，但她始终没有改变的是她心底的那点娇柔，这只有她和他单独在一起时，她才表现得淋漓尽致。她无法承受李斯特又回到海南这种事实。

一切都为了孩子，李大风很理智："我应该给斯特写封信，让他千万不能趴下，我们不要紧，斯特不能就此就毁了。"李大风安慰妻子，千万别胡思乱想了。

他思索了好多天，终于给儿子写信。

亲爱的斯特：

我们等不到你的消息，不安的心情笼罩了整个的家，带来了不少的胡思乱想。希望不会发生什么意外，但也意识到意外的即将发生。虽然现在还没有读到你的信。但是，我们已经知道你平安抵达海南，回到连队。这就好，孩子，连队是你的家，我们放心了。

他尽可能避免提到退学的事情，他想给儿子一种开朗的宽松和思绪：

虽然大家都觉得很惋惜，命运之神又再一次折磨着我们，迫使我们再次经受新的考验。

事情既是这样了，你也已经尽了你力所能及的努力，拿出了考试的成绩，表达你站出来为人民推选的决心，其他不是你力所能及的。"受压缩"或"政治条件"都不是你的责任，你完全没有辜负党和人民的期望，也没有辜负父母兄姐的嘱托。我们丝毫没有埋怨你。我们埋怨的倒是自己，未能给予你创造一个良好的政治条件，让你的光华得到闪烁，让你的含苞获得盛开。这是多么遗憾啊！

事情既然是这样了，你也不必有所痛苦，更不能因之消极颓丧，也绝不能发泄牢骚和不满。你应该看到，你的锦绣前程。你应该体会到作为一个革命者，他们经历的途程，永远不会是平坦的。团党委对你的信任，给你以推荐，这就是给你以巨大的鼓舞，也就是几年来辛劳的鉴定。在未能被选上的今天，更应该相信党，更应该靠近党，把工作做好。争取更大的信任，准备再战。你还有机会，准备和希望冬季再露头角，我们完全支持你，要有这样的决心，时刻准备着，把更好的成绩献给党，不怕任何挫折，直至最后胜利。

事情既然是这样了，除了要向团的领导表示自己绝不灰心坚决准备再行应考之外，还要冷静对待来自善意的安慰和恶意的诋毁，或不屑一笑的风言风语。要以一个马列主义者的开阔胸怀去对付这段时间所会发生的一切，要用高姿态去应付由于这次退学的冷嘲热讽。用沉着、浑然、无动于衷、绝不颓丧的神态去使那些想煽动你的不满或卑拙的企图遭到破产。使得一切不符合毛泽东思想的东西，在人的革命乐观主义精神的照射下，萎靡、退却。

亲爱的儿子，没有什么足以使我们对退学有所埋怨的。因为受到推荐就是莫大的光荣和信赖，是事物最本质的东西。落选是条件的限制，而条件却是可以创造和克服的，它绝不是事物的本质。因此，一切都应心安理得，一切都得为创造条件而努力。

我们坚信，在伟大的毛泽东时代，只要我们坚决走毛主席的革命路线，最终的胜利，必将为有远大抱负的人所获得。

再也不要去思考这个问题了，更勇敢地前进吧！亲爱的斯特。

高中的课本我们会再为你寄去。发愤自学一段时间，很有必要。“学而后知不足”，“学无止境”，“活到老，学到老”都是求知者的经历和信条。

就写到这里，祝你愉快，昂首前进。

爸爸　李大风
妈妈附此不另
1972年9月29日

这封信辗转了一个多月，到了11月初才到李斯特手里。那时，李斯特还在山上。他是在山上窝棚里读到父亲这封信的。

他很吃惊，他为爸爸的镇定和理性而感到惭愧。他走出窝棚，到林中空地去。他仿佛第一次认识这片林中空地。他无数次来到这里。

多少年了，这片林中空地是他们伐木队员生命的一部分。空地的边缘，埋着两位被木头砸死的知青伙伴。平时，他们谁也不到那儿去，只在他俩的祭日，他们会集体去为他俩扫墓。

他收好了父亲的信。他去了知青的坟头。

清明过去许久了。他们是在清明来为他俩扫墓的。现在坟头上长满了灌木和青草。一块用半截圆木削平了的墓碑，写着他俩的名字，他们合葬在一起。木碑上的红字，红色已经褪尽了，只剩下用斧头凿出来的轮廓："知青林小宣、郑大平之墓。"他俩是在来六连的第二年被大树砸死的。一年多了，报烈士还没有批下来。他们和李斯特都是一个班的同学。

李斯特拔去了坟包上的青草，抽出砍刀，砍去灌木，清理出一块净地。

他俩牺牲时，他们的父母亲都没有来。林小宣的父母在牛棚，郑大平的父母在国外。

他们俩的死，李斯特记得很清楚。

那是星期天，伐木队只留下老刘、李斯特和林小宣、郑大平留守营地。明天，部队汽车连有30辆军车要到贮木场来拉木头，他们必须做好准备工作。

上午老刘上山去验木，山上还有几棵大油楠没有锯下来，这几棵油楠都是明天部队要拉走的。

老刘独自一人上山，他在山上伐了一个上午，只锯倒了一棵油楠。下午李斯特和林小宣、郑大平一起上山，帮助老刘把另外两棵油楠伐下来。

昨天刚下了一场透雨，森林里蒸腾着热气，太阳照射在林地厚厚的腐殖质上，许多蚂蟥挂在树叶上，冷不防就落在人的脖子上吸血。它还喜欢慢慢地爬到人体最隐秘的地方去，那里很温暖，蚂蟥喜欢温暖的地方，在那里吸血。

最后的油楠树，长在几块巨大的岩石缝里，一边是幽深的山谷，一边是陡坡。而油楠树的树冠又大部分倾向于山谷，那里日照强，又荫蔽，水分多，如果树倒进山谷，就无法弄出来。

李斯特让林小宣去砍掉山谷里的几株树木，那几株树上长满藤蔓，纵横交错的藤蔓紧紧地把大油楠牵住，若不把它们清理掉，树势必倒往山谷。

郑大平开始锯树。先从面向陡坡这边的树身锯开一条口子，然后再从两边各锯一道口子，最后，从倾向山谷这边的树干一锯到底，油楠就向陡坡倾斜。李斯特交代好操作规则之后，便去清理岩石边的树和古藤，等会大树倾倒的时候，才有一条安全的退路。

这棵大油楠直径约有 90 厘米，高达几十米，庞大的树冠把森林遮得暗无天日，正午的森林里一片昏黑。郑大平和林小宣轮流锯树，李斯特负责把锯钝了的片锯锉好。这是一个体力活，更是一个技术活。李斯特锉出来的片锯，锯起树来只靠惯性力就可以了，又省力又轻松。

下午五点多，冬天的太阳很无力，森林里更加昏暗。大树很快就要倒了。李斯特亲自操锯。他不放心郑大平，主要是他个子大，又胖，跑树的时候不太灵活，他已往出过几次小事故。

大油楠开始吱吱地叫，又沉闷地“嘎”了一声，倒树的时候到了。李斯特让郑大平到安全的地方去，他又招呼林小宣。林小宣已经清理完毕，正往山谷外面跑。

李斯特用力拉了最后一锯，油楠顺利地倾向陡坡，“倒树啰!”李斯特大声呼喊着。他连吃奶的力量也使了出来，迅速地拉动着大片锯。大树呻吟着，然后是歇斯底里的狂叫，哀嚎着倾倒了。它明明是倒向陡坡的，树身在倒下去的瞬间，却旋转起来，向山谷那一边倒去。铺天盖地的巨响，大树扑向山谷，压倒了一片森林，天地一下子豁然开朗。在大树哀嚎倒下触地的刹那，李斯特听见了分明是几声人的惨叫。然后，一切归于寂静，死一般的寂静。

他知道出事了。他拼命地喊着林小宣和郑大平的名字，没有任何回音。他打着嗯哨，呼唤老刘，也没有任何回应。

他害怕极了，沿着倒树巨大的身躯，寻找着知青朋友。

倒树压倒了方圆十几亩地的森林，许多合抱的大树都被压倒或者撕裂开来，特别是那几棵香树，这些树木质很松脆，很容易被压裂断开。

他找到了林小宣，听到他微弱的呻吟。林小宣被一棵合抱的香树拦腰压住，口里喷着鲜血，他的一只眼球被震出来，挂在脸上。香树死死地压着他。李斯特想把香树搬开，但香树丝微不动，只能把香树断开，才能救出林小宣。李斯特六神无主。郑大平不知在哪？生死未卜。林小宣已经昏迷过去，口里的血"噗噗噗"地往外涌。

李斯特操起片锯，去锯那香树，只要半个小时，他就能断开香树。

天色昏暗，远远地可以望到天边的夕阳，红彤彤的，令人神往。李斯特拼命地锯那香树，巨大的震动把林小宣弄痛了，他醒过来，但一只眼睛看不见东西，他想哭，但哭不出来，呼吸急促，好像快断气了。

李斯特屏足力气，终于把香树断开，他用撬棍撬开树干，从树下拖出了林小宣。

林小宣还有一口气。李斯特束手无策，怎么办呢？他打着唿哨，一连打了十几个。

老刘终于回音了。

他把林小宣的眼球轻轻地塞回他空洞的注满鲜血的眼窝。他撕开背心，把他的眼睛扎起来。林小宣惨叫一声，又昏死过去，他口里还在不断往外吐血。李斯特摸他的肚子，那里空空的，都贴到脊梁骨了。

他背起林小宣。林小宣软绵绵的，全身骨头似乎都被压碎了。他背起他时，听到他体内骨头互相碰撞的声音，那骇人的声音令李斯特终生难忘。

他让林小宣平躺在自己背上。他怕弄痛他，便驮着林小宣，像狗一样，四肢着地爬行着，一点点向山下挪去。长脚的大花蚊和蚂蟥落满全身，叮得他浑身是血。

不知爬行了多久，李斯特终于撑不住了，他和林小宣一起跌落在路边的溪水里。

这时，月亮升起来了。它多情地俯视着森林和森林里血腥的一幕。

天亮时分，老刘和伙伴们在山路边的溪水里，找到了李斯特和林小宣。李斯特被蚂蟥和花蚊叮得不成人形。

林小宣早就死了，李斯特驮着他的尸体爬了大半夜。

老刘找到郑大平的时候，郑大平几乎被那大油楠树压成一张血糊糊的纸人。他整个儿被那巨大的树干卷压在岩石上，血把整块大岩石都浸红了。

森林以这种方式惩罚了人类，而知青成了替人类受过的牺牲者。他们以年轻的生命去殉人类的罪行。

李斯特不敢去想那一幕，他努力忘掉它。可是，今天读到爸爸来信时，他却不知不觉地被什么东西引领到这儿。

他不明白，爸爸信中所鼓励和启示的一切，和残酷的现实所告知他的，是不是统一的，或者是互为背反的。

他彻底地迷惘了。

爸爸，你当真如你信中所写的这样开怀和乐观么？李斯特想知道，有什么力量可击倒爸爸的信念。他很想知道，爸爸他们这一代人，是活得真实呢，还是真实地活着，或者根本就是相反，说的，写的，做的和想的根本就是两回事。

【另类档案】

追寻昨天的传说

如风把我送到路口，她有一种生离死别的神色，我没有多想也没有多问。如风会慢慢长大起来的。没有恋爱过的人都这样。母亲的日记熏陶了我，她所经历的时代，在精神上陶冶了我。所以我比她沉着。

她截停了一辆卡车，司机是个蓄着小胡子的黎族青年。她用黎语与他交谈。谈好了他送我到东方感城，那里就是感恩河的出海口。他要到乐东去，刚好顺路。我问多少钱，如风说："中午让他请你吃饭，别喝酒。"她说给我听，也说给司机听。我知道该由我请客，便对司机说："午饭我请客。"司机很高兴："吃东方乳猪吧！"

我说好。

如风变成一个小黑点时，我们的车就已经差不多到阳江农场了。

午后，到了感恩河边，我让司机停车，我与他告别，独自沿感恩河走去。

司机很快活："要坐车回去，每天都在这儿等我！"他快乐的声音从车厢里随风飘来。

我在感恩河的山地里转了几天。在一个黎族老人的窝棚里，就着小马灯，我整理了几天来的日记：

那天无雨。天阴得可惧。雷击的老树斜斜地倚在泥里。粗黑的树疙瘩仿佛是一个泉眼，先是一点湿，慢慢聚成亮亮水珠，那水珠悬着，很久很久，拉成椭圆，瞬间"嘀嗒"砸在泥里。这个过程大约得两年，或者更久。

空山没有人。这里早就没有人来。这棵老树被放倒之后就再没有人来。那人走时，用一把没有刃的老砍刀，足足砍了好几十天，也许两年。上百条坚韧的气根，盘根错节地抱成一堆。他终于放倒了它。他以为它死了。他走后很久，它又活了，倚在泥里。于是流泪。

好多年了，它一直努力想从淤泥里站起来，没有成功。那些被砍断的气根一直在淌血，血把那原本清澈的溪水给淤住了，变成稠稠的黑糊糊的淤泥溪，腐烂的气根淤在溪底，终日冒着气泡。它终于撑起了半边身子，斜斜地倚着，想着那砍他的人。它已不恨他了。

我是在秋天到这儿来的。来找那人那没有刃的老砍刀。这个砍老树的故事是我一个朋友在喝酒时告诉我的。我极当真，他酒醒以后我再问他这个故事，他说他并没有讲过这个故事。

讲这个故事的朋友，已经把这个故事忘了，而我没忘。我感兴趣而且极不相信又万分动容的是，我不相信老树的一滴眼泪，从生成到滴落要花去两年甚至更长时间。关于这一点，我那朋友反过来诘问我：我说过这回事？他的诡秘调侃的神态，使我更相信这是极真实的。

我隐隐约约地听人议论我是个野孩子，这尤为令我伤感。这个地球上号称文明时代的人们，没有人愿意自己是私生子。可是在中国，议论就意味着某种你逃不脱的真实。所以当朋友说到老砍刀时，我忽然意识到这没有刃的老砍刀似乎与我的命运之谜有着某种联系。神来的意念搅得我六神无主。我无法解释这种心态依据的是什么！

我于是恍惚。梦见两个野合的人，在绿草地上抱成一团地蠕动，像两只大甲虫。在铺满枯叶的暮秋的枫树林中，光着身子奔跑。风追着他们。是雨，濡湿了那女的头发，长长地飘着，亮亮的雨珠儿挂着红枫叶，黏在她耳垂上。

还有那把没有刃的老砍刀，在地上跳跃着，旋转着，高兴地狂舞着。为那野合的男女。

他们围着老树转圈子，如原始人围着篝火跳舞。

我这是在读《圣经》，读上帝的伊甸园。不是梦。那半本《圣经》是我那朋友喝醉酒时扔下的。在海口宾馆门口，一个招雏妓的外国人送给他的。他读一页便撕一页去卷烟抽。他说既然读着《圣经》招妓照样传道，那他拿《圣经》当卷烟纸大约上帝不会怪罪。

他们在老树痛哭的时候，我的梦完了。

没有梦的时候秋天就到了。记得我那朋友说那人砍老树时正是秋天，从秋天砍到冬天。没有刃的砍刀真费力。我说干吗不先把那刀刃磨出来再砍。他笑我痴极，说是磨刀的时间和力气用来砍树结果是一样的。是一样吗？我搞糊涂了。正如我究竟是不是野孩子。听说私生子一般都聪明透顶。想到这一点，于是一反证又释然。我虽然不至于太笨蛋但木讷，总不会极聪明。

我横穿村庄时村庄里静悄悄。泥坯草屋空荡无人。有一个老人眯着眼睛在晒太阳。我问他村庄里的人都到哪去了。他诧异的神色使我感到他生命的古老。他像回忆极为遥远的年代目光无神地瞪着我。我凑近他注视吓了我一跳，原来他早已僵死在那里或许已经好多日子了。秋天山野的热风在他脸上吹出一层层的波浪，像风干的老橘皮又像收折起来的老风帆。一身染过蓝靛的老粗布衣衫在秋风里微微波动，他靠在泥坯墙上，双手压在膝盖上，双腿盘在臀下，像老禅师坐化。我记得这岛上并没有佛教的历史，特别是少数民族村寨他们只相信鬼神崇拜祖先。

那老人的眼睛死瞪着我。我这才顿觉只身走进死城的危险。一场大迁徙之后必然会有的瘟疫曾经在这个村庄发生。一条死蛇盘在废弃的土灶上，它是活活掉在灶上焦煳了肚皮然后灶火熄了它也就圆寂了，如同那老人。

这里不久将成一片汪洋。流经村庄的河流下游正在堵坝，海南岛最大的水电站即将诞生。上游有 40 多个村庄被淹，这个古老的村庄是其中一个。几个月来人们陆续搬迁走了。这个老人也许是留恋故土，也许是自知来日不长宁愿与村庄同归于尽。

秋天的山坳就在这村庄不远的原始森林边上。那老树就在这边上的淤泥溪里。

我到泥坯草屋找来一块包袱皮，蓝黑蓝黑的包袱皮上满是灰尘，发着霉味。我试图掸去灰尘霉味但没有成功。秋天的凉风把这些附着得死死的。除非用白猫牌洗衣粉洗上三天三夜否则它依然灰尘依然霉味。没有办法我只好怀着虔诚请老人委屈，把包袱蒙在老人身上连同头脸。然后惶惶然逃出村庄。那老人的眼光似乎穿过包袱皮追踪着我逃出村庄。我回头一瞥的当儿，秋风已经把包袱皮掀落在地上，像一张帆在泥地上疾驶，极为自豪。被我放倒平躺在草墙边的老人，此刻却又端坐在墙根下，像蛇一样圆寂在那儿。我这一惊非同小可。这老人的灵魂不愿归去。

不知为什么，我忽然同情这老人，又走回村庄。村庄更静谧，四野更肃然，远山全消逝，泉水在打着鼓点。有一种鬼从草屋的地底下闯出来，娉娉婷婷地跳起土风舞，那种我从未见闻又似觉十分熟悉的土风舞，且唱着歌。有男鬼也有女鬼。女鬼嚼着槟榔，红红的口水猩红的嘴唇红里透白的牙齿，惑人地展示着健康的秀美的性感的动态。月亮忽然升起来，月光透过浓密的云，带着秋天山野的舒展的气氛，暗淡地洒落在村庄。

我忘记寻找那老砍刀，和鬼们一起跳舞。一个女鬼有一副很迷人的笑涡，恰似我新近刚认识的女友。那天在海口郊外小街一头候车，天下起雨来，候车亭里只有我们两人。末班车已过，于是那种失望那种惆怅那种焦急那种落拓难以言状。她背着我，我背着她，明知无望只有步行两个小时十三公里回城才是唯一出路，却又谁都不愿意离开这个唯一能遮风避雨的可怜的候车亭。苏联电影《两个人的车站》，那车站有酒吧有热狗有霓虹灯有人流，他们男女主人公尚且感到寂寞孤独。而这郊外，也是两个人的车站，什么都没有，唯有冷冷的秋之夜秋之风黑黝黝凉飕飕冷雨和无穷的失落感。她忽然回过头对我淡淡一笑，同时有一种惊慌的审视与猜度，那种希望碰上骑士遇见活雷锋最好不是十恶不赦的小流氓的神色在告诉我，她是一个不坏的姑娘，同时还有点小鸟依人。难怪，东方男性总有一种对女性的主观要求。我当然也报以一笑，然后搭讪起来，商量如何步行回城，然后是互报家门，再就是纵论文学时髦小说，各自发表关于琼瑶亦舒岑凯伦三毛龙应台，从小说到评论，再到第三代诗人第四代小说家第五代评论家第六代散文作者第七代儿童文学作品诸如此类天花乱坠的文学话题。于是热乎起来没了隔阂与陌生感。尤其是她那一对笑涡至少使我没有警惕，至少不会是“野鸡”，用不着防范，可以手拉着手不担心染上艾滋病，然后放心地往前走，用四只眼睛去摸索回海口的夜路。

那晚上看见了灯光听见了小酒店的猜拳声闻到夜的馄饨味。她请我嚼口香糖我邀她喝啤酒，她居然会抽健牌也叫肯特且吹出极高级的烟圈令我大吃一惊且有些不太舒服。分手时我没问她名字，她没问我名字。各自朝不同方向走了好久才重新回味那黑暗中手拉着手摸黑赶路的滋味。那浪漫情调那永远不会有那两个人的车站永远不会有那真诚的信任都让喧闹的市声让城市的安全感给冲跑了。因为霓虹灯是虚饰的，那茶色玻璃门充满着光的欺骗，只有那茫茫雨夜，两个人的车站是真实的。那暂时的患难所萌发的同一命运感，使人类处于一种自觉的良知之中。我已记不得她长得怎样，是漂亮还是丑呢，无从记忆。但那笑涡如秋天的潭水令我难忘，也许在茫茫人海中我一眼就可以把她寻出来。

可是无从觅找了。过海的女人个个能干而且极易忘事。她自然不会记得两个人的车站那种难忘的短暂的气氛。

我明知在闹市的人海中无法再遇到她。可是那残存的希望或许永远跟踪着我直到一生的终结。在末日的风景线上再度重逢也许并非不可能。

女鬼的手很凉，似乎没有血流，但极柔软，没有骨节像一团冰凉的浸透酒精的棉絮。我搂着她的腰，她搭着我的肩胛。是华尔兹。秋天的黑暗在旋转，散淡的月光把椰叶羽衣投影在光光的场坝上，变幻着形式与色泽，有镭射的动人的效果。我不自觉地握紧了女鬼的纤手，幻想将体温传导给她。将她携回那两个人的车站，重新流回那难忘的瞬间。

死去的老人依然端坐在那墙根下，像庄严的埃及法老一脸肃穆与淡泊，冷冷地注视着这人鬼狂欢的秋之野夜。

我已没有了恐惧。女鬼的手依然很凉，像月色又像山泉，像流萤又像夜露。

我告诉她有人议论我是一个私生子，我为此来秋天的山坳寻找那没有刃的老砍刀。她猩红的嘴唇抖动着：寒露风很快将吹遍这狰狞的山野，蛇将冬眠，鬼将归去。她这样告诉我。我听得懂鬼话的含义。她谈出一种必然。而我是否私生子，这仅仅是一种偶然。于生命本身无关。

人类本身就是一种偶然，与私生子无异。人类的源头便是野合。我从她那猩红的抖动中读出了这个伟大的质朴的真理。

我爱上了一个女鬼。我不后悔，仅仅因为她告诉我一种我不曾听说无法顿悟且毫无歧视我的话。我于不知不觉之中投入女鬼的怀抱。在她把我搂紧的这一瞬间，我发觉死去的老人脸上突然涌上一种坦诚的由衷的笑意。

暮秋山野的叹息远远地逃逸。村庄荒凉顷刻烟消。鬼们似乎来自秋天的山坳，来自那棵老树倒下去的地方。

无数的男鬼和女鬼都狂欢而悍野。我忽然发觉我搂着跳舞的这个女鬼竟穿着一件洗得泛白的军上衣。那敞开的衣领剪得很低，露出一块苍白而美丽的牛乳一般柔滑的三角。在她这个年纪才会有的柔滑。17岁，也许20岁，我说不准。但是青春、青春的悍野和青春的浪漫流动着残酷的年代之水。

一个男鬼托着小提琴，像一个行吟诗人，卖唱的。拉着一首我很陌生的曲子。对了，我知道这支曲子：《革命熔炉火最红》。现在已经没有人记得这支曲子了。也许有人会记得。可是，据说在一个很遥远的年代，年轻人都会唱。我对那个年代一无所知，只有一点童年的丝缕缠绕。

她把脸贴过来。我感觉到彻骨的冰凉却又令我销魂。我搂紧她无骨的腰肢。她的眼泪顺着我的脸颊，流向我的鼻沟，注入我的嘴里，淡淡的，像秋天的寒凉的山溪水，刺得我的心脏收紧。这是一颗没有被爱过，或许没有被接受过爱的灵魂的眼泪。我骇然但是热情使我紧紧地搂住她。我忘记了秋天山野的叹息，忘记了所处的环境。我只知道我在寻觅的过程中获得一种灵魂的充实和安慰，一种极为新鲜的来自一个年代的东西悄然无声地注入了我仍未世故的心胸。

在泥地上旋转。我渴望交谈。她却永远沉默，猩红的唇微微颤抖，仿佛无言地诉说着遥远年代的传说。一个我不曾谙熟的传说。

第十二章

1999年。海南岛。海口市。

波音757在海口美兰机场徐徐降落。从空中看美兰机场，辽阔的绿色植被和低矮的散落的建筑群落，以及如丝如线，在阳光下非常亮丽的河流，斑斑点点的湖泊，还有一直由丘陵绵延到湛蓝大海的绿地，都给人以欧洲秋天的印象。当然，这只是从空中俯瞰的印象，落到陆地，那就另当别论了。从美兰机场往海口行驶大约三公里到达灵山。这三公里间你依然保留着空中的那种感觉，你可以设想这一瞬间，你正身处于丹麦或者某个北欧小国秋天的郊外，可是，你一到达离机场最近的集镇灵山时，肮脏的街区和行人翻越栅栏从快车道上穿过的险象，足以令你魂飞魄散。经过灵山、府城，抵达海口，汽车驶上海口最繁华也最年轻的马路龙昆路时，你也许就真正地体会到什么叫杂乱和没有思想。杂乱是难以言喻的。不守规矩的行人和同样没有规矩的城市建筑，杂乱歪瓜裂枣似地排列堆砌在龙昆路上。没有思想是你根本搞不清这座城市在这条主干马路上究竟有什么文化理想。年轻的马路，陈旧苍白的思想，连同一场大雨，中国城及城市的多处地方，就成了泽园。以至于天一落雨，中国城门口便多了一个行业：专门抬车，自然是打死狗论价。每次大雨，都有许多车辆被淹。按理说那成千上万的汽车修理费，应该由海口市政府偿付。但善良的中国人，竟从来没有想到这一点。

李斯特不喜欢海口。虽然她拥有全国最好的空气、阳光和水，但这不是海口的功劳，这是上帝给海南岛的恩赐，与政府无关。真正清洁的空气、阳光和水包括清洁的精神，存在于海南岛那些无人的深山中，存在于那些圣洁的黎山苗寨和僻远的乡村。

海南岛是李斯特魂牵梦萦的地方。在飞机轮子着地的轻微颤动中，李斯特想到了这些。

他不知道这一次的海南之行，海口会给自己留下怎样的印象。他这一次是应邀来参加《文学批评史》的审稿会的。他是这本批评史的副主编。奇怪的是，审稿会不是由撰稿人和编委会主持组织，而是由一家策划公司承办。

北京的客人早就到了，他是最后抵达的人。

他走出机场大厅，在出口处寻找接机的人。他穿过堵塞在狭小的出口通道上的人群，来到了开阔的出口大厅。

美兰机场是今年五月份才启用的。虽然比旧机场气派多了，但依然显得小气。像一个没有发育好的西瓜，不缺少颜色和水分，但并不丰盈。机场外的绿化带就好多了，开阔而且生机盎然。可是那几排油棕，却大煞风景，这些早被淘汰的经济作物，并未显示出海南岛最丰饶也最富特色的热带情愫。李斯特想，这一定也是一个1987年以后进岛的人，对海南岛的肤浅想象。他们对于“省门”的设计，与真正的海南岛无关。

李斯特找不到接机的人，本想自己走了。这难不倒他，他也喜欢这样，独来独往。他掏出“会议通知”，想找好地址然后打的进城。

“李教授!”悦耳女声同时带出酒红色头发的女孩，她亭亭玉立地站在李斯特面前。她的酒红色已经变成了黑色，着一件白色的宽松的连衣裙。

“在下伊杨，奉命来接你!”说着，接过了李斯特的行李。

李斯特一下子反应不过来：“怎么会是你呢?”

“怎么？怎么不会是我呢？”

这是伊杨的说话方式，你休想从她口中套出令你满意的真实的回答。

“车在外面等着，李教授是最后的客人！”伊杨与在广州时完全不一样，她的神态和作风完全是另外的一个伊杨，热情、开朗而且喜气洋洋，也许海南岛独特的热带气候会暂时地改变一个人的秉性，变换一个人的风格。这是自由的空气、可人的阳光、洁净的水的关系。李斯特想着，在她引领下上了桑塔纳。

司机是个肤色黝黑的海南青年。他只是在李斯特上车帮他放好行李时腼腆地打了招呼，就再也不言语。经过李斯特在飞机上想象的灵山、府城之后，汽车拐上了东线高速公路。会议的主会场在距海口50公里的南丽湖度假村。

“直接去南丽湖？”

“对，后天再回海口，然后去三亚、通什、吊罗山！”伊杨兴致很好。李斯特几次问她，她怎么会出现在这次会议上，她都有意不作正面回答。

“你对海南很熟？”李斯特问。

“我就是海南人啊！不像？”伊杨依然在吊李斯特的胃口。自从认识李斯特那天起，她就一直在玩猫捉老鼠的把戏。她认为自己有这种权利，尤其是有这种兴趣。

李斯特便不再提这个问题。他想，她一定是所谓策划公司的人。

车过南渡江时，司机放慢车速，让李斯特欣赏南渡江的美景。宽阔的江面，有许多大大小小的沙洲，一群群白色的鹭鸟停在沙洲上，和老牛在一起和平共处。有一些没有帆的船，在江水中漂流。江边是茂密的凤尾竹和椰子树，零星村落被椰子树包裹得严严实实。驰过几十公里的高速公路，见不到一个人，来往的汽车也很少。高速公路空空荡荡，视野开阔而又绿意盎然。

伊杨对海南岛很熟悉。凡是李斯特知道的地方，她几乎都十分熟悉。他们都回避着黎母山的话题，都没有提到黎母山，仿佛有一种默契。李斯特很想去一趟黎母山，还有见见冯老师。

“李教授，我请你打高尔夫球吧！”

“我不会打！”

“学呗！”

“去哪打?”

“南丽湖的高尔夫球场，37洞的，很气派，风景特美，特别是在傍晚时候，会不会打无所谓，主要是打情调。”伊杨简直是个享受老手。她几乎无所不知，无所不会。

从居丁路口转入南丽湖区的公路，这是一条同样开阔、两边种满椰子树的水泥路。据说当年海南岛房地产热潮时，这里的土地每亩从几千元炒到几十万元。在短短的一两年间，无数炒家在这儿玩着“击鼓传花”的游戏，中间环节的人个个一夜暴富，最后一个成为了倒霉的替死鬼。

公路两边还有一些烂尾楼，大片大片已经规划好的土地都荒着。

“我的一个朋友在这里转手了一片土地，一夜挣了800万。”伊杨神采飞扬地说。她知道很多海南炒家的事。在李斯特听来，这些都是不可思议的事。

“她的男朋友只是把卖地合同让她转了一下，她就得手了。”她望着飞驰而过的土地，十分感叹：“让我也碰上这样一次机会，我就满足了，什么都不做了！”伊杨仿佛坠入当时的情景。

她一路不停地说，给李斯特灌注各种各样的海南奇迹。

李斯特望着窗外绿色的原野和树林中的村庄。这里和黎母山大不一样，到处都是丘陵，小河和挺立的椰子树。这是海南岛最清丽的东部景观。海南岛西部悍野，到处是剑麻，木麻黄，孤独的木棉树，一望无际的沙漠，碱地和高大的仙人掌；中部山区林深路隘，风光旖旎，多雨而且湿润；北部丰饶平缓，充满温柔的情调和浪漫气息；南部酷热干旱但是充满热情。李斯特在一部书里这样描述了海南岛。

他们下榻湖畔的南丽湖大酒店。

北京的陈教授、母教授，上海的孙教授、马教授，广州却来了好几个人，有社科院的，有电影公司的，有大学的。编委会的会议一下子涌进来好些人士，李斯特也就散淡了许多。这次会议也不外如此，现在正是海南最好的季节，顺便旅游也是人之常情。

伊杨已为他安排了单间，其他人都是双人间，有带夫人的，有带女友的。李斯特见状，便笑着对伊杨说："你想得真周到，我夜里还要赶稿子呢！"

"李大教授，没那么忙吧？哪有时间让你赶稿子啊？都安排满满的，夜间游湖、垂钓、晚会篝火烧烤……"她说了许多活动。李斯特笑笑："那倒不错。"口里说着，心想哪有工夫啊！

吃晚饭时大家陆续到了餐厅。这是凌空建在湖面上的餐厅，地板是玻璃的，透过玻璃可见湖水和游鱼，那种被鱼饵和灯光诱在一起、聚成群的小白条，它们在水里穿梭跳跃，也是一道不错的夜景。

到会的共有六位编委，在座的足有二三十人，开了三大桌。

主菜是清水煮南丽湖鱼，还有海南四大名菜：文昌鸡、和乐蟹、加积鸭和东山羊，外加几样当今时尚的野菜：地瓜叶、五指山野菜和四棱豆。

大家就座。几位编委都是老朋友，北京的陈教授和毋教授分别是北大和师大的；上海的孙教授、马教授是已经退休多年的老教授。本地大学的麦教授是始作俑者，他是今年才上的副教授，年轻，爱折腾事情。这本批评史便是他一手组织起来的。本也没什么大意思，不过找些事做做而已。李斯特充当编委，纯粹是北大陈教授的邀请，他认为南北中都有编委，工作起来更方便，如此而已。

编委们都不是第一次见面，已经开过两次会了。第一次在北京，第二次在广州。这次是麦副教授盛情，非得请大家到海南一聚，让他尽地主之谊。

客人们兴致很好，北京、上海的教授都有夫人陪同。广州来的几位，李斯特并不认识，都是些新秀。

伊杨和李斯特坐在一起，她不时跟李斯特介绍会议的各种情况。李斯特这才弄明白了，原来这次会议是由伊杨所在策划公司策划。麦副教授联系了海南一家控股公司属下的贸易公司出资赞助，承担会议的全部费用。那么，回报的条件是什么？伊杨语焉不详，李斯特也不问，总之会按商业规则交易。李斯特并不多想，有商家赞助总是好事。

麦副教授主持宴会。他先是介绍了各位编委。北大的陈教授是这本书的主编，李斯特是副主编，其他几位是编委。介绍完了之后，麦副教授犹豫了一下，有些不大流畅，但倍加热情地说：

“诸位，还有一位副主编，宏达先生！”李斯特一愣，哪里来的副主编宏达先生？只见在麦副教授旁边就座，一直微笑不语的一位中年人站了起来，口里连连说道：“惭愧惭愧，附庸风雅而已。鄙人不过文学爱好者而已，请大家慢用慢用。”此人秃顶，但神情澹定，也许是少有这样的场面，他有些不大自然。

“宏达先生是宏达控股的老总，对文化事业非常热情，他刚才说是文学爱好者，谦虚了，宏达先生早在几年前就出过书了，等会儿每人奉送一册，就教大家……”麦副教授好像在为自己做广告，说得有些不伦不类。他又继续介绍，“此次的会议，就是宏达先生全力赞助……”

麦副教授滔滔不绝，在这方面他不愧为高手。李斯特对他不甚了解，只知他是本书的组织者，书号、出版、组稿，都是他在筹办。

于是大家鼓掌、举杯。

李斯特看出这位仁兄花钱当副主编，是得到陈教授首肯的，看他神清气定的样子就明白了。平添了一位副主编，可以不通知李斯特，但绝不可以不通过主编大人的。

“这是什么话?”李斯特有些意外，他对伊杨说。伊杨却不置可否。她想李斯特你也太迂了吧，要不人家出钱干什么！无名无利。20万呢！一个大学教授半辈子的薪水呢！

宏达很大方得体，他谦恭地举杯：“鄙人敬诸位前辈一杯，不好意思，招呼不周。请诸位干杯！”说着，一饮而尽。

陈教授也一饮而尽。他对夫人，也对着宏达先生，十分感慨地说："不容易呀！跟文化人有共识之士实在难得呀，这次宏达先生就出资这么大的一笔。"他比划着对夫人伸出两个手指，"20万元呀！"

"来，我代表编委会同仁，哦，不，宏达先生也是副主编嘛，来，今天是编委会同仁大聚会，干！"陈教授也是个酒中豪杰，喝惯了二锅头，喝人头马也不逊色。

宏达先生有些受宠若惊。他亲自为大家斟酒，逐个敬起酒来。

他来到李斯特面前。李斯特这才看清了，这位宏达先生不外40岁左右，刚才把他看老了。

"李教授，久闻大名。麦教授一提起你，我就说，就是写了许多海南小说的那位吧，果然名不虚传啊！我们都是看你的书长大的。当年的《多梦时节》我们都读了，那时还在上中学呢。"他也滔滔不绝，李斯特想，这下糟了，这顿饭要听这几位仁兄作报告了。

"哪里哪里！"李斯特确实无话可说，他很不习惯这种应酬，只好说："那我就借你的酒敬你一杯了！"

"OK！"宏达先生冒出一句英语，也许他常与老外喝酒。

上海的马教授也不甘落后，他为自己斟了一大杯人头马，也过来凑热闹，他操着很浓的浙东口音的普通话，先和李斯特碰了一下杯，然后便全情地投入与宏达先生的应酬中："久仰先生大名，刚才听麦教授介绍，先生真是年轻有为，几时惠赠先生大作，一定拜读。先生对文化事业如此厚爱，可佩可佩！"说着，自己干了一杯，见底，对宏达先生说："先干为敬！"

这位马教授正有一本书稿，几年了找不到钱，出版社非要收5万元印刷费再自办发行，他正愁无处筹款，忽然灵机一动，是否可请宏达先生赞助若干。他敬完酒，把这个意思悄悄地对宏达先生耳语。

只见宏达先生略带醉意地许诺："好说好说，小意思嘛！"顺手表示亲热地拍拍马教授的肩膀。不知是拍重了呢，还是马教授听后心有感念，他下意识地摸了摸肩膀。这么多年了，恐怕没有谁这么亲热地拍过马教授的肩膀，给他这么多温暖吧！李斯特像看戏一般。心想，海南经济状况不好，许多老板连开奔驰车的油费都付不起，说是几亿十亿的老板，口袋里有时连100元现金都找不出来。这位宏达先生是何方神圣，这年头拿出20万元来弄一本与他风马牛不相及的批评史，还轻诺马教授的要求，究竟葫芦里卖的什么药?

他悄悄地问伊杨，伊杨笑而不答。

酒宴上气氛友好热烈。麦副教授又给大家宣布了一个好消息："诸位，宏达先生可是为我们编委会增光添彩，我告诉大家一个好消息，也祝宏达先生如愿。宏达先生正在参加海南十大杰出企业家的竞选，已入围20名候选人，现正在社会公议之中，很快就会揭晓，我看是稳操胜券，可喜可贺!"又是一阵热烈的干杯。人头马已喝掉两瓶。宏达先生已有几分醉意，他大喊服务员："妈的，怎么还不上酒，看我告你们老板，开了去!"他粗鲁而且霸气。他开始向伊杨进攻:

"伊小姐，我敬你一杯，不许猫腻啊!来满斟。"

伊杨此刻也不示弱，站起来就碰杯，她刚一饮而尽，宏达先生却说，"慢"，说着走了过来，"我和小姐喝交杯酒如何?"他面对众人说。众人一片起哄。

伊杨看李斯特一眼，李斯特默坐一方。陈教授颔首微笑，母教授一副看热闹的神态，马教授击鼓助威，几位夫人似乎脸色不大好看。麦副教授怕伊杨怠慢了宏达，便一个劲地鼓励伊杨。孙教授始终正襟危坐，陪着娇小的夫人，小心翼翼地夹菜，倒茶，为她挑去盘里鱼骨，偶尔应酬地与大家搭搭话，他全副心思在侍奉夫人。

伊杨犹豫了一下说："交杯就交杯!"说着大大方方地和宏达喝起交杯酒。宏达得意忘形，大谈他与某某著名演员也照喝交杯酒，还信誓旦旦地问诸位信不信。他酒喝得多了，开始收不住自己，口出狂言。大家也不当一回事，只是一个劲地敷衍奉承他。

李斯特顿觉无聊。这种人看得多了，也不知有几个钱是自己的，大多是银行里一屁股债，门面还装得挺阔的。麦副教授请来的何方神圣?李斯特想，若让这种人当副主编，自己立马就宣布辞职。

宏达先生酒兴大发，自觉席上知音少，便叫上伊杨，到另外两桌与人敬酒，麦副教授也相跟而去。这一席顿时便清静许多。

陈教授见李斯特情绪不佳，自知有些事情可能处理得不甚周到。他是中午抵达海口的，他一下飞机，麦副教授和宏达已候在机场，把他和母教授一起接到宏达公司。在午宴时，麦副教授提出了让宏达当副主编的要求，而且是当着宏达提出来的。

当时，陈教授说是也不是，不是也是，他沉吟了片刻，只能虚与委蛇，说当然很好，但为了隆重，是否再研究一下。麦副教授有些焦急。宏达脸上也不甚好看。

麦想，弄不好，会议就砸了。宏达一走了之，这次筹备会议已花去不少钱，都是麦自己筹措垫支的。宏达的20万还未到账，他是要走一步看一步的。

麦便急忙把母教授和陈夫人找到外面，希望他们做陈教授的工作，他是主编，又是北京来的，他说话算数。母教授和陈夫人也觉得人家出了那么多钱，也就随了人家罢，副主编又值几个钱呢？

母教授对陈教授耳语片刻，陈教授也就认了，众人皆大欢喜。麦副教授便去操办新闻通稿。明天电视台、报社的记者都会到定稿会上去。

陈教授并不正面提宏达当副主编的事，他息事宁人地对李斯特说："李教授，现在做事太难，小麦筹措这个会不容易，互相支持一下吧！我们也不必太看重形式。各种组合都有理由吧！要不是小麦，我看这本书定稿了也出版不了。你说呢？"

李斯特尊重陈教授，他笑笑说："大家都有难处，但有些事是否不要做得太离谱，让人笑话。"

"是啊是啊。"马教授这才回过神来，他刚刚把太太送回房间，他趁太太洗澡时分，又转回来。他一副与世无争的样子。

母教授也附和着："出20万不简单，一个副主编值多少钱？人家要，就奉送吧！出版社不愿出，我们又拿不出钱，怎么办？"他很无奈地摊开双手，望着李斯特。

"我看不出也罢！"李斯特有些不合时宜地说。

“当然，出不出版对我们这些老家伙确实没什么，我知道李教授也不在乎，著作等身嘛！但是，人家麦副教授就不同了，还有几位撰稿人，都眼巴巴等着这本书评职称，拿博士呢。”陈教授比较活络，他话中有话。言外之意，不外乎劝李斯特与人为善，不必太过于认真。

李斯特觉得自己不必多说，大家说的都是道理。副主编真的值几个钱呢？也弄不明白宏达仁兄捣的什么鬼？

那边酒席上喝得热火朝天。陈教授过去与麦副教授耳语，然后便过来与大家传话：“诸位，先回吧，八点半到歌舞厅，宏达老总安排了包厢。夫人累了就随意吧！”

李斯特巴不得快点离席。他和几位教授寒暄几句后先行告辞。

南丽湖晚风很好，湖水波涛不兴，他望着湖中闪烁的渔火，心中的郁闷烟消云散。什么时候，把舒月也带来这里，住上一年两年，那真是人生幸事啊！

李斯特沿着湖堤的椰林往山中走去，这是一片晚生的椰林，还没有形成树干，所以羽状的叶片十分茂盛。椰林里没有人，四野是一片骇人的幽静和幽暗。他想起黎母山夜的森林，那是真正狰狞的夜晚。那些夜晚吞噬了知青伙伴的生命，而这些生命，今天谁又去记挂他们呢？

他又想起林小宣、郑大平牺牲的那个夜晚。他百思不得其解的是，那天被砸死的为什么不是自己，而是他们俩呢？自己是最危险也最有可能被砸死的。这么多年来，他常常想这个问题。是不是上帝还要让自己去赎还什么？要让自己去遍历人世间更多的苦难？去拯救自我不羁的灵魂？他曾和肖邦谈起这个问题，肖邦也有同感。正如他的死里逃生。上帝总有它的道理。让他在获得了翎之后，又让翎瘫痪在床，使肖邦从此承担一种无法推卸的生命之累。

李斯特听到伊杨在喊他，他知道一定是请他到歌舞厅去。他本不想回答，伊杨声声唤得近了，他只好走出椰林。伊杨正在路灯下向他招手。

“李教授，麦副教授请你一定去。他说宏总似有些看法。希望你一定海涵海涵，我实话照说，你看，李教授!”伊杨恳求地看着他。

“我们散步去吧！我不喜欢也不会唱歌。”

“李教授，我们去应付一会，我一定陪你散步，好么?”伊杨几乎是在求他。

他本想和伊杨谈谈，一是有关这次会议的一些问题，二是她一直没有告诉有关妙英的事。

“走吧!”伊杨过来挽他的手，他只好跟伊杨去了。

1986 年。广州。

李乔确诊为肺癌晚期，医生说乐观的话可活两三个月，也有可能哪一天突然就去了。李乔的内脏多处有问题，因为癌细胞已扩散，多处枪伤也引发了其他症状。这段时间病人会极为痛苦。

李斯特一早就把李乔的文稿取来。他交给李乔的同时，李乔问：“检验结果怎样？别骗我。”

李斯特说：“没什么大问题，但烟酒是一定不能再沾的。”

“实话告诉我，斯特。我是老革命，战争没把我的命要走，我的命这几十年就是白捡回来的。我不怕死，你实话告诉我，要不，就把检验单给我看。”

李斯特很矛盾，他想不应该欺骗李乔，但是，他不想现在就告诉他这个结果。他下不了决心。他确信没有人能坦然面对死亡的。坦然面对的人，总是有原因的。李乔不应该死，他活着对许多人来说都是福音，对自己更是。多少人尸位素餐，多少人作恶多端。李乔应该有更好的命运。他梦寐以求的是评上副教授然后退休，才不至于愧对儿女乡亲。可是，一切都成泡影。李斯特酸楚，他无言地面对李乔。

“斯特，我对你怎么样？别人可以骗我，玩我，可是你不行，不可以，你不会。你是我唯一可以托付的人。你应该把实情告诉我，我知道自己应该怎样办，我有话要交代的，你说。”李乔干瘦蜡黄的脸上严肃非常。

“趁我还能完整地说话，斯特，你不至于等到我说不出话来时再告诉我得了什么病吧！斯特，我们都是共产党员，我 15 岁在战场上入党，今年 50 多岁了。我知道自己应该怎么做。”李乔眼睛里有泪，他的眼睛发红，盈满泪水。

李斯特从没见过李乔这样，他控制不住自己的情感，哭出声来。他一向在心里把李乔当成自己的父亲来尊敬，把他当作人生楷模，感恩于他的正义和耿直，在他最困难的时候总是他站出来……

“李老师，你是得了癌症。但是，医生说会全力抢救的。”

他握住李乔瘦骨棱棱的手，那手痉挛着，他感觉到李乔内心的震动。李乔的眼泪奔涌而出。他闭上眼睛，好久好久才睁开来。

他拍拍李斯特的手，控制着内心的颤动：“斯特，别害怕。我不会有事的。我说你也别做官，别当系主任了，做你的学问吧！你不是当官的料。听我一句话，做个平常人就可以了。我活了 50 年，活到今天也算明白了。”李斯特不知李乔为什么突然说起这些。

昨天，他把李乔的检验结果交给校党委，他同时向校党委提出：李乔的愿望就是能评上副教授，学校是否可考虑破格破例，在他死前给他这个职称。他的提议当即被否决。因为确实说起来容易，操作起来太难了。

他想李乔刚患病的时候，也向学校提出过类似要求，但没有回音，李乔的情绪是否与此有关。

“李老师，请你放心。论文我会改好它，其实你已全部完成了，没什么可改的，评职称的事，我会向学校反映，副教授学校是有审批权的，用不着太繁琐的过程。”

谈到这个问题，李乔只是不语。他凄苦地笑了一下。

“斯特，我放心不下的，只是小鹰、小喻，他们还小，跟着妈妈，我也不放心。以后就请你多关照他们。”他已经泣不成声。

李斯特只是一个劲地说：“我会的，我会的！”他紧紧地握着李乔的手，他希望能因此缓解他内心的痛楚。

无情未必真豪杰，怜子如何不丈夫。李斯特想起鲁迅的诗。共产党员更应该是人，李乔是他所认识的共产党员中最具真实性的人。正因为他活得真实和真诚，所以他就更为不幸。他一定为李斯特承担了许多的困厄。这是在他去世之后，在吴校长他们这一届校领导和同事们退休之后，他们在老之将至时发出的真实之言。可是，一切都迟了，人总是在退位之后，在丧失了权力之后，才有可能真正地反省反思自己曾经的过失。然而悔之晚矣。李斯特不愿意这样，他想要在如日中天时，就悟透人之将死时的一切禅机。李乔就是一个教训，一个经验，一个不可多得的榜样。

李斯特从口袋里掏出一份打印好的《论社会主义美学体系》，交给李乔："李老师，请你原谅我，我已把你的文稿交由学报印出来了。这一期学报本来有我的文章，我让他们换上你这一篇，再有一个月就可以出版了。"

李斯特如释重负。本来，他怕李乔不高兴，想等学报印出来后再交给李乔的。

李乔无语，他只是感激地看着李斯特。

"李老师，我读给你听，需要改的地方你说，我照着你的意思改，好么？"李斯特恳求地问。

李乔把手抽出来，握住李斯特的手，他睁着泪眼："斯特，不用了。我自己再改一遍吧！"

"不，我念给您听吧！"

"那好，谢谢你了。"李乔闭上了眼睛，他的眼睫毛在不断地抽动。在战场上，他是一定已经视死如归了。那时他 15 岁。现在，他 51 岁，他壮志未酬，时代把他曾经的理想落空了，残杀了，他怎么能够甘心这样就去了呢？

"……社会主义现实主义的革命本质，决定了社会主义的美学原则，是马克思主义的革命理论和毛主席的革命现实主义与革命浪漫主义相结合的创作方法，在这个原则指导下的创作实践构成了社会主义文学……"

"不用念了。斯特，随它去吧！也不要发表了，都是陈词滥调。

我想明白了。年轻时候形成的东西，是永远不会变的。我们是过去时代的人了……”李乔很悲伤地说。

这些日子，他一定想了许多，他一定把自己的一生从头到尾地看了一遍，看明白看透彻了。李斯特同样悲伤地想。

其实，李乔从昏迷的那一天开始，他就已经证实了自己的病，绝对不是小病，他只不过是要再证实一下，自己还能活多久。

“不，李老师，你没有落伍，你所做的一切，包括这篇文章，都证明了你的信念是有价值的。我也明白了，任何人生，都是他所处的时代的人生。谁也无法超越他的时代，在中国，就尤其是这样。你不必为这些事悲伤。你早已是教授，我和我的学生们都是这样认为的。这才是最重要的。”李斯特有一种很苍茫的感觉，他说完这些话，顿觉内心一下子宽广了许多。他只是在为李乔流泪，他本该有机会看到他儿女们成为全新的人。

这时，病房门口拥来了许多学生，护士拦住他们。李斯特忙走出去。

李乔看到了学生们，他衰弱的脸上有了些许喜色：“李老师，让他们进来吧！”

李斯特交代学生们：“同学们，李老师要休息，请你们每一个人，和李老师握握手，就回去，好吗？”

同学们鱼贯而入，一个个在李乔的病床前伫立了一会，李乔的手无力地垂在床沿，和同学们一一握手。许多女生都哭了。

这是 1986 年冬天的一个傍晚。如血的残阳，透过病房外高高的棕榈树那羽状的树叶，把血色的光投射在病房里。同学们都知道李老师的病情，一个个神色肃穆。

有一位女同学双手握着李乔的手，俯在他的耳边：“李老师，您是我们最好的教授，真的，李教授！”说着，她恸哭起来。

李斯特对李乔说：“李老师，所有的同学都是这样认为的，是真的。我更是这样认为。”

李乔压抑不住内心的痛楚，他把脸背过去。

同学们离去之后，舒月带着儿子来到病房。

“大公！”儿子怯生生地站到李乔的病床前，他摸着李乔的额头：“妈妈说你发烧了，大公，你什么时候好起来呀？”他的大眼睛眨也不眨地注视着李乔。舒月对儿子说：“弟弟，亲亲大公，祝大公早日康复。”儿子顺从地把自己鲜嫩的脸贴在李乔的脸上，用小嘴去亲李乔的脸颊。

李乔握住儿子的小手。他疼爱这个孩子，可他什么话也说不出来。他深深地叹气，小声对儿子说：“弟弟，大公再也不能让你骑着玩了！”

“大公，你哭了！”五岁的儿子用小手去擦李乔的眼睛。舒月忍不住也哭了起来。

李夫人带着小鹰、小喻来了，李斯特和舒月起身告辞。李斯特把那份打印稿放在李乔的床头。

1973 年。海南岛。黎母山。

李斯特很少下山，妙英已有几个月没见着李斯特了，她也不好意思上山去找他。那天，连队欢送林苹苹去当兵，伐木队许多人都回六连，李斯特没有回来。妙英不知道李斯特心里是怎样想的，她只怕李斯特心里不痛快，会出什么事。李斯特从中山大学被退回来好几个月了，照理一切都应该平息了。听说冬季又有推荐考试，她想若李斯特能再被推荐就好了。她只怕李斯特想不开。

李斯特想得开想不开人家不知道，至少他在外表上很平静。倒是妙英让人觉得有问题，她担心李斯特已经到了神经兮兮的地步。她又不敢上山去找李斯特，怕让人闲话，影响李斯特的前程，又为李斯特忧心忡忡，怕他想不开出事。出什么事呢？她也说不好。

她见到老雷就问冬季有再推荐考试的吗，她见老霍也问同样的问题。又问像李斯特这样的情况，被退回来，有再被推荐的可能吗。老雷、老霍都被她问烦了。老雷怀疑地审视她，开玩笑地说：“妙英，莫不是你想被推荐去上大学吧？”

妙英红着脸说:“我是想，你们会让我去吗?”

老雷说:“你表现好，又考第一，当然让你去，不让你去让谁去啊? 努力争取表现吧!”

妙英说:“那好吧! 我就争取好表现。阶级立场站得稳稳的，过了年我就去上大学了。”

老雷说:“那好，一言为定!”大家都笑了。

老雷忽然叫住妙英:“我明天要上伐木队去，你跟我一起去，要给他们送东西，五六人才搬得动呢!”

妙英喜出望外，她感激老雷。

这一夜，妙英兴奋异常，她是一个十分大胆也十分乖巧的女孩。要不是因为怕李斯特让人闲话，上不了大学，她是什么也不怕的。现在弄得神神鬼鬼，真不是她性格所为。

她悄悄去了一趟腰子，为李斯特准备了一些山上要用的东西。她到供销社买了两双军鞋，牙膏和几块固本牌肥皂，还有一条大浴巾，又买了两瓶金奖白兰地。她把东西装在挎包里，沉甸甸的。

天一亮，妙英就去找老雷，老雷悄悄地笑说:“这么急? 我还未发动呢!”妙英知他又说疯话占便宜，便不理他，只是问:“连长，几时走呢?”

“待我去发动手扶拖拉机呢!”说着，拿着发动杆就到车库去。

老雷开着拖拉机拉着五六个知青，驮着菜和大米、锯片，往山里开去。大约开了个把小时，他们到了山腰的贮木场，拖拉机开不上山，大家把给养背着，往山上运。妙英背着挎包，没走几步就气喘吁吁。山路太陡，又滑，路让爬犁拉出两道深深的板结如铁的车辙，人走上去直打滑。妙英想，李斯特他们上山下山不知多辛苦呢! 她背着十几斤重的东西爬山，累得如牛负重，气都喘不过来，喉咙似有铅堵住似的。

中午时分，他们到达伐木队的营地。营地里只有小文昌在烧饭，其他人都在山里。

差不多到傍晚时分，老刘才带着人马，打着唿哨，互相呼喊着，陆陆续续地回到营地。

老刘见到老雷，喜出望外："我说你这个皮烧，把我们当野人忘了吧！"

老雷摸出一瓶大曲，晃了晃："快，好酒！兄弟不错吧！"说着咬开酒瓶，咕咚深喝了一口，把酒瓶递给老刘。

老刘仰脖灌了一大口："真是好酒，哪里弄的？"

"茅台，五元一瓶呢！老兄，兄弟几时忘了你！"说着，又摸出一瓶，"送你！"

老刘喜不自胜，好久没喝到茅台了。老雷确实不错。他忽然警觉地问："又有任务？"他知道老雷无事不登三宝殿，他一上山，肯定有大任务，伐木队又要受苦了。

"越来越难哩，兄弟。"老刘朝四面的大山望了一遭，仿佛让老雷验证一般，"树都砍得差不多了，连那悬崖边边的地方都去砍，找死的活啊！"

老雷说："别叫苦了，这次可不比往常，北京要的呢！一色的油楠，60 厘米以上，15 米长。人民大会堂用材，政治任务，你完成也得完成，不完成也得完成。没有木头找去，找不到也得找！"老雷斩钉截铁，非常严肃地交代。

"你这是要命呢，还是要木头？没有木头我去哪找？我生啊！"

"我留下来就不走了。伐不够 50 条规格木，谁也别想活着下山！"

"那好，死在山上得了，安逸！"

老刘颇感压力。去年郑小宣他们的死，就是因为那树根本砍不得。这种环境的树无人敢砍。但没有合适的树了，你不砍它砍谁，动不动就政治任务。他想不出这劳什子树木与鸟政治有什么关系。

"开个会，我动员动员，大会战 50 天，派些人来，老刘，别有情绪，干了再说，理解要执行，不理解也要执行，没有价钱可讲。"

"冬天到了！干起活来手都发麻，眼看就到了收山的日子，苦哇！你看那些知青，身子骨能扛得住，全靠毛泽东思想哩！"老刘情绪很大。大树全靠知青们的力气，一棵棵地锯，断开，几十人合力撬，几十头老牛拉。一件机械都没有，不是人干的活！老刘心痛那些知青，有什么办法呢？

“好了好了，开会吧！开完会再吃饭，犒劳犒劳三军！”老雷怕老刘的情绪影响军心，指着从山下搬上来的肉啊菜啊说：“开完会后聚餐，喝酒！”

妙英见到李斯特，李斯特全身是汗呀泥的，他看见妙英，含蓄地笑笑，又是挑起的嘴角，令妙英很满足。他瘦了黑了许多，但很强壮。妙英想把东西给他，见他忙不开，只是说：“斯特，你住哪儿呢？”她正在帮小文昌切肉。

“你先忙，等会再说吧！”李斯特心里很冲动，但他怕妙英难为情。他希望妙英在山上住几天，又不好说。刚才老雷开了动员会，这个冬天是下不了山的，人人都要脱几层皮了。60 厘米直径、15 米长的油楠山上是有，但要把它们完整弄下山，非得死几个人不可。李斯特想起来都有些怕。还有，冬天水瘦，天气干燥，就怕贮木场失火。贮木场一失火，祸及山林，方圆几十里就成火海了。他不敢去想这些事。

山上像过节一样，老雷带来了许多酒菜，附近黎村的“奥雅”听说雷连长来了，送了一头小黄牛上山，还挑了两担山兰米酒。老刘乐坏了。

这一夜，大家都喝醉了。男人们七倒八歪醉倒在篝火边。半夜寒风一吹，一个个在睡梦里呕吐，吐在身上，几只猎狗吃了呕出来的东西，也醉卧在一旁。

李斯特也喝了许多酒，妙英把他扶到寮棚里。李斯特不干，他歪歪斜斜地扯着妙英，到林中空地去。他躺在草地上。妙英用腿垫着他的脑袋，把手去揉他坚硬的胸部，一下一下地为他顺气。

李斯特贪婪地呼吸着妙英身上的体香。他像一个少不更事的孩子，在母亲怀里沉沉地睡去。在夜露重重的黎母山之夜，妙英环抱着李斯特的脖子，一动不动地坐了一夜。

太阳暖暖地晒在林中空地上，五颜六色的铁斑鸟在林中跳来跳去，锦鸡在草地上悠悠地走着，啄着草丛里的小虫。生气勃勃的原始森林醒了。

【另类档案】

追寻昨天的传说

我在感恩河沿岸的农场认识了好多当年的知青，他们都是潮汕来的，广州知青几乎没有碰到。有一个我在感恩河口认识的潮汕知青跟我说，这一带的人都传说着一个淘金王的故事，这个人就是广州知青，鹰眼鹰鼻，长得像一只鹰，帅极了。这个人神出鬼没，公安局也拿他没有办法，红道、黑道、白道他都有人。手下是清一色的黎族同胞。这个人在海南当了许多年的知青，后来回大陆，海南建省他又来了。

潮汕知青说起这个人，满脸的羡慕敬仰之色："我也在找他，做他手下也不错。"

他给我讲了这个人的传奇。我把故事整理如下：

半岛最南端小码头默默地承受着北部湾掀天巨浪的袭击，1987年岁末最后一次强台风已经持续了三天。过海的人们聚集在这里，在风中向海峡对面的海南岛眺望。海安的所有旅馆在台风到来的同时，无情地成十倍地提高了房租。还在不断上涨的房租和船票，在威胁着堆积在码头上的人群。他们是为海南即将建成全国唯一的大特区省的消息而来的。与其在边远省份的城市里挨日子，不如到大特区去拼它几年。

40岁的男人最知道怎样安排自己的命运，何况是40岁的孑然一身的男人。于晓阳就是这样的男人。

他口袋里只有五张拾元钞票，一路逃票，一路半副扑克牌为路人算命，居然混了上千里路，口袋里五张钞票依然一张不少。

回南的台风又刮了半日，海峡上没有帆影，混沌的海水浊浪排空。海峡那边他并不陌生，十年前他让人给铐着押上海轮，十年后他潦倒不堪地回来了。既然是命运就无可逃遁。中午时分，对岸来的驳船靠岸了。码头一阵巨大的骚动。只待驳船一上客，他将是第一个跳上去的人。他这样安排自己。

于晓阳一手插在裤袋里，捏紧那五张被卷成一卷的钞票，一手握住缆绳，在第一辆汽车从驳船上往岸上驶的瞬间，他飞一般连冲带悠地射上船去。他身后是一片被警察拦得密实的争先恐后的人群。没有人发现他捷足先登。

凭着这五张钞票，他将在海南岛开始他十多年前就想实现的事业。否则，命运留给他的只有自杀的分了。

来不及去想那么多。在轮船离岸的瞬间，他对岸上闹哄哄的一片人海投去轻蔑而又同情的一瞥。在他看来，这些20多岁的去海南的求职者，尽管口袋里装着大学文凭，可是，不出半月，统统会让西沙群岛扑来的台风，吓得半死然后穷愁潦倒地回大陆去。海南岛是个好呆的地方吗?

于晓阳像一个闯荡江湖的老手，坚定地抑住了再度踏上这个大岛时的激动。他的眼睛微微地显露了一丝伤感。然后大踏步地往海口方向走去。从秀英到海口有八公里，走小路只有六公里。他必须节省。在岛上，他不打算再干逃票的勾当了。

这岛，给他留存太多的苦涩记忆，他决意强迫自己把那一切忘得干净，至少目前不再去想它们。那些伤感的往事与他所将要进行的事业已经没有丝毫的联系了。

傍晚，于晓阳已经出现在海府大道上。他蹲在海军招待所门口的一个角落里，冷冷地旁观着无数双沾满泥泞的皮鞋、布鞋、拖鞋、大头棉鞋和时髦的“耐克”旅游鞋、各式高跟皮鞋从眼皮底下流动着来去。他足足蹲了五个小时，直到家家小摊贩打烊了，他才抱着膝盖，靠着墙根打起盹来。

第二天，他把仅有的50元钱买了一口生铁大锅，30斤大米，其余的统统买了萝卜缨腌制成的咸菜，1元钱两斤。他就近找了一家只在清晨卖明火粥的业余摊贩，说好租借他的全套家伙，日租金20元。他看清了已经爆满于海口街头的大学生们囊中有限的钱财，开始熬白粥就咸菜，1元钱管饱。1小时后，他开始雇工。有两个大学生自愿充当马仔，用他1小时前赚来的钱不断地到市场买米买菜，奔忙不停。这一天，他足足赚了200元。

于晓阳的饭摊持续了两个多月，已有10个大学生自愿受雇于他，每天管饱再给5元工钱。

他开创了海口市第一家24小时营业、提供最简单廉价饭食的餐馆，这对于在岛上滞留而囊中空空如也的10万求职大军来说，是一个福音。两个月里，他至少赚了1万元。

没有人知道他是谁。人们背地里称他"鹰眼"。他狭长的眼睛里的确闪射着鹰眼的蓝色光，他的鹰钩鼻子加强了他眼睛的特征，或者说他鹰式眼睛使他的鼻子同时以鹰的感觉。他那抡过老砍刀的手跳着线条强硬的筋络，更给人以鹰爪的联想。

——我的朋友给我讲于晓阳发家故事的时候，再次提到老砍刀。

我没有见过于晓阳。我上岛的时候，10万人才大潮涌向海南岛的鼎盛时期已经过去。于晓阳的饭摊见好就收，已经易主了，由几个四川来的大学生在经营，已经发展成海南岛第一家"四川餐馆"，专营辣子面和重庆火锅。

我极想见于晓阳，做梦也想见他那狭长的鹰眼和鹰鼻。我确信这种人绝对值得崇拜。更重要的是，他很可能就是母亲日记中的铁。

——在两个月的饭摊生意上，于晓阳结识了各种各样的人，他开始跑单帮，为各家大报拉广告，提取20%的介绍费。不到一年时间里，他暴富了。试想，几万元一个广告，20%是多少？有一次他半个月跑了两次大西北，至少拉了10个2万以上的企业广告。20万元的20%是多少？当然，这些都不必上税。

真人不露相。我的朋友说。他说这话时，我确信他与于晓阳关系非同寻常。

我又想起那把老砍刀。

第十三章

1999年。广州。

任晓远把他的本田车开到肖邦楼前，喇叭声把周边住户惹火了，纷纷探出头来，看是何方神圣，敢于在大中午，在东山这块宝地上胡作非为。任晓远是小看了东山别墅里的住户，鱼很小，但水很深呢。肖邦一见任晓远这么张扬，急得从楼上蹦下来，拜托他别太过分："我很快就好了，老兄，我说别把车开进来嘛！"肖邦家在这一带是最老的住户，有极好的声名。

"嫂夫人走得出路口吗，老弟！我是好心没好报。"任晓远十分委屈。

"那就快点吧，此处不能停车的！"

肖邦返回屋里，又跑出来："要不翎就别去了，挺麻烦的！"

"怎么行呢？我帮你吧！"说着拉开车门，和肖邦一起进屋。

翎已收拾完毕，肖邦把轮椅折叠起来，交给任晓远："拿着！"自己背起翎下楼。

折腾了一会，本田车终于开出了小巷，在恤孤路上缓缓地驶着。

任晓远被授予博士学位，今天下午他在凯旋华美达的国际会议厅召开庆祝会，请了许多要人和朋友。他特别请肖邦和李斯特，而且要肖邦带翎一起来，非来不可。

会议厅在二楼，气派非凡，足可容纳几百人。任晓远不敢太张扬，总共就请了几十人，分几桌坐下，气氛显得宽松，优雅而且高贵。肖邦佩服任晓远的地方正在这里，他总是能够把生活中的一些事给张扬得恰到好处。客人们陆陆续续地就座，有很多人肖邦并不熟悉，他便乐得自在。李斯特还没有来。

翎坚持不坐轮椅，她要求肖邦搀着她从电梯上楼。她下肢多少还能靠着肖邦蹭着走几步。最近这一两年，瘫痪的部位似乎有了些知觉。她充满信心等待奇迹发生。

翎穿着很考究。肖强从香港给她捎回来好些名贵的衣服，这些衣服，她大都在阳台上展示过。肖邦的阳台，对于周围的住户来说，是一幅 19 世纪欧洲的仕女名画。这幅名画因其季节的变换而变幻着构图、色彩和风致。主人公只有一个，那就是依然年轻窈窕的翎。春夏秋冬，阳台上都是一个画画的女子，在轮椅上画画。可是每天她的衣着都是不一样的，每个季节阳台上的草木和墙壁上攀爬的藤蔓的颜色也不一样。翎是个很感性也很聪慧的女人，她知道借用邻人和街上行人的眼光来调节自己的情绪。七八年来，她特殊的生活已给她脸上变幻着一种娴静的神态。所以，阳台上的名画，就更显得欧洲了。更重要的是，这个阳台是法式别墅的阳台。

肖邦只怕伤着她，她既然如此坚决，也就随她。他几乎是半抱半拖地把翎弄到一张空无一人的圆桌旁，安顿她坐在丝绒椅座上。

主桌上端的横额上，排列着几个大字："任晓远博士授衔庆祝酒会"。红底白字，十分醒目。

李斯特也到了，他站在大厅入口处，四顾寻找肖邦，肖邦向他挥挥手，他便大步走过来。他刚落座，便悄悄地问肖邦："这位仁兄什么时候开始读的博士，怎么说毕业就毕业了？"

肖邦不语，只是笑笑。几个月前还火急火燎地找枪手写博士论文，现在就已经博士到手了。这还须多问吗？肖邦对这个话题不感兴趣，对朋友的事，他从来不妄加评论。他把话题调开："斯特，什么时候让翎去听你讲课，她突然对文学有兴趣了。”

“不是有兴趣，是再不学习要落伍了。”翎话中有话：“要不配不上肖大作家了。”

李斯特息事宁人：“可以可以，我上门服务罢了，家教嘛，肖邦付钱！”

“请不起啊！大教授。真的，让她去上上学。要不，整天胡思乱想的。”肖邦认真地说。

“那要请个书童啊！”李斯特小声对肖邦说。

“是啊，得想个办法！就在你那租个房子吧！我也搬过去，不嫌弃的话，我也去听听你的课。”

“别逗，到我们系讲课，就讲你的作品，怎么样?”

“读你的博士吧！也弄个博士吧！要不，连任晓远都赶不上了。”

他们大笑起来。

“什么事这么开心啊?”乔亚突然出现在他们面前。

她今天衣着非常前卫。戴着一头假发，无数螺旋式的发卷直垂到肩际，浅浅的刘海是金黄色，那颜色逐步向后消淡为浅褐色，穿着一身极为复杂的用各种皮毛缝纫而成的衣裙，活像一个吉卜赛女巫。

肖邦见怪不怪，李斯特却有些嫌恶。他不理解这女孩究竟在干什么，大小也是个作家，干吗非得要搞得离奇古怪，是品位还是格调?

她自己搬了椅子坐了下来，肖邦这才发现，她身后还有一条狗，是那种毛色光润、腿脚高企的纯种法国牧羊犬，两只大耳朵耸立着。乔亚还给狗穿了一件衣服，蓝色的，像盔甲又像防弹衣。

翎把脑袋调了过去，以示不屑。乔亚并不在意，她今天有意想给翎一点颜色。

“哎呀！肖夫人呢？在哪？刚才小任就说肖夫人也光临了。我们可是久仰了。肖老师，你也不介绍一下！”她很夸张地说，引得邻桌的人都把眼光投注过来。

肖邦急了，他最不喜欢在大庭广众成为谈资，何况翎有时也很小气，她最不能忍受文艺界的那种风气，她常对肖邦说：“你们文艺界男男女女在外面疯，可别疯到家里来。”

李斯特把乔亚拉到一边，说：“乔亚，我跟你说点事！”他有意把乔亚拉走，免得她无事生非，肖邦够受的了。

李斯特把乔亚叫到一个角落里。乔亚牵着她的狗，十分招摇，引得一些女宾大惊小怪，你摸我搔的。他们好不容易坐了下来。

“我想请你到中文系讲讲创作心得，无须准备，无须讲稿，直接面对学生提问就可以，行吗？”

“你说我行吗，我不正经的啊！”

“那你要正经点啊！”

“我正经不来的！”

“乔亚，有两点，一，不要拉着狗去；二，别穿着太怪异。不过，我这是多管闲事！”

“李教授，你不知道，我不这样，又能咋样，只觉得挺无聊的。”

李斯特不语。30岁的乔亚是有才华的，可是一个30岁的女人如果没有任何羁绊的话，你又能要求她什么呢？

“好了，开会了。”李斯特正想离去，乔亚又拉住他：“李教授，我要考你的博士生呢！行吗？”

“你真的有这种打算，很累人的！”

“不怕，就怕你不收！”

“不是我收不收，要考试的，分数面前人人平等！”李斯特不想在这个问题上与她多言。

“那小任呢？”

“哪个小任？”

乔亚往台上一指。任晓远？“乔亚呀！小任都是你叫的么？”

“任老先生喜欢人家叫他小任嘛！”她不无调侃地说。

李斯特哭笑不得，说：“那你好好准备吧！考个好成绩，就等着吃苦吧！还有”，李斯特小声对她说：“你别打肖邦的主意啊。”

乔亚很警惕，忙问：“你听谁说？”

“没有人说，我猜的。”

“我打你的主意呢！信吗，李教授？”

“别打岔，我说真的。”

“我也说真的。”

“好了好了，我只不过提醒你，好自为之。”

庆祝会在音乐声中开始。主持人是电视台文艺节目的主持人。

宣读来宾名单，都是本省文艺界和政界要人，肖邦和李斯特是级别最低的，但虚名却是最高的。

掌声和鲜花，美酒和佳肴。

每位来宾都收到礼仪小姐送到桌面上来的礼物，礼物包装得很华丽，也很小巧，还别着任晓远新印的烫金名片，印着任晓远的各种职务，名字后面是硕大的“博士”两字。这个头衔足以令任晓远的后半生衣食无虞了。

酒过三巡，任晓远走到肖邦、李斯特的酒桌，他对老朋友是非常关照的，今天特意要让翎来，是要让她看看他任晓远的场面。翎总是瞧不起他，他忍受不了翎的眼光。

“老朋友，关照不周，还有嫂夫人，小弟敬你一杯。”翎站不起来，只好坐着，她欠了欠身，把小半杯洋酒一饮而尽。

“祝贺老兄荣升博士！”一个陌生的声音，原来是林大头。任晓远心头一喜，捶了林大头一拳：“还以为你来不了呢？什么风又把你吹来了？”

林大头说：“老兄荣升，我岂敢不来。”

“不是荣升，博士是考的，不是提拔的。”李斯特更正林大头的说法。

“对任晓远来说就是荣升啊，他什么时候去读的书啊？”林大头不依不饶，故意浑水摸鱼，装傻。今日不煞他威风，更待何时。

李斯特怕任晓远翻脸，只有他和肖邦知道底细，便和林大头干杯。

任晓远捅了捅林大头，小声说：“老兄，别开玩笑啊。”林大头正色说：“我说真的。”

“好好好，来，大家一起干杯。”

肖邦一开始就反对任晓远搞什么庆祝会，这种事是可以张扬的吗？学位嘛，学人本就应虚怀若谷，大事宣扬反而于事无补。任晓远自有他的打算，他也就不多言。

翎似乎很不开心。肖邦便请她到会客厅去休息，她不去，有些气愤。

偏偏这时乔亚又来了。她本来和电视台的人坐在一起，这时连碗筷都带过来了，一副安营扎寨的架势。

她手里擎着高脚酒杯，斟得满满的。她单对着翎：“翎小姐，请赏光喝一杯。”

翎勉强地欠了欠身，不等乔亚碰杯，又是一饮而尽。

“真是好酒量！”她也一饮而尽。

“肖老师，嫂夫人真是风姿绰约啊！来，我敬你一杯。”她绕过来，站在肖邦旁边，给肖邦斟了满满一杯红酒。她的高跟鞋尖轻轻地踩在肖邦的皮鞋上，不动声色地转动着。肖邦感觉到了，他不好声张，任她去罢。

肖邦和乔亚碰了杯，干了。

乔亚自己搬了一把椅子，在肖邦和李斯特之间，挤了进来。她对李斯特说：“李教授，我跟你坐一起，欢迎吗？”

“当然！”李斯特挪了挪位置。他在心里叫苦，这女孩，不把人家夫妻拆散，是不甘心的。

林大头一直低头吃喝：“午餐没吃，饿极了，好不容易吃任总一餐，不吃白不吃！”他喝足，便开始说话，他肆无忌惮地说：“这家伙什么时候弄上个博士？”他问肖邦。肖邦不语，他问李斯特，李斯特笑笑。

“嘿，我弄个博士，要多少钱？”林大头一副认真的样子。

“算了，喝酒吧！林大头！”肖邦实在不愿谈这个话题。

“好，喝酒，不要这个鸟博士也罢！”林大头忽然又神秘地问肖邦，“肖老弟，你早就是博士了吧！”

“我什么都不是，连大学都没读过，无业游民一个，怎么样？干一杯！”

林大头对博士很感兴趣，他很想弄一个，所以老是把话题转到博士上来。

“他任晓远能当，我也能当吧！既然肖邦都不是，那我也算了。”不知他想表达什么，唯有喝酒。

翎拉了拉肖邦的衣角，小声说：“别喝那么多，老喝。我在，你是不是就少喝点。”肖邦无言。他发觉，乔亚把手放在他的腿上。

他站起来，去洗手间。

他从洗手间出来，乔亚站在门口等他，肖邦友好地点点头，无言。乔亚似有话对他说。

“有事吗？乔亚？”肖邦边说边走。

“肖老师，我们找个地方谈谈好吗？”

“现在？”

“当然不是，什么时候都可以。”

“那好吧，到时给我电话。”

肖邦先回到大厅。翎很敏感，她已感觉到乔亚有些异样，肖邦一走，乔亚也跟着去，搞什么名堂？她不好说什么。肖邦坐回她身边，翎马上冷冰冰地说：“送我回去！”

李斯特看在眼里，他过去对林大头耳语，林大头会意。他站起来对肖邦说：“我送嫂夫人回家吧。”

“好，我们一起走！”肖邦站起来。

这时，乔亚也站在一边，她并不言语。她惊羡翎的风韵，心中有几分酸楚。

任晓远在主桌忙于应酬。肖邦让李斯特告知任晓远。

在车上，翎哭了。肖邦握着她的手，无言地抚摸着，她靠在他身上，大声地恸哭起来。林大头不言语。只管平稳地开车。

回到家里，大家都心照不宣，肖邦不愿意先捅破这层纸。他问心无愧。

林大头在客厅里与肖妈妈说话，他看时间还早，想跟肖邦再去聊聊天。

肖邦安顿好翎，走下楼来，林大头说："走吧！出去散散心。"

肖邦有些犹豫。肖妈妈说："去吧！别喝酒。"

肖邦觉得应该对翎说一声，肖妈妈说："我会跟她说的。"她觉得儿子太可怜了。

他们正准备上车。乔亚站在林大头的车边。

"上车吧！"林大头十分兴奋。

"到农林下路，我回宿舍拿点东西，麻烦你们等一会。"乔亚对林大头说。

车往农林下路驶去。

乔亚从楼上下来时，已变了一个人。牛仔裤，黑风衣，去了假发，一个单纯的女学生。

"百变金刚啊！"林大头一脸的惊奇。

"去哪里？"林大头问。

"去风之声！"乔亚说。

"太吵！"林大头反对。

"去白云居，在天河广场！"肖邦说。李斯特说过这个地方。

"我当电灯泡？"林大头本想与肖邦单独聊，不想跳出个乔亚。他对乔亚话中有话，故意逗肖邦。"什么灯泡，我坐一会就回去，还有稿子要写。"

"肖老师的稿子一流。上次《羊城晚报》的文章一出来，我的书又走俏了。谢谢你啊肖老师！"乔亚真诚地说。

"就不谢我啊。"林大头不甘寂寞。

"谢你谢你谢你，够了吧！"乔亚两手左右开弓，搓着林大头的耳朵，大声喊。

"够了够了太够了！"林大头也喊。

到了白云居，林大头不下车，他说先回去了，对肖邦说："别客气，把她宰了算了。不宰白不宰！"说着开车走了。

在白云居，他们找了个角落坐下。

两个人单独在一起，乔亚却找不到话说了。

过了好久，乔亚说：“我去考李教授的博士生，你说好吗？”

“当然！”肖邦没有任何感情色彩地说。

“我想出国留学。”乔亚找了个话题。

“不错！”

“开个酒吧呢？”她迅速地变换，希望肖邦会有反对的态度。

“很好！”

“我是不是做什么你都不在意！”乔亚有些歇斯底里。

“那不一定。”

“我去做鸡呢？”

“如果你觉得好！”

“那么，你不反对，是吗？”乔亚忍无可忍。

“你不是在写作吗？写得很顺利么？为什么还想那么多呢？”肖邦认真地说。

“那是发泄，总不能一辈子发泄吧？”乔亚看着肖邦，她在心里问自己，为什么对这个男人，这个冷冰冰的男人有一种异样的情感呢？从第一次见到他，她就有这样的感觉。她是一个不顾一切的女人。刚才她在翎面前，一点也不掩饰对肖邦的情感。她相信翎看在眼里。为什么要隐藏自己呢？

她看不起任晓远，她奇怪肖邦怎么会和任晓远是好朋友。

肖邦越是冷漠，就越煽动起乔亚的激情。她恨不得把肖邦撕了。她在许多地方听到肖邦的故事，正是这些故事令她有一种侵略和征服的欲望。谁都征服不了他，只有翎，而翎在征服他的同时自己却瘫痪了。这是上帝的安排。那么，上帝必定还有另外一种安排。

她叫了一瓶伏特加，还有苏打水。她把伏特加分装在两个啤酒杯里，又加进去冰和苏打水。她把其中一杯放到肖邦面前：“为什么干杯？”“为你考上博士生吧！”肖邦真诚地说。

“我不想考！”她突然认真地说。

“那就不考吧！”

她哀怨而且狠狠地看着他，肖邦回避她的目光，轻描淡写地说：“你是一个没有定性的人。”

“怎么说?”

“就是没有一定的定力！”

“你这样认为?”

“当然，也许不对，我们毕竟交流得不多！”

“那可以交流更多呀！”

“那是以后的事！”

“如果我说一句话，你会惊奇吗?”乔亚突然用一种很诱惑也很女儿态的声音说。

“不，你做什么我都不会惊奇。”

“我现在的穿着好看吗?”

“好看！”

“下午的呢?”

“也好看。”

“那究竟哪种更好看?”

“没有更好看。”

“真拿你没办法。”乔亚终于深叹一声。

肖邦认真地对乔亚说：“乔亚，你了解我吗?我已经不会爱任何人。你知道的，翎你也是看到的，我不知你会有什么感想?”

“不，我不相信，我也不否认你可能很爱翎，但是……”乔亚想不到肖邦会如此坦率地直指事情的本质。

“如果我说我爱你呢?”乔亚也很直接地进攻。

“那你要做好牺牲的准备，要付出很大的代价。”肖邦不想和她兜圈子。

“什么代价?”

“痛苦、烦恼、失望……还有，还有我是不是也爱你。”

“是，还是不是?”

“你希望哪一种呢?”

“真实的那一种。”

“那就是回家，别胡思乱想，好好准备去考博士。”肖邦微笑着，他尽量轻松尽如人意地说。

“不，不是这样的，肖邦，我相信我的眼睛，你不要欺骗自己了。我们都不是孩子。”乔亚并非是轻易能被说服的。

“乔亚，听我说，回家去吧，你还年轻，我已经老了。我不会再有激情了。这，你是不知道的。”

“我不想知道，我非常理解你，你是你那些朋友中活得最苦最累的人。正因为如此，我喜欢你，你千万别从我的小说里去看我。我不会再写那种小说了，我只是玩玩前卫而已。”

肖邦认真地端详着乔亚的脸。这张脸很生动，虽然说不上精致。她卸掉奇装异服之后，还回了一个单纯的乔亚。他在心里说，生活已经不可能重新再来一次了，自己注定是和瑜，然后是翎。

“感谢你，非常感谢，真的。”肖邦伸出手，在乔亚的手背上轻轻地、动情地拍了拍。这令乔亚很感动。她喜欢的正是肖邦非同一般的优雅忧郁和从不张扬的硬气。肖邦的言谈举止反而坚定了她的信心。我不会放弃的。她在心里鼓励自己。

“明天，我会把狗送人的!”她突然对肖邦说。

肖邦笑笑，他觉得已经不需要再说什么了。她在努力表现她的定力和定性。

1986年。广州。华南大学。

李斯特又来到校长办公室。

这回，不是校长约他，是他自己找上门来的。校长正在和别人谈话，他便退到门口，在走廊上等。吴校长请他进去。

“吴校长，两件事。”他开门见山地说：“第一，李乔先生时日无多了，是否可以有什么变通的方法，给他评一个副教授，这是他最后的希望。第二，把我破格晋升副教授的材料撤下，我打算明年再报，今年我有两本专著出版，到时材料更充分，我想明年申报教授。”

吴校长永远是微笑的。第一个问题很为难，也根本做不到。从道义上说，他确实也很愿意做到这一点，李斯特的建议不错。但是，操作起来不但难，而是根本不可能，超越常规常识。第二个问题尊重李斯特的意见，“不过，你是否考虑周全一些。明年破格，连升三级可不可能？若今年先上副教授，过两三年再破格，至少等五年也名正言顺。”

“不管怎么样，我想撤下来。”李斯特很坚决。

吴校长沉吟了一会，还是对他说：“你还是先冷静一下，还有两三天时间考虑。再过几天高评委就要开会了。”他明白李斯特的心情，李乔对他来说，比他李斯特自己更重要，但是……

“不用考虑了。”李斯特拿出一份申请报告，“理由和要求我都写在上面了。”说着，把报告放在吴校长的办公桌上。

李斯特走出办公楼，他心情沉重。李乔的最后希望是落空了。拒绝一个濒死的人的要求是何等残忍，有什么办法呢？

刘杏到处找李斯特，终于在校道上找到李斯特，她气喘吁吁地说：“李主任，李乔老师病危了，医院来电让学校领导赶快去。”李斯特心里一紧，他知道最后时刻终于来了。他吩咐刘杏通知系里几位主要领导和正副教授们，赶快到医院去看望李乔，“还有，马上告诉学校办公室。”

他转身出校门，截了一辆的士，往医院飞驰而去。

李乔的病房静悄悄的。李夫人坐在床沿，没有其他人。李乔已经深度昏迷，只有一丝艰难的喘息。他脱水变得极其干瘦，胡子拉碴的，脸色发黑，头发掉得差不多了，稀稀疏疏地挂在脑门上。当年那位英姿飒爽的红小鬼，到哪儿去了？他安静但并不安详。他眼睛紧闭，深锁着眉头，仿佛在忍受极大的痛苦，又有无穷的思虑在煎熬着他。他一生有太多未遂的心事。他本来还有一半的人生可走。

李夫人泣不成声。她吩咐医生不要再用药了，延续他的生命只会给他更大的痛苦。

李斯特愣愣地站在病床前，他拉住李乔的手，那手依然很温热，但软绵没有一丝活气。那手似有触动，微微地有一种传达，李乔知道是他。

李斯特见到床底下的脸盆里，有焚烧过的灰烬："李夫人，那是？"

"文稿！"

李斯特忙伏下身体，把脸盆拿出来。不错，是文稿，连同打印稿一起烧毁了。

"他亲自烧的。他要做什么事，是谁也阻挡不住的。"李夫人无奈地说。

"孩子们呢？"

"正在赶来。"

这时，学校领导和中文系的老师们拥进来一大群。李斯特让他们一个个鱼贯而入，各个和李乔握握手。李乔已全然不知，对于他来说，最后时刻早已到来。他早已走在去天堂的路上了。

每个人的脸上都呈现了罕见的真诚和哀伤，李乔的为人和学问，是人所公认的。他一生坦荡而毫无城府，得罪人也为人所爱戴。他的死使许多人觉得黯淡。

杨家驹是最后一个赶来的。他握着李乔的手，喃喃地说："中文系的好人啊！好人不得好报！"他有些语无伦次。

他又握住李斯特的手，有些歇斯底里地说："轮到我了，轮到我了！"他痛哭起来，他比李乔大六七岁，一副失魂落魄的样子。

李斯特把他送到门口。他对李斯特又絮絮不休："刚才听吴校长说了，有志气啊，年轻人，中文系我就服你，服你……"他是指李斯特撤下职称申报的事。

"好好休息吧，杨老师！"李斯特心情沉重。他不知如何安慰这位有些迂，有些神经质的老知识分子。

舒月带着儿子也赶来了。儿子知道大公要死了，他怯生生地望着大公，紧紧地依在妈妈身边，不敢往前一步。

舒月领着他："跟大公说再见，握握手。"他惊恐但是顺从地跟着舒月走上前去，"不是大公。"儿子带着哭腔说。舒月说："是大公。"舒月把他的手放在李乔的手上，儿子说："大公再见！"儿子"哇"的一声大哭起来，李夫人忙搂住他。

李乔的丧事很简单，按他的遗嘱没开追悼会，也没有告别仪式。

李乔的位置由马副主任顶替。中文系少了一个天不怕地不怕坚持真理说真话的硬骨头。在最初的日子，李斯特感到孤单和软弱。每次开会的时候，他都会说："李老师怎么还没来？"

大家愣愣地看着他，有人笑着："李老师不是到地底下开会去了吗？"李斯特这才清醒过来。

1973年。海南岛。贮木场。

师里把50根起码140立方的"北京木"，当作政治任务压给团里，团部把它又压给六连，限令50天内要按质按量交运。到时将会有几十辆平板长车进山来运木，山间便道也要重修加固。六连全体动员，伐木队原来只有50多人，又充实了30名知青，其他400多名知青全部参加修筑公路。

老刘坚持不要新来的30名知青，理由：一是伐木本不是人多的活，在有限场地涌进这么多人，会出危险的。二是没有经过训练的知青，伐起木不出危险还好，出了危险伤亡算谁的责任？

连长老雷转达了团部对老刘意见的批示：一切照原定安排，不能变，出了危险伤亡由老刘负责。

老刘一听暴跳如雷，说："他娘的，什么鸟团长，我老刘不干这队长行不行？"说着就要撂担子。老雷劝他说："老刘啊，你在这山里跳脚可以，谁都听不见，有本事到团长那里跳去、骂去。人多是不是？新手全部安排在后勤，给你老刘烧火烧水烧饭，钓鱼种菜包给你老刘搓背，行不行？你有能耐完成任务，大家都省心。不过我可告诉你，这一次非同往日，完不成任务，光说大话，军法从事。咱们六连从来没有孬种过。"他说着摸出一瓶酒，几块肉干，递给老刘：

“喝！”

老刘嘟囔着：“算了吧老雷，你来坐镇，行！你不来，我辞职。”

老雷说：“行，我就不下山了。”

老刘叫上李斯特和老雷，足足在方圆百里的山里转了五六天，一共标了100多棵大油楠。先伐下来再挑过。每棵15米长不开杈，尾径还要60厘米以上，光要把这些大树锯倒拢到便道上来，就不知要毁了多少林木，开挖多少便道。原则上是伐两三棵树就要开挖一条便道，这项工程太大了！

看好树，观察好地形，标上路签，先安排人开路，再伐树，流水作业。眼看10天就过去了。李斯特带领一帮知青修便道，老刘带伐木队砍树。

开始时推进得很快，李斯特带着几十个人，每天都可以开挖几十米的便道，最少可以拉出一根木料。越往深山就越难推进，碰到一块巨石，就得绕道半天。十天以后，进度几乎是老牛破车。

最要命的是，这些木头太大太长，每根起码有几十吨重，老牛顺着山势勉强可以拉得动，稍为平缓，就胶住了。只好组织五六十人跟着撬、扛。

李斯特他们便多了一项任务，边开路边抬树。

老刘拉着牛，牛拉着一棵大油楠顺着山势小心翼翼地往山下拉。老刘握着撬棍，跑前跑后地松动巨木，老牛拉着巨木，四条腿弯成弓状，每前进一步，要扑腾五六次，憋得眼睛都要暴出来了。

巨木在山路上胶住了，一动不动。老刘坐在木头上，只有呼出的气，没有吸入的气。李斯特听见老刘的唿哨，忙呼应着，带着几十人向山上奔去，每人手里都带着撬棍和用鸡血藤砸烂编成的绳索。

李斯特熟练地给巨木套上绳索，五十多人每四人一组，分成十多组。每组扛一套绳索。大家很快就各就各位，“一、二、三”，大家合力扛起巨木，巨木离地只有几寸。扛一次，往前挪一步，停下；积聚力量，又扛起一次，又往前挪一步。几十米的距离，要扛上一天。一天下来，知青们个个像死去一回似的。有的连饭都吃不下，就躺在地上睡着了。花蚊子叮得满身红肿，也醒不过来。

十几二十天下来，巨木拉出了十多根，可同时也抬下来十几个知青，不是被树压伤的，就是伤手伤脚的。不断补充进来的知青，都是没有进过山伐木的，生手生脚，更容易伤亡。

往常，妙英是每星期拉一次米，一次菜，现在是每天要拉两趟牛车送粮草。她把东西送到贮木场，卸下了就急急往回赶，下午再送一趟天就黑了。她连到山上营地看李斯特的时间也没有。她已经有一个月没有见到李斯特了。

她每天都看到有抬下来的知青，伤手伤脚被蛇咬的，个个都是血淋淋的。大部分都是她的牛车送回连部，够吓人的！尤其是伤员的呻吟声，令她心碎。自己手脚都麻了。

有一天，她拉上了一个潮汕知青，原来是在伙房的，妙英认识他，人叫阿灿的。他的一条腿和半边脸让石头给砸了。脸包起来了，尽是血，一条腿又是泥，又是草，又是血，就用芭蕉叶给托着。在牛车上，他呼天唤地地叫娘。她用一条装米的麻袋给他盖，他眼巴巴地望着她，满眼是泪。他稚气的嘴巴歪着，淡淡的胡须毛茸茸的，沾着血痂。

“阿灿，痛吗?”妙英用手去摸他的额头，“我要死了!”阿灿绝望而又惊恐地说，“全身都没了!”

阿灿闭上眼睛，他原本清澈的眼白，现在满布血丝，通红通红的。他的半边脸骨可能碎了，他说话含糊不清，而且十分艰难。

她的牛车每天几乎都要拉上一名受伤的知青，大部分是新上山的知青。一天，一名知青从山上下来，他跛着一条腿，拄着拐杖，说坐她的牛车回连队。他的双手都是血，脸上也有伤痕。她问他怎么啦，他说：“你看我的手，李斯特太残酷了，一天干十几个小时，手都磨烂了。”他把双手给妙英看。一双血肉模糊的手，“这还是套了手套的，妈的李斯特，想升官发财啊，把我们往死里整。”他十分气愤，他并不知道妙英和李斯特的关系。

妙英认为他是逃兵，跑下山来的。

他说：“老子大摇大摆下来的，他李斯特干我的鸟啊！假积极！”他尽情地发泄着对李斯特的不满。

妙英心情很不好，她怕李斯特有什么意外，她希望他别管得太多太严了。有老刘和老雷呢！

贮木场的木头渐渐地多起来，山里巨木越来越难伐、难运，便道越修越长，山路越陡。现在是每五天才能运一棵大树，要百多人侍候。没有一件机械，完全靠人力搬运。

妙英在一天中午，见到了李斯特。

老刘、老雷和李斯特从山上下到贮木场。在贮木场的窝棚里，师部政治处和生产处各来了一个处长和干事，检查木头进展情况。眼看就剩下最后十几天了，还有一半的任务没完成。

处长：“如果人力不够，有的是人！”

老刘情绪很大，但不敢发作，只是无奈地说：“人多就行么？就这么鸟大的地方，人多要死人的。”

处长：“你这位同志说话要注意啊！毛主席最高指示：只要有了人，什么人间奇迹都可以创造出来！”

老刘一听就火了：“那你自己来领导吧，喝凉水不塞牙！”

处长：“老雷，雷连长，看起来你们这不抓阶级斗争不行。”

老刘：“抓吧，抓个鸟。”说完气呼呼地走了。

老雷忙打圆场：“处长，这人没文化，可离了他任务完不成，我也没办法，大人大量吧！大家都为了工作嘛！我保证完成任务就是。”

处长：“你立了军令状的，你负责到底，但学习毛著，阶级斗争都不能松。必要时，要开工地批判会。小章，你留在这里几天，给他们总结工地批判会的材料，好好抓一抓。”他对生产处的干事小章发号施令。小章有些为难：“处里还有工作要我做，是不是老雷你们先开会，让连队文书给我整理资料，我再加工上报。”

小章不归处长管。他不想得罪老雷他们，也不想在这鬼地方呆上三五天。

处长顺水推舟："那好吧！工地批判会一定要开。老雷啊，阶级斗争要天天抓，月月抓，年年抓啊，要不，我们无产阶级要吃二遍苦，受二茬罪啊！"

李斯特始终一言不发。这些处长干事，除了发号施令，狐假虎威之外，别无用处。他懒得和他们磨牙。

处长们坐着吉普车走了。

老雷想，抓谁来批判呢，不开工地批判会，恐怕交不了差的。或者就叫林老师吧，做做戏也好。

妙英见李斯特他们送走了处长，忙赶过去。老雷心照不宣，和她打个招呼就走了。

李斯特衣衫褴褛一身汗臭，头发长而杂乱，瘦得只剩一双眼睛，还在骨碌碌地动。

李斯特裸露的手臂上满是血痕，从肩膀到锁骨那儿被拉开一条长长的血口，看得出裹了飞机草止血，留下了黑色的伤口，好像有点化脓。脚上趿拉着一双解放鞋，鞋帮踩在脚板下，工作裤被撕成条条，垂挂在膝盖以下的腿上。他活像一个从战场上下来的伤兵。

妙英是见到李斯特被雨淋都心疼的女人。她很想扑过去，抱住他、吻他、给他。可是大中午的，贮木场上许多工人在忙着撬木，她只能隔着三四米远看着他。

他笑了，笑得很古怪，心里似有许多事。他笑起来，一边嘴角依然挑起，很动人心魄地咧开一口白牙，他黝黑的脸上有一种令人怜悯的神情。

妙英鲜活得像一朵盛开的杜鹃花，红扑扑的脸是她这个年龄特有的财富。她的眼睛流光溢彩，心里像一泓清泉，她要用这清泉去洗涤李斯特的累累伤痕。

工人们收工了，三三两两地到窝棚那边吃午饭。中午阳光酷烈地暴晒着贮木场，木堆像喷火似的蒸腾着呼呼的热气，和着热风一起，席卷了整个贮木场。李斯特和她一起走到小河的树荫下，他们曾经在月夜里邂逅的地方。四野无人，河水静静地流淌着，黑橄榄树的叶子漂在河面上。妙英禁不住扑在李斯特怀里恸哭。李斯特紧紧地拥抱着她，吻她。她全身酥软，她让李斯特粗重的呼吸窒息了。

“李斯特，李斯特！……”老刘在呼喊。

李斯特松开妙英：“你快回去吧！”

“你要小心，真的，千万别出事，你这伤口化脓了，晚上我给你送药过来。”

“别，别管我，任务差不多完成了，我会回连里去。你快走吧！别让人看见。”李斯特说着，拔腿就走。

妙英在树荫下，呆呆地望着李斯特远去的背影。

有一种伤心的怜惜，布满她的心头。这种日子，什么时候可以结束呢?

【另类档案】

追寻昨天的传说

海南岛的东部文明，中部纯朴，西部悍野。奇怪的是，这几乎是整个世界地理与文明走向的普遍现象。

东部的绿色与温和的记忆，从陵水开始淡化为一种悍野，在那大和东方达到了顶峰，三亚是一个强烈的重大的转折点。这个顶峰从谷底一直缓冲到海口市郊的长流。西部的植被和景观同样显示着这种性格的强烈分野。辽远的白色荒漠上丛生着各种耐旱和耐碱的植被。连四脚蛇雷公马也变换成耐得住酷热和干旱的赤褐色。而在东部和中部，这种动物一般是显现暗红色的。

我沿着西部海岸走。

东方的荒漠给我留下极深的印象。我为大自然的无情所塑造的悍野人格震撼了。在大学里我就读过《广东新语》和有关岭南的文史古籍，那里面对海南西部的片言只语之记述充满神秘悍野的开拓精神和海盗的冒险色彩。那些精彩的段落常常激发我对童年时代的海南岛产生一种冲动的企盼。我在心底里对我的生身父母，那些漂洋过海去的知青们怀有一种隐忍的自豪与钦羡。

当我在西部荒漠的丘陵上行走时，我常常被强悍的针状植物撩拨得双泪横流。我只知道我的生身父母曾在海南垦荒，而垦荒靠的是一把老砍刀和火种。许多知青是十五六岁的初中生，他们靠着漫无边际的激情与艰苦岁月抗衡。我无法设想那种单调艰苦的人生行程和十五岁的烂漫人生之间是怎样画上等号的。

好几天来我一直在袭人肺腑的酷热中执著地沿着离公路线100米的丘陵地带往前走。难得碰到村庄，而井里往往没水。这天傍晚，雨淅淅地下着，感恩河在很远的地方裸露着沙原，一线白白的水流在傍晚依然强烈的阳光下烁烁生辉。雨与阳光斗争着，终究是西部的阳光，它永远是不可战胜的。雨终于败北了，躲进中部莽莽苍苍的远山中去。

今晚我得赶到感恩河边去露营。至少可以痛快地洗洗澡。我已经一个星期没有好好地擦洗了。

荒凉的西部丘陵一直往北蔓延。西海的帆船渐渐隐入红彤彤的晚霞中去。平缓的荒漠上一丛丛的野剑麻和芒草、曼陀罗匍匐着喘息着，拼命地吸吮着雨后的些微湿气。

疏落的木棉一棵棵孤独地伫立着，偶尔有两棵挨得较近，枝丫交叉在一起，互挽着。我望着两棵难得挨在一起的木棉，顿生无穷的伤感。我的生身父母如果还在一起，他们也会这样挨得近近地生活在荒漠的土地上吗？从心底涌上来一丝渴望见到他们的柔情和艰涩的企望。我明白我的血中，奔流着的是一双在悍野的植被与酷烈的阳光中挣扎过青春时代的知青的血。它们使我不安宁不安分地走向海南西部。我没有任何理由不到西部来，命运驱使我去寻找那本该属于我的艰窘。

木棉开花的时候，绿叶就已经凋谢，花与叶永远分属于两个不同的季节。我是在木棉树没有花也没有叶唯有光秃秃的枝丫的时节到西部来的。此刻的木棉显得分外的孤寂和凄然，苍凉的旷野因为它们长久的沉默而显得更加苍凉。一星期来，我所到之处没有看见过一只鸟。酷烈的阳光、暴烈的海风把一切生物都驱赶得远远的。

我又想起那老砍刀、那老树、那两年才憋出一滴清泪的树疙瘩。我的父母的双脚就曾经插在这儿，插在诞生木棉和曼陀罗的地方。

他们在哪儿呢？

阳光慢慢暗淡了。我终于接近了感恩河下游一个河湾，从这儿可以看到海。海已经完全变得沉寂且暗灰了。

感恩河对面是一个村庄。弥漫的炊烟刺激着我的神经。母亲假如还在，她一定有一座温馨的草屋，里面有灶火，有焖熟的番薯和西部香得动情的鹧鸪茶，还有硕大的咸鱼和自酿的地瓜酒。我在西部农民家中领略过这一切。

我正想过河去找一家人家求宿。河湾的沙原上有几间淘金人的小屋。据说20世纪初这条河上就有人淘金，这两年河上游的山地上发现金矿，成千上万的人涌向金山，占地为王，发生了许多耸人听闻的掘金传奇。真真假假传闻得很远。

我打算上淘金人小屋去，讨点水喝再说。

屋里没有男人，有一个北方女子。淡施脂粉，健康而且年轻。附近有几个土垒的炼金炉。这里是一个简易的炼金工场。

北方女子很爽快，请我喝“健力宝”，很阔绰。她大约很寂寞，这里难得有外人来。后来我才知道，一般的人不敢涉足这种地方，不速之客很容易引起误会和怀疑。

今晚我碰得巧，男主人和作坊工人上山收购金矿石去了，留下女人看家。

北方女子十指上都套着金戒指，打得很粗糙，粉颈上也套着金项链。

我问起她的男人。她咯咯地笑，说是单身女子，哪来的男人，说若是我愿意，她可以跟我走上几日。她腻烦了这里的野男人们。她的年纪与我相仿，说话全无遮拦。我惊奇她手指上全是戒指。她说这有什么稀奇？若愿意，一晚上又挣它几个，愿意给的人有的是。她眼里流过来一种意味深长但很轻薄的浮光，把我羞得满面通红。

我得马上离开这个是非之地。天已经完全黑下来，没有月亮，沿河伸手不见五指。对面的村庄也浸在黑暗中，只好在这儿坐等男人们归来要求留宿。她说男人们回得来回不来还是个谜。老天保佑今夜金矿上是个平安夜，我在心里祈祷着。

北方女子烧燃了一炉炭火，很热情地邀我吃饭。香喷喷的广式腊味和上好的感恩河鲜鱼，还有穿山甲炖鹿筋。难得吃到这等吃食。我有些惶恐，总担心着男人们归来的局面。我倒有些希望今晚他们不归来，明晨悄悄地走好了。

那女子很抑郁。她忽然坐近来，问道："你要吗？"那神态我自然明白她所指为何，骇得我跳将起来，愣着站了半天说不出话。第一次碰上这等事，女人太神秘，而这面前的女人又太袒露，近乎无耻。她若无其事并不介意我的惶恐，反淡淡一笑："把你吓的，男人都会假正经。我见得多了。"我默默无语。对她说不上厌恶也谈不上好感，至少她使我这不速之客得到孤旅上的一点温暖。

忽然外面人声鼎沸，我冲出小屋，远远的沙原上许多火把和电筒，急急地往这边来。我急忙迎上去。

许多男人抬着两副用野藤扎成的担架。担架上是两个血肉模糊的躯体。人群里为首的一个长得人高马大。他的脸颊被割开了一条血口子，皮肉往外翻着，已经结了血痂。这条血口子使他的脸显得十分狞厉和粗豪。他穿着一件许多口袋的上等羊皮夹克，腰里鼓鼓的，像是别着手枪。早就听说这一带有人私造手枪出卖。搞金矿生意的十有八九都带有武器或雇用保镖。我猜想这人正是头领。

他审视着我，并不言语，眼睛逼视着那北方女子。女子极大方且有几分撒野地傲视着他，也不言语。我看出他们之间有一种很特殊的关系，谁也不怕谁的样子。

我主动地向这群充满着敌意刚刚械斗归来的掘金人解释着，让他们明白我仅仅是一个路过的毕业不久的大学生。

他很认真地听着，威严的脸上始终没有一点变化。我相信他不再怀疑我，至少确信我既非歹人也非公安局的暗探。

他不再审视我，把我撇在一边，示意那群人把担架抬过河去。死者都是河那边村庄的采金客。

那群人吵吵嚷嚷地走了，沙原上又归于寂静。他一挥手示意我进屋。那北方女子早已为他烫上一条热毛巾。他胡乱地抹了半边脸，一屁股坐在地板上。那北方女子挪过来一个纸箱，里面是四瓶窄口宽肚子红色瓷瓶的山兰酒。这种酒是通什酒厂仿照黎族山兰酒制法酿造的，每瓶 25 元，我在海口友谊商场见识过。那汉子用牙咬开瓶塞，吐出屋外去，把酒瓶递给我。自己又咬开一瓶，示意那女子自己开启一瓶。他咕噜咕噜地喝将起来，一口气起码灌进去大约有半瓶。我尝了一口，果然香甜醇厚得可以。我敢说从没喝过如此美妙的好酒。

他大口吃肉，咕噜咕噜地灌酒，并不理会我与那北方女子的存在。我便也不客气，饱餐起来。我已不再惧怕什么。

他始终没有说话，又喝了一瓶，深深地呼了一口气，像是叹息，极其深长的叹息。他开始解衣，腰里果然是一把手枪，兽皮做的套子极为精致，是民间名匠的出手。他把枪套随手一扔，把枪捏在手里，向床铺扑去。那北方女子忙过去伺候他。他大约没有全醉，一把揽过那女子，把她掼在床上，顺手从手指上捋下一个戒指，“当”的一声扔在床沿上。那女人忙捡起来，向我投过来一丝媚笑。他重重的躯体全压在那女子身上。墙壁上马灯被他们折腾得来回晃荡。

我说不清此刻的感受。

那女人骚笑着推开他，把他推靠在床栏上，自己便开始解衣。那汉子双眼发直地望着那女子，全不理会我就站在小屋中央。那女人也不避讳，边脱边吃吃地笑着。

我这才看到那汉子有一双鹰眼，笔挺的鼻子也因那鹰眼而显得分外的鹰钩。

我车转身，顺手拉上屋门，在屋外的沙原上散步。小屋里翻江倒海般地折腾。过了好久，见那北方女子提着个塑料桶，走出门来，往河边汲水去。经过我身边时，她有些轻佻有些怨艾地半是自语半是说给我听，有几分自我解嘲似地说："他总是猴急的！"

我想去拿我的行囊，连夜赶过河去，到村庄里找人家投宿。我踱到小屋门口，等那女子汲水回来。那汉子已睡死过去，打着深重的鼾。

那女子一身湿漉漉的，从河里沐浴回来，只穿着一件黑色的十分性感的乳罩和三角裤。我忙别过脸去，装作没见她来。

我发觉她在我身边停下来，我甚至感到她不均匀的呼吸。她好像要跟我说什么，而终于说不出来。过了好久，我想应该发生的事并没有发生，她拎着水桶进屋里去了。

过了一会，她推门出来，对我说："你过来！"我转过身去。她穿得很齐整，一身蔚蓝的极高级的运动衣裤，裹出她一身极优美的曲线。

"你要吗？我给你，不要钱，真的！"她憋了好久，终于断断续续地说出这番已不令我惊奇的话来。

我不言语。

她叹了一口气，说："我看出你是好人，可好人为什么要上这儿来呢！他们都是牲畜。"

"回家去吧！"我实在没有什么话要说，我不知怎样对这位堕落的同龄人说几句应该说又近人情的话。

我径自进屋里去，拎起我的牛仔包，搭在肩上。那汉子睡得沉，把这世界全抛却了。他光着身子蜷曲着，光光的脊背上有几道刀痕。粗大的脖颈上圈着做工精致的粗重的金项链。我看着他一只眼睛和半边鼻子，那侧影似受伤的鹰，心中涌出来难以言说的伤感。这是一种我所未见闻过未曾理解过的人生。祝你走运，我不知为什么，竟在心底说了这话。老师教授给我的种种关于伦理道德关于世界关于人生的道理，在这种奇特而悍野的人生面前全部黯然失色，派不上用场。

我想应该说点感谢的话，可是支吾了半天也说不出个光景来。于是在走出几步之后，又转身走回来，跟她握了握手，说声“再见”。

她的手冰凉，柔弱无骨似的。几滴冰凉的东西滴落在我的手背上。

我在黑暗中向河对岸走去，河水冰凉冰凉的，我哆嗦了一下。河那面的村庄已经睡死了，偶尔有狗吠。金山上星火点点，直通向天际。

我站在冰凉的河水中央，感恩河在脚下无声地流淌着。我眺望着河边孤独的木屋，那女子似乎还倚在门口。她和那汉子都抛弃了各自的家园，而我呢？却在千辛万苦地寻觅真正属于我的家。

我们各自真正的归宿在哪里呢？

第十四章

1999年。广州。

林大头开着他的加长奔驰，车上坐着肖邦、李斯特和张真。奔驰在沙河一所部队的干休所里穿行。“就这！就这！”张真指着一座平房说。

平房一共五间，依山而建，四周是花圃和菜地。林兵的父亲离休后就住在这里。他是80年代初从师参谋长的位置上离休的。

见有车来，老人家从屋里走出来。他身材高大魁伟，一副北方人的身架。他认识张真，女儿烧伤时，就是张真始终在医院里看护，他特别欢迎张真。

“都是些知青朋友，准备去看林兵，这位，这位，这位，都是大人物！”张真大大咧咧，她指着林大头他们一一作了介绍。林伯伯见她像见了女儿一般，搂着张真的肩膀：“这么长时间都不来看我老头子。”“伯母好吗？”张真像回到娘家一般熟络。

林苹苹的母亲在菜园里浇水，她进到屋里，边擦手边招呼大家坐。

肖邦不想在这里久留。张真的意思是把林伯父接走，一起去看林苹苹。林伯父沉吟良久，说：“我也好久没去看她了。听阿玉说，她的情况不好。”他不方便说得太具体。

李斯特关切地问："是不是身体还有什么问题?"他的言外之意是，是否还需做些整容手术，他没有直接说出来。

"是有问题，更严重的是思想问题!"林伯父指指脑袋，他习惯于从思想上去寻找原因。

"林伯父，林兵不愿意见他们，他们想帮助林兵!"张真直截了当。

"彻底整容要花多少钱?我们可以想办法，肖邦、李斯特的朋友嘛，义不容辞。"林大头快言快语，他与林苹苹不熟，他听张真说过，心中恻隐。

"我也不太清楚，不是小数目吧!问题是能不能整?"林伯父忧心忡忡。

"现在不比从前，什么都能做!假乳房假屁股，做起来比真的还真，现在是假的是最真的。"林大头肆无忌惮。

"你们去看看她吧，劝劝她，别再堕落了。我就不去了，我一去，就非得批评她，她就恼，就摔东西，就寻死，唉，何必当初呢!"老人家懊恼无比。林妈妈一言不发，她是林伯父进城之后再娶的，不是林苹苹的亲生母亲。林苹苹的母亲在乡下，解放以后也很少来往。关于林苹苹的事，她极少发表意见。

李斯特也觉得不必劳烦林伯伯。他们一行告别了两位老人，就往西关去。

林大头四处兜圈子找停车场，找不到停车场只好把车子付托给巷口的士多店，给了老板20元，麻烦他代为打点，别让交警给拖走了。

小老板信誓旦旦，说在他的地头上，没人敢来找麻烦。林大头很得意，说20元，多伟大，没有钱是万万不行的。

西关老屋雕梁画栋，前厅屋檐下有一块匾，上书"诗礼传家"四个大字，烫金大字依然亮灿灿的，只是黑漆衬底满是灰尘。厅堂里几个牌友，围着方桌正在打牌，呼呼喝喝的，好不热闹。阿玉站在一旁，端茶倒水，边啃着葵花籽，边贼眼溜溜地看人打牌发牌，和下家挤眉弄眼，暗传信息。

林苹苹也坐在一旁，昏昏睡去的样子。李斯特他们在门口犹豫了一会，还是张真把他们领了进去。一下子进来这么多人，把牌友们吓了一跳，都愣住了。张真忙解释："没事没事，打扰了打扰了，大家接着玩。"说着，李斯特他们进了前厅。肖邦已经看到林苹苹，他想应该让她有回旋的余地，便示意大家到天井里去，装着观赏西关老屋的建筑。

林苹苹被张真弄醒，她一下子不知所措，赶紧回里屋去，"砰"的一声把门关上。

刚才李斯特乍一见林苹苹，也吓了一跳，尽管他早有准备，但没想到会烧成这样。1974年黎母山的那场大火，他没有亲历，若不是1973年自己上大学了，那么，半年后他李斯特肯定是首当其冲被烧成黑炭。68名知青葬身火场的事，他是1976年分配回海南才听说的。

张真在林苹苹屋里劝说了半天，林苹苹就是一声不吭。她心里很矛盾。屋里有一种怪味，很呛人。张真问她："又抽白粉了？"

"不抽又咋样？"

"戒不掉？"

"戒了难受！"

"把门开了，让他们进来，大家都是老朋友，何况李斯特……"张真没有往下说。她不想勾起伤心的往事，"大家都关心你，刚才林大头还对你爸说到整容手术的事。积极点好不好？别错怪大家一番好意。"

林苹苹想了许久，她终于说："请他们进来吧！我换件衣服。"

屋子很暗，张真想去开灯。"别开灯！"林苹苹制止她。

张真跑出去，悄悄地对李斯特说："历史性的会见！"

林苹苹坐在床沿，她特意把蚊帐放下半边，她把脸半掩半遮地躲到蚊帐后面。张真也不计较，她和林苹苹坐在一起，一只手搂着她的肩膀，她尽量把气氛弄得轻松一些。

李斯特和肖邦在椅子上坐好，林大头到处走，边走边大声地说：

“肖邦，把这里搞成家庭式餐馆，专门接待外国人，吃西关美食，叹西关古风情，一定发大财，你说……”他见无人搭腔，便自己寻来。他一眼见了林苹苹，哑了。

“27 年了，人生真快呀！”李斯特感叹地说，“林苹苹，别灰心，你的事我最近才知道，我们很想帮你，大家都是老农友，何况……”李斯特欲言又止。

肖邦虽然与林苹苹不十分熟，但他常去六连，见过她许多次。那时，她是个骄傲的公主，人漂亮，又有活力，敢作敢为。他努力搜寻记忆中的林苹苹，他想找一些化解这气氛的话语。

“多少钱都没关系，你跟李斯特的事我们都知道，他当然会积极的。我们跟李斯特是生死兄弟，他有难，就是我的难，说好了，开口就是。”林大头永远是大包大揽。他见林兵这样子，心里很触动，一个女人，烧成这样，怎么见人，还不快快整整容。

林苹苹在蚊帐后清清楚楚地看到了肖邦和李斯特。她不由得重温 27 年前林中空地那一幕，那一幕是她这 20 年间夜夜入梦的东西。李斯特老一些了，但他的神采没变，依然是那样令人动心。她哭了起来，那哭声像抽风箱似的。她顾不得那么多，大哭特哭起来。

张真安慰她，又搂着她。难为了张真，李斯特在心里感激张真。

张真从坤包里掏出一张存折：“这里面是 5 万元，李斯特、肖邦各 1 万，林大头 3 万。对不起，我是下岗女工，没钱，都给你存好了，收好！”她把存折压在林兵手上。张真对她耳语：“做手术用，可别抽了。”

林苹苹推辞着，说这怎么好。李斯特忙调转话头：“我们给你约好医院，请张真陪你去，别推辞。”

“林苹苹，没关系的，现在不比从前，医学进步，什么问题都可以解决，主要是要振奋，别消极就行。我们会尽力帮助你。”肖邦说。

林大头转了一圈又回来，他全没把林苹苹当病人，他竟和林苹苹谈起生意来：“林苹苹，说真的，把这西关老屋让我改造一下，重新设计，办成餐厅，特色餐厅，一定生意兴旺。我去过云南丽江，人家就是这样干。怎么样？你当老板，我当总经理，干它一票如何？包你月入万金。”

林苹苹破涕为笑，她说：“那就听你的，没错，你是大老板，你想怎么做，就怎么做。”

“大门楼那儿挂上大红灯笼，完全按30年代西关的模样，把一条巷子全给租下来，用轿子从巷口把人抬进来，丝弦笛鼓，一定可以！”

“做成欧阳山的‘三家巷’，岂不更好！”肖邦说。

“对啊！高级知识分子，就是不同，‘三家巷’，太好了。林苹苹，说好了，我们一起做。你可别偷了我的创意啊！”林大头兴奋无比，他自言自语地说，“妈妈的，我怎么就没想过西关呢？广州什么地方我都很熟！就是没来过西关。”

“林苹苹，谢谢你！”他冲到林苹苹跟前，拉着她的手摇来摇去，把林苹苹弄得很感动。她暂时忘却了痛苦。

李斯特非常感激林大头，这位老友，见义勇为，古道热肠。他的到来，煽起林苹苹重新生活之火，他对每一个人的帮助都是具体且真实的。林苹苹应该有事业来支撑，林大头为她找到了事业的根基。

张真毛遂自荐：“林大头，我来帮你料理，只要你信得过，我和林苹苹一定把‘三家巷’弄得比欧阳山的‘三家巷’更热火，生意一定兴隆。”

林大头还在到处看，他边看边说：“好，一言为定，林苹苹你赶快去医院，一两个月后我们就开张。那时候，你也出院了。老板就是你了。”

林大头说得大家心花怒放，林苹苹也脸有喜色。

肖邦没有想到会有这样的效果，他很欣慰，他知道林大头这是全为林苹苹着想，并非他的本意。那天，林大头一听说林苹苹的事，就表示全力出资为她整容，他说：“一个女人，不就是巴望好看点么，烧成那样，谁敢跟她一起呢？来点假的也行嘛，这里填一点，那里补一点，不就美女一个了吗?”林大头对生活永远持一种积极的态度，尤其是他说话说到根子上，全无一点虚伪。今天，为了林苹苹，他不单出钱，还出谋划策。假如真能实现，林苹苹就获得新生了。20 年了，她过的是什么日子？又有谁真正关心过她呢？

林苹苹不像开始那样自卑了，她似乎看到一点曙光。刚才林大头他们这些话是老农友们说的，她相信，她相信他们的话，她愿意与他们一起，只要有他们一起，她就不怕自己丑，不怕任何东西了。她掀开蚊帐，她坐到光线较亮的椅子上。

大家一一和她握手告别。李斯特握着她的手，两个人都久久不松开。张真他们先走出门去，李斯特怜惜地搂了搂林苹苹。林苹苹把脑袋耷在他的肩膀上，他们互相感受着一种遥远的年轻的温馨。

“妙英死了!”李斯特说。

“我知道!”

“死得很惨!”

“我知道!”

“让张真陪你去医院，我们会安排的。”

“好的，我一定去!”

在黑暗中，李斯特轻轻地吻了她。她感动得浑身抽搐，紧缩着。“保重!”李斯特说完，走出门来。林大头他们已等在大门口。林大头还在探究这条不同寻常的西关小巷。

林大头的车到底还是被拖走了，林大头气愤得要扑打那小士多店主。那店主手捧着 20 元，又是叩头又是作揖地赔不是。林大头只好接过罚单，急电姚炳：“快，派人去西关交警队把奔驰开回来，我自己回去，不用了。”他大喊大叫，把电话挂了。

大家分头打的。林大头逐个给大家道歉，仿佛是他自己把大家的车弄丢似的。

1986 年。广州。华南大学。

星期四上午九点半，学生在课室里端坐，等杨家驹上课。到了十点，杨家驹还没有来，班长到办公室问情况。这在杨家驹是很反常的，他从来都很准时上课。虽然他老是在任何场合扮出中文系元老的姿态，但他是最守纪律的。他经常不开会，但他每次都会及时请假，认真地履行各种手续，他的自由散漫和严谨的请假手续是天衣无缝的。刘杏这才慌了。星期二下午各教研室开会，杨老师就没有来，她当时并不留意。从星期一到星期三他都没有课，人们也就不太注意他。他总是独来独往的，不喜欢串门，也不欢迎人家上他家去。他终身未娶，一个人住在顶楼六楼上。

刘杏忙打电话告诉李斯特。李斯特预感到大事不好，星期一公布了本次职称评定的名单，杨家驹落榜了，几位年轻教师都上去了。李斯特当时还想找个时间跟这些落选的教师谈谈，尤其是老教师。这两天忙着上课，就拖下来了。

李斯特叫上总支书记老马，跟他一起赶到杨家驹的宿舍，他们敲了半天门，没有动静。

“还是打电话叫保卫处的人来吧！”老马提议。

“好，快点，这样吧，你在这守着，我去保卫处叫人，这样快些。”李斯特说。

“那，还是我去吧！”老马说着，小跑着下楼去了。

李斯特还在敲门，依然没有动静。他已预感到不妙。杨家驹近来情绪低落，关于职称评定的小道消息纷纷扬扬。杨先生怕是早就知道结果了。系里是把他送上去了，可是条件不够，送哪里也没用。

保卫处的人来了，还带来一个木工。木工把门撬开，客厅空无一人。卧室的门关着，锁死了，木工又撬开。杨先生平躺在床上，穿着整齐。保卫处长一步上前。

“死了！”保卫处长脱口而出。李斯特脑袋嗡地炸开了。“保护现场，诸位请出去。李主任，你也出去，这里由我负责。”保卫处长驱赶着屋里的人。

李斯特最后看了杨家驹一眼：他的双眼睁得大大的，直望着天花板，脸色很平静，没什么痛苦。身上盖着毛巾被，床前的拖鞋也摆得端端正正的。

杨家驹是个好人。

公安局的人很快就到了。校领导也赶到现场。楼前站满了人群，议论纷纷。

不一会，杨家驹的尸体抬下来，担架上蒙着白布，尸体送上救护车开走了。

尸检还未出来，公安局排除了他杀，一切迹象都表明是自杀。他是星期一夜间去世的，已经死了三天，要不是没来上课……他没有留下片言只语，他的遗物也没有经过怎样甄别，就送回乡下老家去了。他就这样悄无声息地去了。中文系为他开了个告别会，没说明他是因为什么，怎么死的，既非他杀，也非病死，也不好说是自杀，自杀总是有缘故的，大家心照不宣就是，反正是死了。

李斯特非常懊恼，不该无视杨家驹关于死的戏言，他不止一次地说到若这次评不上讲师，他毋宁死。想不到平日里那么迂那么自尊自贵的人，如此轻生。是的，他把虚名看得比生命还珍贵。他错了吗？不，李斯特在心里哭，杨家驹，事实上他是一个最透明的人。

李斯特在全系教工会上，谈到杨家驹的死，他特别痛切地从自己谈起，千万别把虚名和职称看得太重，一个人的价值，的确不是由职称来衡量的。这种理论，在现实生活中是多么苍白和无力啊！中文系接连死了两个人，而这两个人的死，都有关于职称评定的阴影。

杨家驹的死很快就被人们淡忘了。中文系依然故我。杨家驹的房子很快就住进了别的教师。每天，李斯特走过那座住宅楼时，他都会下意识地眺望六楼的阳台，杨家驹经常会在六楼的阳台上，无所事事地看人，看风景。在看人看风景的时候，他心里不知在想什么，李斯特突然奇怪地想到这一点。

有一天，他看六楼的阳台，他看到杨家驹就站在那儿看风景。他只看到他的背影，那背影像极了杨家驹。

此后每年评职称开始的时候，他就会想到杨家驹，他就会特别留意哪一位老师，有没有说一些类似杨家驹说过的话。他精神异常紧张地度过那几个月。他于是会在六楼的阳台上看到杨家驹。

在这个世界上，有人出生，有人死亡，这是极正常的事，但怎样生和怎样死却是令许多人苦苦思索的。杨家驹是自己结束生命的，他有这个权利，他干净而且优雅地走向天堂，那里没有烦恼，也没有论资排辈。可是妙英他们呢，68 名在大火中奔突挣扎的知青们，他们个个成了嚎叫的厉鬼，他们在火中煎熬，在火中冶炼肉身，最后化为灰烬。他们的生命和那些木头一样重叠着，交叉着沉积于洼地的沼泽，只有一盏孤灯，在旷野与荒原中安慰他们的灵魂。

1973 年。海南岛。黎母山。

伐木队进入了最后的时刻，眼看上交“北京木”的期限就要到了。师部派政治处长亲临现场督阵。贮木场上整整齐齐地堆放了 40 根“北京木”，最后 10 根也已伐倒在山上，只待搬运下山就行了。大家都有些松懈。

伐木队员一个个衣衫褴褛，工作服几乎就从来没有换洗过，没有时间洗衣服，汗水渍过的衣服上一层白碱，再穿再渍，又是一层层白碱。穿起来硬邦邦的，汗水一湿润，就好了。一收工，知青们便七零八落就地睡觉。每天上山下山十几公里，超强度的劳作，个个形销骨立。

老刘也被拖垮了。一个多月没理发没刮脸，满脸是被刺藤树枝划破的血痕，胡子、头发长长的，像个钟馗。小文昌越发瘦小，工作服穿在身上，像一个大布袋装满了风似的。李斯特只剩下了一双眼睛，眼眶发黑，活像一只熊猫。

既然木头都伐够了，在山上放着，就慢慢往山下搬呗。老刘一松动，队员们自然也就歇一歇了。大家只盼望着下大雨，雨天里躲在窝棚里，睡上一觉也是幸福无比的事。老天就是不下雨，几十天来，天天太阳当空。

每天早上，老雷拿着棍子，先把老刘给打醒了，然后两人才一个窝棚一个窝棚地打，打知青们的屁股，一个个拽起来。

知青们可怜兮兮地爬起来，脸也不洗，在火堆边吃早饭。伐木队都是每天吃两餐，早餐晚餐都是干饭。吃饱了，上山干活到下午五点左右下山，到营地已经摸黑了，开始吃晚饭。天天如此。

李斯特盼望着下雨，十天八天的下才好呢！可老天就是不下。

老刘担心长期不下雨，贮木场要起火的。山一样的木头，越堆越多，贮木场在两年里已扩大了不少。许多木头都让荒草灌木包围了。

处长这几天都在连队住，每天一早，开着吉普车咣当咣当地到贮木场来。老雷为他在贮木场搭了一个吊脚的窝棚。他可以在高高的窝棚上眺望整个贮木场。放木的滑道上的情况他也可以看得清清楚楚。

他来五天了。滑道上只放下来二根原木，还有八根原木分布在方圆几十里地的山谷中。

“最后五天了，同志们！”这一天早晨，伐木队员还在酣睡，他已经神不知鬼不觉地爬上了营地，他站在场坝上大喊起来。窝棚里的人们睡得正酣，没有人理睬他。老雷是第一个被惊醒的，他抓起棍子，从窝棚里窜出来：“谁大清早就大喊大叫？”看是处长，他连忙说，“处长大人这么早就上山督阵啊！”他话里有话。

“什么话！我说老雷，雷连长啊！你的兵怎么搞的，太阳都出来了，还在睡大觉？”

“处长，才七点不到哇，我们伐木队都是九点出工，下午五点收工。这不还有两个多小时吗？你知道大家有多累多苦啊！”

“一不怕苦，二不怕死嘛！别跟我谈苦谈累的了，干革命，不是请客吃饭，不是做文章啊，同志。”处长振振有词，他在师里是有名的学毛著积极分子，老三篇倒背如流，每条最高指示在哪一页哪一面他了如指掌。

老刘听见吼声，在窝棚那儿探头探脑，见是处长，他缩了回去，给处长逮个正着：“刘队长，你要以身作则啊！”他指了指手表。

老刘只好不情愿地爬出来。他裸着下身，一急，忘了穿裤子，连内裤都没穿，就大摇大摆地走出来。把处长给惊得目瞪口呆：“你要流氓啊，你！”老刘一愣，不明就里地叫道：“我要什么流氓？”老雷指指他下身。他这才逃也似的，捂着下身钻回窝棚里去。

“这样的领导，伐木队的革命化有问题啊，老雷。”处长正言厉色，“还是要抓革命，促生产，革命、生产两不误才行啊！老雷，我知道你们辛苦，但是再苦再累也比不上红军长征二万五啊！”

扯你妈的蛋，喝凉水不塞牙！老雷在心里臭骂，这位脸皮白白，巧言令色的家伙。

处长叫老雷把大小干部集中起来：“我给大家开个会，做做战前动员，把最后一仗打好。”

“还有！”他突然想起什么，“工地批判会开了几场，都批了什么人？什么问题？大家有什么深刻认识？精神变力量，因此工作效率提高了多少？总结了没有？生产处的小章怎么没给我送这方面的材料？”

老雷敷衍着：“开了，开了好几场的，批了个作风有问题的，搞流氓的。”

处长对此很感兴趣：“搞流氓的？什么作风？”

老雷怕他深究，他有意把前段连里开的批判会拉扯在一起。

“今天就开一场，再拍几张照片，《兵团战士报》上登一下嘛！‘北京木’，政治任务，开玩笑？老雷啊！你知道这次为什么是我挂帅？政治处挂帅！不归生产处，明白吗？政治第一，弄好了……”他不再往下说，只是城府颇深地笑一笑。

干部们都到齐了。李斯特在这次任务中被老雷任命为知青队队长，专职修筑公路。小文昌是事务长，专职后勤。鹰眼鹰鼻的于阳是撬木队队长，专职把伐下的木头撬出山谷，撬进滑道。老刘是伐木队队长，专职把大树伐下来，裁成规格木后走人。潮汕知青小海丰是贮木场负责人，负责防火和拢集原木。老雷把这些金刚一个个轰出来，就在营地的空地上接受处长召见。

领导们个个披着臭烘烘的工作服，趿着解放鞋，蹲在地上，一个个哈欠连天，无精打采。

处长见状就来火：“你看你看，哪有革命青年的样子？哪有十八棵青松的姿态？老雷啊，别只顾抓生产，忽略革命化，毛主席说：‘我们的队伍……’好了好了，现在开会吧！”

老刘把头扭到一边去，开什么鸟会，等会请你这个鸟处长去撬撬木，你就知道什么叫革命化了。

处长清了清喉咙，正言厉色地作起报告来。无非是阶级斗争，革命生产，学毛著。大家乐得听他乱弹琴。小文昌叫炊事班停下来先别做饭，他想鸟处长把会开完，他再张罗饭菜，大家又都可以多休息一两个钟头，谁叫你要开会。

李斯特觉得这处长太可恶，条条本本倒是背得精熟，全无一点人性，活像“半夜鸡叫”的周扒皮。他想，老雷千万别打岔，让处长开上一天会才好呢！今天算放假多好。几十天来，个个都累得半死，还没顾得上歇一歇呢。

处长侃侃而谈，大家昏昏欲睡。回笼觉让处长搅黄了，大家心里有气。

处长从国际形势谈起，西哈努克和宾努亲王，谈到阿尔巴尼亚的“海内存知己，天涯若比邻”，又谈到缅甸，再谈援越抗美的伟大胜利。从国际到国内，他天花乱坠，倒是把大家的兴趣煽动起来。

老刘想，这狗杂种倒有学问，连什么阿，什么歪脖子宾努的他都知道那么多事，读过不少书哩。在大山里，连报纸都没一张，山外发生什么事鬼都不晓得。

大家听得津津有味，有人开始插嘴提问一些听来幼稚的时事问题。处长更是借题发挥，趁机卖弄一下，他都忘了叫出工的事了。

老雷眼看已经九点多了，再这样下去，处长讲到太阳落山都有得讲。他便暗示处长，讲讲正题然后歇会。这时，许多知青已围在四周，听处长神吹。

处长这才言犹未尽：“大家喜欢听，晚上我给大家做报告，欢迎不欢迎啊！”

“欢迎，欢迎！”大家七嘴八舌鼓起掌来。

“同志们，师首长非常关心大家，‘北京木’的任务落到六连头上，这是最大的信任，我们不要辜负领导的关心。要一不怕苦，二不怕死，坚决完成任务。我们要抓革命，促生产，要努力深入斗批改，要把无产阶级专政进行到底。我们还要开展革命大批判，狠批封资修，要进行思想改造。要通过召开声势浩大的工地批判会，把大家的革命热情鼓得足足的。无数革命先烈，在我们前头英勇牺牲了……”

处长口才太好，又讲了半个小时。他正讲得兴起，小文昌在那头敲起破锣：“开饭啰！出工啰！咣咣咣！”

处长这才咽咽口水，请老雷讲话。

老雷说：“大家好好体会处长指示，现在开饭。”他叫住于阳、小海丰和李斯特，向他们交代生产事项。

老雷请处长回连队，老刘说：“还是请处长上山检查工作吧！”

处长有些为难：“我回连队和老霍准备工地批判会的事，改天再上山！”说着，拍拍屁股走了。

在吉普车屁股冒烟的当儿，伐木队百多名知青，在老刘的鼓动下，同声起哄，起哄的吼声在山谷里回响着，像初冬的雷声，沉闷而又抑郁。

老雷宣布今天放假，四十多天来的大会战，伐木队从未放过假：“同志们，今天放假，不能下山，更不能到连队去，打扑克、睡觉，到黎寨去逛都可以。大家注意了。”

又是初冬的雷声流过场坝，大家都有解放了的感觉。

鹰眼鹰鼻的于阳叫住老刘：“老刘，山谷里那条油楠你们只锯了一半，昨天我上山见吹得嘎嘎响，今天不把它锯倒，恐怕要出大事，今天如果起风，把树摇倒了，一定开裂的，你看咋办？”

老刘本想今天一早把那树给倒了。今天放假，心痒痒的，好些天没去黎寨了。他有些犹豫，但是终究抗拒不了黎寨的诱惑，他便求于阳：“你带上几个人去把树给倒了，我下午回来再去截了它。”说着，匆匆下山去了。

于阳叫上李斯特。李斯特有些为难。他已答应小文昌，帮他去钓鱼。晚饭伐木队没菜下饭了，昨夜制好的鱼饵都有些发臭了。于阳催得紧，他只好迁就他，跟着他上山了。

那棵油楠长在深涧边。顺山倒的这一边树干已被老刘锯开了一大半，另一边只要稍微锯上几十厘米深度，大树便会顺当倒下。这是一桩轻巧活，用不了一个时辰。但这棵树周边的藤蔓太密太多，清理起来十分费劲。于阳带着几个人，急急忙忙地清理现场。他答应这几个知青，半小时解决问题，然后大家放假。

现场清理得有些马虎，李斯特不放心，忙让他们歇着。他告诉于阳，没有他的号令，千万别开锯。于阳应允，但他心里却想，不会有什么事的，机灵点躲开就是。

于阳不停地问李斯特："好了没有，我看可以了。"李斯特看看没什么大碍，便让于阳开锯。这时，刮起一股顺山风，于阳开锯不到十厘米，合抱大的油楠便"嘎嘎"地叫起来。李斯特听声音不太对头，若不加快拉锯速度，大油楠必定从中间裂开，那么反弹起来的力量将无法把握。他奔跑过去，和于阳合力拉锯。他边拉锯边对于阳说："我喊一、二、三，大家放弃片锯往右边跑。"于阳答应："好！"这时"嘎嘎"声越来越响，越来越急。李斯特喊："一、二、三，跑。"两个人同时放弃片锯，回转身从右边的小路狂奔离去。大树轰然倒下。李斯特狂奔着，如箭离弦。于阳跟在他后面，他一边回望，一边踉踉跄跄地跑开去。一棵碗口粗的小树被藤蔓拉成弓形，突然又挣脱藤蔓的牵拉，反弹过来，不偏不倚地打在于阳的小腿上。只见他惨叫一声，滚下山谷，躺在溪水里。李斯特听见叫声，见于阳已经直挺挺地躺在那里，一动也不能动。他怕极了，又是一条人命。一年多前林小宣和郑大平殉难的情景又浮现在面前。他双腿发软，连滚带爬地滑下涧底，其他几个知青听到叫声也赶了过来。

于阳脸色煞白，大声惨叫，那叫声响彻山林，一条腿耷拉着，没见血流出来。他双手按着小腿，由惨叫而呻吟。伤人的事天天发生。这四十多天还没有重大伤亡，最多也就是骨折擦伤什么的。如今于阳看起来伤得不轻。大家七手八脚地把于阳搬到岸上。他哭喊着："斯特，我的腿断了。"他的双手不敢松开。李斯特刚才奔跑时，也跌了一跤，把膝盖碰伤了，鲜血流得满腿都是，工作裤都浸透了血。他安慰于阳，腿好好的呢！于阳带着哭腔说：“腿全没了。”李斯特用砍刀挑开他的工作裤，这才发觉他的小腿淤血青肿，他轻轻地触摸他的小腿，发现骨断了，小腿几乎可以折叠起来，一根断骨顶着血肉，只差一层皮没被捅破。他连忙叫一个知青去拔几棵山姜来，把山姜连茎带叶砸扁，押住于阳的伤腿，又做了一副担架，把于阳抬出山来。折断的骨头终于捅破了皮肉，血顺着青藤编成的担架渗了出来，在山路上滴成一条血线。他们到达营地时，已经是下午四时了。老雷见又伤了人，赶快吩咐知青们把于阳抬回连队里去，让卫生员护送去团部医院。

处长又从连队返回营地。一排基干民兵押着几个下放干部。李斯特见林老师也在其中。她依然丰腴而且水灵，眼睛忽闪忽闪的，顾盼生辉，李斯特认为她是这山里最有教养最令人动心的女人。他在心里想，那个男人怎么就不带着她跑了呢？怎么就忍心扔下她自己逃得无影无踪呢？如果她是妙英，他会带着妙英逃进深山，永远也不出来。

看样子处长动真的了，今晚一定召开工地批判会。

这几个下放干部都是小学中学的教师，家庭出身有些问题，从1970年“一打三反”开始，他们就是老“运动员”了。白天劳动，晚上照例在汽灯下接受批判。开始时批判会还开得像模像样，严严肃肃的，到后来便像是赶大集，你说你的，我嗑我的瓜子，织我的毛衣，三三两两地看戏一般。这回，处长意气风发，让小文昌找知青们搭个戏台。

小文昌说怎么搭，没搭过呢！让老雷一阵批评。于是他只好在地上埋了四个桩，又砍了些竹子砸扁了，编成竹席子，覆盖在木架子上，那戏台可容三四个人走动。再在戏台边的小树上挂上几盏马灯。处长把带来的蓝布匾挂在台前，蓝布上刷着几个白字“工地批判会”。

晚上，在小马灯昏黄灯光的映照下，工地批判会开始了。

知青们都坐在台下，他们是来看林老师的，个个的脸上都有一种那样的神色。林老师身上、脸上的点点滴滴都让知青们着迷。她油亮茂密的短发，流光溢彩的神色，一双美丽无比的眼睛和她起伏有致的身材，都使这些正处于青春期的知青们神往，令他们想入非非。

林老师大约也从知青们的眼神中看到这种欲望，她有些羞涩。她是老"运动员"了，她那点事批判斗争过许多次了。伐木队的知青对林老师只有好感，没有恶意。这么美丽的女人拿来批判斗争真是可惜。

处长命令老雷主持批判会。

老雷开门见山，命令几个批判对象站到台上。那三个男的，个个主动地摆出低头认罪的姿态。未等老雷说话，他们便齐刷刷地低头弯腰，大声地叫喊："向革命群众请罪，×××罪该万死。向毛主席认罪，×××罪该万死。"本来在六连批判会场有毛主席像，工地上没有了，他们便习惯性地调转头去，面对青山上的滑道弯腰点头。有人笑了起来，处长便大声呵斥："严肃点！"大家便掩着嘴笑。

林老师见他们请罪，也跟着请，比他们慢了半拍。

老雷喝令第一个男的："你知罪吗?"他是个中学教师，他忙不迭地说："我罪该万死，我把毛主席像倒挂在胸前，我向革命群众请罪，向毛主席认罪，我罪恶滔天。"他像背书那样流利。

知青们对这位教师没有兴趣，他们希望老雷快点结束，批判林老师才是主题。他们想听林老师说话。

老雷知道知青们的把戏，他故意慢腾腾地对教师说："你向革命群众低头认罪，交代你的罪恶目的。"

教师又像背书一样："我反对伟大领袖毛主席，是螳臂挡车，可笑反革命分子痴心妄想。再向革命群众认罪！"他弯了九十度的腰，久久没有直立起来。

又一个教师被老雷喝令出来，老雷又照此办理。第三个也是教师，他从供销社买咸鱼回来，包咸鱼的报纸随手扔出窗外，被人捡到，报纸上印有毛主席在天安门城楼接见红卫兵的照片，照片上有咸鱼的污迹。他立刻被抓起来，游行、批斗。两年多了，批斗过上百场。每次斗争会，他都吓得屁滚尿流。他被老雷一喝令，哆哆嗦嗦地走到台中央。他只怕有人打他，他泪流满面地哀求着："我有罪！我罪该万死！请革命群众原谅。"他说着自己跪下去，把头在小戏台上叩了又叩。新砸的竹子很锐利，没几下子，他的额头就鲜血淋漓，他还不敢停止，没有革命群众的同意，他是不敢站起来的。老雷见状，便带领大家呼口号："坚决打倒现行反革命分子×××！"大家便跟着喊。

老雷轻轻地踢了他一脚："快起来！"他才规规矩矩地爬起来，血从额头上淌下来，他也不敢去擦。血淌得满脸血糊糊的。

轮到林老师了。老雷声音没那么严厉，他低吼一声："林晓风，向革命群众交代你的罪行。"往常，在六连的批斗会上，总有几个老工人和知青积极分子专门折磨她，逼她说出和那男人怎样干，她总是一言不发，所以免不了挨巴掌，推倒跪在地上。

这回，那些人都不在。这些知青平时对她都很好，虽说是专政对象，那只是在批斗会上，平日里大家一起劳动，一起去伙房吃饭，也不分彼此。她轻声地说："我有罪，我对不起毛主席，我和×××做那事……""什么事，快老实交代！"知青中有人大声说。

她略为犹豫："就是那种脏事！""什么脏事？"

"就是，就是……"她无法说出口。

"敌人不投降，就叫它灭亡！"有人带头呼口号，大家零零落落跟着喊。几个从六连来的基干民兵很起劲，他们上蹿下跳。

"就是不正当男女关系，在树林里，他脱了裤子，就上来。"林老师干脆一不做，二不休，一口气说完。她的脸憋得通红，令知青们更加兴奋，一个个都神情紧张地控制着自己。

有人哄笑，随即一片静默。

老雷对林老师没有坏印象，心想一个黄花闺女，被人奸了，还天天挨斗争！可这是阶级斗争，不敢造次，他又带头高呼了几句口号："誓死捍卫毛主席的革命路线！"大家跟着呼。完了，他立即宣布散会。

知青们很扫兴，他们想多看林老师几眼。她站在台上，看得清楚。小文昌幻想着林老师裸体的样子，他目不转睛地盯着林老师，她薄薄的白衬衫里，鼓鼓地跳动着两只乳房。知青们饥渴的目光里，有林老师各种各样的幻影。他们很想知道这个女人心里想的是什么，那个狗男人，真是幸福极了，小文昌想。下身燥热难当，不由自主地泄了出来。

小文昌十分殷勤地问老雷，他们在不在工地睡呢？老雷呵斥他："管闲事干什么，是你管的么？"大家都笑小文昌。小文昌希望林老师留在工地，明早他做饭给她吃。

处长很满意，他让基干民兵把下放干部押回六连，他连夜要赶回师部，给《兵团战士报》发稿。他告诉老雷，等着看报纸吧，题目就叫《六连召开工地批判会，狠批封资修》，小标题是"抓革命、促生产，革命生产双丰收"。处长十分得意，开着吉普车走了。

知青们枯燥无味的生活因为林老师的到来，增添了许多的兴味。林老师是他们见过的最有诱惑力的女人。

林老师被押走了，知青们鼓动老刘，再开批判会吧！把林老师押到山上来批判，让她到山里来劳动改造，多好！

【另类档案】

追寻昨天的传说

我在山里走，西部的景观和黎母山没有什么太大的不同，它们同一山系，只是各在山的一面。

我答应给如风写信，信写好却找不到可以寄信的村庄。只好把信集中在一起再找机会寄出去。

我沿着小路往山里走去，那路极长，似永无尽头。村庄已在月光下消逝。暮秋的清晨有种说不清的惆怅。旅人蕉凋谢了红花，蔫蔫的花瓣让夜露打得黏糊。昨夜困极随地打了个盹，这儿竟然是看林人的草坯小屋。屋顶坍塌已成废墟，这废墟让人联想极久远的故事。脑际残留那老人在这草屋边出现的依稀印象。

我在山林里转来转去，这一带到处是昔日乱砍滥伐的遗迹。只是好多年过去了，野草和灌木把一切都给遮蔽住，要细细辨认。可以想象当年开山辟岭的辉煌场面以及人类对大自然的残忍。上千年的古树被乱斧砍下来，横卧在那里，因为搬运不出去或者来不及搬运而腐烂了。

我又想起那把老砍刀，这人类原始时期的文明结晶与大自然的杰作之间，那种你死我活的关系将持续到什么时候呢？

我原以为我那朋友讲的故事，关于老树，关于老砍刀，仅仅是一种偶然。可是，自从我走进这西部的深山老林，我发觉，到处都是老砍刀和老树的故事。只不过这一个稍为奇特而已。

我怏怏地从山里转出来，觉到一种对人类对自己先人的失望。在这个充满着种种争斗的世界里，人把自己推向一个自己永不愿意正视的境地里去而毫不警觉。

我的朋友是知道我的底细的。他是我家的常客，可是他口紧得很，什么也不肯告诉我。他比我大将近20岁，应是我父辈的同龄人。许多年前，他就在这地方插过队。海南岛的西部，感恩河流域，对于他来说是过于熟悉了。我是受了他的影响，才毅然离开广州，上海南岛来的。

他不但知道老砍刀，知道于晓阳，一定还知道金和铁，他们都是一起来海南的知青。

据说西部的知青，大部分来自广东的潮阳和雷州半岛。这两个地方的人，种性风格也极为悍野。人们在与大自然的险酷争斗中求生存，而练就了一种百折不挠的奋斗精神和悍野的性格。关于他们有过许多故事，有一个与我的朋友跟我说的极为相似。

20年前的故事在西部荒漠地带已经成为久远的传说。但正如许多传说一样，人们总是强调它的真实性。“真的！”老人们总是这种说。

那天，我从山里转出来，又回到感恩河边那个村庄。对岸我曾吃过晚饭的小木屋已人走巢空，那北方女子和那些慓悍的采金人又漂流到别处去了。

不知为什么，我极想再见到他们，尤其是那脸上有刀伤，有着鹰眼和鹰鼻的汉子，他应该是铁，他没有理由不是。还有那说不清楚的北方女子。我想溯河而上，去找那些采金人。村庄里的老人告诉我，说前头有一片林子，人们都叫它鬼林。20年了，没有人上那儿去。经过那林子的路也让人废弃改道了。“你看，路不是在那儿平白无故地拐了一个大弯，然后再向西去么！”榕树下的老人极认真地说，“那儿闹鬼呢！”他再三叮嘱我别进那鬼林去。

我告诉老人，我不怕，我曾和女鬼跳过华尔兹呢。他弄不明白我的意思。一双没有睫毛，因为沙眼而眼睑外翻的烂眼睛不停地眨巴着。他絮絮叨叨地给我讲了鬼林的传说。

鬼林里有许多蝙蝠，我扔进去一块石子，蝙蝠便乱窜乱扑，有的便撞死在老树上。我捡起一只，硕大而丑恶。林子里有一股霉味。一棵巨大的古榕，气根林立，斜斜地歪在林子里。

那时，这一带是原始森林，一直延伸到海边的沙原。唯一的交通工具是小黄牛拉的小架子车。那年，来了一队知青，在离村庄很远的荒原上搭了一排泥坯草屋。山葵叶织的屋顶，小竹子从地上插成山墙，再一遍遍地涂上和着鲜牛粪的泥土。这队知青有百十口人，几个大兵当领队，就干起来。从荒原边上向原始森林蚕食，成片成片地砍伐，没日没夜的焚烧。那烟，那火，那云，遮蔽了半个天空，燎烤着被骄阳燃烧得暴裂的荒原。

一辆两头小黄牛拉的架子车，天天经过村庄到附近小镇上去拉米，拉菜，一天一个往返。早晨四五点钟，“吱呀吱呀”的牛车便从村路上一路辗过去，夜晚八九点，又从村路上辗过来，往荒原去。

赶车的是个高高大大的男知青，俊气得很，鹰眼鹰鼻的，一路总唱着歌："革命熔炉火最红……"坐在长长的车辕上的是个女的，秀秀气气，苗苗条条。洗得泛白的军装敞着领口，露出花格子衬衫的领子和一截白生生的脖颈。村里人都羡慕地叫他俩小两口。可说到底，除了放牛的烂眼王说是见过他俩外，村庄里的人谁也没见着。那样子，那情状，也是早起晚睡给牛添夜草的烂眼王评说的。日出而作，日入而息的村民只在睡梦里听过那由远而近，又由近而远的牛车声。

人们极可惜地说，只常常听那男的唱歌，那女的从来不唱。烂眼王说有一夜，他眼见着那小黄牛架子车独自吱吱呀叫着驶过去，却不曾有人跟着来。他便觉得奇，也想去那车上捞点什么吃食。他尾随着车子走了好长一段路，就是不敢靠上前去。他怕有什么埋伏。荒原上的知青个个慓悍，有些日子常常半夜三更到村庄里来偷鸡摸狗，法术高强，来去无踪呢！可不是好惹的。

他终于壮起胆子，摸近那慢悠悠的架子车。探头一看，吓了一跳。只见暗淡的月光下，两个人贴着垒得山一样高的粮食袋，衣服也没脱，站着在干那种事！

这事很快传出来，自然也传到荒原上去。

牛车照样早晚两头黑地经过村庄。可是，听烂眼王说，赶车的已不再是那俩男女知青了，换了两个穿军装的小兵。村庄里的人再没听见那歌声。牛车单调地辗过来，辗过去，没有一丝儿人的声息。村里人觉得可惜，他们不无忧虑地想，那俩知青大约事发之后让队上给处罚了。有人竟到队上暗中打听，有人开始责怪烂眼王捕风捉影害了那俩知青。

这事渐渐地没人再提起，村庄里的人开始习惯那没有人唱歌的牛车声了。

大约过了半年。

烂眼王向大家报告了一个消息。队上的说那女的已经失踪了三四个月，没有人知道她上哪儿去。队上的人到处找，也不见踪影。那男的还因为别的什么，被关起来了。有说是写什么反动传单，又强奸妇女，恐怕连小命都保不住。

烂眼王的话人们自然深信不疑。他是这个村庄里最有口才又学识渊博的“知识分子”，到乡里上过半年中学。他常常吹嘘要不是此地水土不好，让他从小害了眼病，他早就到队伍上去，十几年下来，怕也升得个排长连长当当了。

大约又过了半年。

又是烂眼王。这回他大惊失色，神秘异常地找来几位村庄里的老者，鬼鬼祟祟地嘀咕了半日。然后领着他们，驾起一辆四匹小黄牛拉的架子车，直往村庄与荒原知青队之间的一处林子里去。一群光腚的半大孩子跟在牛车辗起的风尘奔跑着，呼啸着，让烂眼王给驱赶回村庄里。

这是一处人迹罕至的原始林子。野藤缠绕着老榕巨大的树冠和纵横交错盘桓其间的气根。几个巨大的蝙蝠窝藏在石壁的隙缝里。蝙蝠终日在林子里飞旋，发出种种凄厉的怪叫。黑林里不见天日，荒原的酷热不断地从树丛的空隙中袭进来，林子里的千年瘴气却又流不出去。枯死了来年又勃生的打蚊草发出一种辛辣的怪味，榕树红红的果实在林子里铺上一层厚厚的腐殖质，发着臭气。鲜艳的毒蘑菇长在腐烂的老树上，和盛开的黑木耳交媾着。

烂眼王他们在林子的边上站住了。他指着林子里那棵巨大的榕树对老者们说着什么。他们探头探脑地往里看，谁也不肯率先跨近那老榕树。

秋天的热风吹过荒原，吹开了密不透风的榕树叶，挑动那盘绕得死死的野藤。林子里有了些许亮光。

他们终于走近那老榕树，面前是一幅骇人的景象。

有人尖叫着狂奔出林子，像被鬼怪惊吓着。

……

自此以后，林子里常常传出凄厉哀怨似哭泣一般的颤音，在午夜时分显得更加清晰。去过那林子的老者和烂眼王喃喃地祈祷，他们说这是屈死的女鬼在招魂。有人说在荒原上常常看见穿着洗得泛白的女军装的鬼影在飘忽，追逐着行人，口里吐着绿幽幽的火。

厄运似在不断地袭击这个村庄。

村庄里不断有人死去，溺水的，倒毙于荒原的，让小小的倒树给砸死的，还有让牛给轻轻踩死的，给蛇咬死的，死法奇特而又死得突兀。凡是与林子有染的人，似乎都心有余悸。某种不祥的预感袭击着这个荒原上小小的古老村落。

于是有一夜，惊恐而又愤怒的人群，把村口的道路给堵死了，砂石和巨大的树干筑成的路障，封闭了村庄与荒原知青队的唯一通路，自然也封闭了知青队与外界的唯一通道。人们认为是知青队给村庄带来了厄运，他们亵渎了山鬼和祖先的森林，祖先和山鬼发怒了，报复了自己的子孙。人们希望不再听见那单调而又勾起不祥记忆的牛车声。村庄里的"道公"还在路障上扎了几个面目狰狞的纸人，作为村庄的守护神。

知青队派人来交涉了好几次，依然没有结果。于是一场血的械斗发生了。

百十个知青带着武器，强行拆除了路障，与村民们打成一团。西部的悍野在这一瞬间得到充分的表现。

知青们吼叫着，吼着语录歌"下定决心，不怕牺牲，排除万难，去争取胜利"，一步步迫近村庄。他们从屋前到屋后，提着步枪，见着猪牛"乓"地就是一枪，见着人抡起枪托就打。

村庄里的青壮年逃跑了，剩下的人被逼进一间大屋里。知青们没了对手，开始向老弱妇孺宣传政策，宣讲"坚持知识青年上山下乡的正确方向，是毛主席伟大战略部署的组成部分"。手提式喇叭的嗡嗡声加强了宣讲的隆重气氛。没有一个村民听得懂这种对牛弹琴的宣讲。

知青们如入无人之境。没有一个人意识到村口交战败退了的青壮年们瞬间逃遁得无影无踪所潜伏着的危险。他们沉浸在胜利的狂欢之中。

屋子里乱糟糟的，孩子尖厉地叫哭。有胆大的开始求饶，请知青阿哥放他们一条生路。他们知道这帮知青阿哥什么事都做得出来。

有的知青扬言要放火烧屋，有人甚至已经举起火把，几次试图投向屋顶。已经好久没有痛痛快快地大干一场了。囚徒般的荒原生涯和孤寂乏味的劳作，连同性压抑在瞬间得到彻底的舒展。他们忘记了械斗的目的，他们完全陷入一种盲目的以发泄为目的的过程之中。

他们开始破坏，用枪托敲碎水缸、铁锅，捅破茅草屋顶，瞄准树顶的椰子射击，从屋里抬出整坛的米酒来狂饮。

屋子里的村民眼瞪瞪地看着他们野兽一般的胡作非为，他们只差拉出几个妇女来强奸了，而这一点他们恰恰遗忘了。也许那个疯狂年代恰恰没有教会他们这种兽行。

危险在向得意忘形的知青们包围过来。村庄里的青壮年在猝不及防的情况下被知青们击溃，汇集到村后的丛林里，重新部署之后，提着镐头和锋利的老砍刀，呈扇形渗透进村庄，把大屋前忘乎所以地发泄的知青们包围得水泄不通。为首的一声呐喊，便杀将过去。

知青们只有跑的份了。乱棍之下有人倒在血泊中，十几个村民围住一个知青，镐头砍刀齐下。那知青提着杆步枪，左挡右顶，只消几下便扑倒在地。

村民把这个受伤的知青捆在门板上，扔在村庄中央场坝的大树下。秋日依然酷烈，海边荒原上吹来咸腥的热风，场坝附近是个大牛圈，牛虻成群的嗡嗡着。那知青已经昏死过去，极度愤怒的村民们谁都不去理会他。人们忙于重整被破坏得惨重的家园。青壮年们都守护在村口，防止知青们卷土重来。

几个老者和烂眼王商议，待夜幕降临，夜半子时三刻，便把这知青抬到林子边上去祭祖先鬼。祭完之后扔在那儿，他若命大，祖先鬼自会收拾他。

那知青被烈日一晒，牛虻叮在流血的伤口，便痛活转来。孩子们已经围了一圈，有胆大的把草屑扔到他身上，拿草棍子去搔他的耳朵。他不叫唤，也不骂，只是眯着眼睛，牙齿咬得咔咔响。有个女孩子把一粒酸果放在他口里，他吮吸着，对她歪起嘴角笑笑。

他的大腿给砍刀砍开一条长长的血口，手臂上的棍伤开始乌青淤血，脸上满是让砍刀划破的血痕，一只眼睛肿得如核桃般大小。他开始痛苦地呻吟着。

傍晚，烂眼王喝得半醉，独自到场坝上来，他没有参与械斗，这种流血的事他从来不沾，一见血他就头晕。毕竟是上过乡中学的“知识分子”，他知道这种事总不会有好结果的，到头来各打五十板，谁也跑不掉。他的行为仅止于在幕后参谋参谋。酒足饭饱，他觉得该来安抚一下这个知青，也看看他的伤情，千万不能弄出人命来。他端来一碗米汤，慢慢地喂他。他不喝，他用两只手指夹住知青的腮帮，强行灌进去半碗，米汤里他放了一些草药汁。这半碗东西进去，知青就死不了。半夜祭完祖先鬼，把他一撂，明早再放出风声，知青队上自然会有人来营救。事情也就了了。

他认出这知青便是那赶牛车的男子，鹰眼睛和鹰鼻子。这个村庄只有他烂眼王认得这个赶车的快活的知青。

他不是被关起来了吗？烂眼王又认认真真地端详着他，真是他不错。用他来祭鬼真个合适不过。林子里那些白生生的人骨，一想起来就毛骨悚然。烂眼王此刻有些怪责自己多事，这场灾祸隐隐约约与自己相关。他已经忘记了的事端一下子都醒将过来，他有些后怕了。真是冤家路窄，怎么就偏偏让这个知青落到村民们手中。

烂眼王越想越怕。他悄悄溜出村外，扯了一些草药，含在嘴里嚼烂了，敷在知青大腿的伤口上。于是便心安理得起来，仿佛一切罪孽都得到了补偿。

那知青并不感激他，一只完好的眼睛鄙夷地瞪着他。他并不认识烂眼王，更不知道由于他的多事致使一系列的祸事发生。他只是厌恶这个烂眼睛，那种猥琐令人恶心。自从女友出走失踪之后，他对人的看法便一落千丈，再不相信世间有什么真情。

她为他生下了一个儿子，可是她从不告诉他儿子在哪儿。自从他被押上批判会，把他们之间那些事原原本本地公之于众之后，她便不再理他。那些事是能够公布的么？即使是被迫的，但你还算是男子汉么？“我宁可去死，也不受这种非人的无耻的屈辱。”他在批判会上，从她的眼睛里读出了她的心思。他后悔极了。

当初他们相爱，几乎连一句情话都没有说。日复一日地赶车，早出晚归地劳作。他赶着牛车唱着歌，只要有那歌声，她便觉得生活着是美丽的，荒原因之并不酷热。小路日日多情地展示着人生的美态。他们在夜幕的遮蔽下自然而然地接吻，拥抱。他愿意怎样她就怎样，因为她需要他，他也需要她，这就够了。

对这荒漠的牛车道上孕育成熟的爱情，她执著且神圣地固守自己那一方隐秘世界，让其不被侵犯。可是她终于发觉，人是多么容易让人失望呵！她本以为什么都没有了，失去了，唯有心灵中的这一点属于自己，可是现在，连这一点也没有了。自己完完全全地裸露在人们面前，当人类已经没有了羞耻的时候，人还有活着的价值么？

当他被捆在床板上，伤痕累累和生死未卜时，他反而安宁了，置生死于度外。他觉得自己终于成为一个男子汉，一个对得起她的真正的男子汉。他不由得庆幸自己成为一个唯一被村民们逮住的人。他可以壮烈地死去，绝不当孬种。

她先自己而去，他为此感到愧疚。

他也要跟着她去了。他第一次吻她时，在心里发誓他将永远使她幸福。他幻想将来自己老去时，她坐在自己身边，他握着她的手，像初恋的情人一样，告诉她，他将出远门，回来时在天堂之门再见。

可是，一切浪漫却让残酷的生活焚毁了。一切来得多么快，多么突兀，又多么措手不及呵！

牛虻又冲着伤口狠命地叮下去，刺心的剧痛然后慢慢扩散到全身。最后，伤口开始麻木，血流得缓慢。他强抑着撕心裂肺的疼痛，开始想她为他生下的孩子。据说是男孩，但知青队里没有人知道，她到哪里去生产的。她真是温柔得强悍且独立得非凡的女性。她把一切属于自己的事做得极其秘密，她非凡地独立地尽她做一个母亲的权利和伟大的义务。

他想着未曾见面或者已经死去的儿子，在脑海中不断描绘那孩子的模样，猜想他可能有的命运。他想得脑子发麻，也理不出个头绪来。

嘈杂的人声把他从幻觉中唤醒，人群聚集到他面前时突然肃静。他预感到末日来临且自愿承受这种恩赐，他并不企望得到他们的宽恕。

他感觉到村民们木然的神态。

门板被四条汉子抬起来，抬在肩上，往村外走去。他离秋月很近，是个下弦月，惨惨地照在静悄悄的荒原上。原始森林中有凄厉的啼叫，是晚归的野兽在寻找失去的儿女，是丧偶的黄猄在哀鸣。人群跟在抬他的门板后面，蛇行着走向荒原边缘上的鬼林。

他不去想这些慓悍蛮野的西部人将怎样残忍地处置自己，这是他们的权利。这对他已经没有意义和任何价值。他想在临死时再想想她和那不知在哪儿的儿子。这是人世间留给自己的最后一点温馨了。

远远地有牛车声，是两头小黄牛拉的架子车辗过荒原小路的吱呀声，他听得极真切，极兴奋，以至于忘却了自己是被捆在床板上的，猛地想坐起来去倾听那些熟悉的亲切的温暖的令人兴奋的声音。他一动作，那麻绳便深勒进他受伤的皮肉里去。

他激动得双泪横流。那子虚乌有的荒原牛车声把他带进仙境一般的记忆中去，那是无法代替的一种幸福体验。在无数个狰狞的荒野之夜和酷烈的荒漠风沙的白昼，只要有她在颠得人骨散的牛车上，他就感觉到太阳是永远照耀着他的。

在无爱的年代里他先于别人勇敢地爱过了，那样自然那样质朴那样炽热，虽然短暂，终极是个悲剧，可是他先于别人勇敢地爱过且互相无私地付出了，仅此他便无憾，任由村民们怎样处置自己都无关紧要。

那牛车声远去，消逝得无影无踪，荒原归于死寂，只有杂沓的脚步声、抬门板人的喘息声和荒原夜不寻常的气息。鬼林敞开大门在迎接人类的又一次划时代的蛮野和愚昧。在与文明抗争的过程中，失败者常常是文明而不是愚昧。

他痛苦地睁开双眼，最后地瞥了无月的荒原上那蜿蜒的小路一眼，泉眼一般突涌的泪水无声地溢满面颊。20岁的生命很短暂却已经活得太久长，太久长；经历了太多太多艰涩，却毫无意义可言，刚刚开始懂得生活与爱情便转瞬即逝，结束在开始的瞬间……

这时，蝙蝠开始成群地飞出鬼林，黑压压地遮蔽了荒原，天空顿时变得灰暗而凄厉。风卷起砂石，孤独的西海木棉猛烈地颤抖着，似要拔起自己冲向天空。它无法忍受那孤独。

曼陀罗花张开喇叭形的紫白色大口，拼命吞噬着荒原顷刻的骚动。她兴奋地抖动着带刺的叶片，舒张那叶片上美丽的毒瘤，欢呼着荒原和原始鬼林的情结。她终于盼来这一天这一瞬间，以自己魅人的花叶和恶毒的诡计，施展曼陀罗的巫术，让整个世界错乱倒置，疯狂以至于精神失常。她终于实现了她对人类的预言和复仇，在这个月黑风高的荒原野夜。她兴奋得浑身发抖，散开了女巫的长发，在黑夜的荒原上狂舞。

多么伟大的壮举啊！美丽的曼陀罗！

蝙蝠遮天的空间奏起无边的悠远的和声——

曼陀罗！曼陀罗！曼陀罗！

所有的黑暗钻出了地底，无声地附和着，共鸣着，无边而又悠远的和声响彻荒原之夜。

雨淅淅地下起来，渐次激烈。百年来荒原罕见的滂沱大雨顷刻降临，闪电金蛇狂舞，人群肃穆的穿行于泥泞的荒原。他们坚定而又虔诚，他们早已把自己人世间的命运寄托于上天的安排，于是无所畏惧。

于是连曼陀罗也睁圆了疑惧的眼睛，凝视着这群无言中缓缓推进于荒原的朝圣般的人们。

雨中的曼陀罗暂时地沉默了，大雨中连曼陀罗都获得了片刻的宁静，可是，人啊！

西部的祭典在永无休止地进行，天际弯成一个巨大问号，彗星的长尾无情而恶兆地拖过荒漠的泥泞，又一个70年的轮回。阿门！

第十五章

90年代中期。广州。

这是一片渺无人迹的荒坡，坡上长满台湾相思。茂密的台湾相思从坡顶一直蔓延到海边，和滩涂上的红树林混长在一起。海浪冲击着岸边的礁石，在红树林中泛起一阵阵的排浪。海风很强劲，风吹过相思树林，有一种很奇怪的响声，像鸽子在叫，咕咕咕的，又像有人在哭，是那种很绵长的呜咽。

李大风夫妇的墓地就在这山坡上的一个旮旯里。几株碗口粗的台湾相思紧紧地簇拥在一起，把墓地环绕在葱翠的枝叶之中。尽管海风强劲而且喧嚣，但是这个旮旯里却是永远的安静。这是上帝的安排，它让饱受惊吓的郑雪冰终于寻找到一个安静而且安全的地方。20多年来，这个山旮旯里没有人来，即使是李家儿女，也都是每年清明前后，各自轮流着来给父母扫墓。李斯特是每年都来。

李大风夫妇合葬在一起。墓地保持当初下葬时的原样。因为是畏罪自杀，所以老家的人把他们的骨灰盒从广州接回来之后，便随便找了这个荒山坡草草掩埋了。乡里也不敢为他们立碑，没有碑石又怕日后找不到地方，便由乡长做主，弄了一块无字的石碑，立在墓前。

李家儿女曾经想为父母立一块碑，但李斯特坚决反对，他认为父母的冤死，是任何东西都无法证明和弥补的，不要惊动他们的灵魂，尤其是母亲。一个无字碑也许是最能体现父母生前的最后思想的。

无字碑是一块未经雕凿的石坯。花岗岩的坯石上残留着石匠从大石劈下来的痕迹，那痕迹粗砺而且厚重，像父母额上深深的皱纹和深锁的眉头。

20 多年间，雨水和海风不断地袭击着这座荒坡，而墓地却从没有被自然界惊动过。海边到处都在大开发，附近的海滩平日里游人如鲫，但这个荒坡连开发价值都没有，它被人们遗忘了。李斯特想，这也一定是上帝的旨意。还有那一片茂密的相思树林，它们就像是上帝的使者，在默默地承受海风和山雨的扫荡，为墓地荫庇。

电视台正在拍摄关于李斯特的专题，编导陈明亮一定要拍摄关于李大风的镜头。李大风生前没有留下任何遗物，连照片都让红卫兵给抄走了。陈明亮便坚持要到墓地来，他一见无字石碑，便兴奋无比。

“李老师，这镜头一定很震撼，那是一个无字的年代，也是一个无碑的年代。”陈明亮是个诗人，他的每一句话，都与诗结缘。他扛着摄像机，一边用手拢着他不时甩到脸上来的长发，对李斯特大发感慨。

“那是因为无法正名，写上三反分子吧，乡亲们于心不忍；写上同志吧，他又是阶级敌人。无名可具，只好空白。”李斯特不想他们对此大加发挥，便把真实情况照实说了。这里面写满了无奈和荒唐。

“这本身就最具历史悲剧意味啊！我想想，好好调度一下，小李，把反光板往这边打，树荫底下太暗……”陈明亮决意要拍出一种明暗反差强烈的效果，他指挥着助手李凡。

陈明亮原来是搞音乐的，在广播电台当播音员，主持一个广播节目。五年前到电视台来，他拍的专题经常上中央电视台。这次，他的选题是拍一批年轻的博导。李斯特虽不年轻，但在博导中算是年轻的。陈明亮主要是对李斯特的经历感兴趣。

“李老师，你知道我遗憾的是什么吗？”陈明亮边拍摄边与李斯特说话。

“谁都有遗憾的事，可是最遗憾的，有吗?”李斯特对年轻的后辈有一种轻淡，总认为他们缺少一种对生活的认真和深刻态度。

“当然有啦！赶不上文化大革命，你说多遗憾!”陈明亮认真地说。他对文化大革命有一种天然的憧憬：“我当不了遇罗克，至少可以像遇罗锦那样，做一个主宰自己命运又同时饱受乱世之苦的人，那多有意义!”陈明亮也许是做多了节目，他总是把自己浸淫于悲剧主人公的氛围。这点，李斯特看得非常清楚。

“当真那样，也许你既当不成遇罗克，也当不成遇罗锦。”李斯特调侃地说。

“为什么，有这么深奥的吗?”陈明亮不解。

“因为你没有经历那个时代，你便无法旁观那个时代。你是从今天的感觉，也即是从遇罗克兄妹当下的历史评判中来回思那个时代的，这自然就陷入一种从结果去证明初始的谬误之中。被证明的遇罗克是一种偶然，而千万未被证明的遇罗克才是一种必然。正如英雄之被认为是英雄是偶然，而许多无名英雄是必然一样。”李斯特不知应该怎样表述才能说服陈明亮。

“李老师，你确实太深奥了，很简单，我只是想让自己生于乱世而丰富自己的阅历。我们现在的生活，太苍白太媚俗了。”陈明亮是60年代末出生的。

夕阳落在相思树林中，墓地一片金光灿灿。陈明亮要李斯特背对着夕阳，坐在墓地附近的岩石上。他要拍一组空镜头。突然，李斯特想念一首诗献给父母，就是食指的那首《相信未来》。他想对陈明亮说，终于没有。李斯特想，若是爸爸妈妈听到陈明亮的说法，不知会怎么想。

“苍白和媚俗也许才是真实的生活，我们过于追逐所谓生活的意义了。你说呢，明亮!”李斯特拍完那组镜头，他觉得有必要与明亮作进一步的交流。

“难道生活不需要意义吗?”陈明亮奇怪李斯特为什么会有如此

的说法。

“你是愿意生活在常识中，抑或盼望生活于反常状态中呢?”李斯特不直接回答陈明亮的发问。

“当然是常识，这还用说吗?”

“所以，常识就是没有意义的日常生活精神，许多人一生一世都是这样过来的。人为什么一定要去追究生活到底有没有意义呢?”李斯特一接触到问题，就很习惯经典性地发表看法。

一直沉默不语的李凡也加入了讨论。他对陈明亮和李斯特的争论不感兴趣，他只是觉得生存本身就没有什么意义。“我看不出意义的价值。再有价值的东西消失了，灭亡了，也就没有意义了。摇头丸有意义吗?没有，可是摇头丸令人兴奋，忘记自我，使暧昧的生活变得狂放。有这点狂放就够了。你们那一代人就是因为太崇尚意义所以被时代淘汰了。”李凡没有任何障碍，他刚从电影学院毕业，还保留着青年学生的不羁。

“李老师，你们这一代人是不是都很虚伪?说真的，是虚伪淘汰了真实，假话统治着真相。所以，我们只好什么也不说，不说话才感觉到真实。你说呢?”李凡不说则罢，一说便令人咋舌。他的认识也许是片面的，但他的感觉却是犀利而且贴切的。

酒红色头发的女孩伊杨也曾经这样发问，这些孩子已经完全被颠覆到社会主流的反面。他们不认同一切已被定型的东西，社会现实使他们不会再去相信什么。这是李斯特感到恐慌的。

陈明亮拍完了空镜头意犹未尽，他对这部专题十分自信。他想通过这部片子，宣扬一种新的英雄史观。

李斯特始终不愿意多谈他的父母，尤其是母亲，他的内心有一种难以愈合的创痛。母亲在他的印象中，像一个极易破裂的瓷瓶，那瓷瓶名贵、高雅而又极度空灵。没有李大风的呵护，她简直没法在人世间生存。她在饱受惊吓中越来越胆小。他无法按照一切现成的中国政治社会对人的评价来界定自己的母亲究竟是属于哪一种人。母亲是个极优秀的母亲和女人，但她有可能是个极不合格的政治人。

童年时，母亲像一只默默的不事声张的母鸡，呵护着一群随着父母从一个政治运动走向另一个政治运动的儿女。她永远低眉顺眼地自认是一个资产阶级小姐，一个没有改造好的出身不好的人。丈夫虽然从延安回来，但也不是一个苦大仇深的无产者。他被认为是一个资产阶级知识分子，他同样是直不起腰杆做人。

李斯特记得有一年回广州探亲，母亲请假两天从郊区的劳改农场回来。妈妈乍一见这个离家四年，但已长得人高马大的儿子，她的眼睛里有一种很羞怯、很自卑又很怜爱的复杂神情。那种眼光神态令李斯特难以忘怀且无法释疑。妈妈怎么啦！她怎么用这样的神情看自己的儿子？儿子是兵团战士，是工人阶级无产者了。李斯特穿着一套没有领章的旧军衣。当年李大风进城时，在上海街头和她并肩散步，她心中就有一种惶惑，自己是否也已经为这个新的时代接纳且成为新中国的主人了呢？身边这个穿共产党军装的人，正是这个政权的主人，他为这个政权流过血。可是不久，她就发现生活中的李大风，是一个不被信任的人。他是党员，是医学院院长，但他不能参加党的核心小组。一个接一个的政治运动，李大风都是处于一种尴尬又微妙的地位，他总是被处于立场坚定和不坚定之间的位置。她的命运是和他连在一起的。她注定是一个被认为反动阶级的人。她在工农出身的女人们心眼中，无法政治化起来。女人们羡慕她同时憎恨她，憎恨她身上散发出来的那种优雅和香味。“郑雪冰装腔作势！”“郑雪冰是地道的资产阶级小姐！”“郑雪冰是资产阶级生活方式的代表！”……郑雪冰于是很少出门，在任何场合都不敢说话。她只怕幼小的儿女受人欺侮。她终日岌岌可危地做一只老母鸡。

她见李斯特穿着军装，气宇轩昂的样子，又是欣慰又是害怕，她想去搂他又心有隔阂。她崇敬地饱含酸楚地看着儿子，把李斯特看得心里流泪。

“妈妈！”李斯特心情复杂。他从未见过母亲这样。他也知道妈妈受过惊吓，那是“文革”初期，李大风的名字被刷在中山五路上，让人们践踏。半夜红卫兵把李大风从家里揪走，从此就是长达三年的监禁和批判。只要街上有锣声，妈妈就吓得搂紧他们，全身颤抖，小声地问他们："牛鬼蛇神里有没有爸爸?" 李斯特便跑到街上去看。

爸爸被五花大绑，戴着几尺长的高帽，和十几个敲打着锣鼓也戴着高帽的人，让红卫兵押着游街。爸爸领头喊着："坚决打倒三反分子李大风!" 他喊得嘹亮而且清楚，别的牛鬼蛇神也跟着起劲地喊。

"坚决把牛鬼蛇神李大风斗倒斗垮斗臭!" 李大风又领头喊，像是游戏。爸爸的脸色很难看，脸扭曲着，他的深度眼镜被抢走，不许他戴，眼镜也是资产阶级。哪见过贫下中农戴眼镜? 爸爸本是离了眼镜寸步难行，现在也能不戴眼镜深一脚浅一脚地走路了。李斯特回家对妈妈说："没有爸爸!"

母亲脸上便有一丝喜色。每天，她都在这种惊恐中度日。父亲的命运哪怕有一点点的转机或幸免，都会给她带来莫大的欣慰和希望。

那天，医学院红革会的红卫兵来抄家，这是第六次抄家了。家里所有书籍和凡是有文字的东西，都早就被抄走了。红卫兵们对这个空徒四壁的家有些无奈的犹豫。

爸爸的研究生欧凡领着一帮人进了屋子，他对着妈妈大声呵斥："三反分子李大风的家属，要老老实实低头认罪，有什么反动罪证自己交出来，否则后果自负。" 说着，他指挥大家翻箱倒柜。

妈妈惊恐地凄楚地望着欧凡，她的眼睛里充满乞怜和绝望。李斯特和几个兄弟姐妹缩在角落里，一声不吭。这位欧凡大哥，平日对爸爸毕恭毕敬。周末常常到家里来，和爸爸谈天，说些医学上的事。爸爸总是留他到深夜，妈妈做夜宵给他吃。现在他像变了一个人，对这个家似乎很陌生，像是从来没有来过一样。他像做戏一样，连嗓子也变了音色，又粗又哑，像电影《南征北战》里的张军长在说话。

欧凡把手插在皮带里，他袖子上的红卫兵袖章的别针掉了，他隔一会就把掉下去的袖章往上拉一拉，很滑稽的样子。

他站在屋子中间，像《智取威虎山》里的杨子荣一样，摆着个姿势，很威武的样子。

一个女红卫兵翻出了母亲年轻时穿的旗袍。做工精致的旗袍在她手里翻过来翻过去的，她如获至宝地把旗袍比划给欧凡看，欧凡把她叫出去。过了一会，她回来了，对妈妈说："这是资产阶级企图变天的罪证。红卫兵小将们，把这个资产阶级孝子贤孙，妄图变天的坏分子揪出来。"一群红卫兵蜂拥而上，把妈妈双臂夹住。妈妈惊恐得几乎瘫软，她不知接下来会是什么。这时欧凡走进来："郑雪冰，你连名字都是对共产党的仇视，冷冷冰冰的。现在，勒令你穿上这件变天服，快！"他严厉地呵斥。

那位发现旗袍的女红卫兵拿起旗袍就往妈妈身上套，妈妈木然而且惊悸地任由摆布。

他们用油彩在母亲脸上胡乱地涂抹，又把母亲已经剪得很短的头发，从中间剃出一道，变成阴阳头。母亲双泪横流。这突如其来的举动母亲完全没有思想准备。李斯特目睹这一幕，他无法仇恨也不敢仇恨，他不敢去看这屋子里的一切。

母亲被他们押走了。

母亲多少日子来最惊悸最担心的事终于发生了。那天，母亲被押走之后，马上就被戴上高帽，红卫兵强迫她敲着锣，口里喊着："我是变天分子郑雪冰！"

红卫兵们押着她游街。她的旗袍多处被撕裂，胡乱地套在她身上。她脸上分不清哪是皮肤，哪是油彩。阴阳头上的高帽下露出半个脑袋。她成了一个真正的牛鬼蛇神。

李斯特跟在围观的人群里。母亲瘦弱的身体被粗大的绳索捆绑着。在她后面，用绳子连着几个医学院的男女教师。

第二天，李斯特被通知到医院里去接母亲。原来母亲当天夜里就撞墙自杀，被送进医院。

李斯特在急诊室里见到母亲。母亲的头上扎满绷带，两只眼睛血红血红，惨白的脸上满是未擦尽的油彩。李斯特用一条大围巾围住母亲的脸，搀着母亲搭上了往医学院的公共汽车。

妈妈暂时回不了劳改农场，每天必须到医学院去扫地，胸前挂着一块大木牌，木牌上写着："牛鬼蛇神郑雪冰"。

李斯特唯一的愿望就是不要惊醒父母。他能做到的只有这一点。陈明亮坚持要到墓地来，李斯特要求他们只拍空镜头，将来也不要配任何有关李大风的解说词。母亲的愿望是让所有的人都忘掉他们。

陈明亮对李斯特的父母很感兴趣，他正在策划一部谈五六十年代知识分子的专题片。他希望李斯特能做专题片的撰稿人。陈明亮扛着摄影机，一边工作一边对李斯特说："李老师，要认识毛泽东时代，最重要的切入口就是解剖五六十年代的知识分子。其实他们是最盲目盲动也最盲生的一代人，他们共同着一个思想同时食古不化。"

"你这样评价不太公平，他们中也有先知先觉者，比如 1958 年 60 多万右派分子，他们大多是中国的精英，但是，他们为什么会被打成右派呢？这不仅仅是毛泽东一个人的问题，其中原因很复杂。你若不能说清这个问题，你就无法正确评价五六十年代的知识分子。"李斯特对陈明亮的热情持保留态度。现在有一些年轻人，他们对新中国的历史反思非常有兴趣。这是很值得珍视的。

刚才很强劲的海风，突然间逃遁得无影无踪。晚归的渔船，在平滑的海面上缓缓地归航。夕阳把大海映照得绚丽非凡。台湾相思墨绿的树叶上也似上了一层厚厚的釉彩。海鸥在礁石间翻飞，奇怪地欢叫着。它们长长的翅膀，扫着海水，挑逗着宁静的海。李斯特跟着陈明亮、李凡沿山路往海边走去，有一只舢板在等着他们。舢板是他们花 300 元雇来的。船主是个 60 多岁的老渔民。老渔民告诉李斯特，李大风的骨灰盒，当年就是他和他爸爸一起摇舢板送过来的。

"村里就出了这么一个大官。延安干部呢，开玩笑！"他努力回忆 1973 年的印象，"那时，我才 30 多岁，人啊！"老渔民深叹口气。

"共产党的事，赶海人也说不清楚，又是斗争刘少奇，又是批判四人帮，又是给刘少奇平反，花样多着呢！"老渔民话很多，他们长期在海上，罕有人说话，逮住个人，就絮絮叨叨。

李斯特坐在舢板的后部，他望着渐渐远去的长满台湾相思的海岬。爸爸妈妈在这儿静静地安息 20 年了，他们是多么寂寞呀！这座荒坡上只有李斯特父母的坟墓，李大风在 1938 年抗日救亡运动中与地主父亲脱离关系，按家族规定，李大风已不是李家人，死后便不能进祖山安息。纯朴的老乡们把“文革”中李大风的遭遇，视作一种逆子的报应，都道是人算不如天算。乡亲们到底没有嫌弃李大风，还是把他埋葬在与祖山一海相隔的海岬上。

李斯特想到这一些，便有一种很荒诞的感觉，他跟陈明亮说。陈明亮也说这正是黑色幽默，像美国的《第二十二条军规》一样。

老渔民是知道这一些的，面对李斯特，他知道哪些是该说的，哪些是不该说的。

舢板在海上摇摇晃晃地驶近沙滩，海岬消融在沉沉的暮色中。每年清明，李斯特都要经历从海到海岬的旅程。爸爸妈妈在死后比生前更多地感受到李斯特的气息。

初冬离清明还远，但李斯特已感觉到它的气息。他想，远在荒凉的海岬中的父母，是否也时刻在等待着清明的一天呢？

1989年。广州。

李斯特已经做了两届系主任，中文系在这十年间也发生了很大变化。这一年，李斯特38岁。他在1987年初破格晋升为教授。他是学校50年历史中，唯一从助教直接晋升为教授的人。这是校长吴克俭退休之后，最值得引为自豪的事。李斯特是在他任上被重用并破格晋升的，是他力排众议的结果。其中的斗争坚持，吴克俭每每思及，便无限唏嘘，内情难以细表。

1989年是个多事之秋。年轻的李斯特已自觉老气横秋，他顿生一种退隐的感念。他对舒月说，我要跟李乔去一个地方。

舒月惊愕，但并不太往心里去。

1973年6月。海南岛。黎母山。

“北京木”的任务终于如期完成，部队的平板车费了九牛二虎之力才勉强拉出了五根。从此，“北京木”就躺倒在贮木场上，再无人问津。六连也不敢轻易处理这些优质木头，请示团部，团部说要请示师部。师部政治处长说这是生产处的事，他的政治任务已经完成。“请不要再与我联系！”这是处长的最后命令。

老雷在连部跳脚，老霍息事宁人，老刘说干脆放一把火烧掉。老刘为这句气话，付出了重大的代价，这是后话。

方圆几百里的原始森林，因为近年的乱砍滥伐，已经变成了低矮的疏木林。各种名贵树种消失殆尽，森林植被也受到大规模破坏。每当山洪暴发，小河涨水，洪水便席卷六连。这是六连从来没有经历的厄运。秋天秋水秋夕，六连就如临大敌，但洪峰什么时候来，无人知晓，常常是半夜，洪水入屋，浸至床铺，人们才惊醒过来抗洪，此时六连已成泽国。

妙英已换了工种，每天赶牛车给伐木队送粮草工具。每天一趟，把东西送到贮木场，再由伐木队自行运上山去。她三五天便可以见到李斯特。

这天，团部教育处来了几个人。处长老冯找到老雷和老霍，他们三个人坐在连部门口的牛车辕上。老冯开门见山，问老霍：“李斯特怎样？表现好不好？”

老霍：“把命都搭在伐木队，你说好不好！”

老雷：“又有什么好事？别再搞三搞四，我们工作难做呢！”

老冯：“李斯特去年被退回来，有没有抵触情绪？群众反映怎样？”

老霍：“是不是又有什么推荐？这回可别把我们当猴耍！”

老雷：“分明是孩子玩家家嘛！”

老冯见他俩情绪很大，便解释说：“去年的事就别说了。那是上级的事，我们干具体工作的，干好自己分内事就行。”

老霍：“李斯特我还舍不得放呢！问题是人家家庭就那样，上级又不是不知道，怎么又退回来？退回来也上别地安排，又往六连送，你说我们咋办呢？”

老雷：“我说冯处长，这回上大学，指标多给几个，把李斯特也捎上，人家够苦的。去年还是考的第一。”

老冯："我正是为这事来的。今年不同往年，只要连里先推荐，团部批准就行。我说李斯特要是没问题，他能正确对待去年的事，我看就可以再推荐嘛！"

老雷已知老冯的意思，他是有备而来的，忙对老冯说："我们上山吧！到山上喝酒去，我去打只野物下酒，如何？"他想好好地笼络老冯，这次无论如何得让李斯特上大学。

老冯自然乐意，便叫上教育处同来的几个人，一起上山。老雷去发动他的手扶拖拉机。

老雷开着拖拉机，把老冯他们带到贮木场。如山堆积的"北京木"，每根木头的巨大截面上都用红漆刷上"北京"字样。老冯见这阵势，吓了一跳，问这些巨木怎样从山上运下来？

老雷骄傲地说："你问这问题？全师只有六连能干这事。全是李斯特他们弄下来的。吓死你吧！"

老冯："吓死？你也小看我冯某人了。你知我过去是干什么的？"

老雷："大不了是个刽子手。"

老冯说："告诉你吧，老弟，我在林场当队长时，你还穿开裆裤。"老冯知道伐这些木的艰险。他知道六连全无伐木机械，伐木全靠简单工具，危险性有多大，他是深有体会的。

他们顺着滑道旁边的小路，几乎是垂直地往山上爬。待到了营地时，已经是夕阳满天了。

老刘和李斯特他们都在，正在剥一只水鹿。早上老刘就派了两名知青下山沽酒买菜，捎话给老雷和老霍，让他们晚上上山来，昨晚他们放套子，活捉了一只约有300斤重的大水鹿。老雷便对冯处长卖了关子，把他们诱上山来。无论如何，得让他们把李斯特上大学的事给板上钉钉。否则，把他们醉死活该。

趁着大家在弄晚饭，老冯把李斯特叫到一边。他想和李斯特好好谈谈。如果老雷不是主动邀请他上山，他也打算自己上山来找李斯特的。

去年李斯特从推荐到考试到送中山大学，全是他一手包办。去年他还是副处长，主管推荐招生工作。他对李斯特的情况非常了解。

老冯是1964年从北京林业大学毕业的，老家文昌，先是在吊罗山林场当技术员，后来当伐木队长，前年才调到六师来。

他知道李斯特的爸爸是广州赫赫有名的医学教授。他因此对李斯特是另眼相看的。所以这一次他在团部力荐李斯特。他在团党委召开的推荐工作会议上，旗帜鲜明地提出："去年推荐李斯特是正确的，后来有人写匿名信告到师里去，说他父亲有新问题，师里迅速作出停止李斯特学籍的决定，进行外调，这自然也是正确的。后来查无此事。但李斯特已被退回，为维护我党坚持实事求是的原则，今年推荐李斯特更是正确的。"

团政委今天情绪不错，他笑说："既然冯处长认为什么都是正确的，那么，你亲自下六连去调查研究，听取群众意见再决定不迟。总之，要坚持先从基层推荐，群众公议的原则。"

冯处长旗开得胜，但他临出发去六连时，政治处来了电话，让他去一趟。

他从政治处出来，想不到事情竟然会是这样……

李斯特见老冯找他，有些紧张，刚才老雷他们一干人上山，他就觉到又有什么事情发生。自从上次被中大退回后，他整天就生存在一种莫名其妙的紧张状态中，唯恐有什么事发生。爸妈好久没有来信了。他连续给家里写了好几封信，都没有回音。刚才老雷上山，他还期望有家信带上来。

他们不自觉地往林中空地走去。林中空地是伐木人的圣地。落日在空地上投射着难以言喻的气色，初秋的凉风在夕阳里变成沁人肺腑的气流，穿透人的每个毛孔，令人心旷神怡。

李斯特明白老冯找他谈话一定有什么事，老冯是教育处长，他的到来一定与推荐上大学有关，但对于李斯特来说，是祸呢，还是福音？他拿不准，但他还是很兴奋。

老冯一路无话，他拿不准该说什么？他带给李斯特的，当真是两个消息．一个是确切的坏消息，一个是还未经证实的好消息。

李斯特更是无话，他活像个等待判决的囚徒，心中七上八下的。

老冯还是决定先把上大学的事跟他谈谈。他不厌其烦地把这次推荐工农兵学员的事从头道来。希望他能积极配合六连的推荐工作，按原则要推荐三名，最后由团部确定一名，所以，就有一颗红心，两种准备的问题。

这些话李斯特已经耳熟能详。他考虑的是，三选一，他李斯特还有戏吗？所以他情绪不是十分高涨。听天由命吧！

林中空地面对落日的那一端，是一个断谷形成的悬崖，悬崖下是个百米深的山谷，谷底寒气迫人，直往空地上奔涌。所以，林中空地即使是在酷暑天也依然凉气迫人。此时，一股凉气正从谷底往上升腾。

老冯犹豫了许久，也沉默了许久，他很矛盾，究竟是现在，还是晚饭后再告诉李斯特那个坏消息呢？

“斯特，我告诉你一件事，我是代表组织来与你谈话的，希望你……”老冯忽然严肃地说话，令李斯特一愣。

李斯特无言，他等待着老冯往下说。

“你一定要正确对待！组织上是相信你的！”老冯铺垫得太多，令人生厌。

“小李！”老冯沉重地说，“你的父母在一星期前，也就是6月19日深夜，双双去世了！”

李斯特一时还没反应过来，老冯的海南普通话令他没有听明白“去席了”是什么意思？

老冯深深地叹气：“他们双双自杀了。”

“自杀？”李斯特这回听清楚了。自杀，怎么会呢？是谣言吧！他不相信。爸爸不会的，他怎么会呢？他是一个最乐观最坚强的人。

老冯看出了李斯特疑惑，他强调说：“真的，团党委希望你正确对待，他们是自绝于人民，与你无关，你要和他们划清界限，做无产阶级红色接班人！”老冯自觉在说这些话时，有一种近乎残忍的意味。

“这个消息，我没有告诉任何人，你们六连没有人知道，团党委希望在推荐工作完毕之后再向六连领导说明这个情况。这是团党委对你的关心。”老冯自认已经做到仁至义尽。

李斯特这时才确认一切都是真的。事后李斯特才知道，告知父母双亡的电报还未发到六连就让团部截住了。团政委有他的考虑。

李斯特像被人剜去了心脏，他虚空而且晃悠，不知自己身在何处。他曾经经历知青伙伴的死亡，也背驮着伙伴的尸体在山间跋涉。但面对父母的噩耗，他伤心欲绝，无尽的悲苦和冤屈从地球的末日迫来，他幻想着从悬崖飞身而去。是的，生活从未在自己面前展示它妩媚的一面，接踵而至的是不幸连着不幸。他想大哭，可是哭不出来。

他顽强地沉默着，长久地沉默着，他的沉默令周围的空气显得凝重可怕。

“他们怎么自杀的?”李斯特冷冷地问。

“不知道，没有说。”老冯反而变成一个受审者。

“请组织放心，我会正确对待，我知道他们为什么自杀。”李斯特很平静地说。他的平静令老冯吃惊。

“请你为自己也为组织保密!”老冯再三叮咛。

“我会的!”李斯特已恢复常态。待到他们走出林中空地，回到营地时，暮色已经沉沉地包围了群山。营地上篝火烧得正旺。老雷老刘老霍早已摆好阵势，只等老冯李斯特加盟了。

酒碗里注满了米酒，一字儿摆开，三碗一堆，一共摆了七堆共二十一碗。

老雷见他们从林中走出，大呼小叫：“差点就叫小文昌去找你们，快，水鹿肝好香哟!”

老雷见李斯特神色不对，有些诧异，但没有说。心里想这个杂种老冯，是不是又拿什么话唬李斯特了。这些吃机关饭的，可恶！他决意把老冯灌醉死掉。

大家席地而坐。老雷主张每人三碗，先干为敬，老刘呼应。老霍说胃疼，喝不了。李斯特二话不说，双手端起两碗，一手一碗，咕咚咕咚，一连干了三碗。他把三只碗叠在一起，对老雷说：“连长，我请假下山，明早回来，行吗？”

老雷一愣。这李斯特怎么啦？

老冯向他使眼色，他也不明白，老霍更是如在雾中。黑灯瞎火的，怎么下山？下得山去，又怎么回到六连？

李斯特大约看出老雷的顾虑，便说：“我会回六连的，你别担心。”

大家面面相觑，不知怎样才好。

老刘说：“算了，斯特啊！天大的事，也明天再说吧！”

李斯特望着苍茫的远山，他实在忍不住了，跑回窝棚，伏在竹子编成的床铺上无声地恸哭。他不知为什么哭，为爸爸妈妈吗？死对他们是一种解脱，对自己是一种痛苦。那么，自己为什么恸哭，究竟是解脱，还是痛苦？

李斯特在听到爸妈的死讯时，他马上就明白了爸妈的死因。将近一年来，在爸妈的来信中，他感觉到爸妈的负疚，他们没能为儿女创造一个良好的政治环境。

李斯特在心里哀叹：爸爸妈妈呀，难道你们的死，当真能够为儿女创造一个良好的政治环境吗？当真能改变与生俱来的一切吗？

李斯特痛心疾首，他宁可什么都不要，为什么非要上大学不可呢？他在心里埋怨爸妈的幼稚。

老刘来到李斯特的窝棚。他对李斯特说：“去喝酒吧！我不知你有什么事！但是，你要知道，有我老刘在，你李斯特就有撑腰的。不就是上大学吗？斯特，去吧！”老刘几乎是求他了。

李斯特站起来，笑了笑：“老刘，我只是有点憋，没什么的，去喝酒吧！”

李斯特和老刘回到篝火边，大家喝得正酣，老冯整个醉倒了。老雷见斯特来了，酒兴大发，他对斯特说：“小老弟，喝一盅，这一次谁敢挡你上大学，我杀了他，对吗？老刘。”他已醉得不成样子。

老刘敷衍着，他知道李斯特心里很苦，这么多年了，李斯特心里有什么事，他估摸得一清二楚。

老雷高擎酒碗，自己猛喝一碗，又斟满：“李斯特，你看不起我是吧！看得起，就喝三碗。”

李斯特一声不吭，端起酒碗就喝。人生不外如此。他索性举起酒坛子，那酒坛子足有十几斤，他对着坛口就喝，酒液顺着嘴角淌下来。“扑通”一声，他连同酒坛子一起摔倒在篝火边。

老冯早已被人扶进窝棚。老雷和老刘依然在篝火旁畅饮。李斯特已不省人事。

在一个昏沉的时代，只有酒能消解人世间的一切烦恼。

【另类档案】

追寻昨天的传说

我在西部感恩河流域已经流浪一个多星期了。我确信我已经慢慢地接近了这个和铁极为相似的人。这里也有一个传说中的鬼林，和洼地很相似，洼地那儿有68个知青灵魂，而西部的鬼林是狰狞的。一个非常具体的知青传说，悲剧性地活在这一带村民的心里，如同面对洼地一样。也许其中有父母的灵魂存在，我并没有特别的恐怖。我像渴望洼地一样渴望鬼林。

我想，在鬼林里，我一定可以找到一个历史的秘密。不管鹰眼鹰鼻的人是不是铁，但他确实是当年知青中的一员就够了，他是不是我的父亲，也变得无足轻重了。我要寻找的是一种人生的印证。

我在鬼林里穿行，我并没有感觉到怎样的恐怖。蝙蝠依然成群地乱扑，那株传说中的老榕气根纵横，有千刀万斫的累累伤痕，刀痕都朝着一个方向。一个手势，是个左撇子，聪明的左撇子。断了的气根又愈合了，接续着，留下了一个个的瘤状物块。鸡血藤缠住了我的脚步，拧开来，渗出血一般的液体。我寻找着那根足以承受一个女知青躯体的气根，但已无从追寻。

在村庄里，我找不到当年的烂眼王，他在一次荒原雷火中被击死了。那几位目睹鬼林惨状的老者也已谢世，我竟没能找到当年的任何一个见证人。仿佛是命运的蓄意安排，目击那惨酷场面的人们，在20年间都陆续死于非命。大自然有时并不公平。

烂眼王的妻子尚在，但也双目失明了。这里风沙极大，用水奇缺。感恩河到了冬天便水瘦如丝，吁吁喘喘地穿行于干燥的河床上。烂眼病流行了不知多少百年。烂眼王的妻子长发干枯，银白银白有如沤洗过的剑麻，烂眼肿胀通红通红。我送给她两瓶四环素眼膏，这是我来西部用于防虫咬的。她极淡然。说起好多年前鬼林的事，她颤颤抖抖地说不清楚。那晚丈夫回得家来，拼命地喝酒，说是鬼林里有人上吊，那几个月没人发现，他进去时，见榕树气根上一根尼龙绳吊着个人头骨，白生生龇牙咧嘴，两个眼窝黑森森的，一头长长的黑发贴在白生生的头骨上。整副白骨早已散架，落在地上。腐烂的血肉也早已让雨水冲洗干净。渗透血肉的土地上，茂茂盛盛的长着一片鲜艳的蘑菇，还有一株曼陀罗。应说鬼林那般阴湿，不会生长曼陀罗才是。或许是死者喜欢曼陀罗，口袋中有曼陀罗的果实，落地发芽生根长成了。我这样推测。

幽暗的鬼林在20年里一如既往，没有人来惊动过它的宁静。传说中那株曼陀罗已经没有了，但是不远处的荒坡上到处都有。

女吊的形象我无法勾勒，20年前我刚出世的那个年代于我太陌生，现在连书本都很少谈起。人们避讳对于那个年代的描述，好像人类本身就有一种类似癞痢头怕说光亮那样一种心态。人类是多么健忘啊！

走进鬼林时，我便有一种找到母亲的感觉和预知，躁动不安的心绪和强烈的企盼即将实现的感应冲击着我的心胸。我的脑海中奔跃着一个形体相当模糊却声音情状相当清晰迷人的印象。20年前那个穿着泛白的军衣的年轻女性，会是我的母亲另一个妙英么？当我也开始渴望女性的时候，去怀念和塑造心目中的一个年轻女性，一个应是我母亲的女性形象，这是一件多么忧郁的浪漫的事情哟！

可是，这一切谁能证实呢？

不管如何，他们那一代人，那一代知青是值得我吊唁的。

我在榕树下细细寻觅。据说人的头发永远不会腐烂，也许我能够找到一根我母亲的长发，或许是一个美丽的灵魂的长发。

山林里有各种各样酷似人发的纤维。我终于觅得一根黑黑的细如丝线的东西，权作它便是女性的发丝吧！我珍藏了它。

我到荒原上采来一大抱曼陀罗，把它们簇拥在大榕树下，让我的曼陀罗陪伴这个孤独的美丽的女吊。我渴望，我能常常梦见她。我在鬼林中已经深深地感知了黑暗的寂寞和这个灵魂的忧郁。我伤感地追忆着20年前那虚幻的一幕，一个孤寂的无望的灵魂的寂灭。

她是如何寂灭的，这已是一个永远不为人知的秘密。这个伟大女性的伟大之处正在于她以一种独特的方式秘密地毁灭了自己，又以这种方式使荒原不再安宁，使荒原上的人们在漫长的反省中认识了自我的种性。她高傲地毁灭自己时向人们包括她的情人昭示了她作为女性，作为一个人的高傲和自尊，她无求于这个世界却也不容许这个世界蔑视她同时侮辱她。她宁可高傲地悄无人知地毁灭自己，也不愿意忍辱负重地生活下去。

——我在离开鬼林时忽然悟到这个赋予黑林子鬼的精灵的女性，多么具备西部风格，她与整个西部的不死的风景实际上是和谐的。可是人们并不完全理解她，唯有西部的村民们，在不知不觉的愚昧壮举中为她复仇。

从鬼林里出来，我怀揣着虚无的充实，回到感恩河边那个村庄，在榕树下找到那烂眼睑的老人，是他指点我走向鬼林的。我想关于鬼林的真正故事并没有完。在鬼林的背后埋藏着的故事和它的现实延续才是这个故事的精粹部分。

我给老人递了一根“肯特”牌香烟。他把香烟捏碎了，连同那节过滤海绵一起卷在一张报纸上，卷成一支硕大的卷烟，抽得火苗直蹿，嗞嗞地响着。浓烟顿时密布他茂密而焦黄的胡须，海绵的焦煳味弥漫空间。

“你知道我看到了什么？”也许是我的殷勤和那一支“肯特”香烟的友好，他变得健谈起来——

那天早晨没有太阳，天阴得出奇。大雨刚停，荒原上到处是烂草和泥泞。我的小牛昨夜走失了，我早早便到原上去寻。

我明知小牛可能会逃进鬼林里去，可是我不敢进去，昨天夜里村里的人们刚刚在那里面祭了一个知青哥。我找了一处风干了的土坎坎，坐下来抽生切烟。

我听到什么声音？并不在意。沙原上有的是声音呢！

抽完一支卷烟，太阳暖暖地钻出来。我想黑林里热气一蒸腾，那牛崽该也出来了。朝鬼林望去，你猜我看见什么？

一个怪物从地底下冒出来，我吓得愣在那儿，双腿抖着，只差跪下去求上天饶我，我从未做过缺德事。

那怪物我看清了是一个人，他从泥泞里挣扎着站起来，背上捆着一块门板，门板下缘正好卡在他小腿上，双手反抱着门板被捆死了，脖子也勒在门板上，打了一个大大的花结。他摇摇晃晃地站起来，又跌下去，门板连同他整个儿陷在泥泞里。他不知怎么弄又站了起来。我看清了他满身是血、是泥，竟朝我笑笑，差点把我吓死。

我呆呆地望着他。他背着门板，艰难地一寸寸挪动着双脚。门板磕碰着他的小腿，摔倒了，又挣扎着爬起来。一群牛虻在他头顶上飞旋，一只秃鹫站在他的肩上，啄他肩胛上的伤口。他木然地一步步往前走。我害怕极了，认出他正是昨夜让村里人祭祖的知青。我甚至没有想过要去帮助他。眼见着他在泥泞的荒原上，顶着渐渐酷热的骄奢淫逸的太阳往知青队方向挪动。

小牛从鬼林里冲出来，任凭我怎样呼号，那牛就是不听，径直朝那知青奔去，寸步不离地跟在他身后。这就奇了，连小牛也中了邪。

我一动不动，也不敢去追那牛。直到牛和人都消失在丘陵那一边，我才发疯似的飞跑回村，夜里通宵说着胡话。第二天，那牛疯了，见人就顶，就咬，终日在荒原上奔跑，长啸，变成野物。现在有人还见过那牛，毛都老秃了。

——我又给老人一根“肯特”。告诉他过滤嘴的事，他不再捏碎它，学着我叼着过滤嘴美美地吸。

“那知青后来怎样?”我问老人。

老人说不出个所以然来，“有说他犯事了，被抓走了，有说他死了，没个准的。唉，谁还管谁死活呢！那年月能保住不出岔就万事大吉了。后来那知青队撤了，散了，人都跑大陆去。20年了呢！草都长成树了。那地方没人寻得到。”老人又跟我要了根“肯特”，“还是洋烟好啊！抽起来劲挺足的。”我苦笑了，他问我这烟什么牌子，待发财了，也去买一包过过洋瘾。我告诉他这烟高价卖到十元一包，五角钱一支。他惊得张开无牙的大嘴半天合不拢，“有这等金贵的烟，抽它做甚!”他把刚跟我要的“肯特”珍重地收起来，说是带回去慢慢受用呢！我干脆把刚拆封的整包“肯特”送给他。

老人感激涕零，连连叩头作揖。

我忽然想起海口宾馆、泰华餐厅满桌狼藉的剩烟剩酒剩菜……西部啊！我的贫困的西部农村，我的乐天知命的西部农民兄弟!

我极想再知道鬼林的事，这20多年里它是极为平静的么?

老人若有所思。他已经不把我当外人，也许是那金贵的“肯特”拉近了我们之间的距离。

——那次械斗之后不久，鬼林里白天黑夜忽然有了一种声音，像钝刀子砍气根。你不知道，那气根又韧，水分又多，钝刀口陷进去，便被咬住了，难以拔出来。若是利刀呢，没声没息就断了。钝刀子是砍不断，像砸，那声音便极涩，极低沉，极闷，传得很远，听起来又极磨人。

那声音持续不断，几年呢！人人都说那女鬼显灵，谁也不敢去那林子看个究竟。慢慢的人们便习惯了，连什么时候没了那声音，也没人在意。

第十六章

1999年。广州。

失踪了十多年的尤塔突然出现了。

肖邦如约来到天河的“绿茵阁”，咨客把他引到了三楼，在靠窗的角落里，一位女士凝视窗外，肖邦估摸那就是尤塔。他走过去，尤塔回过头来。这张脸没有太大的变化，只是有些沧桑，而且修饰得十分精致。

肖邦坐下来，他长久地审视着尤塔，笑着说：“你真是尤塔吗？15年了吧！人间蒸发了。”尤塔依然是年轻时的样子，她不失优雅地偏了偏脑袋：“是不是很奇迹？”

“是很奇迹，卡洛找过你好多次！你没见他？”

“已经不重要了！”尤塔的神色里掠过一丝阴郁，“他走得那么决断，我为什么要扯着他？我相信自己离开谁都能活，而且活得更好。你说是吗？”

肖邦对尤塔的突然出现没有感到惊奇。他已经心如止水，对人世间的一切视若平常。只是尤塔，这个在他看来过于柔弱单薄和清淡的女孩，如何能做出比卡洛更决断的事来呢？她说走就走了，连一点痕迹也不给卡洛留下。

“卡洛回过几次国，我们都见了。”肖邦说，他想现在谈这些问题，对谁都不是伤害，时过境迁。

“我知道！有好长一段时间，我一直没离开广州！”

肖邦有些吃惊，尤塔怎么能如此冷静地面对那段时间发生的一切，连父母在《羊城晚报》登了那么多的“寻人启事”都毫不理睬。

尤塔大约看出肖邦的疑惧，她平淡地说：“既然失踪了，就彻底失踪，我是10年后，1995年才给爸妈写信的。你12年不归，我10年杳无音信，该可以吧！向你学习。”她的处境也许很不错。所以她说话时既优雅又澹定。他注意到她的食指上有一只做工很复杂的钻戒，她嘴唇上的口红也是很昂贵的那种，暗黑色闪着银光。旁边椅子上，放着她考究地折叠着的黑色丝织风衣。桌子上的坤包，小巧而精致，好像是鳄鱼皮的，扣子上镶嵌着一颗红宝石。尤塔留意到肖邦的审视，耸了耸肩，神情妩媚，而且很轻松地问：“有什么不妥吗？”她故意审视了自己全身。她明白肖邦对自己的惊诧。

“没有，我只是觉得不可思议，我无法一下子理喻我曾经认识的尤塔。”肖邦坦白地说。

“那是一个怎样的尤塔呢？也许任是谁也找不到原来的尤塔了，特别是卡洛。”她依然没有原谅卡洛。

她大约看出肖邦的心思，便说：“我早就原谅卡洛了。看他决定走时的态度，我就知道我自己应该比他走得更远，更彻底，简直是消失，人间蒸发。”尤塔很得意。“我是不会落入情感圈套的，我应该主宰自己而不是任别人来主宰我。当然，这些都是后来在英国生活之后，才慢慢明白的。”

“这些年过得怎样？刚刚从国外回来？”

“是的，好多年了吧！心还是放不下。还是想回来看看。卡洛怎样？”尤塔心情很好。肖邦被她感染，心情也很开朗。卡洛在美国，书读不成，开了个东方礼品店，生意并不十分好。他不想告诉尤塔这些，“应该是不错吧！三五年他都会回来一次。都秃顶了，精神还挺好。”肖邦想，假如他们再见时，不知会怎样？卡洛当时走得太坚决，尤塔也不缠绵，大家都经历过火与血的历练，都不需要过多的说明，就各奔东西了。

“卡洛回来时，可以把我的电话给他，大家都老了，再见时叙叙旧，各自会有许多故事。”尤塔递给肖邦名片。她过于散淡不经意，让肖邦觉得她在骨子里其实是依然怨恨着卡洛的。也许她的境况相当不错，所以她在谈起卡洛时，有一种十分超然的神态：“卡洛应该结婚了吧？”

肖邦点点头：“娶了一个台湾女孩。”

尤塔马上调换话题：“你呢？”

“怎么对你说好呢？说起来话太长了，以后再说吧！这次回国，有什么打算？”

“没什么打算，先看看再说。”

肖邦觉得尤塔太冷静了，完全不像1984年的那个苍白的瘦弱的小姑娘尤塔。他记得在新港花园大路边的那个下午，他和卡洛、尤塔在尘土飞扬的路边草地上喝啤酒，扔了一地的啤酒罐。肖邦把那天的情形告诉尤塔。尤塔耸了耸肩：“这是中国人的伤感，很浪漫是吗？”尤塔的话令肖邦语塞。从国外回来的人，都这样，他们有另外的视角，他们有理由这样说。弟弟肖强从澳洲回来，也是这种德性，开口闭口你们中国人，好像自己变了种似的。可是，你又有什么理由反驳他们呢？他们确实入了英籍、澳籍。肖邦心想，从来都是以胜败论英雄，也就无需反感。

尤塔并不在乎肖邦的情绪，她很平静地叙说她这十几年的生活。从1984年开始，她花了三年时间在广州补习英语，1988年自费留学英国，第一年就嫁了一个英国人，轻而易举地入了英国籍。第二年离婚了，不久又嫁给一个英籍犹太人，这一次婚姻维持了五年，感觉不错。这五年间，在剑桥完成服装设计硕士的学业。犹太人要回以色列去革命，给了她500万英镑，分手了。她当时觉得这个犹太佬是世界上最可爱的人，500万英镑，几千万人民币啊！“这是他终生的积蓄，他临走那天，抱着我说，他要回到上帝那儿，为上帝圣战，他不需要钱。你知道我哭得多凶，为了钱，也为了他的离去。但是，很快，我就平静和释然了。这才是真正的男人。我爱他，更爱他的钱，花他的钱时我会想起他。他一去就没有音讯，也许有一天，我会去找他，和他死在一起，也许他现在就已经不在人世了。你感到不可思议？尤塔很爱钱！不，我什么都爱，钱当然是我的最爱。我现在的先生是位地产商，很有钱，是英国贵族，当然，也是个艺术收藏家。在伦敦，我们有一所很大的房子，是18世纪一位皇室贵族的花园。若到英国去，请一定光临，可以参观英国18世纪的许多珍藏，自然也有中国故宫的藏品。”尤塔根本就不理会肖邦的反感，她任由自己的情绪自由发挥。

肖邦并没有觉得尤塔这种炫耀有什么不好。她说得真挚而且自豪，有一种英国淑女的做派，他无权反感。他只是觉得尤塔的示威意味，是做给他看并确信他会如数转达给卡洛的，包括特意约会肖邦都是出于这种考虑。

尤塔还是对卡洛耿耿于怀，这令肖邦欣慰。她的一切都因为卡洛。这代人，为什么活得这样累呢？尤塔，难道你十多年前的失踪，就为了这一天的到来吗？

“肖邦，我想请你帮我写一本书！”

“什么书？”

“自传！你可以开个价。”尤塔的话令肖邦吃惊也很不舒服，但他还是回应她了。

“我可以帮你请一位作家，男的，女的，由你决定，你可以先约见他们，谈一谈再决定。”肖邦很认真。

“请不动你吗？”尤塔毫不客气。

“不，我们太近了，反而不好，我向你推荐，男的嘛，可以请李斯特，六连的；女的嘛，乔亚也不错，一个新出炉的美女作家。”

“李斯特我认识，后来上了大学，甩了妙英，是吗？”尤塔有些不屑。

肖邦是维护李斯特的，他为李斯特开脱。

“如果我一定要请你呢？”

“那就另说，不过，你是知道的，我从不与人捉笔，也很难把你活生生地写出来。”

“为什么李斯特就可以呢?”

“因为他很冷静，冷静到足以把你分析得体无完肤，而我做不到，我很容易让你蛊惑，那样，就写不出真实的你了。”

“说的也是。可是，美女作家又有什么说法?”

“你们都很前卫，在中国，前卫还有一个注脚，即是西化。我想，在裸露自我这一点上，你们比较有共同语言。”肖邦有几分挖苦。

“我很前卫么?”尤塔不解。她随手挥了一下，招呼侍应。

“你自己知道，我不妄加评说。”

侍者过来问需要什么，尤塔让给肖邦来啤酒，她这时才发觉，他们坐了这么久，竟连一点东西都没点。她自己要了一瓶红酒。

“乔亚漂亮吗?”尤塔想这乔亚也许与肖邦关系不一般，要不怎会提起她呢?

“我说不好，你见了就知道，应该算是吧！要不大家怎么都称美女作家呢!”

“你们很熟?”

“嗯，一般吧!”肖邦奇怪尤塔怎么对此有兴趣。

“你为什么不可以帮我写?”

“不好意思拿你的钱!”肖邦故意说。

“那就白干。”那尤塔步步紧迫。

“白干更不行。”肖邦很坚决。

“是这样!”尤塔自言自语。

“还没老到要写自传吧?”肖邦奇怪尤塔怎么会有这种念头。

“言归正传，五万英镑，够吗?先付两万，完稿再付三万。三个月完成，行吗?”尤塔完全是一副做生意的派头。她认为这个价码足以令任何一个中国作家难以拒绝。

“那你自己跟他们谈吧！我不是经纪人。”肖邦不为所动，一点余地也没有。

“什么忙都不愿意帮？我只想请你写！”尤塔也很坚决，她确信肖邦会写。

“我不会的，我说过。”肖邦没有给她希望。她也说不清楚缘故，也许是因为卡洛吧！

“不，你会的，你不是卡洛。”

尤塔的话令肖邦忽然明白了，这位富得流油的尤塔女士，请枪手写自传，也是为了卡洛的，而且非得由我肖邦来写。这个尤塔，何苦呢？为什么要做戏给卡洛看？

“我想李斯特也不会写的，他比我更迂。不是钱的问题，真的。尤塔，五万英镑，是我几辈子的钱，我想知道的是，为什么非得写自传不可？你回国就是为了这件事？”肖邦说着，分别给李斯特和乔亚打电话。李斯特不在家，舒月说他开会去了。乔亚在电话那边很兴奋的样子，她说正在郊区，昨晚参加一个生日派对，她已在回城的路上，马上就可以到天河。

“你先跟她谈谈再说，不忙决定，好吗？”肖邦望着尤塔，他努力想从这张并不年轻的脸上，看到那个苍白的瘦弱的女孩。可是，眼前是一张过于精细和妩媚的脸。眉毛、鼻子、嘴巴、双颊和发式，都显示着一种富贵和奢华。肖邦想起了简·妮森，尤塔和简·妮森之间，有着惊人的相似。她们都为着追寻而来。但是，所有的追寻，都因了那个年轻的梦，是那梦，令她们变得很古典。可是，现实已不再古典。

乔亚风尘仆仆，她的米色风衣卷着她如同一阵飓风似地扑过来，令周围的人们瞩目。她不顾在座的雍容华贵的尤塔，一边脱下风衣，把杂七杂八的一大堆东西堆在椅子上，一边大声叫着：“热死我了，快来点冰冻饮料。”她抓过肖邦的啤酒，仰起脖子一饮而尽。尤塔见得多了，干脆把身子挺在椅背上，冷眼旁观这位美女作家。

乔亚全不在意，她向尤塔伸出手来：“你好，我是乔亚。”

你自然是乔亚，还能是谁？尤塔在心里说着，也伸出手去，她手上的钻戒在窗口的阳光下射出一道刺目的亮丽的弧光。乔亚明显感觉到这位女士的敌意。但她不在乎。年轻，就是最大的财富和本钱！她在心里蔑视这位自鸣得意的半老徐娘。

“我叫尤塔，肖邦的朋友！”尤塔优雅地自我介绍。

退回15年前的尤塔，你才知道什么叫做美女！尤塔这样想，但未免有些消沉。乔亚太嚣张了，她和肖邦好似有点什么！看她拿起肖邦啤酒喝的样子！他们已经亲密到这种程度？

乔亚折腾了一会，这才安静地坐下来，招呼侍者：“来三杯伏特加！还有苏打水。”

“三杯？”肖邦诧异地问。

“你还没征求我喝什么呢！”尤塔不失时机地进攻，但笑意盎然，很温软的甜甜的声音。

“难道去过海南岛的人，还害怕伏特加吗？”

乔亚并不示弱，她故意大大咧咧。

“听肖邦说，你是很出名的美女作家？”尤塔话中有话。

“大家都这么说，肖邦不这么认为，我呢？希望是美女，但看起来不美，对吗？”乔亚调侃地说。她底气很足，她自认不丑，很魅人。

“听肖邦先生说，这里有笔五万英镑的生意，我是冲这五万英镑来的。对不起，见笑了，中国人穷怕了，做梦都想着美元。”乔亚全不在乎尤塔的挖苦。她极想杀一下这位富婆的威风。她自然很想这五万英镑，拿了钱再杀她不迟。

尤塔不想和乔亚谈这个话题。她一见乔亚，就感觉这故事由她来写很合适，但现在她不想给她任何希望。如果我像她这么年轻，也生在这个时代，我是否也会像她这样，或者更凶些呢？尤塔在心里问自己。乔亚的确很美，那是现代中国的审美，她对现代中国的审美有很深的怀疑，她有点难以忍受乔亚那双很魅人的眼睛，那眼睛里有着野性的侵略，深藏在睫毛后面。

“尤塔女士，我可以为你写，写你的故事，保证令你满意。无须付首期，完稿了再付五万英镑，四万也可以，无所谓，肖邦先生的知己嘛，理当帮忙。”乔亚很真实地说，她极想成功这件事，“说真的，我对你的故事和对五万英镑有同样的兴趣。”

在英国生活了10年的尤塔，已习惯了乔亚的这种西方式的坦白，她慢慢地消淡了对乔亚的戒意。

“你很可爱！”尤塔终于寻找到既得体又优雅的话。

“很多人都这样说，真感谢你！”乔亚不失时机地自我圆融。她认为无须在这位叫尤塔的女人面前有任何的客套。

“肖老师，什么时候去看你的23座知青墓？还有烧死68名知青的火场？我很想就这些题材写些东西。”乔亚忽然把话题扯到这上头，“你不是反对用身体写作吗？我想换一个题材，转移一下思路，也许能写出伟大作品。”她半认真半调侃地说。

“肖邦，一起去，我从来还没回去过。”尤塔对此很感兴趣。

“随时随地，奉陪。”肖邦很乐意，他总是这样。

尤塔见时间不早，建议到郊外找个地方晚餐，大家自然没什么意见。肖邦建议叫上李斯特，到麦灿辉那儿去一趟。尤塔失踪多年，现在回来了，理应见见斯特和麦灿辉。

尤塔开着辆枣红色的宝马。乔亚说让她开。尤塔把宝马车钥匙给了她，她熟练地开启车门，坐了上去。

1989年。广州。

李斯特很少看到已经退休的林书记，有些人坚决上书投诉要退休的林书记参加“三讲”整风，意在清算批评他的种种问题，这些人大多是他当年提拔的。有一次他偶然碰到林书记，他苍老而且委顿，昔日的神采荡然无存。他似乎对什么都漠不关心，人们几乎听不到他任何声音。

李斯特像六年前的饶老先生一样，在某周星期五的黄昏，他把坐了六年的办公桌的钥匙交给陈晨。陈晨想说几句什么，让李斯特谢绝了。他笑笑，默默地踱出了办公室。这回，办公楼的大门洞开着。李斯特想起当年刘杏在门口守候了两个小时的情景，心里有些温暖。饶老先生当年把钥匙交给李斯特时，饶老先生 63 岁；六年后，李斯特把钥匙交给 58 岁的陈晨时，李斯特 38 岁。

1998 年，新上任的校长，留美博士杨先生登门拜访李斯特，希望他重新出山，担任系主任。李斯特婉言谢绝，他客气地说："我已经 47 岁，我无法回到十多年前的热情。"尽管他在心里，是多么想能够重振中文系当年的雄风。陈晨接替系主任之后，把李斯特建立起来的那一套全部取消了。首先是废除学年论文写作，名家讲座制度也几乎名存实亡，几年间，空留许多编制，却没有补充师资。除李斯特外，几乎所有老师都是身兼几门课。上古文的，同时上广告学、公共关系和旅游地理，等等。陈晨也曾特请李斯特兼若干课程，李斯特谦虚地拒绝。"鄙人只会中国现当代文学，其他课程勉为其难，拜托！"陈晨一脸无奈，从此再不找李斯特。两年后，陈晨退休，史红卫代理系主任。这十年间，史红卫艰难地挨过来，成了中文系的元老。前年评了讲师，现在勉强维持。40 多岁了，还是独身，这比较合适当系主任，无牵无挂的，方便全情投入。

1973 年。海南岛。黎母山。

八月的秋水和台风一起，比往年更早地降临黎母山，到处是水和残枝败叶。六连饱受秋水的肆虐，河滩上的庄稼还没到收获季节，一场秋水便将之连泥带土冲得无影无踪。小河两岸的大树和灌木也被连根拔起，淤塞在河道上。于是小河开始改道，每回秋水过后，六连的人们总得花上十天半月整治环境。越来越大的山水，不断蚕食着河边的平地，河滩被河水冲击得越来越大。六连的人们并没有意识到，这是近年来乱砍滥伐造成的恶果。老刘仍然乐此不疲地指挥着他的队员们，挥舞着大片锯，天天向原始森林开战。他每回开锯，当锯开的树木上，鲜红或橙黄的木屑和着浓浓的汁液，像血一样喷溅出来时，老刘便有一种难言的快感。多少年了，他孤独的心只有在这种快感的抚摸中，才能激发起真正的热情和活力。他会用手指沾起那鲜红的汁液，放在舌尖上舔，感受那新鲜木浆的或甜腻或微腥的气味。那气味令他春心荡漾。每回他与黎族妹子亲热，他都会选择一个开锯的日子。据说那老树的汁液会令他阳气十足，他甚至知道哪种树木的阳劲会使人维持多久。到后来，他居然把各种不同的树液收集在瓶子里，以作壮阳之用。

老刘非常无私地把这些秘制诀窍传授给每位知青："学着点，将来回到广州城里，在街头摆卖，也可餬餬口哩！"他常常对李斯特说这样的话。许多年后，在广州街头，果真有卖壮阳草药的人在吆喝。李斯特会凑近去，看看是否当年六连的知青，看看是否老刘的树液，它总是能够挑动李斯特温暖的回忆。

八月底，李斯特顺利地被录取到北方大学中文系。也许是因为父母的去世，使他的背景一下子洁净了许多，也许是因为父母死于非命，使某些人没有了借口且空余了许多的感念，也许一打三反运动已近尾声，政治形势相对不太严峻。总之，李斯特如遇大赦，他在六连被同时推荐的三个人中，轻易取胜。老雷亲自拿着录取通知书，气喘吁吁地来到山上营地。他有些兴奋也有些黯然地把通知书给李斯特。这些年来，老雷看着李斯特长大，他虽然比李斯特大十几岁，但是他从来都把李斯特当小兄弟看待。这回李斯特是真要走了，总不会又被退回来吧！他心里便生许多的忧怨。他自认是个粗人，因此便努力照应着李斯特这些知青的性情。

李斯特自然很高兴，可第一次被蛇咬了一回，这次便淡然了许多。上次老冯来，他就已不抱太大的希望，这回当真拿到录取通知书，他依然是一脸的茫然。命运又不知会怎样摆弄自己呢？上回去中山大学上学，学的是高分子化学，这回遂了心愿，是中文系，安知会怎样？上回是父母到天字码头来接，这回呢，路经广州，已是举目无亲，哥哥姐姐远在云南和粤北山区。医学院的小屋恐怕也已被公家收回了。他不再多想。他把手搭住老雷粗壮的肩膀，有些感动地对老雷说："谢谢你，真的，我上不上大学已经没有什么关系了。但是，我不会忘记你和老霍，真的。"说着，他流泪了。这样的时刻，已不是第一次，可这一次真正触动他的，是生死与共的感情，这感情连同这土地同样地难以割舍。

老雷问李斯特："妙英怎么办？你不会甩了她吧？"

李斯特很矛盾。他不知该怎样回答老雷。他还没有来得及去深思他与妙英的事。现在这事一下子推到了面前。

他苦笑："再说吧！我不会愧对她的。"他只能这样说。老雷便不说什么。他扳着指头数日子，还有一个星期，九月二日到师部集合，九月一日应该到团部。好像是他自己要上大学似的。

于阳上次让树压了，跛了一条腿，他正和小文昌在杀一只山猪，知道李斯特上大学的事，便走过来。李斯特见他一瘸一瘸的样子，心里发紧。这个魁梧健壮，鹰眼鹰鼻的知青，比李斯特高一届，平日里沉默寡言，在伐木队是一员猛将。队里有什么事，他总是一言不发，却冲锋在前，还总是站在李斯特一边。"读中文系是不是出来当作家呀？"他这么大的个子问起话来却稚气十足。"教书的，当教书匠呢！"李斯特随口说出。

"教书多没劲，还读它干吗？"于阳有些失望。

于阳负伤之后，治疗了半年多，把腿保住了，人却消瘦了许多。老雷让他回连队去守胡椒园，他死活不肯："变成残疾人了，回连队丢人。"他有他的逻辑。

老刘从黎村回来，一副心满意足的样子，他哼着小曲，蹒蹒跚跚地上山。他听说李斯特这回当真要走了，便宣布从明天起开始放假两天。伐木队好久没放假了，明天通通回六连去。"还开不开欢送会？"他问老雷。

"当然开！由你们伐木队主持！"老雷兴致很好，"是你们伐木队的功劳，伐木队是既抓革命，促生产，又出人才，要好好欢送欢送。连里再杀一口猪，犒劳犒劳伐木队，师部都通报表扬'北京木'的事，事迹上了《兵团战士报》。"

老刘把老雷拉到一边："你看贮木场上的北京木怎么办？风吹日晒的，有的都开裂了，当初催得那么紧，现在都快半年了，不拉走，又不处理，将来交不出质量来，怎么办？"老刘忧心忡忡，他天天从贮木场经过，看着那些木头沤在那里，心里痛得不得了。将来再也找不到这么优质的油楠木了。

“我也不知道怎么回事，当时说是政治任务，现在找谁都一问三不知，你就别瞎操心。扔着就扔着吧！”老雷也无可奈何。

“放着是个祸呀！要是烂掉，将来不好交差，是政治呢！时间长了，失火又怎么办？谁负责得了？”老刘想得仔细，“贮木场失火可就是大事情，谁也救不了，政治吓人哩！”

老雷很无奈：“我有什么办法？政治处管的，我再找找他们吧！看看咋办。”

李斯特去了林中空地，连日的滂沱大雨，秋水把空地上的青草冲得七零八落。几根倒木上长满木耳，草上还绽出许多蘑菇，色彩艳丽，都是剧毒的蘑菇。小松鼠在树枝上蹦来蹦去，闪着黑油油的小眼睛，到处张望。这回真的要离别黎母山。林中空地令他涌起无限思绪。林苹苹和妙英，这两个他生命中的女人，一个远走高飞了，一个依然在黎母山，不知还要在这里呆上多久，也许一辈子。他找到他们曾经坐过的地方，那里已让青草覆盖得杳无痕迹。昨天的一切已无从寻找，他也不想去寻找。

应该怎样对妙英说呢？他心绪很乱。

【另类档案】

追寻昨天的传说

虽然这个故事发生在西部，而我的母亲却在中部的黎母山区，但是，两个异常相似的故事，令我常常在不知不觉中置换了自己。我怀疑我的父母，那叫做金或铁或于晓阳的知青，连同妙英和鬼林里的她，他们并没有因为中部和西部阻隔，他们原本就是在一起的，他们各是许多人，又是同一个人，他们共同着一种命运和历练的磨砺。我努力去寻找其中的某一个，其实并无太大的意义。我事实上已经找到他们了。

我又折回感恩河边的一个村庄。十几天前我与我的朋友联系，请他在西部与我见上一面，我们一起去找那鹰眼鹰鼻的掘金人。我相信他与我这部小说中的主人公有着某种程度的生活联系。我的朋友在电话里谈笑风生，他也极想到阔别将近20年的感恩河边来。

我的朋友嘱我在这村庄等他，我便依他所指借住在傍河的土屋人家。这里住着一户孤寡的老妇人和一个守寡的侄媳妇。侄媳妇尚年轻，30岁左右的人，极灵秀的山地女子，从山里嫁到西部来，说是属羊，克夫。第二年丈夫便在金矿上给埋了。婆婆大约有80岁了。终日蜷缩在里屋，围着条黄毯子，打日本鬼子的战利品，还极坚固，只是毛都板结了，毕竟年代太久。侄媳妇上金矿去卖水卖小吃，几日才回来一次，为婆婆准备几日的吃食。我便与婆婆聊天。她话不多，尽是过去时代的记忆。她苍老不堪，眼睛却分外明亮，炯炯地发着幽光，她年轻时一定相当漂亮。

我早已听过关于她的传说，既是烈属又是地主婆。每年烈军属会议她去，前些年五类分子管制、训话也少不了她，有些场合弄得干部们极尴尬。但事情一过去也没人再去理会。

她丈夫是当地的富豪，打日本时把家财散出来支援革命。有一回参加伏击战，负伤了潜回来，养了个把月，伤口未彻底痊愈耐不住便与妻子同房，几天后伤口感染死于亏损。游方郎中看出病因，村庄里便哗然，把她视作淫妇。土改时家里有浮财土地，纯朴的乡民视她为异物，便异口同声划她为地主。此后厄运不断，那时她不过是40岁未到的少妇。这种双重角色令她糊涂也厌倦人生困惑，于是只等老去不知有汉。我极困惑的是，我的朋友为什么指定我上这家人家借宿。我与婆婆谈起鬼林的事，谈起那一年的械斗，谈起那上吊的女知青，婆婆缄口不语，毫无兴趣。她只说都过去了没什么好说的，孩子哟，活着要紧。

我尚年轻，并没有觉着活的艰窘与要紧之处。老婆婆饱经人世沧桑，什么都经历了尝试了。她说她活着只是在等待着末日，已没有什么可指望可感叹了。我想人活到这份上，心胸一定极豁达意欲全无一定活得更久长。

在这土屋人家里住了几日。这里风景极好，一片竹林和曼陀罗遮蔽着这小小的土屋，与村庄几乎孤隔。感恩河淌着水匆匆忙忙去大海，老婆婆终日在黑暗中睁着炯炯的亮眼睛，望着牛肋巴窗外的曼陀罗。几片青青的带刺的曼陀罗叶子伸进牛肋巴窗，在轻微的风中摇着。

那天我在荒原上跋涉了一整天，回来时在感恩河里痛痛快快地洗去一身汗气。怎知深秋的河水伤人筋骨，到土屋时只觉昏昏沉沉，脑子发胀便倒在有些霉味的稻草铺上。我的床铺对着婆婆的木板床，中间隔着张老旧的八仙桌。睡到半夜，听到外间床板压得嘎嘎响。细细辨认，是那侄媳妇回来了，似还与一个男子在悄悄地说着话。我自然知道外间屋子正在发生着什么事。我偷偷地瞥了老婆婆一眼。她没睡着，黑暗中我只觉那眼睛炯炯幽幽的。显然她默许了这一切，早已习以为常。我想不该惊动他们，至少不能使他们难堪，于是十分烦躁地缩着身子假装睡得正熟。那侄媳妇也极可怜，年轻轻守寡又守着个老婆婆，没个人暖身子，那份寂寞我这个年纪自然还不甚了了。

外间折腾了一阵子，一切归于寂静。那男的开始穿衣服，然后提着个包袱走进里间来。他显然知道这家里住了一个生人，于是蹑手蹑脚地进屋，屈着一双长腿半跪在老婆婆床前。老婆婆动情地摸着他的双手，他的头发，把他揽到跟前，一言不发看着他。那情景感动得我禁不住要哭出来，心中有几分妒意。老婆婆并不曾这样对待我。

我觉得这男子背影极其熟悉，好像在哪儿见过。对了，河对岸那采金人的木屋，那脸上有刀伤鹰眼鹰鼻的采金人。他始终背对着我，使我无法认清他的面目。但我敢肯定我的感觉没有错。这家伙到处拈花惹草，就因为口袋里有几个臭钱。掘金人大都很富有，尤其是那些工头。

这男子又蹑手蹑脚不动声息地离开里屋，他与老婆婆之间默契极好，似乎用不着任何言语。老婆婆目送他出去时，月光正好移到屋中央来，照出了老婆婆的半边脸颊，那上面有一行亮晶晶的泪珠。她是这男子的什么人呢？我极想问又觉得不妥。他们压根就没有我的存在。我仅仅是一个20多岁的少不更事的过路人，与他们过去的生活和未来的命运并没什么联系。

侄媳妇送那男的出门去，竹门轻轻地掩上了。

远处有狗吠，河里有淌水声。他们过河去了。

我再也睡不着，我凝视着伸进牛肋巴窗的那枝曼陀罗，月光下的曼陀罗。又想起我的母亲。

我辗转了许久。老婆婆自那男人走后便甜甜地睡着了。我估摸着不会惊动她，便悄悄地爬起来，到屋外去。

今夜月光皎洁，月光下的曼陀罗极为神秘。我想起关于曼陀罗的传说，她作为美丽的邪恶写进童话和神话里去，我却完全没有这种感觉。我有些喜欢这种最为常见的热带植物，我甚至为她遭受不公的命运愤怒。人啊！你有什么权力对大自然的其他生物予以自私的褒贬呢？在这个充满着暂时的功利追逐的世界里，童话和神话的史诗精神也受到亵渎与篡改。人其实是极端自私的。

我在屋外站了大半夜，侄媳妇和那男子再没有回来。隔着土墙，可以感觉到老婆婆甜蜜的鼾声。今夜她睡得真好。

早晨我醒来时天已大亮，老婆婆今天破天荒出了屋门，在曼陀罗花丛那儿坐着晒太阳。她银白银白的长头发在秋天的晨风里飘了起来，黑色的唐装衣褂包裹着她清瘦的躯体。她神情朗朗一副仙风道骨的模样，遥望着感恩河对岸逶迤的丘陵和荒漠，那个孤寂的淘金人木屋。

她80岁的人生世界里一定埋藏着极多的秘密，拥有这样的经历一定很幸福，那幸福是以无限的屈辱和痛苦为代价的。我这样设想她的心灵世界。

傍晚我回到老婆婆的土屋时，已是上灯时分，我的朋友已从海口赶来多时了。他与这人家很熟稔。20年前他在此地当知青时就常常到这村庄里来，在老婆婆这儿讨吃食。老婆婆那时孤寡一人，自然欢迎这些蛮野可爱的知青们。

我发觉我走进屋门时，老婆婆用一种有些异样的眼光看着我，那明亮的眼睛里有一种我不易感觉，但毕竟让我捕捉到的惊喜与忧伤混合着的神态。

今晚的饭食极为丰富，有感恩河的活鲶和深山里来的酒，还有西部极为闻名的小羊羔、烤乳猪，配做得极为精细的酱料。好多日子没有跟老朋友在一起畅饮了。外祖父母对我极严，从不允许我饮酒，我却常常令他们失望。我如何能不饮酒？尤其是当我知道我还有一双当过知青的生身父母之后，我便常常要学西部人饮烈酒。

老婆婆酒量极好。她让我坐在她身边，不断为我添菜。今晚她兴致好极了，总用一种我说不清楚的神情凝视我。

我的朋友只顾吃啊！喝啊！一个劲地冲我傻笑。那侄媳妇也极殷勤，平日里她总是冷冷的。我从她潮红的脸上发觉到一种母亲般的情态。

大家都醉了唯独老婆婆很清醒。我半夜突然醒来到屋外去漱口，看见她在月光下庄严得如同观世音，像童话故事里所描绘的坐在曼陀罗编织而成的花车上，圣洁得如同一个公主。

我轻轻走过去，搂着她的脖子，动情地叫了一声“外祖母”。她冰凉无骨的手抚摸着我一头硬发，用粗糙骨棱棱的脸颊贴住了我的脸颊，她一定在回忆20年前那个月很黑风很高，世道动荡的夜晚，一个陌生的非亲非故的小生命降临在她的土屋里。那时感恩河正发大水，河水冲着土屋的墙基，咸片的绿色浮萍淤在墙基下，屋子像是要坍塌了。雨水从山葵叶编织的屋顶上飘进来，牛肋巴窗用曼陀罗叶子堵死了，可是风雨依然凛冽。小生命总算平安地诞生了。第二天，诞生这小生命的母亲却失踪了。她遗弃了他然后永远地走了。谁也不知她到哪儿去。她没有给老婆婆留下什么东西，任何嘱托。她相信有老婆婆，这小生命就不会夭折。

我希望那样，老婆婆抱着我走遍了荒原丘陵和山地，到处打听穿洗得发白军衣的女知青。她到处寻觅到处呼唤，可是没有任何回音。

我的朋友向我讲述这些的时候，老婆婆始终仰脖饮酒，她所期待的正是这一天的到来。她尝到这一生全无遗憾时，正是我对人生获得崭新理解的开端。我为有一位西部的外祖母而对西部的荒漠有一种刻骨铭心的感情。

我希望我就是那个孩子，我将把这一切告诉如风。

第十七章

1999年。广州。西关。

“三家巷餐厅”如期开业的消息，在《羊城晚报》的报眼上刊登之后，帝后横街一下子热闹起来。也许是因为长篇小说《三家巷》的缘故，作者欧阳山先生是从延安来的革命作家，他的《三家巷》家喻户晓，海内外都很有些名气。一时间，报纸电视台包括海外媒体都上西关采访“三家巷餐厅”，一探虚实。

林大头这回又是大手笔。

林大头把半条帝后横街都租了下来，他在这条不足百米的小巷里做足了文章。巷口立了一个牌坊，上书“三家巷”三个大字。牌坊下站着若干咨客，咨客身穿月白衬衫和乌裙。三四辆披红挂彩的黄包车，车夫均是20年代的短衣帮打扮。巷里的墙壁上均取30年代的气氛设计，画着仁丹胡子的洋人和可口可乐招贴，凡是在老电影和旧画报能搜寻到的玩意，林大头都让设计师在墙上信笔涂鸦，把一截帝后横街弄成了30年代广州的街市。店里的工作人员，有的西装革履，油头粉面；有的长袍马褂，戴着瓜皮帽；有的一身短打扮，全凭身份角色着装，一派旧时殖民地半殖民地的市井风致。肖邦和李斯特在这方面充当了林大头的谋士。而姚炳却不以为然，他始终认为林大头瞎折腾，他会栽在这帮子知青朋友手里。他每每这样想，但每每都积极地按林大头的意旨去办，又每每都非常成功。他便只怨上天无眼，活该林大头发达。

凡是光临“三家巷”的客人，在巷口便让千娇百媚的咨客引上小黄包车，咨客小姐陪着，由车夫拉到餐厅。餐厅门口还有瓜皮帽小生迎着。客人一来就品尝了30年代的西关风情，倒也不失一番风味。

林苹苹去医院整容还未出院，张真一手操办了餐厅的内务。她是“三家巷”的总经理，林大头分别给她和林苹苹各有20%的经营股分红。林苹苹的房产作为投资，也拥有餐厅40%的股权。若餐厅办得红火，林苹苹将从此不为生计发愁。

“三家巷”的吃食也都是珠江三角洲的农家菜，全是绿色食品、田基美食，蝗虫、蜂蛹、水虱都被做成各式佳肴。也许是沾了欧阳山名著的名气，也许是餐厅构思独特，也许是人们对老广州的怀旧之情，也许是田基美食让人垂涎，加之媒体纷纷扬扬的报道，“三家巷”生意兴隆，本来僻静名不见经传的帝后横街，一下子车水马龙，连欧阳山的《三家巷》也突然走俏起来。姚炳不失时机地从出版社批来了大量欧阳山的《三家巷》，凡是食客光临，每桌赠送一本，其他客人也纷纷倾囊人手一册。

林大头旗开得胜，赚得盆满钵满。

张真出任总经理，也是一身20年代旧广州的民间打扮，乌裙拖地，唐装素衣，两颗硕大的耳坠，走起路来，摇曳生风。

阿玉也做了厨房领班，穿着20年代的服饰，显得很别扭，新疆男孩则当了保镖，身穿一套香云纱做的玄色唐装衣裤，耳朵上夹着一根烟卷，腰际别着一把折扇。这是姚炳从电影里看来得到的熏陶。在姚炳看来，既然林大头事事都讲“酷”，那么，乱七八糟，不讲规矩的都是酷了。

林大头还给帝后横街的其他住户分派了任务，有的经营旧广州各种吃食，诸如艇仔粥、炒田螺、陈村粉等等，有的摆卖旧广州的仿古文物，旅游商品，林大头还请了一位风水先生，一位算命先生，在巷口摆了个摊档，为客人算命逗乐，谈玄说古，坐而论道。

“三家巷餐厅”，在广州饮食界别开生面。

“三家巷”成为广州食肆的主题。林苹苹也因此让媒体发掘出来。20年前的救火英雄林兵，英姿飒爽的女兵照连同她当年的英雄行为由是旧事重提。电视台特地开辟了“三家巷”的专栏节目。有一家有线电视台还把直播系统设在“三家巷餐厅”，每天定时现场转播“三家巷餐厅”的运营状况。当然，林大头为此付出了大把钞票，自然也收入了大把钞票，其间的奥秘只有姚炳知道。

李斯特从没到“三家巷”去，他只是在林苹苹住院时去看过她几次。

林苹苹整容不太成功，但比过去好多了，没那么狰狞。她出院的时候，李斯特在医院门口等她。她用一条大围巾遮住大半个脸，一副墨镜遮住了眼睛，头上仍然戴着假发。阿玉提着杂物袋，跟在她后面。她见李斯特，便让阿玉先回西关去。

经过三个多月的住院手术，林苹苹情绪好多了。“三家巷”的好消息令她很振奋。“林大头真是个好人！”她压抑不住心头的感激。

“他不仅仅是个好人，而且是个实干家，一个以行动关怀别人的人。”李斯特虽然和林大头交往不多，但在对林苹苹的问题上，他从林大头身上看到自己的缺陷：“很对不起，林苹苹，我没能认真地帮助你。”李斯特很负疚地说。他看不见林苹苹的眼睛，那眼睛让墨镜遮蔽得严严实实。

他们上了的士，“去哪里？”林苹苹问。

“去天河电影城！”李斯特对司机说。

“有一部片子，《奥涅金》，普希金的名作，你是不是很久没看电影了。”李斯特关切地问。

“20年了，我都不知道电影是什么样子了。”

李斯特在买电影票时，碰到几位女生。她们见李老师带着一位包裹得严严实实看不清面目的女士来看电影，有些大惊小怪，在一边窃窃私语。李斯特也不在意。他在心里觉得自己很崇高。他买两杯珍珠奶茶：一杯红茶，一杯绿茶，和林苹苹进了电影院。他回头对那几位女生笑笑。

一号电影厅很豪华。白天的票价比较便宜，观众大部分是附近高校的学生。男男女女，豆蔻年华，都是些80年代出生的孩子。满世界都是年轻人的天下。林苹苹很感叹。这20年间，西关的黑屋和医院的刀光剑影是她的全部生活，从没有人陪过她看电影。她对一切都感到新奇。

剧情是他们这一代人从童年起就熟知的那种模式。男女主角在年轻时都错过了对方，而这种错过是终生的。当他们都觉悟到并重新开始去争取时，一切都已经过去无法挽回了。李斯特和林苹苹看得很认真。普希金的小说比电影更动人。

年轻人在电影厅里像是在开派对，他们对剧情并无多大兴趣。这部电影对他们而言，太过古典且不可思议。仅仅为了显示对女友的自尊，而不惜牺牲生命去决斗，死而无悔。这种古典情怀令他们发笑。

而李斯特和林苹苹却看得很凄楚。他们从男女主角的悲剧里看到了各自的过去。

他们很安静地看完电影，没有说过一句话。对生命中早已潜伏的东西，是无须多说的。

他们走出电影厅时，林苹苹跟李斯特告别。看得出林苹苹很难过，电影使她想起1972年的林中空地，想得她的心一阵阵绞痛。过去也想，但从没有像今天这样撕心裂肺。她从墨镜的蓝光里仰望李斯特。他粗大的脖子是那样的强有力地挺立着，像黎母山油楠树的树干。她曾经那样忘情地深吻过这树干，抚摸着它，感受到它的震颤。也许这是她最后一次和李斯特在一起了。自从再见李斯特之后，她从李斯特的眼神里看到了他对她的怜悯。她需要这种怜悯，可又不止于怜悯。她心里很清楚，她不敢再去奢想得到什么。这个男人，已经给了她最大的满足。

“回去吧，舒月怕是等急了！”

“没事！”李斯特觉得还应该请林苹苹吃饭，李斯特想更多地补偿她。他承认自己是在可怜她，怕她孤单和失落，他愿意多花一点时间给她。可是，他和她在一起，又确实感受不到什么乐趣，只是尽一种道义而已。

“我请你吃饭吧，日本料理，好吗？”

“不，‘三家巷’会有很好的东西吃，何况，应该我来请你才是，改天到‘三家巷’来吧！”林苹苹很坚决，她不愿意让他为难。

“那好吧！”李斯特和她一起走到马路上。他为她截了的士。他掏出一张50元的票子，递给司机。

乔亚对尤塔的自传很感兴趣。这几天她老是给肖邦电话，而几乎每次都是翎接，翎的不快在电话里表现得很彻底，甚至于到了不太友好的地步。肖邦就在旁边，看着翎的神情恼怒，可是翎就是不告诉他是谁的电话。

乔亚并不在意，相反觉得很快乐，翎的介意使她看到了希望。

尤塔来到肖邦家里。肖妈妈在客厅里接待她。尤塔对肖邦家的别墅赞不绝口：“在中国，很少有这么有品位的优雅的家居了。”她对肖妈妈说。肖妈妈十分矜持地附和着她：“大家都在追赶潮流，我们是不是太古旧了。”肖妈妈的话里有一种自尊自贵的意味。这位才情丰富的老太太的神态令尤塔着迷。她搂着肖妈妈的肩头：“妈妈，你应该生活在英国或法国，中国太不适合你了。”

“姑娘在英国住得太久了吧！”她并不正面回应尤塔的话。尤塔掏出一枚镶着钻石的红色胸针，别在肖妈妈的黑色羊绒衣上，那闪闪发亮的钻石，在金色的胸针上跳动着。“很好看。”尤塔一边摆弄一边极为欣赏，“妈妈在30年代一定是倾城倾国。”

肖妈妈笑得很好看。那一年她13岁，13岁的女孩坐着火轮船去上海读书，那情景历历在目。肖妈妈不置可否地笑说：“那年月，什么都是极考究的，没有像现在这么随便。”尤塔听明白了老太太的潜台词。

肖邦从楼上下来，尤塔又说起写自传的事：“乔亚马上就到，我约她上你这儿来。大家聊聊天，借你这块宝地，不反对吧？”尤塔有点恶作剧。乔亚在电话里说还是到别处去，尤塔决意到肖邦这儿。她想看看大家怎样做戏。

花园的栅栏门有响动，乔亚来了。

翎在阳台上看到了尤塔进来，又看到乔亚。她想下楼去，但肖邦不在身旁。她犹豫不决是否要揿设在阳台上的电铃，这个电铃是专门为翎设置的。让她随时可以呼叫保姆帮忙。

翎想，乔亚公然来挑衅了。她在电话里就已经感觉这位美女作家咄咄逼人的气势。她比翎当年更勇敢而且勇敢得肆无忌惮，勇敢得毫无道理。

乔亚野性未泯，她笔直的长腿和飘逸的长发令人心动，她的坦白和热辣辣的性情也很对尤塔的口味。尤塔回国时间不长，但她感受最深的是，到处都是假得真实的虚伪，言不由衷的敷衍，这些久违的秉性似乎现在是无处不在。连对肖邦她都有这种印象，他究竟是为自己活还是为别人活？那种从他很年轻时就给人以强烈印象的殉道精神，总令人觉得虚伪。一个人怎么可能一辈子都顽固地坚守一种东西？

尤塔见乔亚过来，一手揽过她的腰。她过于亲热的举动，让肖邦大倒胃口。肖妈妈见客人到齐了，她便上楼去，把客厅留给他们。

这时，翎的电铃响了，肖妈妈脸上掠过一丝不快。她天天都在为儿子祈祷，为翎祈祷。她认定肖邦这个儿子，一定是承担了肖家的所有荣耀与不幸。

尤塔提议上楼去看望女主人，乔亚一声不吭。肖邦心想翎不会高兴，但无理由反对，他知道翎在这方面一直很介意。他们正想上楼，这时，小保姆下楼来，对肖邦说："翎姐说她累了，想睡觉，她说，晚餐别叫她。"尤塔想，这女人特聪明。乔亚有些失落，对翎，她有一种挑战的欲望，尽管她自知这很残忍，但她还是想放纵这种欲望。既然翎挂了免战牌，乔亚便有些索然寡味，她提议去"三家巷"。

"那里面都是你们的朋友，挺好玩的，我跟朋友去过一回！"乔亚兴致很高，她忘记了刚才的不快。

肖邦不喜欢到朋友开的餐馆，他建议尤塔去白云山。肖邦和李斯特去过一次白云山，见到几位学术界的高人，那里给他留下深刻印象，他想尤塔见那几位老先生，也许会变得宽容一些。

尤塔果然喜欢白云山。几位老人都还健在，连夫人们也都上山来住了。几年间这里又住进了几位老人，都是华师、暨大、中山医的退休教授，俨然一个老人乐园。白云山的游客也多了许多，山路上游人如鲫，他们经过这山居时，好奇地望着这些老人，他们下棋、种菜、画画，与世无争。倒是常常有省里、市里的要员，时不时上山来，找他们求字，赐画，咨询各种关系，白云山中的乐园也就不再是世外桃源。

肖邦尤塔他们在山上还呆了不到一个小时，就有两拨人来找丁教授和钱教授，他们两位都是省和全国的政协委员。两拨人都是下面某市的，开着奥迪和奔驰，驮着大包小包的礼品，把张小小的木板柜子，堆成摇摇欲坠的小山。他们来求两位先生斡旋什么事，要请两位教授下山赴宴。

饶老先生摇摇头苦笑，对肖邦他们悄悄说："不知有汉的日子没有了。桃花源里可耕田啊！"他又补充说，"天天如此。"

"看来，是无处可逃了。"已80有余的黄老先生摇着蒲扇，穿着一袭香云纱衣，满脸是笑地说。

初秋的白云山依然一片旧绿，少有的几棵黄栌的叶子也渐由黄转红，在蓬蓬勃勃的绿色中顽强地展示着嫣红的血色。

"都是些谋官谋爵的，老人们关系多，搭桥铺路还是可以的，真的是逃不掉。"饶老先生十分感慨。肖邦无语，尤塔更是一脸的不屑。乔亚嘻嘻哈哈，她说："这样很好，加速他们灭亡而已，有什么可忧虑的。"

饶老先生见乔亚如此激愤，便笑问："这位女士在哪里高就？"

肖邦介绍她就是最近被炒得红火的美女作家。饶老先生和黄先生一脸的茫然。之后，恍然大悟，仰天大笑，笑自己的孤陋寡闻。"不就是30年代的鸳鸯蝴蝶派么？"黄老先生笑得开心："那时，我们年轻得很，也很爱读张资平的东西啊！"

“了不起，情爱小说也不是那么容易写的噢！”饶老先生看着乔亚的新潮打扮，啧啧称奇，“要有经历体验才行！”先生的话很古旧，但却是颠扑不破的真理。

他们这边的浩然笑声，惹得那边密谋官爵的官员们十分警惕，时不时投射过来闪烁不定的眼光。

先生们对30年代有一种钟情的记忆。“你们了解得太少了。那时的生活讲究的是一种格调，红袖添香，长袖当舞，整个的春秋战国时代，热血青年可以去革命，去延安去张自忠部，随便！躲进小楼成一统，做余永泽也无人反对，去国留学也是题中之意呀！哎呀，这些话是不是不合时宜？”饶老先生说着，征询地望着黄老先生。黄老先生颔首而笑。

饶老先生年轻时也是个热血青年，投奔革命却进了蒋经国的三青团，当了几个月的国民党兵，又去上海大同大学读了几年书，肄了业又到国外去。他一生总是不如意但总也平平安安过来了。“文革”他被批斗得很惨，自然也因了他敢说这些话。

30年代真是一个很好的年代。肖邦常常在父母那儿听到那个时代的声音、色彩和活力。从30年代过来的知识分子，大都是优雅且豁达的。肖邦从父母那儿感觉得太多。

“我们这一代的父母都是二三十年代生人，我们能体会到先生的感叹。”尤塔无限感怀地说。她的父母在“文革”中双双被迫害致死，而卡洛又令她很失望。肖邦注意到她在看老人们时，有一种恋父的情结。尤塔的小女儿态是很突出的。

卡洛真是个笨蛋！肖邦在心里为卡洛惋惜。他想起不久前卡洛回国，满脸的疲惫烟色，头发都掉光了。也许很有钱，但失去了尤塔。

乔亚对30年代也很感兴趣。她读研究生时，导师要她们把创造社、研究会和左翼作家联盟包括新月派、七月杂志的文章通读一遍，她们没有一个认真攻读的，而是分工阅读，整体操作，应付了事。现在看来真是个缺陷。“号称反映现代青年的精神生活的美女小说，只有性爱而无激情，当年‘革命加恋爱，才子加流氓’还有一种热血流贯其中，还有一种‘士为知己者死，女为悦己者容’的献身精神，现在简直是扭曲的欲望。”肖邦见乔亚十分虔诚地倾听老先生们的话题，便借题发挥。他并不反对乔亚、卫慧的创作倾向，也觉得无须大动干戈地挞伐和禁止，特别是那些青年批评家们的批评，是很虚伪的。他常常怀疑他们事实上是对这些小说极有兴趣却又反其道而攻之，旨在引起注意，其实是同谋。

乔亚自从和肖邦交往以后，她已经收敛了不少，这种微妙的变化，连她自己也说不明白。

“真有那么严重吗？”乔亚赧然地说。

“有几个美女作家，是真知五四以来的文学流向的？恐怕连张资平、林语堂的小说也没有读过吧！”肖邦说得兴起，在老先生面前也不惜班门弄斧。

“肖先生说得对啊！不过，年轻人不知不为过嘛！在我看来，肖先生所说的美女小说我也读过几本，实在不敢恭维，不雅不说，中国人的情爱也不是那样的。哪有那么张牙舞爪的，外国人更不是那样的。”饶老先生说，“中国男女讲究的是举案齐眉，相敬如宾，尤女士来自英国，法国人最开放浪漫，那都是彬彬有礼。”

丁教授、钱教授迫不得已，却不过来人的热情，要下山赴宴，他们邀饶、黄先生和诸位客人一起去，大家连忙谢绝。丁教授走过来，像孩子似的对饶老先生耳语：“鸿门宴啊！学生介绍来的，下面市里一位副书记要转正，又想上全国政协，唉，老头子能帮什么忙呢？”“要是帮出个贪官来，麻烦可就大了。”饶老先生朗朗大笑。白云山也大笑。

“当官就那么好？”黄老先生俏皮地说。

尤塔很喜欢这些老人，她倒是真诚地邀他们吃饭：“就在附近的松涛居吧！走路都很快的。”尤塔望着肖邦，让他说服老人们。

肖邦无事一样，他从来不做帮凶。老人们坚辞，反请他们在山上便餐。

乔亚想去喝啤酒，跳舞，大家便下山。

1989年。海南岛。

好长一段时间，李斯特都在家里写他的《新中国知青文学史纲》。本学期他轮空，没有课上，他几个月都不下楼。舒月怕他憋出病来，劝他下楼去走走，也有肖邦电话约他出去，他总是坚辞不去。有一天，他突然对舒月说："我想到海南去走走，给我订机票吧!"舒月喜出望外，连忙为他订票，"就你一个人去?"

"就一个人去!"他奇怪舒月为什么会这样问。

"海南师院有几位朋友，我就住到他们那儿去!"

李斯特去海南，舒月特别放心，那里是他的堡垒。

海南建省不久，虽说10万人才过海峡的盛况已经烟消云散，但是作为中国最大的特区省，许多人还是对它抱着希望，以为它是中国最后一块奔向自由的净土。岛上人头攒动，尤其是海口，人满为患。

李斯特住在海南师院的白副教授家，白副教授也是当年知青朋友，有一套三房一厅的住房，李斯特就住在他们的客房里。

有一天，李斯特到五指山大厦拜访一位北方来的作家朋友，他在电梯意外地碰到学生宁静。几年不见，宁静变化很大，衣着时髦而且风韵成熟，十足的白领模样。

"李老师!"她十分惊喜。

他们一起上了电梯。宁静问他上几楼，他说9楼。"9楼住着一大帮文人，我也上9楼，我现在文联工作。他们来海南都是我们安排的。"她把李斯特领到909房，然后对李斯特说："我就在901，等会我来找你，请你吃饭，别答应别人啊!"她依然未脱学生时代的热忱。

五指山大厦在海南建省初期，是岛内外文人荟萃之地。许多后来赫赫有名的文人，都曾经在著名的9楼各房间里有过辉煌的业绩。

李斯特在909房找到北京来的朱江，他是李斯特几本书的责编。海南建省，他从出版社辞职下海，到海南承包了"金岛"公司的"金岛创作室"，同时主编《金岛》月刊。

朱江高瘦，眼眶乌黑，是个精力过剩的青年作家。他和当时大名鼎鼎的《海南开发报》联手搞了几次文化活动，狠狠地赚了一笔。朱江如今坐镇五指山大厦909房，凡进岛的文人学士无不到909房朝见朱江。

909房，一屋子人在神侃，朱江短衣短裤，蜷在床头，正挥舞着长长的手臂大放厥词："我说楼梯上打架，是什么，谁说说，著名的朱记歇后语，没人答得出吧！"他十分得意，"告诉你们，记住啦！楼梯上打架，阶级斗争！"大家哄堂大笑。

本地青年女作者王爽笑得捧腹，她崇拜的眼光从未离开过朱江。她虽然不很漂亮，但自视甚高。海南岛女作家寥寥可数，她也算得上文坛的翘楚，各种会议都少不了她的倩影。这些日子，她总赖在五指山大厦，名为接受朱江的文学培训。她抽烟，喝酒，大声说话，在北方上大学时，还学会了酒令，在五指山大厦的餐厅里，和一帮子男人划酒令，一点也不示弱。朱江是她心目中最伟岸的男人，他那双熊猫般的黑眼眶令她着迷。宁静的评价是，她有些变态，30多岁了，还是个单身贵族。她正在进攻朱江。可是90年代初的海南岛是个美女岛。别看朱江其貌不扬，高瘦，走起路来驼着背，龙行鸭步，躺下来像只虾米，可在王爽看来，那才叫风度，四平八稳的男人，有什么劲。

朱江见李斯特，大叫着从床头跳将过来，扑住李斯特就是狂热地拥抱，嘴里喊着："李大师，来海南这么久都不打个招呼，是不是重色轻友啊！来，给大家隆重推出……"

满屋子的烟味酒气，满屋子的宾馆垃圾，杯盘狼藉，快餐盒、啤酒瓶、一次性拖鞋和随处乱扔的浴巾毛巾，抽水马桶里漂浮着冲不去的避孕套，鼓鼓的像鱼肚。

矮而胖的是新华社驻海南的记者羊，秃顶但年纪不老的是北京《开拓》杂志的编辑梁，斯文优雅男人女相的是从浙江来的作家宋，还有几位本地的记者和作家分别是韩、符和史。

王爽吸着烟，审视着李斯特："常听朱江说起，不过，李教授的书我早就读过。听冯大姐说过《多梦时节》，我找来拜读，真是青春激情。”她似是在套家常，又似是在评论。她顺手扔过一根烟，又扔过来一个打火机。李斯特忙不迭地接着。

“我们正在策划几个活动，把天安门承包下来，做世界上最大的广告，保证空手套白狼。谁不想广告上天安门啊！你说。”朱江喜欢老是说“你说”，其实是略作停顿，自己说。“还有，到俄罗斯买航空母舰，以货易货，牟其中有了先例，他的策划是我的创意，诸位不信，可以马上打电话咨询，南德集团总部在武汉，过几天我就飞武汉和他共商另一个策划，说出来，诸位又会说我吹牛，神经病。大艺术家哪位不是神经病患者……”他滔滔不绝。

李斯特洗耳恭听。

这时，宁静来到909房：“朱老师，我请你和李老师吃饭，冯大姐等会也来，怎么样？你说个地方吧！”

“嗬！我请我请，李老师、冯大姐，当然是我请，”朱江大包大揽，“不过，你是请李老师，不是请我的吧！”他意味深长，步步紧迫。

宁静温文尔雅：“哪敢让朱老师破费，说好了，过半个小时我来请你们，冯老师直接去餐馆。”说着，她看了李斯特一眼，先走了。

朱江眉飞色舞：“哎呀，李老哥，你前脚到，美女后脚就跟上来，有什么阴谋活动啊，从实招来。”

“笑话，我的学生啊！”李斯特迂得可以。

“现在就是时髦学生请老师嘛！军民鱼水情，师生一家亲嘛！”朱江全无遮拦。

李斯特警告他：“等会还有冯大姐，别乱说话啊！”

南渡江出海口有一个小小的半岛，半岛上有个小小渔村。冯大姐曾在这儿“三同”过。现在半岛辟成旅游区，渔民们在海边搭了一些棚屋，经营海鲜餐厅。冯大姐早已先到，她找了一间临海临江的餐厅，简陋的棚屋里挂着马灯，摆着一张矮矮的桌，一只炭炉，炉上一只盛满清水的铁锅，供食火锅之用。

冯大姐现当省文联副主席、作家协会副主席。她依然老样子，清清瘦瘦的，衣着素淡，剪着短发，眼睛依然湛蓝湛蓝的，像个少不更事的少女。她很快就要退休了。

这十余年，李斯特见过冯大姐几次，这一次是有六七年没见了。

宁静张罗着，吩咐店主挑最好的海鲜。她现在是冯大姐手下的工作人员，兼着文联刊物的编辑。

冯大姐像个小女孩似的，规规矩矩地坐在那儿，一动也不动。她的左边是朱江，右边是李斯特，她只是不经意地把李斯特的杯子用开水涮过，又倒上茶水。这些微细的举动，勾起了李斯特的追忆，在黎母山时，她也是这样。那时李斯特还是个孩子。

朱江在冯大姐这儿不敢造次，他一言不发，只是贼眼溜溜，伺机寻找话题出击。同来的还有王爽。冯老师对王爽很关心，详细地问她近况，并小声地问她有没有对象。王爽却大大咧咧地说："还找什么对象，找个人当情人算了，你说呢朱江。"她面对朱江坐着，所以她直视着朱江。朱江马上呼应："说得好，有个性，时代女性，面前就有一个人选，怎么样？别看朱大哥其貌不扬，我妈说她是在打盹时，不小心把我生下来，样子不怎样，可绝顶聪明哩！"

冯大姐笑得很天真，王爽笑得很暧昧，宁静有一种意味深长的神态，李斯特觉得这王爽太前卫了，然而土味十足。

宁静安排好吃食，她点了好多奇奇怪怪的海鲜，其中有硕大无朋的鲎，一种蓝血海生动物，俗称海宝，肚子里有许多鱼子，极富营养。她又要了一箱青岛啤酒。冯老师马上意识到，宁静对李斯特很熟悉。她常常从宁静口里听到李斯特长，李斯特短的。她并不知道早在她还是一个不满10岁的小女孩时，李斯特就已经是冯老师的作者了。冯老师很留意宁静对李斯特的神态。

夜幕很快降临，南渡江上有星星点点的渔火，出海口波浪滔滔，棚屋的小马灯在风中摇晃，在棚屋里晃出一圈又一圈光晕。北部湾起风了，海面上一片墨黑，海边的木麻黄防风林呼啦呼啦地怪叫着，像一个粗豪的男人在哭海。炭炉上火苗乱蹿，火炭燃烧得旺旺的。李斯特神情凝重，他举起酒杯："祝冯老师健康快乐！"李斯特由衷地祝愿，冯老师是心领神会的。"我能够走上文学道路，度过黎母山最黑暗的日子，冯老师是点灯的人。"李斯特在一篇回忆黎母山的文章中这样写。此刻，他把这一段说出来，"冯老师，请你一定给我的中篇小说集作序，一定。"李斯特诚恳地说。

"你认识那么多大作家，秦牧、欧阳山、陈残云，请他们写多有价值，我写算什么？也不敢给你这位大作家写啊！"冯老师认真地说。

"你写，有特别的意义！"李斯特也认真地说。

朱江被冷落了，他永远应该是中心。他大叫起来："哇哇哇哇，尽谈些大文章的事，我们不识字，听不懂，拜托了，喝酒吧！"说着，他自己灌了一大杯，王爽也跟着灌了一大杯。她眼睛有些潮红，痴痴地望着朱江。朱江在心里嚎叫："她动情了，麻烦！"

冯大姐问李斯特广东文坛一些熟人的近况，她有些忧心忡忡："好久没跟他们联系了，不会有什么事吧？"

"冯老师，你不用操心，大家都好自为之。"李斯特不想谈这个话题，他到海南，为的就是逃避一种心绪。他更愿意和冯老师回忆黎母山的日子。

两个卖花的小女孩怀抱着一大把玫瑰花，缠着李斯特买："买一枝吧！叔叔！"这是一对双胞胎，她们也就七八岁，但已被训练得十分老到，她们小声地嗡嗡，直到你买了为止。李斯特掏出10元，买了两枝玫瑰，女孩欢天喜地地走了，他这才发觉少了一枝，在场有三位女士呢！宁静马上说："都送给冯老师最好！"冯老师马上问："为什么？"

李斯特说："对，这一枝，是送给17年前的冯老师，黎母山的冯老师；这一枝呢，是送给目前的冯老师，作协副主席的冯老师。"

李斯特把花送到冯老师手上时，突然问了一句："冯老师，我吻你可以吗？"没等羞红了脸的冯老师回答，李斯特已勾住冯老师的脖子，轻轻地吻了她。朱江见状，大呼小叫："这不公平，我们也要。"

说着，便扑了过去。冯老师左躲右闪，乱了方寸，大家笑成一团。

17年，时间过得多快啊！17年前，冯老师还是比宁静大不了多少的年纪，那一年是1972年，她33岁，现在是50岁。再过17年，各自又将是怎样？中国将是怎样？

李斯特想起那首《相信未来》的诗，是冯老师在黎母山时送给他的。他第一次知道食指和他的诗，是这首诗，让他知道世界上还有人在黑暗中摸索前行，在期待中渴望未来的光明，在呼吁人们“相信未来”。“冯老师，非常感谢你送给我那首《相信未来》。”李斯特提起往事。

“冯老师，李老师给我们讲《相信未来》可精彩了。他反复地谈到你和这首诗。”宁静不失时机地宣扬李斯特。

冯老师心里很温暖，也很酸楚。她真的很喜欢李斯特，他太善解人意了。他忧郁的眼睛里有太多的东西，这些东西害死了多少女孩，包括面前这个宁静。她是看出了一些什么的。这些东西，在自己很年轻时也有过。确切地说，在黎母山时就很朦胧地产生过。

说来奇怪，刚才北部湾刮过来强劲的南风，现在却又皓月当空，风清月白，木麻黄防风林也安静如同熟睡的婴儿。小马灯柔和的灯光在无风的夜里显得很柔媚。南渡江上的渔火慢慢地稠密起来，渔人们正在追逐着退潮的浪涌捕捉浅海游来的鱼虾。夜深了，而一切正在开始。

五指山大厦对面是海口公园。宁静送走冯老师之后，悄悄地对李斯特说：“李老师，我们去散散步好吗？”朱江耳尖，连忙说：“哇哇哇哇，快去快回，两小时后把李斯特送回来就行了。两小时够用了吧！”他话中有话，一手揽过王爽，“我们两小时足够了，是不是？”王爽做了个奇怪的脸相。

他们绕过海口宾馆，向对面的海口公园走去。这是他们第一次一起在陌生的城市里散步。海口公园很小，转一圈半个小时足够。他们转了两三个圈了，转得游人渐稀。宁静靠着他，把手挽在他的臂弯里，他感觉到她急促的呼吸。

“李老师，你没看那封信。”她指的是毕业酒会之夜，在阳台上给他的字条。

李斯特沉默，“看了。”

长久的沉默。

她深叹气。咬着嘴唇，似乎在忍受着什么。

“舒月老师还好吗?”

“很好!”李斯特不经意地回答。

“你们很好吗?”

“怎么这样问?”李斯特笑着说。

“我是说，你们之间很好吗?你很爱她?”宁静直言不讳。“我看你的小说里有许多苦恼。”

“生活是生活，小说是小说。”李斯特觉得这个话题很危险。

“那封信写得很理性，我很喜欢。”李斯特故意把那封信理解得很明朗。其实，里面有许多潜台词，一个大学中文系女生的全部智慧和聪明。

“很理性?”宁静扑哧一笑。现在她还记得那信中的每一句话，充满了正话反说的每句话，都像刀子一样剜割着自己，直到现在，依然如此。已经27岁了，她还没有恋爱结婚的打算，尽管这期间谈了几次，但刚开始就结束了。

为什么一定要喜欢上自己的老师?他身上有一种令人怜悯的东西，很奇怪。她只能很明确地说出这种感觉，其他都是模糊的，没有道理的。她自觉和冯老师一样，有许多相通的东西。相信冯老师也是和自己一样去看李斯特的。这一点令她很可怕。一个许多女性都喜欢的男人究竟是一个怎样的男人呢?

文联宿舍的门过了12点就关闭了。“回去吧!”李斯特觉得太晚了。

她没有回应，他们就又走了一圈。公园里开始有保安在走动，也有好些形迹可疑的女孩在游弋，他们便往回走。

“901是我们的办公室，我可以不回文联。”她终于说了实话，让李斯特穷操心。李斯特笑说："你为什么不早说。"

"不回师院了吧！朱江还等你呢。"宁静希望李斯特就住在五指山大厦。她告诉李斯特，可以在五指山大厦为他开房间，不必住在师院，这样活动起来方便些。

"再说吧！今晚我和朱江聊通宵，等会儿再出去喝啤酒，到大排档去！"李斯特把她送到901房。宁静在关门的瞬间说："我的房门没关，需要什么随时过来。"

王爽还在朱江屋里。屋子里永远是烟雾腾腾。朱江见李斯特，劈头就问："搞掂了吗？"

"胡说八道。"

王爽一副优哉游哉的神色，很满足的样子。看样子朱江倒是真的搞掂了。李斯特这才发现，王爽原来是和朱江住在一起的。909房是一个大套间，里面还有两间屋。

"你是住这屋呢，还是住901？"朱江毫不避讳地说。

"别胡扯，你这没地方，我回师院去。"李斯特说着拔腿就走。朱江忙扯住他："还有正事跟你谈呢！"

"打算拍个长篇专题片，《最后的处女地——中国第31个特区省》。请你当总撰稿，如何？不谈稿费，只谈奉献。"朱江是个理想主义者，"争取由中宣部外宣局牵头，有这个金字招牌，就不怕弄不来钱。"朱江又永远是个乐观主义者。

"请位本土作家当撰稿不好吗？"李斯特觉得这些事让本土作家来做，更合适。

"你说是王爽？她只配当场记。"朱江一脸的认真。

王爽"哼"了一声，也没任何反对意见。

"你可以安息了，我和李教授今夜要彻夜长谈，挑灯夜战呢！"朱江一点不客气。

"李老师，什么时候接受采访，《海南开发报》老总是你的老朋友，他说安排一个专版，请你谈谈海南新文化和知识分子。明天中午我请你吃饭，边吃边谈好么？"王爽这时才认真地说起工作来。

“哇哇哇哇！行了行了行了，李大师是随便采访的吗？破报纸，靠边去吧！”朱江一点不留情。

“就你们《金岛》行？”王爽极不服气。

“对了，把稿子给《金岛》，明天采访权归你。”朱江灵机一动。

“好了，就给《金岛》啦！”王爽拿起坤包，“拜拜！”一阵风吹走了。

“走，到大排档上边喝边聊。”朱江拉着李斯特就出门。他穿着大裤头，趿着拖鞋，活像个落拓的济公。

他们经过901房时，宁静的房门开着，她见朱江他们往外走，忙喊着：“等等我！”朱江对李斯特扮了个鬼脸：“鬼上身了，同志。”

1973年。海南岛。黎母山。

黎母山的秋天是惆怅的。天空辽远无边无际，升腾的山火把蓝蓝的天际烧成灰白的颜色，山路在群山间蜿蜒，在灰白的烟雾间，恰像冬眠的蛇蝉蜕之后的空壳，飘飘忽忽的，让秋风吹拂着，永远走不到头。藏在山里的六连，500多名知青因为各种原因走了不少。病退的，招工的，到广州读中专的，有门路的都争先恐后地走了。也有传说兵团要解散，仍归地方农垦局管理。部队军管会的人也陆陆续续地撤走了。各种迹象都在证明传说的真实性。

李斯特离开六连的时候，六连的知青已剩下不足300名。欢送李斯特的晚会由伐木队主持，没有像去年那样大事张扬。伐木队的欢送会，其风格就是大碗喝酒，大块吃肉。连里给了一头猪，老刘又从附近黎村苗寨抬来两只羊。于是，全连大会餐。

老刘发表了欢送演说：

“亲爱的同志们！”老刘念开了连队文书小赵代写的欢送词，开头一句就引起哄堂大笑。他也自觉这文绉绉的称呼太肉麻，干脆把稿子扔了，粗声大气地说起来。

“同志们，去年广州那个鸟大学把李斯特退回来。李斯特发奋图强，艰苦奋斗，听毛主席说的‘一不怕苦，二不怕死’，在伐木队干革命，今年北方的大学”，有人打断他的话，“是北方大学，不是北方的大学！”大家又是大笑，气氛很热烈。

“丢那妈，北方大学不就是北方的大学吗，还能是南方啊！”又是哄堂大笑。老雷制止大家：“严肃点，让老刘说嘛！皮烧！”

老刘重新开始：“同志们！今年大学录取了李斯特，说明去年广州的大学错了，北方的大学对了。伐木队出口气了，今天欢送李斯特同志离开六连。我知道，大家心情很痛苦，我们要不忘阶级斗争，不忘阶级苦啊！把革命进行到底！我老刘无儿无女，知青就是我的儿女，大家要安心在农场干革命，鸟大学不是人人都可以上的……”他越说越不伦不类，老雷忙叫大家鼓掌，用掌声把老刘轰下去了。

大家迫不及待地开吃。十几桌酒席摆在篮球场上，大家席地而坐。亮堂堂的汽灯吊在篮球架上。浓烈的酒香和肉香弥漫着六连的夜空。

妙英坐在女知青中间，她的眼睛一刻也没有停止过搜寻李斯特。几天来，李斯特一直呆在山上，昨天才回六连。昨晚他们谈了一会，李斯特又被老霍他们叫走了。今天大家都忙，明天李斯特就要走了。她想借故跟李斯特去师部，李斯特不同意，“那么去海口，我在海口等你。”李斯特很犹豫，他终于同意了妙英的提议。

“住在小文昌家，也不行，找冯老师吧！”李斯特对妙英说。阶级斗争的风声还是很紧，住旅店没有团部的证明不行。去哪里弄团部的证明呢？

“冯老师能解决吗？”妙英见李斯特为难，“那就算了。”她很失望。她觉得李斯特似乎没有太大的热情，不像去年那一次。

他今晚一定会喝醉的，妙英很担心。李斯特是属于男人们的，他的朋友比妙英更重要。这是妙英近来的想法。

李斯特和老刘、老雷他们一起，和几位黎族老乡在那里胡喝。妙英趁着混乱，她走过去扯了李斯特衣角，小声说：“斯特，你来一下！”

李斯特喝得嘴巴有点硬，但还很清醒。今天他是主角，谁都来给他敬酒，他来者不拒。

李斯特踉踉跄跄地走出来，在黑暗里，妙英大胆地挽着他。

“对不起，妙英。”李斯特好像哭了。

她知道他心里很苦，他爸爸妈妈一起自杀的事，妙英是前几天才知道的。她原来只知道他家出事了，前几天李斯特下山来，才告诉她真相。

他们俩绑在一起，从10楼阳台上双双跳下去，没有留下遗书。但李斯特确信父母不会就这样断然而去，他确信在这之前，父母一定给他写过信，他一直在等待父母这封迟到的绝笔。这封绝笔信如果不是落在谁手里，那就一定还辗转在邮途上。从广州到海南的信，那时候，一封信，经历一个月两个月的邮途是常有的事。

他们走进了一片小树林。李斯特抱住她，疯狂地亲吻她，揉擦着她全身。她忍受着满身酒气的李斯特的疯狂。她对着他的耳朵，用几乎也是哭着的声音说：“忘记我吧，斯特，我只要你的孩子，别的什么都不要。给我，好吗？现在，就给我。”

他们手忙脚乱。操场上传来了呼喊李斯特的声音，是老刘的粗嗓门。

妙英只顾侍候李斯特，好在李斯特依然很清醒。她躺在厚厚的松软的落叶上，透过疏朗的树叶，天空上繁星密布，秋蝉在草丛中弹琴，她帮助李斯特。他像个少不经事的男孩，激动冲动着而又不懂事。他呜呜地哭着、叫着，她抚摸着他，在他光洁的满是伤痕的脊背上，轻轻地拍打着，随着他一下一下弓起的脊背，她尽情地呼吸着他的呼吸。他口里喷出的酒气，在她的吸吮中慢慢地消淡了。她感受到他忙乱但强劲的冲击，每一次的冲击都让她体会到他心灵的颤动，那是无穷无尽的爱意。即使在此刻，妙英也依然清楚地觉悟到，这个在她身上的男人，她是不可能一辈子拥有他的。

她努力地应和着他的每一次抽动。眼泪流满脸颊，落到软软的落叶上，她甚至能够听到眼泪落地的声音，那声音敲在大地之鼓上，久久地，永远地伴随着妙英，等待最终和大地融为一体的那一天的到来。

李斯特是强壮的。他过早地体味了女人的优秀，品尝了女人的甘醇。

他近乎疯狂，他似乎不是在做爱，他是在全力倾泻多少年来郁积在胸中的苦难和对某些东西的思念，他把从童年、少年到青年的所有憧憬和期待，都在这一瞬间无情地倾泻。妙英明知这一点，她从他的痛苦的疯狂中领受了男人的懦弱和坚强，原来男人的所有强悍，都是和懦弱孪生的。她愿意把自己全部都奉献给他，给这个忧郁的、懦弱的男人，使他坚强起来，去迎接一切的风暴。

妙英在李斯特猛烈的持续不断的冲击中，含着泪眼，望着天空，她在心里祈祷，苍天啊！一定把李斯特的孩子留下来，她渴望今夜就有一个生命。哪怕将会迎受多少非难，她都乐意去承担。

疯狂的李斯特，令妙英昏眩，也更令她从昏眩中清醒过来。她细微真切地感受着李斯特的每一次颤动。她拼命地吸吮着，用尽全身的力气，在李斯特最疯狂最顶点的瞬间，她不顾一切地挺立着，迎接着李斯特最后巅峰的崩溃，她接纳了吸吮了全部的男人的溃败，她包容了男人在这一瞬间的全部成功。

她以她作为女人也作为母亲的天性，小心翼翼地保存收藏了李斯特的一切。这是不需要任何人告知她的。

李斯特最后深深地吻了妙英，她异常坚挺的乳房又一次令李斯特兴奋无比。她紧紧地贴着他，抱紧他，她哭起来。这一次，她哭得伤心而且绝望，她明知今夜意味着什么，她坚定地告诉自己，一定要到海口等他。此生此世，她是离不开这个男人的。她知道彼此都已经心力交瘁，可是，没有这一些，也许自己会死去的。

他像没有吻够似的，把她的嘴唇吮出了血，她尝到了鲜血咸咸的腥气。去年，是她咬破他的嘴唇，吮他的血，今年，是他咬破了她的嘴唇，吮她的血。

松软的落叶再一次迎接了他们。李斯特控制不住自己。她鼓励他又回到落叶的怀抱。这一次的进入对于妙英而言是刻骨铭心的，她感觉到一种清晰的难以忘怀的温柔，男人的温柔是难以收拾的。在有节奏的抽动中，妙英有一种被极度爱抚的关爱，他吻她，抚摸她，在她每一个敏感的部位上，都留下了李斯特温柔的气息。她不知道何以会如此，男人的疯狂和男人的温柔同样是不可思议的。

午夜的流星划过天际，是两颗追逐着的流星，李斯特还沉浸在猛烈的冲击中，而妙英目睹了两颗流星的追赶。她忘情地抱紧李斯特，她咬着他的耳朵，含着它，久久不肯松开。上帝，感谢你赐予我的这个双流星的夜晚。

他们终于走出小树林，操场上已经东倒西歪了好些知青。

老刘、老雷和几个黎族老乡们豪气十足地在那里胡天胡地地吹牛，大碗喝酒。

李斯特像一个骑士似的，护送着妙英回去。他觉得自己轻飘飘的，似要飞起来。

【另类档案】

追寻昨天的传说

我给如风寄出了我在西部的最后一封信，过几天我就要回黎母山了。经历过西部这段日子，我彻底明白了，我一定是许多知青父母共同的儿子，我有金、铁和于晓阳这样的知青父亲，我也有妙英，穿着洗得发白军装的知青母亲。我永远无法具体地寻找到他们其中一个，但我是真正拥有了他们的。

我想起洼地和鬼林里不同的知青们相同的际遇，他们是属于一个过去的时代。我在寻找他们，就是在寻找一个过去的时代。

我明白了。我寻找他们，是为着另一个悲剧的结束，一个永远不要发生在如风和我身上的悲剧。

我把我在西部流浪的关于西部知青的故事全都讲述给我的朋友听。他听了不置可否。过去的事一经流传就并不十分真实，可是比这些传说更惨酷更真实的事情似乎更多！他这样回答我。

——比如于晓阳，他本身就是一部长篇小说。你所听说的故事他都经历过，甚至更残酷一些。但我不敢肯定传说中的人物就是他。

“能给我说说于晓阳吗?”我恳求我的朋友。

“你听说过《告全国同胞书》吗？20多年前这等文章可是层出不穷。自然，你听起来很陌生，对吗?”

“于晓阳写的《告全国同胞书》，在‘文革’初期为知青们返回城市呐喊，要求改善知青待遇。清查‘四人帮’时，连同那女知青的自杀事件一起被扯了出来，后来被铐回大陆原籍听候处理去了。那文章今天读起来仍然极棒，华章辞采，怕是你这大学生也写不来呢！”

我完全相信这一点，极想见见于晓阳。

“他在哪?”我问他也像在问自己。

“你已经见过他了！”

我知道他所指，那鹰式眼睛和鹰式鼻子。我们各自对一个很重要的问题持保留的态度，其实，那问题像一张薄纸横在我们心灵之间，一点就破，可是谁也不愿意捅破它。保留着这张薄纸也许更好一些。

他知道我对于晓阳始终有一种很保留的态度。但是，殊不知在西部流浪了半个月的我，对整个人生的评价已经发生了重要的质的飞跃，我再不是那个单纯的大学毕业生了。

因为我知道了西部的曼陀罗。

“我们明天一起去找他吧！”我说。

我没有说出他的名字，但是，我的朋友心领神会，他默默地点点头。一丝伤感爬上我的心头。我不愿意再去批评于晓阳，我知道那等于在不公平地批评指责我的朋友和他们那一些当过知青曾经受过不公平待遇的人们。他们有权按照生活给予他们的方式生存下去。这是西部人生在他们青年时代就为他们安排好且决定了的。

感恩河今天出奇的寂静，采金船静静地靠在河边，炼金炉熄火了，河里也没有人淘金，金山上似乎也没有了往日的热闹与嘈杂。

我与我的朋友赶到金山脚下的时候，听到一个骇人的消息。于晓阳，我所见过的采金人，昨天夜里在制止一场哄抢金矿石的械斗中，让人给暗杀了。人们在清晨发现他时，他已经静静地躺在一处旮旯里，血把成堆的金矿石都泡红了。

我没有流泪，我的朋友倒是热泪盈眶。

西部没有眼泪，西部的泪比血浓。

西部的流浪已经使我坚韧起来，而且明白了一个道理。曼陀罗，曼陀罗。

我已经没有遗憾，我虽然没有见过我的母亲，但是，我彻底地体味了鬼林和它的时代。我已见过了于晓阳。不止一次地对着那现实的或者传说中的鹰眼鹰鼻，做着种种的冥想，有钦敬也有鄙夷。我毕竟知道了于晓阳和他的同时代人的生活和命运。

天下起小雨，淅淅沥沥的，渐渐密集起来。风吹过曼陀罗花丛，拂起几片枯叶，飘飘扬扬地失落在感恩河面上。河依然很静谧，金山在灰蒙的雨雾中苍老而又疲倦地蜷曲着躯体，似乎在戚戚地哭泣，为着它脚下人们可怜的争斗。它有些麻木了，冷漠地睥视着遥远的苍凉的荒原。

采金船起锚了，它缓缓地驶向河的上游，驶向掘金的地方；水手在船尾生炉子，涮锅，剥小羊羔皮；淘金人赤裸着身子，弓在河水里；炼金炉又烧起来，天空便弥漫着焚烧金属和硫酸的怪味。

这个世界很健忘，它好像未曾发生过什么事情。血腥味经秋雨一洗，金山和感恩河又显得极洁净。

我忽然极想见见那北方女子，还有年轻的属羊的克夫侄媳妇。我极希望是她们而不仅仅是我，为于晓阳献上一束曼陀罗。

于晓阳命定是属于西部的。关于他的传说在不断地丰富如猜不透的谜。他非同寻常的暴富，他用金钱向贫穷和弱小复仇，向卑微复仇。他在上升时沉落了。据说他留下一笔相当可观的财产。这些钱财藏在何处？谁也不知道。也许人们永远无法寻找到它们。

西部的荒原向我压来，在哗哗的豪雨中向眼底推进。感恩河又发大水了，光秃秃的金山留不住一点点水分，满河是泛金的流水。我想起雨中的于晓阳，他脸上的刀伤定然让雨水泡得发白，谁去安葬他呢？

我和我的朋友，到村庄里找了几个人，准备上山去搬运于晓阳的遗体，为他举行一个简单的葬礼。我相信对于晓阳来说，将是一种宿愿的实现和安慰。

哪知我们到山上时，他的尸体被人劫持走了，有一伙人企图从他尸体上寻找他遗产的线索。

我控制不住对人的失望，为着贫穷的慷慨的西部，为着悍野的多事的西部人生，为着那个叫于晓阳的不羁的灵魂，我流泪了。

豪雨无情地扫荡着金山，成片成片的金矿石被山洪拖带着，泻向感恩河，人们疯狂地扑向那流动的金矿石，有的让山洪拖走了，惊恐的哀号和凄厉的喊叫在暴风雨中久久不息。

这一年的秋天将尽时，感恩河断流了。政府封闭了百孔千疮的金山。空山静寂，历史却在山中轰鸣着，哭泣着。

于晓阳的尸体至今没有下落。感恩河边的小木屋也已坍塌，那里簇生着一片曼陀罗。在来年秋雨里，它将与荒原的曼陀罗蔓延在一起，那时它便不再寂寞。

雨天的曼陀罗哟！我告别西部但会再来。

第十八章

1999年。广州。

李斯特书房的门虚掩着，没有灯光，舒月推门而入。李斯特仰在靠背椅上，一手抓着眼镜。舒月揿亮了台灯："心脏不好？"

李斯特没有回答，他疲倦地摇摇头。

他从来都是生气勃勃的。

"病了？"

"没有！"

"那到底什么事？"

"累！"

"那去睡吧！别老是熬夜，不年轻了。"舒月从他手里拿下眼镜，要扶他回卧室去。他说："你坐吧！"舒月一边给他收拾书桌上的稿纸和书籍："你抽烟了？"她见书桌上满是烟灰，还有一包抽剩下两支的"肯特"。

"嗯！"李斯特有气无力。

李斯特从当系主任那天开始戒烟，一天就把烟戒了，在中文系令人惊奇。十几年了，他又抽起来。

"出了什么事？"舒月觉得李斯特这些日子来有些反常，常常长吁短叹的。夜夜在书房里熬到深夜，也没见他说有稿子要打印和寄发。

"儿子来电话了吗？"儿子刚考上北京的大学。

“来电话了，你不在家。”

“来了就好，你去睡吧！”

舒月用手按住李斯特的额头：“斯特，你怎么啦！”李斯特把手压在舒月手上，有些奇怪地笑说：“没什么！”他叹了口气，似乎很累很乏的样子：“真的，没什么，只是有些烦。”他一手揽住舒月的腰际，把她拉到身边，把脑袋抵在她胸前，他深深地呼吸，吐了一口长气：“好了，你先去睡吧！”

舒月觉得有事，她想必须和他谈谈。许多年了，她以为读懂了这个男人，所以她常常忽略了他作为男人之外的东西。她很满足，倒不是李斯特如别人所想：少年得志，32 岁就当系主任，40 岁不到就当了教授、博导；还不到 50 岁，就已著作等身，各种虚衔一大堆。这些对舒月而言固然也是一种满足，但对于一个女人和妻子而言，未必是好事。丈夫是名人，自己总是要比常人多担些风言风语，而一般这些风言风语到自己耳朵里时，早已满城风雨。她是个极单纯的女人，有些道理想明白也就无所谓，所以她并不在意别人怎样说。

几年前，有一次她和李斯特正要出门，电话铃响了，是李斯特接。电话里是一个女声：“李老师吗？有一个人托我送一封信给你，我就在楼下校道上，能马上下来吗？”

李斯特：“我马上下去！”

他和舒月下楼，他先走几步。楼下的马路上，戴着巨大红色头盔，骑着摩托，衣着前卫的女孩在等着。李斯特走上前去：“你好，请问你是……”女孩抢着说：“李老师，这是信。拜拜！”李斯特看不清她的脸，她头盔里的眼睛还戴着墨镜。她已一溜烟走了。李斯特手里拿着那信封发愣，怎么像地下党在活动？

舒月已到了他身边：“怎么回事？”顺手接过那封信，里面是一盒录音带：张洪亮的《你知道我在等你吗》。什么信也没有。那一年，李斯特 38 岁。

李斯特做了一个莫名其妙、无所谓的动作，把手一挥，舒月跟着他上街了，一路无话。这一天，任是李斯特怎样说话，舒月就是笑笑。那时，儿子刚刚八岁，小学二年级的学生，那盒录音带成了他这一天手中的玩具。他说了许多不得要领的人生问题，弄得舒月、李斯特啼笑皆非。

几年之后，李斯特无意间发觉这盒录音带的包装纸后面竟是一封写给他的信。除了一个憧憬中的女孩子矛盾的心声之外，约他第二天在中国大酒店见面，她要请教他一些文学问题，还附有一个 CALL 机号码。几年过去了，那个女孩子定然很失望，李斯特有很深的负疚。他试着 CALL 了这个号码，但已是一个空号。

文学问题当然是借口，文学不值一谈，但没有一点回音总是极不礼貌的。后来的岁月里，类似的事情总是断断续续地发生。李斯特和舒月谈起这些事时，舒月问他："很受用是吗？"

李斯特说："不，这只能说做梦的女人太多，而做梦是女人的天性，这没有什么不好。也正是女人令人心动的地方，还有，优秀的男人太少，而貌似优秀的男人又太多。"

"我说的是你！"

"我？我当然是优秀而又貌似不优秀的那种。"他自以为无懈可击。

他们的生活里多了这样的话题。这样的话题像一片动荡的云翳飘过，遮盖了原本明丽的生活。

舒月确信这些对李斯特而言是鸡毛蒜皮的东西，不是李斯特情绪低落的原因，他骨子里那种忧国忧民的东西令舒月感到可怕。

"你千万别想得太多！"舒月不想火上浇油，她比李斯特更宽怀地对待一切事。

"学术腐败！"李斯特没头没脑地说。舒月这才明白李斯特长久以来的忧思。他们很少说起这个话题，但每年度评职称时，偶尔会有这方面的事情，搅得人心烦。"滥竽充数的人太多了。"每回李斯特开会回来，他都很愤然。

舒月心照不宣，在大学校园里，年年都在发生着大同小异的事情，同样的话剧，来年又重新上演一样的情节。倒是没有人敢到李斯特这儿来说情的。即使是中文系的人，也尽量避开李斯特这道门槛绕着走。他经常在报刊上发表的文章，指向都是极为明确和犀利的，人们知道在他这儿很难有什么余地。在学术评议会上，只求他不反对，不开口就万事大吉了，并不指望他投赞成票。

最糟的是那些评不上职称的，便千方百计去当官，当了官再卷土重来。这回评职称多了许多硬软件，双肩挑啦，合作项目主要负责人啦，工作需要啦，不一而足。绕道轻取，简直是学术鼹鼠，再利用权术往现成的博士点上靠，摇身一变，成博导了。

"你穷操心什么!"舒月一听这些就真烦，"你又不当总统。"

"对啊!所以我想通了，去山里种地吧!"李斯特把笔一扔，"你看，都是一堆垃圾!"他环指满屋子的书，"有几本是留得下去的?"书桌旁边的椅子上，堆放着一堆新近出版社赠送的新书。

"我给四年级学生讲课，提问一些一年级就该弄懂的文学概念，没有一个同学准确回答的，中文系的学生，连'三红一创'都回答得磕磕巴巴的，你说这怎么好!"李斯特痛心疾首。他发觉这些话对舒月倾诉似乎不太合适。他总是把外面的事带到家里来，把家人弄得莫名其妙。

"那就去种地吧!"舒月笑笑。她不认为大城市有多么好，空气污浊，人情稀薄，街上危机四伏，难得在街上见到欧洲的优雅，但也不觉得去山里种地有什么好。

李斯特突然萌生到医学院去看看的念头，他想看看爸爸妈妈坠楼的地方。多少年了，他从没有勇气去父母殉难的地方，他无法承受那地方的压迫，他也很少与舒月谈起自己父母的事，父母没有给他留下任何遗物。一切关于他们的东西都让"文革"给焚烧殆尽，犹如犹太人进了希特勒的焚烧炉一般的干净。他只能在不断地苦苦追忆中，在脑海里摹拟父母的影像。他保存的只有那几年间父母给自己写的信，那几十封信成了他对父母的唯一记忆。

这一夜他睡得很艰难，辗转反侧，把舒月也弄得极难受，天迟迟未明，他只好起床，到书房里去等天亮。舒月只好跟了过来，她披着大衣坐在他旁边的沙发上，迷迷糊糊，半睡半醒地和他有一句没一句地说话。舒月已经习惯了李斯特的这种秉性。每月总会有这么几次，不是写作卡住了，就是又为莫名其妙的事生气。

天大亮时，他俩却沉沉地睡去，10点时分，舒月突然醒来，班也上不成了。

李斯特在医学院里转了半天，到处都找不到有10层以上的旧楼。他17岁离开广州到海南岛时，爸爸妈妈早已被扫地出门赶到郊区农场劳改，他们几个孩子跟着父母到农场去，他是从农场直接到海南岛的。医学院对他来说是陌生的。

他想找爸爸敲钟的地方，他到处问，人家笑他，都什么年代了，哪有学校还敲钟？是啊！到处都是定时的电子铃。

所有童年的痕迹都消失殆尽。

他走到每一座大楼底下，仰脖往上望大楼的第十层，他总也数不准第十层的位置。每座楼都很高，高得似乎整座大楼顷刻就往下倒，他心很虚。他想象着父母双双从高楼上飞下来的情景。他听到了重重扑地的声音。他的目光下意识地在地面上搜寻着。他看到了坚硬的水泥地上，有一滩鲜红的血，黏稠的血在强烈的阳光底下慢慢地融化了，像红色的雪水一样，慢慢地变成一条河，在泥地上蜿蜒而去，划出一条血路。父亲的研究生欧凡带着红卫兵抄家的那一幕又历历在目。校园的马路上，到处是戴着纸扎高帽的牛鬼蛇神，父母就走在这些牛鬼蛇神之中。他们高呼着打倒自己的口号，没有一个人的脸上敢于显露出怨恨、反抗哪怕是痛苦的神色。每一个人都显得委顿、猥琐、惊怕，只有谄媚之色。最多是一脸的茫然和惨然，一群失去尊严也没有了知性的家伙。他们此刻的命运，只配被戴上纸扎的高帽去游街。爸爸游街时那扭曲的脸，那没有愤怒不敢愤怒只有凄楚的脸，像拂不去的影像，在李斯特的面前晃来晃去。最可怜的是母亲，她像一只无助的羔羊，落在女红卫兵的手里，任其凌辱。她失去了父亲的呵护，也就失去了全部生存的希望和可能。她变成断线的风筝，任其风雨飘摇。

"咣咣咣"的锣声，把李斯特吓出一身冷汗，校道上舞过来一队醒狮，又一座新楼落成。醒狮队一路舞来，锣声鼓声鞭炮声，在校园里震荡出一片血红的光。

他找不到10层以上的旧楼，也就找不到父母殉难的地方。他搜遍童年的所有记忆，那时医学院里没有七层以上的楼房。

他爬上了一座高楼，从10层的楼梯口往下望，他心里便有一种冲动，他幻想着自己像一片树叶，托住父母，让他们轻扬而下，有一种轻松赴死的快感。26年了，他还是不能面对父母的噩耗，无法接受这种赴死的方式。

在回去的路上，他总是无法忘怀10楼，和从10楼坠地的情节。

他很想找一个人谈谈，他想请舒月出来，忽然又记起了伊杨。

他CALL伊杨，伊杨很快回机，问他在哪里。他说在二沙岛见面，那里有一个很有情调的咖啡厅。

在咖啡厅门口，他见到伊杨，他忽又改变主意，到江边散散步。伊杨无可无不可，她本就是来陪他说话的。很久没有见面了，自从那次从海南岛回来，他就再也没有与她联系，只是偶尔想起她，他便会在脑海里把中文系的老师又筛了一遍，看看哪一位会是伊杨的情人，结果是一个也没有。便在心里笑自己迂，多管闲事。

伊杨说她一直都参加一个女子合唱团，每天晚上从8点唱到10点。她对合唱团极有感情，但却常常迟到早退或旷课。

李斯特听她说合唱团的事。里面都是些失意的或心意太高的女人，也都是些曾经有过短暂辉煌却再也找不到辉煌前景的女人们。

他一直在听伊杨说，今天他觉得伊杨的声音很磁性很悦耳很有诱惑的意味。他不禁留意地看着她脸部的侧影。他从没这么近地观察除了舒月以外的女人。即使是妙英和林苹苹，她们都是在一种极度冲动和遮人耳目的环境里的匆匆邂逅，都来不及细细地品味对方和欣赏对方。如今，在二沙岛明亮的秋阳下，江风习习之中，他在历经惆怅和追忆之后的迷惘中，突然清醒地领受另一个年轻女性的神采。伊杨耳后如牛乳般洁白的三角区，散落着黑亮的发梢，她柔和而明晰的腭线，非常优美地呈流线型地流向下巴，整齐简洁的鼻翼和嘴唇之间，有一峰微微隆起的唇珠，非常精巧细致地凸现来自心灵深处的力量，也许是倔犟，也许是隐忍，都是不可忽视的象征。

伊杨仍在说她们合唱团，似乎那是她感情生活的重要部分："你应该认识我们团里的女性，她们每个人都是一个精彩的故事。"

她见李斯特没有言语，这才发觉总是自己在絮絮叨叨地说话："为什么用这样的眼光看我？"伊杨觉得李斯特今天有点异样。

李斯特笑笑："你使我想起一些事，不过年代太久远了，想不起细节，只想起轮廓。"

"有很大的区别吗？"伊杨很感兴趣。

"你喜欢张洪亮的歌，对吗？"李斯特突然提起这个话题，正是伊杨一直想说未说的，那一次在海南，她就想把谜底揭开，终于没有，她觉得事情过去太久了，实在没有重提的必要，那一次，她是很伤心的，也不知什么原因，鬼使神差地她就做了。

"你是说《你知道我在等你吗》？"伊杨直截了当。她想李斯特应该是早已知道一切的。

"是的，我刚才在端详你时，有一种瞬间的熟悉，在我们正式认识之前，我一定在哪儿见过你。你就是骑摩托车给我信的女孩！"李斯特肯定地说。伊杨笑笑，心想，你终于想起来了。不过，今天来回忆这些事，倒是很有兴味的。

"10 年了，那一年我 19 岁，现在都 29 岁了，老太婆了。这 10 年，我一直都在读你的书。我总是在想，是什么生活和经历，使一个人写出这样的文字。"伊杨很平淡地说："那天，我在中国大酒店整整等了一天，眼睛盯着 CALL 机，那一天 CALL 机老响，就是没有一个电话是你打来的，我对自己完全失望了，是什么原因使你连一个电话都不打呢？"伊杨像是在问李斯特，也在问自己，"李老师不是如此没有风度的人吧？守时是最大的礼貌，我只能理解为你的高傲，对我不屑一顾。"

"我是在五年以后，才发现写在封套后面的文字的，我试着打那

CALL机，是一个空号。”李斯特不无感慨地说。也许这样更好，要不，说不准时至今日，又是另外一番风景。现在这样就很好！

秋日的江风很大，二沙岛行人很少，星海音乐厅那边熙熙攘攘，许多轿车里钻出许多人，蛇行着进入音乐厅。一场大型的音乐剧开始了。李斯特隐约听见音乐厅里传出来的弦竹之声。

“当然应该是一个空号，第二天，我就把CALL机号码注销了，我无法容忍对自己的失望。”伊杨很坦白，“你现在想知道我是谁吗？”

“我想知道的是，你和妙英之间的关系？”这是令李斯特苦恼的问题。

“我是她的表妹，我几乎拜访了凡是我能找到的六连的知青，我很早就知道你和我表姐的关系，这是我注意你并且让你的小说迷惑的缘故。你现在就该明白一个19岁女孩的行为了吧！还记得在中山医科大学的演讲会上，我提的问题吗？一方面要引起你的注意，一方面想报复一下你的傲慢。可是，我总是失败。”伊杨简洁的鼻翼抽动着。她已经不再是一个19岁的孩子了。她已经能非常平静地诉说以往的一切，包括委屈和失望，她成熟而且胸有成竹，非常简洁地处理自己的事，这在白云居的那天，李斯特就感觉到了。这也是李斯特认为可以和盘托出的缘故。

李斯特很想问伊杨，她在中文系的情人是谁？犹豫了半天，他还是没问。为什么要在意这些呢？伊杨似乎觉察到李斯特的问题，心想他迟早会问。她在心里发笑。是不是男人都这样，这种事，即使是虚拟的也会令人深信不疑，耿耿于怀，她觉得自己很聪明。她今晚想去唱歌，她对李斯特说：“晚上我会领唱张洪亮的《你知道我在等你吗》，想不想去？”

“很想，那是10年前的歌，但今晚我要开会，改日吧！”伊杨知道他这是遁词，便不坚持。

他们走出二沙岛，到了广州大桥上。二沙岛已经是华灯初上，一片璀璨。伊杨忽然说：“我们吻别吧！”李斯特有些迟疑，他笑而不答。

90 年代初。海南岛。

朱江在 1990 年前后的海南岛，是圈子中声名显赫的人物。他手里的批文，像变戏法似的，吸引了无数神秘的炒家。曾经有一份号称 2 万吨进口白糖的批文，在他手里待价而沽。这批白糖据说正在波多黎各的码头上放着，而批文一转手，朱江的佣金就是一个天文数字。朱江把批文的复印件给李斯特看，上面果然有外贸厅长等的亲笔批示，朱江说原件交银行保险柜保管，是买了保险的，开玩笑，2 万吨白糖是什么概念？

事后朱江神秘兮兮地吹嘘，2 万吨白糖批文算什么？关于这份批文衍生出来的故事才叫精彩。无数身无分文的炒家，都期望从朱江手里分一杯羹，只要能转一次手，就是百万富翁。朱江虚晃一枪，批文神秘失踪，他却开始筹划拍摄长篇电视连续剧《飓风，在波多黎各登陆》。这部电视剧后来拍成没有，不得而知，但这个故事本身，已令李斯特唏嘘不已。

朱江玩完了批文，又玩了一把房地产，那时，正是海南房地产急剧升温的时候。909 室几乎天天炒家盈门，谁都知道朱江能耐，他的能耐不是因为他自己有钱，而是来海南的有钱人几乎都让朱江牵着鼻子走，他们总是自觉自愿地把钱送到朱江手里，唯恐他不要。而朱江总是极为仁慈和来者不拒的。

李斯特在朱江这儿住了几日，日日夜夜目睹朱江运筹帷幄，煮酒论英雄。朱江天天在 909 召开各种会议，叫作侃会。朱江说："一天不开会，回到旧社会。"同一件事，在不同来宾面前都会衍变为不同版本，具备不同内容，这特别令李斯特害怕。朱江几乎天天都在走着险棋，也不知道他在哪一分钟就会完蛋。但问题是，凡是上过朱江当的人，几乎个个都无怨无悔，其行为无异于要求再次上当。他们最具有共产主义理想了，个个在朱江的鼓励和说服下，坚信共产主义最终能大获全胜，朱江能够领着他们奔社会主义康庄大道。而朱江每每出阵，总是要拉上李斯特以壮行色。他总是不厌其烦地向人们介绍李斯特的丰功伟绩，他和自己如铁如磁般的关系。李斯特这张牌还是十分有用的。

他每天至少洽谈十宗以上的生意，从购买报社杂志到连拍卖行一起收购，从跑马圈地到平地起高楼，从整体包销椰子汁到分销潮州柑，从倒卖汽车连汽车贸易公司一块儿转手……朱江几乎是每个行当的高手。他总是侃侃地谈，总是能够把死的说活，活的说死，让死人翻生，让活人万寿无疆。他的名言在海南岛不胫而走，“革命就是请客吃饭，革命就是绣花写文章。”所以他天天高朋满座，吃遍海口大江南北食肆。只要朱江在海南一天，海南就有唱不尽的挽歌。

朱江是一个想在海南真正做大事的人，可也是一个让海南的大事给折腾得最后望风而逃的人。

那一夜，朱江照例蜷缩在床头，怀里抱着个枕头，声嘶力竭地在批判一个自称是海南大腕作家的作品，那作家吊儿郎当地坐在电视柜上，跷起只脚，踏在电视机上，叼着烟，眯着眼，不以为然地听朱江批评数落，他说：“朱江你确实聪明透顶，海南一大侃爷，但你写不出半部长篇小说，可我是著作等身，用不着我这身子，著作就可以把你压死。”

朱江咧开大嘴笑说：“哇哇哇哇，大家听见了，狗屎堆最能把活人压死，他自称狗屎堆，你说这人有出息没有……”他从床上跳将起来，光着两条竹竿一样的长腿，对李斯特说：“看某人的长篇倒不如我带你去读社会长篇，保证比某人的来得精彩来得火辣。”他说着穿衣穿鞋，出门去。

他开着车，李斯特坐在一边，从海府路往红城湖路奔驰而去。

拐进红城湖路，路一边是湖，另一边发廊林立。发廊一律亮着红灯，每家发廊门口团团坐着不下20位小姐，个个年轻，香艳，衣着暴露，神情放荡，一溜几十家发廊和高挂“专治性病”告示的诊所相得益彰。朱江放慢车速，在发廊门外徐徐行驶。忽然，发廊门口的小姐拥上来，围住汽车，大约有四五十名。有的敲窗，有的拍打着车身，无数张脸贴在车窗玻璃上，口里喊着："大哥，带我走吧！"有的干脆把胸部挺起来，贴在玻璃上，有几个操海南话的中年妇女，对着车窗大叫："先生，带这个走，功夫很好的，又白又小。"朱江把车徐徐开着，不断有新面孔贴上来，朱江把车灯打开，无数张化了妆的粉脸在车灯光里变幻着莫名的神情。这些孩子的父母到哪儿去了？有一辆警车就停在路边，也不知是来找小姐的，还是来抓人的，反正红城湖夜夜是平安夜。

车走过了大半条红城湖路。车头前后总是簇拥着成群女孩。她们几乎没有任何怯色，她们像在上山砍柴，下田插秧一样自自然然地兜售自己。

朱江的车子像突围一般，从脂粉阵中冲过。朱江说红城湖路是中档红灯区，低档红灯区在琼山市那边一条小巷里，那里是论斤卖的，大约每斤一毛钱，100斤重的大活人，也就是10元、15元，都是些自惭形秽，拿不出手的乡下女人，李斯特问："高档的呢？"

"高档的在中国城，在体育馆那边。"从红城湖路出来，经过道客村，就到了龙昆南路，往南走不到两分钟，就是举国闻名的中国城。

中国城三楼的歌舞厅是全城最昂贵的，每位小姐的小费最少是200元，而别的歌舞厅最多100元。在入口处的大厅里，上百名小姐坐在那儿，等待应召。这种景观只在泰国才有。妈咪殷勤而且老练，她们会根据客人的来头和身份，介绍不同品位的小姐。大学生、研究生和模特，都有，是妈咪的招牌菜。朱江带着李斯特，在二楼三楼的夜总会逛了一圈，在脂粉阵中穿梭有一种说不清楚的感觉。

谁有钱出入这些场所？海南岛？

李斯特心很虚。所有光临此地的男人都匆匆地闪进早已安排好的包厢，妈咪自会为他们安排周全。朱江和李斯特无意流连，也消费不起，便开车又回到五指山大厦909室。宁静和王爽已等在那里。

宁静厌倦了文联机关的工作，她想辞职当自由撰稿人，冯大姐也支持她，朱江更是大包大揽，说承包《金岛》一个专栏给她，但有一个条件，若读者不欢迎，她必须马上退场且赔偿一切损失。

“怎样赔偿?”宁静倒想听听朱江的妙论，哪有让专栏作者倒贴杂志的。

“说起来很简单，若印数升了呢?你提取上升部分利润的50%，若降了呢，照此办理。”朱江说得简洁明了。

宁静笑问：“升与降难道仅仅是我一个专栏的问题?”

“那就对了，你以为你是谁?是李斯特?是晓剑?是大名鼎鼎的朱江侃爷?读者知道宁静是男是女，是神仙是魔鬼?所以嘛，专栏作家不是谁都可以当的。”朱江犀利非常。

“说等于白说，这就是你朱江。”宁静反唇相讥，“不过，专栏我写不来，我倒想写写报告文学。李老师，你说黎母山68名知青烈士的事，是否可以写报告文学呢?这个题材很有杀伤力的。”

王爽对此十分敏感：“68名知青烈士，怎么回事?嗨，倒是好题材啊!”

朱江马上正言厉色地说：“版权所有啊!我是本题材的委托经纪人，没有我的授权，谁也不能动作。不信，问李斯特。”

宁静和王爽面面相觑。李斯特想，朱江这家伙真的聪明透顶。但他不愿意大家用这种方式去谈论这些无辜的灵魂。他甚至不敢往深里去想这件事。那漫天大火残酷地焚烧了68名年轻的躯体，没有任何一个目击者能够在记忆中永远抹去这悲惨的一幕。当时自己虽然远在北方，但每一个被烧死的知青的血肉和筋骨都和自己连在一起，那是几千个日日夜夜的音容笑貌，痛苦悲戚的相随相依，他常常在梦中惊出一身冷汗，而茫然无措地在黑暗中静等天明。68人的呼号，湮灭在狂怒的森林大火之中，一张张熟悉的年轻的脸，在深夜的天空里，一一地走过他的眼帘，他们在向他招手：“李斯特，你应该和我们在一起，你没有理由离我们而去。”小海丰、小潮汕、小文昌、小万宁，还有妙英，老霍，连同生产处的小章，无一幸免。李斯特夜夜听到他们的声音。还有老雷，他被严重烧残。李斯特曾去过六连，但没有人能够告诉他老雷的踪迹，他失踪了？还有跛了一条腿的于阳，也不知流落到哪里去了！大火彻底地改变了他们的命运，包括曾经的理想和梦想。

是的，我应该和他们在一起，在火的炼狱中焚烧，和他们手挽手地走向天堂。他想起山中的日子，他是如何不近情理地要求他们和自己一样，在雨里，在泥里，在如山大木的重压下，一步步地挪动着，爬出山来，他自己是走出来了，而他们却被烧成灰炭，永远长眠在那里，和山中的泥土，那被烈火燎烤过的泥土混合在一起，流失在无边的黑暗中。

“你在想什么呢？李老师！”王爽把李斯特从冥想中唤出来，“难怪冯大姐说，李斯特的知青情结是无药可救的！”

“这个世界上许多事都是无药可救的。”李斯特说，“冯大姐所理解的李斯特，一定和你们理解的李斯特不一样，相差十万八千里呢。”

“什么时候带我们去黎母山，真的，我好想写写关于知青的事。一定会有新的视角。”王爽认真而自负地说。

“我相信。”李斯特希望有更多的年轻人关注知青一代的命运。

朱江见状：“好了好了好了，忧国忧民的一群，还是到大排档喝酒吧！谁请客？”

宁静老老实实地说：“你们不介意，我请，但是，我的钱很少，加班费，100 块，拿去！”说着，把一张皱巴巴的百元大钞放在朱江的面前。

“嘀嘀嘀嘀，岂敢让小姐请客，不符合海南岛的岛规吧！走，为李斯特的 68 名知青灵魂祭酒一杯。”朱江摸摸口袋，苦着脸，“钱确实不多，大家省着点，只喝啤酒，不点菜，让老板亏本一回。也为革命青年多作贡献嘛，乌啦革命去！革命就是请客吃饭！”他说着出门去，却又马上收住脚步，“干脆，王爽你去买啤酒，再买点小菜，在屋里喝吧，真的该省一点，彻底省一回吧！”他摸出一张 50 元钞票，交给王爽。王爽不大乐意，宁静说：“我们一起去吧，大排档不卫生！”

“你看你看你看，宁小姐勤俭持家，通情达理，真正的无产阶级革命事业接班人，无产阶级嘛，无产就是阶级。”他自己大笑。

看来形势不妙，连朱江都知道节省了。

1974年6月18日。海南岛。黎母山。

整整两个多月没有下雨，这在黎母山的夏季是极为罕见的。山坡上最耐旱的山兰稻也耷拉着叶片，金茅草大片大片地枯黄，往年茂盛的六月现在充满火的焦味。老刘望着远山上的落日，长吁短叹。火红火红的云霞像让火点着一样，遮盖着青黛色的群山，只稍一阵风，群山就会被点燃而成为冲天的火炬。许多山泉都干涸了，泉水游丝般在草根下、石缝里喘息着。

最焦心的是老刘。伐木队停工了，队员们都回到六连去种树。几十名伐木队员，满山遍野挖树坑。挖好的树坑，在阳光下冒着烟。到处是烧山的火，不烧山就挖不了树坑。山坡上土地的湿气都蒸发干了，一镢头挖下去，升腾起一股烟尘，土地像要着火似的。老刘好几次对老雷说：“贮木场的‘北京木’怎么办？得防着点，这天气，山火一烧起来，可是连六连都救不了的！”

老雷不以为然，不会那么巧吧？没有人点火，火怎么会烧起来呢！即使是烧起来，哪一场火是救不了的？除了雷公怒了，雷击火那真的没得救。

老刘又找了老霍。老霍倒是很紧张，可是他老是追问老刘，究竟会不会？老刘想，我怎么知道会不会呢？但暴晒的油楠是最惹火的，这未必谁都知道。我姓刘的就是知道这些。他觉得自己的责任尽到了，便也逍遥自在，自己又不是一连之长，穷操心干啥。

伐木队撤下来，贮木场便空无一人，山一样的油楠和圆木把整个贮木场堵得水泄不通，圆木的树皮被毒热的阳光暴晒得卷起来，像火引一样，油楠树红色的树脂被晒出了油，在地上到处蔓延着。没有人觉察到这一点，只要有一点火星，那油脂将会慢慢燃烧起来，像地火一样，在木头堆里四处运行。

贮木场被人们遗忘了。

老霍还是放心不下，叫文书写了报告给团部生产处，请示怎样处置这些“北京木”。生产处答复这是政治任务，当初就是政治处督办的，事关政治问题，不好轻易处理。事情就又拖下来了。

贮木场像一座还没有点火的火炉那样静静地伫立在群山之间，流经贮木场的小河几乎断流了，河床裸露出白色的沙石，河边的灌木和金茅草一片焦黄，人们做梦也没有想到老天正在酝酿着一场阴谋。

野杜鹃花还没有盛开，杜鹃鸟却天天叫得凄切：“行不得呀哥哥，行不得呀哥哥！”它们在贮木场上空不停地叫着，飞过小河边的黑橄榄树，在去六连的路上，跟着老牛，一路地叫去。

伐木队的人离开了森林，便失魂落魄。小文昌从没有拿过镢头，他每天的定额任务是挖50个树坑，他从没有挖过树坑，只消几下子，手就起了血泡。每天挖十几个小时，还挖不出20个树坑，老刘一顿臭骂：“又拖了伐木队的后腿！”每天伐木队的人都要帮他挖，才勉强完成任务。小文昌求老刘：“给派个不拿镢头的活，到连队食堂当伙头军行不行？”

老刘呵斥他：“想得美，连队食堂都轮到你去！难道你是老弱病残不成？”

于是小文昌只好眼巴巴地等着老天下大雨，下雨天可以不挖树坑。

小文昌的梦想总是落空。他总想自己变成个瘸子才好，那样，就可以去当伙头军了。

伐木队是伐木的，不是挖坑的，小文昌和小海丰、小潮汕一伙知青，跑到连长老雷那儿，恳求连长放他们回山上去。他们只是想回山上去，没有什么别的要求。结果是让老雷一顿臭骂。老雷和老刘一样的秉性。

【另类档案】

追寻昨天的传说

我回到六连的时候，连赵书记都认不出我来了，西部炎热的天气和阳光，把我变成一个黑鬼。老赵家的男孩却张口就叫冯叔叔，还是孩子有记性，我知道这与那支口琴有关，小男孩已经能吹简单的曲子了。

我想到小学校去找如风，赵书记却一定要留我吃晚饭。他今天上腰子赶集，买回来一些鱼肉。小男孩小女孩也拉着我的手摇晃："叔叔在家吃饭嘛！"我只好留下来。赵书记的妻子看出我的心思，她吩咐小女孩："去请杨老师来家吃饭。"她拍小女孩的屁股："快去快回，就说爸爸请的。"小女孩一溜烟跑了。

"这一路又有什么发现？金矿上有人吗？"赵书记平淡地询问。分场的书记在并不富裕的农场里，只是个虚衔。他自己依然承包着土地，要种植养殖，赚钱养家。这一阵他显得很苍老。他养护着一个林段的橡胶树，半夜里都是他一个人去割胶，妻子要管着两个孩子，上不了夜班。

"当然有许多故事，淘金人的生活太残酷了。我都见了好几回死人。"我没有告诉他于晓阳的故事。我觉得于晓阳的故事是属于我自己的，不管他是不是我的生身父亲。

"淘金路就是生死路，没本事不要走那路。"赵书记似乎是一个四平八稳的人。他并不喜欢求新求变，他对洼地的态度就是如此。他对洼地听之任之，却成全了洼地变成世外桃源。

如风像轻风似的吹进了赵书记的院子。看得出赵书记一家很喜欢她。她看我的时候有些羞怯，这大约是在别人家里的缘故。

"这么多好吃的。"如风见一桌子的菜肴，孩子气十足地叫起来。小女孩便把筷子往她手里塞："杨老师吃鱼嘛，杨老师吃鱼嘛！"如风便毫不客气地挟了一块鱼肉，边吃边对书记夫人说："阿姨，我不客气了哦！"书记夫人只对她笑。

离开了书记家的小院，夜色里，我和如风都有些冲动，好些日子不见了，颇有些如隔三秋的意味。我不禁悄悄地牵住她的手。她把手反过来，五指交叉着，用力地绞着，绞得各自的骨节，在静夜里“嘎嘎”地叫着，似乎是心在欢快而抑郁的呻吟。我在黑暗里感觉着她的美目。我想母亲当年是否也和如风一样，有着这些夜的经历。她在那个苍白僵死的年代里，每一次青春的冲动，都将付出重大的代价，但她依然勇敢地冲决了，她为着爱情解放了自己的同时，也给自己套上了沉重的枷锁，她宁可失去一切，也要活回一个自己。在她与金交往的两三年间，他们有过几次短暂而匆忙的野合，如山崩地裂般的野合。母亲在日记里隐约地提到这一点，那种溢于言表而又有意隐蔽的行文，字里行间仍然奔涌着情欲的地火。有一天，如果我能找到金，读到金的日记，是否会有更充分更热情的记载呢？也许只有两个人的日记，才能让我读出一个完整的承担着巨大痛苦的母亲。

许多对于母亲也对于我而言是极为重大的事件，母亲都没有详细记述，也许她早已把这些事情看作平常生活的一个部分，它们只是在几十年后才显示了它们的重要性。诸如我的出生前后她所经历的精神压迫和现实煎熬，她记述得非常简短。但不难想象，即使在自由度很大的今天，一个在穷乡僻壤里生存的单身母亲，她的日子也依然艰难。

回到如风的宿舍，她一进门就问我：“有什么变化吗？”我看不出有什么变化，似乎一切依旧，简陋的家杂和她更为精心的布置，如此而已。

她有些失望。

她拉上窗帘，我们自然拥吻在一起。在她拉上窗帘的一瞬间，我又看见对面山坡上的灯火，那火在风中如豆如烟，忽隐忽现。点灯的人，你当真是离我很远？如风觉察到我的失神，她在我怀里，疯狂地扭动着，她的扭动里，有一种难以抑制的冲动。是不是我们各自丢失自己太久了，都努力想从对方那儿寻找自己丢失的那一部分。

西部给我的性格里添加了悍野的东西，于晓阳、北方女子和西部老祖母都在我的血里注入了一种力量，这种力量不仅仅是一种参加，而是由于它的进入而激活我对平庸人生的鄙视和热爱，对自我活力的承担和尊重。像他们那样生活，我才能挤迫掉多少年来强加在我身上、心灵上的束缚。我敢于拥吻如风，敢于在她的领地侵犯她的拥有，我活像一个强盗，毫无顾忌地进入了如风。

生活给我一个崭新的原则，一个母亲早在青年时代已经为自己确立的原则，就是为自己而活。自己，自然包括自己的爱人和儿女，为这个自己，可承担一切不幸。

我想当年母亲和金或铁，一定也会有如今夜我与如风一般，这样手忙脚乱的开端。

我抱住她柔弱无骨的腰肢，感受着那腰肢实际上的坚韧和柔软。她的所有力量都来自这里，来自她柔韧的腰肢的全部承担。

在她痛苦的呻吟里，我感受到她青春活力的欢快。这种欢快只有在尽情迸发时，才会显示她生命的精彩。她的手指深深地陷入我的脊背，她掐着我的脊梁，这脊梁业已接受了西部风雨的洗礼和荒漠的亲吻，已变得粗糙但如金如铁。

她在最激情时，紧闭而且深锁了她的美目。在台灯光的阴影里，这重重深锁的美目显得无比的神秘，她身体的每一次猛烈的或者细微地抽搐和紧缩，都在她深锁的美目里有相应的连通，我想她睁开美目的时候，一定是石破天惊的时候。

我庆幸我们拥吻所爆发的这一切，是发生在我去西部之后而不是之前，这是一个极为重要的分野。说实话，去西部的前夜，我就想对如风做点什么，那时我怕失去她或者去西部我将一去不归，我对西部的神秘感觉和畏惧情绪是共生共荣的。也许我会再也见不到如风，或许正因此，我压制了冲动而有意冲淡了各自的热情，我想如风也是一样的。

如风陶醉在我们的世界里，在台灯的阴影里，她的肤色如同涂上一层蜡般的釉亮，她身体的每一部分，老天都为她编排得极为精致，都与现代审美天然璧合。她狭长而开阔的嘴唇在吻我的时候，我甚至感受到她丰润而明晰的唇线，那是极为奇妙的感觉。这种感觉来自森林和山野，每一丝颤动都与山风与流水有关，与大自然的生命生成有关。

在我们的世界里，如风是成熟同时单纯的。我欣赏她在进入时没有丝毫的忧虑，她是如此欢快如此激情如此明晰地进入她所梦想的世界，诸如她走在雨中，在风中，在泥泞里，在村路上那样自然，她甚至没有对我提出任何约束和要求，她极为自然地进入她所渴望或认定的状态。她的这种态度令我在此后很长的岁月里，不断强调自己的责任，不断加深对如风的思念。

她真的睁开她的美目，她清澈的眼睛里注满如云如雾的东西，那东西在无力地呻吟。我想起了羊的眼睛，柔顺但充满着生命的欲望。那颤动的睫毛所投射的阴影，像一片沙漠中的绿洲，滋润着她干渴的眼神。我情不自禁地去吻她的眼睛，我感觉到微咸但令人极度冲动的泪的味道。她的眼泪顺着两颊流淌在枕头上。她散乱的乌云般的头发贴在脸颊上，像一片森林期待着漫卷的山风。我感觉到脊背上，如风手指游动之处，渗出了血，血和汗混合在一起，淹渍着裂开的皮肤，我感到极度的疼痛。她大叫起来，似乎在祈求着什么。我想我脊背上的血正顺着她的手指往下淌，我极度空灵同时极度兴奋，我想不到娴静的如风竟然会是这样，她充满生命原动力的身体像黎母山的原始森林一样神秘。我忽然明白了海南岛的黎母山为什么是一座女性的山，黎族的图腾崇拜是女性崇拜。这个民族崇尚的是生命的原始动力，所以种性中最优秀的是女性而不是男性。黎族女性是海南岛的人种中最秀美的。长目、身段纤细，五个族系分支里，有的长得富态而高贵，有的长得灵秀而野性。如风属于后者。

当山洪暴发之后，清流也就很快到来。黎母山的山水就是这样，它汇聚了许多细小的川流，成为巨大，它送走巨大的同时又回归了许多的细小。所以黎母山始终是收放自如的。

当一个整齐如昨的如风站在我面前时，她的脸颊布满红晕，她的美目增添了一种不可思议的东西。她悄悄地说："你真是一个西部。"我说："你是一个西部的情人。"

西部，是我们共同的崇拜。

"你真的没有发现有什么变化?"如风刚才一进屋时就问的问题，她又重新提起。

我仔细地端详屋子里的一切，一切依旧，没什么变化。我茫然地望着她，她的眼神分明在提醒我注意她自己。

她剪了短发了。她原本长长的头发不见了，剪成了齐肩的短发，刚才她是把短发扎起来，我没有留意。

"为什么?"我问她。

"不为什么，只是觉得试试剪短，看看好不好看!"

"剪什么发式都很好看。"我说，这实在不是恭维。

她靠过来，我们再次拥吻："真的?"她悄悄问。"真的，不骗你。"我说。

对于她而言，新的生活开始了。我在西部的时候，她就已经坚定并决定了自己的生活选择，我们共同地选择了对方。

我忽然想到，母亲是留长发还是短发呢？她从没在日记里谈到这一点，她是不是也很在意头发与情感变化的关系呢？在中国文化里，每一次发式的细微改变，都意味着重大的抉择。如风也一样。是她选择永远的开端。

我还不知道永远是什么，也许永远对于我们来说，还是遥不可及的漫长。但永远一定是存在的。

如风突然问我："会怀孕吗?"

"不知道!"我确实不知道，"你怕?"

"不，我是绝对不会去流产的!"她轻淡地说。

"生下来?"我好奇地问。

“对，当然要生下来，我喜欢。”

“那你不读专升本了?”我试探地问。

“有关系吗?”她奇怪我怎么会这样问。

“当然!”

“那是你们的想法，我不是。”她坚决地说。

她拉开窗帘，黎母山的夜风轻轻地流进来，风里有甜甜的水和花香。我又看到对面山坡上的灯光。

我总觉得不是我在寻找灯光，而是那灯光在寻找我，等待我的到来。我死死地盯着那灯光，灯光在我的眼底漫漶开来，黑夜里突然出现一个过分明亮强烈的白昼：红旗漫卷农奴戟，天地间有呼口号的吼声，无数熟悉的人都变成了红卫兵，包括于晓阳和穿着洗得发白军装的女知青，金和铁以及我的母亲冯妙英，河边老人和赵书记，都变成了红卫兵。他们押着连长老雷，老雷戴着高帽，在村路上敲着锣，高喊着：“我是牛鬼蛇神雷连长。”有人打他，说他怎么还称自己是连长，他已被打倒了。他于是连连称是，咧开一口黑牙谄笑着。他的双手被涂成黑色。有人又高呼：“坚决打倒资产阶级黑手雷富贵!”他也跟着高呼。

残灯如豆。它令六连的每一个人觉得心安，也永远地惊悸于一个历史时刻。

明天，我一定要进入洼地，我确信一定有一个点灯的人。如风不是说过，她知道进入洼地的路吗?我拿不定主意，该不该让她领我进入洼地。

如风见我又注视着那灯光：“你还想它?”

“对，你知道的，我母亲就在那里。”我无限悲伤地说，她突然圈住我的脖子，吻着我的脖颈。我感觉到她眼泪如泉涌般地奔泻而出。她哭得很伤心，她肩膀急剧地抽动使我陷入一种唯以言状的惊惧之中，我不明白这个与我同龄的女孩，究竟发生了什么事。是突然感觉到我对她的伤害吗?

不，不会的。如风，请你相信，无须海誓山盟，无须石烂海枯，无须长相守，也无须我住长江头，君住长江尾，与君到白头。无须作证。我们会永远走在一起。我紧紧地拥着她，拥着她的同时，我发觉我和她都泪眼婆娑地注视着那残灯如豆的山坡。

尾　声

我觉得由我来结束郭小东先生的这部长篇是最合适不过的，郭小东先生他们那一代人，开创了一个红卫兵时代，而由我们这一代人，来彻底结束这个时代，是合理的，也是恰当的。我们两代人的接力，是埋葬与开始，是已死与方生的涅槃。

我们经历了不同的生活，却经受了同样的痛苦。

我把我母亲和我自己在海南黎母山包括西部的日记，奉献给郭小东先生，是因为他始终在关注着黎母山和山中的68名殉难的知青。他的执著令我感动。我渴望追随他，去完成他将要完成的事业。

许多年以后，当我和如风都各自有了自己的生活，又由于生活的种种变故，重新走到一起，共同回忆起许多年前黎母山我们的初夜的时候，我才发现，生活正是在初夜，或通过我们初夜的方式，开启它浪漫的残酷的一页。这一页写满了历史歪歪斜斜的字体，告知我们一些不可思议的事。

那天晚上如风突然大哭，我和她都泪眼婆娑地注视着那残灯如豆的山坡。

她告诉我一个令我震惊的消息："我的父母都在那山坡上，在68位殉难者中间。"

只有无言。

一种无形的维系，拉紧了我与如风之间的纽带，许多难解的问题，在这一刻都有了答案。如风为什么在千辛万苦走出黎母山之后又回到这荒僻之地，并非热爱这个地方，而是这个地方缠绕着她的灵魂。为什么河边老人会在我误入洼地之际，和她一起举起火把，引领我走出洼地。为什么赵书记会意味深长地告诫我，要认真地对待如风，否则就别去惹她。所有的人都关爱着她并怜惜她。所有六连的百姓都知道那场大火，忌讳那场大火，都知道那灯火，有一个点灯的人。他们惊惧于那个事实而又尊敬在那个事实中殉难或侥幸逃生或与之有关的每一个人，连同六连所有的门窗，都是向着东边的山坡开的。那时我曾经感到很奇怪，所有的门窗都有改造过的痕迹，原来是坐北朝南的。我问如风，如风说："六连的每一个人，都在为山坡上的人守灵，从我很小的时候，门窗就已经改向东边开了。"

如风对她的父母几乎没有任何记忆，她满月之后，父母就在救火中双双牺牲。她的父亲是琼崖纵队一对黎族烈士的遗孤，从小在军区八一学校长大，1966 年高中毕业，1968 年从广州军区上山下乡到六连。她知道的就是这些。

如风拿出他父母的照片，30 多年前风华正茂的一群：毛泽东时代的中学生，文革中的红卫兵，建设兵团的兵团战士，几张老照片勾勒出她父母那一代人的全部人生历程。

她父母牺牲时，都是 26 岁。

那一夜，我们相拥而坐，望着山坡上隐隐约约的如豆残灯，我已经知道有一个点灯的人，一个幸存者，但是谁呢？这么多年了，他或她一个人，守着那无边的洼地，守着 68 个灵魂。这漫长的岁月，他是怎样度过的？

如风显得特别的弱小，似乎也很无助，这是我从未领略的。我所熟悉的如风是敢作敢为、开朗勇敢的如风。今夜她彻底地变成一个孤单的渴望爱抚的小女孩。她曾经幼小的心灵创伤，在她成年之后，这些创伤并没有减轻而是更深更广地扩散着。我体会过这个过程的漫长咬噬。所以我尽可能细致地对待她，哪怕是一丝轻微的气息，扑在她的脖颈上，也会令她激动不已。那一夜，我似乎已经成为一个顶天立地的男子汉，能够呵护关爱一个从小就缺失双亲的小女孩。

如风用手指划着我的喉结，很轻很痒，她说了一些所有的女孩子在此刻都会说的话。

她光洁冰凉的手臂始终圈着我的脖子，像一只船，缆绳死死地缠绕着码头上的拴船桩。她的神态和每一次轻微的似乎是受到惊吓般的颤动都令我激动。但无论如何，我的眼睛始终没有离开洼地那边山坡上的灯火。

天亮时分，我和如风去河边老人的小院。老人刚从菜地浇菜回来，挑着水桶，水桶里放着青菜和木薯。我这是第一次和如风到他这里来，他对如风极为亲热。

他一坐下来就开始搓草绳。

老人似乎已经知道了我和如风的全部事情。他心情很好。我请老人讲讲那场大火，老人有些犹豫，他反复说："为什么还要去提那些惨事呢？"

"爷爷，你就说给我们听吧！我过去是不敢听，现在敢了。我也想听！"看得出老人对如风言听计从。老人说得零乱，他总是加入许多他的感叹。我把它整理如下：

那是 1974 年 7 月 6 日下午 5 点。六连除了老人、孩子，青壮年都出工去了。贮木场那边升腾起淡淡的黑烟，没有人在意，平时山地上常有人烧荒，这并不出奇。河边老人那时是知青排的排长，他带着几十名知青在离贮木场几公里远的地方砍芭。他们并没有发现贮木场那边的黑烟，他们在一人多高的灌木丛中砍草砍树。后来，他们嗅到一股焦味，风吹过来黑色的灰烬，落在人们裸露的脸上、脊背上。有人跑到山坡上看，贮木场那边已经有火苗蹿起，灰烬从那边顺着风势四散飞舞。

连部响起了"咣咣咣"的锣声，又有几声报警的枪声响起。"乓乓"的枪声在旷野里显得很无力。知青排的知青们互相呼喊着："救火啊！救火啊！”几十号人从小道扑向贮木场。

伐木队的人正在一片山坡上挖树坑，他们干活的地方让一面山坡挡着，看不见贮木场，他们是听到锣声和枪声，在赶回连部的半路上，遇到来人报警，便拐道往贮木场赶去。老刘大喊大叫，边奔跑边嘴里不停地骂人，他穿着大裤衩，光着上身，腰上扎着一条潮汕人的水布。

听到锣声的人们都往火场赶去。火场周围不知聚集了多少人；没有人指挥，人们胡乱地砍下树枝，见火就扑。老刘急得大叫，这样救火不行，他到处找老雷，边喊人们别乱跑。老雷和老霍早就赶到了贮木场，他俩正爬在一棵大树上看火情和风势。

老雷从树上滑下来，他指挥老人带知青排去砍东边的隔离带，那儿有一道坎坡，火一时还蹿不上去。他请老刘冷静，老刘看着自己领着知青们砍下来的“北京木”，现在正在被火焚烧，心里痛得不行，他无法冷静：“谁放的火！千刀万剐他！救个鸟，这火怎么救？”他的脸已被熏得白一道黑一道。他拿跟在自己屁股后头的小文昌撒气，“你是个鸟啊，你跟着我干什么！”小文昌跟着老刘，他也心痛那些“北京木”，他认为是伐木队的贮木场，自家起火啦！他不忙谁忙？他让老刘一骂，无名火顿起，从不发火的胆小的小文昌突然吃了豹子胆，他学着老刘的腔调对老刘吼着：“我不跟着你这个鸟跟谁！”老刘愣住了，他惊奇地瞪着小文昌：“等救完了火再收拾你，上房揭瓦啊你！”他恶狠狠地嚷。

“谁怕你这个鸟人！”小文昌嘟囔着，老刘没有听见。

连队六七百口人倾巢而出，都赶到贮木场来，人们混乱得无法指挥，进入贮木场有好几条小路。天渐渐黑了，火势变得神秘莫测。

老刘一马当先，扛着一大把树枝，口里喊着伐木队知青们的名字，扑进火场。几十名伐木队员个个如狼似虎，连跛着一条腿的于阳也奋不顾身地钻进烟雾升腾的丛林中。

老雷、老霍从那边带着连队里的勤杂人员包抄过来，风突然停了，没有风的火便直扑扑地烧向天空。老雷觉得有些奇怪，怎么风就停了呢？刚才还刮着南风呢？没有风就好，这火有救。扑进火场有几百口人，六连的男女老少在锣声和枪声的召唤下，纷纷赶往火场。

小河没有水，扑灭山火靠的不是水，是截断火路。河边老人带领着知青排在南边山坡砍隔离带。

天边是一片火烧云，明天又是一个艳阳天。夕阳把森林映照得红彤彤的。分不清哪是大火哪是夕阳。黎母山整座山峰似乎都燃烧起来了。

突然起风了，夕阳藏得无影无踪，风从山谷中劲吹过来。

贮木场沉入一片暮色苍茫之中。

老刘冲进火场，用树枝扑开一条火路，他奋不顾身地往贮木场纵深闯去，他根本不知道火势是往哪边蔓延的，只想快些接近那些"北京木"，他不能让那些"北京木"烧毁，这是他带着伐木队百十号人整整一个冬天的艰苦劳动成果，多少伐木队员为它们负伤？他为了完成这些"北京木"受了多少窝囊气？他不能眼睁睁地看着这些价值连城的优质"北京木"被烧成灰烬，他宁愿和它们同归于尽。

小文昌跟在老刘后面，四周是一片无边的黑暗，他没有见到明火，只见到丛林中弥漫的黑烟。小海丰和小万宁也紧跟着他。他们挥舞着树枝，盲目地往贮木场方向冲去。

救火现场陷入一片混乱之中。

老雷和老霍失去联系，他们带领几十人从东边进来，人们各自散落在树林中，哪儿有火往哪儿扑打。夜幕降临之后，所有的人都失去联系。

老刘是最先进入贮木场的，这时，天色还没有完全黑下来，他在暮色中清清楚楚地看到那些巨大的北京木，火舌舔着木头上的树皮，闪动着幽蓝的火苗，那是油楠木的油脂燃烧的模样。

那些红红的，笔直的，截面上刷着红色的"北京"字样的木头，在蓝色的火焰的舔食中，慢慢地升腾着一股股的烟雾。老刘发疯地扑打着"北京木"上的火苗，火苗烧着遍地的油楠，哔哔剥剥，风助火势，整个贮木场陷入一片火海之中。老刘一屁股坐在地上，他知道彻底完了，一切无济于事，他干嚎起来……那嚎叫，声声惨烈！

小文昌、小海丰和小万宁等几十名知青也随老刘冲进了贮木场。老刘一看这么多人不知死活地进来了，急得大喊大叫，命令他们赶快往回撤。可是火借风势，他们刚刚进来的路口，让一阵大火把丛林烧起来了。老刘在火光中，清清楚楚地看到知青们的脸。这些脸稚气未脱，一个个初生牛犊不怕虎的样子，他们并没有意识到灭顶之灾正在向他们逼来。

老刘寻找着逃命的路口，四周全被火包围了。伐木队的知青们几乎全在这儿。老刘连忙把他们召集到一起，往滑道那儿撤退，那儿有一条阴湿的山谷直通山那边，也许这是一条生路。

今夜的山风乱卷，完全没有规律，也许是火势太大，贮木场又在一个盆地里，风和火互相较劲，所以风势一会东，一会西，和大火合谋，在贮木场跳起了风和火的金蛇狂舞。

山谷也被火封住了，油楠树的油脂四流，到处都是，火苗一舔就着，烧着树枝，烧着金茅草和丛林。几个月来烈日的干烤，把贮木场附近的树木都燎烤得跟干柴一般。

小文昌吓得大哭，他的哭声传染了其他人。许多知青都哭喊着，围在老刘身边。他们聚集在贮木场一块已被烈火包围的空地上。大火把夜空映照得如同白昼。热浪随着风势一阵阵地逼来。

老刘一手搂着小文昌，一手搂着小海丰。在伐木队里，他俩年纪最小，个子也最矮小，来六连几年了，都跟着老刘。老刘平时对他们凶狠，但都是表面上的，他对他俩极为关照，又疼又骂。老刘此刻心里很明白，凡进入贮木场的人，谁都逃不了被烧死的厄运。他没有气馁，他希望能让这两个孩子逃出去。

他对所有的知青大喊："往河边方向跑！找火小的地方冲出去！"他想只要能冲到河边就有救了。

老刘此刻才真正懊悔，几十条"北京木"算什么？抵得上几十条知青的生命么？他们完全与外界隔绝了。老刘拉着小文昌和小海丰，往河边的火墙冲去，他想突破这火墙，把他们俩救出去。

大火被转南的风一吹，呼啦啦地一会往东，一会往西。“北京木”完全陷在火海中。

老霍带领着几十人，高呼着口号：“下定决心，不怕牺牲，排除万难，去争取胜利！”

口号在火和风的合谋中被烧得无影无踪，呼口号的人们被火逼得四处逃窜。呼呼的大火，随着气浪，把一个个人掀倒在地，连哼都来不及哼一声就扑地而死。在火光中，老霍只见他的队员一个个被大火吞噬，他自己来不及夺路而去，一团叫啸着的火球把他整个人卷起，他全身着火，哀嚎着扑向一棵大树，他身上卷带的烈火马上把大树周围的小树小草焚烧殆尽。他倒在地上抽搐，大树也燃烧起来，像一把火炬，直指漆黑的夜空。

还有一些人，完全没有人指挥，来到救火现场，见火就扑，如风的父母和妙英他们大概就是这样葬身火场的。贮木场陷于一片极度的混乱中。

老雷发觉自己身边已没有一个人。四面的火包围上来，扑火的树枝已剩光秃秃的棍子，身上的砍刀也丢了。烟呛得他无法呼吸。他的目光穿透着火的森林，隐约可见小河那边的林带，他狂呼着，希望有人听见，和他一起突过这道火墙，滚进小河就有救了。没有人回应，只有呼呼叫啸着的大火，大火已经烧着他的头发和衣服，他只有拼死一搏了。他屏住呼吸，双手抱住脑袋，向火墙冲去。他感觉到浑身疼痛，皮肤像开裂一般，他挟带着自身被火烧焦的人肉的焦煳味，踉踉跄跄地穿越了那堵火墙。这时，一阵大风吹过，火借风势，老雷被巨大的气浪掀进了河里，他在浅浅的河水里、沙地上本能地翻滚，痛死过去。

半夜里他痛醒过来，已奄奄一息，全身被火重重地燎了一遍，几乎没一处好肉。双腿几乎被烧透了，钻心的痛楚折磨着他，他没有力量呼喊。

大火已经燃烧了两个多小时，无法可救，没有任何一件现代工具，全靠人力举着树枝扑打，人们被大火逼上山坡、高地，贮木场完全消失在火海之中。

河边老人带领一排人，隔离带还没有砍成，大火就漫卷过来，他们只好放弃，撤到更远的地方继续寻找砍隔离带的地方。这时，已是夜间八九点了。人们已经束手无策，闻讯赶来的团部领导和大批人马，面对着熊熊的大火，也全然没有办法。

老刘和他的伐木队员们最后的时刻怎样？无人目睹。他们陷于火场的中心地带，没有一个人能够幸免于难。伐木队全军覆没，他们年龄最小的17岁，最大的是老刘，39岁。

于阳是唯一没有随老刘进入火场中心的伐木队员，他跛腿之后，被调到别的生产队。他赶到火场时，大火已经封锁了所有的通道，他跟老刘进入火场时被大火逼了出来，便在外围扑打火苗。他只让火燎了一下。他成为六连伐木队仅存的队员。

大火在第二天午夜时分熄灭，是自然熄灭。这天午夜，黎母山下大雨了，滂沱的大雨倾盆而下，一连下了三天三夜，山洪暴发。六连的人们在大雨中的贮木场到处寻找伤员和幸存者，只在火场边缘找到了20多具尸体。老刘和他的队员们全部化为灰烬，连一根尸骨都没有找到。开始人们还抱有侥幸，以为老刘带领他的队员们成功逃离，但找遍了周围的群山，没有一点踪迹。他们和“北京木”同归于尽，所有的“北京木”都烧成火炭，巨大的火炭整整齐齐地排列在贮木场中央。没有人敢去动它们。

老雷是在第二天早上让一位黎族姑娘发现的，他倒在沙地里，是河水和沙地的地气让他维持着生命。几个黎族老乡把他抬回连队，马上被送到海口的医院。

哀恸的六连，大约瘫痪了半年多。各种各样的调查组来了又走，没有任何结果。这次大火纯属偶然。六连已经没有一个阶级敌人了。所有家庭出身不好的知青，大部分在伐木队。当初选择伐木队员时，出身不好的知青首当其冲。一方面是他们强烈要求，到艰苦的地方争取表现，一方面伐木队既危险又艰苦，安排出身不好的知青是理所当然。而这些出身不好的知青，在救火现场都在老刘身边全部以身殉职，连同那一对黎族夫妇，他们的尸骨也没有找到。如风的母亲生产刚刚满月，她在托儿所给如风喂奶，听见锣声，她跟着人群跑向火场，她稀里糊涂地跟着老刘他们扑火，她的丈夫也没有发现她，她丈夫是从另一个通道进入救火现场的。

六连成了一个政治上最清洁的连队，所有出身不好的知青和几个挨批斗的阶级敌人，全部在救火中牺牲了。

“那么，老雷还活着？”我听完河边老人的叙述，我猜想老雷就是点灯的人。老人点点头。

“这些草绳？”我问。

老人不语。在老人纵横的皱纹里，我看不出他的喜怒哀乐。这是一位在伤痛和疚责中活下来的老人。他只是因了自己活下来，而那些熟悉的伙伴尤其是年少的知青们被烧成灰烬而终生不安。

当天下午，河边老人终于答应带我们进入洼地。其实，多少年来就已经有一条路进入洼地，这条路只有河边老人和连队的几位领导行走过，他们是去看望老雷的。其他人是被禁止行走的。如风也知道这条路，河边老人带着她进出了几回。那还是在她刚刚成年，去县城读高中的时候，河边老人领着她，象征性地向她父母的衣冠冢告别。每年清明，她也只能在河水中，祭奠她的父母。洼地是一个灵魂的安息地，对大多数六连人来说，这个安息地就是禁地。

经历过西部的许多血腥故事，领略过淘金人悍野的性格和西部孤独苍茫的人生，我已自信对人世间的许多坎坷和艰险抱有泰然的态度。但这一回，即将进入我梦萦魂系的洼地、贮木场和点灯的山坡时，我还是万分紧张。我不知道那个我等待了许多时日的时刻到来之际，我将会怎样？我即将要见到我的母亲，一个叫冯妙英的女知青的墓地，还有她的知青伙伴们，连同如风父母的衣冠冢，这一切，也许会成为真正改变我一生的东西。特别是老雷，这位知青时代的连长，那场大火唯一的幸存者和火场中心的见证人，我不知该怎样面对他。点灯的人，一种隆重的敬意和崇拜油然而生。

如风也和我一样紧张，她虽然进入过通往洼地的小路，但是，她从未见过老雷，她只听见过他的声音。那声音非常奇怪而且可怕。

路口在两棵油楠树中间，油楠树高大而且茂密，遮蔽了半个山坡。路口被几根碗口粗的树干交叉挡住，河边老人小心地搬开树干，引领我们进入一条只容一人行走的小路。小路两边的野树杂草藤蔓把小路上空封锁成一个拱顶，我们就在这拱顶之下慢慢沿路前行。路两边全是灌木，所以看不到更远的地方，大约走了有两公里的小路，来到了一片开阔地。这就是所谓的洼地。小路沿着洼地边缘直伸进森林里去。穿过森林，是一片舒缓的连绵不断一望无际的山地，河边老人说："这就是贮木场，墓地就在贮木场边缘的山坡上。"

我们又走进一片树林，树林中有一片空地，空地的边缘是悬崖，难道这就是母亲日记中曾经提到的林中空地，那个被知青们称作天堂的地方？黑橄榄树、油楠树，还有盐树，环绕着林中空地，山泉从大树背后的峭壁上飞溅而下，渗入草地，从草根底下悄然流走。

在空地靠近悬崖那边，有一座高大的吊脚楼，像是眺望台又像是消息树，更像是古代的烽火台。吊脚楼下是一间草屋。草屋外是一根格木搭成的长凳。我想那灯火，就是从吊脚楼上发出来的。

就要见到老雷了，我的心情万分难过。

河边老人打了一声唿哨，一条黑狗窜过来，在老人脚边亲热地嗅来嗅去。我觉得草屋的窗口有人影闪了一下，一个暗哑的模糊的声音飞了出来。我听不清那声音的确实意思。

如风抱住黑狗，半蹲在地上，她和黑狗很熟。老人示意我们别进草屋，他自己走了进去。

我、如风和狗，蹲在门外。我心情紧张，甚至不敢到处张望，这个地方在我心目中，是如此神秘和神圣。虽然昔日的痕迹已然消失，空山无人，但有 68 位灵魂存在的地方，就和我的命运有着深刻的联系。

我突然感到，有一阵风，凉飕飕地，从地底，顺着我的双脚，穿透我的身体，从脑壳上飞升而去，我顿时有一种被掏空的感觉。

老人从草屋里出来，领我们进屋。

屋里有一股焚烧辛辣香草的气味，这气味是从屋后的窗口飘进来的。老人说这是打蚊草的味道。我知道打蚊草，凡有打蚊草的地方，蚊虫蛇蝎是不敢近前的。

草屋被隔成三间，我们是在中间，面对大门。屋里很干净，中间地上是一个火塘，架着用钢筋做的炉架，锅里烧的水沸了，“噗噗”地叫着。

我听到窸窸窣窣的声音。里间出来一位老人，这大概是老雷，雷连长了。里间很暗，他从暗处出来，尽管我早已有思想准备，但还是吓了一大跳，我从没见过这样骇人的模样。

老雷坐在蒲团上，双手套着用白藤条圈绕成的手垫，他两条腿被齐根截去，上身穿着一件旧军衣。脸上、头上到处是紫色的肉瘤，星星点点。眼睛瞎了一只，另一只半闭着，透着一丝幽深的光，那眼光很骇人。他勉强笑了一下，烧伤的脸皮马上拉紧了，形成一个很奇怪的平面，没有鼻子，只有两个气孔。

他把自己移到火塘边，我们围着火塘而坐，我不知道该说什么，从来没有这么笨拙过。我实在选择不出恰当的语句。

“雷叔叔，我是如风，是王明霞和符解放的女儿!”还是如风得体，她主动自我介绍，“他是冯妙英的儿子，叫冯翀。”

老雷嘴里“荷荷荷”地说着什么，我勉勉强强地能够听出他说的是：都长这么大了。他伸出手来摸如风和我的头，够不着，我马上把身子往他那边靠。他眼睛看着前方，把双手搭在如风和我的脑袋上，双手无力地摩挲着。我感觉有一股冰凉的热力直沁脑门。

我看到屋角堆着如山的草绳，这正是河边老人每日搓个不停的草绳。

“那是点灯用的!”河边老人终于解开谜底。一年三百六十五天，要点燃多少草绳啊!

老雷的眼睛流出泪水，我们的到来，又使他记起如烟往事。

他没有提到大火的事，我们也没问。

老人对他说：“老雷啊!他们来看你，你要好好休息，别累着。”

河边老人大声说，几乎是吼着。老雷的耳朵被烧坏了，几乎听不到声音。

老雷又“荷荷荷”地说话。他在问，是不是要到墓上去。河边老人又大声地回答他：“是要去墓上，你去吗？”

他点点头。

我诧异他怎么能去。河边老人说，他天天都去，在那儿从黄昏坐到半夜，有时坐到天亮。

我们出了草屋，老雷也从屋里出来，他坐在蒲团上，如坐在诺亚方舟上。

林中空地其实就在墓地边缘，大约也就几百米的距离，穿过一片小树林就到了。从林中空地到墓地，是一条光溜溜的小路。这条小路是老雷的蒲团磨出来的，老雷的蒲团下是一张双层的黄牛皮。牛皮让砂石草根磨得锃亮。小路西侧深陷着老雷双手手垫爬地的印痕，那印痕深凹而且光滑。

我环顾墓地，这是一片向阳的山坡。从黎母山主峰飞泻而下的瀑布，隐进密林之后，变成一条湍急的溪流，从山坡下匆匆流过，汇入贮木场的小河，注入洼地。山坡背后是从主峰蜿蜒而来的群山，群山环绕着这片向阳的山坡。山坡下是贮木场，放木的滑道从另一个方向，从山顶直飞入贮木场。贮木场原先开阔的空地，已经长满灌木和金茅草，无边的绿色遮盖了贮木场焚烧过的一切。

从山坡放眼远眺，黎母山无边的森林和河流尽收眼底，已近晚秋，森林中星星点点的黄栌经霜变红，静悄悄地飘逸在林海之中。

在这里，一年四季都可以看到鹦哥岭那恰似鹦哥嘴的主峰，那里是海南岛所有河流的发源地。

68 名知青的墓地就在这片山坡上。

花岗岩凿成的碑石粗砺而且厚重，碑面几乎没有经过打磨，碑字是某位匠人的笔体，稚拙但是凝重，整个墓地，有一种粗豪的意气。我记下了每一个殉难者的名字。68 人中，一共有 20 位女性，都是当年的知青。我想没有谁能够心平气静地面对这片墓地，也没有谁不被这大规模的集体殉难震撼。深山空谷，秋阳秋风秋夕，老雷种下的68棵油楠树，粗大的枝干裹着滑润精细的树皮，在阳光下长得高大伟岸，笔直而且很少有虬枝繁节，树身浑圆而树冠庞大，它令人想起东北大地的美女松。

每座墓碑前，都让老雷的蒲团压出了光洁的场地。

在母亲日记里，那个脾气暴躁但古道热肠的年轻的老雷到哪里去了？在黎母山的土地上，老雷的六连是生气勃勃的，有着500多名知青的连队是绝无仅有的，这是令老雷骄傲也令他头痛的。团部把这么多知青交给他是多大的信任，仅此一点，在团里几十个连队的连长中，他足以为傲。他同时又把这个知青连管理得妥妥当当。要不是那场大火，他老雷足可以彪炳千秋。

老雷那张如柿饼般同时被挤压得扭歪的脸上，已看不出喜怒哀乐，但我还是能够从母亲的日记里看出一个真实的老雷来。他永远的沉默里，有一种不可小视的凛然，他苍老的状态里有一种视生死如草芥的认命，他在壮年时目睹同志们的惨酷，他以他自身的炼狱般的煎熬，在无边的寂寞和惨痛中，陪伴这68位牺牲的战友。我理解老雷的选择，他在逃避一个与他无关的世界，他同时在坚守一个属于自己的已逝的王国。永远的回忆是他生命延续的唯一动力。

我无法想象这几十年来，老雷孤苦一人，在山中是如何生活的，在多雨风湿的黎母山林中空地，他又是如何承受那些伤残引起的巨痛的。

我想应该给老雷买一只轮椅，可是轮椅能在崎岖的山路派上用场吗？

我想跟老雷交流。他喑哑的声音里有一种令我震颤的东西，那声音使我接近了母亲日记所记录的年代和六连的日常生活。它们渐渐地活现在我面前。

老雷使我想起六连的人们，这些在母亲的日记里寥寥数语被提及的人物，都共同地承担着故事的主角。他们都曾经活泼泼地生活过，也被活生生地压制着。我想起会见林晓风老师的情景，她的情状与老雷无异，只不过一个明白创痛，一个神志不清。可他们都共同地生活在过去的年代里，保存着那个年代给他们遗留下来的最后印象。为着这最后印象，他们才活得稍微有一点亮色。

那么究竟是应该忘记好呢，还是应该活在现在？对于有特殊经历的人而言，这真是一个天大的难题。

河边老人是活在现在吗？他只不过比老雷健康正常而已。他每天所做的一切，也都是为着过去的。过去的生活，遗留给我们的精神伤害，是如此的顽强和深远。

我现在才明白，河边老人几乎每天都到林中空地来。他是老雷与这个人世间的唯一联系。除河边老人外，老雷拒绝一切人。

老雷是在拒绝一个时代。

如风永远是快乐的，父母没有给她留下一点一滴的印象，几张老照片也难以勾起她空白的记忆。老雷的出现，使她的空白里开始有了色调，淡淡地抹痕般的色调。我也是在读过母亲的日记之后，对父母才有一种刻骨的追怀的。

那位30年前伟岸地站立着的一米八几的汉子，如今坐在蒲团上，贴地匍匐，在他叱咤风云的岁月里，他不曾想过今日的光景。这就是命运。

我忽然想起，那个时代的人，不管是如何健康地活到现在，包括我的父母，如果他们还健在，他们是否与老雷无异？他们在许多方面也许是畸形的，冥顽的，不可思议的。他们沉浸于一种精神的东西，可又屈服于一种现实，或许是诱惑，或许是制约。每天都因着残缺的心灵乞灵于未来，美其名曰理想。每想到这一点，我浑身便冒冷汗。我不禁细细打量老雷和河边老人。

老雷从每个坟头行过，他专心致志的举动，要付出艰巨的劳累。他似乎在照应每一个儿女，从清晨到黄昏，从黑夜到天明。

河边老人把搓草绳当作一种灵魂的劳作。他刚才和我们上山时，一路上，他从这边口袋摸出稻草，搓成绳子又装进另一个口袋，他每分钟都在延续一个日复一日的动作。

越接近黄昏，山风越劲，油楠树林开始合唱，天地间有一种交响，在群山空谷中回旋。我想黑夜来临，68 位灵魂会在墓地间穿行，他们的节日和老雷的每一个时辰都是共通的，有老雷在，他们就有连长和主心骨。老雷的存在和现在的选择，也许是正确的。

群鬼开始跳舞的时刻，暗夜就降临了。这些无家的野鬼，特别是比我年龄还小的小文昌、小万宁、小海丰和小潮汕，他们是死不瞑目，永不安息的。现代人的所有忏悔，都无济于事。

林中空地也就是过去的六连！这个六连将比现在的六连活得更久长。赵书记说，六连很快就会变成洼地了，那么，老雷的六连将以洼地的胜利成为一个永远的六连。

尽管这个有可能永远的六连里，有我和如风的母亲、父亲，但我还是希望老雷能够在有生之年，勇敢地走出他过去的六连，而回到人世间的六连，现在的生命毕竟是真实的，尽管有许多的惨酷。

高大的老雷让命运无情地削去一截，他若能再站起来，那一截会回来吗？

我不知道，也许强求老雷是更加残酷的。

那位曾经想把林中空地的墓场开发成旅游点的场长，他之所以没有再坚持，我想也许出于这种忧虑。

68 座用黑色花岗岩打凿而成的墓碑，排成四排，安葬在山坡上。墓地拾掇得非常整洁，没有一棵杂草。墓地依山而立，前面是一片树木葳蕤的开阔地，那是火场中心贮木场。河边老人说树林里面还残留着当年火场的原貌，那些巨大的被烧成火炭的为“北京木”，没有人敢去动它。曾经有外地来的人，开着卡车来偷那些木炭，被附近的村民打得半死，连卡车也差点被烧掉。贮木场连着洼地，那是山洪暴发小河改道，河水蚕食山坡形成的，洼地大约占了方圆几百里的地方。

墓地四周种满了油楠，油楠已长成水桶粗细，每棵都有十几米高。正是油楠树使老刘他们罹难，老雷千辛万苦地种上油楠树，为的是让墓地里的灵魂，特别是伐木队的队员们瞑目。他们是为它而死的。

我逐一细看了每一块墓碑，在第二排的第三块碑石上，我见到母亲冯妙英的名字，她生于1952年2月10日，家庭出身：工人。1966年初中毕业，1968年到海南岛，牺牲时22岁。

如风也找到她父母的衣冠冢。

王明霞，1948年3月25日生，家庭出身：革命干部。1966年高中毕业，1968年参加兵团建设，牺牲时26岁。

符解放，1948年1月20日生，家庭出身：革命干部。1966年高中毕业，1968年参加兵团建设，牺牲时26岁。

小文昌的名字叫何其康，1957年出生，家庭出身：工商业资本家。1971年初中毕业，同年参加兵团建设，牺牲时17岁。

小潮汕的名字叫李德胜，1954年生，家庭出身：富农。1970年初中毕业，同年参加兵团建设，牺牲时19岁。

小海丰名叫陆海丰，1955年出生，家庭出身：小商贩。1970年初中毕业，同年参加兵团建设，牺牲时19岁。

小万宁名叫陈儒昌，1953年生，家庭出身：地主。1968年初中毕业，同年参加兵团建设，牺牲时21岁。

……

老刘的名字叫刘光荣，1935年生，家庭出身：贫农。1947年小学毕业，1956年参加青年垦荒队，牺牲时39岁。

老霍的名字叫霍大雄，1937年生，家庭出身：雇农。1948年小学毕业，1949年参加共产党游击队，1960年转业军垦农场，牺牲时37岁。

老雷也给自己立了一块碑，他把碑立在最后排中间位置，像墓地的后卫伫立在森林与墓地之间。

老雷名叫雷富贵，1936年生，家庭出身：小土地出租者。1948年小学毕业，1955年参加青年垦荒队。

老雷坐在蒲团上艰难地挪动，下午的阳光斜照在他脸上，他的旧军衣一片汗湿。他在每一座墓地间穿梭，不断地清理着坟包边沿的杂草。这是他每天都在做的事。

河边老人说：老雷自从医院回来，就一直住在林中空地，再也没有出过山。团部曾安排他去海口干休所，他不愿去。他一个人住进山里，他是这儿的保护神，不允许任何人涉足一步。他的一把火铳，就架设在床前的窗口上。那是打野物的，自然也是防范外人擅自闯入的。林中空地就是他的圣地。他依然是伐木队和死去的六连的连长，大名鼎鼎的雷连长。

在林中空地看落日，落日正罩着整个六连，六连如在火球中央浮动。我把这个发现告诉如风，如风请河边老人来看。

老人无语。

落日慢慢消沉，天地间暮色苍茫，林中空地上的灯亮了。这灯，是墓地上68位亡灵夜间的太阳。

落日和灯。

有一天，老雷成为了第69位，谁来点亮墓地上的灯呢？落日是永恒的，但这人世间有永恒的灯吗？有永恒的点灯的人吗？

我的心忽然一阵收紧。岁月无情，人生苦短。我和如风转眼从婴儿长成了当年父母的年龄，当年风华正茂的一代人，成了耄耋老者。

一个老去的世界。

又是一年的清明。

如风给我打来电话，希望我能与她一起去六连，我正远在西北拍片。我答应她，我会如期赶到。

我们努力忘记父母的那个年代，我们又努力重温我们在六连的日子。

当我们都有了各自的生活，离分了许多时日之后，我们却更加牵挂对方，更加钟情对方，愿意把更多的感情奉献给对方。这种婉约的并不张扬的情怀，时时在人生长旅的每一个驿站上，轻轻地咬噬着对方。有一天，在天山下的片场，午夜过后，雪地上似有脚步声，我走出帐篷，银色的雪地上悄无人影，黝黑的天空上划过一颗流星，又是一颗流星。双流星之夜，是令人感怀的。我立即给如风拨了电话，我只是试探性地拨，并不指望她会在家。电话通了，是她接。她还没睡，清醒而且兴奋。她说她正想给我电话。就这样，我用手机和她聊了不止一个小时。相隔上万公里，我站在雪地里，双脚都冻僵了。我感受着她在冬天被窝里，或者是火炉边的温暖。我们谈了许多，还是离不开六连。是六连的日子，让我们常常记忆犹新。那是一只渡船，把我们渡过来，渡过去，在人生无边的海上。

我在清明那天赶到黎母山。在六连的河边，聚集着六连的男女老少。河水里插着密密匝匝的凤尾竹幡，高高的清秀的凤尾竹上挂着红布，红布和秀美的竹叶在风中婆娑。红布连结竹叶的地方，垂挂着长长的鞭炮。还没到点鞭炮的时候，小河岸像过节一样，人们喜气洋洋。

我忙着和熟悉的人们打招呼，赵书记和河边老人都不在河边，如风也不知到哪儿去了。我涉足河水，在插凤尾竹幡的人群中，到处寻找如风。

河水绵延数里，68 棵凤尾竹连成一道茂密的林带，把一条小河变成长长的祭奠之河。风扬起红布和炮仗，在夕阳下燃烧着天空。如风不在河里，她到哪儿去了呢？

我爬上河岸的高坡。四月的黎母山花红柳绿，河水饱满而又丰腴。洼地上传来阵阵的牛铃声，在晚风中悠扬。

鞭炮响了，68 挂二米长的各式鞭炮在夕阳将尽时分点燃了，人们欢呼着，跳跃着。凤尾竹幡在鞭炮燃烧中猛烈地摇动着，六连每年一度的清明祭奠开始了。

我又一次目睹了一场神圣的开端。

方圆十几里的山地上空，悬浮着鞭炮的红色纸屑。纸屑在空中飞舞，落在河水里，覆盖在树梢上，淤塞了河道，小河涨水了，倒灌进洼地，洼地里便有了群兽欢呼的合唱。

这时，我发现河岸上、草丛中、树林子里，到处有提着火铳和猎枪、砍刀的人，他们神情警惕地搜寻着，似乎在等待什么猎物的出现。

这不是清明的祭奠吗？怎么会是杀机四伏，人们在阴谋着另一种方式的杀戮呢？

鞭炮声里混合着凶残的狗吠，群狗在洼地四围的边缘狂吠，跳跃。洼地像地震般猛烈地抖动，芦苇在呼号，小草无声地匍匐着，灌木交叉着枝丫，疯狂地摇动着。我感觉到洼地已末日来临。

我想，一场比贮木场大火更大的血腥就要开始了，一场蓄谋已久的杀戮拉开了序幕！人啊！你怎么啦？我撕裂着喉咙大声喊叫，声音像棉絮一般无力地漂浮在浓浓的烟火味里。突然，天边的夕阳跳动了一下，放射出它最后的璀璨的光华。在它还没有完全熄灭之际，洼地出现了奇迹。

在我曾经单身进入洼地的地方，从洼地里面走出了那只庞大的善良的白水牛，我的救命恩人。我在心里遥远地祈祷：赶快回去吧！白水牛！那些黑溜溜的枪口正瞄准它。我的狂喊被堵塞在喉咙口……

白水牛的后面，是优雅的水鹿，是直立可爱的海南獴，是英国绅士般的小黄牛，是快活的野兔，是憨态可掬的刺猬，是全身乌黑发亮的黑面猩……白水牛背上栖息着杜鹃鸟，声声凄厉，“行不得呀哥哥……”无数动物优雅而又雍容华贵地走出来，长长的队列足有一里多长。

枪声终于响了，白水牛中了一枪，它踉踉跄跄，昂起头惊惶一瞥，依然悠扬地走着，它领着兽群，在众目睽睽之下涉水而去。伤口流出殷红的血，喷洒在河水里。枪声再次响起，这回是水鹿，它睁开暗红的狭长的美目，向着河岸上躲藏的枪口和枪手投去优雅的一瞥。她的一条腿被打断了，她哀伤的眼神里有一种美丽的怨恨，依然紧跟着白水牛，甩动着它原本轻盈秀美的长腿，一瘸一瘸地走进密林。

大地一片沉默，枪声骤停。枪手们吓死在黑暗的密林里。白水牛领着群兽，每经过一棵凤尾竹，它们都若有所思地嗅嗅竹竿，它们沿着河水，溯流而去。那里，是更大的洼地和森林，是贮木场的方向。

这时，夕阳彻底地沉落了，暮色迅速地包围了山野，洼地变得死一般的寂静。山野天地间的六连消沉在无边的黑暗中。

河岸上六连的人们开始狂欢。

山坡上的灯迟迟未亮，我依然找不到如风和河边老人。我心中的难过与惊恐同时而生。受伤的白水牛和小鹿的血染红了河水，和河水中红色的纸屑一起，向着下游漂流。

又一个暗夜来临。

我从没感受过如此的孤独和悲伤，即使是在西部无人的荒野，涉足于冰冷的感恩河水。

我转身走向山坡，去寻找通往林中空地的那条小路，我确信只要沿着那条小路走去，我就会找到河边老人，找到我的离分已久的如风，再见老雷！

山坡上的灯久久未亮，这正是我极度担忧的。夜已经很深了。我仍在山坡上徜徉。到处都是路口，可到处的路口都不是我曾经和如风进入过的路口，我找不到有着两棵油楠树的路口。

我在心中哭喊，我会找到你吗？找到如风吗？找到我所要寻找的路口吗？天！我该怎么办？

天空划过一颗流星，又是一颗流星。

又是一个双流星之夜。

我看到我自己在暗夜的山坡上，焦虑地徜徉着，我执著地寻找那个有两棵油楠树的路口，天就要亮了，我还是找不到那个路口。母亲就近在咫尺，如风也如影随形，老雷一定依然故我，河边老人不会走远，可是，我还是找不到那个路口。

于晓阳和穿着洗得泛白的旧军衣的女知青去了，母亲去了，金和铁呢？

我一定要找到那个路口，在暗夜里，我听见自己的声音在说，我看见我在黑暗与虚无中移动。

2000 年 10 月 1 日—11 月 22 日初稿